ДОКТОР ЖИВАГО

日瓦戈医生

［苏］鲍·帕斯捷尔纳克——著

蓝英年——译

作家出版社

图书在版编目（CIP）数据

日瓦戈医生 ／（苏）鲍·帕斯捷尔纳克著；蓝英年译.
-- 北京：作家出版社，2024.10

ISBN 978 - 7 - 5212 - 2751 - 2

Ⅰ.①日…　Ⅱ.①鲍…　②蓝…　Ⅲ.①长篇小说 - 苏联
Ⅳ.①I512.45

中国国家版本馆 CIP 数据核字（2024）第 054827 号

日瓦戈医生

作　　者：（苏）鲍·帕斯捷尔纳克
译　　者：蓝英年
责任编辑：姬小琴
装帧设计：棱角视觉
责任印制：金志宏
出版发行：作家出版社有限公司
社　　址：北京农展馆南里 10 号　　　　邮　　编：100125
电话传真：86 - 10 - 65067186（发行中心）
　　　　　86 - 10 - 65004079（总编室）
E – mail: zuojia@zuojia. net. cn
http: // www. zuojiachubanshe. com
印　　刷：北京盛通印刷股份有限公司
成品尺寸：145 × 210
字　　数：461 千
印　　张：17.75
印　　数：1—5000
版　　次：2024 年 10 月第 1 版
印　　次：2024 年 10 月第 1 次印刷
ISBN　978 - 7 - 5212 - 2751 - 2
定　　价：78.00 元（精）

鲍·帕斯捷尔纳克（1890—1960），苏联作家，白银时代的重要诗人。出版有诗集《云雾中的双子星座》《生活啊，我的姐妹》、长篇小说《日瓦戈医生》等。1958年，作家由于"在现代抒情诗和俄罗斯伟大叙事诗传统方面所取得的重大成果"，被授予该年度诺贝尔文学奖。

蓝英年，1933年生，江苏省吴江市人。1955年毕业于中国人民大学俄语系，1974年调入北京师范大学苏联文学研究所，1993年离休。译著有《日瓦戈医生》《滨河街公寓》《亚玛街》《库普林中短篇小说选》等；随笔集有《冷月葬诗魂》《寻墓者说》《回眸莫斯科》等。

Доктор
Живаго

目录　　　　　Contents

✚

✚ 　日 瓦 戈 医 生

《日瓦戈医生》重要人物表

✚

尤里（尤拉、尤罗奇卡）·安德烈耶维奇·日瓦戈
西伯利亚富商安德烈·日瓦戈之子，即本书主人公日瓦戈医生。

玛丽亚·尼古拉耶夫娜·日瓦戈
日瓦戈医生之母。

叶夫格拉夫（格兰尼亚）·安德烈耶维奇·日瓦戈
日瓦戈医生同父异母之弟，红军中神秘的大人物。

尼古拉·尼古拉耶奇·韦杰尼亚平
日瓦戈医生之舅父。

安东尼娜（东妮娅）·亚历山德罗夫娜
日瓦戈医生之妻。

亚历山大·亚历山德罗维奇·格罗梅科
著名农学家，日瓦戈医生之岳父。

安娜·伊万诺夫娜·格罗梅科
西伯利亚矿主兼企业家克吕格尔之女，日瓦戈医生之岳母。

因诺肯季（尼卡）· 杜多罗夫

日瓦戈医生童年的朋友，大学教授。

米沙 · 戈尔东

日瓦戈医生童年的朋友，知识分子。

拉里莎（拉拉 · 吉沙尔、拉拉 · 吉沙罗娃）· 费奥多罗夫娜 · 安季波娃

安季波夫之妻，尤里亚金市女教师，女裁缝店主吉沙尔之女。日瓦戈医生（后期）的恋人。

帕维尔（帕沙、帕图利亚、斯特列利尼科夫）· 帕夫洛维奇 · 安季波夫

养路工帕维尔 · 费拉蓬特维奇 · 安季波夫之子，拉拉的丈夫。第一次世界大战时期为俄军尉官，十月革命后参加红军，并成为红军将领，非党人士，屡立战功，后被迫自杀。

卡佳（卡坚卡、卡秋莎）

安季波夫和拉里莎 · 安季波娃之女。

塔尼娅（塔纽莎）

洗衣员，日瓦戈医生与拉里莎 · 安季波娃之女。

萨莎 · 舒罗奇卡（舒拉）

日瓦戈医生与东妮娅之子。

维克托·伊波利托维奇·科马罗夫斯基

日瓦戈医生父亲的私人律师，拉里莎寡母吉沙尔夫人的监护人。觊觎拉里莎清纯和美貌将其诱奸。后为远东共和国司法部部长。日瓦戈医生和拉里莎共同的仇人，苏维埃政权的死敌。

尤苏普卡·加利乌林

学徒工出身，第一次世界大战时期为俄军尉官，十月革命后加入捷克军团，任高级指挥员，率领干涉军与红军作战。

吉马泽特金

加利乌林之父，铁路工人大院看门人

通采娃四姊妹

大姐阿格里平娜（格拉莎）、二姐叶夫多基娅、三姐格拉菲拉和小妹西拉菲玛，尤里亚金四位知名女性。

阿韦尔基·斯捷潘诺维奇·米库利钦

立宪民主党成员，克吕格尔瓦雷金诺领地管家。

利韦里·阿韦尔基耶维奇·米库利钦（利夫卡、列斯内赫同志）

阿韦尔基·斯捷潘诺维奇·米库利钦与阿格里平娜（四姊妹大姐）之子，"林中兄弟"游击队领导人。

上卷

✦

Chapter 01

五点钟的快车

1

送葬人群一路唱着《安魂曲》向前走去。一旦人群停顿,仿佛脚步、马蹄和清风仍然在继续唱《安魂曲》。

行人给送殡的队伍让路,数他们的花圈,并在一旁画十字。好奇的人挤进队伍,问道:"谁下葬?"他们得到的回答是:"日瓦戈。""原来如此。那就明白了。""不是老爷,是太太。""还不一样。愿她早升天堂。丧礼的排场可真够大的。"

送葬队伍最后闪现一下,便消失在前方。只听见"主的土地、宇宙和宇宙中的所有生灵"的歌声。神父一面画十字一面往玛丽亚·尼古拉耶夫娜身上撒土。大家唱起《虔诚的灵魂》。接下来就非常忙碌了。盖上棺盖,用钉子钉死,放入墓穴。四把铁锹飞快地把黄土撒向墓穴,泥土落地的声音犹如稀稀拉拉的雨点落在地上。转瞬间一座新坟拱起。一个十岁的男孩子爬上坟头。

送葬的人群纷纷散去,人们往往产生一种麻木的感觉。这时爬上母亲坟头的小男孩有话要说。

他仰起头,目光迷茫,从坟头向空旷的秋天原野和修道院的圆顶眺望。他长着翘鼻子的脸变形了。脖子伸长了。狼仔像他这样,马上就要嚎叫了。男孩双手捂住脸，放声大哭。迎面飘来的云朵把冰冷的雨点洒在他的手上和脸上。一个身穿皱褶紧袖黑教袍的人走到坟前。这人是死者的兄弟，痛哭的男孩的舅舅——还俗神父尼古拉·尼古拉耶维奇·韦杰尼亚平。他走到男孩跟前，把他领走。

2

他们在修道院房间过夜，是舅舅熟人提供的。这天是圣母节前夕。次日男孩和舅舅将一起到遥远的南方，伏尔加河流域的一座省城去。尼古拉神父在当地一家发行进步报纸的出版社工作。火车票已买好，打好的行李放在房间里。风把临近火车站的火车头如泣如诉的呜咽传到他们耳朵里。

傍晚气温骤降。两扇落地窗开向栽种洋槐的破旧菜园的一角，对着结冰的水洼，对着刚刚埋葬玛丽亚·尼古拉耶夫娜坟墓的一端。菜园已荒芜，只剩下几畦上冻的白菜。寒风吹来，树叶落光的洋槐仿佛着魔似的来回摇曳，向路旁倒去。

夜里尤拉被敲窗声惊醒。昏暗的房间射入一道晃动的白光，白光不停地跳跃。尤拉穿着衬衣跑到窗前，把脸紧贴在冰冷的玻璃上。

窗外既看不见道路，也看不见墓地和菜园。院子里暴风雪肆虐，雪花飞舞。可以想象，暴风雪发现了尤拉，有意显示自己的威力，享受对他震慑的快乐。暴风雪呼啸着，竭尽所能吸引尤拉的注意力。大雪宛如棉被，一张接一张落在地上，仿佛尸衣包裹大地。世间只有暴风雪，没有与它抗衡的力量了。

尤拉爬下窗台，想马上穿衣服，跑到街上去做点什么事。他担心大雪将覆盖修道院的白菜，无法挖出来，就像田野中大雪覆盖了妈妈，妈妈无力挣扎，越陷越深，离他也越来越远。

他又哭起来。舅舅醒了，对他谈起基督，安慰他，接着打了几个哈欠，走到窗前，陷入沉思。他们开始穿衣服。天亮了。

3

母亲在世的时候，尤拉并不知道父亲早已遗弃他们，独自在西伯利亚和国外城市浪荡，把他们的万贯家财挥霍一空。人们通常对尤拉说，父亲时而在彼得堡，时而在某地集市上，最常去的是伊尔比特集市。

后来，诊断出常年患病的母亲患的是肺痨。她经常到法国南方和意大利北部疗养，尤拉陪她去过两次。照看尤拉的人不断更换，他的童年是在动荡和猜疑中度过的。他已习惯仆人们的更换，在这种动荡的环境中没有父亲并不让他感到奇怪。

小男孩还赶上形形色色的事物以他姓氏命名的辉煌时代。如日瓦戈作坊、日瓦戈银行、日瓦戈商号、日瓦戈别针打领带法，甚至有一种酒心甜饼叫日瓦戈甜饼。有个时期，在莫斯科只要对马车夫喊一声"上日瓦戈府"同对马车夫喊"送我到最远的地方去"一样，马车夫就会把您拉到最远的地方。静谧的花园把您包围起来。乌鸦落在低垂的松枝上，把寒霜从松枝上抖落下来。乌鸦的咯咯声传向四方，像树枝断裂声一样响亮。林间通道后面新居民村的几条纯种狗穿过大路。那里亮起灯火。夜幕降临了。

突然间，一切都化为缕缕青烟。他们家道败落了。

4

一九〇三年夏天，尤拉和舅舅乘坐四轮马车奔驰在通往杜布良卡的原野上。杜布良卡是丝绸工场主兼艺术保护人科洛格里沃夫的领地，舅舅去找住在他领地的教育家兼科普读物作家伊万·伊万诺维奇·沃斯科波伊尼科夫。

正值喀山圣母节，繁忙的收获季节。由于午间休息或节日期间，麦田里竟没有一个人影。在太阳的暴晒下，尚未收割的作物像犯人脑后未被剃掉的一撮头发。一群鸟儿在田野上盘旋飞起。没有一丝风，小麦垂下麦穗，路边麦秆挺立的麦垛，看久了会被当成一个个活动的人，就像在地边测量土地的土地测量员。

"这是谁家的麦田？"尼古拉·尼古拉耶维奇向坐在赶车人座位上的帕维尔问道。帕维尔是出版社的勤杂工兼门卫，弓着背，一条腿架在另一条腿上，表明他不是驭手，赶车不是他的本行。"地主家的还是农民家的？"

"这片地是老爷家的。"帕维尔回答道，吸了一口烟。半晌他用鞭梢指向另一边："那边是农民家的。驾！怎么睡着了？"他不时对马吆喝，对马尾和马臀瞄一眼，就像火车司机不时看压力表一样。

世界上拉车的马都一样，驾辕的天性厚道不偷懒，可拉偏套的却是个不折不扣的懒家伙，就知道像天鹅那样扬起脖子，伴随着行走时挂在身上的响铃发出的丁零声，走起舞步来。

尼古拉·尼古拉耶维奇是来给沃斯科波伊尼科夫送他写的关于土地问题的书的清样的。因为加强了检查制度，出版社请他修改。

"县里的老百姓为非作歹，"尼古拉·尼古拉耶维奇说，"在潘科夫区杀死一名商人，把自治局的养马场烧了。你对这些事怎么看？村里怎么说？"

帕维尔把问题看得比前来抑制沃斯科波伊尼科夫农业改革热情的书报检察官更悲观。

"村里怎么说？把老百姓放纵坏了，宠坏了。怎么对待他们？要是给农民自由，他们就会互相掐死。驾，又睡着了？"

这是舅舅第二次带外甥到杜布良卡。尤拉想，他记得道路，田野越走越宽，前后环绕着树林，像镶嵌了一道碧绿的花边。尤拉觉得他知道向右拐，隐藏着科洛格里沃夫的庄园，还有远处闪光的河水和河水对面的铁路，马上就要出现。但他还是猜错了。田野接连田野。树林紧靠树林。大自然显示出它的鬼斧神工，不禁令人神往。

后来使尼古拉·尼古拉耶维奇扬名的那些书现在还一本也没写

出来。但他的思想已臻成熟。他还不知道，他的时代已经临近。

这个人必将跻身于当代作家、教授和革命哲学家的行列并将崭露头角。他思索的是他们考虑的所有问题，但除术语外，他同他们没有任何相同之处。他们一起死抱着教条，满足于一知半解，可尼古拉·尼古拉耶维奇当过神父，信奉过托尔斯泰主义，经历过革命，并不停地探索。他渴望人们能感受到一种坚实的思想，这种思想能勾勒出在自己发展过程中迥乎不同的轨迹，把世上某些事物变得好一点。这种思想连儿童和无知的人都能看懂，有如闪电或滚雷。他渴求新知。

尤拉与舅舅相处得很好。舅舅像妈妈。他和妈妈一样，是个不受拘束的人，对任何陌生的事物不抱成见。同她一样，具有对所有人一视同仁的高尚情怀。他也同她一样，立即领悟所有的道理，并把最初的想法说出来，只要这些想法符合实际便不再改变。

尤拉很高兴舅舅带他到杜布良卡庄园去。那里风景优美，而优美如画的地方往往使他想起妈妈。妈妈热爱大自然，经常带尤拉散步。尤拉也乐意见到中学生尼卡·杜多罗夫，他也住在沃斯科波伊尼科夫庄园。中学生大概看不起他，因为比他大两岁，见面问好的时候，使劲往下拉手，拉得低下头，头发散落在前额上，遮住半边脸。

5

"赤贫问题的关键在于……"尼古拉·尼古拉耶维奇边读边修改手稿。

"我觉得'问题'应该改为'实质'。"尼古拉·尼古拉耶维奇边说边在校样上修改。

他们坐在四面安装玻璃的昏暗的阳台上修改文稿。光线可以分辨堆放在这里的喷水壶和园艺工具。破椅子背上搭着雨衣，阳台角落摆着一双沾满干泥巴的高筒雨靴，靴筒歪倒在地上。

"同时，死亡率和出生率的统计数字告诉我们……"尼古拉·尼古拉耶维奇往下读手稿。

"应该加上'年度统计'。"伊万·伊万诺维奇说，并用笔记下来。

阳台上有风，校样上压了块石头，免得页码被风吹乱。

校完清样，尼古拉·尼古拉耶维奇急着回家。

"要下大雨了，该走了。"

"您别想走，我不放您走，咱们马上喝茶。"

"天黑前我得赶回城里去。"

"不管您怎么说我都不放您走。"

从花园里刮来烧茶炊的焦煤味，冲淡了弥漫在阳台上的烟草和芥菜花味。仆人们把酸奶、浆果和点心端进花园。又听说帕维尔到河里洗澡去了，并且把马也牵去了。

"咱们到陡坡的椅子上坐一会儿，等他们把桌子摆好。"伊万·伊万诺维奇提议。

伊万·伊万诺维奇依仗同富豪科洛格里沃夫的友好关系，在管家住的厢房里占用两个房间。这幢紧靠花圃的宅子位于花园的荒芜部分，有条通往大门的半圆形的林荫道。林荫道上杂草丛生，已无法通行，只运送泥土和建筑废料，倒入已经变成垃圾堆的山谷里。科洛格里沃夫是位思想先进的百万富翁，同情革命，现时他和夫人在国外。领地里只住着他两个女儿娜佳和莉帕以及她们的女教师和几个仆人。

一道爬满绣球花的栅栏把管家的小花园与老爷的宅邸隔开，栅栏外面是湖水和草地。伊万·伊万诺维奇和尼古拉·尼古拉耶维奇绕过这片树丛，往前走去，每走几步，便惊起树丛中的一群麻雀。绣球花丛中躲藏着无数麻雀。麻雀飞出来的声音，就像栅栏边水管流出的潺潺水声。

他们走过暖房、园丁的住所和不知何用的一堆碎石。他们谈起科学和文学的新生力量。

"经常遇到有才华的人，"尼古拉·尼古拉耶维奇说，"现在很时兴组织小组或协会，各种聚会，庸才的庇护所，不论他们信仰索洛维约夫、康德还是马克思。只有同所有对真理热爱不够的人一刀两断的人才能寻求真理。世界上还有值得信仰的东西吗？这种东西太少了。我觉得应当信仰永恒，这是多少有点强调生命的说法。应当保持对永恒的信仰，应当永远信仰耶稣。可您干吗皱眉头呢？可怜的人。您还是一点没听懂。"

"嗯。"伊万·伊万诺维奇含混地嗯了一声。他是个机灵的人，一头稀疏的淡发，一部吓人的胡子，很像林肯时代的美国人（他不时捋胡子，用嘴唇抿胡梢）："我当然无话可说。您知道，我对这些问题的看法同您完全不同。顺便问一句，您告诉我您是怎么还俗的？我早就想问了。也许胆怯了？也许被革除教门？是吗？"

"何必打岔呢？尽管同您说的差不多。革除教门？没有，现在不时兴革除教门了。发生过不愉快的事，并且后来也受到影响。比如，很长时间不允许我担任公职，不允许我进入京城。这还是小事。回到我们的话题上。我说应当信仰耶稣。现在我解释一下。您不明白，人可以是无神论者，可以不知道有没有神，神为什么存在，不过却要知道人不是活在自然界，而是活在历史中。今天人们理解的历史是耶稣创建的。福音书是它的论据。什么是历史？历史是许多世纪以来对死亡之谜以及未来克服死亡方法的继续探索。为此发现数学上的无穷大和电磁波，为此创造出交响乐。要按照这个方向前进就需要某种热情。这些发现需要精神武装。精神武装就包含在福音书中。下面就是它的精神。首先是爱他人，这是生命活力的最高形式。这种活力充满人心，要求释放，慷慨给予，所以这是构成现代人的主要成分，没有个人自由和为理想而牺牲的精神便不成其为现代人。请注意，这种看法至今仍是极其新颖的观点。从这种观点看，古人没有历史。那时只有天花留下麻斑的古罗马暴君的杀戮，他们并不怀疑奴役者都是蠢货。那里竖立着象征毫无生气时代的青铜柱和大理石柱。耶稣诞生后几代人才自由呼吸。他的后代人才开始生活，人不是死在街道的栅栏旁边，而是死在历史长河中，死在为克服死亡而奋力工作的高潮中。像俗话所说的，我讲得口干舌燥，可他什么也听不进去。"

"您讲的是玄学，老兄。医生禁止我谈论玄学，玄学妨碍胃消化。"

"去您的吧。我们不谈这些了。您真幸运！这里的景致太美了——永远欣赏不够！可你们住在这里竟然什么也感觉不到。"

望着河水眼花，流水在阳光下上下闪耀，像一会儿突起一会儿凹陷的铁皮。突然河面上卷起粼粼细浪。一艘载着马匹、大车、农夫和农妇的轮船从此岸驶向彼岸。

"才五点多钟，"伊万·伊万诺维奇说，"您瞧，从西兹兰开来的快车五点多钟经过这里。"

一列蓝黄相间的火车在平原上从右向左行驶，距离使火车显得很小。突然他们发现火车停住。白烟笼罩着火车头。很快传来令人不安的汽笛声。

"奇怪，"沃斯科波伊尼科夫说，"出了什么事？没有原因不会在沼泽地停车。准出事了。咱们回去喝茶吧。"

6

尼卡不在花园里也不在屋子里。尤拉猜想尼卡故意躲避他们，因为跟他们在一起没意思，跟尤拉玩不到一块儿。舅舅和伊万·伊万诺维奇到阳台上看清样去了，留下尤拉一个人。尤拉漫无目的围着住宅转。

这里景色迷人。时刻都能听到黄鹂婉转嘹亮的啼鸣，不时停顿，好让它仿佛从笛子吹出的圆润声音浸透四周。花香似乎迷了路，凝滞在空中，被暑热一动不动地钉在花坛上。多像旅游胜地昂蒂贝和波尔季盖啊！尤拉不停地左转右拐。他从草丛中仿佛听见妈妈的呼唤，原来是鸟雀有旋律的鸣叫声和蜜蜂的嗡嗡声。尤拉周身战栗，觉得他与母亲在互相召唤。母亲召唤他到某个地方去。

他走到一条山谷，开始往下爬。从覆盖山谷的稀疏、洁净的树林下到长满赤杨林的谷底。

这儿潮湿阴暗，到处是被风刮断的枯枝败叶。花儿很少，木贼树的枝节像《圣经》插图中雕饰着埃及图像的手杖。

尤拉不禁悲从中来。他想大哭一场。他跪下，眼泪泉水般地淌出。

"上帝啊，我神圣的保护人，"尤拉祈祷道，"请指引我走上正路，告诉妈妈我在这里一切都好，请她不必牵挂。如果妈妈死后有灵，上帝啊，你就把她领入天堂，像天体照耀圣徒那样照耀她。妈妈是真正的好人，不可能有罪恶，上帝啊，宽恕她吧，不要让她受折磨。亲爱的妈妈。"他撕心裂肺地召唤天上的她，仿佛她已经成为上帝的侍者。突然，他经受不住，昏倒在地上。

他失去知觉的时间不长，清醒过来听到舅舅在上面叫他。他答应了一声，往上面爬。他突然想起没有为失去音讯的父亲祈祷，像妈妈经常教导他的那样。

但他恢复知觉后心情非常好，不想失去这种轻松的心情。他觉得下一次为父亲祈祷没有什么大不了。

"让他等一等，忍耐一会儿。"他大概这样想。尤拉一点也记不起父亲的模样了。

7

二等车厢里，同尤拉父亲同行的是戈尔东律师和他儿子米沙。

米沙是十一岁的男孩，上小学二年级，长着一双乌黑的大眼睛，脸上有种若有所思的神情。他们父子从奥伦堡来。戈尔东律师调到莫斯科工作，米沙转入莫斯科学校。母亲和姐姐们早到莫斯科了，正忙着布置寓所呢。

父子两人已经坐了两天多火车了。

太阳暴晒下的尘雾热浪如同扬起的石灰，从俄罗斯的田野和草原，城市和乡村上空飞驰而过。道路上行进着车队，笨重地从大路转向铁道岔口，从飞逝的火车上看，大车一动不动，马在原地踏步。

火车在大站停车的时候，晒黑的旅客纷纷奔向小卖部。而落山的太阳从车站的树隙间照射在他们的腿和火车的车轮上。

分开来看，世上的一切活动都合情合理，但如放在一起看，就会发现人们被生活的激流汇聚在一起又被它冲击得头昏脑涨。人们既劳作又被切身的利益所驱使。但如果他们感情的调节器不是极端镇定的，那么精神发条便不会启动。人们相互接触的感觉赋予他们这种镇定和从一种感觉转换为另一种感觉的信心。比如幸福感，因为一切不仅发生在我们埋葬死者的大地上，而且还发生在我们称之为天国的冥府中，或被某些人称之为历史或别的什么的事物里。

男孩不幸恰恰是这种规则的可悲的例外。他生命的动因是忧虑，而无忧无虑的感觉并没有使他轻松、振奋。他知道自己的遗传特征，并时刻警惕它在身上显露的征兆。他为此伤心，觉得这种遗传对他是一种侮辱。

自他懂事后，一直让他感到惊讶的是，人们手脚一样，语言、习惯相同，可人却完全不同。有的人喜欢的人不多，可为什么不喜欢呢？他无法明白其中的缘由。如果你比别人差，不管你如何努力，也无法改好，变得优秀。作为一个犹太人意味着什么？为什么会这样呢？这种只会带来痛苦的徒手挑战为什么受到奖励或为之辩解呢？

他曾经问过父亲，父亲说他提问的出发点荒谬，不能这样思考问题，但并没有给予让米沙心悦诚服的答案。

除父母外，米沙渐渐蔑视那些惹是生非的成年人。他们闯了祸又不肯承担责任。他相信，他长大后所有这一切都会弄清楚。

现在谁也不告诉他，父亲追赶冲向平台的那个发疯的人对还是不对。谁也不能说那人使劲推开格里戈里·奥西波维奇，在列车全速行进中拉开车门头朝下投向路基，就像从游泳池跳板跳入水中一样，这时，拉闸紧急刹车对还是不对。

但拉闸的不是别人，正是米沙父亲，格里戈里·奥西波维奇，致使火车停顿很长时间，而没有人知道停顿的原因。

谁也不清楚火车停顿的原因。有人说突然刹车毁坏了蒸汽阀门。另一些人说火车不开足马力冲不上陡坡。第三种说法流传最广，死者是位大人物，同他同行的律师要求在最近的基洛格里夫卡车站传唤证人做笔录。副驾驶爬到电线杆上打电话。检道车已经出发。

车厢里有一股厕所臭味，员工正用消毒水除臭。油纸包着的炸鸡也发出腐臭味。车厢里来自彼得堡的鬓发苍白的女士们照样扑粉，用手绢擦手，瓮声瓮气地说话，煤烟和浓妆把她们一个个变成放荡的吉卜赛女人。她们穿过戈尔东包房的时候，两手抓住披肩两角，把过道变成卖弄风情的场所，米沙觉得她们在压低声音说话，或者从她们紧闭的嘴唇上看出必定是在低声说话："您说，多令人伤感！我们可不是这样的人！我们是知识分子！我们不会这样做！"

尸体放在路基旁边的草地上。一条凝聚的血迹横穿跳车者的额头和眼睛，就像画了一道删除符号。血仿佛不是从他身上流出的，而是旁人沾上去的，像膏药或泥浆，或潮湿的桦树叶。

围绕尸体的好奇或同情的人，一拨走了又来了一拨。站在死者身边的是他同包房的朋友，健壮而傲慢的律师，具有贵族血统的动物，身上的衬衣被汗浸透又晒干。酷热让他难以忍受，不断用帽子扇自己。对所有的询问他都耸耸肩傲慢地回答，头也不回："酒鬼。

难道还不清楚？典型的酒狂病。"

一位纤瘦的女人，身穿毛绒连衣裙，头戴编织帽，走到尸体旁边两三次。这是季韦尔辛娜老太太，一个寡妇，两个火车司机的母亲。她带着两个儿媳妇免费乘坐三等车厢。两个头巾扎得很低的女人默默地跟在她后面，仿佛修女跟随修道院院长似的。这三个女人让人肃然起敬。人群给她们让路。

季韦尔辛娜丈夫在一次火车事故中被活活烧死。她停在离尸体几步远的地方，可以透过人群看得清楚，仿佛用叹息比较两次死亡。"人的命运是注定的，"她好像说，"一切都是上帝的意志，怎么会发生这种糊涂事，阔得丧失理智了。"

所有下车看尸体的乘客，担心行李被盗窃，都返回车厢。

等到乘客纷纷跳上路基，活动腿脚，采摘野花，跑几步的时候，大家都有种相同的感觉：多亏停车他们才发现这个地方，如果不发生不幸的事，沼泽地上的草丘，宽阔的河流，矗立在河对岸的美丽的教堂建筑就都不存在了。

太阳仿佛也是当地特有的，傍晚时分羞涩地照耀着铁轨上发生的这一幕：旁边放牧牛群中的一头牛，走近路基，张望四周的人。

米沙被眼前发生的事震惊，刚刚发生的时候他由于恐惧也由于怜悯竟哭起来。在漫长的旅途中，自杀者曾几次到过他们的包房，同父亲长时间谈话。他说在和睦和理解的纯净气氛中同父亲谈心非常愉快。他还问了格里戈里·奥西波维奇许多法律上的细节以及支票、馈赠、破产和伪造等问题。

"原来如此？"他对戈尔东的解释惊讶不已，"您的法律条款宽松得多，可我的律师持另外一种法律观点。他对这些事的看法悲观得多。"

每当这个神经质的人平静下来，同他同包房的律师便从头等车厢把他拉到餐厅喝香槟酒。这是个体格健壮的人，态度傲慢，脸刮得光光的，穿着考究，这便是死者的律师。他现在站在尸体前，仿佛对什么事都不感到惊讶。无法摆脱这样的感觉：他不停地刺激他的当事人对自己有利。

父亲告诉他，死者是大名鼎鼎的富翁、善人和舍拉普特派教徒，精神已经有些错乱。他当着米沙的面讲起自己的儿子，儿子与米沙同龄，也谈起已故的妻子。后来转到第二个家庭，也被他遗弃了。他突然想起一件事，吓得脸色惨白，说话渐渐语无伦次。

他对米沙满怀无法解释的柔情，大概把对儿子的感情倾泻在米沙身上。他不停地赠送米沙礼物，为此每到一个大站他便到头等候车室去，那里有书摊，卖玩具和当地纪念品。

他不停地喝酒，抱怨已经两个多月没睡觉了，清醒的时候痛苦难耐，正常人无法想象。

死前的一刻，他跑进他们包房，抓住格里戈里·奥西波维奇的手，要对他说什么，但说不出来，转身跑到火车平台，纵身从车上跳下去。

米沙仔细看木匣子里的乌拉尔矿石标本，这是死者赠送给他的最后礼物。人群突然骚动起来，检道车沿着另一条轨道向火车驶来，从检道车上跳下头戴缀着帽徽的制服帽的侦查员，还有一名医生和两名警察，传来处理公务时的声音。询问，笔录，乘务员和警察把尸体从路基上磕磕碰碰地拖走。一个娘们儿哀号起来。乘务人员请旅客上车，汽笛鸣响。火车开动了。

8

"这个讨厌的家伙又来了。"尼卡恶狠狠地想，在屋里乱跑。客人的声音越来越近，已经无处可躲。寝室里摆着两张床。一张是沃斯科波伊尼科夫的，另一张是尼卡自己的。尼卡没多想就钻到自己的床下。

他听见大家找他，在其他房间叫他，真奇怪，他怎么不见了。

后来他们走进寝室。

"没办法，"韦杰尼亚平说，"尤拉，你自己去玩吧，你的小伙伴一会儿就会找到的，你们再一起玩。"

他们谈了一会儿彼得堡和莫斯科的学潮，让尼卡屈辱地在床底下趴了二十分钟。他们终于到阳台上去了，尼卡从床底下爬出，悄悄打开窗户，钻进花园。

昨天夜里他没睡好，今天无精打采。他已经满十三岁，不愿意别人再把他当小孩。他一夜没睡，天一亮就走出厢房。太阳升起，被露水打湿的树枝在花园里投下弯弯曲曲的阴影。阴影不是黑色的，而是灰黑色的，像浸湿的毡毯。清晨醉人的芳香仿佛正是来自地上灰黑色的阴影，树影中倒映出的椭圆形的光束，宛如小女孩的纤指。

离他不远的地方突然有一股水银般的水流，洁净得像落在草地上的露珠。不停流淌，没被土地吸收。水流突然变得湍急，改变了方向，消失了。原来是一条赤练蛇。尼卡打了一个寒战。

他与普通男孩不同，激动的时候常常大声自言自语。他模仿母亲，喜欢谈论高尚的话题和发表奇谈怪论。

"活在世上多好啊！"他想，"可为什么活在世上这么痛苦呢？上帝当然存在。如果它存在，那它就是我。我命令它，"他想了想，看了山杨树一眼，山杨树从上到下都在颤抖（它反光的湿叶子好像用洋铁皮剪成的），"我命令它，"他用尽全力，不是悄悄地，而是全身心地向往，"停住！"树顺从地一动不动。尼卡高兴得笑起来，飞快地向河边跑去，跳到河里游泳。

他的父亲杰缅季·杜多罗夫是恐怖主义者，被判处绞刑，后沙皇大赦，改判苦役，直到服满。他母亲是格鲁吉亚艾里斯托夫家族的公爵小姐，年轻貌美，极其任性，总迷恋某种刺激的东西——暴乱、暴力分子、极端的理论、著名的演员和贫困的失意者。

她非常宠爱尼卡，用各种亲昵的爱称称呼儿子因诺肯季，想出一大堆荒唐可笑的称呼，比如，伊诺奇卡、诺琴卡等。她把儿子带到梯弗里斯给亲戚们看。那里让尼卡感到惊讶的是他们院子里的一株枝繁叶茂的老树。这是热带生长的枝杈横七竖八的巨树。树叶像大象耳朵，遮住南方的骄阳。尼卡总觉得这不是植物，而是动物。

男孩姓父亲的姓是危险的。伊万·伊万诺维奇征得母亲尼娜·加拉克季奥诺夫娜的许可，向沙皇申请改姓母姓。

他趴在床底下，为世界的不公感到愤恨的时候，其中就包括改姓的事。沃斯科波伊尼科夫是何许人，竟然如此干预他们的生活？他必将教训他。

还有娜佳！难道她十五岁就有资格摆架子，同他说话就像同小孩说话一样？他要给她点颜色看！"我恨她，"他一遍一遍对自己说，"我非杀死她不可。我让她跟我划船，淹死她。"

妈妈也不像话。她离开的时候，欺骗了他和沃斯科波伊尼科夫。她根本没回高加索，从最近的一站转到北方，在彼得堡和大学生们一起肆无忌惮地向警察射击。可他得活活地烂死在这个该死的地方。他们斗不过他。淹死娜佳，抛开学校，到西伯利亚找父亲起义。

池塘边上覆盖着睡莲。小船穿过密密的睡莲发出簌簌声。划开的睡莲现出水面，就像切成三角形的西瓜流出汁液。

男孩和女孩一起拔睡莲，抓住橡皮筋一样的花茎使劲拔。花茎把他们拉在一起，两人的头碰在一起。船像被鱼竿钓住一样拉到岸边。睡莲茎缠在一起，越拉越往水里拽，白色的睡莲花，花蕊黄中透红，宛如蛋黄中的一滴血。睡莲茎一忽儿沉入水中，一忽儿又带着水珠浮上水面。

娜佳和尼卡不停地侧身采睡莲花，压得小船越来越倾斜，两人几乎并排俯身在下沉的船舷上。

"我讨厌上学了，"尼卡说，"应当开始新生活，自己挣钱养活自己，步入社会。"

"我正想请你帮我解一道方程式呢，我代数太差，差点不及格。"

尼卡觉得她话里带刺。当然，她让他知道他是什么人，提醒他他还是小孩。代数方程式！他们班还从未碰过代数呢。

他不让她感到自己自尊心受到伤害，装出若无其事的样子，粗鲁地问道：

"你长大了嫁给谁呀？"

"还早着呢。大概谁也不嫁。我还没想过。"

"你可别觉得我对这件事有多大兴趣。"

"那你干吗要问呢？"

"你是蠢货。"

他们争吵起来。尼卡想起早晨他如何仇恨女人。他威胁娜佳，要是她再嘴硬，就把她淹死。

"你敢。"娜佳说。

他一把抱住她的身子，两人扭打起来，同时失去平衡，一起落到水里。

两人都会游泳，可水草缠住他们手脚，脚够不着湖底。他们陷入泥塘，终于爬上岸。水从他们的皮鞋和衣兜里往外流。尼卡比娜佳更狼狈。

如果这件事发生在不久前，今年春天以前，两人会从河里爬出来湿漉漉地坐在一起。他们一定会大声喊叫，互相责骂，或者哈哈大笑。

可现在谁都不说话，轻轻喘气，为刚刚发生的倒霉的事垂头丧气。娜佳一肚子火气，充满仇恨，尼卡全身疼痛，仿佛手脚被人用棍子打了一顿，肋骨压坏了。

娜佳终于像大人那样低声说："疯子！"他也像大人那样说："原谅我。"

他们站起来向家里走去，像两只水桶，身后留下水迹。他们经过一个到处都是草蛇的土坡，尼卡早上就在附近看见过一条赤练蛇。

　　尼卡想起昨夜的亢奋，想起黎明时分，也想起自己可以任意命令自然。现在给它下什么命令呢？他想道。他最想干什么？他最想和娜佳一起掉进池塘里，他宁愿牺牲现在的一切，只要知道还会不会再发生这种事。

✦

Chapter 02

来自另一个世界的女孩

1

日俄战争尚未结束，突发的事件转移了民众的注意力，战争反而退居次要位置。俄国各地掀起革命浪潮，一浪高过一浪，一次比一次猛烈。

这时比利时工程师的遗孀、法国女人阿玛利娅·卡尔洛夫娜·吉沙尔带着儿子罗基昂（罗佳）和女儿拉里莎（拉拉）从乌拉尔来到莫斯科。阿玛利娅·卡尔洛夫娜已经完全俄国化了。她把儿子送进士官学校，女儿转入女子中学，而这所中学恰恰是娜佳·科洛格里沃娃上的那所学校，并且还分在一个班。

亡夫留给吉沙尔太太的遗产是有偿证券，先前上涨，现在下跌。为避免坐吃山空，不能束手待毙，吉沙尔太太从女裁缝列维茨卡娅继承人手里盘下凯旋门附近的缝纫店，仍然保留老字号，照应先前的雇主并留用所有服装设计师和学徒。

吉沙尔太太这样做是科马罗夫斯基律师的主意。科马罗夫斯基是她丈夫的朋友，自己的监护人。科马罗夫斯基是个精明强干的人，为人沉着冷静，对俄国事务了如指掌。她在信中同他商妥移居俄国的事。他到火车站迎接他们，带他们穿过整个莫斯科，把他们安排在军械胡同带家具的黑山公寓。这所住所是他事先为他们租好的。他劝说吉沙尔太太把儿子送进士官学校，女儿送进他选择的中学。他漫不经心地逗男孩玩，眼睛却盯着拉里莎，看得她涨红了脸。

2

他们在迁入缝纫店不大的三居室寓所之前，在黑山公寓住了一个月。

这是莫斯科最恐怖的地区，亡命徒和匪盗麇集之处，整条街都是"堕落的造物"栖身的卖淫窟。

居室的肮脏、臭虫、破旧家具并没有让孩子们惊讶。父亲去世后，母亲一直为穷愁胆战心惊。妈妈经常说他们一家快完蛋了，罗佳和拉拉早已听惯。他们知道，他们不是流浪儿，但在富人面前抬不起头，就像孤儿院里的孤儿。

他们的母亲就是胆战心惊的活生生的例子。阿玛利娅·卡尔洛夫娜是位体态丰盈的三十五岁的金发少妇。每次心血来潮必定干出蠢事。她胆小如鼠，对男人怕得要命。因此她惊恐而张皇地从这个男人的怀抱投入另一个男人的怀抱。

他们黑山公寓的房号是 23 号，而 24 号从公寓开张那天起便住着大提琴手德什克维奇，一个头戴假发、秃顶、爱出汗的善良老头。他想说服人的时候，就像祷告似的，双手交叉在胸前。他给听众演奏，在音乐会上表演，头朝后仰，翻起白眼，充满灵感。他很少在家，一整天都在大剧院或音乐学院。他们成了邻居，互相帮助使他们亲近起来。

科马罗夫斯基来的时候，如果孩子们在家，阿玛利娅·卡尔洛夫娜便感到尴尬。德什克维奇出门的时候把钥匙留给吉沙尔，供她接待朋友使用。吉沙尔太太对邻居的自我牺牲精神很快便习以为常，不知多少次含泪敲他的门，恳请他保护自己不受监护人的侵扰。

3

缝纫店是一排平房，靠近特维尔大街拐角，布列斯特铁路仿佛在附近穿过。紧挨着铁路职工宿舍、机车修理厂和仓库。

奥莉娅·杰明娜的家就在那里。她是莫斯科货栈职工的侄女。

她是个聪明能干的女学徒。先前的女老板对她另眼相看，现在她同新老板的女儿要好。奥莉娅·杰明娜非常喜欢拉拉。

一切都同列维茨卡娅在世时一样。缝纫机发疯似的转动，疲惫不堪的熟练女工不停地脚踏手摇。有人坐在桌前，高高举起穿线的针，默默地缝纫。地板上堆满碎布。必须大声说话，声音压过机器的响声和基里尔·莫杰斯托维奇的啼啭才能听到。基里尔·莫杰斯托维奇是只百灵鸟，装在吊在窗口下的鸟笼里。至于为什么给鸟起人名，这个秘密已被先前的女主人带入坟墓。

接待室里花枝招展的太太们围着一张摆满服装杂志的桌子。她们或立或坐，或用胳膊支撑着桌子，就是我们在图画上经常看到的姿势。她们翻看服装款式，商量剪裁式样。另一张桌前坐着阿玛利娅·卡尔洛夫娜的助手，高级剪裁师法伊娜·西兰奇耶夫娜·费季索娃，一个瘦骨嶙峋的女人，松弛的脸颊上长满赘肉。

她发黄的牙齿叼着骨制烟嘴，眯起眼白发黄的眼睛，从嘴里和鼻子里喷出一股股黄色的烟，把顾客的尺码、收据的号码、地址和要求记在本上。

阿玛利娅·卡尔洛夫娜是作坊里没有经验的新手。她不觉得自己是真正的主人，但她的职工都是老实的人，费季索娃可以依赖。可现在是动荡不安的时代。阿玛利娅·卡尔洛夫娜不敢妄想未来将会怎样。她陷入绝望，什么事也办不好。

科马罗夫斯基时常来拜访她。维克托·伊波利托维奇径直穿过作坊，来到他们居住的地方，一路吓得换衣服的漂亮女工躲到屏风后面，从那里回答他放肆的玩笑。女工们在他背后轻蔑地低声说：

"大驾光临"。"她的心上人"。"阿玛利娅的情人"。"水牛"。"色鬼"。

更招女工恨的是他那条叫杰克的哈巴狗。他有时用皮带牵着,狗拽着他往前冲,科马罗夫斯基乱了步子,伸着手跟它跑,像盲人跟着导盲犬一样。

春天,杰克咬住拉拉的脚,把一只袜子咬破了。

"我得把它弄死。这个妖怪!"奥莉娅像小孩似的对着拉拉耳朵粗声说。

"真是一条讨厌的狗。可傻姑娘,你怎么弄死它?"

"小点声,别喊,我教您。复活节有石彩蛋吧,您妈妈柜子里就有……"

"有大理石的,水晶的。"

"我告你怎么办。你低下头,我对着耳朵说。把石蛋浸在猪油里,沾上猪油,该死的魔鬼,这条癞皮狗,吃了马上四腿朝天——完蛋!"

拉拉笑了,羡慕奥莉娅。这个贫穷的姑娘,整天干活。老百姓的孩子成熟得早。她身上还有许多纯真的、稚气的东西。彩蛋,杰克,哪儿来的想法? "我的命怎么这么苦,"拉拉想,"我为什么什么都看得见,并为所有的事痛心呢?"

4

"对妈妈来说他是,怎么说好呢……他是妈妈的……后面难听的字说不出口。可他干吗用那种眼神盯着我呢? 我可是她女儿呀。"

她刚满十六岁,但已是发育成熟的姑娘。可以看成十八岁,或更大一点。她思路清晰,性格开朗,出落得非常标致。

她和弟弟罗佳都明白,生活只能靠自己。他们与纨绔子弟不同,也没有提前学会钻营、认识他们尚未接触过的事物的时间。非分的东西是肮脏的。拉拉是世上最纯洁的人。

姐弟知道世界上一切都要付出代价，珍惜所得到的一切。为了有出头之日，必须精确思考未来。拉拉学习用功，并非出于抽象的求知欲，而是为免交学费而用功读书，做个好学生。像用功学习一样，拉拉主动洗碗碟，到作坊帮忙，替妈妈办事。她行走无声，步履轻盈，——动作敏捷，身材、声音、灰眼睛和淡颜色的头发和谐地搭配在一起。

七月中旬的一个星期日。假日可以睡个懒觉。拉拉仰面躺在床上，两手放在脑后。

作坊里异常安静。朝街的窗户敞开。拉拉听见远处四轮马车从石子路拐入铁轨马车轨道里的轰轰声，马车在地上行驶的声音变成在轨道上滑行的声音。再睡一会儿，拉拉想道。城市的轰隆声有如摇篮曲，催人入睡。

身上两个地方让拉拉感到身躯躺在被子里：突起的左肩和右脚上的大拇指。这是肩膀和腿，而其他的一切——是她自己，她的灵魂或肉身，已经形成均匀的轮廓和对未来的憧憬。

该睡觉了——拉拉想道，想象此刻车行向阳的一面，停放笨重马车的车棚和草料棚，停放的地方打扫得干干净净。这些马车是准备出售的。她想象多棱车灯上的玻璃，熊制成的标本，阔绰的生活。过一会儿，拉拉想象龙骑兵在兹纳缅军营中的训练，傲慢的军马转圈奔跑，走步，小跑，跃起，跳越障碍。龙骑兵骑在马鞍上任马跃起。不少带着孩子的奶妈紧贴军营的围墙观看，惊讶得张大嘴。

又过了一会儿，拉拉想到彼得罗夫卡，彼得罗夫铁路线。"拉拉，您哪儿来的这些想法？我想带您看看我的寓所，就离这儿不远。"

这是奥莉娅，科马罗夫斯基开车行的朋友的女儿，今天她过命名日。成年人借机开心，——跳舞，喝香槟。他邀请妈妈，妈妈身体不适，不能去。妈妈说："带拉拉去吧。您总对我说：'阿玛利娅，要爱护拉拉。'现在请您也爱护她。"他爱护她呀，没什么可说的！哈—哈—哈！

华尔兹能让人疯狂！转啊，转啊，什么都不想。乐队一奏响，生活变成永恒，仿佛置身小说中。音乐一停，便有种丢脸的感觉，仿佛被人泼了一盆冷水或者剥去衣服。此外还可以向人傲然显示，你已经是大姑娘了。

她做梦也没想到，他跳舞跳得这样好。他稳重地搂着她的腰，多么巧的手啊！但她不允许任何人再吻她。她永远无法想象，别人的嘴唇紧贴在自己嘴唇上凝聚了多少无耻。

丢开这些愚蠢的念头。永远丢开。别再装成天真无邪，别再含情脉脉，别再羞怯地垂下眼睛。这不会有好结果。那条可怕的线就在旁边。越过这条线，便将坠入万劫不复的深渊。忘记跳舞的事吧。跳舞是罪恶渊薮。不要不好意思拒绝。找个借口：不会跳舞或扭伤了腿。

<h1 style="text-align:center">5</h1>

秋天莫斯科铁道枢纽发生骚乱。莫斯科—喀山铁路全线罢工。莫斯科—布列斯特铁路也将加入。罢工决议已经通过，但铁路委员会对宣布哪天罢工尚无法达成协议。铁路上的人都听说罢工的消息，等待来自外部的口实，以便把罢工说成是自发的。

十月初的一个阴暗寒冷的早晨。这天是铁路全线发工资的日子。会计处一直没有动静。一个男孩子来到账房，他带着出勤表、工资单和一摞惩罚工人的罚单，开始发工资。领工资的列车员、扳道工、钳工和他们的徒弟，以及停车场的清洁女工排成长队。车站、修配厂、机车库、货栈和管理处前都站满领工资的人。

一派城市初冬的景象。弥漫着踩在地上的槭树叶、融化的雪的潮湿味，火车头喷出的煤烟味和车站地下室小卖部烤面包的香味。列车开进开出。人们舞动着旗子将车厢分开又组合在一起。巡视员的喇叭、挂车员的哨声和火车头的吼声不停地鸣响。火车头喷出的

烟柱像通向天边的阶梯。加满煤的火车头已生火待发，喷出的蒸汽
炙烤着冬天的冻云。

路基的尽头交通工程师、机段长富夫雷金和养路工帕维尔·费
拉蓬特维奇·安季波夫跑前跑后。安季波夫对工作已经厌倦，抱怨
给他供应的护路材料太差。钢的韧性不足，铁轨经受不住拗曲和撬
动的检验。据安季波夫估计，严寒的时候铁轨会冻裂。管委会对安
季波夫的建议不予理睬。有人在这件事上发了财。

富夫雷金穿着一件镶着铁路标志的贵重皮袄，敞开怀，皮袄下
面露出崭新哗叽制服。他小心翼翼地在路基上迈步，欣赏衣襟的线
条、笔直的裤线和皮鞋美观的样式。

安季波夫的话他这耳朵进来另一个耳朵出去。富夫雷金在想别
的事，不时掏出表看，急着到什么地方去。

"没错，没错，老兄，"他不耐烦地打断安季波夫，"但这只发
生在主干线上或火车经常往来的区间。想想你还有什么？还有备用
线和倒车线，杂草丛生，万一要使用，只能空车编组或调动机车。
可你还不满意！你真发疯了。不是铁轨问题，可以铺设木轨嘛。"

富夫雷金又看了看表，扣上表盒，开始眺望远方，一辆修路车
向铁路驶来。修路车拐了个弯，原来是辆马车。这是富夫雷金家的
马车。妻子来看他了。驭手在枕木前停住马车。他拉紧缰绳，马车
停下来，不停地用女人的尖声数落马，就像奶妈呵斥婴儿一样。铁
路让马害怕。坐在马车角落里的漂亮太太随意靠在软垫上。

"下次再说吧，老弟，"机段长挥了一下手说，"现在顾不上你
的建议。还有更重要的事。"夫妻两人乘车离去。

6

过了三四小时，已近黄昏，铁路一边的田野里冒出先前没有见
过的两个人，他们不时回头张望，迅速离开。这是安季波夫和基普

里扬·季韦尔辛。

"快走，"季韦尔辛说，"我倒不怕密探跟踪。现在会议结束了，他们马上从地窖里钻出来赶上咱们。我不想再见到他们。这样拖拉，能干什么。委员会有屁用，玩火，还往地里钻！你可真行，竟然支持尼古拉耶夫街上的那个废物。"

"我家达里娅得了伤寒。我得把她送进医院。不把她送进医院我什么也听不进去。"

"听说今天发工资。我到账房去一趟。今天要不发工资，我向天发誓，诅咒你们，马上把账房掀个底朝天。"

"我问一句，你怎么才能做到？"

"那还不容易。我下到锅炉房，把汽笛一拉就万事大吉了。"

他们分开，向不同方向走去。

季韦尔辛向城里走去。路上碰见从账房领到工资的人。人很多。季韦尔辛估计车站上的人差不多都领到了工资。

黄昏降临。账房的灯光照耀着一群不干活的人，他们聚集在账房旁边的空地上。富夫雷金的马车停在空地旁边。他的妻子坐在马车里，姿势没变，仿佛从清早起就没下过马车。她在等待到账房领工资的丈夫。

突然下起一阵雨雪。驭手从马车上下来，支起皮车篷。他一只脚撑着马车后帮，使劲勒紧篷架的横梁。富夫雷金太太在车里观赏灯下像一串银白色珠子似的满天飞舞的晶莹雪花。她的目光穿过聚集在一起的工人的头顶，仿佛如果需要，她的目光可以从他们之间穿过，并不会给他们带来任何伤害，就像穿过雾气或寒霜一样。

季韦尔辛无意间看到她的眼神，非常恼火。他没向富夫雷金太太施礼，决定等一会儿再去领工资，免得在账房里碰见她的丈夫。他向前走去，走到灯光较暗的地方。在这里拐了一个弯，这时，通往机车库的支线已经黑得看不见了。

"季韦尔辛！库普里克！"黑暗中几个声音叫他。修配厂前站着一群人。有人叫喊，夹杂小孩的哭声。"基普里扬·萨维里耶维奇，您得为这小男孩做主！"人群中一个女人说。

老师傅彼得·胡多列耶夫又揍小徒弟尤苏普卡了。

胡多列耶夫不是酒鬼，并不是整天折磨徒弟，出手也不重。早先莫斯科市郊作坊区商人和神甫的姑娘们看上了这个仪表堂堂的工匠。那时季韦尔辛母亲刚从教区学校毕业，拒绝他的求婚，嫁给他的同伴、机械工萨维里·尼基季奇·季韦尔辛。

萨维里·尼基季奇·季韦尔辛在一次车祸中不幸身亡（在一八八八年轰动一时的撞车事故中被烧死），妻子守了五年寡，彼得·彼得罗维奇再次向玛尔法·加夫里洛夫娜求婚，再次遭到拒绝。从此胡多列耶夫开始酗酒，寻衅打架。他觉得，落到如此倒霉的处境是世界造成的，所以向世界报复。

尤苏普卡是季韦尔辛居住的大院扫院子人吉马泽特金的儿子。季韦尔辛在车间里护着这个男孩子，引起胡多列耶夫的不满。

"你怎么用锉刀，笨蛋，"胡多列耶夫揪着尤苏普卡的头发喊道，打他脖子，"有这样锉的吗？我问你呢！你把我干的活都糟蹋了，你这蠢驴，斜眼鬼。"

"我不敢了，大爷，真不敢了。别打我，疼啊！"

"告诉他不知多少遍了，刨子要往前推，螺丝要拧紧，可他就是不听。差点弄断大轴，狗娘养的。"

"大爷，我根本没碰大轴，真的没碰。"

"我说，你干吗虐待孩子？"季韦尔辛从人群中说。

"家狗咬架，野狗别掺和。"胡多列耶夫打断他的话。

"我问你凭什么虐待孩子？"

"你少管闲事，社会党军官。打死他也不算回事，下流的东西，差点把大轴弄断。饶他一条命，这个斜眼鬼就该谢谢我。我不过揪揪他耳朵和头发而已。"

"胡多列耶夫大爷，你是想揪掉他脑袋？你得讲点良心。老师傅头发都白了，还没长脑子。"

"给我走开，快走，趁着你还活着。竟然敢教训我，狗东西，我要你命！你是在枕木上在你爸爸眼皮子底下，让人操出来的。你妈是烂货、破鞋、臭婊子！瞒不了我。"

接着发生的事不超过一分钟。两人抄起手边的家伙，车床上摆着沉重的工具和铁锭。要不是这一刻人们扑上去把他们拉开，两人都会把对方打死。胡多列耶夫和季韦尔辛面对面低头站着，几乎脑门碰脑门。两人脸色苍白，眼睛充血。他们气得说不出话。人们在身后紧紧抓住他们的手。几分钟后他们缓过劲来，拼命挣脱紧抓着他们的同伴们的手。领钩和扣子都拽掉了，上衣和衬衫从肩膀上滑下来。周围响起一片喊叫声。

"凿子！夺下他手里的凿子，能打穿脑袋。""彼得大叔，压压火，不然就拧断你胳膊！""跟他们废什么话，把他们拉开，锁起来，就没事了。"

突然，季韦尔辛以超人的力气挣脱搂住他身子的人，冲到门前。大家追了上去，但看见他无意打架，便不管他了。他走出房门，砰的一声把门带上，头也不回地向前走去。他感到秋夜的潮湿，四周的一片漆黑。"你想替他们做好事，可他们向你捅刀子。"他嘟哝道，不清楚自己要到哪儿去，干什么去。

这是个卑鄙和伪善的世界，锦衣玉食的太太竟敢用这样的目光望着浑浑噩噩的劳动者，而堕落成酒鬼的制度的牺牲者，竟以欺辱自己的同伴取乐。季韦尔辛现在比任何时候都更加仇恨这个世界。他走得很快，仿佛他急速行走，脑子想的合理的和理性的社会就更快到来。他知道，最近几天他们想的是什么，知道铁路沿线的骚动，集会上的发言和尚未实行但也未取消的罢工的决定，这些都是未来斗争路程的组成部分。

现在他激动到这种地步，想一口气跑完全部路程。他不清楚往何处去，只管迈开大步往前走，但他的腿知道往哪儿走。

季韦尔辛万万没有料到，他和安季波夫离开地窖后，会议决定今晚举行罢工。委员会成员已经分工，谁去哪里，谁从哪里撤回。机车修理厂响起嘶哑的汽笛声，仿佛发自季韦尔辛的心底。汽笛声渐渐变得清脆、整齐。机车车库和货运站的工人们，听到季韦尔辛从锅炉房发出的汽笛声，便扔下工作，涌向铁路进站的信号机，从那里向城里走去。

多年以来季韦尔辛一直这样想，是他一个人使铁路全线瘫痪的。直到多年以后，审讯他的时候，给他定的罪名是参加罢工，而不是煽动罢工，他才明白过来。

很多人跑出来问："拉汽笛干什么？"黑暗中有人回答："你难道是聋子，听不见这是警报声——赶紧去灭火。""可哪儿着火了？""既然拉汽笛，肯定有地方着火了。"

砰砰的关门声，又出来一拨人。另一些人说："还说失火了呢。乡巴佬！别听傻瓜的话。这叫歇工，听懂了吗？这是轭具，这是笼头，咱们就是不戴，我不再是奴隶了。乡亲们，回家吧。"

来的人越来越多。铁路罢工开始了。

7

第三天季韦尔辛才回到家，浑身打战，没刮胡子，没合过眼。前一夜骤然变冷，这季节罕见的严寒，可季韦尔辛还穿着秋天的衣服。扫院子的人吉马泽特金在门口等他。

"谢谢季韦尔辛老爷，"他不停地说，"您护着尤苏普卡，没让人欺负他，让他一辈子为您祈祷。"

"你糊涂了，吉马泽特金，我算什么老爷？快别这样说话。有话快说，你瞧天多冷？"

"怎么能让你挨冻呢，家里暖和着呢，萨维里奇。昨天我和你老妈玛尔法·加夫里洛夫娜运来一棚木柴。清一色的好桦树柴火。"

"谢谢，吉马泽特金。你还有话，就快点说，我都冻僵了。"

"我想对你说不要在家里过夜，萨维里奇，躲一躲。警察问谁来过。警长也问过，谁常到你们家来。我说没人来过。我说只有他徒弟、机务段的人，都是铁路上的人。从没见过外人。"

季韦尔辛是光棍，同母亲、娶了媳妇的哥哥住的房子属于三圣教堂。这里住着一部分教士，还有一家开水果店的和一家卖肉的，大多数住户都是莫斯科—布列斯特铁路的职工。

房子是石头盖的，有条用木头修建的走廊。这所房子从四面围着一个没有铺石板的肮脏院子。从上面连接走廊的是几条又脏又滑的木头楼梯。楼梯散发出猫尿味和酸白菜味。楼梯平台上有间厕所和一间上锁的贮藏室。

季韦尔辛的哥哥应征入伍，在瓦房沟负伤，正在克拉斯诺亚尔斯克医院养伤。他妻子带着两个女儿到医院去照料他。季韦尔辛几代都是铁路工人，凭工作证坐火车到全国各地都不用买票。现在家里空空落落，显得安静。只有儿子和母亲住在这里。

他们的住宅在二层。房门对面有只水桶，送水车灌满了水。季韦尔辛走上这一层楼的时候，发现水桶盖子移到一边，一只铁茶缸冻在水桶里。

"不会是别人，准是普罗夫干的，"季韦尔辛想到，不禁冷笑，"真是个贪得无厌的人，一肚子火气，喝多少水也消不了火。"

普罗夫·阿法纳西耶维奇·索科洛夫是著名的诵经士，一个年纪不大、仪表堂堂的男子，玛尔法·加夫里洛夫娜的远亲。

季韦尔辛把茶缸从冻结的水桶中撬出来，盖上桶盖，拉了一下门铃。一股夹杂着饭菜香味的暖气迎面扑来。

"炉子烧得太旺了，妈妈。家里真暖和。"

母亲扑到他脖子上拥抱他，哭起来。他抚摸她的头，停顿了一会儿，轻轻推开她。

"胆子大就什么也不怕，妈妈，"他低声说，"铁路从莫斯科到华沙都瘫痪了。"

"我知道，所以才哭呢。你不会有好下场。库普里克，你是不是出去躲几天？"

"你那亲爱的朋友，殷勤的牧童，彼得·彼得罗夫，差点把我脑袋捅个窟窿。"他想逗母亲开心，但她没听明白，生气地回答：

"取笑他是罪过，库普里克。你应该可怜他。他是苦命人，堕落的人。"

"帕沙·安季波夫，就是帕维尔·费拉蓬特维奇，夜里被抓走了。夜里来搜查，把家里翻了个底朝天。早上带走了。他妻子达里娅害伤寒，躺在医院里。儿子帕夫鲁什卡还是孩子，在实科中学读书，和聋姨妈一起生活，还要把他们从家里轰出去。我想把男孩子接到咱们家。普罗夫干什么来了？"

"你怎么知道？"

"水桶没盖盖子，茶缸放在旁边。一定是无家可归的普罗夫到这儿来喝水。"

"库普里克，你可真机灵。你说得不错，普罗夫·阿法纳西耶维奇来过。跑来借劈柴，我借给他了。我真是个傻瓜！他告诉我的新闻都忘了。皇上颁布了一道圣旨，什么都翻了个儿，没人欺负人了，把土地分给农民，大家和贵族平等。这道圣旨刚刚颁发。东正教最高会议递了新呈文，要求祷告时加上为沙皇健康祈祷，真的，我不说谎。普罗夫说过，可我忘了。"

8

搬入季韦尔辛家的帕沙·安季波夫是被逮捕的帕维尔·费拉蓬特维奇和躺在医院里的达里娅·费利莫诺夫娜的儿子，是个品行优良的男孩子。相貌端正，一头从中间分开的淡褐色的头发。他不时用梳子梳头发，整理上衣和带着实科学校制服扣环的宽腰带。帕沙观察力很强，经常逗人发笑，他模仿看到和听到的一切都惟妙惟肖。

十月十七日颁布圣旨不久，准备举行一次从特维尔城门到卡卢加城门的盛大游行。这次行动正如谚语所说的："七个保姆照看一个小孩，等于没人照看。"几个参加游行的革命团体互相争吵，一个个退出游行，可到了预定游行的那天早上，又都改变原有立场，涌上街头，急忙派代表参加示威游行。

玛尔法·加夫里洛夫娜不顾儿子基普里扬·萨维里耶维奇的劝阻和反对，带着快活和随和的帕沙走上街头。

十一月寒冷的一天，铅灰色的天空中飞舞的雪花飘落到街道上，像飞扬的尘土撒在坑洼不平的土地上。人们沿街向前涌去，到处都是面孔，面孔，面孔，冬天的棉大衣和羔皮帽子。老人、女子讲习班学员和孩子、穿制服的养路工、电车厂的工人、穿高筒皮靴和皮上衣的电话局的工人、中学生和大学生。

游行队伍时断时续地唱《华沙工人之歌》《你们已英勇牺牲》和《马赛曲》，倒退着走在队伍前面指挥唱歌的人，一只手握着宽檐帽，突然戴上帽子，不再指挥，转身走向游行队伍，听旁边队伍的领队在说什么。歌声中断了，只听见人群走在结冰的路面上发出的咯吱咯吱的脚步声。

好心人告诉游行的发起人，哥萨克在前面布置了警戒线。也有人从附近药房打电话说前面有埋伏。

"怎么办，"领队的人说，"大家不要惊慌，保持冷静，立即撤离到沿街的建筑里，告诉大家前边有危险，分散撤离。"

究竟到哪儿去好，领队们争论起来。有人建议到商业经纪人协会，有人说去高等技术学校，还有人说进入外国记者学校。

争论的时候，前面显现出公共建筑的一角，也是一所学校。比他们刚才想到的避难所毫不逊色。

队伍经过的时候，领队们登上半圆形的台阶，做出排头停止前进的手势。几扇大门被打开，整个队伍，皮袄蹭皮袄，皮帽碰皮帽，涌进学校前厅，沿楼梯往上爬。

"到礼堂去，到礼堂去。"后面有人喊道。人群往里涌，涌进走廊和各个教室。

终于阻止住行进的队伍，大家在课椅上坐下来。领队几次向人们宣布，前面设下埋伏，不能再游行，可他们的话没人听。

边走边唱歌已经半天了，都想默默坐一会儿，让别人大声喊叫，替他们承担责任。大家只管休息，领队们在主要问题上看法一致，次要问题上产生分歧就无所谓了。

因此一位尚未让听众厌恶的最蹩脚的演说家大获成功。他的每句话都博得叫好。赞同的吼叫声压住他的讲话声，但没人为此感到遗憾。人们已经不耐烦了，急于赞同他的意见。有人喊"可耻"，有人拟出抗议电文。众人听腻了演说家单调的声音，完全把他忘了。突然，仿佛一声令下，一个跟一个走下楼梯，涌向街头。游行队伍继续前进。

在街上召开群众大会的时候，下起大雪，越下越大，马路变成银白色。

龙骑兵冲过来的时候，排在后面的人根本没发觉。队伍前面的喊声越来越大，人们喊"乌拉！""救命！""杀人啦！"几种声音混杂在一起，听不出喊什么了。人群惊恐地闪向两旁，空出的一条狭窄通道，许多马头、马鬃和挥舞马刀的骑兵从中闪过。

半个排的骑兵从通道中冲过去，掉转马头，重整队形，冲向游行队伍的队尾。杀戮开始了。

几分钟后街上没有人了。人们四散奔逃，钻进胡同。雪小了。黄昏空气干燥，像一幅炭笔画。落到屋后的太阳仿佛突然用手指指着街道上的一片红色：龙骑兵戴的红顶皮帽，散落在地上的红旗，雪地上斑斑点点的血迹，仿佛勾勒出一道虚线。

一个头盖骨被劈开的人不断呻吟，伸开两只手往前爬。几个骑兵排成一队从下面慢慢驶来。他们从驱赶人群的那一头返回来。玛尔法·加夫里洛夫娜几乎就在马腿下跌倒又爬起来，头巾滑到后脑勺，用撕裂的嗓子拼命喊叫："帕沙！帕图利亚！"声音响得整条街都能听见。

帕沙一直跟她在一起，模仿最后一位演说家逗她开心，龙骑兵冲过来的时候，在混乱中走散。

在混乱中玛尔法·加夫里洛夫娜挨了一马鞭，好在她棉衣里棉花絮得厚，没感觉到疼痛。他们竟敢当众用鞭子抽她，她气得破口大骂，向离去的骑兵挥舞拳头。

玛尔法·加夫里洛夫娜焦急不安地四处张望。突然，她看见男孩在对面的人行道上。在廊柱深处的小店铺和石筑私邸突出部分中间躲藏着围观的人。

他们是被一个冲上人行道的龙骑兵的马胯挤到那里的。人们的惊恐让龙骑兵开心，他挡住他们的回路，在他们面前表演起马术来，先让马倒退，然后前蹄立起。他突然看见伙伴们慢慢返回来，用马刺刺了马一下，马跳了两下便归队了。

挤在墙角里的人群散开。先前不敢出声的帕沙向老太太飞奔过来。

他们往家里走。玛尔法·加夫里洛夫娜嘴里不停地嘟囔："千刀万剐的东西，一群杀人犯！沙皇给了自由，大家高兴，可他们受不了啦。把什么都糟蹋了，每句话的意思都拧了。"

这一刻她痛恨龙骑兵，痛恨周围的一切，包括自己的儿子。她越想越恼火，觉得现在发生的一切都是库普里克那帮糊涂虫惹出来的，她骂他们是笨蛋。

"真恶毒阴险！他们这样闹要干什么？一点也不明白！就知道叫喊、捣乱！那个能说会道的叫什么，帕沙？学一遍，帕沙。哎呀，亲爱的，笑死我了。跟他一模一样。你可太逗人了。马蝇，讨厌鬼！"

她一进家门就向儿子控诉起来，活到这把年纪还让一个披散头发的麻脸蠢货用鞭子抽屁股。

"妈妈，你干吗对我说这些话！我又不是哥萨克中尉，也不是宪兵队长。"

9

人群四散奔逃的时候，尼古拉·尼古拉耶维奇正站在窗前。他知道这是游行队伍，他向远处眺望，在奔跑的人群中没看见尤拉或别的人。他没看见熟人，只觉得跑过去的一个人是杜多罗夫不要命的儿子（名字忘了），不久前刚从他左肩取出子弹，现在他又跑到不该去的地方胡闹去了。

尼古拉·尼古拉耶维奇秋天从彼得堡来到这里。莫斯科没有他栖身之处，又不愿意住旅馆，暂时借住在远房亲戚斯文季茨基家。他们在阁楼上给他腾出一间房间。

这是一幢二层楼，有好几间厢房，对没有子女的斯文季茨基夫妇显得过多了。这幢住宅还是多年前老斯文季茨基向多尔戈鲁基公爵租赁的。多尔戈鲁基公爵房产很多：三个院子和一座花园，还有许多散落在附近的风格迥异的房屋，与三条小巷相连，被称为面粉大院。

尽管房间里有四扇窗户，但还是显得昏暗。堆积在房间里的书、纸、壁毯和版画遮住了光线。半圆形的阳台从外面遮住这间厢房。冬天，通往阳台的双层玻璃门紧闭。

透过房间里的两扇窗户和通往阳台的玻璃门可以看见整条小巷，雪橇轧出的路，排列不整齐的住宅，歪斜的栅栏。

一束淡紫色的阴影从花园透入室内。树枝向房间窥视，仿佛想把犹如淡紫色凝脂的霜枝投放在地板上。

尼古拉·尼古拉耶维奇望着街巷，不禁回想起去年彼得堡的冬天，回想起加邦牧师，回想起高尔基和维特伯爵的来访，还有几位当代时髦作家来访。他从嘈杂的环境逃到这里，打算在宁静的气氛中完成构思成熟的一本书。可哪能写呢！甫出龙潭，又入虎穴。每天讲演、做报告，连喘口气的时间都没有。一会儿上女子高等学校，一会儿上宗教哲学院，还有红十字会或罢工基金会。真想跑到瑞士，找个草木葱茏的偏远省份。静谧、明净的湖水，蓝天和山谷，还有沁人心脾的清新的空气。

尼古拉·尼古拉耶维奇转身离开窗户。他想到朋友家做客或到街上走走。但马上想起托尔斯泰主义者维沃洛奇诺夫有事找他，不能离开。他在屋里踱来踱去，想的是他的外甥。

尼古拉·尼古拉耶维奇把尤拉从穷乡僻壤带到莫斯科，把他引见给韦杰尼亚平、奥斯特罗梅林斯基、谢利亚温、米哈耶利斯、斯文季茨基和格罗梅科几家亲戚。他先把尤拉安顿在头脑混乱、空话连篇的老头奥斯特罗梅林斯基家，亲戚们都管老头叫费季卡。费季卡同自己的养女莫佳私下同居，因而认为自己颠覆了伦理基础，是思想斗士。他辜负了亲戚们对他的信任，手脚也不干净，挪用了尤拉的抚养费。尼古拉又把尤拉转移到格罗梅科家，尤拉在那里一直住到现在。

尤拉住在格罗梅科家，生活在良好的环境中。

"他们家现在结成三人联盟，"尼古拉·尼古拉耶维奇想，"尤拉，他同班同学戈尔东，还有主人的女儿东妮娅。这三个人熟读《爱的教义》和《克莱采奏鸣曲》，沉浸在贞洁的教义中。"

少年时代必将经历净化的狂涛。但他们做得过分，反而弄糊涂了。

他们是古怪的孩子。他们把让他们骚动不安的领域称为"庸俗"，不管用词是否恰当。用词非常不恰当！他们把本能的呼唤、淫秽作品、作践妇女和生理世界的一切，统统称为"庸俗"。他们说出这两个字便涨红了脸！

"如果我在莫斯科,"尼古拉·尼古拉耶维奇想,"不会让他们发展到这种地步。羞耻心是必不可少的,但有一定界限。尼尔·费奥科季斯托维奇,欢迎大驾光临!"他大声说,迎接客人。

10

一位穿灰衬衫、腰系宽皮带的胖男人走进来。他穿着毡靴,裤子膝盖部分鼓起来。他给人一种耽于幻想的老好人的印象。黑色宽带系着的小夹鼻镜在鼻子上蹦来蹦去。

他在前厅脱衣服,可没脱完。围巾没摘下来,一头拖在地板上,双手端拿着圆形毡帽。这些东西不仅妨碍他行动,也让他无法握尼古拉·尼古拉耶维奇伸出的手,甚至问好。

"嗯。"他狼狈地哼了一声,打量房间的各个角落。

"随便放。"尼古拉·尼古拉耶维奇说,恢复了维沃洛奇诺夫说话的能力和控制力。

这个人是托尔斯泰的追随者之一。在他们的脑子里,永远活跃的天才思想停滞不动了,休息了,因而不可避免地变得肤浅了。

维沃洛奇诺夫来请尼古拉·尼古拉耶维奇到某所学校演讲,支持政治流放犯。

"我已经在那里演讲过了。"

"支持政治犯?"

"是的。"

"那就再讲一次吧。"

尼古拉·尼古拉耶维奇略微推辞便答应了。

来访的目的达到了。尼古拉·尼古拉耶维奇没有挽留尼尔·费奥科季斯托维奇。他本应站起来离开。但维沃洛奇诺夫觉得刚来就走有失礼貌。分手的时候应当说几句轻松愉快的话。于是不愉快的冗长谈话开始了。

"您参加了颓废派？痴迷神秘主义？"

"您这是什么意思？"

"人堕落了。还记得地方自治会吗？"

"哪儿能不记得。咱们一起筹办过选举。"

"为农村学校而斗争，为筹办教师进修班而斗争。还记得吗？"

"怎么不记得？斗争非常激烈。后来您转到居民健康和社会救济方面去了。是不是这样？"

"有过一段时期。"

"那就对了。现今活跃的是这帮牧羊神和黄色睡莲，还有公民学校学员和高唱'我们像太阳'的人呢。我对他们决不相信。就让聪明的人，具有幽默感并了解民情的人……算了，您不必说了……也许我触及您内心的隐秘……"

"您何必信口开河呢？咱们为什么事拌嘴呢？您了解我的想法。"

"俄国需要学校和医院，而不是牧羊神和黄色睡莲。"

"没人反驳。"

"农民无衣无食，饿得浮肿……"

话题不停地转换。尼古拉·尼古拉耶维奇意识到这样谈下去不会有任何结果，向他解释他为何同某些象征派作家接近，最后转向托尔斯泰。

"在某种范围内我同意您的看法。可托尔斯泰说过，越献身美，越远离善。"

"您认为恰恰相反？美拯救世界，靠一出宗教剧，还是罗赞诺夫和陀思妥耶夫斯基？"

"等等，我自己说我是怎么想的。我觉得，如果用监狱或因果报应就能驯服潜伏在人身上的野兽，那么马戏团里手持鞭子的驯兽师便是人类最崇高的象征，而不是牺牲自己的传教士。但问题在于几百年来使人高于动物的不是棍棒，而是音乐：没有武装的战无不胜的真理，以及它的榜样的感召力。至今公认，福音书里的道德箴言和圣训中的行动准则最为重要，而对我来说，则是耶稣所讲的生活中的寓言故事，并用它们阐述真理。其实质便是凡人之间的交往是不朽的，人生是象征性的，因为它具有意义。"

"我一点也听不懂。您最好就这个题目写本书。"

维沃洛奇诺夫走后，尼古拉·尼古拉耶维奇非常懊悔。他恼恨竟把自己的一部分真知灼见讲给一个傻瓜听，而对他没产生任何影响。像通常那样，尼古拉·尼古拉耶维奇的恼怒突然转变了方向。他完全忘记了维沃洛奇诺夫，仿佛根本没有这个人。他想起另一件事。他不写日记，但一年两三次往一个厚记事本里记下最珍贵的想法。他取出笔记本，工整地写了一段话：

> 施莱辛格尔这个蠢女人让我一天不自在。早上来，坐到中午，整整两个小时。朗诵那首蹩脚诗，烦得要命。是象征派诗人A为作曲家B阐述宇宙起源的交响乐而写的，其中包含行星上的精灵，自然元素的四个声部，等等。我一再忍耐，最后忍不住了，哀求她，受不了啦，请走吧。

> 我突然豁然省悟。我明白，为什么总是如此无法忍受，如此虚伪，甚至连浮士德也如此。然而这种兴趣是虚假的，故意做出来的。现代人没有这类需求。宇宙之谜让他们困惑的时候，他们探索的是物理学，而不是希腊古诗格律。

> 但问题不在这种落后于现实的陈旧形式。问题不在于水火的精灵把科学阐明的真理重新弄得含混不清。问题在于这种体裁违背当今一切艺术的精神，它的本质，它的启迪动机。

> 天体演化论在古老的土地上存在是自然而然的，因为那时人口稀少，尚不足遮蔽自然。大地上游荡着猛犸，对恐龙和龙记忆犹新。繁茂的大自然扑向人的眼帘，凶狠

地掐住他的脖颈，也许那时到处都是神灵。这是人类编年史的最初几页，刚刚开始。

由于人口过剩，罗马的古代世界衰败了。

罗马挤满外来的神祇和被征服的民族，挤得分为天地两层，扭结成肠子般的垃圾堆，并围绕着垃圾堆打了三个结。达吉人、赫鲁人、斯基泰人、萨尔马特人、极北人，没有辐条的车辆，肥胖得眼睛眯成条线、兽奸、下巴重叠、用受过教育的奴隶喂鱼、文盲皇帝。人比后来任何时候都多，在科洛西姆斗兽场的通道挤满痛苦不堪的人。

如今突出的人性的光芒照射在金色的和大理石的乏味的东西上，加利利人沐浴着这道光芒。从这一刻起，民族与神祇不复存在，人的时代开始了。做木工的人，当农夫的人，夕阳西下赶羊群的人。这里的人没有任何傲气，随着母亲的摇篮曲和世界各地的画廊崇高地向四处传播。

11

彼特罗夫大街就像莫斯科的小彼得堡。两旁矗立高大的建筑物，雕塑典雅的正门、书亭、阅览室、图片社、高级烟草店和考究的餐厅。餐厅前面的煤气灯罩在毛玻璃灯罩里。

冬天这个地方阴暗得难以通行。这里居住着自由职业者，他们收入不错，过着体面的生活。维克托·伊波利托维奇·科马罗夫斯基在二层楼上租了一套讲究的住宅。楼梯宽阔，木栏杆是用结实的橡木制作的。他的女管家爱玛·埃内斯托夫娜对他关心备至又从不干预他的生活，她不仅仅是管家，还是他贴身的看护，在与世隔绝的幽静的小天地里，替他管理财务，照顾他的生活。她不声不响，不惹人注意。他也像绅士那样支付给她高薪，心中充满对她的感激。他作为绅士，自然尊重她的习俗，不接待同她老处女习惯不相容的男女来客。他的家安静得像一座禅寺，窗帘放下，室内纤尘不染，像手术室一样。

星期日午饭前，科马罗夫斯基通常带着狗在彼特罗夫大街和铁匠街散步。从街角过来一个人同他会聚，这人是康斯坦丁·伊拉里奥诺维奇·萨塔尼基，演员兼牌友。他们走在一起，缓步在人行道上，一面讲笑话，一面对世间的一切发表议论，浅薄而无聊的议论。其实，不讲话，哼哼几声，也能达到铁匠街都能听到的目的，但必须哼哼得苍劲有力，声音浑厚颤抖。

12

天气阴沉。雨点滴答滴答地敲打着泄水管和屋檐的铁皮。屋顶敲打声连成一片，像春天一样。正是融雪天气。

一路上她茫然若失地走着，直到走进家门才明白发生了什么事。

家里的人都已入睡。她又陷入麻木状态，恍恍惚惚地坐在妈妈的梳妆台前。她穿着一件近乎白色的淡紫色带花边的连衣裙，披着一条长面纱，都是为参加化装舞会从缝纫店借的。她面对镜子，可什么也看不见。后来她两手交叉放在梳妆台上，头伏在手臂上。

要是妈妈知道，会杀死她，然后自尽。

这件事是怎么发生的？怎么会出这样的事？现在后悔已晚，应当在出事前想到。

现在她——怎么说才好呢——是个堕落的女人，法国小说里的女人。明天上学，同那些女孩子同坐一张书桌前，可她们跟她比简直是群吃奶的婴儿。上帝啊，上帝，怎么会出这种事！

多年后，到可以讲的时候，拉拉会把这件事告诉奥莉娅·杰明娜。奥莉娅必定抱着她的头号啕大哭。

窗外细雨淅沥，解冻开始了。街上有人使劲敲邻居的门。拉拉没有抬头。她肩膀微微颤抖，哭了。

13

"咳，爱玛·埃内斯托夫娜，亲爱的，我难过，烦死了。"

他把袖口和胸衣往地毯和沙发上扔，衣橱抽屉拉开又关上，不知自己在找什么。

他太需要她了，但这个星期日不可能见到她。科马罗夫斯基像头野兽，急得在屋里团团转，浑身不自在。她是完美精灵的化身。她的手臂令人销魂，就像震撼心灵的崇高思想。她投射在壁纸上的剪影白璧无瑕。紧裹着胸部的衬衣浑然天成，像一块绷在绣架上的细麻布。

科马罗夫斯基和着窗外马蹄的踏步声，用手指敲窗子。"拉拉。"他低声唤她的名字，闭上眼睛，脑海中浮现出枕着他手臂的头。她已然入睡，睫毛低垂，并不知道他可以一连几小时欣赏她。浓发散落在枕头上，她的美犹如一道青烟，刺痛科马罗夫斯基的眼睛，钻入他的心里。

星期天散步的愿望未能实现。科马罗夫斯基带着杰克在人行道上走了几步，便停住了。他仿佛在铁匠街上，萨塔尼基给他说笑话，迎面走来一群熟人。不行，他忍受不了啦。这一切让他烦死了！科马罗夫斯基转身回家。杰克莫名其妙，从下面不友好地望着他，不情愿地跟在后面。

"简直着魔了！"他想，"这到底是怎么回事？良心苏醒，怜悯或悔恨？或担心？用不着担心，她现在在家里，平安无事。我怎么老放不下她！"

科马罗夫斯基走进大门，沿楼梯走到楼梯口，绕过了它。墙上有扇威尼斯式窗户，玻璃下角装饰着华丽的纹章。彩色的阳光透过玻璃窗照射在地板和窗台上。科马罗夫斯基停在二层楼梯中间。

"不能沉浸在无法摆脱的恼人的苦闷中！他不是男孩，应当明白，如果仅为寻欢作乐，这个女孩子，亡友的女儿，成为他神魂颠倒的对象，他该怎么办。清醒吧！要相信自己，决不能改变自己的习惯。让这一切通通滚蛋吧。"

科马罗夫斯基一只手使劲握着楼栏杆，握得手都疼了，刹那间闭上眼睛，然后猛地转身，走下楼去。走到楼梯口，借着反射的阳光，他看见狗对主人迷恋的目光。杰克在下面抬头望着他，像一个两颊松弛、口水直流的侏儒。

狗不喜欢那个女孩，撕咬她的袜子，向她龇牙叫唤。它嫉妒主人对拉拉的感情，仿佛怕他从她那儿沾上她的气味。

"原来如此！你愿意一切照旧。那萨塔尼基呢，还有他的下流笑话？这你也愿意，叫你愿意！叫你愿意！"

他用手杖打它，用脚踢它。杰克尖叫着，摇着尾巴跑上楼，趴在门上向爱玛·埃内斯托夫娜抱怨。

几天过去了，几个星期过去了。

14

这是个多么可怕的魔力圈啊！如果科马罗夫斯基闯入拉拉的生活只会引起她的厌恶，那她必将反抗，并从他怀抱中挣脱出来。但事情并非如此简单。

这个头发斑白、年龄可以做她父亲的漂亮男人，集会上受到欢迎，报纸上经常赞扬，竟把金钱和时间花在她身上，称她为女神，带她看戏、听音乐会，即所谓"开发她的智力"，女孩子还是很受用的。

她还是穿着灰褐色连衣裙的未成年的女中学生，学校恶作剧的秘密参加者。科马罗夫斯基在马车里、马车夫的眼前或在剧院幽暗的包厢里，当着全体观众的面大胆向她调情。科马罗夫斯基大胆的举动唤醒她心中的小鬼，也想模仿他。

中学生淘气的冲动很快就过去了。留在心里的是灼伤，是对自己的畏惧。由于夜里睡不着，流泪，头疼不止，背诵功课的劳累和身体的疲惫，她白天老想睡觉。

15

他成为她诅咒的对象，她恨他。这些念头每天都啮噬她的心。

如今她终身成为他的奴隶。他如何奴役了她？他如何征服了她？而她屈从了，满足他的欲望，让他快活，毫不知羞耻？莫非是长辈的身份，母亲在财产上对他的依附，他巧妙地恫吓拉拉？不是，完全不是。这都是胡说八道。

不是她屈从他，而是他屈从她。她难道看不见他如何为她煎熬。她没什么可怕的，她的良心是清白的。如果她揭穿他，羞愧、惧怕的应当是他。可她永远不会揭穿他。她还没卑鄙到这种程度，没有科马罗夫斯基对待下属和弱者的那股狠劲。

这就是他们的差别。周围的生活就如此可怕。她用雷鸣闪电把他震聋？才不是呢。用的是斜视目光和轻声细语。她心怀诡计，举止轻薄。每根线都像蛛丝。他一扯，她就不存在了。想要挣脱蜘蛛网，试试，只能越缠越紧。

卑鄙的弱者反而控制了强者。

16

她问自己：如果她是已婚妇女呢？会有什么区别？她陷入诡辩中。但有时她感到无望的悲伤。

他怎能无耻地匍匐在她脚下哀求："不能再这样下去了。你想想，我们做了什么？你朝下坡滑下去。咱们告诉母亲吧。我娶你。"

他哭了，一定要娶她，仿佛她同他争辩，不同意似的。这都是空话，拉拉根本没听他说的动人的空话。

　　他继续带披着长头纱的拉拉到那家可怕的餐厅的单间去，侍者和用餐的顾客追随她的目光把她剥得精光。她暗中问自己："相爱的人必定受别人的侮辱？"

　　一天她做了一个梦。她埋在土里，只有左肋和左肩，还有右脚掌露在外面。左乳头上长出一撮草，而人们在地上唱《黑眼睛和白乳房》和《别让玛莎渡小溪》。

17

　　拉拉不信仰宗教，不相信宗教仪式。但有时为减轻生活的重压，心灵需要音乐的抚慰。这种音乐不是每次都能自己谱写。这是上帝对生活的箴言，拉拉到教堂去哭诉。

　　十二月初，拉拉的心情如同《大雷雨》中的叶卡捷琳娜一样，到教堂去祈祷。她觉得脚下的大地绽裂，教堂的穹顶坍塌。活该。一切都将结束。可惜她带着奥莉娅·杰明娜，一个话匣子。

　　"那是普罗夫·阿法纳西耶维奇。"奥莉娅对着她耳朵低声说。

　　"嘘。别说话。哪个普罗夫·阿法纳西耶维奇？"

　　"普罗夫·阿法纳西耶维奇·索科洛夫。咱们的表叔。读经文那个。"

　　"噢，你说的是诵经士。季韦尔辛家的亲戚。嘘。别说话。请别打搅我。"

　　她们来的时候祈祷刚刚开始。大家唱赞美诗："主啊，为我灵魂祝福，以我所有，赞主圣名。"教堂空旷，回声四起。仅前面拥挤着一群祈祷的人。教堂是新建筑的。昏暗的窗户不能使灰色积雪的街道和往来的行人生色。窗前站着教堂长老，大声呵斥街道上呆头呆脑的聋女乞丐，不理会正在祈祷的人。他的声音同窗户和窗外的小巷同样单调乏味。

　　拉拉一只手攥着几枚铜币，悄悄绕过祈祷的人群，走到门口替自己和奥莉娅领取蜡烛。她小心翼翼地穿过人群，以免碰到人，然后返回原处。这时普罗夫·阿法纳西耶维奇已经念了九段经文，仿佛大家对经文早已熟悉。

"祈福吧，精神空虚的人；祈福吧，痛哭流涕的人……祈福吧，所有渴求真理的人……"

拉拉走着，颤抖了一下，停下脚步。这说的是她。诵经士唱道：遭受践踏的人的命运值得羡慕。他们有很多可忏悔的。他们仍然前途无量。她这样想。这也是基督的意思。

18

正值普雷斯尼亚起义的日子。他们恰好住在这个区。离他们几步远的特维尔大街上筑起街垒。从旅馆的窗口就能看到。他们从院子里拎出一桶桶水浇在街垒上，把石头和废铁冻在一起，仿佛罩了一层冰罩。街垒就是用石头和废铁筑成的。

隔壁的院子是义勇队的据点，有点像救护站和食品供应站。

来了两个男孩子，拉拉认识他们。一个是尼卡·杜多罗夫，娜佳的朋友，拉拉就是在娜佳家认识他的。他同拉拉性格相似，耿直，孤傲，不爱说话。但拉拉对他不感兴趣。

另一个是实科学校的学生安季波夫，住在奥莉娅·杰明娜外婆季韦尔津娜老婆婆家。拉拉到玛尔法·加夫里洛夫娜家串门的时候，觉察到自己对男孩的影响。帕沙·安季波夫天真无邪，毫不掩饰每次拉拉来看老婆婆的时候给他带来的快乐。拉拉像夏日的白桦林，下面碧草如茵，上面朵朵白云，可以毫无顾虑地表达牛犊般的狂喜，不必怕人笑话。

拉拉刚一发现自己对他的影响，便情不自禁地利用这种影响，认真驯化这个性格温顺的男孩子，则是他们成为朋友很久以后的事了。那时帕沙明白，他狂热地爱她，这辈子离不开她。

男孩子们玩大人们玩的最可怕的游戏，战争游戏。参加这种游戏会被绞死或流放。但从他们戴的风雪帽后面系紧的帽带上可以看出他们还是孩子，有爸爸妈妈。拉拉把他们当孩子看待。这种可怕的游戏显得天真无邪，这种气氛感染了周围的一切。落满浓霜的严寒的傍晚，由于霜太重，已经不是白色的而是黑色的了。对面院子变成蓝色，男孩子们就躲藏在那里。从那儿不断响起手枪声，"男孩子们开枪了。"拉拉想。她想的不仅是尼卡和帕沙，而是枪声四起的城市。"诚实的好孩子，"她想，"他们是好孩子，所以才开枪。"

19

消息传来，军队要向街垒开炮，威胁到他们的住宅。撤离到莫斯科其他地区亲友家已经来不及了，这个区已被封锁。只得在包围圈内找藏身之处。大家想起黑山公寓。

原来他们并不是首先想到黑山公寓的人。公寓里已经躲藏了很多人。这些人的处境同他们相同。看在老主顾的面子上，把他们安置在被服间。

把必不可少的东西打成三个包袱，以免皮箱引人注意，可人们尽量拖延搬入公寓的时间。

作坊里仍保持老规矩，尽管外面罢工，里面还在干活。一个寒冷枯燥的黄昏，外面有人按铃。进来的人提出很多要求和指责。人们要求女店主到正门来。法伊娜·西兰奇耶夫娜出来安抚大家。"姑娘们到这儿来！"她马上把女工一个个招呼过来，向进来的人介绍。那人同每个女工问好握手，虽然热情洋溢却笨拙生硬。

女工们回到大厅，系好围巾，把胳膊伸进窄小皮大衣的袖子里。

"出什么事了？"随之而来的阿玛利娅·卡尔洛夫娜问道。

"不让我们干活了，太太，我们罢工。"

"难道我待你们不好？"吉沙尔太太大哭起来。

"您别难过，阿玛利娅·卡尔洛夫娜，我们没生您的气，我们非常感谢您。问题不在您也不在我们。现在到处都这样，谁能反对？"

女工都走了，连奥莉娅·杰明娜和法伊娜·西兰奇耶夫娜也走了。后者对着女店主耳朵说，为了东家和作坊的利益，咱们装出罢工的样子，可吉沙尔仍平静不下来。

"怎么全无心肝！真容易看错人。就拿这个女孩说吧，我在她身上花了多少心血。好吧，就算她是孩子，可那个老妖精呢。"

"妈妈，您要明白，他们对咱们也不能例外，"拉拉劝慰她，"谁也没怨恨您。相反，现在周围发生的一切是为了维护人权，保护弱者，为妇女儿童造福。是这样。别老疑惑地摇头。这对您，对我都会有好处。"

但母亲仍然什么都不明白。像平时一样，她啜泣着说："脑子里乱糟糟的，你还说这种话吓唬我。往头上拉屎，还说为我好。我可真糊涂了。"

儿子罗佳住在武备学堂。只有拉拉和母亲在空荡荡的楼房里踱来踱去。黑黢黢的街道对他们的房间视而不见，房间对街道同样视而不见。

"趁天没黑，妈妈，咱们去公寓吧。听见没有，妈妈，别耽搁了。"

"菲拉特，菲拉特，"他们招呼看门人，"老伙计，送我们到黑山公寓。"

"是，太太，听您吩咐。"

"把包袱送走。还有，菲拉特，你暂时还在这儿看着。别忘了给鸟喂食喂水。把东西都锁上。抽空看看我们。"

"听您吩咐，太太。"

"菲拉特，谢谢你。上帝保佑你。咱们分手前坐一会儿。"

他们走到街上，呼吸街上的空气，好像久病没有呼吸过新鲜空气了。寒冷的空旷伸向四方，仿佛机车刨出的圆润的声音向四方散去。枪炮声噼啪响，把远方打成稀泥。

不管菲拉特如何让他们相信，这是真枪真炮，可拉拉和阿玛利娅·卡尔洛夫娜却认为不过是放空枪空炮而已。

"菲拉特，傻孩子，看不见射击的人，怎么会是真枪真炮呢。照你看，谁在射击，难道是圣灵吗？当然是放空枪空炮。"

在十字路口，巡逻队把他们截住。狞笑的哥萨克搜查他们，放肆地从头摸到脚。无檐帽拉到后脑勺，好像只有一只眼睛。

"太好了！"拉拉想。这期间她不会见到科马罗夫斯基，她们同城市其他地区被隔开了。由于母亲的关系她无法同他一刀两断。她不能说：妈妈，别让他来了，那样他们之间的一切将会暴露出来。暴露出来又怎么样？有什么可怕的？只要这件事了结，上帝啊，一切都去他一边的吧。主啊，主啊！她恶心得马上就要昏倒在街道上。她现在回想起什么？发生这件事的包间墙上挂的一幅画，就是画着一个肥胖罗马人的那幅，叫什么来着？《女人或花瓶》。当然是那幅了。一幅名画。《女人或花瓶》。可她那时还不是女人，无法同这幅名画相提并论。后来才是。那天餐桌上极为丰盛。

"你怎么走得这样快，要上哪儿去？我可跟不上你。"阿玛利娅·卡尔洛夫娜在后面哭着说，喘着气，勉强跟上拉拉。拉拉走得飞快，仿佛有一种骄傲的力量在后面推动她，使她凌空疾走。

"瞧，噼啪的枪响打得多热闹，"她想，"被凌辱的和被践踏的人解脱了。枪声啊，愿上帝保佑你们永远健康。枪声啊枪声，你们也应这样看！"

20

格罗梅科兄弟的住宅坐落在西夫采夫—洼地街同另一条小巷的

交叉口上。亚历山大和尼古拉兄弟都是化学教授。前者在彼得罗夫科学院工作，后者在大学执教。尼古拉·亚历山德罗维奇独身，亚历山大·亚历山德罗维奇娶了安娜·伊万诺夫娜。她父亲克吕格尔是铁矿场主，在乌拉尔尤里亚金市附近有座巨大的林间别墅，周围几座荒废的铁矿也归他所有。

他们的住宅是座二层楼。楼上是寝室、儿童学习间、亚历山大·亚历山德罗维奇的书房，还有安娜·伊万诺夫娜的小客厅、东妮娅和尤拉的寝室。楼下是接待客人的地方。淡紫色的窗帘，洒落在钢琴盖上的光点，玻璃鱼缸，橄榄色的沙发，水草般的室内植物，进入楼下会客室，客人仿佛置身于缓缓荡漾的绿色海底。

格罗梅科一家很有文化教养，非常好客，喜爱音乐并懂得音乐。他们在自己家里举办室内音乐会，演奏钢琴三重奏、提琴奏鸣曲和弦乐四重奏。一九〇六年一月，尼古拉·亚历山德罗维奇出国后不久，格罗梅科一家又举办音乐会，准备演奏塔涅耶夫学派的后起之秀的小提琴奏鸣曲和柴可夫斯基的三重奏。

音乐会的前一天就着手准备。重新摆放沙发，把客厅腾空。调音师对着墙角一遍遍地调同一个音符，仿佛客厅里洒满透明珠子般的音符。厨房里忙着煺鸡毛，洗蔬菜，调拌沙拉作料，把橄榄油倒进芥末里。

讨人嫌的舒拉·施莱辛格，安娜·伊万诺夫娜的挚友兼律师，一早就来了。

舒拉·施莱辛格是个瘦高的女人，五官端正，长着一张男相的脸。她斜戴羔皮帽的时候，有点像皇上。她做客时从不摘帽子，只稍稍掀起一点别在皮帽上的面纱。

每逢心烦意乱的时候，女友们促膝谈心便能使她们相互感到轻松。所谓轻松是她们互相挖苦，并越说越恶毒。风暴终于暴发，但眼泪很快便使她们和好如初。不停地争吵对她们两人起着镇定作用，就像血蛭放血一样。

舒拉·施莱辛格数次结婚，一旦离婚马上便把丈夫忘了，不当一回事，因此保持单身女人的怪癖：冷漠而善变。

舒拉·施莱辛格信奉神智学，却熟知东正教的仪式，包括心灵传递。有时兴之所至，忍不住提醒神甫该说什么或该唱什么。"听啊，主""永远倾听""圣洁的天使"，不时响起她快速而沙哑的声音。

舒拉·施莱辛格精通数学和印度密宗，知道莫斯科音乐学院著名教授的地址，谁同谁住在一起，我的天，天下没有她不知道的事。所以发生重大事件往往请她裁决或调解。

客人们都如约而至。其中有阿杰莱达·菲利波夫娜、金茨、富夫科夫一家、巴苏尔曼先生和太太、韦尔日茨基一家和卡夫卡兹采夫上校。大雪纷纷，打开前厅门的时候，涌进来的冷气，像被棉絮般的雪花团团裹住似的。男人们从严寒中走进来，脚上穿着长筒皮靴，显得心不在焉，呆头呆脑，而他们的太太们却在严寒中容光焕发，解开大衣最上面的两个扣子，绒头巾滑向落满白霜的头发，像老奸巨猾的骗子，或无处不在的奸诈的化身。"居伊的侄子。"传来一阵耳语声。他第一次应邀到格罗梅科家弹钢琴。

透过敞开的侧门，可以看到餐厅里摆满菜肴的餐桌，宛如一条望不见尽头的冬天覆盖白雪的道路。雕花酒瓶里的花楸露酒闪光耀眼。银瓶架上摆着盛黄油和酸醋的精致的作料瓶，让人产生无穷的遐想。野味和冷盘宛如一幅图画，就连摆成金字塔形的折叠餐巾、排列整齐的刀叉及花篮里散发出杏仁味的紫色小花，都刺激人的食欲。为了不拖延品尝冬季的美味佳肴的时间，大家尽快开始精神盛宴。大家在客厅就座，钢琴家坐在钢琴前，"居伊的侄子"又传遍大厅。音乐会开始了。

大家事先知道他演奏的第一首奏鸣曲枯燥乏味，果然如此，奏鸣曲长得要命。

休息期间，评论家克林别科夫与亚历山大·亚历山德罗维奇就这支曲子争辩起来。评论家责骂奏鸣曲，亚历山大·亚历山德罗维奇为它辩护。周围的人都吸烟，大家移动椅子出去抽上一口。

大家的目光又落在隔壁铺着整齐台布的餐桌上，建议继续进行音乐会，不要耽搁。钢琴家斜视了一下听众，向合奏者点点头，继续演奏。小提琴手和特什克维奇扬起弓弦，如泣如诉的三重奏开始了。尤拉、东妮娅和一直居住在格罗梅科家的米沙·戈尔东坐在第三排。

"叶戈罗夫娜向您打手势。"尤拉低声对坐在他前面的亚历山大·亚历山德罗维奇说。

大厅门口站着格罗梅科家头发斑白的老女佣阿格拉费娜·叶戈罗夫娜。她绝望地向尤拉方向张望，朝亚历山大·亚历山德罗维奇拼命点头，让尤拉明白，她有急事找主人。

亚历山大·亚历山德罗维奇掉过头来，耸耸肩，责备地看了叶戈罗夫娜一眼。但叶戈罗夫娜并不罢休，于是主仆两人便从大厅两头打起哑谜来。大家朝他们的方向望去。安娜·伊万诺夫娜狠狠瞪了丈夫一眼。

亚历山大·亚历山德罗维奇站起来去处理。他红着脸沿墙边绕过大厅，走到叶戈罗夫娜跟前。

"您怎么这么不懂规矩，叶戈罗夫娜！有什么急事？出了什么事？"

叶戈罗夫娜低声告诉他。

"哪个黑山？"

"黑山公寓。"

"那又怎么样？"

"要立即回去。他们那儿有人快死了。"

"快死了。我能想象。不行，叶戈罗夫娜。演奏完这段再说。不能提前。"

"公寓的茶房等着呢。还有赶马车的。我跟您说，人快死了，您听明白了吗？是位太太。"

"不行，不行。等五分钟有什么了不起。"

亚历山大·亚历山德罗维奇又蹑手蹑脚地沿墙回到座位上，皱起眉头，用手揉鼻梁。

第一乐章演奏完，响起鼓掌声，他走到演奏者跟前，对法杰伊·卡济米罗维奇说，外面有人找他，出了不幸的事，不得不终止演奏。然后向听众摆手，请大家停止鼓掌，大声说：

"先生们，三重奏不得不停止，对法杰伊·卡济米罗维奇深表同情。他遇到悲伤的事，不得不离开我们。在这种时刻我不能让他一个人走。也许他也需要我在他身边。我同他一起去。尤拉，亲爱的，出去叫谢苗把马车赶过来，他已经套好了。先生们，我不同大家告别，请大家别走。我只离开一会儿。"

两个男孩子请求亚历山大·亚历山德罗维奇带他们冒着冬夜的严寒到街上兜风。

21

尽管生活已经恢复正常，十二月后仍有零星枪声，各地还有新的火灾，这是常见的情况，仿佛先前的余烬继续燃烧。

他们从未像今夜乘车走得这么远，这么久。其实只有咫尺之遥，穿过斯摩棱斯克街、诺温斯克街和花园街的一半路就到了。但刺骨的严寒把发狂的空间割成许多各不相同的碎块。篝火的滚滚浓烟、马蹄的嘚嘚声、雪橇的轧轧声让人觉得走了很远，驶向天边。

公寓前停着一辆窄小考究的雪橇。马披着马衣，马蹄腕用碎布缠起来。驭者戴手套的手紧紧抱着缩进皮袄里的脑袋取暖。

公寓前厅暖和，门房在隔开衣架和大门之间的栏杆后面打盹，通风机的嗡嗡声和茶炊的尖叫声催他入睡，但自己雷鸣般的鼾声又把他惊醒。

前厅左边镜子前站着一位浓妆艳抹的太太。脂粉涂得过多，脸显得苍白浮肿。她穿了一件短皮外衣，在这种天气显得单薄了。太太在等待有人从楼上下来，转身背对镜子，一会儿从右肩上，一会儿又从左肩上打量自己从背后看美不美。

冻僵的驭者从街上探进身子，他穿的长衣像招牌上的小甜面包，身上冒出的寒气使他更像了。

"小姐，他们快到了吧？"他向站在镜前的太太问道，"同你们这帮人做生意，马会冻坏的。"

对二十四号房间的房客是小事，可却是最让仆人们恼火的事。每分钟都有铃声，铃一响，玻璃长匣里的房号就跳动一下，告诉他哪个客房里的客人抽风了，不知道自己想干什么，就是不让茶房安生。

正在给二十四号客房住户、老傻瓜吉沙尔灌肠洗胃。女仆格拉莎忙得团团转，擦地板，把脏东西倒出去，干净的桶拎进来。但这场风暴暴发前在下人住的房间里就出事了。那时谁也没想到会出这种事，会派捷廖什卡去请医生和可怜的大提琴手，科马罗夫斯基会来，门前过道会挤满人，行人无法通过。

今天下房出事是因为不知是谁从小卖部出来，转身的时候不小心撞上堂倌瑟索伊。瑟索伊刚巧右手高举着摆满菜肴的托盘，弯身从门里飞跑进走廊。他扔下盘子，汤洒了一地，打碎三个深盘子和一个浅盘子。

瑟索伊一口咬定撞他的人是洗餐具的女工，要她赔偿，扣她工钱。已经是晚上十一点了，一半人即将下班，可他们两人还为这件事吵得不可开交。

"都是你手脚不稳，白天黑夜像搂着老婆一样搂着酒瓶，灌足了黄汤，走道不稳，像只鸭子，用不着别人碰，自己就倒下了。打碎餐具，洒了一地汤。斜眼鬼，恶魔，谁撞你了？不要脸的东西。"

"马特廖娜·斯捷潘诺夫娜，您嘴里干净点。"

"要是值得，打碎餐具也就算了。原来为一个冒牌太太，下贱的骚货，竟为一钱不值的贞操服砒霜。黑山公寓住过很多客人，没见过这样的骚货和公狗。"

米沙和尤拉在门前走廊里走来走去。一切都出乎亚历山大·亚历山德罗维奇意料之外。他想象大提琴手的悲剧一定是体面的，高尚的。可鬼知道是怎么回事。龌龊，丑恶，决不应让孩子们知道。

男孩子们在走廊里转来转去。

"少爷们，你们到阿姨那儿去吧，"走到他们跟前的茶房又轻声说了一遍，"进去吧，别迟疑了。放心吧，她没事了。她已完全脱险。你们不能站在这儿。这儿出了倒霉的事，摔碎了贵重的餐具。你们瞧，我们忙着照顾，跑来跑去。地方太小，进去吧。"

男孩子们听从了。

客房里的煤油灯已从挂在桌上的灯架上移到屏风后面，客房的另一边。屏风有一股臭虫味。

那里有个睡觉的角落，一条沾满灰尘的窗帘把这个角落与前室隔开，挡住外人的视线。大家在慌乱中忘记把它取下来。窗帘搭在屏风边上。灯放在椅子上，下面亮得耀眼，像舞台上的脚灯。

太太服的是碘，不是洗餐具女工说的砒霜，她说错了。客房里弥漫着鲜核桃皮的苦涩味，好像尚未变硬的青核桃皮已经被人手摸得发黑的气味。

一个姑娘在屏风后面擦地板，床上躺着半裸的女人，身上沾满眼泪和汗水，头发黏在一起，俯在脸盆上大声痛哭。男孩子们立即把眼睛移开，看半裸的女人是不体面的举止。但尤拉已经惊讶不已：女人挣扎着爬起来，不像雕塑出来的女性，而像准备上场角力的穿短裤的半裸的角力士，上场前向观众展示自己的肌肉。

终于有人想到放下屏风那边的帘子。

"法杰伊·卡济米罗维奇，亲爱的，您的手在哪儿？把您的手给我。"泪水和恶心憋得女人喘不过气来，"刚才太可怕了。都怪我太多心。法杰伊·卡济米罗维奇……我觉得……不过还算幸运，都是愚蠢的念头，我的想象力紊乱了，法杰伊·卡济米罗维奇，现在轻松多了……您瞧，我还活着。"

"您安静点，阿玛利娅·卡尔洛夫娜，安静点，我求您了。您闹得太不像话了，真的，太不像话了。"

"咱们现在回家。"亚历山大·亚历山德罗维奇对孩子们说。他们站在昏暗的过道里，没有同客房隔开的那部分的门槛上，陷入窘境。他们不知道该往哪儿看，只得望着刚才放灯的地方。墙上挂着几张照片，墙边是乐谱架，书桌上堆满纸片和画册。铺着绣花台布的饭桌的另一边，一个姑娘坐在扶手椅上睡觉，双手靠着扶手，脸颊紧贴在椅背上。她大概累极了，周围人走动的声音并没惊醒她。

他们的到来毫无意义，再待下去就有失礼貌了。"马上走，"亚历山大·亚历山德罗维奇又说了一遍，"等法杰伊·卡济米罗维奇出来，我跟他告别。"

屏风后面转出来的却是另一个人。一个健壮、充满自信、胡须刮得干干净净的威风凛凛的男人。他从灯架上取下灯，高高举在头顶上。他走到姑娘睡觉的桌旁，把灯放在灯架上。灯光照醒姑娘，她朝这人嫣然一笑，眯起眼睛，伸了个懒腰。

米沙见到这个陌生的男人不禁打了个冷战，两眼紧盯着他。他拽了一下尤拉的衣袖，想告诉他什么事。

"你怎么能当着外人嘀咕呢？人家会怎么看你？"尤拉制止他，不想听他说话。

这时姑娘与男人之间演出一场哑剧。他们互相没说一句话，只是交换眼神。但互相理解到令人惊奇的程度。仿佛他是牵动木偶的人，他的手一动，她便举手投足。

她脸上露出疲惫的笑容，半闭上眼睛，半张开嘴。她对男人戏谑的目光报以同谋者狡黠的眨眼。两人都很满意，因为事情就这样过去了，服毒的女人没有死，秘密没有揭开。

尤拉死死盯着他们两人。在昏暗中，谁也不会注意目不转睛地盯着光线照耀下一切的尤拉。姑娘受制于人的情景既不可思议又恬不知耻。尤拉心里充满矛盾的感觉。从未体验过的感情产生的威力让尤拉的心缩成一团。

这就是他同米沙和东妮娅激烈争论过，而在他们看来是又吓人又吸引人的被称之为庸俗的东西。在安全距离内口头上容易对付，可这种力量突然显现在尤拉眼前。这是一种确实存在的物质力量，梦中出现的含混不清的力量，一种无情毁灭的又哀怨求助的力量，他们的童年哲理到哪儿去了，尤拉现在该怎么办？

"你知道那个人是谁？"他们走到街上米沙问道。尤拉陷入沉思，没有回答。

"这就是灌醉你父亲并把他害死的人。记得吗，在火车里，我对你说过。"

尤拉想的是那个姑娘和未来，不是父亲和过去。他一刹那没明白米沙对他说什么。天气严寒，说话困难。

"冻坏了吧，谢苗？"亚历山大·亚历山德罗维奇问道。他们离开了。

✦
▪▪

Chapter 03

斯文季茨基家的圣诞晚会

1

冬天亚历山大·亚历山德罗维奇赠送给安娜·伊万诺夫娜一个老式衣橱。是他偶然碰上买的。乌木衣橱非常大，整个搬哪个门也搬不进去。它是拆开运来的，也是一部分一部分搬进屋里的。搬进后考虑往哪儿放。楼下地方宽阔，但使用起来不方便，楼上地方狭窄，放不下。最后在主人卧室旁边楼梯口腾出地方，把衣橱放在那里。

园丁马克尔来组装衣橱。他把六岁的女儿马林娜带来。有人给了马林娜一根麦芽糖棒。马林娜吸着鼻涕，舔糖棒和沾满口水的手指，皱着眉头看父亲干活。

活儿干得很顺利，衣橱渐渐出现在安娜·伊万诺夫娜眼前。安橱顶的时候，她忽然异想天开，想帮马克尔一把，登上离地面很高的衣橱底，身子摇晃了一下，撞在紧挨着榫头的侧板上。马克尔临时捆住橱壁的绳索松开。随着橱板轰然倒地，安娜·伊万诺夫娜也仰面朝天地跌在地板上，摔得很疼。

"哎呀，太太，"马克尔赶紧搀扶她，"您这是何苦呢，好心的太太。骨头没摔坏吧？您先摸摸骨头。骨头最要紧，皮肉没关系。

皮肉，像俗话所说的，不过让女人光鲜。你别哭号，坏东西，"他骂哭号的马林娜，"把鼻涕擦干净，找你妈去。——太太，难道没有您我就装不上衣橱，这么点小事都干不了？您觉得我不过是个园丁，确实不错。其实我们都会干木工活。您不信，这些家具，这些柜橱，经过我们的手，才这么光亮。我们还知道，什么是红木，什么是胡桃木。多少有钱的姑娘，说句粗话，都从我眼前溜走，就怨我爱喝口酒啊，还非得喝劲大的不可。"

马克尔把安娜·伊万诺夫娜搀扶到仆人搬过来的椅子上。她坐下，哼哼着揉搓伤的地方。马克尔重新组装散架的衣橱。安上橱顶后，说道："就差上柜门了，装好了可以送去展览。"

安娜·伊万诺夫娜不喜欢这个衣橱。衣橱的样式和大小像灵车或皇家棺椁。衣橱让她害怕，她给衣橱取名为"阿斯科里德陵墓"，其实指的是奥列格坐骑[1]，致使主人丧命的毒蛇。安娜·伊万诺夫娜杂乱读过不少书，经常把相近的概念弄混。

自从跌了一跤后，安娜·伊万诺夫娜显露出肺病的征兆。

2

一九一一年的十一月，整整一个月，安娜·伊万诺夫娜都是在病榻上度过的。她患了肺炎。

尤拉、米沙·戈尔东和东妮娅将分别从大学和女子高等学校毕业。尤拉读的是医学院，东妮娅是法学院，米沙则是哲学部语文系。

尤拉思想杂乱，理不出头绪，与世俗的一切格格不入。他的观点、习惯和志趣与众不同。他极端敏感，见解新颖得无法表述。

尽管艺术和历史极其吸引他，但他从未打算更换专业。他认

---

1 奥列格是阿斯科里德之后的罗斯大公，相传他被从他爱马头骨中钻出的蛇咬死。

为艺术并非他的天职，就像天生的快乐和生就的忧郁不能成为专业一样。他喜爱物理学、自然科学，乐于从事现实中对民众有益的事业。他上了医学院。

四年前他上一年级的时候，在学校地下室整整解剖了一学期尸体。他沿着弯曲的楼梯下到地下室。在地下室里，他同几个头发蓬松的大学生聚在一起或单独站在一旁。有的人在一堆骨骼旁边翻阅、背诵已经发黄的教科书；有的人在角落里不声不响地解剖尸体；还有的人一边追逐老鼠一边讲笑话。不知多少老鼠在太平间的石地板上蹿来蹿去。昏暗的光线中，不明身份的、自杀的年轻人的，保存完好的溺水身亡的年轻女人的尸体，犹如磷光那样刺目。注射过明矾的尸体显得年轻，造成肢体丰满的假象。尸体被剖开，肢解、制成标本，但无论肢解成多少段，人体的美依然存在。所以把一具美人尸体扔到镀锌的解剖桌上的时候，人们仍对它赞叹不已，而这种赞叹移到被切下来的手臂和手腕上。地下室里弥漫着福尔马林和石碳酸气味。从这些挺直的尸体的不可知的命运到同样不可知的生命的奥秘，在地下室里，如同在家里或大本营里一样，生命与死亡的奥秘无处不在。

奥秘的声音压倒其余的声音，追逐他不放，妨碍他解剖尸体。正如生活中许多事务妨碍他思考一样。他已习以为常，让他分心的干扰并没使他烦恼。

他深入思考，文笔流畅。还在中学时代他就幻想写散文，写传记，把他所见过的、深思熟虑过的、让他震惊的一切，像炸药似的隐藏在他写的书里。但写这样的书他还太年轻，只能以诗代文，仿佛画家为一幅完美的画一生都在勾勒草图似的。

因为这些诗具有鲜明的个性和充沛的热情，尤拉不过分计较它的弱点。尤拉认为他的诗才是现实艺术的代表，其他的都漫无目的、空洞无物。

尤拉明白，舅舅对他性格的形成具有多大的影响。

尼古拉·尼古拉耶维奇住在洛桑。他在用俄文出版后又译成外文的书里，发挥他早年对历史的观点，即历史是人类为回答死亡问题，借助时间和记忆而创建的第二宇宙。书的主旨是对基督教的全新阐释，其直接的成果是新的艺术思想的诞生。这些思想对尤拉朋友的影响比对他本人还大。在这种影响下米沙·戈尔东选择了哲学专业。他在系里听哲学课，后来甚至想转入神学院。

舅舅的思想解放了尤拉，推动他前进，却束缚了米沙。尤拉明白，米沙极端迷恋的东西与他的经历和出身息息相关。尤拉出于对米沙小心翼翼的关爱，没有劝说米沙放弃那些古怪的念头。不过他一直希望米沙成为经验主义者，更加贴近生活。

3

十一月底的一天晚上，尤拉很晚才从学校回来，一天没吃东西，精疲力竭。家里人告诉他白天出了件可怕的事，安娜·伊万诺夫娜浑身抽搐，请来几位医生，建议把神甫招来，后来又放弃了。她现在好多了，清醒过来，吩咐只要尤拉一回来，马上让他来见她。

尤拉依照吩咐，没换衣服便走进她卧室。

房间里还留着刚才慌乱的痕迹。护士一声不响地整理床头小柜。到处都是揉成一团的餐巾和当作敷布用的湿毛巾，洗杯盆水里的血丝、细颈瓶的碎片和被水泡胀了的药棉。

病人浑身大汗，用舌尖舔干裂的嘴唇。她比早上尤拉最后一次见她的时候消瘦了很多。

"诊断会不会有错误，"他想，"是哮喘性肺炎的征兆，病情急剧变化。"他向安娜·伊万诺夫娜问好，说了几句在这种情况下必须说的空洞的安慰话，把护士支开。他拿起安娜·伊万诺夫娜的手号脉，另一只手到制服上衣袋里取听诊器。安娜·伊万诺夫娜摇了摇头，表示没有用。尤拉明白她找他是为别的事。安娜·伊万诺夫娜鼓足力气说道：

"他们叫我做忏悔……死亡降临……每分钟都可能……拔颗牙还怕疼呢……可现在不是拔牙，而是拔掉整个生命，用钳子咯噔一拔，就把生命拔走了……怎么回事？谁也不知道……我又难过又害怕。"

安娜·伊万诺夫娜不说话了。眼泪从脸颊上淌下来。尤拉不知说什么好。过了一会儿，安娜·伊万诺夫娜继续说下去。

"你有才华……才华不是人人都有……你应该懂事了……说几句让我宽心的话。"

"可我说什么呢，"尤拉回答，坐立不安，站起来，走了几步，又坐下，"首先，您明天就会见好，所有征兆都证明这一点，我可以拿脑袋担保。其次，死亡、意识、对复活的信念……您想听我这个学自然科学的人的意见吗？也许，以后再说？不？马上说？好，遵照您的吩咐。"他即兴给她上了一堂课，自己也奇怪，怎么竟有这种本事。

"复活。我说的不是那种通常安慰病人所说的粗浅的话，我讨厌这类话。我对耶稣所说的有关生死的话一直有不同的理解。往哪儿安顿千百年来的复活者？宇宙容纳不下他们，连上帝、善心和生命的意义都得被他们挤出世界。不然他们像动物那样拥挤在一起会再次被挤压死。

"然而充塞着宇宙的千篇一律的壮丽的生命每小时都在组合和转换中获得新生。您担心是否复活，可您诞生时已经复活了，只不过您没觉察到罢了。

"您是否疼痛，感到肌肉组织的碎裂？换种说法，您的意识怎么样了？什么是意识？让我们来看看。意识到您应该睡觉，您必定失眠，有意识地理解自己的消化功能，必定消化功能紊乱。意识是毒药，是毒害自身的手段。意识也是投向外部的耀眼的光芒，照亮我们面前的道路，使我们不致跌倒。意识是火车头行驶时前面的两盏车灯。如果把光线转向车内便会酿成惨祸。

"您意识到什么了？我说的是您的意识。您算什么呢？问题就在这里。我们不妨分析一下。您靠什么感觉自身的存在？肾，肝，还是血管？不是这些。不管您如何苦思冥想。您通过外部活动才能感到自身的存在。比如您双手做事，在家庭中，以及其他方面。现在请您注意听：存在于别人心中的人便是这个人的灵魂。这意味着您的意识在呼吸，在吸收营养，在陶醉。您的灵魂、永恒、生命依附在别人身上。那又意味着什么？您存在于他人身上。以后把这种现象称为回忆。跟您有什么关系？您将成为构成未来的一个部分。

"还有最后一点。您没必要感到不安。没有死亡。它与我们无关。您说天才，这是另一码事，它已被我们发现。天才，从最崇高的意义上说，是生命的馈赠。

"没有死亡，圣徒约翰说，您理解他的教义过于直接了。死亡不会有，因为往昔已经逝去。大体如此：死亡不会再有，因为已经见到过，陈旧了，厌烦了，现在要求新生，新生即永恒的生命。"

他一边说，一边在房间里走动。"睡吧。"他走到床前，两只手放在安娜·伊万诺夫娜头上说道。过了几分钟。安娜·伊万诺夫娜安然入睡。

尤拉轻轻走出房间，对叶戈罗夫娜说，派个护士到她卧室去。"怎么回事，"他想，"我成了骗人的巫医。念咒语，把手放在病人头上治疗。"

次日，安娜·伊万诺夫娜有了起色。

4

安娜·伊万诺夫娜的病情见好。十二月中旬她尝试站起来，但身体仍然虚弱。大家劝她还要静心卧床休养。

她时常派人把尤拉和东妮娅叫到身边，一连几小时向他们讲述她如何在祖父乌拉尔雷尼瓦河畔的瓦雷金诺庄园度过童年。尤拉和东妮娅从未到过那里，但尤拉从安娜·伊万诺夫娜的讲述中马上想象出那片人迹罕至的五千俄里的原始森林，犹如漆黑的夜，河水沿克吕格尔陡峭的崖壁日夜奔腾而下，冲击着鹅卵石河底。河岸几处拐弯的地方，仿佛向森林插了几把尖刀。

这些日子第一次为尤拉和东妮娅制作节日服装。尤拉的是一套黑色常礼服，东妮娅的是用浅色缎子做的晚礼服，微微袒露脖颈。他们准备二十七日换上新装到斯文季茨基家参加一年一度的圣诞节。

成衣作坊的女裁缝为他们两人缝制的服装同一天送到。尤拉和东妮娅试装，两人非常满意。还没脱下新装，安娜·伊万诺夫娜便打发叶戈罗夫娜叫他们过去。他们穿着新服装来到安娜·伊万诺夫娜床边。

他们进来后，安娜·伊万诺夫娜微微撑起身子，从侧面打量他们，又让他们转过身去，说道：

"非常好。简直美极了。都做好了，我一点也不知道。东妮娅，过来再让我看看。没有毛病。可我觉得突起的地方有点发皱。你们知道我干吗叫你们来吗？先说你，尤拉。"

"我知道，安娜·伊万诺夫娜。是我叫人把信交给您的。您肯定同尼古拉·尼古拉耶维奇一样，不赞成我拒绝遗产。您别急，说话对您健康有害。我马上向您解释。其实您已经很清楚了。

"先谈第一点。要为日瓦戈遗产案支付一笔律师费和诉讼费，可实际上并不存在任何遗产，只有债务和疑团，以及将随案件浮出水面的肮脏勾当。要有什么东西能变成钱的话，我会不自己使用而转赠给法院吗？问题在于诉讼是编造出来的，与其消耗精力，不如放弃并不存在的遗产，让给假冒的竞争者和垂涎欲滴的伪继承人。至于那位带孩子居住在巴黎姓日瓦戈的爱丽丝太太侵占遗产的事我早已听说。还有人争夺遗产，不知道您是否知道，我是才知道的。

"原来妈妈在世的时候父亲就迷上一位耽于幻想、疯疯癫癫的斯托尔布诺娃－恩利茨公爵夫人，她和父亲生了一个男孩，叫叶夫格拉夫，如今已经十岁了。

"公爵夫人是位隐士，带着儿子居住在鄂木斯克郊区一所独门独院中，深居简出，经济来源不详。我见过这所住宅的照片。一座五扇落地窗的住宅，窗檐镶嵌着浮雕。近来我觉得，那所远在千里之外住宅的五扇落地窗，穿越俄国西伯利亚的欧洲部分，狰狞地望着我，早晚把我看死。因此我何苦惦念那笔臆造的遗产，凭空捏造出来的竞争者，以及他们的敌意和嫉妒呢。还有那伙律师。"

"不管怎么说也不应拒绝，"安娜·伊万诺夫娜反驳道，"你们知道我为什么叫你们来吗？"她重复了一遍，继续说下去，"我想起了他的名字。还记得吗，我昨天讲过一个护林员？他叫瓦克赫。罕见的名字吧？森林中的黑色怪物，胡子从下巴长到眉毛，可却叫瓦克赫（酒神）！脸上瘢痕累累，都是被熊抓的，但他竟从熊的魔爪中挣脱出来。那地方的人都这样。他们的名字都很古怪，都是单音节的，叫起来响亮，容易记。瓦克赫，或卢普，或阿夫斯特。你们听我讲，听我讲。有时通报出了什么事，阿夫斯特或弗罗尔吧，祖父的双筒猎枪响了，我们立即从儿童室蹿入厨房。你们哪儿能想象，不是烧炭工送来的小活熊，便是巡道工送来的矿苗。祖父一一记下来，把他们带进账房，有的付钱，有的给粮食，有的发弹药。窗外便是原始林。雪下得那个大呀！都没屋顶了。"安娜·伊万诺夫娜咳嗽起来。

"妈妈，别说了，说话对你有害。"东妮娅提醒她，尤拉附和东妮娅。

"没关系，说话不算什么。叶戈罗夫娜说你们还没拿定主意是否参加圣诞晚会，也许她胡说。我不许你们再说这种傻话！你们怎么不害臊。尤拉，你以后还怎么当医生？这么说，决定了。你们一定去。现在再说说瓦克赫。这个瓦克赫年轻时候是铁匠，打架把内脏打出来了。他就打了一副铁的。尤拉，你可真是个怪人，难道我连这个都不懂？当然是胡说八道了。可老百姓都这么说。”

安娜·伊万诺夫娜又咳嗽起来，这阵咳嗽比刚才那阵时间长，一直没止住。她半天喘不过气来。尤拉和东妮娅这一刻同时跑到她跟前，肩并肩地站在她床前。安娜·伊万诺夫娜不停地咳嗽，握住他们挨在一起的手，半天没松开。后来喘过气来，说道：

“我死后也不要分手。你们是天造地设的一对。结婚吧。我给你们订婚了。”她补充了一句，哭起来。

5

一九〇六年春天，拉拉中学最后的一年，她同科马罗夫斯基暧昧关系持续六个月后，再也无法忍受了。他巧妙地利用拉拉的沮丧心情，需要的时候，便不动声色地暗示她已失身。这种暗示使拉拉心慌意乱，而这正是好色之徒所需要的。心慌意乱使拉拉进一步陷入情欲的噩梦中，清醒后惊吓得头发都竖起来。夜里的疯狂又像无法解释的巫术，矛盾重重。一切都颠倒了，违背了生活逻辑。银铃般的笑声隐匿着的却是锥心刺骨的痛苦。挣扎与反抗意味着顺从，而感谢的亲吻雨点般地落在折磨者的手上。

这一切仿佛没有尽头，但在春天学年最后的一次课上，拉拉想，夏天不上课了，避免同科马罗夫斯基会面的最后避难所不存在了，幽会会更加频繁。拉拉想到这里，当即做出改变她大半生的决定。

清晨天气闷热，暴风雨即将来临。教室窗户通通打开。远方传来城市的喧嚣声，同一个音调，像养蜂场上蜜蜂的嗡嗡声。还有院子里孩子们玩耍的喊叫声。土地上散发出的嫩草气味让人头痛，就像谢肉节喝多了酒或闻多了煎饼烤煳的味道。

历史课老师讲解拿破仑远征埃及的事迹。当他讲到拿破仑在弗雷瑞斯登陆的时候，天色骤然变暗，响起一声霹雳，新鲜的泥土和尘土刮进窗里。两个讨好老师的女学生跑进走廊叫工友关窗户，可她们一开门，一阵穿堂风把课桌上的笔记本和吸墨纸刮得满教室都是。

窗户关上。一场夹杂着尘土的暴风雨倾盆而下，这种肮脏的雨只有城市里才会下。拉拉从笔记本上撕下一页纸，给同桌的娜佳·科洛格里沃娃写了个条子：

> 娜佳，我想和母亲分开住。帮我找个报酬高的家馆。
> 你们认识很多有钱的人。

娜佳用纸条回答她：

> 莉帕要找家庭教师。到我们家来吧。那真太好了！
> 你知道，爸爸妈妈都喜欢你。

6

拉拉在科洛格里沃娃家住了三年，仿佛躲在一面石墙后面，没人能侵犯她，就连她并不喜欢的母亲和弟弟都无法见到她。

拉夫连季·米哈伊洛维奇·科洛格里沃夫是新型的大企业家，聪明而有才能。他对腐朽的体制怀有双重仇恨：富可敌国的富翁的仇恨和民间成功者的仇恨。他藏匿地下工作者，为政治犯聘请律师，像人们开玩笑所说的那样，他作为私有者却资助革命，还在自己的工厂里组织罢工，自己推翻自己。拉夫连季·米哈伊洛维奇是卓越的射手，一个酷爱打猎的人。一九〇五年冬天，每逢星期日便到银树林或驼鹿岛教工人纠察队射击。

这是个卓越的人。他和妻子谢拉菲玛·菲利波夫娜是天造地设的一对。拉拉对他们感恩戴德。大家也喜欢拉拉，待她像自家人。

拉拉在这个家庭里无忧无虑地过了三年，直到弟弟罗佳有事找她。他像纨绔子弟那样大摇大摆地走进来，为显示傲慢的派头，说话故意拿腔拿调。罗佳对她说他们毕业班士官生凑钱给校长买毕业礼品，把钱交给了他，委托他买，可三天前他把钱输得精光。说完大咧咧地往椅子上扑通一坐，哭起来。

拉拉听他讲的话浑身发冷。罗佳哽咽着说下去：

"我昨天找过科马罗夫斯基。他拒绝跟我谈钱的事，但说如果你乐意的话……他说你已经不爱我们大家了，你对他仍有很大的支配权……好姐姐，你说一句话就行……你明白吗，这对我是奇耻大辱，有关士官生的荣誉……你到他那儿去一趟，请求他，这对你不算一回事……难道你看着我用鲜血洗刷那笔款子而无动于衷吗？"

"用鲜血洗刷……士官生的荣誉，"拉拉气愤地重复了一遍，激动得在屋里走来走去，"可我不是士官生，我没有荣誉感，怎么处置我都行。你明白吗，你要求我做什么？你想过没有，他的建议是什么意思？年复一年，我苦苦奋斗，睡眠不足，构筑自己的生活，可这个人来了。毁坏什么对他都无所谓。见你的鬼去吧。想自杀就自杀吧。与我何干。你要多少钱？"

"六百九十多卢布。"罗佳吞吐地说。

"罗佳！你疯了！想过没有你说的是什么数字？你输了七百卢布？罗佳！你知道不知道，一个普通人用诚实的劳动攒这么多钱需要多长时间？"

拉拉停顿了一下，像对陌生人那样冷漠地说：

"好吧，我试试。明天再来找我。把你准备自杀的手枪带来。你把手枪转让给我。记住，带足子弹。"

她从科洛格里沃夫那里借到这笔钱。

7

拉拉在科洛格里沃夫家任家教并未妨碍她中学毕业并考入专修班。她成绩出众，再过一年，一九一二年，即将毕业。

一九一一年她的女学生莉帕中学毕业。莉帕找到家庭殷实的未婚夫工程师弗里津丹柯。父母满意莉帕的选择，但反对她过早出嫁，建议她再等两年。为此引起一场家庭纠纷。莉帕是家里的宠儿，被娇宠坏了，十分任性。她同父母大吵大闹，跺脚大哭。

把拉拉视为家庭成员的阔绰家庭，早把她替罗佳借钱的事忘到脑后了，一次也没提起过。

如果不是另有开销，她早把钱还清了。至于这笔钱是如何开销的，她秘而不宣。

她瞒着帕沙给他流放的父亲安季波夫寄钱，经常资助他爱唠叨的患病的母亲。此外她还为减轻帕沙本人的开支，偷偷地替他向房东补交食宿费。

帕沙比拉拉略小一点，爱她爱得发狂，凡事都听她安排。在她坚持下，帕沙从实科学校毕业后，补习拉丁文和希腊文，准备报考大学语文系。拉拉希望明年他们两人通过国家考试就结婚，然后到乌拉尔某个城市担任男校和女校的教师。

帕沙居住的房间是拉拉替他找的，在卡梅尔格尔斯基大街一所新建的寓所中，房东夫妇都是性格温和的人。寓所就在艺术剧院附近。

一九一一年夏天，拉拉最后一次同科洛格里沃夫一家到杜普良卡度夏。她爱这个地方爱得如醉如痴，胜过主人。大家都知道她爱杜普良卡，对她来说，夏日旅行是不成文的约定。当他们乘坐的滚烫肮脏的列车渐渐远去后，置身于芬芳静谧的田野中的拉拉激动得说不出话。从铁路小站把行李卸到马车上的时候，总让拉拉一人步行到庄园。穿着无袖哥萨克红衬衣的杜普良卡马车夫，一路向坐在车上的老爷们讲述上个季度当地的趣闻。

拉拉顺着路基沿小路往前走，这条小路是朝圣的香客踩出来的。接着，拉拉拐到通往树林的小径。她停下来，眯起眼睛呼吸辽阔原野的芳香。这里的空气比父母还亲昵，比恋人还可爱。比书籍还聪明。刹那间生存的意义展现在拉拉面前。她顿时领悟到她无力揭示大地震撼人心的美，并讲述出来。只得凭着对生活的爱，养育后代，由他们替她完成这一使命。

这年夏天拉拉来到这里，过重的工作已经使她精疲力竭。她心情沮丧，变得多疑，这是她先前所没有的。拉拉的性格变得狭隘，可她一贯心胸开阔，从不计较琐事。

科洛格里沃夫夫妇不放她走。他们像先前那样关爱她，但莉帕不再需要家庭教师，拉拉觉得自己在这个家庭里变成多余的人。她谢绝薪俸，可他们依然强迫她收下。其实她很需要钱，但寄人篱下还领取薪俸让拉拉感到尴尬，这是她所做不到的。

拉拉觉得自己的处境虚伪而难堪，已成为他们的负担，只是没表露出来。她觉得自己是累赘。她想逃走，逃避自己和科洛格里沃夫一家。但拉拉认为，逃跑之前必须还清欠科洛格里沃夫家的钱，可她上哪儿弄钱去呢。她觉得罗佳的荒唐赌博使她成为这一家的人质，羞愧难当。

她处处感到别人对她的轻蔑。如果科洛格里沃夫家的客人对她过分殷勤，她就觉得他们把她当成"任人摆布的女学生"或可以轻易到手的女人。如果不招呼她，她又会觉得对她视而不见，没人把她当回事。

忧郁的心情并未妨碍拉拉同到杜普良卡来的人一起娱乐。她游泳划船，夜晚参加河边野餐，同大家一起放烟火、跳舞。她参加业余演出，醉心用毛瑟枪射击，但只使用罗佳带来的那支小手枪。她使用这支手枪射击，几乎百发百中。她开玩笑说，可惜她是女人，不能参加决斗。可拉拉越快活就越难过，不知道自己要什么。

返回城里时心情更加恶劣。拉拉恶劣的心情中还夹杂着她同帕沙的口角因素（拉拉避免同帕沙大吵，因为她把帕沙视为最后一道屏障）。最近帕沙的自信心增强了，谈话时的教诲腔调让拉拉觉得既伤心又可笑。

帕沙、莉帕、科洛格里沃夫夫妇和他们借给拉拉的那笔钱是她的心病。生活让她厌恶。她快发疯了。她渴望抛弃她所熟悉的和体验过的一切，开始全新的生活。在这种心情下，一九一一年圣诞节她做出致命的抉择。她打算逐渐同科洛格里沃夫一家分手，自己过独立简朴的生活，需要的钱向科马罗夫斯基要。拉拉觉得在发生过那种事及此后她争得这几年自由生活后，他应当像骑士那样无私地援助她，不需解释，更不能提出肮脏的条件。

十二月二十七日晚上，她怀着这个目的到彼特罗夫大街去。临行前，她把罗佳的手枪装上子弹，打开保险，放进手笼里，准备科马罗夫斯基一旦拒绝，或曲解她的意思，或羞辱她，马上向他开枪。

她慌乱地走在节日的街道上，周围什么都没看见。计划好的枪声已经在心里打响，至于对准谁，完全无所谓。她所唯一意识到的就是这声枪声。她一边走一边听到枪声，这是射向科马罗夫斯基的枪声，射向自己的枪声，射向命运的枪声，射向杜普良卡刻着靶标的柞树的枪声。

8

"别碰手笼。"她对惊讶不已的爱玛·埃内斯托夫娜喊道，爱玛·埃内斯托夫娜想帮她脱皮大衣。科马罗夫斯基没在家。爱玛·埃内斯托夫娜请拉拉脱大衣进屋。

"不用脱，我有急事。他在哪儿？"

爱玛·埃内斯托夫娜告诉她，科马罗夫斯基参加圣诞晚会去了。拉拉拿起地址跑下昏暗的楼梯，楼梯一侧的窗户装饰着彩色家徽。

这条楼梯勾起她的往事。拉拉直奔位于面粉大院的斯文季茨基家。

现在，拉拉第二次来到街上，这时她才环顾四周。隆冬，街市，天已向晚。

天气寒冷，街道结了一层黑色的冰，像打碎的啤酒瓶底。呼吸困难。空中弥漫着灰色的霜雾，仿佛用浓密的鬃毛扎人的脸，就像她那条结冰的毛围巾里的毛往她嘴里钻一样。拉拉走在空荡荡的街道上，心怦怦地跳。从茶室和酒馆的门里冒出蒸汽。大雾中现出冻得像香肠似的行人的脸，还有冰凌似的马和狗的嘴脸。经过的房屋窗户被大雪覆盖，好像涂上一层白灰；不透明的窗户后闪现出圣诞树上移动的灯光和人影，街上的人觉得屋里正在放映模糊不清的幻灯片。

拉拉在卡梅尔格尔斯基大街停住了。"我受不了啦，再也无法忍受，"她几乎喊出来，"上楼把一切都告诉他。"她想，控制住自己，推开很有气派的沉重大门。

9

帕沙对着镜子刮胡子，用舌头顶着腮，费劲把曲钩扣进浆洗过的胸衣领扣里。用劲太猛，涨得满面通红。他准备做客。他还非常单纯、稚嫩，当拉拉推门而入，撞见他衣冠不整的样子，他顿时惊慌失措。他立即注意到拉拉情绪激动。她两腿发软，拨开连衣裙向前走，仿佛涉水而行。

"你怎么了？出了什么事？"他不安地问，跑过去迎接她。

"坐在我身边。就这样坐下，不用穿出门的衣服。我马上就走。别碰手笼。等着瞧吧。请转过身去。"

他照她的话办了。拉拉穿的是英式西装。她脱下短外衣，挂在钉子上，把罗佳的手枪从手笼中取出，放在外衣口袋里，然后回到沙发上，说道：

"你现在可以转过来了。关上电灯，点着蜡烛。"

拉拉喜欢在昏暗的烛光下谈话。帕沙总为她储备一包未拆开的蜡烛。他取下烛台上的蜡头，换上一支整蜡，点上，放在窗台上。火苗不往上蹿，火星向四外迸射，但很快就像箭头似的竖立起来。屋里充满柔和的烛光。靠近蜡烛的窗花开始融化，渐渐融成一个黑圈。

"帕沙，你听我说，"拉拉说，"我遇到麻烦，帮我摆脱。别害怕，别盘问我，但放弃我们同大家一样的想法。你不能再无忧无虑，我永远处于险境之中。如果你真心爱我，使我免于毁灭，那咱们马上结婚，不要再耽搁了。"

"这一直是我的梦想，"他打断她，"你赶快定日子，只要你愿意，我什么时候都愿意跟你结婚。老实告诉我，你出了什么事，别让我猜谜了。"

但拉拉岔开话题，巧妙地躲开正面的回答。他们谈了半天，都是同拉拉悲伤无关的事。

10

这年冬天尤拉正在写《视网膜主要构成因素》的学术论文，准备参加学校金奖竞赛。尽管尤拉学的是普通内科，但他的眼科知识不亚于未来的眼科医生。

对视觉生理的爱好显现出他天性的另一面——创作的潜能、对艺术形象的思考和逻辑思维的形成。

东妮娅和尤拉乘坐出租雪橇到斯文季茨基家参加圣诞晚会。他们一起度过童年又一起迎来少年时代。他们彼此十分了解，习惯相同，三言两语说俏皮话的方式一模一样，回答时扑哧一笑的样子也一样。他们现在坐在雪橇上，都不说话，冻得咬紧嘴唇，偶尔交谈一句，都在想自己的心事。

尤拉想到竞赛即将开始，得赶写论文，但年终节日的喧闹气氛使他分心，从这件事跳到另一件事上。

戈尔东的系里出版一份大学生办的胶印刊物，戈尔东担任主编。尤拉很早前就允诺过替刊物写篇评论勃洛克的文章，那时两个首都的青年都为勃洛克疯魔，而他与戈尔东尤甚。

但这些念头在尤拉脑子里没停留多久。他们把下巴缩进领子里，两手揉搓冻僵的耳朵，想各式各样的事。但在一件事上两人想到一起了。

安娜·伊万诺夫娜刚才导演的那一幕使他们完全改变了。他们仿佛一下子醒悟了，开始用新的眼光打量对方。

东妮娅这个耳鬓厮磨的伙伴，原来是个女人，这是尤拉万万没有想到的，可又是千真万确的。只要发挥想象力，尤拉可以想象自己是登上亚拉腊山的英雄、先知、胜利者，却无法想象出一个女人来。

于是东妮娅柔弱的肩膀担负起这项最艰难同时又是最美好的使命（尤拉觉得她瘦弱，其实她完全是个健康姑娘）。他对她充满炽热的同情和羞怯的惊奇，这便是情欲的萌发。

东妮娅对尤拉的态度也发生相应的变化。

尤拉想他们何必离开家呢。他们不在的时候不知会发生什么事。他想起，得知安娜·伊万诺夫娜病情恶化时，他们已经穿戴完毕，他们走到床前向她告别，恳求她允许他们留下来，而她仍像先前那样坚决反对，一定要他们参加圣诞晚会。尤拉和东妮娅走到落地窗窗帘后观看外面的天气。他们从窗帘后面走出来的时候，两扇窗帘裹住了他们的衣服，东妮娅拖着轻柔的窗纱走了几步，仿佛新娘头上的婚纱。卧室里所有的人都看到这种相似的情景，一齐笑了。

尤拉向四周张望，所看到的正是拉拉刚才看到的。他们的雪橇发出的刺耳的声音，引起花园和人行道上挂满冰凌的树丛的刺耳回响。住宅窗外结满霜花，里面灯火通明，宛如水晶制成的贵重的首饰匣子，里面装着莫斯科圣诞节日的生活。枞树上缀满蜡烛，人影憧憧，化装的人在捉迷藏。

尤拉突然想到，在俄国生活所有领域中，北方城市生活中，新文学中，现代街道的星空下，围绕着本世纪客厅里点燃的枞树周围，勃洛克的幽灵在徘徊。他想到，无须写任何纪念勃洛克的文章，只需写俄国人对星象学家的崇拜，就像荷兰人所写的那样，还有严寒、狼群和黑黢黢的枞树林就够了。

他们经过卡梅尔格尔斯基大街。尤拉看见一扇窗户的窗花融成黑色的圆圈，灯光从中倾泻出来，仿佛一道目光有意识地注视街道上往来的行人，等待着某个人。

"蜡烛放在桌上，蜡烛在燃烧……"尤拉含混不清地念出尚未形成的诗句开头的几个词，希望下面的词自然而然地涌出。但词没有涌现出来。

11

斯文季茨基家举办圣诞晚会已经多年，程序始终未变。晚上十点孩子们离开晚会回家，青年人和成年人点亮第二棵枞树，大家一起玩乐到天亮。上年纪的人在只有三面墙的精致的客厅里打牌。这间客厅连着大厅，用挂在铜环上的厚重的门帘隔开。天亮的时候，大家一起用餐。

"怎么来得这么晚？"斯文季茨基的侄子若尔日向东妮娅和尤拉问道，便穿过前厅向坐在内室里的叔叔和婶母跑去。东妮娅和尤拉也到内室去同男女主人打招呼。穿过大厅的时候，他们脱下外衣，四下张望。

他们经过点燃蜡烛的枞树，环绕枞树的烛光明亮。翩翩起舞的客人，窸窣的衣裙声，悠闲踱步或互相交谈的不跳舞的人，像一堵移动的黑墙，不小心会踩到别人的脚。

众人围起圈子，跳舞的人疯狂地旋转。副检察官的儿子、中学生科卡·科尔纳科夫指挥大家跳舞，让大家转圈，两人一对。扯着嗓子从大厅一头喊到另一头："快步轮舞！连成一排！"大家听从他的指挥——"先奏华尔兹！"他向伴奏喊道，同自己的舞伴带头跳起三拍、四拍的舞来，逐渐减慢速度，缩短舞步，直到原地踏步为止。这已经不是华尔兹，而是它的余波而已。大家鼓掌，接着向舞步仍未停止、大声欢笑的人群送冰激凌和其他冷饮。跳得涨红脸的青年男女这时停止喊叫和大笑，贪婪地喝着冰镇的果汁，刚放下杯子又大喊大叫起来，仿佛服用了兴奋剂。

东妮娅和尤拉没进大厅，走进内室。

12

斯文季茨基的内室堆满为腾地方从客厅和大厅里搬来的各式家具。这里有主人神奇的厨房和盛放圣诞礼物的小仓库。有一股油漆和胶水味，有成卷的彩纸、几盒跳舞时佩戴的小星和备用的圣诞树蜡烛。

斯文季茨基老夫妇正在写礼品编号、晚餐入席卡和抽彩签。若尔日在一旁帮忙，却经常把号码弄乱，老人不高兴了，埋怨起他来。斯文季茨基夫妇非常高兴尤拉和东妮娅能来参加晚会。他们从小就认识他们，就不客气地叫他们代写号码。

"费利察塔·谢苗诺夫娜不明白这些事要提前做，不能等到客人到齐再做。瞧你这个糊涂虫，若尔日，又把号码弄乱了！说好把糖果点心盒放在桌子上，空盒放在沙发上，你又颠倒了。"

"安娜病情轻了些，我真高兴。我和彼埃尔一直为她担心。"

"担心不假，亲爱的，可她病情加重了。你老是想当然。"

尤拉和东妮娅一半时间同若尔日和老夫妇在一起，躲在圣诞晚会的幕后。

13

他们两人在斯文季茨基夫妇内室的时候，拉拉一直待在大厅里。尽管她没穿晚会服装，并且谁也不认识，仿佛人在梦中，任凭科卡·科尔纳科夫带她旋转，或漫无目的地在大厅里踱步。

拉拉犹豫不决地在客厅门前停留了一两次，希望面朝大厅的科马罗夫斯基看见她。但他眼睛只盯着纸牌，左手挡住自己的脸，也许真没看见她，也许装作没看见。拉拉气得喘不过气来。这时拉拉不认识的一位姑娘从大厅走进客厅。科马罗夫斯基看她的眼神拉拉再熟悉不过了。姑娘受宠若惊，对科马罗夫斯基嫣然一笑，脸涨得通红。拉拉看见这一幕险些喊出来。拉拉满脸羞愤，连额头和脖子都涨红了。"又是一个牺牲品。"她想。拉拉仿佛在镜子里看到自己和过去的一切。但她并没有放弃同科马罗夫斯基说话的想法，决定暂时推迟一下实行计划的时间，强迫自己镇静下来，返回大厅。

同科马罗夫斯基同坐一张牌桌的还有三个人。同他坐在一排的是他的牌友，衣装华丽的中学生的父亲，中学生刚才请过拉拉跳华尔兹。拉拉和舞伴在大厅里旋转的时候交谈过几句话，因此料到科马罗夫斯基的牌友就是他父亲。一个黑头发的高个子女人，长着一双放荡的眼睛，脖子紧绷得像一条蛇，让人看了恶心。她一会儿从客厅走到大厅看儿子跳舞，一会儿又从大厅回到客厅看丈夫打牌。那个女人便是科卡·科尔纳科夫的母亲。后来偶然弄清，那位引起拉拉遐想的姑娘是科卡的姐姐，而拉拉的那些联想毫无根据。

"科尔纳科夫。"科卡一见面就向拉拉自我介绍，但当时她没听清，科卡带她转完最后一圈，把她送到座位前，又重复了一遍。这次拉拉听清了——科尔纳科夫，科尔纳科夫，拉拉使劲回想，怎么这么熟呢。这么讨厌的姓。她终于想起来了。科尔纳科夫是莫斯科法院的副检察官，起诉过铁路工人小组，季韦尔辛就在他起诉的人员中。拉夫连季·米哈伊洛维奇曾受拉拉之托找他说情，希望他处理这个案子不要太苛刻，但他没答应。原来如此。不错，不错，不错。真有意思。科尔纳科夫。科尔纳科夫。

14

已经是凌晨一点或两点了。尤拉耳朵嗡嗡鸣响。中间休息，客人们到餐厅喝茶吃点心，休息后接着跳舞。跳到枞树上的蜡烛点完，再没人换新的了。

尤拉站在大厅里，漫不经心地望着东妮娅和一个陌生人跳舞。他们从尤拉身旁飘然而过，东妮娅用脚带了一下过长的缎裙，像鱼拍水一样，顿时消失在人群里。

东妮娅异常兴奋。休息的时候他们坐在餐厅里，东妮娅没喝茶，只不停地用容易剥皮的甜橘解渴。她不时从腰带和袖口掏出花朵儿一样的细麻布手绢擦唇边的汗和沾了橘汁的手指。她笑着，快活地说话，随手把手绢塞进腰带或紧身衣里。

这次她同陌生的舞伴跳舞，在转身的时候碰到眉头紧锁、站在一边的尤拉，俏皮地握了一下他的手，对他深情地微微一笑。在一次握手的时候她的手绢落在尤拉的手心里。他把手绢贴在唇边，闭上眼睛。手绢散发出橘皮味，还有东妮娅发热的手掌迷人的气味。两种气味混合在一起令人心醉神迷。尤拉从未体验过这种感觉，宛如一股热流涌遍全身。孩童般天真的气息犹如黑暗中的耳语。尤拉站着不动，闭上眼睛，嘴唇紧贴着手里的手绢，吸入它的气息。突然，屋里响起一声枪声。

大家的目光转向把大厅与客厅隔开的帷幔。沉默持续了一分钟。接着是一阵慌乱。大家手忙脚乱，一片喊叫声。有人跟着科卡·科尔纳科夫朝开枪的地方跑去。有人从那边迎面走来，喊着吓人的话，哭号，争辩，互相打断对方。

"她干了什么，干了什么！"科马罗夫斯基绝望地重复道。

"鲍里亚，你活着？鲍里亚，你活着，"科尔纳科夫太太歇斯底里地喊着，"听说德罗科夫医生也来了，可他在哪儿？都别走，这对你们不过是擦破皮，可我却得洗刷一辈子。噢，我可怜的受害者，所有罪犯的揭发者！就是她，这个贱货，我把你眼睛挖出来，骚货！现在她跑不了啦！科马罗夫斯基先生，您说什么？她射击的是您？不，我可不这样看。我太悲伤了，科马罗夫斯基先生，请您清醒清醒，我可没心思开玩笑。科卡，你怎么看！她射击的是你父亲……法网恢恢……科卡！科卡！"

客厅里的人拥入大厅。科尔纳科夫走在当中，用一条干净餐巾裹着子弹擦伤的左手，大声说自己没受伤，对别人的提问用玩笑话岔开。另一群人走在旁边，后面有人抓着拉拉的手推着她向前走。

尤拉看见是拉拉惊呆了。不错，就是她。他们在这种奇特的场合又见面了。还有那个头发灰白的男人。现在尤拉认出他来。他是著名律师科马罗夫斯基，是那个同父亲的遗产有关的人。没必要同他打招呼。两人装出彼此不认识的样子。可她呢……是她开的枪？朝检察官开枪？也许是政治犯。太可怜了。她可要倒霉了。她漂亮得让人望而生畏！可这伙强盗反剪着她的手，像押解女贼似的。

但他马上明白自己看错了。拉拉两腿发软，人们搀扶着她，免得她倒下。好不容易把拉拉搀扶到最近的一把椅子前，她瘫倒在椅子上。

尤拉跑到她跟前，帮她恢复知觉。为了做得得体，尤拉先向假想的受害者表示关切。他走到科尔纳科夫跟前说道：

"刚才寻找医生救助。我可以提供。让我看看您的手。上帝保佑您。这只是擦伤，甚至不需要包扎。当然，可以抹点碘酒。费利察塔·谢苗诺夫娜，请给我们弄点碘酒来。"

快步走向尤拉的斯文季茨基太太和东妮娅面无血色。她们对他说，不要管拉拉了，赶紧穿衣服回家，家里出事了，派人来接他们。尤拉吓了一跳，做了最坏的准备，什么都顾不得，跑出去穿衣服。

15

他们从西夫采夫街大门拼命往里跑，但仍没能赶上见安娜·伊万诺夫娜最后一面。他们抵达十分钟前死神已经降临。死因是未及时发现的肺气肿引起的长时间窒息。

最初的几个小时东妮娅大喊大叫，浑身抽搐，谁也不认识了。第二天她平静一些，耐心听父亲和尤拉说话，但也只能点头，一开口便陷入先前的悲痛中，哭喊声立即迸发出来，仿佛中了邪。

祭奠期间，东妮娅一连几小时跪在死者身边，美丽的双手抱着棺材的一角。棺材安放在祭坛上，四周环簇着鲜花。她看不见周围的人。目光同亲人目光一相遇，马上从地板上站起来，跑出大厅，强忍着眼泪，沿楼梯跑进自己的房间，倒在床上放声大哭，倾泻满腔的悲痛。

悲痛、长时间站立、睡眠不足、低沉的挽歌、白天黑夜耀眼的烛光，再加上这几天感冒，尤拉心里产生说不清的甜蜜，既荒诞又快乐，既悲伤又兴奋。

十年前安葬母亲的时候尤拉还是孩子。他至今记得自己沉浸在悲伤和恐怖中，不停地哭。那时他并不承担主要的料理责任，刚刚明白他，尤拉，是何许人，他的存在对别人具有何等兴趣或价值。那时主要的事情发生在他周围。上层社会从四面八方把他包围起来，就像一片森林，可以感觉到，但无法穿越。妈妈的死才使他惊醒。他和妈妈一起在森林中迷路，可突然间妈妈没有了，只剩下他一人。森林囊括世界上的一切：云彩，商店的招牌，消防瞭望塔上的信号球，骑马护送装有圣母像的马车的教堂仆役，他们在圣母前不戴帽子，只好光头戴耳罩，商店的橱窗和缀满繁星的遥远的夜空，还有上帝和圣徒，构成这片森林。

保姆给他讲圣经故事的时候，高不可及的苍穹渐渐低垂，坠入儿童间保姆裙边，变得亲近而驯服，就像峡谷里的榛子树，一拉树梢，树枝便弯曲了，榛子果可以随意摘取。天空仿佛坠入儿童间的镀金的脸盆里，沐浴在黄金和火焰中，此后化为晨祷和午祷，就在保姆经常带他去的街道上的小教堂里。天上的星星化为盏盏长明灯，父亲变成上帝，其他人都按照才能安排职务。但以成年人的现实世界和宛若四周发黑的森林般的城市为主，那时尤拉狂热地信仰这林中的上帝，就像信仰林务官一样。

现在已经大不相同。中学和大学的十二年，尤拉研究古代史和神学，传说和诗歌，历史和自然科学，就像研究家史和族谱一样。他现在无所畏惧，生死置之度外，世界上的一切事物只不过是他字典里的词汇而已。他觉得与宇宙比肩，完全不用像先前祭奠妈妈那样祭奠安娜·伊万诺夫娜。那时他忘记悲痛，羞怯地祈祷。现在他听着安魂祈祷，觉得这是直接对他倾诉，同他个人有关。他倾听祈祷文，弄清每个字的含义，像对任何事都要弄清它的意义一样。同信众对上帝的崇拜完全不同，他就像崇拜伟大先驱一样崇拜天地神秘的力量。

16

"圣洁的上帝，你是神圣而坚强的，你是永垂不朽的，宽恕我们吧。"这是什么意思？上帝在哪儿？起灵了。抬出去了。该醒了。他清晨五点多钟和衣蜷缩在沙发上。他可能发烧了。大家在家里到处找他，谁也没想到他睡在图书室直顶天花板的书架后面的角落里，一直没醒。

"尤拉，尤拉。"园丁马克尔在附近叫他。开始起灵。马克尔还得把花圈从楼上搬到街上，可找不到尤拉。马克尔被困在卧室里，那里花圈堆积如山，敞开的衣橱门挡住卧室的门，搬不出来。

"马克尔！马克尔！尤拉！"楼下叫他们。马克尔一把推开衣橱的门，搬着几个花圈从楼梯上走下来。

"圣洁的上帝，你是神圣而坚强的，你是永垂不朽的。"祈祷声在小巷回荡，犹如鸵鸟羽毛轻轻拂过天空，一切都晃动起来：花圈、迎面的人、佩戴饰缨的马头、神甫手提的摇摆的香炉和脚下的大地。

"尤拉，老天爷，可找到你了。醒醒吧。"舒拉·施莱辛格终于找到尤拉，摇晃他的肩膀，"你怎么啦？棺材抬出去了。你去不去？"

"当然去。"

17

安魂祈祷完毕。乞丐们排成两行，挤在一起，冻得不停地倒脚。灵车、运送花圈的车和克吕格尔家的轻便马车缓缓移动。马车靠近教堂。舒拉·施莱辛格从教堂里哭着出来，撩起被眼泪浸湿的面纱，目光扫过站成一排的马车夫。找到殡仪馆抬灵柩的人，点头把他们招呼到跟前，同他们一起进入教堂。从教堂拥出的人越来越多。

"轮到安娜·伊万诺夫娜了。她向大家致意，抓到远行的阄，可怜的人儿。"

"是啊，可怜的人儿，挣脱苦海，像蜻蜓一样飞走了。"

"您乘马车还是徒步？脚站麻了，活动活动再乘马车。"

"您看见没有，富夫科夫那副难过的样子？望着刚抬出的女人，泪如雨下，擤鼻涕仿佛在品尝死亡的滋味。站在旁边的是她丈夫。"

"他可盯了她一辈子。"

向城市另一端散去的人说的就是这一类话。这是酷寒过后放晴的一天，充满凝重气氛的一天，天气转暖和生机衰退的一天，自然仿佛创造了安葬的条件。撒在地上的白沙遮住肮脏的雪。潮湿的柞树泛着银灰色的光，像人们披戴的黑纱，从围墙后面注视着墓地。

这是令人难以忘怀的墓地，玛丽亚·尼古拉耶夫娜就埋葬在这里。近几年尤拉从没到过母亲的墓地。"妈妈。"他从远处朝坟墓望了一眼，这两个字几乎没说出声来。

人们肃穆地或故作肃穆地沿着清扫干净的道路分散开，但弯转的大路与他们匀称的步伐并不合拍。亚历山大·亚历山德罗维奇挽着东妮娅的手。后面跟着克吕格尔家的人。东妮娅穿着合身的丧服。修道院红墙掩映下的十字架圆顶上覆盖着霜花，仿佛生了一层霉。修道院深处的角落里，墙与墙之间拉起绳子，上面晾着洗过的衣服：袖口绣着花边的衬衫、桃红色的桌布、没有拧干的斜床单。尤拉向那个方向眺望，明白那个修道院就是当年风雪肆虐的地方，不过增添了新建筑。

尤拉一个人疾行，赶过其他人，有时停住脚步等他们。死亡使后面慢慢行走的人心灵空虚，而他的思想像旋涡一样越陷越深，渴望幻想和深思，多方面劳动，创造出美。他的头脑从未像行走时这样清晰地意识到艺术永远包含两个方面：不懈地探讨死亡并以此创造生命。约翰的《启示录》才是真正伟大的艺术，才值得为它续写。

尤拉仿佛着了魔，预先品尝到为撰写追悼安娜·伊万诺夫娜的诗篇，从家庭和学校视线中消失一两天的快乐。而此刻有关安娜·伊万诺夫娜的一切向他涌来：死者三两个显著的特征、东妮娅穿丧服的形象，从墓地返回的感受，晾衣服的地方，也就是夜间风雪肆虐的地方，他还是个小孩子的时候低声哭泣的地方。

✦

Chapter 04

无法避免的事已臻成熟

1

拉拉躺在费利察塔·谢苗诺夫娜卧室床上，处于半昏迷状态。斯文季茨基夫妇、德罗科夫医生和女佣在她床边低声交谈。

斯文季茨基家空无一人，一片黑暗，只有两排房间中间的小客厅墙上的一盏灯发出昏暗的光，灯光在走廊里摇曳。

科马罗夫斯基在狭窄的走廊里大步走来走去，不像出门做客，倒像在自己家里。他一会儿朝卧室张望，想了解里面的情况，一会儿朝相反的方向走去，一直走到屋子的尽头，经过挂着银珠子的枞树、饭厅里没人动过的食品堆积如山的餐桌。窗外马车经过或老鼠在餐桌碟子中间窜过的时候，绿色的酒杯就发出碰撞的叮当声。

科马罗夫斯基气急败坏地走着。两种互相抵触的感觉在心头翻滚。多荒唐，多丢人！他气得发疯。他的处境非常凶险。这件事将败坏他的声望。必须及时制止流言，如果已经流传，那就在流传那一刹那将它消除，不管付出多大代价。此外，他再次感到这个绝望的、疯狂的姑娘具有无法抗拒的吸引力。一眼便能看出她与众不同。她身上有种非凡的魅力。然而正是他毁掉她的一生，多痛心也已无法弥补。她拼命挣扎，无时无刻不在反抗，一定要按照自己的意愿改变命运，开始新的生活。

从哪方面看都应帮助她，也许给她租一间房间，但决不能再碰她。相反，一定要躲避她，不能引起她的怀疑。不然，像她这样的姑娘什么事做不出来呀！

还有多少麻烦事！这件事不会不了了之，法律不会宽恕。这件事发生不到两小时，天还没亮，警察已经来过两次。科马罗夫斯基到厨房向警察分局局长解释，尽量把事情化小。

可越往后越复杂。需要出示拉拉射击的是他而不是科尔纳科夫的证据。但事情仍无法就此了结。可以减轻拉拉的部分责任，但她仍然要为另一部分责任出庭受审。

他自然全力阻止，如果阻止不住，依然起诉，那就得弄一张精神病院检查的证明：拉拉开枪的一刻神志不清，就此撤销案子。

科马罗夫斯基想到这儿心情平静下来。黑夜过去。白昼的光线从这间房间射入另一间房间，像小偷或当铺伙计朝桌子和沙发底下窥视。

科马罗夫斯基走进卧室打听，得知拉拉并不见好，便离开斯文季茨基家，去找熟悉的女法学家、流亡侨民的妻子鲁芬娜·奥尼西莫夫娜·沃伊特－沃伊特科夫斯卡娅。她那套八居室的住宅超出需要，已无力支付房租，准备出租两间房间。其中的一间早已腾空，科马罗夫斯基替拉拉租下来。几小时后拉拉被抬进这间房间，她仍然昏迷不醒，高烧未退。由于精神受到刺激，拉拉患了热病。

2

鲁芬娜·奥尼西莫夫娜是个思想先进的女人，反对任何偏见，正如她所想和所说的，凡是"有益的和具有生命力的一切"，她都支持。

她橱柜里有一本编者签名的《爱尔福特纲领》。挂在墙上的照片当中，一张是她丈夫，被她称为"我的善良的沃伊特"，在瑞士游乐会上同普列汉诺夫的合影，两人都穿着毛料上衣，戴着巴拿马帽。

鲁芬娜·奥尼西莫夫娜一见拉拉便不喜欢这位养病的房客。她认为拉拉是凶恶的女人，病是装出来的，拉拉病中的呓语也是编出来的。鲁芬娜·奥尼西莫夫娜赌咒发誓，拉拉在扮演狱中的格蕾欣[1]的角色。

鲁芬娜·奥尼西莫夫娜故意做出过分的举止，表示对拉拉的轻蔑。她开门关门砰砰响，高声唱歌，在住宅行走像一阵风，所有房间整天通风。

她的寓所位于阿尔巴特街一幢大楼上。冬天窗户向阳的时候，澄净的蓝天便像汛期的河水涌进屋里。半个冬天，寓所充满春天的气息，听到它向我们走近的脚步声。

南方的暖风从气窗中吹进来，火车站的笛声不停地尖叫，躺在床上养病的拉拉，沉浸在遥远的往事中。

她回想起他们从乌拉尔抵达莫斯科的头一天。那是六七年前的事了，已经成为难以忘怀的童年往事。

他们乘坐轻便马车行走在阴暗的胡同中，穿过整个莫斯科，从车站驶向旅馆。向他们驶来而又离他们而去的路灯，把驼背马车夫的影子投到墙上。影子越来越大，大到不自然的程度，遮住马路和屋顶才消失，接着又重新出现。

昏暗中，头顶上数不清的莫斯科教堂的钟一齐鸣响，加上雪橇行驶的吱吱声，连同经过的商店橱窗和灯光，也像钟楼和雪地上的滑轨，发出阵阵的响声，让拉拉听起来觉得非常震耳。

客房桌子上放着一个硕大无朋的西瓜，还有面包和盐。是科马罗夫斯基为庆祝他们乔迁之喜送来的礼物。拉拉觉得西瓜是科马罗

---

1 《浮士德》中的女主人公。因溺死私生子被囚禁在监狱中。

夫斯基权势和财富的象征。科马罗夫斯基咔嚓一刀把墨绿色的西瓜切开，这是个带冰碴和甜汁的怪物，吓得拉拉喘不过气来，但她又不敢不吃。她拼命吞下一块粉红色的香甜的瓜瓤，大概过于激动，瓜瓤卡在嗓子里。

这是她对奢侈食品和夜间首都的畏惧，是以后对科马罗夫斯基的畏惧，也是后来发生的一切的缘由。但现在他已经变得让人认不出来了。他没有任何要求，不让她想起他，甚至不在她眼前露面。同她保持一定距离，用极其高尚的方式帮助她。

科洛格里沃夫的拜访就完全不同了。拉拉乐意见到他。并非因为他修长而匀称的身材，而是他身上焕发出来的活力和才华。客人炯炯有神的眼睛和迷人的微笑占据半个房间，房间显得狭小了。

他坐在拉拉床前搓手。每逢他到彼得堡参加国务会议，同年老体衰的大臣们交谈，就像同一群调皮的预科学生交谈一样。可现在躺在他面前的姑娘不久前还是他们的家庭成员，像自己的亲生女儿。他同所有家庭成员都是边走边谈或仅仅交换一下眼神（这是他们简洁生动的交流方式，双方都理解）。他对待拉拉不能像对待成年人那样严肃和冷漠。他不知怎样同她说话才不致使她不高兴。他像对待孩子那样对她笑了笑。

"亲爱的，您干了什么事？谁需要这出滑稽戏？"他打住了，仔细端详天花板和壁纸上的水迹，接着责备地摇摇头说下去，"杜塞尔多夫举办的国际绘画、雕塑和园艺展览会开幕了。我准备去参观。这间房间太潮湿。您打算在这儿住多久？这儿可不是自由自在的地方。咱们之间说说，沃伊特太太是个十足的坏女人。我认识她。咱们换个地方吧。您在这儿也待够了。病了一阵子，行了。该起来了。换个住处，复习功课，把专修班念完。有个画家跟我很熟，要到土耳其斯坦去两年。他的画室用壁板隔成几间，简直是一套住宅。他想把房间及其陈设交给可靠的人。您愿意承担吗？我可以替您办。还有件事，我得认真跟您谈。我早就想说了，这是我神圣的职责……自从莉帕……一笔不大的款子，作为她结业的酬金……不行，请您收下，一定收下……我求您不要固执了……不行，请原谅。"

不论她如何拒绝、落泪，甚至推推搡搡，他离开的时候，还是给拉拉留下一万卢布的支票。

拉拉痊愈后迁入科洛格里沃夫极力推荐的住所。地点紧靠斯摩棱斯克商场。住宅在一座旧式的两层石房子的楼上。下面是货栈，住着出租马车的马车夫。院子铺着石子，石子上面晾着一层散落的燕麦和杂乱的稻草。鸽子咕咕地在上面跳来跳去。一群鸽子扇动着翅膀飞起，但飞不过拉拉的窗户。有时还有一群硕大的老鼠沿着院子的石水沟窜过。

3

帕沙非常痛苦。拉拉重病期间，不放他进去看她。他会怎么想？帕沙觉得拉拉要杀死一个同她无冤无仇的人，后来竟然受到谋杀未遂对象的庇护。而这恰恰发生在圣诞节之夜，当他们在烛光下倾心交谈之后。如果不是那个人庇护，拉拉将被逮捕受审。他使她免受惩罚。由于他，拉拉毫发未损，仍留在专修班上。帕沙困惑不解，痛苦不堪。

拉拉病情稍有好转，把帕沙叫到身边，对他说：

"我是个坏女孩。你不了解我，我以后会告诉你。你看，我说话困难，哽咽得说不出话。算了，忘记我，我配不上你。"

撕心裂肺的场景开始了，一幕比一幕更啮噬人心。那时拉拉还住在阿尔巴特街，住在这里的沃伊特－科夫斯卡娅一见到痛哭流泪的帕沙马上从走廊跑回自己房间，倒在沙发上哈哈大笑，直笑得肚子疼。她一边笑一边说："笑死我了，笑死我了！这可是真正的骑士！哈！哈！哈！耶鲁斯兰·拉扎列维奇¹！"

　　为让帕沙斩断已非白璧无瑕的恋情，与她一刀两断，不再折磨自己，拉拉向帕沙宣布，断然拒绝嫁给他，因为不爱他，可说出这句话的时候，大声哭号，让人无法相信她的话。帕沙怀疑她所说的罪孽深重，对她说的话一句也不相信，准备诅咒、仇恨她，可仍然发狂似的爱她，嫉妒她脑子里闪过的念头、她喝水的杯子、她睡觉枕的枕头。必须采取果敢行动，以免发疯。他们决定马上结婚，不等考试结束。原打算复活节后第一周举行结婚仪式。应拉拉请求，婚礼延期了。

　　三一节的第二天，即圣灵降临节那天，他们举行婚礼。这时他们已经确切知道可以顺利毕业了。一切都由拉拉同班毕业同学杜霞·切普尔柯的母亲柳德米拉·卡皮托诺夫娜操办。她是个美人，乳房高耸，声音浑厚，是出色的歌手和喜欢搬弄是非的女人。真实的或荒诞不经的事，到她嘴里往往变了样。她添枝加叶，加上自己想象出来的东西。

　　把拉拉送入"婚姻殿堂"的那天，城里奇热，柳德米拉·卡皮托诺夫娜像以唱吉卜赛歌曲而闻名一时的潘宁娜那样，哼着低沉的调子，给拉拉做出嫁前的最后打扮。教堂鎏金圆顶和游艺场铺撒沙子的道路金光耀眼。三一节前修剪过的白桦树，蒙上一层尘土，垂挂在教堂墙上，仿佛着火后被烧成一卷。炎热天气使人无法呼吸，阳光让人睁不开眼。仿佛上千人举行婚礼，因为所有姑娘都卷发，衣着鲜艳，年轻后生们穿着笔挺的黑西装，抹了发油。大家都很激动，又都感到酷暑难当。拉拉另一位同学的母亲拉果金娜在拉拉踏上通往富庶之路的红地毯的时候，向她脚下撒了一把银币。怀着同样的目的，柳德米拉·卡皮托诺夫娜告诉拉拉，她披戴婚冠的时候，不可伸出赤裸的手臂画十字，而要用披纱或袖口花边把手臂遮住一

---

1 耶鲁斯兰·拉扎列维奇是俄国童话中拯救公主性命的勇士。

半。接着又告诉拉拉把蜡烛高高举起，这样婚后才能当家做主。但拉拉为帕沙的前程宁肯牺牲自己的未来，所以尽量把蜡烛举得很低。不过不论她如何想方设法，她的蜡烛仍然比帕沙举得高。

他们从教堂直接到画室参加婚宴，画室已被安季波夫家人装饰一新。客人们喊道："苦啊，没法喝。"另一端喊道："加点糖。"新人只得羞答答地含笑接吻。柳德米拉·卡皮托诺夫娜为他们唱了一首赞歌《葡萄之歌》，两次重复"给你们爱情和祝福"，还唱了一首《散开你的发辫，还有你那褐色的秀发》。

众人散去，只剩下他们两人，突然降临的安静反而使帕沙不知所措。院子木柱上的一盏灯正对着拉拉的窗户，不管拉拉怎样拉窗幔，一道宛如薄木板的光线仍然穿过窗幔的缝隙照射进来。这道光线让帕沙无法平静下来，仿佛有人在外面窥视他们。帕沙惊奇地发现，他想得更多的是这盏灯，甚至超过自己、拉拉及对她的爱。

被同学戏称为"斯捷潘妮达"和"红颜女郎"的前大学生安季波夫，经历了永恒的一夜，既登上幸福的顶峰又坠入绝望的深渊。他的疑虑与拉拉的坦诚互相交替。他不断提问，拉拉一次次回答，他的心一次次下沉，仿佛跌入万丈深渊。他那遍体鳞伤的想象力追不上拉拉吐露的实情。

他们一直谈到天明。安季波夫一生中的变化，没有比这一夜更惊人、更突然的了。第二天早上他已经变成另一个人，惊讶为什么人们还叫他过去的名字。

4

大约十天后朋友们就在这间房间里为他们饯行。帕沙和拉拉双双毕业，成绩同样优秀，受到乌拉尔同一个小城的聘请。明日清晨即将启程。

大家喝酒、唱歌、谈笑，这次都是年轻人，没有上年纪的人。

在住人的角落同画室隔开的间壁后面，放着拉拉的大小两只网篮、一只皮箱和一个装餐具的木箱。屋角堆放着几条口袋。部分行李明天早上由慢车托运。大部分随身带的东西都已装箱，只剩下很少的一部分。皮箱和木箱敞开着，还没装满。拉拉一会儿想起什么东西，跑到间壁后面放进网篮里，再把东西摆放平整。

帕沙在家里招待客人，拉拉到专修班办事处领取出生证及其他文件。守门人同她一起回来，并带回一捆粗席子和明天捆行李用的粗绳。拉拉把守门人打发走，在客人面前转了一圈，同这个亲吻，同那个握手，然后回到间壁后面换衣服。她换好衣服从间壁走出来，大家一齐鼓掌欢呼，随后入座，又欢闹起来，像几天前婚礼上一样。活跃的人给邻座倒酒，无数只握着刀叉的手对准桌子当中的面包和冷热菜肴。人们纷纷祝酒、喊叫，争先恐后说俏皮话。有几位很快喝醉了。

"我累死了，"拉拉坐在丈夫身边说，"你要办的事都办完了？"

"办完了。"

"不管多累，我感觉非常好，非常幸福。你呢？"

"我也一样，非常开心。说也说不完。"

科马罗夫斯基作为例外被允许参加青年人的聚会。聚会即将结束的时候，他想说一旦年轻朋友离去，他会感到孤独，莫斯科将变成撒哈拉沙漠。他说得如此动情，不禁唏嘘，不得不重复因哽咽中断的话。他请求安季波夫夫妻允许他同他们通信，一旦忍受不了离别的痛苦，就到尤里亚金他们的新家去看望他们。

"这完全没有必要，"拉拉漫不经心地大声回答，"通信、撒哈拉沙漠等都是废话。到我们那儿去连想都不用想。上帝保佑您没有我们日子照样过得舒舒服服。何况我们又不是什么了不起的人物，我说得对吧，帕沙？况且您还能找到代替我们的年轻朋友。"

拉拉仿佛忘记同谁说话，说了什么，突然想起一件事，急忙走进间隔后面的厨房。她拆卸绞肉机，把零件装进餐具箱的角落里，再塞上稻草。拆卸的时候差点被箱边锋利的木片划破手。

拉拉装卸的时候忘记家里还有客人，没听他们在说什么。突然从间隔后面传来一阵惊叫声，拉拉知道喝醉酒的人喜欢扮演醉汉，以显示自己比真正的醉汉更加令人恶心。

这时院子里传来一种特别的声音吸引她的注意。拉拉撩开窗帘，探出身去。

一匹系着绊脚绳的马在院子里一瘸一拐地走着。不知是谁家的马误闯进院子。天已发白，但还未大亮。沉睡得如死寂的城市沉浸在黎明时分灰紫色的严寒中。拉拉闭上眼睛。一阵异乎寻常的马蹄声把她带到一个迷人的偏僻乡村。

楼下响起铃声，拉拉竖起耳朵。有人从桌前站起来开门。进来的是娜佳。拉拉向她奔过去。娜佳直接从火车站来的，那么鲜嫩迷人，浑身散发出铃兰花的芳香。女友们紧紧拥抱在一起，几乎窒息，但说不出一个字，只放声大哭。

娜佳带来全家的祝福和叮嘱，还有父母赠送的珍贵礼品。她从手提包里掏出一个用纸包着的首饰盒，打开盒盖，取出一条精美的项链。

周围响起一片赞叹声。一个已经清醒了几分的醉汉说：

"玫瑰色的风信子石。没错，没错，玫瑰色的。风信子石不逊于钻石。"

但娜佳分辩说，这是黄宝石。

拉拉让她坐在自己身旁，热情款待她，把项链放在餐具旁边，不眨眼地望着它。把项链团在一起放在紫色盒垫上，更加光彩夺目，仿佛流动的水珠，又像一串小巧的葡萄。

这时有人醉意已过。清醒过来又同娜佳一杯一杯地喝起来。娜佳很快被灌醉了。

不久客厅里的人都进入梦乡。多数明天早上送行的人留在这里过夜。一半挤在角落里的人打起呼噜。拉拉不记得怎么和衣倒在睡在沙发上的伊拉·拉果金娜身边。

拉拉被耳边大声说话声吵醒。这是从街上进入院子寻找走失马的陌生人的声音。拉拉惊讶地睁开眼睛。"帕沙可真闲不住，那么大的个子站在屋子当中不停地翻腾。"这时被拉拉误认为是帕沙的人向她转过脸来，她认出这不是帕沙，而是一张可怕的麻脸，一道疤痕从太阳穴直到下巴。她明白盗贼进来了，想喊却喊不出来。她突然想起项链，悄悄支起身子，向餐桌瞟了一眼。

项链仍在面包屑和咬过的夹心点心当中，这个愚蠢的坏家伙没有注意残羹剩饭，只把拉拉整理好的衣箱翻了个底朝天。拉拉尚未完全清醒，没有意识到发生了什么，只懊恼白费工夫整理衣箱了。她气得想喊，又张不开嘴，用膝盖朝伊拉·拉果金娜心口狠狠顶了一下，伊拉·拉果金娜疼得大叫一声，拉拉也跟着她喊出声来。盗贼偷盗的包裹掉了，从屋里窜出。几个男人跳起来，好容易明白发生了什么事，冲出去追赶盗贼，但盗贼早已逃得无影无踪。

这场慌乱及大家对它的议论纷纷成为起床的信号。拉拉的酒意完全消失。不管他们如何央求再睡一会儿，拉拉一定叫大家起床，并马上煮好咖啡。喝完咖啡把他们赶回家，到车站送行的时候再聚会。

所有客人走后，拉拉忙碌起来。她在行李袋间转来转去，把枕头塞进去，用皮带捆好，央求帕沙和守门人的女人千万别插手，不然会打搅她。

一切都及时准备好。安季波夫夫妇没迟到。火车缓缓驶出，仿佛同送行人挥帽告别的节奏相吻合。当送行的人不再挥帽，从远处向他们大声喊了三次（可能是乌拉），火车加速了。

5

一连三天都是坏天气。这是战争爆发后的第二个秋天。第一年取得辉煌战绩后，失利接踵而至。集结在喀尔巴阡山一线的布鲁西洛夫的第八集团军原准备翻越山口，攻入匈牙利，结果由于全线撤退而后撤，放弃几个月前占领的加利西亚。

日瓦戈医生，现在大家都这样称呼尤拉，还常常加上父称，站在妇产科医院产房外走廊里。他刚把妻子东妮娅送进产房。他同她分别，等待助产士。同助产士讲好，一旦出事如何通知他，以及如何从她那里了解东妮娅的健康状况。

他很忙，急着赶回医院，但回医院前还得到两家出诊。他望着窗外秋风中的斜雨，仿佛风雨中摇摆的谷穗，觉得在白白浪费宝贵的时间。

天尚未全黑。日瓦戈医生依稀看到医院的后院、处女地庄园的几个玻璃顶阳台，还有一条通往医院大楼的电车支线。

愁人的秋雨下个不停，狂风仿佛被雨水激怒，咆哮起来，但秋雨并不理会，仍不紧不慢地下着。阵风摧残爬满阳台的野葡萄嫩枝，把它们连根拔起，在空中抖动，然后像破烂衬衣一样抛在地上。

一辆挂着两节车厢的轧道车从阳台旁边向医院驶来，开始把伤员从车厢里抬进医院。莫斯科各医院伤员人满为患，特别在卢茨克战役后，伤员只能安放在楼道口和走廊里。市里医院普遍超员开始影响妇产科病房。

日瓦戈医生转身背对窗户，困得打哈欠，脑子已经麻木。突然想起一件事。他所供职的红十字医院外科这两天死了一个女病人。日瓦戈医生诊断她患的是肝病，可大家不同意他的诊断。今天进行尸体解剖，以便查明死因。但解剖室主任是个酒鬼，天晓得他会怎样鉴定。

天渐渐黑了，窗外什么也看不清了。仿佛有人挥了一下魔杖，所有窗户一齐点亮。

妇产科主任从隔开东妮娅病房与走廊的屏风后面走出来。他回答问题的时候，眼睛永远望着天花板，肩膀不停地耸动。这些动作加上脸上的表情仿佛说，老兄，不管知识多渊博，总有无法揭示的科学之谜。

他从日瓦戈医生跟前走过，微笑着向他点头，用宽大厚实的手掌在空中挥舞了两下，仿佛在说，一切都得等待，顺其自然，便走进候诊室吸烟去了。

这时，这位沉默寡言的妇产科医生的女助手向日瓦戈医生走过来，她同她的上司完全相反，说起话来没完没了。

"我要是您就回家了。如果生产提前，我明天给您往红十字会打电话。我相信是顺产，不需要采取措施。不过她骨盆狭窄，胎位向上，没有阵痛，子宫收缩不明显，这倒值得注意。现在断言为时尚早。要看临盆时她如何收缩肌肉了。很快就会有结果。"

次日日瓦戈医生打电话询问，医院看门人让他别挂断电话，跑去查问，让医生足足等了十分钟。回来含混不清地告诉日瓦戈医生："他们让我告诉您，产妇送来得太早，应该接回去。"日瓦戈医生非常生气，要求了解情况的人接电话。——"还没有临盆迹象，"护士对他说，"请医生别激动，还得等几天。"

第三天他才知道，生产是夜间开始的，黎明时出现羊水，阵痛一直持续到天亮。

他急忙赶往医院，在走廊上从无意敞开的门缝里听见东妮娅撕心裂肺的叫声，仿佛被火车车轮轧断手脚的人发出的惨叫。

他不能进去。他把弯起来的手指咬出血。他走到窗前，窗外仍像昨天那样下着淅淅沥沥的斜雨。

助产士从产房走出来。从那里传来新生婴儿的哭声。

"她得救了，得救了。"日瓦戈医生兴奋地重复道。

"儿子。男孩。顺利诞生。给您道喜。"助产士拖长声音说，"现在不能看。到时候再给您看。您可得为产妇破费了。她吃了不少苦。头一胎嘛。头一胎总要受罪的。"

"得救了，得救了。"医生高兴坏了，不明白助产士说什么，也不明白助产士为什么把他列为奇迹的参与者。这件事与他何干？父亲，儿子，他看不出做父亲有什么值得骄傲的，他感觉不到从天而降的父子的亲情。这些都是他意识不到的。最重要的是东妮娅幸运地摆脱了死亡的威胁。

他有个病人住在离医院不远的地方。他去给他看病，半小时后返回走廊。走廊两扇通向外室的门敞开，外室通向病房的门也半敞开。日瓦戈医生也不知道他要做什么，溜进外室。

穿白大褂的妇产科医生突然出现在他面前，仿佛从天而降，伸开双手拦住他。

"上哪儿去？"为了不让产妇听见，妇产科医生压低声音说，"您疯了吗？她伤口出血，要防止感染，且不说她精神上受到多大刺激。您可真行！还是医生呢。"

"我并不是……只想看一眼。从门缝里看一眼。"

"那就另当别论了。就这样吧。我可不知道。看吧！要是有人发现，我饶不了您，打得您身上没有一块好肉！"

病房里两个穿白大褂的女人背对着门，她们是助产士和护理员。护理员手里抱着一个不停蠕动的娇嫩生灵，像一块紫色橡胶，发出尖细的哭声。助产士往肚脐上缚线，以便胎盘早日脱落。东妮娅躺在病房当中的用木板支起的病床上。她躺的位置相当高。日瓦戈医生一时激动，把什么都看花眼了，觉得她躺得同站着写字的斜面写字台一样高。

高得靠近天花板，就像通常停放尸体那样。东妮娅被折磨得精疲力竭，浑身冒汗，高高躺在产房中间，仿佛刚刚停泊在海湾里的一艘货船，货物已经卸下，正从死亡之海渡向生命之洲，并携带不知来自何方的鲜活的精灵。它把一个精灵送上岸便抛锚休息了，舷舱两侧显得宽阔。磨损的桅樯索具同它一起休息。它渐渐忘却自己刚才的样子，如何颠簸，如何停泊靠岸。

没人熟悉国家地理，谁也不认识它靠岸时悬挂的是哪国国旗，不知道用哪种语言同它交谈。

　　他回到医院后，大家争先恐后地向他道喜。"他们消息真灵通！"日瓦戈医生感到惊讶。

　　他来到住院医生室，大家管这间房间叫酒吧或阴沟。医院超员，拥挤不堪，人们在这间房间里换衣服，从街上穿套鞋走进来，把从别的房间里带来的东西忘在这里，满地烟蒂和纸屑。

　　虚胖的解剖室主任站在窗前，举起双手，从眼镜上面看玻璃瓶里的浑浊液体。

　　"祝贺您。"他说，继续看玻璃瓶，甚至不看日瓦戈医生一眼。

　　"谢谢，我很感动。"

　　"不用感谢，我没出过力。主刀的是波楚什金。大家大吃一惊，原来是肝绦虫。都称赞诊断医生了不起！人们都在议论这件事。"

　　这时医院的主任医生走进来，同两人打过招呼后说：

　　"真见鬼。这儿不是门诊室，而是大杂院，太不像话了。日瓦戈您想象不到，原来是肝绦虫！我们诊断有误。祝贺您。还有一件不愉快的事。重新审查您的医生资格。这次没能保住您。前方军医奇缺。您不得不闻火药味了。"

6

　　安季波夫夫妇在尤里亚金安顿得出乎意料的好。吉沙尔一家在这里口碑很好。这大大减轻了拉拉在新地方安家的困难。

　　拉拉忙得不可开交。要照管一个家，还要照看三岁的女儿卡佳。他们雇的棕红头发女佣玛尔富特卡非常卖力，但仍帮不上拉拉多少忙。拉拉参与帕沙所有的活动。她还在女校教书。拉拉工作勤奋，非常幸福。这正是她渴望的生活。

　　她喜欢尤里亚金，这是她的故乡。城市坐落在上下游通航的雷尼瓦河河岸，位于乌拉尔铁路线上。

冬天一到，尤里亚金的船主便把船从河里打捞上来，用大车运到城里。冬天船就翻扣在各户院子里，直到来年春天。船翻过来扣在院子里的时候，意味着大雁开始南飞或别处已经降下初雪。

安季波夫一家租的院子里也有一条白底朝上翻扣的船，卡佳就在船底下玩耍，就像在花房圆顶下玩耍一样。

拉拉喜欢穷乡僻壤的风土人情，喜欢那些穿毡靴、用灰法兰绒缝制暖上衣、说话带浓重北方口音的知识分子，喜欢他们的诚实。拉拉一直眷恋故土和百姓。

不管多奇怪，铁路工人的儿子帕沙却是个难以改变首都居民习惯的人。他对待尤里亚金居民比妻子挑剔得多。他们的粗鲁和愚昧让他恼火。

拉拉现在才发现，帕沙有一种从浏览中攫取知识的惊人本领。他先前在拉拉的影响下读过很多书。在远离喧嚣的县城中，他发奋读书，汲取知识，连拉拉同他相比都相形见绌。他比同事高出一头，抱怨在他们当中感到郁闷。战争期间流行的时髦爱国主义，官方的或变味的爱国主义，不合安季波夫的脾胃。

帕沙在学校里读的是古典语文，在中学教拉丁文和古代史。但在这个实科学校毕业生的身上，对荒疏的数学和物理等精密学科的兴趣突然爆发。他通过自学，掌握了这些学科，达到大学水平。他幻想，有朝一日，他将参加州里的考试，改学数学专业，全家迁往彼得堡。夜间发奋攻读损害了他的健康。帕沙开始失眠。

他同妻子关系和睦，但也不同于寻常的夫妻。她的善良和体贴让他感到窒息，他对她也从不抱怨。他说话小心谨慎，决不让她感到话中暗含对她的责备。比如，她门第高贵，他出身卑贱，或在他之前她曾属于另一个男人。他唯恐她怀疑他有这些荒诞的念头而伤心，使他们的生活变得不再真诚。他们相敬如宾，但关系反而复杂了。

安季波夫夫妇的客人当中，有帕沙学校的同事，拉拉任教的中学校长。还有帕沙担任仲裁法庭调解人时结识的法庭成员及其他的人。照帕沙看，这些人都是一群庸才。拉拉竟殷勤招待他们，但他不相信拉拉真心喜欢他们。

客人走后，拉拉打开窗门换空气，打扫房间，同玛尔富特卡在厨房洗餐具。做完这些事，看到卡佳的被子盖好，丈夫睡着了，才脱衣服，熄灭灯，像母亲拥抱婴儿那样依偎在丈夫身边。

安季波夫并没睡着——装着睡着了。近来常犯的失眠症又犯了。他知道要躺三四个小时。他想引起睡意，驱散客人留下的烟味，悄悄起身，披上皮袄戴上帽子，走到院子里。

秋夜寒气逼人，脚下的冰凌发出清脆的声音。星空像一盏盏酒精灯，蓝色的光焰照亮上冻的脏土。

安季波夫的家正对着码头，是这条街最后一幢住宅。住宅后面便是一片田野。铁路从田野中穿过。铁路线上有间值班室，还有条横穿铁路的道口。

安季波夫坐在翻过来的船上，仰望天上的繁星。早已萌生的念头变得坚定了，这让他惊恐不安。他想，早晚一定要想清楚，还不如今天就做出决定。

不能再这样继续下去，他想道，早就应当想到，他醒悟得太迟了。他为什么允许她把他当孩子，随意支配呢？冬天她坚决要嫁给他的时候，为什么不拒绝她呢？难道他不明白，她爱的不是他而是对他承担的崇高的义务，体现她对他的责任？这种值得赞美的使命同真正的家庭生活有什么共同之处？可最糟糕的是他至今仍热烈地爱她。也许这不是爱情，而是诚惶诚恐拜倒在她美貌和宽容前一时的感恩戴德？咳，你呀，这哪弄得清楚！连鬼都弄不清楚。

现在该怎么办？把拉拉和卡佳从虚伪中解脱出来？这比自我解脱更重要。"可怎么办呢？离婚？投河？呸，那样太醌龊了。"他恼火了，"我决不会走这一步。那么为什么会有这种卑鄙的念头呢，即便深藏在心里！"

他望了望星空，想向星空寻求答案。天上缀满星斗，大的，小的，蓝的和橘红色的，有的地方密集，有的地方稀疏，默默地向他眨眼。突然一道耀眼的光芒照亮住宅、院子、翻扣的船和安季波夫本人，那是一辆火花四射的火车飞驰而过，仿佛一个人手举火把从田野向他家跑来。一辆向西行驶的军车，向天空喷射火柱，穿过岔道口。从去年开始，白天黑夜数不清的军车从这里驶过。

帕沙笑了笑，从船上站起来，进屋睡觉。他寻找的答案找到了。

7

拉拉听到帕沙的决定惊呆了，不相信自己的耳朵。"荒谬，又一个荒诞不经的念头。"拉拉想，"不理他，很快就会过去。"

可并没过去，两个星期内丈夫都在做离家的准备。申请已呈交兵役局，学校找到替代教师，鄂木斯克发来军校录取书。出发的日子一天天临近。

拉拉像农妇那样躺在他脚下，抓住安季波夫的手号啕大哭。"帕沙，亲爱的，"她喊起来，"你把我和卡佳交给谁？别这样干，别这样干！现在还不晚。我有办法不让你走。你还没让医生仔细检查过你的心脏呢。什么，不好意思？你把家庭当成你发疯的牺牲品就好意思？当志愿兵！你一直嘲笑罗佳庸俗，忽然又羡慕起他来了。自己也想挥舞马刀，抖抖军官威风。帕沙，你这是怎么了，我简直不认识你了。你变了个人还是发疯了。看在上帝的分儿上实话告诉我，不要遮掩，俄国需要你这样的人当兵吗？"

她突然明白问题不在这里。不善于深思熟虑的她抓住问题的要害。他误解了她对他的一片柔情，不明白掺杂母爱的柔情超越普通女人的爱。

她的心缩成一团，仿佛挨了打似的，咬紧嘴唇，没再说什么，帮助丈夫收拾行装。

他走后拉拉觉得整座城市变得孤寂，连天上飞的乌鸦都少了。"太太，太太。"玛尔富特卡叫她也不答应。"妈妈，好妈妈。"卡佳揪着她袖子低声叫她。这是她人生中的一次惨败，最美好的憧憬破灭了。

从来自西伯利亚的信中拉拉知道丈夫的一切。他很快就醒悟了，十分思念妻子和女儿。几个月后帕沙以准尉军衔提前毕业，突然被派往作战部队。他绕过尤里亚金，在莫斯科也没时间同熟人见面，火速奔赴前线。

他从前线寄信来，心情不像在鄂木斯克军校那样伤感，已经振作起来。安季波夫渴望战功，荣获勋章或受轻伤，获准休假同家人团聚。出现探亲的机会。不久，史称布鲁西洛夫突破的战役成功，军队转入进攻。再没收到安季波夫的信。拉拉起先感到不安，后自我宽解是军事行动扩大，帕沙不可能在行军途中写信。

秋天军事行动停止。士兵构筑战壕。安季波夫仍无音信。拉拉开始不安，她四处查询，先向尤里亚金方面查询，后向莫斯科查询，又按帕沙先前的地址给前线写信。但哪儿也没打听到帕沙的消息。

拉拉像县里许多做慈善事业的女人一样，战争一开始就在尤里亚金医院扩建的陆军医院做义工，竭尽自己的力量。

她现在钻研医学基础知识，并通过了护士资格考试。

她以护士身份向中学请了半年假，把尤里亚金的家托付给玛尔富特卡照看，带着卡佳到莫斯科去了。在莫斯科她把卡佳安置在莉帕家。莉帕的丈夫弗里津丹柯因是德籍侨民，已经同其他的德国籍战俘被扣押在乌法市。

拉拉终于明白，在远离前线的地方询问不到结果，毅然前往帕沙先前到过的地方寻找他。为此她以护士身份登上救护列车。列车驶往匈牙利边境城市梅佐－布拉尔市。这是帕沙发出最后一封信的地址。

8

救护列车驶入前线司令部，救护列车是塔季扬娜救助伤员委员会出资装备的。列车由几节简陋的加温车厢组成，头等车厢里坐着莫斯科社会名流，他们是来向士兵和军官赠送礼物的。其中有米沙·戈尔东。他听说童年朋友日瓦戈在师部医院当医生，医院恰好就在附近。

戈尔东获得前往医院探望的许可，领到通行证，便乘坐正好朝那个方向行驶的一辆四轮马车去看望老友。

赶车人俄语讲得不好，不是白俄罗斯人便是立陶宛人。由于担心间谍窃听，说的话不过是浮语虚辞。这样的谈话当然索然无味。大部分时间大家默默坐在车里。

调动千军万马的司令部，动辄以几百里计算军队的调动。司令部里的人说，日瓦戈所在的村子距离司令部不过二十或二十五俄里。其实不止八十俄里。

马车行驶在平坦的路上，迎面不时传来阵阵轰鸣，显然不是表示欢迎。戈尔东从未经历过地震，可他认定，敌人火炮的轰鸣，完全可以同火山迸发引发的地震巨响相媲美。天已向晚，那边的天空闪烁着火光，一直闪烁到天明。

马车夫拉着戈尔东经过摧毁的村庄，其中一部分已无村民，另一部分的村民躲在地窖里。村庄变成垃圾堆或碎石丘，整齐地排列着，就像先前排列整齐的房屋。这片被战火夷平的村庄，犹如寸草不生的沙漠，一眼便从这头望到那头。在战火中活下来的老妇人，还在自家的灰烬中翻挖，把翻挖到的东西藏起来，担心被外人看见，忘记周围已经没墙了。他们用目光迎送戈尔东，似乎想问他，人们什么时候才能清醒，往昔的安定和秩序还会回来吗？

夜里他们的马车遇到骑兵侦察兵！侦察兵命令他们从大道退回，通过林间小道绕过这些地区。马车夫不认识林间小路。他们胡

乱走了两个小时，天亮时赶到一个村庄，而这个村庄正是戈尔东要
找的名字。可村里没人听说过医院。原来这个区有两个同名的村
庄，另一个才是戈尔东要找的村庄。清早他们抵达目的地。戈尔东
经过村口时闻到除虫菊粉味和碘酒味。他不想在日瓦戈这里过夜，
只想停留一个白天，晚上赶回火车站同伴那里。但由于种种原因，
他在这里整整住了一个星期。

<h1 style="text-align:center">9</h1>

　　这几天战线移动，发生了意想不到的变化。戈尔东到的地方，
我军一个兵团成功地突破敌人阵线。进攻部队扩大战果，搜入敌人
阵地，向纵深挺进。增援部队紧随其后，扩大突破口，渐渐跟不上
主力部队，落在后面，被敌人俘虏。安季波夫准尉不得不交出他率
领的半连人。

　　对他有各种说法。有人说他埋在弹坑里死了。与他在同一个团
的加利乌林则说，他从观察所望远镜里看见安季波夫是率领战士冲
锋时阵亡的。

　　加利乌林眼前闪现出他见惯的进攻场面。士兵们以近乎跑步的
速度，穿越两军之间的秋季田野，田野上长满在风中摇曳的枯蒿和
长刺的杂草。进攻部队必须把敌人从战壕里引诱出来拼刺刀，或用
手榴弹炸死躲在战壕里的奥地利士兵。一眼望不到边的田野仿佛奔
跑起来。士兵脚下沾着泥土，如同陷入沼泽地。准尉先跑在士兵前
面，后同他们跑在一起，把手枪举在头顶上，扯着嗓子喊"乌拉"。
但不论他自己还是周围奔跑的士兵，谁也没听见。奔跑的人隔开一
段距离，一会儿一齐卧倒，一会儿再一齐爬起来，高喊"乌拉"向
前冲。每次都像砍伐的树那样倒在地上，被子弹击中的那些人再没
站起来。

　　"炮弹越过射击目标，给炮队打电话。"精神紧张的加利乌林对

身边炮兵指挥员命令道，"不要下命令了。他们打得不错，炮火转向纵深。"

这时进攻部队已与敌人交火。炮轰停止。四周一片寂静，观察所的人心跳加速，仿佛处于安季波夫的位置，冲向奥地利人的避弹壕，即将创造灵活而勇敢的奇迹。刹那间，前面爆炸了两颗十六英寸的德国炸弹。炸起的黑土柱笼罩一切——"主保佑！一切都完了。"加利乌林蠕动着苍白的嘴唇，认为准尉和士兵都牺牲了。第三颗炮弹落在观察所旁边。大家弯下身子急忙向远处撤退。

加利乌林与安季波夫曾同住在一个掩蔽所里。全团都相信安季波夫牺牲了，永远不会回来，委托熟悉安季波夫的加利乌林保存他的遗物，遗物中有无数张照片，以便将来转交给他的妻子。

加利乌林在志愿兵当机械师，后提升为准尉。他是季韦尔辛大院看门人吉马泽特金的儿子，当过钳工学徒，经常遭到师傅胡多列耶夫毒打。他能出头，还是靠自己的折磨者。

提升为准尉后，加利乌林不知为何调到后方卫戍部队，卫戍部队的驻扎地气候温暖、偏远平静。他早晨率领一队半残废的士兵出操，由一群与他们差不多的衰弱老兵教官教他们列队。此外，加利乌林还要查看守卫兵站仓库的岗哨。这里生活无忧无虑，上级对他也没有更多要求。一天，超期服役的军人和刚刚入伍的莫斯科人补充到他的部队里来，其中有老熟人彼得·胡多列耶夫。

"原来是你，咱们是老熟人了。"加利乌林冷笑道。"是，准尉大人。"胡多列耶夫立正敬礼。

事情并没这么简单，敬个礼就了结了。第一次胡多列耶夫列队出错，准尉就对下属大声斥责，当他发现士兵列队不直视他，东张西望的时候，给了他几个耳光，并关两天禁闭，不准吃饭喝水。

加利乌林的举动有算老账的味道。在军队实行体罚的体制下，军官报复士兵易如反掌，但手段有几分卑劣。怎么办呢？两人无法在一个地方。军官以什么借口把他指挥下的士兵调开呢？只有一个办法：送交惩罚营。从另一方面说，加利乌林自己有什么理由提出调动呢？以卫戍勤务过于单调，无所作为为由，请求调往前线。他的请求被批准了。他这种行为表现出他的优秀品质，赢得上级好评，他原来是优秀的军官，很快从准尉升为少尉。

　　加利乌林在季韦尔辛大院的时候就认识安季波夫。一九〇五年，安季波夫在季韦尔辛大院住了半年，节假日加利乌林常到他那儿去玩。加利乌林在帕沙那儿遇见过拉拉一两次。此后没有他们任何消息。帕沙从尤里亚金调到这个团后，老朋友的变化让加利乌林惊讶。他从一个腼腆得像姑娘、有洁癖、爱说笑话的青年人，变成一个知识渊博、傲视一切的忧郁的人。他聪慧，勇敢，沉默寡言，好嘲笑人。有时，加利乌林望着他，敢发誓，他在帕沙深沉的目光中，仿佛在窗子深处，看见另一个安季波夫，他隐秘的思想，或在思念女儿，或在瞩望妻子的面容。安季波夫就像童话中所说的，着了魔。可这个人突然消失了，加利乌林手里只有证件、照片和他谜一般的变化。

　　拉拉迟早会追寻到加利乌林这里。他做好回答她的准备。但事情发生不久，他不能把一切告诉她。他想等她做好承受突然打击的准备之后再说。他写了一封叙述详情的长信准备交给她，但并不知道她在前线当护士，也不知道往哪儿给她寄信。

10

　　"怎么？今天有马吗？"日瓦戈医生回到他们住的农舍吃午饭的时候，戈尔东问他。

　　"哪儿来的马？往前走不行，向后转也不行，你往哪儿走？周围一片混乱。谁也说不清。南方我们绕过德国人，或在几个地方冲破德军防线。听说，我们的几支分队落入敌人的包围圈。北方德国人渡过斯文塔河，这条河原来认为是无法渡过的。这是一支骑兵，人数相当于一个军团。他们破坏铁路，捣毁仓库，我看我们已经被包围。这就是当前的形势。你还提什么马。卡尔宾柯，快点开饭。做事别马虎。今天吃什么？牛蹄？太棒了。"

卫生队、医院及师部直属部门分散住在村里，这个村庄奇迹般地未受到攻击。西欧式的住宅落地双扇窗没有遭到毁坏。

晴和的秋天，金色秋天最后的晴朗日子。白天医生和军官打开窗户，扑打落在窗台上和屋顶裱糊纸上的成群苍蝇。他们解开上衣扣子，大汗淋漓，喝着热汤和热茶。到晚上，他们蹲在炉门前把快要熄灭的柴火吹着，眼睛被烟熏得流泪，骂不会生炉子的勤务兵。

一个宁静的夜晚，戈尔东和日瓦戈面对面地躺在两张靠墙的床铺上。他们之间横着一张饭桌，两面墙中间有扇狭窄的窗户。屋里烧得很热，抽烟抽得烟雾腾腾。气窗玻璃上蒙着一层哈气，他们稍稍打开气窗，让秋夜新鲜的空气涌进来。

他们继续这两天白天晚上谈论的话题。像通常那样，前线地平线上闪烁着微弱的火光。不停的射击声中，响起几声巨响，震得地面颤动，仿佛往地板上扔下一只沉重的铁皮箱。日瓦戈打住谈话，仔细听巨响声，说道："这是德国十六口径大炮，炮身六十普特。"然后继续中断的谈话，可是忘记刚才谈什么了。

"村子里有一股什么气味？"戈尔东问道，"我一来就闻到了。一股甜腻的恶心气味，像老鼠的气味。"

"我知道你说的是什么气味。这是大麻味。这里很多人种大麻。大麻有一股让人疲倦的难闻的烂果子味。另外在作战地区，把死人扔进大麻地，时间一长，没人发现的尸体就腐烂了，自然到处都是死尸味。又是大炮声，你听见了吗？"

戈尔东在日瓦戈那儿逗留的几天他们什么都谈到了。戈尔东了解了朋友对战争和时代精神的看法。日瓦戈给戈尔东讲了他不习惯互相消灭的血腥逻辑，特别是面对血肉模糊的伤员，面对现代武器把人炸得血肉横飞的可怕情景，是何等困难。

　　戈尔东每天跟随日瓦戈出去，也见到一些情况。他意识到，垂手观看别人勇敢作战，观看别人以非人的毅力战胜对死亡的恐惧，并为此冒险牺牲，是不道德的。但就此发出几声无能为力的叹息同样是不道德的。他认为自己的行动要符合当前的形势，应真诚地、自觉自愿地投入这种生活中去。

　　他为检验自己是否见到伤员就会晕倒，便同红十字会支队一起赶到西线前沿包扎所。

　　他们来到树林边，树林一半已被炮火削平。践踏过的灌木丛里倒竖着几辆被击毁的炮车。树上拴着一匹战马。远处一所林务所的房子被掀去半个屋顶。包扎所就设立在林务所和路边的两个灰色帐篷里。

　　"我不该带你来，"日瓦戈说，"战壕离这儿不过一俄里半或两俄里。瞧那边，我们的炮兵就隐蔽在树林后面。听见炮声了吗？别硬充好汉，我才不信呢。你吓得半死，这并不奇怪。局势每分钟发生变化。炮弹会打到这里来。"

　　林边大道上躺着或趴着身上落满尘土的士兵，穿着沉重的皮靴，肩胛骨和军上衣被汗水浸透。这便是联队严重减员后剩下的士兵。他们连续战斗了三昼夜，现在从战场撤下来做短暂的休息。他们像死人一样躺在地上，连骂街或笑一下的力气都没有。就连轻便马车从道路当中轰隆轰隆驶过的时候，也没人转过头来。这是几辆没有弹簧的颠颠簸簸的轻便马车，把伤员从前线送到包扎所，不走运的伤员骨架子都颠散了，五脏六腑都快颠出来。包扎所只能简单处理，胡乱缠上绷带，给急需做手术的人匆忙做手术。这些伤员是半小时前，炮火稍停的时候，从战壕前开阔地带抬下来的。人数多得惊人，大部分失去知觉。

　　把伤员运到包扎所石阶前，卫生员抬着担架从帐篷里出来迎接。一位女护士撩起帐篷向外张望。她现在不值班，闲着没事。帐篷后面的树林里两个人对骂。高大的苍松翠柏用枝叶把他们的骂声

传向四方，只是听不清他们骂什么。伤员运到的时候对骂的两个人
来到大路上，径直走向包扎所。一个火冒三丈的军官向红十字会支
队的医生吼叫，逼问他先前驻扎在树林里的炮兵辎重部队到哪里去
了。医生对辎重部队一无所知，因为同他毫无关系。医生请军官不
要喊了，伤员运到，他有事要做。但军官并不罢休，把红十字会、
炮兵机关及世界上的一切通通骂了个遍。日瓦戈走到医生跟前打招
呼，接着便沿着台阶走进包扎所。那个带鞑靼口音的军官仍然在
骂，解下拴在树上的马，翻身上马，向森林深处跑去。女护士一直
在张望。

她的脸突然吓得变了颜色。

"你们要干什么？发疯了！"她对两个轻伤伤员喊道。他们没
人搀扶，穿过担架向包扎所走去。她从帐篷里向大道上的两个伤员
跑去。

担架上抬着一个血肉模糊的不幸者，样子吓死人。一块弹片把
他的脸、牙齿和舌头炸成肉酱，但没炸死他，弹片卡在削掉脸颊的
颌骨里。这个失去人形的伤员不间断地轻声呻吟，不像人的声音，
不知他说什么，但每个人都明白，他希望尽快结束自己的生命，不
要延长他的痛苦了。

护士看出从他旁边走过的轻伤员，听到他的呻吟，都想用手把
卡在他脸上的那块可怕的弹片拔出来。

"你们想干什么？这绝对不行。外科医生用专门器械才能取下
来。如果还有这种可能的话。"

"上帝啊，把他召回吧，千万别让我怀疑你确实存在！"戈尔
东心里说。

就在这一刹那，血肉模糊的人被抬到台阶上的时候，全身抽搐
了一下，喊了一声就断气了。

断气的人是后备役的士兵吉马泽特金。树林里吵架的是他儿子
加利乌林少尉，护士就是拉拉，戈尔东和日瓦戈是目击者。他们在

一起，近在咫尺，可是互相没认出来。有的人永远认不出来，有的人要等待下一次相逢才能认出来。

11

这个地区的村庄能保存下来简直是奇迹。它们是毁灭的海洋中残留的孤岛。戈尔东和日瓦戈傍晚回到他们住所。太阳落山了。他们经过一个村子时，一个年轻的哥萨克在周围人的哄笑中，把一枚五戈比铜币抛起，强迫穿长衫的白须犹太老人去接。老人当然接不住铜币。铜币穿过他张开的手，落在泥地里。老人弯腰捡铜币，哥萨克抽打他的屁股，引起扶着老人两侧的人发出一阵狂笑。这让大家非常开心。暂时还看不出有多大恶意，但谁知道会不会发展成残忍的恶作剧呢？对面农舍的老太婆几次跑到大路上，但都因害怕又躲藏起来。农舍窗后面两个姑娘望着爷爷哭泣。

马车夫觉得场面非常可笑，让马放慢了脚步，以便老爷们欣赏个够。但日瓦戈把哥萨克叫到跟前，痛骂了他一顿，命令他马上终止这种侮辱人的行动。"是的，老爷，"哥萨克顺从地回答，"我们没有恶意，不过逗乐而已。"

一路上戈尔东和日瓦戈都没说话。

"太可怕了，"日瓦戈说，看到他们的村子，"你想象不到在这次战争中犹太居民遭受多大的苦难。打仗的地方正好是犹太人定居点。除经历苦难、苛捐杂税和倾家荡产外，还要遭受洗劫和侮辱，指责他们缺乏爱国主义精神。如果他们在敌人那边享有各种权利，而在我们这边则受尽迫害，哪儿来的爱国主义？又要他们爱国又仇恨他们是矛盾的，没有道理的。本应同情和抚慰，却有意激起人们对他们的仇恨。他们贫穷，吝啬，软弱，不会反抗。真无法理喻。大概是上天注定的吧。"

戈尔东什么也没回答。

12

他们躺在狭长窗子的两头，夜已深沉，两人仍在交谈。

日瓦戈告诉戈尔东在前线见到过沙皇。他讲述得有声有色。

那是他在前线度过的头一个春天。他服役的司令部设在喀尔巴阡山盆地，部队的任务是封锁从匈牙利方面进入盆地的入口。

盆地有个火车站。日瓦戈描绘地形的外貌，山上长满高大的枞树和松树，树端镶嵌着朵朵白云，树丛中显露出陡峭的山岩、灰板岩和石墨岩，就像浓密兽皮上的疤痕。四月的一个清晨，天还未大亮，潮湿，阴暗，仿佛一块石板压在头上。高山环绕着四周，一切都凝滞了，让人出不来气。盆地笼罩在水汽中，水汽向上升腾，从火车站冒出一股蒸汽，灰色草地湿漉漉，山雾蒙蒙，树林的颜色加深，连云彩也昏暗了。

这几天沙皇巡视加利西亚。突然，大家获悉，他要视察这里的部队，原来这支部队的名誉长官正是沙皇本人。

他随时可能抵达。仪仗队在月台上列队欢迎。人们焦急地等待了一两个小时。豪华列车一列接一列驶过。不久沙皇的专列到了。

沙皇在尼古拉·尼古拉耶维奇大公的陪同下检阅了精锐部队。他的问候声音不高，每句话像晃动水桶中的水，激起雷鸣般的"乌拉"声。

面带腼腆微笑的沙皇显得比纸币和勋章上的肖像苍老、疲惫。他两眼无神，脸有些浮肿。他不时怀着歉意斜视尼古拉·尼古拉耶维奇大公，不知在这种情况下问他什么好，而尼古拉·尼古拉耶维奇大公恭敬地附在他耳朵上，并未说话，只动了动眉毛和肩膀便使沙皇摆脱了窘境。

在这阴暗潮湿的盆地清晨，人们可怜起沙皇来，但一想到怯弱、羞怯可能是统治者的本性，而赋有生杀予夺权力的正是这个性格怯弱的人的时候，人们便不寒而栗。

"他应说这样的话：'我，我的剑和我的人民'，像德皇威廉那样；或这一类的话。但一定要提到人民，非提不可。可你知道，他具有俄国人的本色，不屑于说陈词滥调。表演在俄罗斯没有意义。如果像德皇那样便是表演了，对不对？如果是恺撒治下的民族，如高卢人，或斯维夫人，或伊利里亚人，我还可以理解。'人民'这个概念是虚构出来的，虚构它的目的就是为让沙皇或皇帝以及国务活动家们发言时提到'人民''我的人民'。

"现在到前线采访的记者人满为患。他们记下'见闻'，民间谚语，探视伤员，提出民意的新理论。这是另一类的达利[1]，胡编乱造，毫无节制的写作狂。这是一类。还有另一类，杂乱无章，什么'速写和片段'，散发出怀疑和厌世的味道。比如，有人写了一篇寓意深远的文章（我读过）：'天气阴暗，如同昨天一样。早上雨下个不停，一片泥泞。望着窗外的道路。俘虏连绵不断从大路上走过。车上运送伤员。大炮射击。又开始射击，今天跟昨天一样，明天跟今天一样，每一天，每一小时都如此……'你看，多么深刻，多么俏皮！可他干吗迁怒于大炮呢？竟然要求大炮射出花样！竟然对大炮惊奇，为何不对自己每天发出的用标点符号隔开的千篇一律的文章惊奇呢？为何不仁爱一点，停止像跳蚤蹦跳一样匆忙写出的文字？他怎么不明白，不是大炮，而是他自己应当更新意识，不再重复笔记本上所记的、没有任何见识的空洞无物的废话，等到有了自己的见识，来了神来之笔，才能动笔。"

"绝对正确，"戈尔东打断他，"我来给你解释今天我们见到的场面。哥萨克侮辱可怜的犹太长老，只不过是千百个卑劣的例子之一。他们不侃侃而谈，而是打老人耳光，是明显的下流行为。但谈到犹太问题，就需要从哲学上论述了，那时会找出这个问题意想不到的另一面。我说不出任何新观点。我的这些看法，同你的看法一

1　达利（1801—1872），俄国作家和语言学家，《俄语详解词典》的编撰者。

样，都来自你舅舅。

"什么是人民？你刚才问到。是否要呵护他们？可从未想到过他们。用辉煌的业绩引导他们为民族复兴而奋斗的人是否做出更大的贡献？当然，当然。在基督教时代谈什么民族啊。因为这已经不是一般的民族了，而是被说服和教化过的，所以问题不在于恪守陈腐的观念，而在于革新。《福音书》是怎么说的？首先，《福音书》没规定这样或那样。它的主张是简单而稳健的。想不想按照新的方式生活，想不想精神上怡然自得？几千年来人们都接受了《福音书》的经义。

"《福音书》告诉我们，天国不分希腊人和犹太人，它是否说过在上帝面前人人平等呢？不然，《福音书》的主旨并不在这里。在它之前，希腊哲学家、罗马圣贤和《旧约》的先知们已经明白这个道理。它是说在天国里，在深思熟虑过的新的生存方式和交际手段中，没有民族，只有个人。

"你说没有思想内涵的事实没有意义。但基督教和个人信奉的宗教仪式正需要赋予事实，只有赋予事实，对人才具有意义。

"我们谈到对生活和世界无所贡献的庸才，只关心狭隘利益的二流人才，他们只对人民的话题感兴趣，人民最软弱可欺，可以任凭他们摆布，利用对他们的怜悯发财致富。牺牲者一定是犹太人，这一点毫无疑问。把世世代代都必须充当人民的民族思想强加给他们，但他们中间产生一股把整个世界从桎梏下解放出来的力量。多么令人震惊！这怎么会发生呢？这是摆脱庸才的陈腐观念的节日，这是贫乏生活的飞跃，这一切诞生在他们的土地上，诉说于他们的语言中，只属于他们这个民族。他们看到和听到这样的启示，岂能白白放过呢？他们不可能让灵魂失去如此的瑰丽和力量，岂能取得凯旋和精神力量后仍然蜷缩在这种曾经被抛弃的空洞的外壳中。甘心忍受折磨对谁有利，谁需要世代遭受嘲弄，让无辜的老人、妇女和孩子，这些善良、真诚待人的人鲜血白白流淌！各民族热爱人民的作家们为何如此懒惰？为何这个民族的灵魂主宰不突破举世皆知的悲痛和被嘲讽的智慧？为何不为摆脱无法更改的职责而粉身碎骨，就像气压过大蒸汽锅炉爆炸一样，把这支不知为何奋斗、为何受苦的队伍释放出来？为何不说：'觉醒吧。受够了。别再这样。不要再像先前那样称呼自己了。不要聚在一起，分散开来。同大家在一起。你们是世界上最早的、最好的基督徒。你们当中最恶劣的和最软弱的才是你们的对立面。'"

13

次日日瓦戈回来吃午饭的时候说：

"你急着要走，这回可应验了。可我不能说：'你走运'，因为我们又被敌人包围或遭到重创，这算什么走运？东面道路尚可通行，西面敌人已经朝我们压过来。命令所有医疗部门集中到一处。明后天开拔。不知迁往何处。卡尔宾柯，戈尔东先生的内衣还没洗吧。你老是这样。大婶有大婶的事，可你问他哪家大婶，他回答不上来，笨蛋。"

他没听勤务兵东拉西扯地为自己辩解，也没在意戈尔东的窘相。戈尔东穿的是日瓦戈的衬衫，还得穿着离开。日瓦戈接着说下去：

"我们像吉卜赛人那样四处游荡。进驻这儿的时候，什么都不合心意。炉子放得不是地方，天花板太低，又脏又闷。现在，打死我也想不起来这之前驻扎在哪儿了。望着炉角瓷砖上反射的阳光和路旁大树投射在瓷砖上颤动的影子，仿佛可以在这里住一辈子。"

他们开始不慌不忙地整理行装。

夜间他们被喊叫声、跑动声和射击声惊醒。村子被不祥的火光照亮。人影从窗前掠过。隔壁的房东醒了，动弹起来。

"卡尔宾柯，你赶快到街上看看，怎么这么乱哄哄的。"日瓦戈说。

很快就清楚了。日瓦戈急忙穿好衣服，赶往医院，想证实传闻是否属实。德国人击溃了俄军在这个地区的抵抗。防御战线不断向村子后撤。村子已位于炮火射程之内。医院和机关不等疏散命令就紧急撤走。预计天亮前通通撤完。

"你随第一梯队一起撤离。敞篷马车马上出发，我让他们等你。那就再见了。我送你上马车。"

他们朝村子另一头跑去，那里医疗队正在装车。他们躲在屋檐下，弯腰跑过一排房子。街上子弹呼啸。通往田野的交叉路口看得见榴霰弹爆炸燃起的火光，像一把撑开的火伞。

"你怎么办？"戈尔东跑着问道。

"我稍后走，还得回家取东西。我跟第二梯队一起撤离。"

他们在村口分手。几辆大车和一辆敞篷马车组成的车队出发了。大车互相碰撞，渐渐排列成队。日瓦戈向离去的朋友挥手告别。草棚燃烧的火光照亮他们两人的身影。

日瓦戈沿着屋檐飞快地向回跑去，跑到离自己的住处还有两所房子的地方，爆炸的气浪把他掀倒，他被榴霰弹的碎片击伤。日瓦戈倒在路中央，浑身流血，失去知觉。

14

医院疏散到西线铁路旁的一座城市里，紧挨着大本营。二月末的和煦日子，日瓦戈躺在军官康复病房里，他请人打开他病床前的窗户。

已经到开午饭的时候。伤员各有各的打发时间的办法。他们得知，病房里来了位新护士，今天头一天值班。躺在日瓦戈对面的加利乌林翻阅收到的《言语报》和《俄罗斯言论报》，对新闻检察官开的天窗十分愤慨。日瓦戈在读战地邮局送来的东妮娅的信，邮局积存的信都送来了。轻风掀动信纸和报页，发出沙沙声。日瓦戈抬起眼睛，拉拉走进病房。

日瓦戈和少尉都认出拉拉来，彼此并不知道都认出她来。可她谁也不认识。她说：

"大家好！干吗开窗户？您不冷吗？"她走到加利乌林病床前。

"什么地方不舒服？"她握着他的手量脉搏，但忽然窘迫不安地坐在他床边的椅子上。

"真想不到，拉里莎·费奥多罗夫娜，"加利乌林说，"我和您丈夫在一个团队服役，认识帕维尔·帕夫洛维奇，我替您保存他的物品。"

"这不可能，这不可能，"她重复道，"太出人意料了。您认识他？快告诉我您所知道的一切。他牺牲了，被土掩埋？把一切告诉我，用不着担心，我都知道了。"

加利乌林没有勇气确认她道听途说的一切。他想哄骗她，让她放心。

"安季波夫被俘虏了，"他说，"他带着自己的部队冲得太向前了，成了孤军。被敌人包围，只好投降。"

但拉拉不相信加利乌林的话。这番料想不到的话让她激动不已。她不能控制泉涌般的泪水，但不想在陌生人面前哭泣。她站起来，走出病房，在走廊里让自己镇静下来。

一分钟后她返回病房，表面上已经平静。她有意不往加利乌林那边看，担心忍不住哭出来。她立即走到日瓦戈病床前，心不在焉地问道，仿佛例行公事：

"您好。您哪儿不舒服？"

日瓦戈看出她很激动，想问她出了什么事，想告诉她，他两次见过她，上中学的时候和上大学的时候，但又想到这样问不得体，她会觉得他不懂礼貌。后来他突然想起已故的安娜·伊万诺夫娜躺在棺材里的样子和东妮娅的号啕痛哭，忍住了没说，只说道：

"谢谢您。我是医生，自己给自己治病。我没有任何需要。"

"他为何生我的气?"拉拉想道,好奇地看了这位其貌不扬的翘鼻子的陌生人一眼。

一连几天天气阴晴不定,夜里刮起一阵暖风,送来潮湿的泥土味。

这几天从大本营传来离奇的消息,从家里和内地也传来令人不安的谣言。同彼得堡的电讯联系中断。各地、各个角落都在议论政治话题。

安季波娃护士早晚检查病房一次,每逢她值班的时候,便同其他病房的病人,同加利乌林和日瓦戈,闲聊几句。"真是个古怪的人,"她想,"年轻轻的,对人并不友好。翘鼻子,不能说很漂亮,但聪明,脑筋灵活,讨人喜欢。但问题不在这里,而是尽快结束自己的工作,调回莫斯科去,离卡佳近一点。到莫斯科后就提出辞职,不再当护士,返回尤里亚金当中学教师。帕沙的事已经弄清,没有任何希望了。没有必要再当战地女英雄,她为寻找丈夫才被人四处传扬。"

卡佳现在怎么样了?可怜的孤儿(想到这里她哭起来)。近来形势骤变。不久前她想的是捍卫祖国的神圣职责,军人的豪迈,崇高的社会使命。现在仗打败了,这才是天大的灾难,与此相比,其他的一切都失去光彩,再没有什么神圣可言了。

骤然间,一切都变了。言论变了,气氛变了,不知如何思考,听谁的话。仿佛一生都被人牵着手,像大人牵着孩子,突然松开手,学着自己走吧。四顾茫茫,既没有亲近的人,也没有权威人士。现在最值得信赖的是生活本身的力量或美或真理,让它们,而不是让被推翻的人类的格式法规,来支配你,使你比在已经结束的和平年代生活得更美满,没有遗憾。拉拉及时猛醒,她生活的唯一目的是抚养卡佳。现在已经失去帕沙,拉拉只剩下母亲的唯一角色,把一切精力都倾注到失去父亲的可怜的孤儿身上。

朋友们在给日瓦戈的信中写道,戈尔东和杜多罗夫未征求他的同意便出版了他的书，书受到好评，预示他远大的文学前程。还说莫斯科的形势极其动荡，下层的激愤不断增长，大家仿佛处于重大事件的前夜，而重大的政治事件逐步逼近。

已经是深夜，困倦袭击日瓦戈。他时刻打盹儿，心想今天激动了一天，难以入睡。窗外的风像打哈欠似的低语，哭诉着说："东妮娅，我的好东妮娅，我多想你们呀，多渴望回家工作啊。"日瓦戈在喃喃的风声中睡着了，在幸福与痛苦惊恐的交替中时睡时醒，如同变幻不定的天气，如同神秘莫测的黑夜。

拉拉想："他如此关心帕沙，保存了他琐细的遗物，可我笨得像头猪，连人家的姓名、哪里人都没问。"

次日清早查房的时候，拉拉想起昨天忘记问的事，为弥补自己的失礼，详细询问加利乌林的身世，听后连声惊叫。

"主啊，您太圣明了。布列斯特街二十八号，季韦尔辛大院，一九〇五年革命的冬天！尤苏普卡？不认识尤苏普卡或忘记了，对不起。可年份对，大院对。"确实有这一年，确实有这个大院！情景突然在她眼前浮现出来。还有射击声，还有（怎么想不起来了），还有"基督的旨意"！童年的事历历在目！"对不起，对不起，少尉先生，怎么称呼您？对，对，您已经对我说过。谢谢，太感谢您了。您唤起我多少回忆，引起我浮想联翩！"

这天她的心都和"大院"在一起，不停叹息，几乎要把脑子里的思绪说出来。

"想得到吗，布列斯特街二十八号！又是射击声，但比那次可怕多了。这可不是'男孩子们'放枪。男孩子们长大了，都在这里，当了兵，全是从农村各个大院走出来的老百姓。太神奇了，太神奇了！"

拄拐杖的和不拄拐杖的残疾人从隔壁病房走进来或跑进来，你争我抢地喊起来：

"出大事了。彼得堡街头骚乱。卫成部队转到起义者一边。革命啦。"

✚

Chapter 05

告别旧时代

1

小城叫梅留泽耶沃，坐落在黑土地上。部队和辎重车扬起的灰尘像笼罩着屋顶的一群蝗虫。它们从早到晚沿两个方向移动，从前线撤下来或开赴前线，说不清战争在继续还是已经结束。

像雨后春笋，每天都涌现出新的职务。还得选定承担这些职务的人。他们这伙人当中，有日瓦戈本人、加利乌林和女护士安季波娃等，都是从大城市来的见过世面的人。

他们占据市自治会中的职务，同时兼任地方部队和医疗队政委。他们对待职务的变化像对待游戏一样，类似露天捉迷藏。他们极想摆脱这种游戏，尽快回家从事自己的本职工作。

由于工作关系，日瓦戈与安季波娃经常接触。

2

城市中的尘雾在雨中化为咖啡色的泥泞，沾满没铺石子的街道。

城市不大，从哪个方向都能看见苍茫的原野，阴沉的天空，战争的进行，革命的发酵。

日瓦戈在给妻子的信中写道：

军队混乱，继续瓦解。采取加强士兵纪律和提高士气的措施。我察看过邻近的部队。

最后，我想告诉你，也许我已经告诉过你了，我同一位姓安季波娃的护士一起工作，她来自莫斯科，乌拉尔人。

还记得你母亲去世的那夜，在圣诞节晚会上向检察官开枪的那个姑娘吗？后来好像受到审讯。我当时对你说，我和米沙在一家简陋的旅店里见过这个师范生，那时她还是中学生呢。我们是同你爸爸一起去的，为什么事去的已经记不得了。只记得那一夜冷得要命，那天正赶上普列斯纳武装起义。那个姑娘就是安季波娃。

几次想逃回家。可这并不容易。并非工作离不开，可以交给别人，不会影响工作。而是交通困难。火车或者根本不来，或者通过时坐满了人，根本上不去车。

不能永远这样下去，因为几个伤愈的、退役的和撤职的，其中包括我、加利乌林和安季波娃，决定下周一定动身。为乘车方便，我们分头走。

有一天我会突然出现在你面前，当然，抵达前尽量给你发电报。

但在日瓦戈离开前收到东妮娅的回信。

在这封信中痛哭打乱了句式，眼泪代替了标点符号。东妮娅劝说丈夫不要回莫斯科，直接跟随那个标致的女护士去乌拉尔。她生活中充满奇遇，是东妮娅平淡无奇的生活道路无法比的。

"不必担心萨莎的未来，"她写道，"你不会为他而感到羞愧。我向你保证，将用你小时候在我们家受过的家规培育他。"

"东妮娅，你发疯了。"日瓦戈急忙回信：

你怎么会起疑心呢！难道你不知道还是不大清楚，在两年恐怖的、人消灭人的战争中，只因你的存在，对你的思念、对你和家庭的忠诚，才把我从死亡中挽救出来，避开各种死亡的威胁？我们即将见面，开始过去的生活，一切都会说清的。

不过你这样回答我，引起我另外一种担忧。如果我的信给你提供这样回答的口实，如果我的举止确实不检点的话，那我在那个女人面前是有罪的，把她引入迷途，应当向她道歉。她从邻近村子巡诊回来就向她道歉。先前只有省里和县里才有地方自治会，现在村镇也有分会了。安季波娃去协助她的熟人、新设立的法定机构的监察员工作。

说来有趣，我同安季波娃同住一所房子，但我一直不知道她住哪间房间，而且丝毫不感兴趣。

3

梅留泽耶沃有两条大路，一条通往东方，另一条通往西方。一条是穿过树林，通往经营粮食生意的济布申诺镇的土路。这个小镇在行政上隶属于梅留泽耶沃市管辖，但在各方面都超过梅留泽耶沃市。另一条路铺着碎石，穿过夏天河水干枯的沼泽地，通往梅留泽耶沃近旁的比留奇铁路交会站。

六月间，磨坊主布拉热伊科宣告成立济布申诺共和国，但共和国只存在了两个星期。

共和国依靠的是二一二步兵团的逃兵。他们携带武器离开阵地，经过比留奇来到济布申诺，正赶上发生政变。

共和国不承认临时政府，同俄罗斯脱离隶属关系。布拉热伊科是教派分子，年轻时同托尔斯泰通过信。他宣称济布申诺是千年古国的新生，劳动和生产资料共有，并把行政机关改为使徒会。

济布申诺自古以来就是各种神话的发源地。它位于苍茫的老林中，混乱时代[1]的文件中就有这座古城的记载。稍后时期古城周围仍有强盗出没。人们谈论最多的是商人的富有和土地神话般的肥沃。邻近前线地区流传的传说、习俗以至口音，都来自济布申诺镇。

现在人们对布拉热伊科的助手荒诞不经的事议论纷纷。据说他天生又聋又哑，在灵感的启迪下获得说话的能力，一旦灵感消失，说话能力也随之消失。

六月，济布申诺共和国垮台了。效忠临时政府的军队开进这个小镇。逃兵被赶出济布申诺镇，退向比留奇。

几俄里以外地方的树林被砍伐，剩下的树根上长出草莓。没运走的一半木材堆在地上，季节伐木工人的地窖坍塌。逃兵们便在这里安营扎寨。

4

医生现在准备离开设在扎布林斯卡娅伯爵夫人别墅里的医院，他在这里养过伤、行过医。战争一爆发女主人便把别墅捐献给伤员。两层楼的别墅位于梅留泽耶沃最好的地段，在城市主要街道同中心广场的交接点上。人们把这里称为练兵场，先前操练士兵，如今晚上举行群众大会。

别墅位于交叉路口，从上面眺望，四周的景致尽收眼底。除主要街道和广场外，还能看见同它相连的院落——外省简陋的建筑，同农村住宅没有任何区别。别墅墙后便是伯爵夫人的旧花园。

1　指俄国 16 世纪末、17 世纪初长年动乱的时代。

扎布林斯卡娅从来没把这份产业当回事。县里被称为"逍遥津"的大片土地才是她看重的产业。城里的房子是她进城办事落脚的地方，也是夏天各地客人到她领地聚集的地方。

现在别墅改为陆军医院，主人在她长期居住的彼得堡被逮捕。

别墅先前的仆人当中值得一提的有两个女人：伯爵夫人已经出嫁的女儿的家庭教师弗列里小姐和伯爵夫人先前的女厨师乌斯季尼娅。

红颜白发的弗列里小姐，拖着一双便鞋，穿着硕大无朋的破旧肮脏的长衫，在医院里晃来晃去。她熟悉医院里所有的人，如同熟悉伯爵夫人家里的人一样，用蹩脚的俄语同他们交谈，把俄国字的字尾按法语发音通通吞掉，没人听得懂。她摆好姿势，挥动双手，讲了起来，最后总以嘶哑的笑声、随即变成一阵咳嗽戛然而止。

弗列里小姐对安季波娃护士的底细一清二楚。她觉得医生和护士必定相互爱慕。老小姐天性浪漫，具有撮合男女私通的癖好，见到他们在一起必定眉开眼笑，并意味深长地用手指威胁或调皮地眨眼。安季波娃不明白她的意思，医生则生气了，可她像所有怪僻的女人一样，最看重的是自己的误解，并决不放弃。

乌斯季尼娅是位更加引人注目的人物。这个女人上身窄下身宽，像只抱窝的母鸡。乌斯季尼娅枯燥乏味，但又精明狠毒，把清醒的理智同来自迷信的无节制的幻想结合起来。

乌斯季尼娅会背许多民间咒语，不祈求火神保佑、不对门上钥匙孔念驱邪咒语决不出门。她是济布申诺人，听说是乡村巫师的女儿。

乌斯季尼娅可以成年沉默，直到冲破某种束缚她的障碍，突然爆发，那时便无法遏制。她狂热地捍卫真理。

济布申诺共和国垮台后，梅留泽耶沃执委会便发动居民同起源于此地的无政府主义思潮斗争。每晚练兵场上举行人数不多的和平集会，闲来无事的居民便聚集到那里，像以往夏天坐在消防队前看热闹一样。梅留泽耶沃文教委员会鼓励居民聚会，并派当地的或过路的活动家同他们交谈。活动家们认为最荒诞不经的是济布申诺那个会说话的聋哑人，便把话题引到他身上，并予以揭发。但梅留泽耶沃的手艺人、士兵和老爷们先前的仆人并不这样看。他们并不觉得聋哑人说话是荒诞不经的事，并为他辩解。

在为聋哑人辩解的喊叫声中，经常能听到乌斯季尼娅的声音。起先她没参加辩论，女人的羞涩使她不敢出声。但她渐渐鼓起勇气，对演讲人说了许多连梅留泽耶沃居民也无法接受的高见。她渐渐成为聚会讲台上的主要发言人。

广场上嘈杂的嗡嗡声传进别墅敞开的窗户，特别是在寂静的傍晚，甚至能听清断断续续的话。乌斯季尼娅讲话的时候，弗列里小姐就会跑进屋里来，叫大家仔细听，一面手舞足蹈，用蹩脚的俄语说：

"共和国……共和国！济布申诺！聋哑人！叛变！叛变！"

老小姐暗暗以这个伶牙俐齿的老娘儿们为骄傲。两个女人非常依恋，唠叨起来没完，还互相抱怨。

5

日瓦戈准备动身，到各家和各机关辞行，办理必要的手续。

这时前线部队的新政委到部队去，经过这里，逗留在城里。都说他非常年轻，还是个孩子。

这几天正准备大规模进攻。竭力鼓舞广大士兵的斗志。部队开始集结。成立革命军事法庭，恢复不久前废除的死刑。

临行前医生找卫戍司令办理移交手续，卫戍司令由梅留泽耶沃的一名军事长官担任，人们习惯称他为"县长"。

卫戍司令部通常拥挤不堪，一片混乱。走廊里，院子里，到处都是人，连他办公室窗外的半条街上都站满了人。怎么也挤不到办公桌前。一片嘈杂声，什么也听不清。

那天不是接待日。空荡的办公室里只有几名文书，对日益繁多的公文不满，默默抄录公文，互相交换讽刺的眼色。从长官办公室里传来快活的笑声，文书们大都敞开衣领，享用冷饮。

加利乌林从办公室里走出来，看见日瓦戈，装出要跑的样子，招呼他到里面同他们一起快活。

日瓦戈也要到办公室找长官签字。他一进门便见到一个不成体统的场面。

小城轰动一时的新闻人物、当今的主角——新任的政委，没去履行自己的职责，留在同部署战役毫无关系的办公室里，站在军队文职人员面前夸夸其谈。

"又来了一颗明星。""县长"说，把医生介绍给政委，政委并没看医生，完全沉浸在自我陶醉中。为给医生递过来的申请签字，"县长"改变了一下姿势，接过申请，客气地向医生指了指房间中间的矮软凳。

除医生端坐在凳子上外，其他人一个比一个坐得不像样子。"县长"半躺在办公桌前，像毕巧林[1]那样一只手支着头；他的助手瘫在沙发扶手上盘着腿，像女骑士骑在马鞍上；加利乌林骑在椅子上，屁股朝前，双手抱着椅背，头靠在上面；毛孩子政委忽而两手撑着窗台跳上去，忽而又从窗台上跳下来，像只旋转的陀螺，一刻也不安静，迈着碎步在办公室里走来走去。他不停地说，谈的主要是比留奇的逃兵。

有关政委的传言得到证实。他是个身材匀称、尚未成年的少年，像一支燃烧着崇高理想的小蜡烛。据说他出身高贵，说不定是议员的儿子，是二月第一个率领联队转向国家杜马的军官。他姓金采或金茨，介绍他同医生认识的时候医生没听清。政委讲的是纯正

---

1 俄国作家莱蒙托夫小说《当代英雄》的主人公。

的彼得堡话，吐字异常清楚，略带一点波罗的海东岸的口音。

他穿着一件紧身军衣。大概觉得自己过于年轻，想表现得成熟一点，便阴沉着脸，装出驼背的样子。他把手插在马裤里，耸起挂着新肩章的肩膀，一副骑兵的标准姿势，从肩到脚可以画出两条交叉的线条。

"距离这儿几站远的铁路线上驻扎着一个哥萨克团，是忠于红军的部队。把他们调过来包围暴乱分子，问题就解决了。军团司令要求尽快解除他们的武装。""县长"向大家报告情况。

"调动哥萨克？绝对不行。"政委发火了，"别忘记一九〇五年，别忘记那场革命！我们和你们的看法截然相反。你们的将军太自作聪明了。"

"尚未采取任何行动，只不过是制订计划，设想而已。"

"有过政委不干涉作战部署的协议。我不能撤销调动哥萨克的命令。执行命令吧。我将采取明智的措施。他们已经在那边扎营了？"

"怎么说呢。起码阵地已经巩固。"

"很好。我要到他们那儿去一趟。看看这帮绿林好汉对我们有多大威胁。不管是暴徒还是逃兵，都是老百姓嘛，先生们，你们忘记了这一点。老百姓是孩子，需要理解他们，理解他们心里想的是什么，这就需要特殊的手段。应当触动他们最善良、最敏感的心弦，让这根心弦发出音响。"

"我到伐木场去，同他们谈心。你们将会看到他们会高高兴兴地返回先前放弃的阵地。要不要打个赌？您不相信？"

"我持怀疑态度。愿上帝保佑您！"

"我对他们说：'弟兄们，看着我。我是独子，全家的希望，可为你们争取自由，争取世界各国尚未享有的自由，牺牲了名誉和地位，牺牲了父母的爱。我这样做，很多同我一样的青年人也在这样做，更不用说老一辈的近卫军、做苦役的民粹党人和关押在施吕瑟尔堡要塞的民意党人了。我们是为自己而奋斗吗？是我们需要这样做吗？你们的身份同先前已经大不相同，不再是士兵了，而是世界上第一支革命队伍的战士。你们扪心自问，是否配得上这个光荣的称号？祖国在流血，使出最后的力气挣脱缠在身上的毒蛇，可你们却甘心受这群来路不明的骗子的蒙蔽，变成一群毫无觉悟的败类，一群放荡不羁、践踏自由的恶棍。'他们欲壑难填，把猪拉到桌子底下，它的爪子却伸到桌子上来，我看透了他们，要让他们感到羞辱！"

"不行，不行，这太危险。""县长"反驳道，同助手意味深长地交换眼色。

加利乌林劝说政委放弃这种冒险的想法。他了解二一二步兵团的那帮天不怕地不怕的家伙，他曾在这个团所隶属的师里服役过。但政委不听他的劝告。

日瓦戈一直想走。政委的天真让他羞愧。诡计多端的"县长"和他助手耍的阴谋也高明不到哪儿去。一方的愚蠢和另一方的狡猾旗鼓相当。两方面都是毫无意义的废话，而生活本身正极力摆脱这种夸夸其谈。

有时，医生恨不得从滔滔不绝的废话洪流中或遁入寂静无声的大自然，或投入极为艰辛的默默的劳动，或沉湎于酣睡、音乐和心灵交融的心旷神怡中。

医生想起，不管多么不愉快，他必须同安季波娃做一次推心置腹的交谈。他为必须见到她而高兴，不管付出多大代价。但她是不是住在这里呢。医生利用一个机会，站起身来，悄悄离开办公室。

6

原来她已经回来了。法国小姐告诉医生拉拉回来了，补充道，她十分疲惫，匆忙吃过晚饭就回房间了，并嘱咐她别让人打搅她。

"您去敲她的门吧，她大概还没睡呢。""她住的是哪个房间，怎么走？"医生问道。医生的问题让小姐感到意外。原来安季波娃住在楼上走廊尽头，左右两边上锁的房间里存放着扎布林斯卡娅留在此地的家什，医生从未朝那边张望过。

天很快黑了。街上更黑，昏暗中分不清栅栏和房屋。院子深处的树木在灯光下仿佛凑到窗前。这是一个闷热的夜晚。稍微一动就出汗。煤油灯倾入院子里的光，像沿树干流下的一条条脏水柱。

医生上到最后一级台阶停住。他想，敲一个旅途劳顿的人的门，会令人讨厌。有话最好明天再谈。他改变初衷，漫不经心地走到走廊的另一头。那边的墙上有扇开向邻家院子的窗户。医生探身望去。

夜里到处是轻微的神秘声音。可以听见院子里水池间隔很长的匀称的滴水声。窗外有人喁喁私语。有人往黄瓜畦里浇水，从一个桶倒进另一个桶，伴随着从井里绞水的声音。

立即闻到各种花的熏香，仿佛大地白天失去知觉，而这片熏香使它恢复知觉。伯爵夫人百年的花园堆满枯枝，难以通行。一株缀满鲜花的老柞树散发出浓烈的芬芳，芬芳宛如浮动在空中的香雾，又像一堵阻隔人相见的高墙。

从栅栏的右面传来喊声。那是度假的人在胡闹，还有用力关门的声音，以及断续的歌声。公爵夫人乌鸦窝的后面，悬挂着一轮巨大的暗红色的月亮。最初，月亮像济布申诺那座砖砌的蒸汽磨粉机。后来变黄了，又像比留奇火车站上的水塔。

窗台下面弥漫着新鲜麦秆的芳香，仿佛花茶里掺入美人的香气。院子里拴着一头从远处买来的乳牛，被牵着走了一天，累了，充满离群的忧伤，不吃新女主人喂的草料，它还不认识她呢。

"嘿嘿，别使性子，魔鬼，不许顶人。"女主人轻声训斥乳牛，可乳牛来回晃头，伸长脖子，可怜地哞哞叫。梅留泽耶沃草棚后面星星眨眼，就像草棚同乳牛之间牵连着千万条同情之线，仿佛其他世界也有牛棚，牛群正从那里怜悯这头乳牛。

周围的一切都在现实的神奇酵母菌上发酵，膨胀，飞升。对生命的赞美宛如清风，赞美像奔腾的波浪，不选择方向，沿田野和城市向前奔腾，穿过采伐的木材和人体，使道路上的一切为之颤动。为抵制这股洪流的冲击，医生向广场走去，去听群众大会上都说什么。

7

明月高高挂在天上。万物浸泡在乳白色的月光中。

带廊柱的公家的石建筑围绕着广场，在地上投下一道黑影，仿佛在石建筑前铺设一条黑色的地毯。

群众大会在广场另一端举行。如果用心听，从这边也能听清广场那边的话。但医生被广场的景色所吸引。他坐在消防队前的凳子上。他不用心听路那边的发言，开始打量四周。

几条荒凉的小巷通向广场。小巷的深处有间歪斜的房屋。小巷路面上都是烂泥，像农村的道路一样，无法通行。街上有柳条编的长栅栏，像放置在池塘里的捕鱼篓子，或沉入塘底的捕虾篮子。

破旧的房子敞开窗户，玻璃闪烁着幽暗的清光。房屋之间种植着玉米，苞米淡褐色，上面落满露珠，晶莹的花序和花穗上仿佛涂了一层油。几棵苍白瘦弱的锦葵，像夏日被闷热的房间赶到门外呼吸新鲜空气的农妇，从坍塌篱笆后面窥视远方。

皎皎的明月之夜妙不可言，宛如慈爱的温馨，预示的恩赐。在这繁星点点的宁静的神话般的月夜，突然断续传来熟悉匀称的声音。声音悦耳，激动，充满自信。医生侧耳细听，立即辨识出这是政委金茨的声音。金茨在广场上讲话。

大概地方当局想借助他的威望取得民众对自己的支持。金茨激动地谴责梅留泽耶沃人散漫无纪律，轻易受到布尔什维克的影响，他让大家相信，布尔什维克才是济布申诺事件真正的罪魁祸首。他像在军队讲话那样，指出敌人的残忍和强大，祖国面临严峻的考验。他讲到一半，有人打断他的讲话。

有人要求不要打断他的讲话，有人不赞成。一帮人叫喊，另一帮也叫喊。反对的声音越来越多，声音也越来越响。陪同金茨的人自告奋勇担当大会主席，喊道，不要就地发言，保持秩序。有人要求让人群中的女公民发言，另一些人发出嘘声，要求不要干扰金茨的发言。

一个女人穿过人群走向充当讲台的翻过来的木箱。她不想登上木箱，但已挤到木箱跟前，就站在它旁边。大家认识这个女人。会场安静下来。这女人是乌斯季尼娅。

"政委同志，您提到济布申诺，接着提到眼睛，您说应当擦亮眼睛，免得上当。可我仔细听您讲话，您除了责备布尔什维克和孟什维克外，什么也没谈。不再打仗，大家像兄弟一样，这是上帝的意志，而不是孟什维克的主张；把广场交给穷人，也不是布尔什维克的主张，而是出于人的怜悯心。至于聋哑人，用不着您批评，我们已经挨够骂了，不想再听了。您怎么老惦记着他呢？他哪点招您喜欢？哑巴走着走着，突然没征求您同意就开口说话了？简直是奇迹。还有奇迹呢，比如您见过的这头母驴。'瓦拉姆，瓦拉姆，我恳求您，千万别过去，过去要遭殃。'道理明摆着，可他不听，过去了。这就是您说的聋哑人。他想，干吗听它的，它是母驴，畜生。可别瞧不起畜生。他后来多后悔。您大概知道结果吧。"

"什么结果？"有人好奇地问。

"行啦，"乌斯季尼娅粗鲁地回答，"知道事多老得快。"

"这不行，你得告诉我们什么结果。"那个声音不肯罢休。

"结果，结果，你这榆木疙瘩！瓦拉姆变成盐柱了。"

"亲家母，你开玩笑。这是洛特家的故事，洛特的老婆。"有人喊起来。大家都笑了，大会主席让大家遵守秩序。医生回屋睡觉去了。

8

第二天晚上医生同安季波娃见面了。他在储藏室里找到她。她正在熨衣服，面前熨好的衣服堆了一摞。

储藏室是楼上最靠里的一间房间，窗户对着花园。桌上摆着几个茶炊，食物盛在碟子里，通过手摇升降机从厨房里送上来，用过的餐具直接送往洗碗池。医院的物品登记册也存放在这里。人们对照登记册核对器皿和卧具，空闲的时候人们到这里休息或聚会。

开向花园的窗户敞开着。屋里有股柞树花香和古老花园才会有的兰芹干枝的苦味。两只熨斗散发出轻微的炭火味，拉拉轮换着使用它们熨衣服，一会儿把这一只、一会儿又把另一只熨斗放在蒸汽管上加热。

"昨天您为什么没敲门？老小姐告诉我了。不过，您做得对。我已经躺下，无法招待您。您好啊。小心点。别弄脏衣服。炭漏出来了。"

"您给全医院熨衣服？"

"不是，主要是我自己的。您老吓唬我，说我永远别想从这里脱身。这次我可真要离开啦。您看，我正打点行装。打点好了就走。我去乌拉尔，您去莫斯科。以后有人问您：'您听说过梅留泽耶沃小城吗？''不记得了。''谁是安季波娃？''一无所知。'"

"就算如此吧。您到各村走了一趟，怎么样？农村情况好吗？"

"一两句话说不清楚，熨斗怎么凉得这么快。劳驾，请您给我换一只。就是管子上的那只，这只放回管子上。谢谢。农村各不相同。就看居住在那里的人了。有的村子农民勤劳，那里就过得不错。有的村子都是酒鬼，土地荒芜，可怕极了。"

"瞧您说的。哪儿来的酒鬼？很多事您都明白。村里没有男人了，所有男人都抓去当兵。好吧，不谈这些了。新成立的革命地方自治会怎么样？"

"酒鬼的问题您说得不对，我得同您辩论。自治会怎么样？伤脑筋的地方多着呢。规章不能落实，乡里没人理睬。当下农民只关心土地问题。我顺路到逍遥津去了一趟。那个地方美极了。您真该到那里去看看。春天焚烧过，抢劫过。仓库烧毁了，果树烧焦了。朝街的那面房屋烧毁了。我没到过济布申诺，没去成。可到处都传说聋哑人的事是真的，还描绘出他的模样。都说他年轻，有教养。"

"昨天在广场上乌斯季尼娅说了他很多好话。"

"我刚从逍遥津回来，他们拉回一车破烂。说了多少次，叫他们别动那些破烂。我们自己的已经不少了。今天早上卫戍司令部派人送来'县长'的一张条子，他急着要伯爵夫人那套银茶具和装酒的水晶瓶。说只用一个晚上，用后归还。我们知道'归还'是什么意思。一半的东西找不回来了。借走的东西都说要还。听说要举办晚会，来了一位大人物。"

"我猜到了。来的是方面军的新政委。我偶然碰见过他。他来处置逃兵，把他们包围起来，然后缴械。政委还是毛孩子，办事也像孩子。当地人建议调用哥萨克，他却想用眼泪感动他们。他说过老百姓是孩子一类的话，认为这一切不过是哄孩子的玩具罢了。加利乌林一再劝他，不要惊扰野兽。可一旦他打定主意，谁也说服不了他。您听着，先放下熨斗。一场无法想象的厮杀即将开始，我们无力制止。我希望您在这场厮杀前离开这里！"

"什么事也不会发生。您夸大了当前的事态。我是要走，但不能甩手就走。还得按登记册清点物品，不然好像我偷了什么东西似的。可谁来清点？这是个问题。我为登记册操碎了心，可换来的却是一片怨言。扎布林斯卡娅伯爵夫人把财产转交给医院的契约是我登记的，因为这样做符合法令。可现在好像我在弄虚作假，用这种方法替领主保存财物。太卑鄙了！"

"让这些地毯、瓷器见鬼去吧。用不着为它们烦恼。最遗憾的是我们昨天没能见面。我昨天来了神！我能把天底下的一切事都给您解释清楚，回答您所有恼人的问题！不是开玩笑，我想倾吐一切。向您诉说妻子和儿子，自己的生活。真见鬼，莫非成年男子向成年女子敞开心扉就会怀疑他们'私通'？让魔鬼把这些布料、衬里通通撕成碎片吧！

"您熨吧，熨吧，熨您的内衣，别管我，我一个人说，没完没了地说。

"您会想，现在是什么时代。我和您就生活在这个时代。这是亘古未有的荒诞时代。您想想，整个俄罗斯的屋顶被掀掉，我们同全体百姓裸露在天空下。没人盯着我们。自由！真正的自由，不是停留在口头或书面上要求的自由，而是从天而降的未曾期待的自由。偶然的自由，困惑的自由。

"而一切都变得如此巨大，让人怅然若失！您没注意到？仿佛每个人都被自身显露出的英雄气概压抑得奄奄一息。

"您熨您的衣服，我说我的。您别开口。您不觉得沉闷？我替您换熨斗。

"昨天我观察了晚上的群众大会。场面令人惊骇。俄罗斯母亲动起来，再也不能站在原地踏步了，走啊走啊，止不住了，说呀说呀，说不完了。并且不只是人说。星星同树木交谈起来，夜间的花朵发表宏论，石头建筑召开大会。像《福音书》里所说的，难道不对吗？又回到使徒时代。记得保罗的话吗？'用各种语言说话并预言未来吧。但不要妄加解释。'"

"您说树木和星星参加大会，我能理解。我知道您想说什么。我也有过这种感觉。"

"战争做了一半的事，剩下的由革命完成了。战争是生活的短暂中断。仿佛生活向后推延一段时间。（多荒谬！）革命爆发，意志无法控制，犹如压缩过久的空气。每个人苏醒了，新生了，所有的人都转变了。可以说每个人爆发两场革命，自己的，个人的，还有一个共同的。我觉得社会主义是海洋，如同个别的革命河注入海

洋一样，生活的海洋，独特的海洋。我说的生活的海洋是指可以入
画的生活，已被天才点化过的生活，充满智慧的生活。但现在人们
决定体验生活，不在书本中，而在自身上，不在玄学里，而在实践
中。"

声音的颤抖显示医生开始激动。拉拉停止熨衣服，严肃而惊
讶地望了望他。他心慌意乱，忘记说什么了。停顿一下，他又说起
来，不假思索地说起来。他说：

"这些日子真想诚实而有益地生活。真想振奋精神。在大家沉
浸在兴高采烈的气氛中时，我看到您谜一样的忧伤目光，仿佛失落
在九霄云外。我宁愿付出一切，但求没有这种目光，但求您脸上露
出满意命运、不依靠任何人的神情。但愿您的一个亲人、朋友或者
丈夫（最好是军人），抓住我的手，请我不再关心您的命运，不让
自己的关心给您增添麻烦。我必定抽出自己的手，向您摆手……哎
呀，我忘乎所以了！对不起，请原谅我。"

医生的声音又变了。他挥了挥手，尴尬地站起来，走到窗前。
他背朝墙，托腮的手支在窗台上，恍惚失神的目光凝视着漆黑花园
的深处，寻求内心的安宁。

拉拉把熨衣板从桌子上搬到另一扇窗户边，绕过熨衣板，走
到房间中间，医生的背后，站住了。"咳，我一直担心这一刻的到
来，"她轻声自语，"命中注定的迷误！尤里·安德列耶维奇，别这
样。咳，您瞧我因为您干了什么蠢事！"她惊叫道，跑向熨衣板，
熨斗下面的衣服冒出一股刺鼻的烟味，一件女上衣烫煳了。

"尤里·安德列耶维奇，"她砰的一声把熨斗放在炉盖上，气
恼地说，"尤里·安德列耶维奇，您清醒清醒，到老小姐那儿待一
会儿，喝杯水，亲爱的，回来还是我看惯的老样子。我知道您能做
到。我恳求您。"

他们两人再没有这样表白过心迹。一星期后拉拉走了。

9

过一段时间日瓦戈也准备上路。他离开的那天夜里梅留泽耶沃下起一场伴随着狂风的瓢泼大雨。

狂风的咆哮声和暴雨击打屋顶的噼啪声交织在一起。风向忽然变了，暴雨向街道倾泻，仿佛一步步占领街道。

隆隆的雷鸣一个接一个，汇成一片均匀的轰鸣。透过一道道闪电看到伸向远方的街道，街道上仿佛弯腰朝同一方向奔跑的树木。

夜里弗列里小姐被一阵急促的敲门声惊醒。吓得她从床上坐起来，仔细辨别敲门声。敲门声一直没停止。

她想：难道医院里就没有一个活人去开门。非得让她这个可怜的老太婆替大家受罪，仅仅因为她心眼实诚，富有责任感？

好吧，就算扎布林斯基伯爵一家是富人、贵族，可都捐给了医院，已经是他们的、人民的了。他们把医院抛给了谁？比如，我真想知道，卫生员都跑到哪儿去了。不论院长、护士和医生都跑光了，医院里还有伤员，楼上手术室里还有两个没腿的，那间房间原来是客厅，楼下洗衣房旁边的储藏间里还住着一屋子伤员。乌斯季尼娅这个死鬼串门去了。这个鬼东西眼看要下雨，还鬼迷心窍去串门。现在有冠冕堂皇的借口在外面过夜了。

谢天谢地，总算安静下来。风也停了。没人开门，敲门的人准是无奈地走了。见鬼了，这种天气还来敲门。也许是乌斯季尼娅？不可能。她有钥匙。天啊，又敲起来，太吓人了。

真卑鄙！就不责怪日瓦戈了，他明天起程，脑子里装满莫斯科和路上的事。可加利乌林太不像话。他怎么能听见敲门声赖在床上不动呢？说到底，还得她这个无依无靠的可怜的老太婆起来开门，在这可怕的地方、可怕的夜晚给不知道什么人开门。

"加利乌林！"她突然想起来，"哪儿有加利乌林？"她要不是睡得迷迷糊糊不会有这种荒唐的想法。哪儿来的加利乌林，他早跑得无影无踪了。不是她跟日瓦戈一起把他藏匿起来，给他换上便装，告诉他周围的道路和村庄，让他知道往哪儿逃跑吗。金茨政委被害后，车站执行私刑，追捕加利乌林，从比留奇追到梅留泽耶沃，一路开枪，全城地毯式搜捕，怎么可能是加利乌林呢！

要不是装甲兵到来，城市早被夷为平地。装甲师偶然经过这里，保护了居民，遏制住了那伙恶棍。

风雨渐弱，过去了。远方的雷声渐稀。雨时停时下，水柱依旧从树叶和屋檐上的沟槽往下流。一道无声的闪电射入老小姐的房间，只逗留一刹那，仿佛搜查她的房间。

停了一会儿的敲门声又响了。有人需要救助，绝望地敲门，敲得更急。又起风了，接着一阵倾盆大雨。

"来了！"老小姐不知向谁喊了一声，听到自己的声音感到害怕。

突然心里浮起一个念头。她两只脚从床上下来，穿上便鞋，披上睡衣，跑去叫日瓦戈，免得一个人害怕。日瓦戈也听见敲门声，举着蜡烛去开门。他们猜想得一样。

"日瓦戈，日瓦戈！外面有人敲门，我不敢一个人开门。"她用法语夹杂着俄语说，"你去看看，不是拉拉便是加利乌林中尉。"

日瓦戈也被敲门声惊醒。他想，一定是自己人，不是加利乌林遇到阻碍，回到他躲藏的地方，便是安季波娃护士返家的路上遇到困难。

日瓦戈在过道里把蜡烛交给老小姐，转动钥匙，拉开门闩。一阵风把门从他手里吹开，吹灭蜡烛，一阵冷雨打在日瓦戈和老小姐身上。

"谁呀？谁呀？有人吗？"老小姐和医生先后向黑暗中喊道，但没有人答应。突然从另一个方向，后面那边，又响起敲门声，好像有人从花园敲窗户。

"大概是风刮的。"医生说，"您到后门看一看才放心。也许确实有人，而不是别的原因。我在这儿等您，咱们别互相找不着。"

老小姐走进宅子深处，医生走出大门，站在屋檐下。他已经习惯在黑暗中看东西的眼睛辨识天将破晓。

城市上空乌云仿佛逃避追赶，飞也似的掠过。低飞的云絮几乎触到树梢，仿佛扎成一把扫把，打扫天空。打在木板墙上的灰白色冷雨变成黑水流淌下来。

"有人吗？"医生问回到大门前的老小姐。

"您说得对，一个人也没有。"她告诉他察看的结果，"我走遍宅子，储藏间的一扇玻璃窗被柞树枝打碎，地板上积了一摊水。拉拉住过的房间发大水了。"

"护窗板脱落了，来回拍打窗框。这就是答案，您说对不对？"

他们又闲谈了几句，锁上门，分头睡觉去了。两人都为虚惊一场而感到遗憾。

他们原以为一打开大门，一个浑身淋湿、冷得发抖的熟悉女人走进来，在她擦干身上的雨水前，他们仔细盘问她。然后换了衣服回来，在昨天的余火边取暖，一边梳理头发，一边笑着对他们讲述数不清的磨难。

他们关上大门后，仍对门外墙角边的幻觉深信不疑，熟悉女人浑身滴水的样子继续在他们脑海里回旋。

10

车站士兵骚动的间接肇事者是比留奇的电报员科利亚·弗罗连科。科利亚是梅留泽耶沃著名钟表匠的儿子。大家从小就熟悉他。他小时候被寄养在伯爵夫人逍遥津领地的女仆家里，同伯爵夫人两个女儿在家庭女教师的照看下一起玩耍。弗列里小姐对科利亚非常了解。科利亚就在那时学了一点法语。

在梅留泽耶沃时常能看到科利亚。不论什么季节，他穿得都很少，不戴帽子，穿着一双夏季帆布鞋，骑着自行车。他不扶把，头向后仰，双手交叉在胸前，在公路上和市里飞驰。不时查看电线杆和电线，检查线路有没有毛病。

城里几家住户使用同车站连接的铁路电话分线。这条电话线掌握在机房的科利亚手里。

科利亚忙得不可开交，掌管铁路电报、电话，有时站长波瓦利欣暂时离开，信号和扳道也归他管，因为操作设备也安装在机房里。

一个人必须操控几样仪器，使科利亚养成独特的说话方式，含混不清，不连贯，像打哑谜似的。他不想回答某人的问题，或者不愿意同某人说话，就采取这种说话方式。据说，在动荡不安的日子里，他滥用了自己的职权。

科利亚不接电话，让从城里打来电话的加利乌林的善良愿望落了空，也许，他无意间酿造出后来发生的惨祸。

加利乌林请政委接电话，政委就在车站或附近，告诉政委他马上到伐木场来，请政委一定等他，在他到达之前不要采取任何行动。科利亚拒绝让金茨接电话，借口线路正给开往比留奇去的火车发信号。这时他又不择手段让这趟火车停在旁边的会让站，火车运载的都是调往比留奇的哥萨克骑兵。

这列军用列车终于抵达，科利亚毫不掩饰自己的不满。

火车头缓缓驶入漆黑的月台，恰恰停在机房巨大的窗前。科利亚猛地拉开绣着铁路缩写字的窗帘。石窗台上放着一大瓶水，大托盘上摆着一个硕大无朋的玻璃杯。科利亚望着窗外，往玻璃杯里倒水，喝了几口。

司机看到科利亚，从司机室里友好地向他点头。"好一个败类，臭虫！"科利亚满怀仇恨地想，向司机吐舌头，挥了挥拳。司机不仅理解科利亚的动作，耸耸肩，把头转向车厢，还想让他明白："有什么办法？你自己试试。人家有力量。""不管怎么说，你是败类，混蛋！"科利亚用表情回答。

开始把马从车厢里牵出来，它们硬是不肯出来。马蹄踏在木搭板上的突突声变成踏在月台石地上的铿锵声。扬起前腿的马被人牵过几道铁轨。

铁轨生锈，杂草丛生，两辆报废车厢就停放在那里。雨水冲刷，油漆剥落，再加上蛀虫和潮气的侵蚀，破旧的车厢变成它左侧的原始林的一部分，原始林中桦树长满蘑菇，树端环绕着白云。

林边的哥萨克遵从命令，翻身上马，向伐木场冲去。二一二步兵团不投降的人被哥萨克包围。骑兵在森林中总比在开阔地带显得神勇。他们让躲在土窑里，携带冲锋枪的士兵吃了一惊。哥萨克抽出马刀。在骑兵的包围圈中，金茨跳到码得整齐的树垛上，向聚拢的人群发表演说。

像通常一样，谈到军人的天职，祖国的意义，以及一套冠冕堂皇的话。在这里说这些毫无反响。聚集的人太多。他们在战争中饱受磨难，变得粗野麻木。金茨的话早已听腻。四个月来，左右两边的慷慨激昂的言论已经败坏了他们的意识。他们是普通老百姓，演说者的非俄罗斯姓和波罗的海东岸的口音让他们听起来索然无味。

金茨感到自己说得太多，生起气来。但又想，他这样讲群众才能听懂，可他们不但不感谢反而无动于衷，甚至表露出含有敌意的厌烦。他越讲越恼火，决定对这伙人采用更为严厉的语气，甚至准备威胁，这点他早已做好准备。他没听见下面交头接耳声，提醒士兵军事法庭已经成立，并已开始启动，并以死刑威胁他们放下武器，交出肇事者。如果他们不这样做，金茨说，就证明他们是卑鄙的叛徒、没有觉悟的畜生、傲慢的下流胚。这伙人已经不习惯这种口气了。

几百个人喊叫起来。"你说完了吧，够了！"几个粗嗓子喊道，还听不出恶意。但这时响起歇斯底里的尖叫声，声音充满仇恨。大家的注意力都转向尖叫声：

"你们听，同志们，他骂得粗野不粗野？就像旧军官骂我们一样。旧军官的习气一点没改！我们怎么是叛徒？那大人您是什么东西？还对他客气什么。难道还看不出他是德国人派来的？您出示证件，贵族老爷！弹压的伙计们，你们发什么呆？把我们捆起来，吃掉我们吧。"

哥萨克对金茨不成功的演说越来越反感。"大家都是下流胚，猪狗。他可是老爷。"他们交头接耳。开始个别人，后来多数人把马刀插入刀鞘，一个个跨下马来。他们匆忙下马，打乱队形，向留在空地上的二一二步兵团移动。大家混杂在一起，称兄道弟。

"您得悄悄溜走，"惊恐不安的哥萨克军官对金茨说，"您的汽车停在路口。我们派人让汽车靠近点，您赶快走。"

金茨接受了他们的建议，可觉得悄悄溜走不体面，便毫不在意地，几乎大摇大摆地向车站走去。他十分激动，出于内心的骄傲，不慌不忙地往前走。

车站很近，紧挨着树林。他走到树林边，已经看得见铁路了，第一次回头张望。持枪的士兵跟在他身后。"他们要干什么？"金茨想，加快了脚步。

后面的人也加快脚步。他和追逐者之间的距离始终没变。前面报废的车厢像两堵墙挡住去路。金茨绕过车厢跑起来。运载哥萨克的列车开进车库，铁道上没有阻碍。金茨跑过铁道。

他纵身跳上高月台。这时从报废车厢后面跑出追赶他的士兵。波瓦利欣和科利亚向他喊了什么，招手叫他到车站里来，他们能救他一命。

然而几代人培养出来的城里人的荣誉感和献身精神挡住了他的逃生之路。他以极大的毅力控制住怦怦的心跳。他应当对他们喊："弟兄们，冷静一下，我怎么会是奸细呢？"可他想：应当说几句打动人心的话，让他们清醒，不再追赶。

近几个月来的成功感和心灵的呼喊在他身上鬼使神差地同木板台、讲台、椅子联系在一起，他一跳上去就能向听众发表煽动性的演说。

　　车站前钟塔下竖立着一个封盖严实的消防水桶。金茨跳到桶盖上，向涌近的人群说了几句震撼人心的、超凡脱俗的不连贯的话。他话中表现出的视死如归的勇气使距离他两步远的士兵惊呆了，放下武器。他们聚集在车站敞开的大门外，金茨一闪身就能躲进去。

　　金茨站在桶盖边上，把桶踩翻了，一只脚掉在桶里，另一只挂在桶边上，整个人骑在水桶边上。

　　他这种狼狈的姿势引起士兵一阵狂笑，最前面的一个士兵朝他脖颈开了一枪，打死了这个可怜的人，其余人冲过去用刺刀向死者乱捅了一阵。

11

　　弗列里小姐给科利亚打电话，叮嘱他一定在火车上把医生安顿好，不然她将揭发对科利亚不利的事。

　　科利亚一面回答老小姐，像通常那样，一面同另一个人交谈，从他一再向第三方报带小数点的数字看，是在传递电报密码。

　　"普斯科夫，接线员，听见我说话了没有？哪儿来的暴乱分子？什么人指使？您怎么了，小姐？谎话，相面术。别胡扯，放下电话，您妨碍我工作。普斯科夫，接线员，普斯科夫。三十六点〇〇，咳，您真该喂狗了。带子断了。什么？什么？小姐，又是您。我跟您说清楚了，不行，我不能那样做。您问波瓦利欣好了。谎话，相面术。三十六……见鬼，别胡闹，小姐，别妨碍我工作。"

　　可老小姐说：

　　"你别蒙骗我，什么普斯科夫，普斯科夫，我把你小子看透了。你明天在车厢里给我把医生安顿好，我再不提杀人犯的事，还有你这个叛徒犹大。"

12

日瓦戈上路的那天，天气闷热。像两天前一样，又要下暴雨了。

小镇车站地上吐满葵花子皮，土坯房和一群惊恐的鹅在乌云密布的天空下泛着白光。

车站两旁是片林中草地。青草被人践踏得一片狼藉，这里不知聚集了多少人，等火车已经等了几个星期。

穿着灰粗呢上衣的老人冒着烈日，从一拨人走到另一拨人那里打听消息。几个十四五岁的少年侧身躺在草地上，用手支着头，另一只手拿着剥了皮的树枝，仿佛在驱赶畜群。他们脸蛋红润的弟弟妹妹，撩起衣裙在他们旁边穿来穿去。他们的母亲坐在地上，伸出并直的双腿，怀抱着用褐色外衣裹着的吃奶婴儿。

"枪一响就像羊群似的四散奔逃。真要命。"车站站长波瓦利欣轻蔑地说，同医生在横七竖八躺在车站门前和车站里面地板上的人之间穿来穿去。

"这儿没躺着人，总算露出地面了。看了让人高兴。四个月没见过地面，都让这伙人遮住了。忘记啦。他就躺在这儿。简直不可思议，战争嘛，不知见过多少残暴场面，该习惯了吧。可这次心疼得不得了！主要是毫无意义。干吗要干掉他？他做过什么坏事？这伙人还算人吗？都说他是家里的宠儿。现在请向右走，到我办公室去。这趟车您就别想上了，挤死人。我安排您坐区间车。我们自己编组。您在开车前对谁都别说，要是传出去，没挂上车头就拆开了。夜间在苏希尼奇换车。"

13

隐藏的列车编组完毕，从车库退向车站，草地上所有的人争先恐后地奔向倒退的列车。人们从山丘上滚下来，冲到路基上。一伙人互相推搡，跳上车厢间的缓冲器和踏板，另一伙人爬上车顶或从车窗钻进车厢。刹那间车厢里已挤满人。等到列车停靠在月台前，车厢里和车顶上再也挤不上人了。

医生挤到车厢连接处已属奇迹，后来竟挤进过道，简直不可思议。

整个行程他都留在过道里，坐在自己的行李上，一直坐到苏希尼奇。

乌云已经消散。田野洒满灼热的阳光。列车行进的轰鸣压住鸣虫的叫声。

站在窗前的旅客挡住光线。他们长长的影子落在地上、椅子上和间壁上，有的影子重叠，有的三个影子擦在一起。车厢里装不下许多影子，把它们从对面的车窗挤出去，让它们在行驶列车的影子间跳来跳去。

周围一片喧嚣，有的扯着嗓子唱歌，有的骂骂咧咧，有的打牌。每次停车，车里旅客的吵闹和车外候车人的喧哗便混成一片。喧哗声震耳欲聋，犹如滔天巨浪。像在海上航行，有时也遇到不可思议的宁静。听得见人们在站台上沿列车奔跑的脚步声，行李车厢旁边的忙碌和争吵，远处送行人的只言片语，鸡的咕咕声，车站花园树叶的簌簌声。

那时，就像中途发来的电报，或来自梅留泽耶沃的问候，一片温馨从车窗外扑向日瓦戈医生。温馨散发出的芬芳，仿佛来自田野或神奇的花圃。

医生走不到车窗前，人太挤了。但他不用看也想象得出这些树木。它们大概就生长在附近，默默地向车顶伸出落满铁路灰尘的树枝，浓密的树叶宛如黑夜，点缀着不时眨眼的繁星。

一路上这种景象不时出现。到处都是喧嚣的人群，盛开的柞树。

浓郁的芬芳似乎赶在向北奔驰的列车前面，就像传遍会让站、更房和驿站的流言，旅客到处都可以听到，并予以肯定，接着传播。

14

夜里抵达苏希尼奇站，一个老派的搬运工，殷勤地带领医生穿过黑黢黢的铁轨，从后面把他送上二等车厢。这辆不按列车行车表行驶的列车刚刚开到。搬运工用列车员的钥匙刚打开车门，把医生的行李扔进车厢，一场推挡的战斗开始了。列车员马上把行李推下去，日瓦戈费了好大劲才让他发了善心，一下子消失得无影无踪。

神秘的列车负有特殊的使命，行驶得飞快，短暂的停车都有卫队把守。车里人很少。日瓦戈坐的包房桌上点着一支滴蜡油的蜡烛，把包厢照得明晃晃的。从敞开的车窗吹进的风吹得蜡烛火苗左右摇曳。

蜡烛是为包房里唯一的旅客点燃的。这是一位淡黄头发的少年，从他长手长脚看，大概是个高个子。他手脚松弛，像螺丝没拧紧的机器。年轻人坐在车窗前的沙发上，悠然自得地靠着沙发背。日瓦戈走进来，他有礼貌地欠了欠身子，改变卧着的姿态，坐端正了。他沙发下面团着一团条纹破布。破布的一头突然动起来，从沙发下面爬出一条耷拉耳朵的猎狗。猎狗盯着日瓦戈，闻了闻他，在包房里跑起来，从这头跑到那头，灵活地伸出爪子，同它跷着二郎腿的瘦高主人一样。主人叫它回去，它急忙钻到沙发下面，蜷成先前一团破布的样子。

这时日瓦戈才注意到，衣架上挂着一支装在套子里的双筒猎枪、皮革子弹袋和塞满猎获禽鸟的网袋。

年轻人是猎人。

他是非常健谈的人，马上面带微笑同医生交谈起来。交谈时他直视医生的嘴。他的尖嗓子并不好听，从最高频率降为刮金属的假声。还有另一个古怪的地方：从各方面看他都是俄国人，但元音"Y"发得很古怪，有的像法语或德语的"U"，而这个发不准的"Y"还得费很大劲才发出来，甚至涨红脸，发出来比其他的音尖。

他一开口，让医生吃了一惊。

"昨天玩（晚）上我才打了几只野亚（鸭）。"

有时他较为留神自己的发音，克服了发音的困难，但一不留神，又流露出来。

"怎么回事？"日瓦戈心里想，"这样的人在哪本书里读到过，有个印象。我是医生，应当知道，可全忘了。大脑某方面的缺陷造成语言障碍。可这种古怪的发音太可笑了，叫人忍不住不笑。同这种人根本无法交谈。不如爬上上铺睡觉。"

医生这样做了。他往上铺爬的时候，年轻人问他要不要吹熄蜡烛，免得影响他休息。医生接受他的建议，并表示感谢。包房里漆黑一片。

包房的车窗关上一半。

"咱们是不是关上窗户？"日瓦戈问道，"您不怕贼吗？"

旅伴没有回答，日瓦戈又大声问了一遍，但对方仍无反应。

日瓦戈划着火柴，看看旅伴怎么了，是不是离开包房或者马上睡着了，那就更不可思议了。

没有，他睁着眼睛坐在自己位子上，对垂下身子的医生微微一笑。

火柴烧完了。日瓦戈又划了支火柴，在火柴微弱的光亮下，第三次重复刚才问过的问题。

"您想关就关吧。我没有什么可偷的。最好别关，关了太闷气。"猎人回答得很痛快。

"真想不到！"日瓦戈心里想，"怪人，只有点灯才能说话。音还发正确了，克服了障碍。不可思议！"

15

医生觉得自己精疲力竭。过去一星期发生了多少事：临行前的激动，收拾行装的劳累，清晨上火车的拥挤。他躺得舒服些，觉得马上就会入睡。可睡不着。过度的劳累让他失眠，直到凌晨才入睡。

这几十个小时的经历，犹如一阵旋风在他脑子里翻腾旋转。其实只有两团互不相关的思绪，时而纠缠在一起，时而分散开来。一团是怀念东妮娅、家庭和先前的安逸生活，每个细节都充满诗情、真挚和圣洁。如今在茫茫的黑夜里，在飞驰的特别快车上，医生担心先前的生活发生变化，期盼它原封未变。分别两年后，他多么渴望回到先前的生活中去啊。

忠于革命、赞赏革命也属于这团思绪。这是中产阶级所能接受的革命，一九〇五年崇拜勃洛克的青年学子所理解的革命。

这团亲切而熟悉的思绪，也包括战前，一九一二年至一九一四年间，俄国思想界、艺术界和整个俄国的命运中，以及日瓦戈个人的命运中，所出现的新的迹象、新的允诺和新的征兆。

战后渴望回到这些思绪中，为复兴和延续上述的思绪，多么想回家呀。

第二团思绪的核心如此异样，又如此新颖，如此美妙。但这并非自己所习惯的，从旧的思绪中引发出来的，而是本能的，现实所酝酿出来的，犹如突发的地震。

新的因素是战争，人们的鲜血，残酷的场面，人民流离失所，变得野蛮粗鲁。战争的考验和战争所磨炼出来的生存智慧，也属于新的因素。战争把他抛到穷乡僻壤，让他同人们接触，也属于新的因素。革命也是新因素，这可不是大学里理想化的一九〇五年的革命，而是今日从战争中诞生的革命，血腥的革命，在布尔什维克行家里手支配下不吝惜一切的士兵的革命。

安季波娃护士也是这团思绪中的新因素。天知道战争会把她和她那讳莫如深的生活抛向何方。她不谴责任何人，几乎不抱怨自己的默默无闻，极少开口，顽强地沉默着。日瓦戈竭力不去爱她，正像他一生竭力去爱所有的人，更不用说爱家庭和亲近的人了。

火车飞驰。迎面的风从打开的车窗吹动日瓦戈的头发，蒙上尘土。夜间的车站像白天一样，嘈杂的人群，簌簌摆动的柞树的枝条。

偶尔从黑夜的深处传来辚辚的马车声。说话声和车轮滚动声同树枝摇曳声交织在一起。

此刻，什么迫使树叶发出簌簌声，影子为何互相倾斜，它们通过梦中沉甸甸的树叶沙沙低声倾诉什么，便可以理解了。这便是日瓦戈在上铺翻来覆去时所想到的：俄罗斯全国的动荡，革命，命中注定的艰难时刻，以及可能获胜的结局。

16

第二天医生醒得很迟，已经十二点了。"侯爵，侯爵！"旅伴轻声招呼自己那条不停打滚的狗。日瓦戈睁开眼睛，感到惊奇，包房里只他和猎人，没有第三个人。所经过的车站都是他从小熟悉的。列车穿过卡卢加省驶向莫斯科省。

医生在火车简陋的盥洗间梳洗完毕，回到包房吃早餐，这是神秘旅伴向他提供的。现在日瓦戈仔细打量他。

这位旅伴的特点是极为好说好动。萍水相逢的人喜欢讲话，主要不是为交谈或交换思想，而是出于活动舌头、吐字发音的需要。他说话仿佛坐在弹簧上，不停颤动，无缘由地哈哈大笑，得意时飞快搓手，如果这仍不能表达他的喜悦，便两手拍膝盖，笑得流出眼泪。

继续昨天古怪的谈话。旅伴的话颠三倒四，一会儿袒露心扉，没人要他这样做，一会儿对最普通的问题听都不听，不予回答。

他讲了一大堆自己的事，互不相连，荒诞不经。应当承认，他大概有点吹牛。毫无疑问，他用极端观点和对公认观点的否定标新立异。

这种手法人们早已熟悉。如上世纪虚无主义者就发表过这类过激言论，此后不久，陀思妥耶夫斯基笔下的人物也说过同样的话。不久前，他们的直接继承者，即俄国外省的知识界，超越了两京，因为偏僻省城世风保守，而在两京这些言论已经过时，不时兴了。

年轻人讲道，他是著名革命家的侄子，可他的父母是不可救药的守旧分子，像他所说的，死硬派。靠近前线的地方他们有一大片领地。他就是在那儿长大的。他父母同叔叔势不两立，但他叔叔不念旧恶，现在靠他的影响使他们免去了很多麻烦。

在信仰上他追随叔叔，这个爱说话的家伙说，他在说话上、政治上和艺术上都是极端主义者。又露出韦尔霍文斯基[1]的味道，不是指他的左倾观点，而是指他的道德败坏和夸夸其谈。"他现在该自称未来主义者了。"日瓦戈想。果不其然，旅伴谈起未来主义者。"现在又该谈体育了。"医生猜他下面要说什么。"谈赛马或滑旱冰，或者法式摔跤。"谈话果然转到打猎上。

年轻人谈起他在家乡打猎，吹嘘自己是卓越射手，如果他没有生理缺陷，早就当兵入伍了，在战争中他将弹无虚发。

他注意到日瓦戈怀疑的目光，惊讶地喊起来：

"怎么？您什么也没发现？我以为您发现了我的缺陷。"

他从衣袋里掏出两张纸片递给医生。一张是名片。他原来是复姓，全称是马克西姆·阿里斯塔尔霍维奇-波戈列夫席赫，但他请求称他为波戈列夫席赫，为表示对叔叔的敬重，叔叔只姓单姓。

另一张卡片上画着表格，分很多栏目，画着各种手势，是聋哑人的手语符号。一切都明白了。

波戈列夫席赫原来是加尔特曼或奥斯特罗戈拉茨基聋哑学校的才华出众的学生。他不是根据声音，而是根据教师的眼色和喉头肌

---

1 陀思妥耶夫斯基小说《群魔》中的人物。

肉的动作学会说话，并理解对方的话，简直是奇迹。

医生心里想，他怎么会到这一地区打猎呢，便问道：

"请原谅我的冒昧，您可以不回答。您与济布申诺共和国及其建立有没有关系？"

"您是怎么知道布拉热伊科的？有关系，有关系！当然有关系。"波戈列夫席赫一口气说道，哈哈大笑，身子来回摇摆，拼命打膝盖。接着又把幻想当成现实。

波戈列夫席赫说，布拉热伊科对他不过是借口，而济布申诺则是他无足轻重的思想的支撑点。日瓦戈吃力地追随他的思路。波戈列夫席赫的哲学一半来自无政府主义的臆断，另一半则是猎人的信口开河。

波戈列夫席赫以神谕的口气预言最近将发生毁灭性的震荡。日瓦戈心里赞同他的预言，震荡也许不可避免，但这讨厌的男孩子说话的权威口气触怒了他。

"等等，"医生胆怯地说，"也许一切如此。但据我看，在进逼的敌人面前崩溃和混乱，做这种冒险的试验为时尚早。应当给予国家冷静思考的时间，还应让它从上一次转折获得喘息的机会，才能勇敢地投入另一次转折。需要等待某种稳定和秩序，即便相对的也好。"

"您的看法太天真了，"波戈列夫席赫说，"您所说的崩溃是正常现象，就像您喜爱并称赞的秩序一样。这些毁坏是广阔建设必不可少的前提。社会崩溃得还不够，得让它彻底崩溃，那时真正的革命政权在完全不同的基础上把社会的碎片一块块拼凑起来。"

日瓦戈感到很不愉快，走进过道。

列车全速驶向莫斯科。车窗外白桦树及周围的别墅一刻不停地闪过。狭窄的露天站台，站台上休假的男女旅客，被飞快行驶的列车扬起的尘雾吞没，仿佛被旋转的木马带往另一个方向。火车一声声拉响汽笛，林间喇叭似的回音把汽笛声传向远方。

几天来日瓦戈突然醒悟到，他在何处，同谁在一起，一个小时或两个多小时后，他将遇到什么。

三年间的变化，杳无音信、战地转移、战争、革命、动荡、射击、阵亡的场面、死亡的情景、炸毁的桥梁、毁灭、火灾——所有这一切都变成虚幻。真实的只是令人头晕目眩的列车接近家了，家完好无损，那是世上他唯一的所有，那里每块石头对他都亲切无比。这就是生活，这就是感受，这就是探索者的追求，这就是艺术的真谛——回到亲人那里，回归自我，开始新的生活。

树林已经落在后面。列车冲出茂密的阔叶林，行驶在一望无际的原野上。从峡谷蜿蜒而上的缓坡渐渐变成一片丘陵。缓坡上覆盖着纵向排列的墨绿色的马铃薯畦田。马铃薯畦田尽头的高坡上堆放着从地下温室拆卸下来的玻璃窗。行进列车的尾部，丘陵对面的天空上凝聚着一团绛紫色的乌云。阳光被乌云驱赶，向四面八方散去，有如飞滚的车轮，照射到温室的玻璃窗，发出耀眼的光芒。

突然，乌云洒下一阵晴日斜雨，阳光在斜雨中闪耀。骤雨的节奏同列车的车轮声、震荡声吻合，仿佛追赶列车或担心追赶不上。

医生没注意到，救世主基督大教堂已从山后显露出来，接着是穹隆形的屋顶、房屋和林立的烟囱。

"到莫斯科了，"他说，返回包房，"该收拾东西了。"

波戈列夫席赫跳起来，从网兜里掏出一只最大的野鸭。

"拿去吧，"他说，"做个纪念。我和您度过了愉快的一天。"

不管医生如何谢绝，仍然未能谢绝。"好吧，"他只好接受，"我接受您的野鸭作为赠送妻子的礼物。"

"赠送妻子！送给妻子的礼物！"波戈列夫席赫快活地重复着，仿佛第一次听说这种话，笑得全身抽搐，连"侯爵"也跳出来同他一起欢乐。

列车靠近站台。车厢变暗，仿佛到了晚上。聋哑人把用撕下来的传单包好的野鸭递给医生。

✚

Chapter 06

重返莫斯科

1

医生一路上一动不动地坐在包房里，觉得时间停滞了，只有列车行驶，现在应该仍然是中午。

马车拉着医生和他的行李，费劲地从拥挤在斯摩棱斯克车站的人群中挤出来的时候，已经是傍晚时分。

也许确实如此，也许往昔的经历掺入医生当时的印象中。事后回想起来，市场挤满人，其实并无必要，不过习惯使然而已。因为售货棚空空如也，并已放下檐板，上了锁。没有打扫的广场堆满垃圾，谁会在这里做生意，再说也无生意可做。

他觉得看到行人道上挤在一起的衣冠整齐的瘦骨嶙峋的老头和老太，默默地用眼光责备往来的行人，不出声地向他们兜售各种没人要的商品：人造的假花，带玻璃盖和气哨的煮咖啡用的圆形酒精炉，黑细纱睡衣和已撤销的机构的制服。

人们买卖的是必需品：硬得扎人的定量配给的面包，咬剩的肮脏糖块，切成细条的马合烟草。

市场上流通的就是这种来路不明、没有多大用处的物品，价钱却随着物品的倒手而上涨。

马车拐入通往广场的一条小巷。太阳落在身后，照耀着他们后背。对面一辆空马车轰隆轰隆驶过，掀起一股灰尘，在落日余晖映照下变成紫铜色。

他们终于绕过挡在他们前面的马车，加快了速度。马路和人行道上堆积着一堆堆从墙上、栅栏上撕下来的旧报纸和广告，让医生惊讶不已。风把它们刮向一边，马蹄、车轮和往来的行人又把它们踩向另一边。

绕过几个交叉点，在两条小巷的拐角看见自己的家了。马车停下来。

日瓦戈激动得喘不过气来，心怦怦地跳，跳下马车，走近大门按门铃。没人开门。日瓦戈又按了一次，仍无反应。他越来越不安，连续按铃。侧门开了，他看见东妮娅两手撑开门。事情发生得太突然，刹那间两人都呆住了，听不见对方喊什么。东妮娅两手扶着敞开的门，张开双臂迎接他，这时两人才清醒过来，发疯似的拥抱在一起。一分钟后两人同时说话，互相打断。

"先告诉我，全家人身体都好吗？"

"都好，都好，你放心吧。一切正常。我在信里说了蠢话，你别往心里去。咱们得好好谈谈。你为什么不先发封电报？马克尔马上把你的行李搬进去。我知道给你开门的不是叶戈罗夫娜让你感到惊奇。叶戈罗夫娜到农村去了。"

"可你瘦了。还是那样年轻苗条，楚楚动人！我现在把马车夫打发走。"

"叶戈罗夫娜去弄面粉了。其余人都辞退了。来了个新女佣，叫纽莎，是个女孩子，照看萨莎，你不认识。再没别人了。向所有熟人通知你回来，大家焦急地等待着。戈尔东，杜多罗夫，所有人。"

"萨莎怎么样？"

"谢天谢地，挺好。刚睡醒。要不是你刚下车，马上就可以见他。"

"爸爸在家吗？"

"难道我没写信告诉你？他从早到晚都在区杜马。被选为区杜马主席。你想象不到吧。你付马车费了没有？马克尔！马克尔！"

他们提着网篮和皮箱站在人行道中央，挡住了行人的去路，过往行人绕过他们，从头到脚打量这两个人，盯着走开的马车夫和敞开的大门，等着瞧下一步发生什么事。

这时马克尔从大门跑向年轻的主人，他在印花衬衣上套了件背心。手里拎着园丁戴的帽子，一边跑一边喊道：

"感谢上帝发慈悲，这是尤拉吧？就是他，我们的雄鹰！尤里·安德列耶维奇，我们心爱的人，没有忘记我们这些为你祈祷的人，总算飞回老巢了。你们要干什么？还没看够？"马克尔训斥看热闹的人，"走开，可敬的先生们，别把眼珠子看出来！"

"马克尔，你好！咱们拥抱一下。戴上帽子，你这怪家伙。有什么好消息？老婆女儿都好吗？"

"都好。没什么可抱怨的。谢谢您。至于好消息——您在外面显神通，我们在家也没闲着。如今这里一塌糊涂，叫人恶心，不知道是怎么回事。街道无人打扫，屋顶无人修葺，无人刷漆。肚子里空空如也，跟斋戒一样，一点油水也没有。"

"马克尔，我可要向尤里·安德列耶维奇告你的状了。尤罗奇卡，他老胡说八道，我简直受不了。他大概见到你才卖力气，想讨好你，可心里另有打算。行啦，行啦，马克尔别辩解了。你是个没脑子的人，马克尔。该长点脑子了。别跟小贩们混在一起。"

马克尔把行李拎进前厅，砰的一声带上大门，继续轻声对日瓦戈说：

"安东尼娜·亚历山德罗夫娜生气了，您也看见了。她总是这样。老说，马克尔，你的心是黑的，像烟囱里的烟油子。又说，你已经不是小孩子了，就是哈巴狗也该通人性了，可你呢？尤罗奇卡，信不信由你，有学问的人见过一本书，一个未来的共济会会员写的，在石头底下藏了一百四十年，今天才重见天日。我的看法是我们被出卖了，尤罗奇卡，你知道吗？为几个钱，为一撮鼻烟，就把我们出卖了。安东尼娜·亚历山德罗夫娜不让我说话，你瞧，又向我摆手呢。"

"怎么能不摆手呢？就这样吧。马克尔，把行李放在地板上，你走吧。有事尤里·安德列耶维奇会叫你的。"

2

"总算摆脱他了。你要信任他只管信任好了。纯粹在演戏。在别人面前装疯卖傻，可私下磨刀霍霍，不知刀子对准谁，可怜虫。"

"你怎么会这样想！我看他喝醉了，耍活宝，没什么了不起的。"

"那你说他什么时候清醒过？见他的鬼吧。我怕萨莎又没睡着。要不是从铁路上传来伤寒病……你身上有没有虱子？"

"我想没有。我坐的包房很舒适，像战前的包房。还得洗一下，洗一把就行。然后再好好洗。你上哪儿去？怎么不走客厅？你怎么从另一条楼梯上楼？"

"咳，你什么都不知道。我和爸爸考虑再三，决定把楼下的房间让给农业科学院。不然冬天连暖气都烧不过来。楼上地方宽敞。我们也建议让出，可他们没接受。他们在楼下设置学术办公室，存放植物标本、各种种子。没有老鼠就好了，因为这里有种子呀。房间暂时还算整洁。现在这叫居住面积。往这儿走，往这儿走。怎么这么不灵活！绕过下人用的楼梯。听明白了？跟我走，我给你带路。"

"你们让出房间做得对。我工作的医院原先就是别人的别墅。所有房门都通着，有的地方还保留着镶花地板。木桶里栽种着棕榈树，夜里树枝伸到病床上，像一个个幽灵。从火线上下来的伤员，吓得从梦中惊叫起来。当然，他们脑子不大正常，受过震伤。

不得不把棕榈树搬走。我想说，富裕的生活中存在着某种不健康的东西。用不着的东西太多。多余的家具，多余的房间，感情过于细腻，表达方式过于烦琐。你们压缩房间，做得对。不过还不够，可以再压缩几间。"

"你那纸里包的是什么？像鸟嘴，鸭头。太好了。野鸭！哪儿弄来的？简直不敢相信自己的眼睛。现在这可是一大笔财产！"

"火车上的人送给我的。说起来话长，以后再说。你看怎么办？打开纸包，把野鸭送进厨房？"

"那当然。我马上叫纽莎拔毛开膛。都说到冬天会出现各种可怕现象，饥荒，严寒。"

"是的，到处都这样说。我在车厢里望着车窗想过。世上没有比家庭和睦和工作称心更可贵了，其余的我们无能为力。确实，很多人面临不幸。有人认为拯救的办法是到南方去，到高加索去，到更远的地方去。我不能这样做。男子汉应咬紧牙关，同乡土共命运。照我看再简单不过了。你们则是另一回事。我多想保护你们免受灾难，把你们送到较为安全的地方去，比如芬兰。可如果我们在每阶台阶上都站半小时，就永远上不了楼了。"

"等等，我告诉你一件新闻。料想不到的新闻。可我忘了。尼古拉·尼古拉耶维奇来了。"

"哪个尼古拉·尼古拉耶维奇？"

"科利亚舅舅。"

"东妮娅，这不可能！他怎么会来？"

"他真的来了。从瑞士绕道伦敦，经过芬兰。"

"东妮娅，你不是开玩笑吧？你见过他啦？他在哪儿？能不能马上找到他？"

"你怎么这么着急啊！他住在城外一个熟人的别墅里。说好后天来。他变得尖刻，你见了会失望的。他经过彼得堡时停留了几天，深受布尔什维克的影响。爸爸同他争论得嗓子都哑了。可咱们干吗走一步就停下来？走吧。你也听说了，等待我们的是险阻和茫然。"

"我也这样想。有什么办法，一起奋斗吧。不会一切都完蛋。别人怎么活咱们也怎么活。"

"听说，以后没有劈柴，冬天没法生火，没有水，没有电。取消货币，停止供应商品。咱们又站住了。走吧。听我说，都夸阿尔巴特街一家作坊制作的铁炉子好用，用报纸就能做顿午饭。他们给了我地址。现在还有货，得赶紧买一个。"

"说得对，咱们买。东妮娅，你可真能干。科利亚舅舅，科利亚舅舅！你想想该怎么办，我脑子冷静不下来。"

"我有个主意。楼上留出一个角落，楼层的尽头，两三间房间吧，但必须连通，我们和爸爸、萨莎、纽莎住，其余房间全部让出。正好同临街的一面隔开。在中间的那间房间里生个炉子，烟囱从气窗通出去，洗衣、做饭、吃饭及接待客人都在这间房间里，尽量利用炉子，老天保佑，也许能熬过冬天。"

"还能怎么样？自然能熬过冬天。这点毫无疑问。你想得非常周到，真能干。你猜我有什么想法？我采纳你的主意，我们庆祝一下。把野鸭炸了，请科利亚舅舅同我们一起庆贺乔迁之喜。"

"太好了。叫戈尔东弄点酒精来。他能从某个实验室里弄到。你看，那间就是我说的房间，是我挑的。你满意吗？把皮箱放在地板上，下楼把网兜拎上来。除舅舅、戈尔东，还可以请因诺肯季和舒拉·施莱辛格。你不反对吧？你没忘记咱们的浴室吧？用消毒水冲一冲。我看看萨莎，让纽莎下楼，到时候我叫你。"

3

莫斯科对他最大的新鲜事是这个男孩。萨莎刚一诞生，日瓦戈就应征入伍了。他能知道儿子什么呢？

入伍后，日瓦戈临行前到医院去看望东妮娅。他去的时候正是哺乳时间，医院没让他进去。

他坐在过道等候。这时育婴室外的走廊上，响起十个或十五个婴儿的啼哭声，助产士怕襁褓中的初生婴儿着凉，赶紧一只胳膊夹着一个，像夹着买来的东西，匆匆抱到母亲那里喂奶。

“哇哇。”小家伙们的哭声音调相同，没有感情，仿佛出于责任。只有一个哭的音调与众不同，没有任何痛苦，仿佛不是出于责任，而是蓄意把声音降低，颇有点不友好的意味。

日瓦戈那时就决定给孩子取名亚历山大，纪念岳父亚历山大。不知为何他想象啼叫的男孩是自己的儿子，这个孩子脸上的表情预示他未来的性格和命运，与众不同的哭声包含男孩未来的名字——亚历山大。

日瓦戈没有猜错。后来知道，哭声不同的正是萨莎。这是他对儿子的头一个印象。

此后都是从寄到前线的信里夹的照片上了解的。照片上是个活泼可爱的胖小子，头大，噘着小嘴，叉开两腿站在铺开的被子上，两只小手向上举，仿佛在做蹲跳动作。那时他一岁，刚学走路，如今满两岁，会说话了。

日瓦戈把皮箱放在窗边的牌桌上，解开皮带，掏出里面的东西。这间房间过去是做什么用的？医生认不出来了。看来东妮娅搬走老家具重新裱糊过。

医生打开箱子，从里面掏出刮胡刀。窗户对面教堂钟楼的廊柱间现出一轮圆月。月光射进皮箱，落在衬衣、书籍和盥洗用具上，房间里充满月光，变了样，医生认出房间来了。

这是已故的安娜·伊万诺夫娜的储藏间，现在腾出来。她生前把破旧的桌椅、没用的东西通通堆在这里。这里存放着她的家谱，装冬季用品的木箱。死者在世的时候房间四角的东西一直堆放到天花板，通常不让人进去。只有重大节日，孩子来得多的时候，才打开这间房间，让孩子们满楼疯跑，在里面玩捉强盗，藏在桌子后面，用烧焦的软木塞涂抹脸，像化装舞会那样打扮自己。

医生站了一会儿，过去的一切都回想起来。然后下楼到过道取留在那里的网兜。

纽莎是个羞怯的姑娘，在楼下厨房里，面前放着一张报纸，蹲在炉子前拔鸭毛。看见日瓦戈拎着沉重的网兜，脸涨得通红，像朵罂粟花，猛地站起来，抖掉围裙上的鸭毛，向日瓦戈问好，过来帮忙。但医生谢绝了，说自己可以拎上楼。

他刚一走进安娜·伊万诺夫娜的储藏室，妻子从第二间或第三间的房间里叫他：

"可以进来了，尤拉！"

他向萨莎的儿童间走去。

现在的儿童间就是先前他和东妮娅做功课的地方。小床上的小男孩没有照片上的漂亮，同日瓦戈母亲长得一模一样，比她留下的所有画像都像。

"这是爸爸，你爸爸，把小手伸给爸爸。"东妮娅不停地说，放下床栏杆，以便爸爸抱男孩方便。

没刮胡子的陌生男人靠近萨莎，可能惊吓了他。萨莎两手推他，爸爸朝他弯下身去，萨莎猛地站起来，抓住妈妈的短上衣，恶狠狠地打了日瓦戈一个耳光。萨莎勇敢的行动吓了自己一跳，马上扑到妈妈怀里，把脸藏在她的衣服里，哭叫起来，流出眼泪。

"呸，呸，"东妮娅责备他，"萨莎，不许这样。爸爸会觉得萨莎不是好孩子，是坏孩子。给爸爸表演一下，你怎么亲吻，亲亲爸爸。别哭，不要哭，你这是干什么，傻孩子？"

"别招他了，东妮娅，"医生说，"别难为他，你也别难过。我知道你有什么蠢念头。这不是好兆头。这是无稽之谈。这是很自然的事。孩子从没见过我。明天跟我一熟，就再也分不开了。"

可他走出房间，心绪不佳，也有一种不良的预感。

4

接下来的几天他发现自己是多么孤独。他并未责备任何人。因为这正是他所需要的。

朋友们不知怎的变得平庸肤浅，失去光彩。没有任何人保留自己的世界，自己的见解。在他记忆中他们的面貌要鲜明得多。看来，他把他们看得过高了。

如果把富裕的人靠剥削贫穷的人发财致富、胡作非为，看成天经地义的事，很容易把多数人忍受贫困而少数人寻欢作乐当成正常的社会现象。

一旦下层的人抬头，上层的特权就会被废除，立即失去光彩，毫无遗憾地放弃独立思考，其实他们当中谁也没有独立思考过。

现在日瓦戈亲近的只有几个平淡无奇的人，妻子和岳父，还有两三个同行，都是谦恭的普通劳动者。

备有野鸭和酒精的晚宴，在他回来两三天后如期举行，他第一次同邀请的所有客人见面。

肥野鸭在饥饿的年代是罕见的奢侈品，可惜面包不够，使这顿丰盛的晚餐黯然失色，令人沮丧。

戈尔东带来的酒精装在带塞子的药瓶里。酒精是商贩喜爱的交易品。东妮娅紧握酒精瓶不撒手，根据需要兑水，随着情绪的变化，有时兑得浓些，有时兑得淡些。通过酒精浓淡的变化，使人有了不同的醉意。这同样令人沮丧。

最可悲的是他们的聚会脱离了当时的生活条件。无法想象，此时此刻对面的楼里也正在大吃大喝。窗外饥饿昏暗的莫斯科默默无语。商店空空如也，野味和伏特加早已被人遗忘。

原来，生活只有同周围生活相似并完全融入其中才算真正的生活，孤立的幸福不算幸福。野鸭和酒精在这座城市里是独一无二的，所以不再是酒精，也不再是野鸭了。这最让人悲伤。

　　客人们心事重重。戈尔东的情绪还不错。他费力地绞尽脑汁，不连贯地阐述自己阴郁的想法。他是日瓦戈的挚友，上中学的时候大家就喜欢他。

　　可他厌倦自己，改变自己的道德面貌，但未必成功。他强打精神，装出快活的样子，不停地讲皮里阳秋的俏皮话，讲得"有趣"和"逗乐"。他说的不是自己的话，因为从来不明白生活就是持续的娱乐。

　　杜多罗夫到达之前，戈尔东讲了一段在朋友之间广为流传的杜多罗夫可笑的婚姻史。日瓦戈从未听说过。

　　原来，杜多罗夫结婚一年便同妻子分手。这件趣闻的精彩却又难以置信的地方是：

　　杜多罗夫被误抓去当兵。在服役并解释误会这段时间，由于马虎大意，在街上没给军官敬礼，为此不断受到惩罚。他被解除兵役后，很长一段时间，见着军官就举手敬礼，两眼发花，到处都能看见肩章。

　　那段时间，他干什么都颠三倒四，老出差错。就在这段时期，他在伏尔加河码头等船的时候，结识同样等船的两个姑娘，一对姊妹。也许因为大批军人经过，唤起当兵时候忘记敬礼而受到惩罚的记忆，没看清楚就爱上了其中的一个，匆忙向妹妹求婚。"是不是很有意思？"戈尔东问道。他不得不草草结束这段描写，因为门外响起故事主角的声音。杜多罗夫走进来。

　　他身上发生了相反的变化。先前那个任性轻浮的人变成专心致志的学者。

　　少年时期他因参与策划政治犯逃亡而被学校开除。这段时间他辗转于各类艺术院校，最终停泊在古典学科岸边。战争年代他大学毕业，比其他同学晚得多，留在俄国历史和世界历史两个教研室里任教。他为前一个教研室撰写了伊凡雷帝的土地政策，为后一个教研室写了研究圣茹斯特[1]的文章。

他饶有兴趣地谈起一切，声音不高，仿佛感冒了，若有所思的目光凝聚在一个角落，不抬头不低头，仿佛在课堂上读讲稿。

晚饭快结束的时候，舒拉·施莱辛格终于爆发了，猛烈抨击一切。没有她大家已经情绪激昂，抢着说话，日瓦戈从中学起就同因诺肯季·杜多罗夫以您相称，杜多罗夫一连问了几次：

"您读过《战争与和平》和《脊柱横笛》[2]吗？"

日瓦戈早已对他说过自己的看法，但杜多罗夫由于辩论的激烈，没听清日瓦戈的回答，所以过了一会儿又问道：

"您读过《脊柱横笛》和《人》吗？"

"因诺肯季，我已经回答过了，您没听见是您的过错，好吧，我再说一遍。我一直喜欢马雅可夫斯基。这是陀思妥耶夫斯基的某种继续。准确地说，是他笔下的年轻造反人物所写的一首抒情诗。比如《罪与罚》里的拉斯科尔尼科夫或《少年》里的主人公。吞没一切的天才的力量！说得斩钉截铁！主要的是把这一切都猛地摔向社会，摔向更遥远的宇宙！"

晚会的主角当然还是尼古拉舅舅。东妮娅说错了，尼古拉·尼古拉耶维奇并不在别墅。外甥回来的那天他在城里。日瓦戈已经见过他两三次，两个人说够了，也笑够了。

他们第一次见面是在灰暗的黄昏。天上下着蒙蒙细雨。日瓦戈到旅馆看望尼古拉·尼古拉耶维奇。旅馆是在当地政权批准后才允许他入住的。其实大家都认识尼古拉·尼古拉耶维奇。他有很多老熟人。

经理逃跑了，被遗弃的旅馆像精神病房。空荡，杂乱，临时管

---

1 圣茹斯特（1767—1794），法国资产阶级革命时期雅各宾派领导人之一，在热月政变中被处决。

2 《脊柱横笛》和下文中的《人》是马雅可夫斯基献给女友莉·勃里克的两首长诗。分别发表于1915年和1916年。

理人员揸着手站在楼梯上和走廊里。

没人打扫的客房窗户对着在这疯狂日子里空无一人的广场。与其说广场吓人，毋宁说是一场噩梦，其实旅馆窗外并没有广场。

这是一场震撼人心的、永远难忘的会面！他童年的偶像，少年时代思想的控制者，活生生地站在他眼前。

尼古拉·尼古拉耶维奇斑白的头发平添了几分风采。外国缝制的西装非常合身。他显得比实际年龄年轻，简直是个美男子。

但他同周围发生的巨大变化相比黯然失色。一系列事件遮住他的眼睛。不过，日瓦戈从未想用这样的尺度衡量他。

尼古拉·尼古拉耶维奇镇定和冷漠的态度、谈到政治话题所使用的诙谐的语言让日瓦戈惊讶不已。他自我控制的能力远非今日的俄国人可比。从这一点便能看出这个人是从国外回来的。这个特征太显眼，显得不合时宜，令人尴尬。

但这并不是他们乍一见面互相拥抱、哭泣、激动得说不出话来的原因。两个有家族亲缘、富有创作性格的人久别重逢。尽管往事再度浮现，回忆从内心中涌出，谈起他们分手后的种种遭遇，但话题一涉及具有创作思维的人所关切的事物时，一切关系立即消失，没有舅舅和外甥，没有年龄的差距，只剩下相近的爱好，相近的精力，相近的原则。

最近十年尼古拉·尼古拉耶维奇没有机会按照自己的想法，在适合的地点，像现在这样，畅谈创作的魅力和使命，日瓦戈也没有机会倾听如此洞若观火、鞭辟入里、令他折服的剖析。

他们不时喊叫，满屋子跑。由于双方推测吻合，或双手抱头，或走到窗前，用手指敲打窗户，对彼此如此理解而惊讶不已。

这是他们第一次见面的情景。此后聚会时医生还见过尼古拉·尼古拉耶维奇几次，他完全变成另一个人。

他觉得自己在莫斯科是匆匆过客，并不想放弃这种想法。他是否把彼得堡或其他地方当成自己的家，没有人知道。能言善辩的政治家和迷人的社会活动家的角色满足了他的虚荣心。也许他想在莫斯科举办政治沙龙，就像在巴黎议会召开之前在罗兰夫人家里举办的那种沙龙。

他到莫斯科僻静小巷看望女友，看望居住在那里的好客女人，善意地嘲笑她们的丈夫的骑墙态度和落伍观点，嘲笑他们看问题鼠目寸光。他大肆炫耀报纸上的新闻，就像当年俄耳甫斯教徒宣讲伪经一样。

听说他在瑞士留下新的年轻相好、未竟的事业和未完成的著作，投入祖国的沸腾的旋涡，如能安然无恙地脱身，仍将回到阿尔卑斯山麓，终老他乡。

他拥护布尔什维克，经常提到两名左派社会革命党人，并引为知己。一名是以米罗什卡·波莫尔为笔名的记者，另一名是笔名为西尔维亚·科捷里的政治评论家。

亚历山大·亚历山德罗维奇责备他：

"您竟走到这一步，简直可怕，尼古拉·尼古拉耶维奇！您的那些米罗什卡都是什么人。是陷阱！还有您那位利季亚·波克利。"

"科捷里，"尼古拉·尼古拉耶维奇纠正他，"西尔维亚。"

"波克利还是波普里，还不一样？名字不能说明什么。"

"对不起，他叫科捷里。"尼古拉·尼古拉耶维奇耐心地纠正。他同亚历山大·亚历山德罗维奇争论起来：

"我们争论什么？论证这样浅显的道理简直丢人。这是常识。多少世纪以来大多数人过的就是这种难以想象的生活。随便翻开一本历史教科书，不管它怎么叫，封建主义还是农奴制，资本主义还是工厂化的工业，这种体制的不合理和不公正早已被人指出，并早已准备变革，把人民引向光明，人人各得其所。

"您知道部分更新需要彻底破除旧有的一切，破除也许会引起大厦坍塌。那怎么办？考虑到这样做太可怕，那就不应这样做，不应进行变革？这只是时间的问题。谁能对此持有异议？"

"我们谈的不是一码事。难道我说的是这个意思？我说的是什么？"亚历山大·亚历山德罗维奇火了，争论更加激烈。

"您的波普里和米罗什卡全无心肝。说一套做一套。此外，这里有什么逻辑？言行不一致。等一下，我现在就向您证明。"

他寻找一本所登文章互相矛盾的杂志，拉开又推上书桌的抽屉，发出响声，这种忙乱使他口才倍增。

亚历山大·亚历山德罗维奇喜欢说话的时候有人打岔，以此说明他说话时哼呀哈呀的习惯并非没有原因。每当他寻找遗失的东西的时候，比如在昏暗的前厅找套鞋，或者肩上搭着浴巾站在浴室门槛上，或者在桌子后面传递盘子，或者给客人们往酒杯里斟酒，定会激发他的谈兴。

日瓦戈对岳父的讲话听得津津有味。他喜欢熟悉的莫斯科口音，拖长柔和的声调，仿佛猫打呼噜，像格罗梅科家里的人一样，卷舌音发得都不大好。

亚历山大·亚历山德罗维奇留着剪短的髭须，上嘴唇比下嘴唇略微长一点，因而他胸前的蝴蝶领结显得向前突起。嘴唇与蝴蝶结之间的某种相似赋予亚历山大·亚历山德罗维奇几分动人和天真的色彩。

已经是深夜，几乎就在客人们离开前，舒拉·施莱辛格出现了。她身着短上衣，头戴工人帽，直接从某个聚会上来。她迈着坚定的步子，走进房间，按顺序同每个人握手，一边走一边不断抱怨。

"你好，东妮娅。你好，萨莎。太不像话了，你们说是不是？早就听说他回来了，传遍整个莫斯科，可从你们这儿我最后一个知道。见你们的鬼去吧。看来我不配知道。苦苦等待的人在哪儿？让我过去。干吗像堵墙似的围着他。你好！好样的，好样的。拜读了。天才的作品，可我一点都读不懂。一眼便能看出才气来。您好，尼古拉·尼古拉耶维奇。尤拉，我马上过来。我有很多话要对你说。年轻人，你们好。戈戈奇卡，你也在这儿。鹅呀，鹅呀，嘎噶嘎，想吃是不是？"

最后这句话是对戈戈奇卡说的，戈戈奇卡是格罗梅科家的远亲，一个勃发势力的狂热崇拜者，由于愚蠢和滑稽，大家管他叫"小鲨鱼"，又因为他长得又高又瘦，还管他叫"绦虫"。

"你们又吃又喝，我岂能落后。哎呀，先生们，先生们，你们什么也不知道，什么也不了解。世界上发生了什么事！出现了什么情况！随便参加一个真正的下层会议吧，出席的不是想象出来的工人，不是想象出来的士兵，不是书本上的人物，而是真实的人物。跟他们说把战争进行到胜利结束为止的话试试看。那里的人一定会让你们瞧瞧什么叫战争结束。我刚才听了一个水兵的发言。尤拉，你听了会发疯。多么狂热！多么缜密！"

舒拉·施莱辛格的话几次被打断。大家胡乱喊叫。她坐在日瓦戈身边，抓住他的手，脸对着他，为了医生能听见，用不尖不粗的声音，像对着话筒那样对他喊道：

"找个机会跟我走，尤拉。我给你介绍几个人。你应当像安泰一样触及大地，你明白吗？你干吗鼓起眼睛？难道我的话让你惊讶？尤拉，难道你不知道，我是匹老战马，别斯图热夫[1]分子？坐过班房，参加过巷战。一点不假。你怎么想？我们不了解人民！我刚从人民中间来。我帮他们筹建图书馆。"

她已经喝了不少，明显喝醉了。日瓦戈的脑袋也嗡嗡响。他没留意舒拉·施莱辛格怎么坐到屋角里，而他则坐在另一头，桌子的末端。他站起来，从各种迹象上看，他的讲话是即兴的，不是事先准备好的。他没能立即让餐厅里的人安静下来。

"先生们，我想……米沙！戈戈奇卡！东妮娅，他们不听怎么办？先生们，让我说几句话。闻所未闻的非常事件正在迫近。在它触及我们之前，我对大家有个愿望。一旦触及我们，大家不要失去

---

1 俄国十二月革命党人。

联系，不要灰心丧气。戈戈奇卡，你等一会儿再喊乌拉。我还没说完呢。坐在墙角里的人别说话，仔细听我讲话。

"战争进入第三年，人民形成一种信念：前线和后方的界限迟早要抹平，血海冲向每个人，吞没逃避和躲藏的人。这股洪流就是革命。

"在这股洪流中，我们仿佛置身于战争中，生命已经停止，个人的一切也已完结，世界上不会发生任何事，只有杀戮和死亡。然而如果我们活到记录这个时代的札记和回忆录出现的时候，我们便会确信这五年或十年的经历比此前整整一个世纪的经历都要丰富。

"我不知道是人民起来、众志成城，还是一切假借人民的名义进行。这样巨大的事件不需要把它戏剧化。我无须证明便确信不疑。在如此巨大的事件中溯本求源未免荒唐可笑。缘由并不存在。家庭口角有它的缘由，但如果到了互相揪头发、摔餐具的时候，也无法说清谁先动手。一切真正宏伟的事物都没有起点，犹如宇宙一样。它没有产生就突然出现在眼前，好像向来如此或从天而降。

"我想俄罗斯注定会成为世界上有史以来的第一个社会主义王国。当它出现时，会把我们惊得目瞪口呆，等我们清醒过来，大部分记忆已经失去。我们忘记各种事件发生的前后，也不必解释旷世未有的奇迹是如何发生的。已经建立的秩序像地平线上的森林或头顶上的云絮把我们团团围住。不会有其他的结果。"

他还讲了些什么，这时酒意完全消失。但他像先前一样听不清周围的说话声，回答得驴唇不对马嘴。他看到大家表露出对他的爱戴，但无法驱散使他怅然若失的悲哀。于是他说：

"谢谢，谢谢。我感到你们的情意，但我不值得这样爱戴。不必担心以后没有表达更为强烈感情的机会，就匆忙宣泄自己的感情。"

大家哈哈大笑，向他鼓掌，把他的话当成故意说的俏皮话，但他预感到不幸即将降临到头上。尽管他渴望善良并坚信能够获得幸福，但已经意识到未来的无能为力。

客人们渐渐离去。大家累得拉长了脸，打哈欠时颌骨一张一合，变成马脸。

告别的时候拉开窗帘，打开窗户，显露出淡黄色的晨曦，潮湿的天空中飘浮着灰黄色的肮脏的云朵。"看来，在我们海阔天空纵谈的时候，下过一场雷雨。"有人说。

"我到你们家来的时候就遇上雨，好不容易赶到。"舒拉·施莱辛格说。

在空无一人的昏暗的街道上，从树枝上淌落下来的积水滴答声夹杂着淋湿的麻雀的顽强的啁啾声。

一声雷鸣，仿佛铁犁在天上耕出一道垄沟，一切都复归平静。接着四声沉闷的雷声，就像秋天从松软的畦里用锄头刨出的大个马铃薯落地的声音。

雷雨扫清了烟雾腾腾的房间。突然，生活的各个组成部分，水和空气，欢乐的愿望，大地和天空，像被电激发一样，变得可以感受了。

街道上响起散去客人的说话声。他们在街上继续争论，激烈的程度同刚才在屋里一样。声音渐渐远去，慢慢沉寂下来。

"太晚了，"日瓦戈说，"咱们睡觉去吧。所有人当中我只爱你和爸爸。"

5

八月过去了，九月即将结束。无法避免的后果出现了。冬季临近，而人们议论纷纷的也是动物冬眠之前必须解决的那些问题。

要准备度过严寒的冬天，储备食物、劈柴。但在唯物主义凯旋的日子，物质变成概念，粮食和燃料问题代替了食物和劈柴本身。

城市里的人束手无策，就像儿童面对茫然不解的未来。后者在逼近的道路上推翻了所有的习俗，留下一片狼藉，尽管它也是城市的产儿和市民的创作。

周围一片喧嚣，不过是自欺欺人和夸夸其谈。日常生活照旧蹒跚前行，垂死挣扎，按照老习惯不知把人们引向何方。医生看清未经粉饰的生活，并对它做出如下判断：他认为自己及周围的人注定灭亡。面临着诸多考验，其中包括死亡。留给他们屈指可数的日子正在迅速流逝。

如果没有生活琐事、劳动和操心忙碌，他早发疯了。妻子、儿子、挣钱养家糊口拯救了他——迫切的事、顺从的事、日常的生活、服务及出诊。

他明白在未来的庞然大物面前他是侏儒。他惧怕它，却又喜爱未来并在内心以它为骄傲，又像诀别前，最后一次贪婪地眺望天上的云和俯视地上的树，街上的行人，在痛苦中呻吟的俄国大城市，为生活能好一些他愿牺牲自己，但他却无能为力。

他从老马厩街拐角俄国医师协会药房前穿过阿尔巴特街，从马路当中见到最多的是天空和行人。

他回到原先的医院上班。医院依然叫圣红十字会医院，其实先前的医院已经解散，但尚未找到恰当的名称，便沿用先前的名称。

医院开始分化。温和到愚蠢地步的人让医生恼火，他们也把他视为危险分子，而对政治上走得更远的人来说，他的色彩还不够红。结果他对两帮人都是外人，一拨认为他落伍，而他又不向另一拨靠拢。

在医院里，除他的本职工作外，院长还让他管理统计报表。他查看过多少履历表、征求意见表和其他各式表格，填写过多少要求严格的调查表！死亡率和发病率的增长数字，职工的财产状况，公民意识的高低和参加选举的比例，燃料、食品和药物短缺的情况。这一切都是中央统计局所关心的，必须做出回答。

医生坐在主治医师办公室窗前自己先前的办公桌前办理这些

事。桌上堆满各式表格，医生把它们推向一边。除记录定期的病例外，他还抽空写史诗《游戏人生》，阴暗的日记或用散文体和诗歌形式记录这几天发生的事，以及有感而发的各种随笔。他意识到一半人已经失去自我，不知道下一步如何表演。

阳光明亮的主治医师办公室，四面的墙刷成白色，洒满金色秋天圣母升天节后才有的奶油色的阳光。这个季节清晨已有几分寒意，准备过冬的山雀和喜鹊飞入色彩斑斓、树叶脱落的树丛。这些日子天高气爽，来自北方的冰冷湛蓝的寒光，渐渐穿入天地间有如气柱一般的空隙。宇宙中的一切都看得分外清楚，听得极为真切。两地之间的声音变得格外清晰、嘹亮。空间如此空旷清澈，仿佛提前多年为你展现你的一生。如果这种稀薄的空旷不是如此短暂、只有秋天黄昏时分才会出现的短暂，那我们是无法忍受的。

照耀主治医师办公室的阳光正是秋天落日的余晖，像玻璃一样清澈，水一样柔滑，又像熟透的白浆苹果一样诱人。

医生坐在桌前，用笔蘸墨水，一面沉思一面写。鸟雀悄悄掠过主治医师办公室宽大的窗户，把无声的阴影投入房间，遮住医生写字的手、堆满表格的桌子、地板和墙壁，阴影很快又悄悄消失。

"槭树的叶子掉了。"解剖室主任走进来。他原先是个肌肉结实的汉子，现在消瘦了，皮肤耷拉下来："大雨浇灌它，狂风吹打它，都没把它摧垮，可清晨的寒气把它毁了。"

医生抬起头。刚才飞过的神奇的鸟雀原来是绛红色的槭树叶，从树上纷纷飘下，在天空飞舞，最后化为点点橙色的星星，飘落在医院草坪上。

"窗缝泥过了？"解剖室主任问道。

"没有。"日瓦戈回答，继续往下写。

"怎么能不泥呢？到泥窗缝的时候了。"

日瓦戈沉浸在写作中，没有回答。

"咳，塔拉修克不在了。"解剖室主任说下去，"他可真是个宝

贝。会修鞋，修钟表。什么都会。什么东西都能弄到。该泥窗缝
了。得自己动手。"

"没有油灰。"

"您自己配。这是配方。"解剖室主任告诉医生怎样用油灰和白
灰配泥子，"看来，我打搅您了。"

他走到另一扇窗户前，摆弄起烧瓶和药剂来。天黑下来。过一
会儿他说：

"再写损害眼睛。天黑了。不让点灯。回家吧。"

"我再写一会儿。再过二十分钟。"

"他妻子在医院当卫生员。"

"谁的妻子？"

"塔拉修克的妻子。"

"我认识她。"

"他本人不知道跑到哪儿去了。到处找活儿干。夏天见过两次。
到医院来过。现在一个村子里建设新生活。他就是您在人行道上和
火车里见过的那种布尔什维克。您想知道结果吗？比如塔拉修克的
结局？那您听着。他是干活儿能手，干什么活儿都是一把好手。什
么活儿到他手里绝不会出差错。打仗也一样。像琢磨手艺那样琢磨
射击。成为出色的射手。不论在战壕里还是岗哨上，他眼光的锐利
和手上的功夫无人能比。获得奖章不是因为勇猛，而是弹无虚发。
干什么爱什么。爱上军事。看到武器就来劲，立即被吸引住。自己
也想成为一股力量。人一旦武装起来就不是一般人了。古时候这种
人会从弓箭手变成强盗。谁胆敢夺他手中的枪，试试。突然喊一
声：'掉转枪口'，他就会掉转枪口。这就是他的故事。全部马克思
主义。"

"并且千真万确，来自现实生活。您怎么看？"

解剖室主任又回到他那个窗台，检查试管。接着问道：

"修炉子的干得怎么样？"

"谢谢您介绍他来。真是个非常有意思的人。谈了一个小时的黑格尔和克罗齐。"

"那自然了。人家是海德堡大学的哲学博士。可炉子呢?"

"别提了。"

"还冒烟?"

"呛死人了。"

"烟囱安装的方向不对。应当接在烟道上,他大概接入通风口了。"

"他把烟囱砌在炉膛里,总冒烟。"

"他没找到烟道,只砌了一道通气槽,要不就堵住通风口。咳,塔拉修克不在!您先忍一忍,莫斯科不是一天盖起来的。生炉子可不像您弹钢琴。得学会。储备劈柴了没有?"

"到哪儿去弄劈柴?"

"我派教堂看门的来帮助您。他弄劈柴本事大,栅栏都能拆了当柴烧。我把话说在前头,您得跟他砍价,他漫天要价。要不把卖杀虫剂的老娘儿们给您派来。"

他们走进下房,穿好衣服,走出医院。

"怎么还有卖杀虫剂的?"医生问道,"咱们这儿没有臭虫。"

"这与臭虫何干?我说东,您说西。说的不是臭虫,而是劈柴。这老娘儿们做生意神通广大。房屋、构架她都当劈柴买下来。是个真正能提供劈柴的女人。小心点,别绊脚,太黑了。这个区我熟极了,闭着眼睛都能走,每块石头在什么地方都清楚。地道的本地人。栅栏都拆了,我睁着眼睛都认不出来了,仿佛置身于陌生城市。什么都露出来了。古典式的房屋长满灌木,花园里的圆桌,腐烂了一半的长椅。最近经过三岔路口上的废墟,看见一位百岁老太婆用拐棍在地上挖。'上帝帮忙,'我说,'老奶奶,挖蚯蚓呢,准备钓鱼?'当然是开玩笑。可她一本正经地回答:'哪儿是钓鱼啊,是找蘑菇。'城市跟森林一样。有股霉味,蘑菇味。"

"我熟悉这个地方，位于谢列布良内和莫尔昌诺夫卡之间，对不对？我经过那里时总遇见怪事。不是遇见二十年没见面的人，便是捡到什么东西。听说，街角有人抢劫。这并不奇怪。这是个四通八达的地方。通往斯摩棱斯克贼窝的路有的是。抢东西扒衣服，然后逃之夭夭，上哪儿去找。"

"路灯太昏暗，所以才管路灯叫青伤，倒也恰当。"

6

确实，种种怪事医生都在上面提到的地方遇见了。深秋，十月战斗前不久，一个昏暗寒冷的夜晚，医生在拐角处碰到一个横躺在人行道上的人。这人伸开双手，头倚石礅，腿伸向马路，已失去知觉，断断续续发出轻微的呻吟声。医生想让他恢复知觉，大声向他问话。他含混地说出几句不连贯的话，又昏迷过去。他被打得头破血流，医生匆忙地看了一眼，头盖骨没被打碎。躺着的这个人无疑是抢劫的受害者。"皮包，皮包……"他低声说了两三次。

医生在阿尔巴特街就近的药房打电话，叫圣红十字医院赶马车的老头来，把这位不知姓名的人送往医院。

受害者原来是著名的政治活动家。医生医治好了他的伤，此后多年，在充满怀疑和不信任的时代，他都是医生的庇护者，使医生免遭不少麻烦。

7

那天是星期日。医生不用上班。像东妮娅所筹划的那样，准备在西夫采夫街寓所的三间房间里过冬。

那天天气寒冷，北风呼啸，天上乌云密布，光线昏暗，马上就要下雪了。

早上生炉子，炉子开始冒烟。东妮娅对生炉子一窍不通，对拨弄湿劈柴的纽莎指手画脚，提出种种荒谬的建议。医生看到她们生不着炉子，明白是怎么回事，试着插手，但妻子抓住他的肩膀，推出房间，说道：

"到你房间去。已经够头疼的了，你还添乱。你只会打搅我。你怎么不明白，你的主意只能火上浇油。"

"浇油？东妮娅，你说得太对了。炉子马上就能点着。可我既看不见油也看不见火。"

"现在不是说俏皮话的时候。你应当明白，有的时候根本顾不上说俏皮话。"

生不着炉子打乱星期日的计划。大家原计划天黑前做好必须做的事，晚上就空闲了，这下落空了。午饭时间拖延，有人想用热水洗头，还有其他的打算。

烟越冒越多，已经无法呼吸。风把烟倒灌进房间，房间里凝聚着一团黑烟，就像传说中的茂林中的妖怪。

日瓦戈把大家赶到其他房间去，打开气窗。他从炉子里掏出一半劈柴，在剩下的劈柴中间留出一条用细劈柴和桦树皮铺成的引火道。

从气窗流入新鲜空气，吹起窗帘，吹掉书桌上的几张纸。风把远处的门砰的一声关上，满屋子乱转，驱赶没被吹走的烟，像猫捉老鼠一样。

劈柴着了，蹿出火苗，发出噼啪的响声。炉火仿佛被火焰呛住。铁皮炉腔上现出炙热的红斑，就像患肺病的人脸上的红晕。屋里的烟越来越少，最后完全没有了。

房间里亮堂了许多。窗户蒙了一层水汽，不久前日瓦戈按照解剖室主任的指导把窗户泥过一遍。一股暖烘烘的油灰味扑面而来。还有在炉边烘烤的碎劈柴味：苦涩、呛嗓子的是云杉皮味；芬芳，像厕所用的除臭剂味的，是新折断的白杨树枝味。

这时尼古拉·尼古拉耶维奇像涌进气窗的空气，带着新消息冲进来。

"街上打起来。拥护临时政府的士官生与拥护布尔什维克的卫戍区士兵开战了。到处都在交战，起义地点数不清。到你们这儿来的路上我两三次遇阻，一次在德米特罗夫卡大街拐角，另一次在尼基塔门前。没有直通路了，只得绕道。尤拉，快穿衣服，咱们出去。这可得看看。这是历史，一辈子只能碰上一次。"

可他谈起来没完，一谈就是两个小时，然后吃午饭。尼古拉·尼古拉耶维奇准备回家，拉上医生。这时戈尔东来了，劝阻住他们。戈尔东也像尼古拉·尼古拉耶维奇那样冲进来，带来同样的消息。

战事有了进一步发展。战况发生变化。戈尔东说火力加强了，流弹打死不少行人。据他说，城里战事已停止。他能抄小路来到他们这里简直是奇迹，但返回的路被堵死了。

尼古拉·尼古拉耶维奇不听劝阻，到外面打探情况，但很快又回来了。他说街巷过不去，子弹在他周围呼啸，打掉墙砖和墙皮。街上空无一人，人行道被封锁。

这两天萨莎感冒了。

"我说过多少次了，孩子不能抱得离炉子太近。"日瓦戈生气地说，"受热比着凉有害得多。"

萨莎喉咙疼，发高烧。他的特征是对恶心和呕吐有一种超自然的恐惧。一有恶心和呕吐的感觉马上产生幻觉。

他推开日瓦戈握喉镜的手，不让喉镜伸进嘴里，闭上嘴，拼命喊叫，喊得憋住气。怎么说，怎么恐吓，都不起作用。突然萨莎打了个大哈欠，医生迅速把汤匙伸进嘴里，压住舌头，看清萨莎紫红色的喉头和脓肿的扁桃体，吓了一跳。

过了一会儿，医生用同样的方法，取了一滴唾液。亚历山大·亚历山德罗维奇有显微镜。日瓦戈用显微镜勉强对唾液进行观察。幸亏不是白喉。

但第二天夜里，萨莎突然出现假膜性喉炎。他高烧不断，喘不过气。日瓦戈不敢看可怜的孩子，但又无力使他免受痛苦。东妮娅觉得孩子快死了，把他抱在怀里，在屋里走来走去。萨莎渐渐舒服了一些。

得弄到牛奶、矿泉水或苏打水灌救。可这时街上两军酣战。射击，甚至炮轰，从未停止。即便日瓦戈冒险穿过交战地带，那边也不会有一个人，因为战况明朗前，城市完全瘫痪。

但局势逐渐明朗。到处传说工人占了上风。几伙打散的士官生仍在抵抗，但已被分割，找不到指挥官了。

西夫采夫区处于士兵作战地区，士兵们正从多罗戈米罗夫方向朝市中心推进。同德军作过战的士兵和少年工人坐在街巷上挖出的战壕里，已经熟悉周围住宅的居民，同走到大门探望或走到街上的居民像邻居似的开玩笑。市里这部分地区的交通渐渐恢复。

戈尔东和尼古拉·尼古拉耶维奇像俘虏似的在日瓦戈家困了三昼夜后离开。日瓦戈很高兴他们在萨莎生病的日子留在这里，东妮娅原谅他们把房间糟蹋得不像样子，还增添了不少麻烦。两人为感激日瓦戈一家的好客，认为有义务同他们不停地交谈，可三昼夜的废话把日瓦戈累得要死，对同他们分手感到庆幸。

8

传来他们平安到家的消息，但根据这条消息断定战斗已经结束为时尚早。各地区战斗仍在进行，这些地区无法穿过。医生还无法到医院去，他想起留在解剖室书桌抽屉里的《游戏人生》和学术札记。

只在个别地区人们早上可以出门，到离家不远的地方买面包，遇见瓶子里装牛奶的人便一拥而上，打听他们是从哪儿弄到牛奶的。

有时全城响起枪声，再次把群众吓跑。大家猜想，双方正在进行谈判，顺利还是不顺利可以从射击猛烈还是微弱判断出来。

旧历十月末晚间十点，日瓦戈快步在街上走着，出门并没有特别的必要，去看一个住在附近的同事。这地方往日热闹非凡，现在冷冷清清，没碰到任何人。

日瓦戈走得很快。天上飘起第一场雪花，风越刮越猛，一场暴风雪即将来临。

日瓦戈从一条小巷转到另一条小巷，已经记不得转了几次，雪越下越大，变成暴风雪。暴风雪在空旷的田野呼啸肆虐，在城市的街巷上飞舞盘旋，仿佛进了死胡同，迷失了道路。

无论在精神世界还是物质世界，在近处还是远处，空中还是地上，总会发生某种类似的情况。某个地方，响起已经溃败的最后抵抗的枪声。另外的地方，在地平线上闪烁着火灾微弱的火光。暴风雪在日瓦戈脚下湿滑的马路和行人道上卷起雪柱和旋涡。

在一个十字路口，一个报童高喊着"最新消息"，从他身边跑过，腋下夹着一摞刚印出来的报纸。

"不用找钱。"医生说。报童从被雪打湿的一摞报纸中抽出一份递给医生，立即消失在暴风雪中，就像他突然出现时一样。

医生向前走了两步，走到街灯下，扫了一下主要内容。

报纸的一面印着号外，刊登着彼得堡成立人民委员会、建立苏维埃政权并实行无产阶级专政的政府公告。下面是新政权发布的第一批法令及各地通讯。

暴风雪吹打着医生的眼睛，报纸上已经落了厚厚的一层白雪。但妨碍他阅读的并不是风雪，而是他被伟大和永恒的时刻所震撼，清醒不过来。

他想读完公告，向四方打量，寻找一个有光亮又避雪的地方。原来他陷入魔圈，又回到谢列布良内街和莫尔昌诺夫斯卡街十字路

口的街角，带玻璃窗入口处的五层大厦前，大厦里宽阔的前厅灯火
辉煌。

医生走进大厦，走到大厦尽头，在灯光下全神贯注地读起电讯
来。楼上响起脚步声。有人走下楼梯，不时停顿，仿佛犹豫不决。
下楼的人真的突然改变主意，又跑上去了。响起开门声，传来两个
人的说话声，回声太响，听不清说话的是男人还是女人。此后门砰
的一声关上，刚才下来的那个人脚步不再犹豫了。

日瓦戈低头读报，完全被报纸的内容所吸引。他并不想抬眼看
旁边的人。但那人跑下楼梯，停在日瓦戈面前。医生抬起头看了一
眼下楼的人。

站在他面前的是一个十八九岁的青年，身穿翻毛鹿皮皮袄，即
西伯利亚常穿的那种皮袄，头戴鹿皮帽。青年脸色黝黑，一双吉尔
吉斯人的细眼睛。脸上带有某种贵族神态，眼光闪烁不定，不易发
现的狡黠仿佛来自祖先，这种狡黠只有混血人才有。

男孩子显然把日瓦戈当成另一个人了。他茫然不知所措地望着
医生，仿佛认出他来，但迟疑不敢开口。日瓦戈想打破僵局，用眼
睛把他打量了一番，心里一阵发凉，打消同他接近的念头。

男孩子显得窘迫，没说一句话就朝大门走去。走到门口，他又
回了一次头，打开沉重的、已经松动的大门，咯吱一声带上门，走
了出去。

十分钟后，日瓦戈也走了出去。他已忘记男孩子和他准备看
望的同事。脑子里都是刚刚读到的消息，赶紧回家。路上遇见一件
事，虽然是件琐事，但在那些日子里可非同小可。他完全被这件事
吸引。

快到家的时候，他在黑暗中撞上一堆木柴，横堆在紧靠马路的
人行道上。这条街巷有个机关，大概是把郊区拆下的木房当成燃料
运到这里来。院子里放不下柴垛，一部分才堆到街上。一个持枪的
哨兵看守这堆木柴，在院子里走来走去，时而走到街上。

哨兵返回院子，一阵风把雪刮得茫茫一片，日瓦戈利用这一刻，从灯光照不到的那一面走近柴垛，从柴垛底下晃动一根粗大的木桩，把木桩抽出来，扛在肩上，并不感到重（挑自己的东西不嫌重），穿过漫天大雪把木桩扛回西夫采夫街的家。

这太及时了，家里已经没有柴烧了。木桩锯开劈细，变成一大堆劈柴。日瓦戈蹲下生炉子。他默默地蹲在炉前，炉门被烟撞得不停颤动。亚历山大·亚历山德罗维奇把椅子搬到炉边取暖。日瓦戈从衣兜里掏出报纸递给岳父，说道：

"见过吗？欣赏欣赏吧。读吧。"

日瓦戈没站起来，蹲着用火钩拨炉子里的劈柴，大声自言自语：

"多么高超的外科手术。一下子娴熟地割掉多年发臭的溃疡。当即对百年来人们顶礼膜拜的非正义进行判决。

"做的事并不令人感到恐慌，其中包含某种民族的，自古以来我们就熟悉的东西。普希金的光芒，托尔斯泰的准确无误。"

"普希金？你说什么？等一下。我马上就读完。我不能又读又听。"亚历山大·亚历山德罗维奇打断女婿，误以为日瓦戈是跟自己说话。

"首先要弄清楚什么是天才。如果委托某人创建新世界，开创新纪元，他必须首先清理他所占据的地盘。他创建新事物前，必须等待旧世纪结束，这需要很长时间，重打鼓另开张，在一张白纸上书写。

"现在可倒好。这是史无前例的壮举，历史的奇迹，竟敢对平庸的生活怒吼，并不在意它的行进。奇迹不是从头，而是从中间开始的。事先没有挑选日期，而抓住转瞬即逝的时刻，市里正常运行的电车最繁忙的时刻。这首先是天才的手笔。如此笨拙与不合时宜竟能成功，无疑是最伟大的。"

9

冬季来临，正如预想的那样。这年冬季还没有此后的两个冬季可怕，但同它们有类似之处。同样阴暗、饥饿和寒冷，习以为常的一切生存基础被摧毁，被改造。人们用非人的力量抓住正在从手中挣脱的生活。

一个接一个，接连三个同样可怕的冬季。并不像一九一七年过渡到一九一八年那样，确实发生在当时，而是发生在稍后。但这三个冬季已经融为一体，无法区分。

旧的生活同年轻的体制尚不合拍。双方尚无强烈的敌意。一年后，内战爆发，形势骤变，敌对双方势不两立，但谁也不能压倒谁。

各地重新选举新的机构：房产管委会，各级组织，为民众办事的各种机构。成员发生变化。向各地委派权力无边的政委，钢铁意志的人。他们身着黑皮外套，携带各式手枪，采用恐吓手段，很少刮胡子，更很少睡觉。

他们熟知小面额国家证券持有者及匍匐在他们面前市侩的习性，对这帮家伙毫不心慈手软，带着嘲讽的微笑同他们交谈，就像审讯抓到的小偷一样。

这些人像纲领中规定的那样，掌管一切。一个创举接着一个创举，一次又一次联合，逐渐形成布尔什维克组织。

圣红十字会医院现在改名为第二改良医院，内部也发生很多变化。一部分医务人员被解雇，多数则自愿离开，认为他们在这里供职不合算。这些人都是精通医术的医生，掌握最新临床技术，挣钱容易。他们是能说会道的命运的宠儿。他们把出于私利辞职说成出于公民责任感而愤然辞职。蔑视留下来的人，几乎同他们断绝往来。日瓦戈属于留下的人。

晚上丈夫同妻子经常谈论一些生活琐事：

"星期三别忘了到医师协会地下室领冻土豆。那里存放着两口袋。我弄清下班的准确时间，帮你运回去。小雪橇也得两个人拉。"

"好吧，来得及，尤拉。你快躺下吧。已经很晚了。反正一下子做不完所有的事。你该休息了。"

"传染病流行。人们的抵抗力普遍下降。简直不敢看你和爸爸。必须采取措施。可采取什么措施呢？我们自己预防得也不够。应当小心点。你听着。你睡着了？"

"没有。"

"我并不担心自己，我身体健壮，但万一我病倒了，你可别干蠢事，别留在家里，马上送医院。"

"尤拉，你说什么呀！上帝保佑你。干吗说不吉利的话？"

"你记住，不会再有诚实的人和朋友，更别说了解你的人了。如果出了什么事，可以信赖的只有皮丘日金一人。当然，如果他安然无恙的话。你还没睡着？"

"没有。"

"这帮鬼家伙，只顾自己吃饱肚子。原来这就是他们所说的公民责任感和原则性。见面懒得伸手。'你为他们工作？'扬起眉毛问。'工作，'我回答，'请您别见怪。我为我们的穷困感到自豪，我敬重那些将穷困降临到我们身上并让我们感到荣幸的人。'"

10

很长一段时期大多数人的食物是黄米粥加青鱼头汤。第二道菜是油煎鱼段。营养就靠没磨过的黑麦和带壳的小麦煮成的粥。

一位熟悉的女教授教东妮娅在屋里用荷兰炉底烤面包，一部分拿出去卖，卖的钱补偿炉火费，像早年那样。不再使用只冒烟、不暖和、不保温只会折磨人的铁炉子。

东妮娅烤的面包非常好，却不会做生意，一个也卖不出去。不得不放弃无法实现的谋生计划，再把铁炉子搬进屋里。日瓦戈一家日子过得很贫困。

一天早上日瓦戈照常上班。家里只剩两块劈柴。东妮娅穿上皮袄，由于身体虚弱，太阳底下穿皮袄还打哆嗦。东妮娅出门去"狩猎"。

她在附近的街巷来回走了半小时，有时运送蔬菜或土豆的郊区农民拐到这里。得抓住他们。运蔬菜的农民经常被人截住。

她很快找到"狩猎"的目标。一个年轻健壮的小伙子。穿着一件粗呢上衣，驾着一辆玩具似的雪橇。她把他带到格罗梅科家，小心翼翼地拉进院子里。

雪橇柳条筐里装着一堆桦木劈柴，粗细不超过旧照片上老式庄园的栏杆。东妮娅知道桦木劈柴不禁烧。何况刚砍下来的，没法生炉子。可别无选择，不能挑拣。

年轻农民来回运了五六次，把劈柴搬到楼上住人的房间。作为交换，东妮娅把带镜子的梳妆台送给小伙子老婆，小伙子连拉带拽地把梳妆台从楼上弄到雪橇上。顺便谈起下次送土豆的事，出门的时候小伙子的衣服被门边的钢琴挂了一下。

晚上日瓦戈回来，没提起妻子买劈柴的事。其实，如果把梳妆台劈了，要合算得多，但他们下不了手。

"你看见桌上的条子了吧？"妻子问他。

"医院院长写的那个？他们跟我说了，我知道。请我出诊。我一定去。歇一会儿就去。远得很。在凯旋门附近。我有地址。"

"出诊的报酬很离奇。你看过了？你还是再看一遍。一瓶德国白兰地或一双女袜子。真会引诱人。谁能这样出手？好大的口气，完全不了解我们当前的生活。一定是暴发户。"

"对，像是采购员。"

暴发户是指小业主及承租人、委托人。国家政权取消私人贸易后，在经济极端危机的时刻，做出微小的让步，同上述那些人签订各式供应合同。

被推翻的旧商号的巨头和大企业的所有者不属于这一行列。他们被打击得无法恢复元气了。进入这个行列的是从战争和革命底层浮起的昙花一现的投机分子，毫无根基的外来户。

医生喝了一杯牛奶色的掺糖精的开水就到病人那里去了。

人行道和马路深陷雪中。大雪覆盖了一排排的房屋。有的地方积雪高到一楼的窗户。在这种地方闪动着半死不活的人影，默默地背着或用雪橇拉着可怜的食物。几乎看不见乘车的人。

有几间房屋还挂着先前的招牌。在这些招牌下是同招牌不一致的消费品合作社，都关着门，窗户前加了栅栏或用木板钉死，里面空空如也。

店铺关门和空空如也并非因为缺少商品，而是因为生活全面改造，这种改造也触及贸易，但触的范围有限，没有触及钉死窗户的小商店。

11

病人的住宅位于布列斯特街的尽头，靠近特维尔关卡。

这是一幢古老的营房式的砖瓦建筑，楼房从四面围着院子，沿楼房后墙环绕着三层木回廊。

正在召开居民大会，区苏维埃派一位女代表参加。突然被军委会包围，他们是来检查持枪证的，没有持枪证的武器一律没收。指挥检查的人请区苏维埃女代表不要离开，保证检查用不了多长时间，检查完的住户又渐渐聚在一起，中断的会议继续进行。

检查即将结束的时候，轮到检查的一家正是请医生出诊的那一家，这时医生已经走到门口。在楼梯口站岗的士兵挎着步枪，坚决不放医生进去，直到队长介入他们的争执。队长下令不要给医生增添麻烦，并同意医生给病人看完病再检查住宅。

接待医生的主人是位彬彬有礼的年轻人，阴沉的脸，乌黑忧郁的眼睛。他激动有多种原因：妻子的病，即将开始的检查，以及他对医学及其代表异乎寻常的敬重。

为减轻医生的负担和节省时间，主人尽量把话说得简短，可他一着急反而把话说得很长，并且颠三倒四。

住宅是豪华和简陋的混合体，堆满东西，都是担心货币贬值而匆忙购置的。配不成套的家具聊以填充配不成双的家什。

主人认为妻子由于惊吓神经出了毛病。他抓不住正题，说话绕来绕去，比如说有人以极便宜的价钱卖给他们一座早已不走的自鸣钟。他们是作为钟表精湛技术的文物买下来的（病人的丈夫把医生带进另一间房间，向他展示这座自鸣钟）。他们甚至怀疑自鸣钟能否修好。可多年没上发条的自鸣钟突然走了，奏了一段小步舞曲后又戛然而止。妻子吓坏了，据年轻人说，妻子认为这是为她敲响丧钟，从此躺倒，说胡话，不吃不喝，连他也不认识了。

"您认为这是精神震荡？"日瓦戈用质疑的口气问道，"把我带到病人那儿去。"

他们走进隔壁的房间。屋顶上挂着枝形瓷吊灯，宽大的双人床两边摆着两只红木小柜子。一个瘦小的女人躺在床边，毯子拉到下巴上，露出两只又黑又大的眼睛。看见有人进来，她从毯子里伸出手来，睡衣宽大的袖子滑落到腋窝，挥手赶他们出去。她认不出丈夫，仿佛屋里没有人，唱起忧伤的小调。自己被小调所打动，大哭起来，像孩子似的抽泣着要回家。医生不论从床的哪一侧走到她跟前，她都不让检查。每次都转身背对着他。

"应当给她做检查，"日瓦戈说，"不过，不检查我也知道患的是什么病了。她患的是斑疹伤寒，并且病情严重。可怜的人，难受死了。我建议您把她送进医院。这倒不是为她提供方便，而是发病的头一两个星期需要医生护理。您能否找到运输工具，出租马车，哪怕拉货的雪橇，把她送进医院，上车前自然得裹好。我给您开就诊证明。"

"我能做到。尽量去做。等一下，真是伤寒？太可怕了。"

"遗憾，正是伤寒。"

"我怕她不在我身边我会失去她。您能不能来两次在家里医治她？您要什么价我给您开什么价。"

"我已经跟您解释过了，需要对她不间断地观察。听我的话吧。我给您出的是好主意。哪怕从地里挖出一辆马车也行啊。这是我给她开的就诊证明。这件事最好在你们住宅委员会办。就诊证明需要住宅委员会盖章，还要办理相关手续。"

12

询问和搜查后，居民们披着暖和的披肩、穿着皮袄，一个接一个地回到没有生火的仓库。这个仓库先前储存鸡蛋，现在归住宅委员会使用。

仓库的一角摆着一张办公桌和几把椅子，但人太多，椅子仍然不够坐。周围又摆了许多翻过来的鸡蛋箱充当椅子。这类箱子很多，堆在办公桌的对面，一直堆到天花板。一坨坨碎鸡蛋的蛋黄冻在墙角上。这是老鼠成堆的地方。老鼠有时跑到石地板上，马上又躲到墙角的冰坨里。

每当老鼠跑过，坐在箱子上的一个肥胖女人便惊叫着跳起来。她张开手指，卖弄地撩开下摆的一角，拼命跺穿着时髦的高勒儿皮靴的脚，用装出喝醉酒的嘶哑的嗓子喊道：

"奥莉卡，奥莉卡，你脚下有老鼠。跑啦，该死的东西。还听得懂人话呢，畜生！龇牙。哎呀呀，往箱子上爬呢。可别钻进裙子里。哎呀，我害怕，害怕。男士们，请转过身去。对不起，我忘了，现在不兴叫男士了，应该叫公民同志。"

这个喊叫的婆娘穿着一件肥大的羊皮袄，敞开大襟，折了三折的下巴像果冻一样颤抖，滚圆的乳胸和肥胖的肚子把绸连衣裙绷得紧紧的。看来，她曾是三流商人和账房伙计的交际花。两只眼皮浮肿的猪眼只露出一条缝。多年前她的情敌向她扔了一瓶硫酸，但没有击中，只有几滴溅在左脸上，留下并不明显但更加诱人的疤痕。

"别喊了，赫拉普金娜。简直无法工作。"坐在桌后的区苏维埃女代表说。她是会议选出的大会主席。

老住户早就认识她，她也熟悉他们。开会前她私下低声同法季玛大婶交谈。法季玛原先看管院子，同丈夫孩子住在肮脏的地下室，现在他们和女儿搬到二楼的两间明亮的房间里。

"怎么样啊，法季玛？"会议主席问她。

法季玛抱怨一个人管不了这么大的住宅，没人肯帮忙，摊派到每户打扫院子和街道的任务没人认真对待。

"别发愁，放心吧，会给他们点颜色看的。这算什么住宅委员会？这种事能想象吗？窝藏犯罪分子，道德败坏的事没有登记。我们让这样的住宅委员会滚蛋，重新选举一个。我自己当住宅管理员，你别尥蹶子。"

看管院子的女人恳求会议主席千万别当住宅管理员，但她根本不听。她环视了一下房间，觉得人到了不少，要求保持安静，简短地说了几句话就宣布开会。她指责先前的住宅委员会不负责任，建议重新选举，提出候选人，接着便转到别的问题上去了。讲完这些，她顺便说：

"情况大致如此，同志们。咱们开诚布公地说吧。你们这所房子很大，适合做宿舍。有时外地代表们来开会，没有地方安顿他们。区苏维埃决定收归这所房子，供外来的人住，并以季韦尔辛同志的名字命名，因为众所周知，流放前他就住在这里。有没有人反对？下面要谈腾房子的事。这不是马上要办的事，期限限定一年。我们为劳动居民提供住房面积，我们提醒非劳动居民自己找房子，期限十二个月。"

"谁是非劳动居民？我们这里没有非劳动居民！都是劳动居民。"喊声从四面八方响起，响起一个声音，像炸弹爆炸。"这是大国沙文主义！现在各民族平等。我知道您在暗示什么！"

"不要一起说，不知道回答谁的问题。哪儿来的民族？瓦尔德尔金公民，提民族干什么？比如赫拉普金娜，跟民族完全不沾边，我们也让她迁走。"

"让我迁走！你迁个试试。你这个压瘪的沙发！一个人占十个职务。"赫拉普金娜吵急了，竟给女代表起了一个莫名其妙的外号。

"你这条毒蛇！你这魔鬼！你不要脸！"看管院子的人气急了。

"你用不着插嘴，法季玛。我自己能对付她。赫拉普金娜，你给我住口。不管管你，你就骑到别人脖子上去了！住口，我跟你说呢。马上把你送进机关，不等你酿私酒的事出来，还有你那个贼窝。"

声音响到极限。谁也不能说话。医生就在这时走进仓库的。他请碰到的人指给他哪个人是住宅委员会的。那人用手拢成喇叭口，压住喧哗声，喊道：

"加——利——乌——林——娜！到这儿来，有人找。"

听到这个名字，医生简直不敢相信自己的耳朵。一个有点驼背的瘦女人走过来，她就是看管院子的人。儿子与母亲长得如此相似，让医生感到惊讶。但他没有暴露自己，对看管院子的女人说："你们的一位女邻居染上伤寒（医生提到她的姓名），需要采取预防措施，以免传染。此外，要把病人送进医院。我给她办就诊手续，需要住宅委员会盖章。怎么办？到哪儿办？"

看管院子的女人明白，医生要求的是把病人送进医院，而不是办理手续，说道：

"区苏维埃一会儿派马车来接杰明娜同志，杰明娜同志是好心人，我对她说她一定会让出马车。别发愁，医生同志，我们一定把您的病人送到医院。"

"我说的不是这个意思！我只想知道什么地方可以写就诊证明书……对不起，您是否是尤苏普卡·加利乌林中尉的母亲？我同他在前线一起共过事。"

看管院子的女人浑身颤抖了一下，脸色发白，拉着医生的手说："咱们到院子里去说话。"

刚一迈出门槛，她急忙说：

"小声点，千万别让别人听见。你可别毁了我。尤苏普卡不走正道。你说尤苏普卡是什么人？他是学徒，工匠。尤苏普卡应当明白，现在老百姓好过多了，连瞎子都看得见，还用说嘛。不知道你怎么想，上帝也许能宽恕你，但不会宽恕他。尤苏普卡爸爸当了兵，被打死了，打烂了脸，打断了手脚。"

她激动得说不下去了，挥了一下手，使自己平静下来，然后接着说下去：

"走吧。我现在就给你派马车。我知道你是谁。他在这儿待了两天，提到你。说你认识拉拉·吉沙罗娃。她可是好姑娘。到我们这儿来过，我记得。现在怎么样了，谁又能知道呢。难道老爷们反对老爷们不行？尤苏普卡有罪。咱们去要马车。杰明娜同志会让出来的。你知道杰明娜同志是谁吗？就是奥莉娅·杰明娜，在拉拉·吉沙罗娃母亲的作坊里干过活。是个人物。都是从这个院子出去的。"

13

天已经完全黑了。黑夜笼罩着一切。只有杰明娜手电射出的光点在四五步远的地方从一个雪堆跳到另一个雪堆，与其说给行人照路，不如说使他们迷路。黑夜笼罩着一切。那个院子落在身后。在那里，她小的时候有许多人认识她，据说，她后来的丈夫安季波夫就是在那里长大成人的。杰明娜用戏谑的口吻说：

"您不用手电能走到家吗？要不我把手电给您，医生同志。我们还是女孩子的时候她把我迷恋得神魂颠倒。她们有家缝纫店，我在那儿当学徒。今年我们还见过面。她来过，经过莫斯科。我对她说：'傻姑娘，你上哪儿去？留下来吧。咱们一起生活，给你找份工作。'她哪儿肯听啊。她不乐意。只好由她了。她嫁给帕沙是出于理智，而不是出于感情。从此就没准主意了。还是走了。"

"您对她有什么想法？"

"小心点，这儿路面滑。不让他们往门前倒脏水，说过多少次了，可没人听。我对她有什么想法？没想法。没时间想。我住在这里。我没告诉她，她弟弟，一个军官，被枪毙了。而她母亲呢，我先前的女老板，我大概会为她出一把力。好了，我到了，再见。"

他们分手了。杰明娜手电的光照进狭窄的石楼梯里，跑在前面，照亮肮脏的墙皮，黑暗把医生包围起来。右边是凯旋花园路，左边是马车花园路。远望漆黑的雪，这两条街变得不是通常意义上的街了，倒像乌拉尔或西伯利亚原始林中无法通行的小道。

家里亮着灯光，里面非常暖和。

"怎么这么晚才回来？"东妮娅问道，没等他回答就接着说下去：

"你不在时出了一件怪事。太奇怪了。我忘了告诉你。昨天爸爸的闹钟坏了，他非常懊恼。家里唯一的一只钟了。他反复修，也没修好。街角上的钟表匠要三磅面包，天价。怎么办？爸爸绝望了。可一小时之前，突然响起清脆的钟声。闹钟！拿过来一看，闹钟走了。"

"敲响伤寒的警钟。"日瓦戈开玩笑道，并给家里人讲了病人和自鸣钟的事。

14

他患伤寒要晚得多。日瓦戈患伤寒前他们的日子贫困到极点。

他们没有食品，忍饥挨饿，奄奄一息。一次，日瓦戈找到他曾抢救过的那位遭受抢劫的党员。那人尽其所有帮助医生。然而内战开始了。他的庇护人一直东征西讨。此外这人根据自己的信仰判断，那时的困难是自然而然的，却对人隐瞒自己也在挨饿。

日瓦戈找过特维尔城卡附近的采购员。但近几个月采购员消失得无影无踪，他患病的妻子也全无消息。住户的构成发生变化。杰明娜上了前线，管房子的加利乌林娜没见到。

一天他收到按官价配给劈柴的购柴证，劈柴要到温达夫斯基车站去拉。他沿着望不见尽头的市民街，押着牵拉劈柴车（意外财富）的驽马的马车夫。医生突然觉得，市民街变样了，两腿发软，浑身摇摆。他明白糟糕了，这是伤寒。马车夫抱起他来。医生不记得如何被勉强放在劈柴上拉回家的。

15

他断续昏迷了两个月。他蒙眬觉得东妮娅把两条大街摆在他书桌上，左边是花园街，右边是凯旋街，又把温热的橘黄色的台灯推到两条街前。街上亮了。可以写作了。于是他写起来。

他狂热地写，写得极为顺手，写的是早就想写，但一直未能写的东西，现在写起来则得心应手。有时一个长着一双吉尔吉斯人的细眼睛的男孩打搅他，那人穿着西伯利亚或乌拉尔常穿的鹿皮袄。

十分明显，这个男孩就是他的精灵，或者通俗地说，他的死神。他怎么成为死神了呢？他可帮他写过史诗，难道能从死神那儿获得益处，死神能助他一臂之力？

他写的诗不是讴歌复活，也不是为了放入棺内，而是在两者之间流淌过的时光。他写的是史诗《惶惑》。

他一直想写，短短的三天在滋生蛆虫的黑土地上掀起风暴，用土块袭击不朽爱情的化身，就像海浪一样，冲击它，把它葬身身下。风暴在黑土地上整整肆虐了三天，忽而冲击忽而退却。

两行有韵脚的诗句一直追逐他：

> 我愿触摸，
> 应当清醒。

愿意触摸是地狱，是瓦解，是解体，是死亡，然而同它们一起愿意触摸的还有春天，还有抹大拉的玛利亚及生命。但醒过来并站起来也是必须的。应当复活。

16

他渐渐康复。最初他怡然自得，不去寻找事物之间的联系，一切都放过了，什么也想不起来，对一切都不感到惊奇。妻子喂他抹黄油的白面包，给他喝加糖的茶，还有咖啡。他忘记这些东西现在是不可能得到的，却像欣赏一首诗或童话那样品尝这些美味的食品，而这些都是康复必不可少的。他清醒后向妻子提出的第一个问题是：

"这些东西你是从哪儿弄来的？"

"都是你的格兰尼亚送来的。"

"哪个格兰尼亚？"

"格兰尼亚·日瓦戈。"

"格兰尼亚·日瓦戈？"

"就是你鄂木斯克的兄弟叶夫格拉夫。你的同父异母弟弟。你昏迷的时候他常来看我们。"

"他穿着鹿皮袄？"

"是的，是的。你昏迷的时候注意到他了？他在一幢住宅的楼梯上遇见过你。他都告诉我们了。他认出了你，想自我介绍，可你吓了他一跳。他崇拜你，读你的作品读得入迷。他不知道从什么地方弄到这些东西！大米、葡萄干和白糖。他已经走了，还招呼我们去。他是个神秘的人物。我觉得他同政权关系暧昧。他说我们应当离开大城市一两年，'销声匿迹'。我同他商量到克吕格尔领地去的想法。他非常支持。可以种菜园，身边就是树林。不能像绵羊一样束手待毙。"

    这年的四月，日瓦戈一家动身到遥远的乌拉尔去，到尤里亚金附近的祖产领地瓦雷金诺去。

✦

Chapter 07

旅途

1

三月剩下最后的几天，天气转暖，仿佛春回大地，然而春寒料峭，乍暖还寒。

格罗梅科一家忙着打点行装。他们这幢楼里增添了不少住户，比街上的麻雀还多。他们把打点行李装成复活节前的大扫除。

日瓦戈反对到乌拉尔去。但他不干预打点行李，只是认为这种想法是不现实的，期待最后一刻计划落空。但计划继续进行，已经接近完成。到认真谈谈的时候了。

他在为此而召开的家庭会议上，向妻子和岳父说出自己的疑虑。

"你们觉得我不对，那咱们就走吧！"他说出自己反对的理由。妻子马上接着他的话说：

"你说再忍一两年，便会确立新的土地归属条例，我们可以在莫斯科近郊申请一块土地，开辟菜园。可这两年怎么过你没说。这是最要紧的，也是我们最想听的。"

"一派胡言。"亚历山大·亚历山德罗维奇支持女儿。

"那好吧，我投降，"日瓦戈说，"我所以不想去是因有很多难以预料的事。我们眯着眼睛不知往哪儿走，对目的地一无所知。到过瓦雷金诺的三个人，妈妈和外婆已经去世，第三个是外公克吕格尔，如果还活着，早作为人质被关在监狱里了。

"战争最后一年，他对森林和工厂做过手脚，卖给一个虚构的人或者银行，或象征性地转让给某个人。我们对他签订的合同知道多少？现在土地属于谁，我说的不是所有权，让所有权见鬼去吧，而是谁在管理？归哪个机关管？还在砍伐森林吗？工厂是否开工？最后，那儿是谁的政权？我们抵达时又会变成谁的政权？

"你们的救命稻草是米库利钦，你们不断提到他。可你们从哪儿知道这位老管家还健在，并且依旧住在瓦雷金诺？我们对他了解多少，因为外公说他的姓读起来费劲，我们才记住他，还有什么？

"可我们争辩什么？你们已经决定走了。我和你们一起走。但必须弄清楚，这件事该怎么办。不要迟延。"

2

日瓦戈到雅罗斯拉夫火车站打听情况去了。

横穿大厅的栏杆挡住向外拥挤的人流。一群穿灰大衣的人躺在石地板上，从这一侧翻到另一侧，咳嗽，吐痰。他们互相交谈的时候，声音大得不自然，不管大厅拱顶反应的回声多么响，他们浑然不觉。

大多数是患斑疹伤寒的病人。医院人满为患，危险期一过就让他们出院了。日瓦戈作为医生知道必须这样做，但却不知道有这么多不幸的人，而收容他们的地方竟然是火车站。

"您得弄张出差证明，"围白围裙的搬运工对他说，"每天来打听。车次很少，得碰运气……（用拇指拈了一下中指和食指）用面粉或别的东西打点打点。不打点就别想走。就是这个（他弹了一下喉头），才最重要。"

3

这几天亚历山大·亚历山德罗维奇被请去参加国民经济高级会议，日瓦戈给一位重病的政府要员看病。两人都被授予当时的最高奖赏，到供应点购物的购物券。

供应点设在西蒙诺夫修道院旁的卫戍区仓库。医生和岳父穿过两道院子，教堂的和兵营的，走进没有门槛的石顶建筑，越往里走地势越低，仓库的尽头却越来越宽，横摆着的柜台，旁边站着一个神态安详的管理员，他不时到仓库取东西，不紧不慢地称发食品，称发完毕，便挥笔画掉名单上购物人的姓名。

到供应点领东西的人不多——"拿出你们的口袋。"管理员对医生和教授说，向他们的提货单瞄了一眼。他们看见他往用女人枕头和沙发垫罩充当的口袋里倒面粉、大米、通心粉和白糖。接着又装进猪油、肥皂和火柴，然后又给了每人一包用纸包着的东西，回家一看才知道是高加索乳酪。两个人看着这些惊讶得目瞪口呆。

女婿和岳父尽快将小口袋系成两个可以挎在肩上的大口袋，免得在这里磨蹭，让管理员讨厌，他那宽宏大量的态度已让他们不自在了。

从地下室出来，都像喝醉了酒，但不是因为口福，而是意识到他们没白白活在世上，没白白吃饭，值得年轻的家庭主妇东妮娅夸奖。

4

男人们到各机关办理离开莫斯科的证件和保留居住房间的契约，东妮娅则在家里选择带走的行李。

她心事重重地在暂时仍属于格罗梅科的三间房子里转来转去，不停地用手掂量每件小物件，考虑要不要放在准备带走的行李里。

只有一小部分财产放在他们携带的行李中，其余的作为路上或抵达后的交换品。

从气窗里涌进春天的气息，还夹杂着切开的刚出炉的白面包味。从院子里传来公鸡的打鸣声，还有孩子们的嬉笑声。房间通风时间越长，从箱子里取出的破旧冬装散发出来的樟脑味越浓。

至于什么带走什么留下是有一套规矩的，这是先走的人留下的，在未走的熟人圈中广为流传。

这些箴言极其简短，但务必照此办理，清晰地浮现在东妮娅的脑海中。东妮娅听见麻雀的叽喳声和孩子们玩耍的嬉戏声，仿佛还有一个神秘的声音不断提醒她。

"衣料，衣料，"神秘的声音说，"最好裁开，不过路上要检查，也很危险。最好裁成布块，用大针脚缝在衣服上。可以带料子或半成品。整件的衣服也可以带，顶好不太旧的上衣。没用的东西，沉重的东西不要带。日常用品自己携带。别老想着箱子、篮子。经过多次选择挑出来的东西不会多，系成女人小孩都提得动的小包。盐和烟草最有用，但风险也最大。要带克伦斯基政府发行的票子，二十和四十面额的。最难办的是证件。还有其他注意事项。"

5

出发的前一天刮起暴风雪。风把旋转雪花凝聚成的乌云刮到天上，白色的旋风又把雪花吹落到地上，在漆黑的街道上积了一层厚雪，仿佛铺上一条白被单。

家里一切收拾停当。委托莫斯科的亲戚叶戈罗夫老夫妻照看房间和留下的财产。他们是去年冬天东妮娅用家里无用的东西，如用不着的家具，换取劈柴和马铃薯的时候结识的。

这件事不能委托给马克尔。他把民警局当成自己的政治俱乐部，虽然没在那里倾诉先前的房产主格罗梅科一家喝他的血，但却责备老爷们不让他学习文化，不让他知道人是从猴子变成的。

叶戈罗夫夫妇算是东妮娅的远亲，男的曾在商业部门工作过。东妮娅最后一次带他们查看房间，告诉他们哪把钥匙开哪把锁，什么东西放在什么地方，同他们一起开关橱柜，推拉抽屉，教会他们一切，把一切都解释得清清楚楚。

桌椅推到墙边，行李放在一边，取下所有的窗帘。暴风雪在摘掉御寒的窗帘后，透过没有窗帘的窗户，肆无忌惮地窥视空荡荡的房间。这唤起他们每个人的回忆。日瓦戈——童年和母亲的死；东妮娅和亚历山大·亚历山德罗维奇回想起安娜·伊万诺夫娜的去世和安葬。他们都觉得这是在家里度过的最后一夜，以后再也回不来了。但这一点他们想错了。他们虽然心照不宣，却故意制造互不理解的迷雾，只为不让对方伤心。每个人都在审视在这个屋檐下度过的生活，尽力不让在眼睛里打转的泪珠滴下来。

但这并未让东妮娅在外人前失去上流社会的礼数。她不停地同把一切委托给她的女人交谈。东妮娅夸大她对他们的帮助。为不辜负他们夫妻的帮助，她不断表示歉意，不时到隔壁房间取头巾、女短衫、印花布或薄绢作为礼物送给她。所有这些服装都是黑底白花或印着白点，就像雪地里昏暗街道衬托出的墙上镂空的方格，在这最后的一夜窥视没挂窗帘的光秃秃的窗户。

6

黎明时分他们离开家到火车站去。楼里的住户还没起床。最爱凑热闹的女住户泽沃罗特金娜挨户敲门，叫醒睡觉的人："同志们，请注意！快起来告别！快点，快点！住在这儿的格罗梅科一家要走啦。"

送行的人挤满前厅和后走廊的楼梯（正厅成年上锁），形成半圆形，把格罗梅科一家围在当中，仿佛集体照相似的。

住户弯着腰，以免披在肩上的薄披肩滑下来，冻得打战，匆忙伸进毡靴的光脚不停倒脚。

在这没有一滴酒的时代，马克尔却喝得烂醉如泥，仿佛砍倒在栏杆上，差点把栏杆压断。他自告奋勇把行李送到车站，被格罗梅科一家谢绝后还很生气。他们好容易才摆脱他的纠缠。

院子里还很黑。风停了，雪下得更大。鹅毛大雪从天上纷纷飘下，懒洋洋地飘舞在离地面不远的地方，仿佛犹豫不决，是不是落在地面上。

穿过小巷走到阿尔巴特街的时候，天已破晓。飞雪宛如蠕动的帘幕，垂挂在街道上，雪帘的毛边伴随行人的脚步不停地摆动，仿佛原地踏步。

街上不见人影。他们离开西夫采夫街时没有碰到一个人。一辆像在面粉里滚过的落满白雪的马车赶上他们。同马车夫讲好实际上不值几戈比的天价，他们带着东西上了马车。只有日瓦戈一人空手走向火车站。

7

东妮娅和父亲已经在两排木栅栏中间人数多得数不清的长队后面排队。现在已不从站台下车，而是从离站台半俄里的信号旗那里下车，因为站台附近堆满碎冰和垃圾，清理通往站台的通道人手不够，机车无法开到这里。

纽莎和舒拉没同母亲和外公一起排队。他们在入口处的巨大屋檐下随意走动，不时从大厅里张望要不要到大人那里去。他们身上有一股浓烈的煤油味，为预防伤寒他们在脚踝、手腕和脖子上都抹上了煤油。

东妮娅看见赶来的丈夫，向他招手，但不让他过来，大声告诉他哪个窗口办理出差证件。他向那个窗口走去。

"给我看看，都盖了哪几个章。"他回到他们身边的时候，东妮娅问道。医生从栅栏外面把叠好的证件递给她。

"这是公务人员的乘车证。"排在东妮娅后面的人从她肩膀上看到印章。排在她前面的人是法律通，熟知各种法律规章，说得更详尽了：

"盖这种图章的人有权坐头等车厢，就是客车厢，如果列车上挂着这种车厢的话。"

排队的人议论起这个话题来。

"客车挂在前面，得到前面去找。人非常多。现在能坐上货车也得说声'谢谢'了。"

"您别听他们的，出公差的先生。我给您解释。列车已经取消单一编组，现在只有混合编组。它既可以是军车，也可以是囚车；既可以运牲口，也可以运人。舌头在嘴里转，怎么说都行，但要讲明白，别把人弄糊涂了。"

"你倒讲清楚了。可找到聪明人了。出差证只是成功的一半，还得想想下一步再说。这么显赫的身份能上客车吗？那里都是部队弟兄。水兵眼光敏锐，腰上别着手枪。马上看出这是有产阶级，何况医生还是先前的老爷。水兵掏出手枪，像打死苍蝇一样一枪打死。"

如果不发生新的情况，旅客们对医生一家同情的话题不知会扯到哪儿去。

人群中早就有人透过厚玻璃窗眺望远方。站台上的遮檐只能让人们看到远处路线上空纷飞的大雪慢慢降落，就像投入水中喂鱼的面包屑。

挤在这个角落里的人一个个朝前走去。他们人数不多，身影映照在白雪编成的颤动的雪帘上，人们把他们当成检查枕木的铁路工人。但他们挤在一起。就在他们向远方走去的时候，火车头开始冒烟。

"开门，骗子们！"排队的人骚动起来，喊叫道。人群向车门拥去，后面的挤压前面的。

"瞧他们干的什么事！像一堵墙似的挡住别人，有人不排队就往里钻。车厢里没有一点空地方了，我们成了绵羊！开门，魔鬼！不开就撬门了。伙计们，用力挤，加油啊！"

"这帮蠢货羡慕什么人呢，"精通法律的人说，"那帮人是从彼得堡押解来服劳役的，原派到北方的沃洛格达，现在又赶往东线。不是自愿的，而是被押解去挖战壕的。"

8

车行驶了三天，但没离开莫斯科多远。路上是一片冬天的景象：路轨、田野、树林和农舍屋顶——通通都被大雪覆盖。

日瓦戈一家走运，在车厢前排左角弄到上铺，靠着长方形昏暗的车窗，紧挨车顶。他们一家人在一起，没有分开。

东妮娅第一次坐货车。在莫斯科上车的时候，日瓦戈双手把女人们举上车厢，车厢顶端有扇沉重的拉门。路上女人们适应了，自己能爬上暖货车。

刚开始的时候东妮娅觉得车厢像装轮子的牲口棚。在她看来，这些棚子一震动就会倒塌。但两天来他们被列车在改变路线或拐弯的时候颠得东倒西歪，第三天车厢下的轮轴像玩具上的鼓手，不停地敲打，列车仍然顺利行驶，说明东妮娅的担心是多余的。

列车太长，挂了二十三节车厢（日瓦戈一家在十四车厢），在小站停靠的时候，只能一部分车厢靠近站台，一头一尾或中间部分。

前面几节车厢是运送军人的，后面几节里面坐的是押解服劳役的。

这类乘客将近五百人，各种年龄、身份和职业的人都有。

这类人占了八个车厢，构成一幅古怪的景象。除穿戴考究的富翁、彼得堡交易所的经纪人和律师可以属于剥削阶级外，还有受他们剥削的剽悍的马车夫、打地板的工人、澡堂杂役、卖旧货的鞑靼人、从精神病院跑出来的神志不清的人、商贩和修士。

第一种人围着烧得通红的炉子坐在锯短的木桩上，你一言我一语，彼此打断，哈哈大笑。这帮人有关系。他们没有灰心丧气，有影响的亲戚正在为他们四处奔走。最坏的情况下他们可以中途赎身。

第二种人穿着皮靴，敞开长衫或长紧腰衬衣垂在裤子上，满面胡须或没有胡须，光脚站在闷人的暖货车推拉门边，手扶门框和横在他们前面的木杠，阴沉地望着火车经过的地方和当地的居民，同谁都不说话。他们没有帮得上忙的熟人，没有什么可指望的。

这些人并没都坐在分配给他们的车厢里。一部分人在列车行进中同其他不受管制的旅客混坐在一起。第十四车厢里也有这类人。

9

通常列车抵达车站时，低矮的车顶让躺在上铺的东妮娅直不起腰来，她趁停车的机会改变姿势。她从上面垂下头，从开着的门缝眺望远处停车的地点，盘算能否交换商品，值不值得下来到车厢外面去。

现在也如此。列车减速驱除了睡意。暖货车停在岔道上，不停地震动，说明这是个大站，要停很长时间。

东妮娅弯腰坐下，擦了擦眼睛，整理好头发，把手伸进装东西的口袋里，翻出一条绣着公鸡、小伙子、弧线和车轮的毛巾。医生也醒了，从上铺跳下来，扶着妻子下来。

这时，列车闪过一个个岗亭和灯火后，停住了，车门打开，车站上被白雪覆盖的树木展现在眼前，树枝仿佛捧着面包和盐迎接列车。在列车快速行进中，最先跳下车的是水兵，他们踏上站台无人触动过的白雪。他们奔向车站拐角，跑在众人前面，那里有两扇围墙挡住，商贩在那里出售违禁食品。

水兵的制服、无檐帽的飘带和喇叭裤，使他们行走犹如冲锋，人们立即闪开，像闪开滑雪或滑冰的人一样。

车站拐角处农妇躲藏在别人背后，仿佛焦急排队等待算卦一样。他们带来黄瓜、奶酪、煮熟的牛肉和黑麦奶茶饼。他们用缝好的布套保住食品的热气和香味。妇女们和姑娘们把围巾扎到短皮袄里，士兵们粗野的玩笑弄得她面红耳赤，对他们怕极了，因为各种整治投机倒把和自由贸易的小分队都是由海军组成的。

农妇们窘况没持续多久。火车停下来。其余的乘客陆续来到拐角处。人们混在一起。生意兴旺起来。

东妮娅把毛巾搭在肩上，绕着小贩走了一圈，装着到车站后院用雪擦脸。摊贩们几次问她："城里来的太太，想用毛巾换什么？"

但东妮娅没有止步，同丈夫向前走去。快穿过人群的时候，一个披着黑底红花纹披肩的女人站在那里。她注意到带刺绣的毛巾，敏锐的眼睛放出光芒。她向四外张望，确认没有任何危险，走到东妮娅跟前，掀开自己要卖的东西，飞快地低声说：

"瞧瞧吧。没见过吧？不馋得慌？别多想了——一会儿就会被没收的。毛巾换一半。"

东妮娅没听明白最后一句话的意思，觉得她说的是披肩，又问了一遍。

农妇说的一半是指她捧在手里的一半从头到尾巴的炸兔子。她又说了一遍："毛巾换一半。你老看什么。这不是狗肉。我男人是猎人。这是兔子，兔子呀。"

她们交换了。双方都觉得自己占了便宜，对方吃了亏。东妮娅觉得占了贫苦农妇的便宜很羞愧。可农妇对这笔交易很满意，招呼自己的邻居尽快离开这个危险的地方。她们沿着雪地上踏出的伸向远方的小径回家了。

这时人群里发生一阵骚乱。一个老太婆喊起来：

"往哪儿跑，骑兵老爷？钱呢？你什么时候付钱了？没良心的东西，你这贪得无厌的东西，喊他，可照样走，连头也不回。站住，我说同志先生你站住！救命！有人抢劫啦。就是他，抓住他！"

"怎么回事？"

"那个没胡子的，一边走一边笑？"

"胳膊肘破了的那个？"

"就是他，老爷们，他抢我的东西！"

"袖口打补丁的那个？"

"就是他。老爷们，他抢我的东西！"

"怎么会出这种事呢？"

"那家伙买老太婆的馅饼和牛奶。吃饱喝足就撒丫子走了。老太婆啼哭，心疼得要命。"

"这件事不能算完。得抓住他。"

"得了，别抓了。他身上背着子弹带。他不抓你就万幸了。"

10

第十四暖货车厢里有几个被发配服劳役的人，由士兵沃罗纽克押解。其中三个人引人注目，被抓的原因各不相同。他们是：彼得堡公营酒店的出纳员普罗霍尔·哈里托诺维奇·普里图利耶夫，车上的人都管他叫"出纳"；小五金店的学徒，十六岁的瓦夏·布雷金；白发苍苍的革命家、合作社社员科斯托耶德·阿穆尔斯基，他们在旧时代服过各种苦役，新时代又重新服劳役。

这些征集来的人互相并不认识。他们来自各地，拼凑在一起，路上才认识。从他们在车厢里的谈话知道，出纳员普里图利耶夫和小五金店学徒瓦夏·布雷金是老乡，都是维亚特卡省人，火车很快就要经过他们家乡。

普里图利耶夫是马尔梅日市的小市民，身体敦实，留着平头，一脸麻子，是个奇丑无比的男人。一件灰色长领上衣穿得发黑，紧裹在身上、腋下湿透的衬衣，就像紧裹着女人丰满腰身的长衫。他沉默无语，像个木偶。几小时默不作声，不知在想什么，不停地挠长满雀斑的手上已经化脓的肉疣，直到挠出血。

一年前的秋天，大搜捕的时候，他在涅瓦大街铸工街拐角被逮捕。叫他出示证件。他持有的原来是非劳动分子第四类供应卡，对持这种卡的人，不供应任何食品。也是因为这张卡逮捕了他，还有街上同他类似的人，都被押往兵营。出于同样理由他们与先前扣押的人一样，依照前例，送往阿尔汉格尔斯克前线挖战壕，先打算送往沃洛格达，后中途改变主意，经莫斯科送往东方战线。

普里图利耶夫的妻子住在路加城，战前他也在那儿工作，后来升迁到彼得堡。妻子听到他不幸的消息便赶到沃洛格达找他，想把他从劳动大军中解救出来。但两边走岔了路，她的辛劳白费了，至今仍未找到他。

普里图利耶夫在彼得堡时同佩拉吉娅·佳古诺娃同居。他在涅瓦大街拐角处被拘留的时候，刚刚同她分手，准备到另一个地方办事，在铸工街行人中还能看见她逐渐消失的身影。

佳古诺娃是个体态丰盈、仪态万方的小市民，长着一双美丽的手和一条粗辫子，她经常一边叹气一边把辫子从左肩甩到右肩，从右肩甩到胸前。她是自愿陪同普里图利耶夫乘坐暖货车的。

为什么这么多女人缠着普里图利耶夫，把他视为偶像，无法理喻。除佳古诺娃，在同火车头相隔几节车厢的暖货车厢里，还有普里图利耶夫另一个相好，一个头发淡黄，身材纤瘦，姓奥格雷兹科娃的姑娘，不知她是怎么上车的。佳古诺娃给她起了很多侮辱性的外号，像"大鼻孔""喷壶"等。

情敌们形同水火，尽量避免见面。奥格雷兹科娃从不到这节车厢来。她如何同倾慕的对象见面是个谜。也许全体乘客给列车装木柴和煤的时候同他见一面就心满意足了。

11

瓦夏的经历完全不同。他父亲在战争中被打死，母亲把他从农村送到彼得堡舅舅那里当学徒。

舅舅在阿普拉克欣大院开了一家小五金店，冬天一次被传讯到苏维埃问话。他走错了门，没进指定的房间，走进隔壁的一间。那间恰好是劳役委员会接待室，里面聚集了很多人。应征到这个部门报到的人数凑齐了的时候，红军进来了，把他们包围起来，押到谢苗诺夫兵营过夜。次日押送到火车站，送上开往沃洛格达的火车。

拘留一大批人的信息传遍全城。第二天很多家属到车站跟亲人告别。瓦夏和舅妈也在其中。

舅舅请车站上的哨兵放他到栅栏外面见妻子一面。这个哨兵就是现在坐在第十四节车厢押解劳动大军的沃罗纽克。哨兵无法相信舅舅一定回来，不放他同妻子见面。舅舅和舅妈提出以外甥瓦夏做人质。沃罗纽克允许了。瓦夏被带进栅栏里，舅舅被放出栅栏。舅舅和舅妈再没回来。

他们的诡计暴露后，一无所知的瓦夏哭了。瓦夏跪在沃罗纽克脚下，吻他的手，央求放了他，可毫无结果。性格残忍的护送队员无动于衷。动荡的时代，措施十分严厉。护送队员对按名单交他押送的人以性命担保。瓦夏就这样进了劳役队。

合作社社员科斯托耶德·阿穆尔斯基不管沙皇时代还是现今都受到所有护送队队员的敬重，同他们关系良好，几次向护送队队长提出他们对待瓦夏的态度是不能容忍的。后者也承认这是个天大的误会，但又对他说，护送队的纪律不允许途中澄清这个误会，到达目的地后有望解决。

瓦夏是个好孩子，长得五官端正，就像油画里的沙皇的御前侍卫或上帝身边的天使。他非常纯真。他最喜欢坐在大人腿边，双手抱住膝盖，仰头听大人们讲话。他强忍着哭笑的时候，脸上的肌肉就会颤动，从他的面部表情上可以看出大人们在说什么。谈话的内容表现在这个敏感孩子的脸上，就像反映在镜子里一样。

12

合作社社员科斯托耶德坐在日瓦戈一家的上面，嘬着日瓦戈递给他的兔子肩胛骨。他怕穿堂风吹感冒了。"怎么有风！哪儿来的风？"他问道，不停地找避风的座位，终于在吹不到风的地方坐好，说道："现在好了。"他啃完兔子肩胛骨，舔手指头，然后用手绢擦手，向男女主人道谢：

"你们这儿窗户透风，一定要堵上。现在回到咱们争论的话题。您说得不对，医生。油炸兔子当然是美味，但由此得出农村富裕丰饶，请您原谅，这种看法至少过于肤浅，是认识上危险的飞跃。"

"您别急着下结论，"日瓦戈反驳道，"您瞧瞧这些车站。树没砍伐，栅栏没有损坏。还有集市！还有这些农妇！您想，她们多么心满意足。这才是生活。有人高兴，没有人呻吟。这就是证明。"

"好吧，就算如此。但这并不真实。您怎么得出这样的结论？您到离开铁路一百俄里以外的地方去看看。四处农民起义。您会问反对谁？既反对白军也反对红军，要看在谁的地盘上了。好，您会说，农民是所有体制的敌人，他们不知道想要什么。对不起，先别得意。他们比您清楚，他们要的绝对不是我们要的。

"一旦革命唤醒了农民，他们决定实现梦想多年的一家一户的独立生活，依靠自己的劳动，维持不隶属于任何方面，不承担任何义务的无政府主义的小农生活。他们从被推翻的旧的国家体制的桎梏解脱出来，又陷入新的革命的超国家的更为狭窄的狭缝中。农村骚乱，找不到安生的地方。您却说农村富裕丰饶。老爷，您什么也不知道，据我看，您也不想了解。"

"我真不想知道又怎么样。说得完全对。您别打断我！我何必知道呢，何必费那么大的劲呢？时代不听我的，想把什么强加给我就强加给我。我也蔑视现实，你说我的话不符合现实。可现在俄罗斯有没有现实呢？照我看，它早被吓跑了，躲藏起来。我愿意相信，农村赢得胜利，繁荣富裕。如果这不符合实际，我该怎么办？我如何生活？信谁的话？可我得生活，我是有家室的人。"

日瓦戈挥了一下手，让亚历山大·亚历山德罗维奇同科斯托耶德辩论到底。日瓦戈挪到卧铺边上，垂头看下边的人在做什么。

普里图利耶夫、沃罗纽克、佳古诺娃和瓦夏正在交谈。火车离普里图利耶夫家乡越来越近，他讲起到那儿去的途径，到哪一站下车，再徒步或骑马往前走。瓦夏一听到熟悉的乡村，两眼便闪闪发光，从座位上跳起来，激动地重复这些村名，因为提到这些村名对他有如倾听美妙的童话。

"在旱渡口下车？"他憋着气问大家，"那就下吧！那里是会车站！上我们家就在那里下车。然后您是否朝布依斯克耶村方向走？"

"接着便是布依斯克耶小道。"

"我说的就是布依斯克耶小道。布依斯克耶村。怎么会不知道！到我们村就从那儿拐弯。往右走，一直往右走，一直走到韦列坚尼基村。要是到您那儿去，哈里托诺奇叔叔，得向左拐，朝河对岸走。听说过佩尔加河吧？怎么会没听说过呢！那是我们家乡的河。到我们村就沿着河岸走。我们韦列坚尼基村就在河的上游。就在峡谷里。河岸非常陡峭。我们管它叫一堆石。站在上面往下看，陡极了。千万别掉下去。老天爷，这可是真事，一点不假。人们开采石头，制造磨盘。我妈就是韦列坚尼基人，她还有两个妹妹，阿廖卡和阿里什卡。帕拉莎大婶，佩拉吉娅·尼洛夫娜，我妈跟您长得一样，又白净又年轻。沃罗纽克叔叔！沃罗纽克叔叔！我以基督的名义央求您……沃罗纽克叔叔！"

"干吗这样？干吗'沃罗纽克叔叔，沃罗纽克叔叔'叫个不停。难道你不知道我不是你大婶？你要什么？求我干什么？让我放了你？是这样吧？放了你让我蹲监牢？"

佩拉吉娅·佳古诺娃心不在焉地眺望远方，一直没说话。她一边抚摩瓦夏淡黄色的头发，一边想心事。她不时用点头、眼神和微笑提醒瓦夏，让他别耍浑，不要当着大家的面同沃罗纽克谈这种事。过一段时间一切都将恢复原状，放心好了。

13

列车离开俄国中部驶向东方的时候，意外的事接踵而来。列车穿越不稳定地区。那一带武装匪徒出没，暴乱刚刚平息下去。

火车开到原野上频频停车。车厢被拦阻部队包围，检查行李，查看证件。

一次列车夜间停车。没人查看车厢，也没让大家起来。日瓦戈担心是否出了车祸，跳下暖货车。

漆黑的夜。列车没有原因停在长满云杉的间区。比日瓦戈先跳下列车的旅伴们倒着脚说，据他们所知，没有发生任何事。司机自己停车，借口这一地区凶险，如果检道车不能确保这一地区安全，他将拒绝继续开车。据说乘客代表询问他，如果需要，可以塞给他点钱。又听说，水兵介入了，他们打破僵局。

人们正向日瓦戈解释所发生的情况的时候，路基前面车头附近，仿佛突然燃起篝火，火光冲天。一条火舌照亮了一片雪地、车头和几个沿着机车奔跑的人影。

前面闪动的大概是司机，他跑到踏板的一端，跳了过去，翻过缓冲器的长杆，消失在黑暗中。追赶他的水兵重复他的动作。他们也跑到栅栏的尽头，跳过栅栏，在空中一闪，同样消失得无影无踪。

日瓦戈被眼前的景象所吸引，同另外几个好奇的乘客朝前面的火车头跑去。

在列车前面的一段路基上，他们见到这样一幅情景：司机站在齐腰深的雪地里，水兵们像围猎野兽的猎手，围成半圆形，把司机围在当中，也站在齐腰深的雪里。

司机喊道：

"海燕们，谢谢你们！活够了。用手枪对着你们的工人兄弟吧！我为什么说车不能往前开了？旅客同志们，请你们大家做证，这是什么地方。任何人都能拧走枕木上的铆钉。我日你们八辈祖宗，我愿意停车？我给大家开车，为的是你们，不是为自己。怕你们出事。这就是你们对我的回报。开枪吧，吃了火药的。旅客同志做证，我不会躲开子弹。"

铁道路基上人们议论纷纷。有的人惊慌失措地喊道：

"你这是怎么了？清醒清醒……没事……谁让他们这样干的？他们不过吓唬人罢了……"

另一些人有意挑逗：

"去他们的，加夫里尔卡，咬紧牙，开火车的！"

第一个从积雪中拔出腿来的是个红头发的大个子，脑袋大极了，大得脸显得扁平。他不慌不忙地向人群转过身来，像沃罗纽克一样，带着乌克兰口音，在这罕见的黑夜里说了几句让人放心的可笑的安慰话：

"对不起，大家干吗到这儿来？不怕喝西北风，公民们。天太冷，回车厢吧，那里暖和。"

正当人群散开，各回各自的暖货车的时候，红头发的水兵走到还没清醒过来的司机跟前，对他说：

"别发神经了，机械师同志，快从积雪里出来，开车去吧。"

14

次日列车平稳行驶，不时减速。担心刮起的暴风雪，埋住铁轨使车轮向下滑动。列车停在没有生命迹象的荒野中，不是马上就能辨认出这里曾经是被大火烧毁的车站。在熏黑的残壁的正面依稀可以辨识出"下克尔梅斯车站"几个字。

不仅是几座铁路建筑保留了烧毁的残迹。车站后面还能看到大雪覆盖的荒芜村庄，同车站分享同样悲惨的命运。

村头的一家房屋已经烧焦，隔壁一家的墙角堆放着几根坍塌下来的圆木，一头落在屋内。街上到处散落着雪橇的碎片、倾倒的篱笆、生锈的铁器和破碎的家什。在被烟灰和煤烟染黑的雪地中间露出一片烧秃的地面，流入的污水结了一层冰，把烧焦的碎木冻结在一起。

村里和车站上人并未绝迹，偶尔能见到几个活人。

"整个村子都烧光了？"跳上站台的列车长向从废墟中走出来的车站站长问道。

"您好。祝你们安全抵达。烧是烧光了，但还有比火灾更可怕的事。"

"我不明白。"

"最好别问。"

"难道是斯特列利尼科夫？"

"就是他。"

"可你们犯了什么过错？"

"不是我们犯了过错。铁路在那边。我们的邻居招惹了他，我们一起遭殃。那边就是惹事的人。乌斯特涅姆金斯克乡的下克尔梅斯村。都是因为他们。"

"他们怎么了？"

"罪行累累。赶走了贫农委员会，这算一桩。违抗向红军送交马匹的命令。请您注意，清一色的鞑靼人——马背民族，这又是一桩。抗拒动员令，这是第三桩。您看，三桩罪行。"

"原来如此，现在全明白了。他们为此开炮轰击？"

"正是如此。"

"从装甲车上开炮？"

"一点不错。"

"太可悲了。真可惜。可这不是我们管得了的事。"

"事情已经过去。我没有让您高兴的新消息。你们得在我们这儿停留一两天。"

"您别开玩笑了。我这可不是普通列车：给前线补充兵员。我可没有停车的习惯。"

"怎么开玩笑呢？您看，到处都是积雪。暴风雪在这个区间猖獗了一个星期。都被雪覆盖了。可没人除雪。村里跑了一半人。把剩下的人都派上也清除不干净。"

"您现在没有人手！糟糕，糟糕透了！现在怎么办？"

"想办法把铁轨清扫出来，你们才能走。"

"大雪堵塞得厉害吗？"

"不能说很厉害。一段一段的。下的是斜雪，都落在路基上。中间那段最难清除，要清除三俄里，肯定把人累死。雪积得太厚了。过了这段就没什么了，雪被大森林挡住。清除到前面的那条沟就是平地了，风会把雪吹走。"

"那见你的鬼吧。真莫名其妙！我让车上的人下来除雪。"

"我想也只能这样办了。"

"您可千万别让水兵和红军士兵下来。一车劳动大队队员。还有七百多名普通乘客。"

"足够了。我马上送铁锹来，铁锹一到咱们就开始干。铁锹不够，派人到临近几个村去取。弄得到。"

"天啊，真倒霉！您看我们办得到吗？"

"怎么办不到，像人们常说的，众志成城。铁路可是交通大动脉。哪儿能办不到呢？"

15

一连三昼夜清除积雪。日瓦戈一家，包括纽莎，都积极参加了。这是他们旅途中最美好的一段时光。这里有一种无法言说的与世隔绝的感觉。既有普希金笔下普加乔夫的豪迈与粗犷，又有阿克萨科夫描绘的野蛮与落后。村庄的毁坏和残存下来的惊魂未定的少数居民，更增加了这种神秘色彩。居民们个个胆战心惊，躲避从列车上下来的乘客，互相不接触，担心有人告密。

除雪工作分组进行。每个工作段有卫兵把守。

各组分头同时清除整个路段。清除干净的地段堆成几个雪堆，把临近的几个小组隔开。最后一起铲平这些雪堆，除雪才算完成。

天气寒冷而晴朗。人们白天在外面干活，晚上回车厢睡觉。因为铁锹不够，人又太多，只得分拨干活，所以不太劳累。轻松的劳动简直是一种享受。

日瓦戈一家铲雪的地方开阔，景色优美。这个地方的路基从西面往东延伸，然后蜿蜒向上，直到地平线。

山上有座孤零零的住宅，四面全无遮掩。周围是花园，夏天一定花草繁茂，现在稀疏的树枝上落满霜，遮掩不住住宅。

雪层平缓而光滑。但从几处凹凸不平的斜坡看，积雪不能覆盖斜坡，春天一到便化为小溪，流入路基下面的涵道里。涵道现在埋在深雪下，仿佛一个用松软的毛毯裹严实的婴儿。

住宅里有没有住人，或许已被摧毁得空无一人？或被乡县土地委员会登记造册？先前的住户如今何在，他们怎么样了？是否隐居国外？或者丧命于农民之手？或者由于名声不错，以专家身份留在县里任职？还是他们留到最后一刻，斯特列利尼科夫放过了他们？

或者他们同富农一起遭到镇压？

住宅悲哀地坐落在山麓上，默默不语，引人遐想。那时没人提问，也没人回答。太阳照在光滑的雪面上，令人眼花缭乱。铁锹从大地上切下一块块整齐的雪块。铲下去的时候干雪像钻石一样散落在铲痕间！不禁让人想起遥远的童年，小尤拉头戴浅色长耳遮风帽、身穿卷毛黑羊皮袄，在院子里耀眼的积雪上堆金字塔、方柱、奶油蛋糕、要塞和洞穴。那时生活多么甜蜜，周围的一切让人看不厌，享受不尽！

这三天户外劳动让人感到充实，并非没有原因。晚上给干活的人发新烤的白面包，不知道通过什么途径弄来的。面包皮泛光，两边裂开，下面的一层皮烤得焦黄，上面还沾着几颗煤渣。

16

大家都喜欢这座被损毁的车站，在这里铲雪犹如在雪山上旅游，对短暂的休憩地恋恋不舍。它的地势、建筑的外貌和某些破损的特征被旅客牢记心头。落日时分返回车站。太阳仿佛忠于往昔的时光，依然停留在老地方，在报务员值班室窗前的老白桦树后面，渐渐沉落。

房子的外墙向内坍塌，残砖碎瓦堆满房间。但坍塌的砖瓦没砸到正对着完整窗户的后墙角。那里的东西都保存下来：咖啡色的壁纸，瓷砖壁炉，透气孔上的铜盖，墙上黑框架里的物品登记单。

沉落到地平线上的太阳，不幸恰好照射在壁炉的瓷砖上，把褐色的光线带来的暖意分给咖啡色的壁纸，照射在墙上，像女人的披肩，白桦树枝的阴影。

住宅的另一部分有一扇通往接待室的钉死的门，上面写着如下几行字，可能是二月革命爆发的那几天，或爆发前不久写的：

鉴于室内存有药品和包扎用品，请患者先生暂时不得入内。据众所周知的原因，此门已封闭，高级医士乌斯特涅姆达将向上级报告。

铲完最后的积雪，清理出一条通往前方的笔直的轨道。铁道两侧被清除的积雪堆成白色山脊，外面是镶嵌着两排黑松树的围墙。

极目远望，轨道各处站着手持铁锹的人群。他们也是第一次看见全体除雪的人，对人数如此之多惊讶不已。

17

尽管天色已晚，夜幕降临，听说几小时后，列车即将开动。列车开动前，日瓦戈和东妮娅最后一次欣赏清除积雪后的路基美景。路基上已经没有人了。医生和妻子站了一会儿，眺望远方，交流了几句感想，转身回到暖货车厢。

返回车厢的路上他们听见两个女人高声对骂，骂得恶毒、痛心。两人立即听出这是奥格雷兹科娃和佳古诺娃的声音。她们同医生和妻子朝同一方向走去，从车尾走向车头，走在列车的另一侧，而日瓦戈和东妮娅则穿越树林后的小路。两拨人隔着列车，谁也看不见谁。两个女人同医生夫妻总隔着一段距离，有时超过他们，有时落在他们后面。

两人都气急败坏。但骂声渐渐消弱，大概陷入雪地，或者腿脚发软，走道不稳，声音忽而高到喊叫，忽而低到耳语。看来佳古诺娃追赶奥格雷兹科娃，追上动了拳头。她对情敌骂出不堪入耳的话，这些话从上流社会女士嘴里悠扬地说出，比下等男人骂出的脏话更显得无耻。

"你这婊子，你这骚货，"佳古诺娃喊道，"甭管他到哪儿去，你都跟着，一扭一扭的，抛媚眼！你这母狗迷上我那个缺心少肺的人还嫌不够，又盯上可怜的孩子，勾引他，非把孩子毁了不可。"

"这么说你是瓦夏合法的妻子了？"

"让你瞧瞧合法妻子的厉害，你这瘟疫。你别想活着从我这儿离开，别让我犯罪！"

"瞧瞧，还要动手！把手放回去，疯女人！你想要我怎么样？"

"要你翘辫子，下贱货，癞皮猫，不要脸的东西！"

"你怎么说我都行。我当然是母狗母猫，那还用说。可你是有身份的人。你生在阴沟里，大门底下订婚，耗子让你怀孕，生下个刺猬……救命啊，救命啊，善良的人们！这个凶狠的娘儿们要打死我了。救救姑娘吧，保护我这无家可归的孤儿吧……"

"快点走，我不能听她们的脏话，太恶心，"东妮娅催日瓦戈快点走，"不会有好结果。"

18

转眼间地势和天气都变了。平原已经没有了，列车驶入山区，到处都是丘陵和山峦。刚刚横扫一切的北风停止了。从南方，仿佛从火炉里，散发出阵阵暖气。

山坡上长满一层层的树。穿越这一地带的路基逐渐上升，列车开始爬坡，开到中间又下坡。列车喘着气爬上密林，步履蹒跚前行，像一个年老的看林人领着一群旅行者，他走在前面，旅行者四下张望，对什么都感兴趣。

其实没有什么可观赏的。密林像冬天那样沉入睡眠，十分宁静。几棵树的树枝从积雪下解脱出来，就像解下脖套或解开衣领一样。

日瓦戈有了睡意。这几天他躺在上铺，醒来时思考以后的事，希望听到新消息。可暂时还什么也听不到。

19

就在日瓦戈酣睡的时候，春天掌管了大地，融化了积雪。雪从他们离开莫斯科的时候就下起，一路不停，在乌斯特涅姆铲了三昼夜雪。大雪覆盖了几千俄里，其厚度简直难以想象。

最初雪从内部融化，悄悄地，不声不响。等到借助大自然的神力融化了一大半的时候，再也无法掩饰了。奇迹显露出来。松动的雪层下面流淌出潺潺清水。人迹罕至的密林顿时醒来。一切都苏醒了。雪水任意流淌。它从悬崖奔腾而下，灌满池塘，然后向四处漫溢。密林很快充满淙淙水声，以及它散发出来的水汽。林中的水流像蛇一样蜿蜒前行，遇到阻止它前进的积雪就从积雪下面流过，在平坦的地方急速流淌，突然跌落下来，激成水沫。大地已经浸透，不再吸收水分。高耸入云的百年云杉的根须吮吸它的水分，树根周围留下浅黄色的泡沫，像喝啤酒的人唇边残留的痕迹。

天空像喝了春天的美酒，微微沉醉，变得混浊，披上一片片云彩。毛毡似的乌云低垂在密林的上空，时而洒下一阵暖雨，冲碎地面上残留的乌黑的冰块。

日瓦戈醒了，转向取掉窗框的方形窗口，用手臂支撑着头，倾听外面的声音。

20

列车接近矿区，人口越来越稠密，区间缩短，停车的次数越来越多。乘客也有变化。多数乘客在中间小站下车。短途的人不必安顿，有个地方就行，又不长坐或躺下睡觉。夜间在暖货车中间靠门的地方凑合一下，低声交谈只有他们知道的当地的事，到换车站或到小站下车。

从最近三天上下车的乘客的只言片语中，日瓦戈得出结论：白军在北方占据上风，已经占据或准备占领尤里亚金。此外，如果传言属实，如果不是同他在梅留泽耶沃医院的同事同名的话，那里指挥白军的人正是日瓦戈熟悉的加利乌林。

传言没得到证实前，日瓦戈没对家里人说，担心他们不安。

21

子夜时分，一种模糊不清的强烈的幸福感充满日瓦戈的心，使他惊醒。列车停在一个小站上。白夜朦胧的月光笼罩着车站。月光照亮的地方展现出某种纤巧和恢宏。它说明这个地方非常辽阔，会让站位于视野开阔的高地上。

几个低声说话的人影从暖货车旁走过。这种情景同样让日瓦戈感动。在这些轻轻的脚步声和小心翼翼的说话声中，日瓦戈看出人们对夜的敬重，对车厢里熟睡的人的关心，这种态度只能发生在古代，战争爆发之前。

可医生错了。同各处一样，站台上一片喧嚣声，马靴踏地声。但临近的瀑布以自己的清新和刚毅扩展了白夜的范围。它使医生在梦中产生一种幸福感。瀑布昼夜不停的奔腾声音压住会让站其余的声音，产生一种虚假的寂静感觉。

没料到这儿有瀑布，但和煦的空气使日瓦戈沉沉欲睡，医生睡熟了。

暖货车下铺两个人在说话。一个问另一个：

"制止住自己人了？揪住那伙人的尾巴了？"

"你说的是商贩吧？"

"就是那伙粮店老板。"

"镇住了。乖乖听话。处置了其中的一个，其他人都老实了。罚款也追回来了。"

"一个乡罚多少？"

"四万。"

"你瞎说！"

"我干吗瞎说。"

"好家伙，四万。"

"四万普特。"

"你们干得真不错，好样的！"

"四万普特精面。"

"还真凑巧了。地点再好不过，就在面粉商做生意的地方。沿雷尼瓦河向上朝尤里亚金走，从一个村子到一个村子，到处都是码头，粮食收购点。舍尔斯托比托夫兄弟，还有佩列卡特奇科夫及他的几个儿子，都是倒卖粮食的。"

"小声点，别吵醒别人。"

"好吧。"

说话的人打了个哈欠。另一个人接着说下去。

"要不要躺下打个盹？车好像又开动了。"

这时后面传来震耳欲聋的轰鸣声，淹没了瀑布的坠落声，停在会让站另一条铁路上的专用列车飞快地超过老式的暖货车，鸣着汽笛，全速飞驰。灯火最后闪烁一次，便完全消失在前面的黑夜中。

下面的谈话又开始了。

"停的时间够长的。"

"不会很快开车。"

"也许是斯特列利尼科夫。专用装甲车。"

"可能就是他。"

"对反革命来说他简直是头野兽。"

"他在追赶加列耶夫。"

"加列耶夫是什么人？"

"哥萨克首领。听说，同捷克人一起守卫尤里亚金。这家伙占据一个码头。加列耶夫首领。"

"也许是加列耶夫公爵。你记错了。"

"没有姓加列耶夫的公爵。你说的也许是阿里·库尔班吧。你记混了。"

"也许是库尔班。"

"那就另说了。"

22

凌晨日瓦戈又醒了一次。他又梦见愉快的事，一直沉浸在怡然自得的解脱感中。火车又停下来，停在不知是新的小站或原先的车站上。又听见瀑布的飞溅声，可能是原先的那个，也可能是另外的一个。

日瓦戈又蒙眬睡去，在睡梦中又听见奔跑喧哗声。原来科斯托耶德同押送队队长吵起来，互相喊叫。车外的空气比前面的更好。有一股先前没有的清新空气。某种神奇的，宛如春天的气息，就像五月冬雪消失，吹来一阵风雪，没有使大地变白，反而加深了黑色。空气中飘荡着芬芳透明的气息。"这是稠李!"日瓦戈在梦中猜到。

23

早上东妮娅说：

"不论从哪方面说，尤拉，你可真怪。矛盾的混合体。有时苍蝇飞过都会把你惊醒，直到天亮睡不着。可这里又吵又闹，你反而醒不了。夜间出纳员普里图利耶夫和瓦夏·布雷金跑了。简直想不到。还有佳古诺娃和奥格雷兹科娃。等一等，我还没说完。还有沃罗纽克。是啊，是啊，全跑了。难以想象。现在听我说。他们怎么躲藏起来，两个人一起还是各自躲藏，怎么个躲藏法，没人知道。

比如，沃罗纽克，看到其他人跑了，当然想推卸责任。可其他人呢？所有人都是自愿跑的还是受人裹挟？比如那两个女人的消失就让人起疑。谁把谁杀死了，佳古诺娃杀死了奥格雷兹科娃还是奥格雷兹科娃杀死佳古诺娃，谁也不知道。押送队队长从列车这头跑到另一头。'你们好大胆，'他喊道，'竟敢拉发车信号。我以法律的名义要求停车，搜捕逃犯。'可列车长根本不听他的。'您疯了吧。我这趟列车是给前线补充兵员的。紧急任务。谁听你的一钱不值的命令。不知道你怎么会有这种想法。'两人一起责备科斯托耶德。他作为合作主义者，明白事理。他就坐在士兵旁边，却不能阻止一个愚昧无知的人逃跑，走上绝路。'还是民粹派呢。'队长说。科斯托耶德当然不肯善罢甘休。'真新鲜，'他说，'您的意思是我得看管押送的犯人？真是牝鸡司晨了。'当时我推你侧身，摇你的头，大声喊你：'快起来，有人逃跑了。'你可真行！大炮都轰不醒你。等一下，对不起，这以后再说。没办法。爸爸，尤拉，你们看，多么美丽的景致啊！"

他们躺着把头伸出窗外，一片泛滥的河水。河水漫过堤岸，水从两侧涌向路基。从上铺看，仿佛距离缩短了，列车在水面上滑行。

光滑的水面只有几处泛出青色。其余部分被温暖的阳光画出一个个相互追逐的镜子般明亮的光斑，就像厨娘用浸油的羽毛涂抹炙热的馅饼。

这片水洼仿佛无边无际，草地、坑洼和灌木，像云柱一样倒映在水中，渐渐沉入水底。

在这片水洼中看见一块陆地，树木倒映在水中，上下是树，形成双影。

"鸭子！是家鸭！"亚历山大·亚历山德罗维奇惊叫了一声，望着一个方向说。

"在哪儿？"

"在小岛边。不是那个方向。往右边看，往右边看。见鬼，飞走了。受了惊吓。"

"看见了。亚历山大·亚历山德罗维奇，我得和您谈点事。另找机会吧。我们车厢服劳役的人和两位太太逃跑了，真是好样的。我想他们跑了，不会连累别人。跑就跑了吧。"

<h1 style="text-align:center">24</h1>

北方的白夜过去了。仍然什么都看得见，但不大相信自己的眼睛，仿佛山、树林和悬崖都是画出来的。

树林刚刚泛绿。几株稠李已经开花。这片树林长在峭壁下面的狭缝中，离那儿不远的地方有一块平地。

不远的地方挂着一道瀑布。从四面都能看见，但在树林的另一面，悬崖的边上。瓦夏累极了，不能再往那边走了，但心里又惊又喜。

瀑布周围没有任何景观可以同它媲美。它是唯一的美景，美到令人战栗，是生活的恩赐，是意识的创作，宛如童话中的龙，当地游动的蛇，把周围的美攫取一空。

垂落的瀑布被悬崖峭壁的利齿劈成两半。上面的水柱停滞不动，下面的两股不停地向左右摆动，仿佛滑倒又挺起身来，滑倒又挺起身来，不管滑倒过多少次，仍然屹立不动。

瓦夏把皮袄垫在身下，躺在林边。天渐渐露出曙色，从山上飞下一只大鸟，绕着树林转了一圈，落在离瓦夏不远的冷杉上。瓦夏抬起头，望见鸟儿的蓝色脖颈和青灰色胸脯，仿佛中了魔似的低声说"野鸭"——乌拉尔地区的叫法。然后他站起来，拾起皮袄，披在身上，穿过空地，走到同伴跟前说道：

"大婶，走吧。别冻得打战。您看什么，怎么吓成这副样子？我正经对您说，咱们得走了。想想咱们的处境，得到村里躲一躲。村里人不欺负自己人，还会保护他们。要总躲在这儿，两天不吃饭非饿死不可。沃罗纽克叔叔闯了祸，才有人追他。大婶，跟您在一起我可倒霉了，您几宿不说话。您真愁得不会说话了。您有什么可伤心的？您把卡佳·奥格雷兹科娃大婶推下火车并无恶意，您推了她的背，我看见了。她从草地上站起来，毫发无损，撒腿就跑。还有普罗霍尔叔叔。他们会赶上咱们，您说，咱们还会在一起吗？主要是别犯愁，那时您的舌头就会动弹了。"

佳古诺娃从地上站起来，拉着瓦夏的手，低声说：

"走吧，乖孩子。"

25

火车发出吱吱响，车厢沿着高坡爬上山。山下是一片杂树幼林，树顶够不到铁路。再下面是草地，不久前被水淹没。草地夹杂着沙子，上面横七竖八地堆放着做枕木用的圆木。这些圆木大概是附近采林区砍伐下来准备运走的，被洪水冲到这里。

幼林像冬天那样光秃，烛泪般的嫩芽杂乱地长出污垢或赘疣似的东西，这便是生命，它将点缀树林，给它披上绿装。

这边和那边的白桦树痛苦地伸展躯干，锯齿形的绿叶，像一簇簇箭头从四面八方向它们射来。它们的气息可以用眼睛判断。它们散发出闪亮的气息，有几分像调清漆用的木醇。

列车很快就要开到先前堆积圆木后来又被冲走的地方。拐弯处现出一块林间空地，地面上堆满锯末和碎木片，中间堆放着一堆堆三丈长的圆木。司机在砍伐区用力刹车。火车颤抖了一下，就在靠近弯道的地方停下米。

车头响了几声嘶哑的汽笛声，接着有人又喊了几句什么话。其实没有汽笛声乘客也明白，司机要添加燃料。

暖货车的车门陆续打开。下到路基上的人数不亚于小城镇的居民。但前面车厢里劳役队的人没下车，他们上次没参加全体乘客参加的临时劳动，这次仍然不参加。

大堆木柴无法装上煤水车，太长的圆木还得锯开。

乘务组有锯。两人自愿组成一组，领一把锯。教授和女婿也分到一把。

士兵车厢的门打开，从里边涌现出许多快活的面孔。尚未经受过战火洗礼的海军学校高年级学员，由于分配的错误，同有家室的工人分在一起。这些工人也没上过战场，只接受过简单的军训。为排解烦闷，他们同成年水兵一起说笑。大家都感到考验的时刻临近了。

爱开玩笑的人拿锯木头的男女乘客开粗野的玩笑：

"老爷爷，你去跟他们说，我是吃奶的孩子，妈妈离不开我，干不了力气活。喂，我说，玛芙拉，可别锯开裙子，风会吹起来。嘿，年轻的姑娘，可别走进树林，最好嫁给我。"

26

树林里支起几个锯木头的架子，几根木头捆在一起，一头插在地里。有副架子闲着，日瓦戈和亚历山大·亚历山德罗维奇就在这副木架下锯木头。这是春天的季节，大地从积雪下展露出来，还是半年前被积雪覆盖时的样子。树林里潮气逼人，遍地散落着去年的落叶，仿佛没来得及打扫的房间，满地都是撕碎的旧单据、信件和表册。

"锯别拉得这么勤，您会累着的。"医生对亚历山大·亚历山德罗维奇说，放慢了拉锯的速度，提议休息一会儿。

树林里响起一片吱吱呀呀的拉锯声，有的两人一来一往锯得协调，有的则各拉各的，锯得很不协调。远处第一只夜莺尝试自己的歌喉。一只鸫鸟也鸣叫起来，不过间隔的时间很长，仿佛吹一支堵住洞眼的长笛。就连机车气阀发出的噗噗声，也像鸽子低声咕咕，喷出的蒸汽声则像儿童室牛奶在酒精炉上沸腾的声音。

"你刚才好像有什么话要说，"亚历山大·亚历山德罗维奇提醒日瓦戈，"你忘了？我们经过一片大水的时候，野鸭飞过，你沉思了一下说：'我有话要跟您说。'"

"是的，可我不知道如何简短表达。您也看见，我们越走离莫斯科越远……整个边区动荡不安。我们很快即将抵达目的地，抵达后不知又会遇到什么情况。我们得事先想好应对措施。我指的不是信仰。关于这个问题，要在春天的树林里五分钟讲清楚或做出决定是不现实的。我们相互十分理解。我们三个人，您，我和东妮娅，以及其他人，构成一个世界，区别仅在于对这个世界认识的程度不同而已。我要说的也不是这个常识问题。我说的是另外的问题。我们事先约定好，在不同情况下如何应对，彼此不要因为对方的表现而脸红、羞愧。"

"行了，我明白了。我很高兴你能提出这样的问题。你说的正是应当说的话。我告诉你，你还记得那天夜里，风雪交加的冬天晚上，你带回几张印着第一批法令的报纸号外。你记得，我们对法令毫无保留地接受。法令的坦诚征服了我们。但这类事只存在于制定者最初的头脑中，只存在于法令公布的第一天。诡谲的政治第二天就会翻转过来。我还能对你说什么？这种哲学对我格格不入。现政权同我们是对立的。对于革命带来的破坏没人问我。但人们相信我，即便我的行为是被迫的，我也应对此负责。"

"东妮娅问我们是否耽搁了播种季节，错过种蔬菜季节。如何回答她？我不了解当地的土壤和气候条件。夏季太短，能否成熟？"

"难道我们到那么远的地方去种蔬菜？'跑七俄里喝口粥'的俏皮话在这里并不适用。遗憾的是同莫斯科相隔三四千俄里。我们到那么远的地方去完全另有打算。我们已经尝受过当代挨饿受冻的滋味，把外祖父遗留下来的树林、机器和财物通通放弃。不是来复兴他的产业，而是靠戈比谋生，所以才让千百万卢布充公，不得不过当前这种半饥半饱的生活。这是野蛮的行为，就像强迫一群光屁股的人赛跑或者把熟悉的字通通忘掉一样。不错，私有制在俄国已经寿终正寝。至于我们，格罗梅科一家，早在上一代就没有敛财的欲望了。"

27

闷热混浊的空气让人无法入睡。医生满头大汗，连枕头都浸湿了。

他为了不惊动别人，悄悄从上铺爬下来，推开车门。

湿气扑面而来，仿佛在地窖里撞进黏住脸的蜘蛛网里。"大雾，"他猜道，"大雾。今天一定闷热。怪不得呼吸困难，心里好像压了个秤砣。"

下到路基前，医生在车门前停留了片刻，倾听四周的声音。火车停在一个大站上，这是枢纽站。除寂静和大雾外，一片荒芜，火车仿佛不存在了，被人们遗忘了。车厢停在最偏僻的地方，同距离很远的车站有几条铁轨相连。距离车站多远，打个比方，如果前面的地面崩裂，车站塌陷，车厢里的人也不会知道。

远方隐约传来两种声音。

列车驶过的后方响起均匀的噗噗声，仿佛漂洗衣服或湿布一样的旗子被风吹得扑打旗杆。

前面传来隆隆声，使参加过战争的医生颤抖了一下，竖起耳朵听。

他听到平稳滚过的沉闷的隆隆声，断定这是"远射程火炮"。

"原来已经开到前线了。"医生想道，摇了摇头，从列车上跳下来。

他向前走了几步。后面的两节车厢与机车脱钩了。机车拉着前面的车厢不知开往何处。

"难怪昨天他们显得跃跃欲试的样子,"医生想,"他们已经知道往哪儿拉他们,直接上火线。"

他绕过车尾,想找一条通往车站的路。车厢拐角处突然冒出一个持枪的哨兵,轻声问他:

"上哪儿去?通行证!"

"到哪一站了?"

"哪一站也不是。你是什么人?"

"莫斯科的医生。一家人乘坐这趟列车。这是我的证件。"

"让证件见鬼去吧。你把我当成傻瓜了,黑灯瞎火的,看东西损害眼睛。瞧,多大的雾。一俄里以外就能看出你是谁,你算什么医生。你们这帮医生正在那边使用二十英寸的家伙呢。真想给你一家伙,可现在还早。趁你还没死,赶紧走开。"

"他把我当成什么人了。"医生想。同哨兵争吵毫无意义。最好还是离开,现在还不晚。医生转身向相反的方向走去。

他身后的炮击停止了。方向是在东边。太阳从浓雾中升起,在大雾中不时露头,像在浴池的蒙蒙水气中闪过赤裸的身体。

医生沿着列车往前走,走过列车继续走。每一步都陷入疏松的沙子中。

匀称的噗噗声越来越近。地面向下倾斜。走了几步医生停了下来,前面是轮廓模糊的黑影,在雾气笼罩下显得异常巨大。再走一步,黑暗中现出几条拖上岸的渔船的船尾。他站在宽阔河流的岸上,河水有气无力地拍打渔船的船舷和岸边栈桥的木板。

"谁允许你在这里闲逛的?"另一个哨兵从岸边问道。

"这是哪条河?"医生脱口问道,刚才的经历使他决定再不发问了。

哨兵刚要吹哨子,医生遇到的第一个哨兵已经来到同伴跟前,他一直悄悄地尾随在日瓦戈的后面。两人交谈起来。

"还有什么可说的。这家伙送上门来。'到哪一站了,这是哪条河？'想套我们的话。你看怎么办，扔进河里还是押回车厢？"

"我看押回车厢。看看当官的怎么说。身份证。"第二个哨兵吼了一声，把医生递过来的证件攥成一团。

"看紧他，老乡。"这话不知他是对谁说的，医生同第一个哨兵沿铁轨回到车站。

躺在沙子上的一个人咳嗽了一声，站起身走过来，看来是渔夫，想弄清出了什么事。

"算你命大，他们等的就是你们这号人。亲爱的，也许你得救了。你可千万别责怪他们。这是他们的职责。现在是人民的天下。日子也许能变好，现在什么都别说。他们也许认错了人。他们捕捉一个人，以为那人就是你。把你当成工人政权的敌人——抓住了。错了。要是有机会，你一定要求见他们的大头目。别让这些人摆布你。这些人可有觉悟了，别让他们带走。干掉你对他们是小事一桩。他们说咱们走吧，你可别走。你说我要见你们的大头目。"

日瓦戈从渔夫那里知道，他面前的这条河就是雷尼瓦河，河边的车站是拉兹维利耶车站，属于尤里亚金工业区。尤里亚金市就在前面两三俄里的地方，一直在同白军激战，现已击退白军。渔夫告诉他，拉兹维利耶车站曾经混乱不堪，现在整治好了。周围一片寂静，因为周围已经没有居民了，外面环绕着警戒线。他还知道，停在路线上的列车中设有不少军事机构，边区军事委员斯特列利尼科夫的一节车厢就在其中，医生的证件就送往这节车厢。

过了一会儿，来了个新哨兵传唤医生。他同前面两个哨兵的不同之处是把步枪拖在地上，有时又斜杆着，像搀扶着一个烂醉如泥的伙伴。这个哨兵把医生带到军事委员的车厢里。

28

哨兵向卫兵说出口令，带领医生登上列车，走进两节用皮革顶棚连接起来的车厢中的一间。听见走动声和笑声，他们一进来就戛然而止。哨兵带着医生穿过狭窄的甬道，把他带进中间一间宽阔的车厢。在整洁舒适的车厢里几个穿戴整洁的人正在工作。非党的军事委员的司令部同医生想象的完全不同。这位军事委员是全州昙花一现的骄傲与祸害。

他的活动中心大概不在这里，而在前方，接近前线的司令部里。这里只是他起居的地方，不大的家庭办公室，流动的宿营地。

因此这里才如此安静，很像海边热水浴室的走廊，地面上铺着软木和小块地毯，穿着软底鞋行走没有声音。这间车厢原来是餐厅，现在铺上地毯，摆着几张桌子，变成长官办公室。

"马上就好。"坐在离入口最近的年轻军人说。此后坐在桌前的几个人觉得有权忘记医生，不再注意他。还是靠近入口的军人漫不经心地点了一下头，示意哨兵可以走了，哨兵拖着步枪走出去，枪托划过走廊金属横梁铿锵作响。

医生在门槛上远远看见自己的证件。证件放在最后一张桌子的边上，桌子后面坐着一位上了年纪的军人，类似旧军队的上校。这是军事统计员。他鼻子哼哼着，翻阅资料，仔细看地图，一面裁剪粘贴着什么，一面低声哼哼。他把车厢所有的窗户都打量了一眼，说道："今天一定很热。"仿佛从巡视一个个窗户后才得出这样的结论，而从个别窗户上得不出这样的结论。

电话员趴在桌子中间修出故障的电话线。他爬到年轻军人的桌子底下，年轻军人站起来，以免妨碍他工作。穿着男式保护色军衣的女文书在一台坏打字机上吃力地打字。打字机滚轮出了槽，卡在支架上。年轻军人站在她椅子后面，从上面帮她检查打字机的毛病。电话员爬到女文书脚下，从下面检查打字机的传动曲柄。类似上校的军人站起来，走到他们跟前。大家围着打字机忙个不停。

眼前的场景让医生放了心。这几个人对他的命运比他本人更清楚，在即将处决人的时候注意力竟然灌注在如此琐事上，简直无法想象。

"谁知道他们是怎么想的？"医生想，"他们怎能如此泰然自若？周围大炮轰鸣，每时每刻都有人丧命。他们做出的是天气转热的预报，不是指战斗激烈，而是仅指天气炎热而已。难道他们什么事都见过，感觉麻木了？"

他无事可做，从自己站的地方穿过车厢观看对面的窗户。

29

从列车这一侧看得见铁路最后的一段，还有坐落在山上与拉兹维利耶市郊同名的车站。

一条没有上过油漆的木楼梯通往车站，楼梯上有三个楼梯台。

从这个方向看，可以看到铁路终点堆积着废机车。不带煤水车的老式蒸汽车头，烟筒像茶杯或靴筒，一个接一个地堆放在破损的机车中。

下面是堆放废弃机车的停车场和郊区墓地，扭曲的铁轨、市郊发锈的铁皮屋顶和商店的招牌堆放在一起，构成一幅蓝天下荒废颓败的景象，从清晨就受到阳光的烘烤。

在莫斯科的时候，日瓦戈忘记数不清遮住城市面貌的招牌。这里的招牌使他回想起来了。招牌很大，大部分都能从火车上看清上面的字。它们悬挂在倾斜的楼房窗前，低矮的楼房在招牌下面完全消失，就像农民孩子的脑袋消失在父亲的便帽中一样。

这时大雾完全消散，只有远方东边天际左侧的残迹在晃动、飘移，最终消散，像剧院的帷幕，幕角晃动、飘动，最终打开。

距离拉兹维利耶车站两三俄里，在比市区的山更高的山上，现出一座大城市，不是地区中心城市便是省城。太阳给这座城市淡淡地抹上一层黄色，因为距离远，看上去轮廓不甚分明。城市依山而筑，街道层层叠叠，有点像廉价木版画上的圣山或僧侣修行的修道院。房子上有房子，街道上有街道，山顶上矗立着一座教堂。

"尤里亚金！"医生想象道，心情非常激动，"这是已故的安娜·伊万诺夫娜经常提到的地方，也是安季波娃护士经常提到的地方。这座城市我听过不知多少次了，可又在什么情况下第一次见到它呢？"

注意力都集中在打字机上的军人们，这时不知被什么事吸引到窗外。他们向那边转过头去。医生也随着他们转向那里。

几个人被押上楼梯，不知是投降的俘虏还是被捕的犯人，他们当中有个头部受伤的中学生被绑起来。血从绷带下渗出，他用手抹去晒黑的脸上的汗水。

两名红军战士押着中学生走在几个人的后面，他引人注意的不仅是漂亮的脸庞上表露出的刚毅，还有年轻的反叛分子令人怜惜的命运。他同押解他的两个人走在一起让人觉得荒诞不经。红军战士做的都是不应该做的。

头缠绷带的中学生的帽子往下滑。他没有摘下来拿在手里，而是不顾对伤口有害，不时往上提，戴得更紧。两个红军士兵有心帮助他。

在这种违背正常理智的荒谬中蕴含着某种象征性的东西。医生感觉到这种行为的象征意义，想跑到楼梯上对中学生说几句。他想向男孩子，向车厢里的人喊，求得拯救不一定要忠于形式，而应该摆脱形式的束缚。

医生把目光转向一旁。这时快步走进来的斯特列利尼科夫已经站在车厢中间了。

医生遇见过很多人，多半是萍水相逢的人，怎么从未遇见过像他这样的人？他们为何无缘相逢？道路为何没有交叉？

不知怎的他一眼便看出这个人是意志的完美化身。此人到了想变成什么人就能变成什么人的境界，他身上的一切对别人都是榜样。他体态匀称，头型漂亮，步履矫捷，一双长腿穿着马靴，上面也许沾着污泥，但仍然显得干净。他的呢军装也许有皱褶，但看起来笔挺。

一个禀赋天才的人不需要装腔作势，在任何情况下都能指挥若定，征服别人。

这个人必定具有天才，不一定是出类拔萃的天才。这种天才表现在他的一举一动中，成为别人模仿的榜样。那时大家都在模仿某个人。或者是历史上赫赫有名的人物，或者是前线或者城市令人心惊肉跳的骚乱日子里的风云人物，或者是人们公认的权威，走在游行队伍第一排的人，或者相互模仿。

他出于礼貌，没有表现出外人在场的拘束。相反，他把医生当成他的随员了，说道：

"祝贺大家。我们把他们轰跑了。这不过是一场军事游戏，不是真正的战役，因为他们和我们都是俄国人，只不过比我们愚蠢罢了，我们不得不花些力气帮他们除掉愚蠢。他们的指挥官是我的朋友。他也是无产阶级出身，比我更苦。我们在一个大院里长大的。他帮助过我，我至今感激他。我高兴把他驱赶到河那边，也许更远的地方。古里扬，赶快恢复电话联系。只靠传令兵和电报不行。你们注意到今天非常热吗？我还是睡了一个半小时。是啊……"他突然想起医生来，转向医生。他想起叫醒他的原因，竟为一件无关紧要的小事叫醒了他，无关紧要的小事就是站在面前的这个人。

"这个人？"斯特列利尼科夫想了想，用审讯的目光从头到脚打量了医生一遍，"一点都不像。一群傻瓜。"他笑着对日瓦戈说：

"同志，对不起。把您当成另一个人了。我的哨兵弄错了。您自由了。这位同志的证件在哪里？请原谅我的放肆，我看一眼。日瓦戈……日瓦戈医生……莫斯科来的……请到我这儿来一下。这是秘书处，我的车厢就在隔壁。请吧，我不会耽误您多少时间。"

30

这到底是什么人呢？不可思议，一个鲜为人知的党外人士居然提拔到这种岗位上并且胜任愉快。他是莫斯科人，大学毕业后到外省中学教书，战争一开始便被俘虏，关押了很长一段时间，不久前还渺无声息，被认为业已牺牲。

斯特列利尼科夫童年是在先进的铁路工人季韦尔辛家度过的。季韦尔辛推荐了他，并为他担保。负责任命的人对他很信任。在云谲波诡和各种极端观点对立的日子，斯特列利尼科夫的革命性超过任何人，不是跟人学舌而是出于内心的真诚和狂热，是生活所孕育、独立思考的结果，绝非偶然的一时冲动。

斯特列利尼科夫没有辜负大家对他的信任。

最后一个时期他干过的事有：指挥乌斯特涅姆金斯克和下克尔梅斯战役，平叛古巴索夫农民武装抗拒征粮队暴乱，镇压大熊沟第十四步兵团抢劫粮食事件。他还平定土尔卡图拉市拉辛派士兵的哗变（向白军倒戈），以及在奇尔金河口码头上叛军杀死忠于苏维埃政权的指挥员的武装叛乱等。

他来到上述这些地方，仿佛从天而降，立即判断曲直，分析形势，做出决定，以迅雷不及掩耳之势残酷地解决问题。

他的专列所到之处，逃兵立即被制止。对征兵机构的监察改变了过去的松散。红军兵源的补充进展得十分顺利。新兵接待站的工作进行得如火如荼。

最近一段时期白军从北方进逼，造成战局险峻，斯特列利尼科夫接受了新的任务，采取军事行动，战略的和战役的。他介入后立见成效。

斯特列利尼科夫知道，民间流传着他的外号：枪决专家。他坦然接受这个外号，无所畏惧。

他出生在莫斯科，是工人阶级的儿子。父亲一九〇五年参加革命，遭遇不幸。那些年他站在革命运动一边，因年龄小，没有参加实际活动。后来他进入大学，家庭贫困的青年人能够进入最高学府，比富裕家庭子弟更加珍惜时间，学习更加刻苦。富裕大学生们的骚动并未触及他。他从学校获得丰富知识。他在历史、语文的知识上又添加了数学知识。

按照法律他应当免服兵役，但他自愿上了战场，以准尉军衔被俘。一九一七年年末他知道国内爆发革命，逃回祖国。

两个特征，两种激情，使他有别于他人。

他的思路异常清晰和正确。他具有保持道德纯洁和公正的罕见的才能，他感情热烈而高尚。

作为开辟新途径的学者，他尚缺少应对意外事件的才华和魄力，不会利用意外的发现推翻严谨而空泛的预见。

为做善事，他的原则性中缺少内在的灵活性。他不了解普遍的情况，只了解个别的情况，他的心胸博大，因为肯于做琐细的事。

斯特列利尼科夫从小憧憬崇高与辉煌的事业。他把生活视为巨大的竞技场，人人各显身手，但必须诚实地遵守规则。

当事实并非如此的时候，他却意识不到自己错了，把世界格局简单化了。他把屈辱深藏在心里，幻想有朝一日自己将充当建设生活和毁坏生活的仲裁者。他要保卫生活，为它复仇。

失望使他变得残酷。革命武装了他。

31

"日瓦戈，日瓦戈，"他们走进斯特列利科夫的车厢后，他不停地重复，"好像是个商人，也许是贵族吧。这里写的是从莫斯科到瓦雷金诺去。奇怪，从莫斯科突然到穷乡僻壤去。"

"正是抱着这样的目的，寻找世外桃源，到不为人知的荒僻的地方去。"

"请说说这个充满诗意的理由。瓦雷金诺？我熟悉这个地方。克吕格尔在那儿开采过矿。也许您是他的亲戚？继承人？"

"何必用嘲讽的语气？提'继承人'干什么？尽管妻子确实是……"

"您瞧，我说得不错吧。想白军了？那我要让您失望了。来晚了。周围的白军都清除干净了。"

"您继续嘲弄我？"

"不是这个意思——您是医生，还是军医。现在是战争期间，这属于我的职责。您是逃兵吧。绿色分子也躲藏在山里。寻找世外桃源。有站得住的理由吗？"

"我两次负伤，完全免除服兵役了。"

"请您出示教育人民委员部或卫生人民委员部证明您是'可靠的苏联人''同情者'，以及证明您的'忠诚'的鉴定。现在大地上正在进行最后的审判，尊敬的先生，您也许是启示录中带剑的使者或生翼的野兽，并非真正同情革命的奉公守法的医生。当然，我说过您自由了，不会反悔。但只有这一次。我预感我们还会相遇。我警告您，如果下次见面，就是另一类谈话了，您小心点。"

恐吓和挑衅并没使日瓦戈窘困。

"您对我怎么想的我都知道。从您那方面说，您做得完全对。您想把我引入争论，我一生心里都在同假想的指控人争论，并且可以说已经得出某些结论。三言两语说不清楚。如果您真放了我，我就不必解释了。如果不是，听从您的处置。我不会对您为自己辩解。"

他们的谈话被电话铃声打断了。电话重新联系上。

"谢谢，古里扬。"斯特列利尼科夫拿起听筒，对着听筒吹了吹，"伙计，派个人来送日瓦戈同志。别再出了什么事。请接拉兹维利耶肃反委员会运输局。"

只剩下斯特列利尼科夫一个人的时候，他给车站打电话。

"男孩子带来了，帽子落到耳朵上，头上缠着绷带，不像话。是的。如果需要，给他医治。一定要看护好他，直接向我报告。需要口粮，发给他一份。就这样。现在谈别的事。我说我还没说完。见鬼，怎么又插进一个人。古里扬！古里扬！串线了。"

"也许是我教过的学生，"他想，想暂时中断同车站的谈话。"长大了造我们的反。"斯特列利尼科夫回想起自己教书、参战和被俘的岁月。同男孩子年龄对得上吗？然后他透过车厢的窗口眺望位于河道上游尤里亚金城门附近的一个地方。那里曾经是他们的家。也许妻子和女儿至今还住在那里？应该到她们那儿去。马上就去。这可能吗？那完全是另一种生活。要回到中断的生活，必须结束新的生活。也许有那一天，总会有那一天。但那一天什么时候才来临呢？

> 2012 年 3 月 3 日译
> 2013 年 2 月 24 日校

下卷

✤

Chapter 08

抵达

1

日瓦戈一家乘坐的火车抵达尤里亚金后，仍停留在倒车线上，被别的列车挡住，使人觉得整个行程中同莫斯科保持的联系在这个早晨中断了，结束了。

另一个地区从这里开始，一个不同的外省世界，向往自己的另一个中心。

当地人比首都居民更互相了解。虽然尤里亚金—拉兹维利耶铁道两旁的人已被赶走，铁道被红军部队封锁起来，但当地郊区旅客不知怎的还能钻到铁轨上来，仿佛人们所说的"漏了进来"。他们挤满车厢，连暖货车门口也挤满人，人们沿着列车铁轨走，停在自己车厢入口处的路基上。

这些人彼此认识，老远便打招呼，走到跟前互相问候。他们的穿戴和言谈与首都居民稍有差异，饮食不相同，习惯也不一样。

真想知道他们的日子是怎么过的，靠的是什么精神和物质营养支撑，怎样克服困难，又怎样逃避法律的制裁？

答案很快就会以最生动的方式出现了。

2

医生在那个把步枪拖在地上当手杖的哨兵陪同下，返回自己的列车。

天气闷热，太阳烤着铁轨和车厢顶。地上洒了汽油变得污黑的地方，在太阳光下泛着黄光，仿佛镀了一层金。

哨兵的枪托在尘土上划出一道沟，在沙地上留下痕迹，碰到枕木时发出铿锵声。哨兵说道：

"天气不会变化了。到了播种春麦、燕麦、黍子的黄金季节。播种荞麦还嫌早。我们那里要到阿库林娜节[1]才播种荞麦呢。我们是坦波夫省的莫尔尚斯克人，不是本地人。唉，医生同志！要不是这场祸害人的内战，该死的反革命，我干吗这季节还在外乡消磨时间？阶级斗争闹得我们不和，你瞧，互相厮杀为的是什么呀！"

3

"谢谢，我自己上得去。"日瓦戈谢绝别人的帮助。不少人从暖货车厢弯下腰，伸手拉他上车。他挺直身子，一跃跳上车，同妻子拥抱在一起。

"到底上来啦。谢天谢地，终于没事儿了。"东妮娅一再说，"其实，这种幸运的结局对我们并非新闻。"

"怎么不是新闻？"

"我们全都知道了。"

"从哪儿知道的？"

"哨兵报告的。要是我们一点不知道，又如何受得了？我和爸爸都快急疯了。你瞧，他睡着了，叫都叫不醒，过分激动倒下了，

---

1 俄国民间荞麦节，旧俄历 6 月 13 日。

像一捆木柴似的，推也推不醒。又上来了几个新旅客，我马上给你介绍一两个。可你先听听周围都说什么吧。全车厢都在祝贺你脱险。这就是他！"她突然转换话题，转过头去，从肩膀上把丈夫介绍给一个刚挤上车的旅客，他被周围的人挤到车厢的最里边。

"萨姆杰维亚托夫。"声音从那边传过来，一顶软帽从拥挤在一起的人群头上举起，通报姓名的人想穿过挤成一团的人群，挤到医生这边来。

"萨姆杰维亚托夫。"日瓦戈这时心中想，"我还以为他会带点旧俄罗斯风味，壮士歌风味，一脸大胡子，穿着腰里带褶的外衣，系着镶有金属装饰品的皮带。可他却像艺术爱好者协会里的人，留着鬈发，头发里露出银丝，还留着一把山羊胡子。"

"怎么样，斯特列利尼科夫没吓着您吧？您跟我说实话。"

"没有，怎么会吓着呢？谈话很严肃。无疑是位有魄力有分量的人。"

"那还用说。我对这位人物略知一二。他不是我们这地方的人，是你们莫斯科人。像我们所有最新流行的玩意儿一样，都是从你们首都传过来的。我们自己的脑袋瓜想不出这些玩意儿。"

"这是安菲姆·叶菲莫维奇，尤罗奇卡！一个无所不知的人。他听说过你，也听说过你爸爸，认识我外祖父，什么人都认识。你们认识一下吧。"东妮娅面无表情地随口问道，"您大概认识当地的女教师安季波娃吧？"萨姆杰维亚托夫回答时脸上同样没有表情："您提安季波娃干什么？"日瓦戈听他们对话，但没搭腔。东妮娅接着说下去：

"安菲姆·叶菲莫维奇是布尔什维克。当心点，尤罗奇卡。跟他在一起的时候可得多个心眼。"

"真的？我可从来没想到。看样子还很有点演员派头呢。"

"我父亲开过旅店。有七辆三套马车在外面拉脚。可我受过高等教育，并且是个货真价实的社会民主党党员。"

"你听听，尤罗奇卡，安菲姆·叶菲莫维奇都跟我说了什么吧。顺便说一句，并不想惹您生气，您的名字和父称真拗口。好啦，尤罗奇卡，你就听我对你说吧。我们算走运了。尤里亚金站不放我们通行。城里起火，桥梁炸断，无法通过。让我们倒到同这条铁路相连的另一条支线上，而我们要去的托尔法纳亚正在那条路线上。你说巧不巧！不必转车，也不必提着行李穿过城市，从这个车站到另一个车站。可在火车真正开动之前，一会儿叫我们到这边，一会儿又叫我们到那边，真把我们折腾坏了。我们还要绕来绕去走半天。这都是安菲姆·叶菲莫维奇告诉我的。"

4

东妮娅没估计错。火车除重新调换车厢外，还添加了新车厢，在挤满列车的轨道上倒来倒去，同时别的列车也在移动，因此他们这趟列车半天也无法开到辽阔的原野上去。

城市一半被远处的山坡遮住。只有屋顶、工厂烟囱的顶端、钟楼的十字架偶尔显露在地平线上。郊区有个地方起火了，浓烟被风刮起，像马鬃似的飘过天空。

医生和萨姆杰维亚托夫坐在暖货车紧靠边的地板上，两条腿垂在车门外。萨姆杰维亚托夫一只手指向远方，不停地向日瓦戈解释什么。暖货车的轰隆声有时压过说话声，他说的话便听不清了。日瓦戈便再问一遍。安菲姆·叶菲莫维奇把脸凑近医生，对着他的耳朵扯着嗓子喊叫，重复刚才说过的话。

"他们把'巨人'电影院点着了。士官生盘踞在那里。可他们早就投降了。要不就是战斗还没结束。您瞧钟楼上的黑点，那是我们的人正在清除捷克人呢。"

"我什么都看不见。您怎么都能看清楚呢？"

"着火的是霍赫里基区，作坊区。旁边就是柯洛杰耶夫市场区。

所以我才注意它。我们的旅店就在市场区。火势不大，蔓延不到市中心去。”

“您再说一遍，我听不清。”

“我是说，城市中心。有大教堂，有图书馆。我们萨姆杰维亚托夫家族，这是圣·多纳托的俄文译音。我们据说是杰米多夫家族[1]的后裔。”

“我还是什么也没听清楚。”

“我是说，萨姆杰维亚托夫是圣·多纳托的译音。我们据说是杰米多夫家族的后裔。圣·多纳托·杰米多夫公爵。也许纯粹是胡说八道，是家族传说罢了。这块地方叫作下斯皮尔金。到处是别墅和游乐场所。地名怪不怪？”

辽阔的原野展现在他们眼前。铁路支线从各个不同方向把原野切断。电线杆飞快地向后退去，退到天边。宽阔蜿蜒的铺石公路像一条飘带，与铁轨相媲美。它忽而消失在地平线的尽头，忽而又在转弯的地方变成起伏的弧形，一连几分钟呈现在你眼前，接着又消失不见了。

“我们的公路是有名的，横贯整个西伯利亚。受到苦役犯的赞扬。现在是游击队的据点。总的说来，我们这儿还算可以，住久了就会习惯的。您会喜欢城里的新奇事儿的。比如我们的公用供水所，每个交叉口都有。这是妇女们的冬季露天俱乐部。”

“我们不打算住在城里。我们想住在瓦雷金诺。”

“我知道。您的妻子告诉过我了。住哪儿都一样。您还要进城办事儿呢。我一眼就看出她是谁来了。眼睛、鼻子、额头都跟克吕格尔一模一样，跟外祖父像极了。这个地区的人都记得克吕格尔。”

原野尽头的几座高大的砖砌圆形油库泛着红光。竖立的高柱子上钉着工业广告。其中有一幅竟两次从医生眼前闪过，上面写的是：

---

[1] 由图拉铁匠构成的俄国著名商人家族。

莫罗与韦钦金公司。出售播种机和打谷机。

"本来是一家很像样的公司。出产精良的农机产品。"

"您说什么？我没听清。"

"我说的是公司。明白吗？公司。生产农机产品。股份公司呀。家父曾经是股东。"

"可您刚才说他开旅店。"

"旅店是旅店。互不妨碍嘛。他可不是傻瓜，知道把钱投入赚钱的企业。'巨人'电影院也有他的股份。"

"您好像以此为荣？"

"以家父的精明为荣？那还用说！"

"可你们的社会民主党呢？"

"这同社会民主党有何相干？什么地方说过，一个用马克思主义观点看问题的人就一定是个流口水的窝囊废？马克思主义是真正的科学，解释现实的学说，研究历史状况的哲学。"

"马克思主义和科学？同一个相知不深的人辩论这个问题至少太轻率。就算是科学吧。马克思主义作为一门科学分量太轻了。科学要厚重得多。马克思主义和客观性？我不知道还有什么学说比马克思主义更封闭和更远离事实了。每个人都应通过实践检验自己，而全力宣扬自己永远不会犯错误的神话的当权者已经背离了真理。政治不会告诉我什么。我不喜欢对真理无动于衷的人。"

萨姆杰维亚托夫把医生的话当成一个说话刻薄的怪人的奇谈怪论。他只笑了笑，没有反驳。

这时火车又倒车了。每当火车开到出站道岔上的时候，宽腰带上系着盛牛奶的铁桶的女扳道员，就倒了倒手里的毛线活，弯下腰，扳动出站道岔的圆盘，让火车倒回去。当火车慢慢向后滚去时，她便直起腰来，冲着火车后面挥拳头。

萨姆杰维亚托夫还以为她朝自己挥拳头呢。"她这是对谁呀？"他忖量着，"有点面熟。不是通采娃吧？有点像她。可是我哪点得罪她了？未必是她。要是格拉莎又太老了。可这又干我什么事儿？俄罗斯母亲正在经历大变革，铁路上出现混乱，她这个可怜虫生活困难，就认为是我的错，就向我挥拳头。见她的鬼去吧，值得为她伤脑筋吗？"

女扳道员终于挥了挥小旗，又对司机喊了句什么话，便放列车通过信号旗，驶向旷野，但当第十四节暖货车从她身旁飞驶过去的时候，她对几个坐在车厢地板上嚼舌头嚼得让她讨厌的人吐了吐舌头。萨姆杰维亚托夫又陷入了沉思。

5

燃烧着的城市的郊区、圆柱形的蓄油槽、电线杆和商业广告都消失在远方，眼前出现了另外一番景致：小树林、山冈及环绕其间的蜿蜒公路。这时，萨姆杰维亚托夫说道：

"站起来舒展舒展腿脚吧。我快要下车了。您也就剩一站地。当心点别坐过站。"

"这一带您当真很熟吗？"

"熟到家了，方圆一百俄里都熟悉。我是个律师啊，开业二十年了，因公务到处跑。"

"直到如今？"

"可不是嘛。"

"现在还能有什么样案子？"

"您想要什么样的，就有什么样的。如未办妥的旧契约，未了结的手续，未还清的债务——堆积如山，多得不得了。"

"难道这类活动还没废止？"

"名义上当然废止了。可实际上还存在互相排斥的事物。企业要国有化，燃料要归市苏维埃，省国民经济委员会要牲力牵引的交通工具。可大家还得过日子。理论与实践尚未结合起来，这是过渡时期的特点。所以，需要具有我这样性格并善于经营的机灵的人。得意的是那些不跟他们走，抓住大把钱什么都不管不顾的人。可正如我父亲所说，有时也得挨嘴巴。半个省的人现在都得靠我供养。我还要到你们那儿去串门，办理木材生意。到你们那儿去非骑马不可，可我的马腿瘸了。要是它好好的，我干吗坐这辆破车挨颠。您瞧走得这个慢劲，还叫火车呢。你们到瓦雷金诺去，准能用得上我。我对米库利钦一家人了如指掌。"

"您知道我们旅行的目的和我们的打算吗？"

"多少知道点，猜得出来。有个概念。人对土地的某种向往，自食其力的理想。"

"那又怎么样？您好像不赞成？您看行吗？"

"理想太天真，太田园式了。干吗要上那儿去呢？愿上帝帮助你们。可我不相信。有点乌托邦味道，太手工业方式了。"

"米库利钦会怎么对待我们呢？"

"不让你们进门，拿鸡毛掸子把你们赶出去，并且做得对。他那儿没有你们已经够乱的了，怪事层出不穷，工厂停工，工人跑散，说到生计，更是一筹莫展，饲料缺乏，可是你们突然大驾光临，真是岂有此理，可恶至极。要是他把你们宰了，我会替他辩护。"

"您瞧瞧，您是布尔什维克，可是您并不否认这不是生活，而是一场前所未有的荒诞不经的噩梦。"

"一点不错。但这是历史上不可避免的现象，必须通过这个阶段。"

"为什么是不可避免的现象？"

"怎么啦，您是小孩，还是故意装傻？您是不是从月亮上掉下来的？馋鬼和寄生虫驾驭着挨饿的劳动者，并把他们驱向死亡，这样能够长久下去吗？加上其他凌辱和暴虐的形式呢？难道您不明白人民的愤怒、渴求正义生活的愿望、寻求真理的精神是否合法吗？您以为在杜马里通过议会制而不采取专政手段就能根本摧毁旧制度吗？"

"我们说到两岔去了，就是辩论一百年也辩论不出个所以然来。我是非常赞成革命的，可是我现在觉得，用暴力什么目的也达不到。应该以善为善，但问题不在这里。再回到米库利钦身上。如果等待我们的竟是那样一种局面，那我们又何必去呢？我们应当向后转才是。"

"别胡说了。首先，难道只有米库利钦一家的窗子里有灯光？其次，米库利钦善良极了，善良到犯罪的地步。他会大吵大闹一番，死活不答应，接着就会软下来，把身上的最后一件衬衣脱给你，同你分食最后一块面包皮。"于是，萨姆杰维亚托夫又讲开了。

6

"二十五年前，米库利钦作为工学院的大学生，从彼得堡来到这里。他在警方的监督下被遣送出彼得堡。米库利钦来到这儿，当了克吕格尔的管家，并结了婚。那时，我们这儿有通采娃四姐妹，比契诃夫的剧本还多一个：阿格里平娜、叶夫多基娅、格拉菲拉和西拉菲玛，父称是谢韦里诺夫娜。尤里亚金所有的学生都追求过她们。大家通常用父称称呼这四位姑娘，或干脆管她们叫北方小姐。米库利钦娶的就是北方大小姐。

"他们很快就有了一个儿子。傻瓜父亲出于对自由思想的崇拜，给小男孩取了一个古怪的名字：利韦里。我们通常管他叫利夫卡。利夫卡长大了，很顽皮，但显露出多方面的杰出才能。战争爆发了。利夫卡偷改了出生证上的年龄，还是个十五岁的少年，便自愿上了前线，阿格里平娜·谢韦里诺夫娜本来就是个病秧子，承受不住这次打击，躺倒了，再也没起来，前年冬天死了，死在了革命前夕。

"战争结束了，利韦里回来了。他是谁？这是一位身戴三枚十字勋章的准尉英雄，自然啦，还是一个从前线派回来做宣传工作的彻头彻尾的布尔什维克代表。您听说过'林中兄弟'吗？"

"对不起，没听说过。"

"那就没必要讲了。效果会丧失一半。那您就没必要从车厢里向公路张望了。公路上有什么出色的地方？眼下到处是游击队。什么是游击队？这是内战中的骨干。由两股力量合成的。取得革命领导权的政治组织和战败后拒绝服从旧政权的普通士兵。这两部分人的联合便产生了打游击的队伍。游击队的成分五花八门。其中大多数是中农。但在他们这伙人当中，您什么人都能碰到。这里有贫农，有被免去神职的教士，有同老子作战的富农的儿子。有虔诚的无政府主义者，有没有身份证的乞丐，有被中学开除的超龄的二流子。有受到遣返回国诱惑的德、奥战俘。而在这支浩浩荡荡的人民军队中，有一支由列斯内赫同志，利夫卡，利韦里·阿韦尔基耶维奇，阿韦尔基·斯捷潘诺维奇·米库利钦的儿子所指挥的部队，称为'林中兄弟'。"

"您说的是什么呀？"

"就是您所听到的。让我继续说下去。阿韦尔基·斯捷潘诺维奇在妻子死后又结婚了。他的第二任妻子叫叶莲娜·普罗科洛夫娜，一个从中学直接被拉到教堂去结婚的女中学生。她本来就天真幼稚，可还故作天真；她本来就年轻，可还打扮得更年轻。就这样子叽叽喳喳，装得天真无邪，像个小傻瓜，像只小云雀，见到谁就考谁：'苏沃洛夫是哪一年诞生的？''举出三角形相等的条件。'她要是考住你，问得你张口结舌，就乐不可支。几个小时以后，您就能亲眼看见她了，看看我说得对不对。

"米库利钦本人则有另外的毛病：抽烟斗，说话爱咬文嚼字。什么'绝不迟疑片刻'啦，什么'勿使''鉴于'啦。他本应在海洋上施展宏图。他在学院学的是造船。这在他的外表和习惯方面都留下了痕迹。脸刮得干干净净，烟斗整天不离嘴，说话的时候从容不迫，和蔼可亲，一个个字从牙缝里吐出来。像所有爱抽烟斗的人一样，下巴突出，灰色的眼睛显得冷漠。差点还漏了两个细节：他是社会革命党党员，并被边区选入立宪会议。"

"这可太重要了。父子水火不相容，岂不成了政敌？"

"表面上自然如此。其实绿林好汉并不同瓦雷金诺作战。可您听我往下说。通采娃的几个妹妹，阿韦尔基·斯捷潘诺维奇的小姨们，至今仍住在尤里亚金。她们都是没出嫁的老姑娘。时代变了，姑娘们也变了。

"最大的叶夫多基娅·谢韦里诺夫娜当了市图书馆管理员。皮肤黝黑的女郎很可爱，羞涩到极点，常常无缘无故涨红脸，像芍药一样。阅览室里静得瘆人，仿佛置身于坟墓中。可她得了慢性感冒，一连打二十个喷嚏，臊得恨不能钻进地缝里。您说有什么办法？神经过敏。

"她的妹妹格拉菲拉·谢韦里诺夫娜是姐妹当中的佼佼者。泼辣的姑娘，神奇的女工，什么活儿都不嫌弃。大家都认为游击队的首领列斯内赫像他这个小姨。你刚看她在缝纫作业组织袜子，一眨眼又变成理发员。您注意到了没有，尤里亚金铁路上有个女扳道员向我们挥拳头？我当时想，真想不到，格拉菲拉被派去看守铁路了。不过好像又不是她，人太老。

"最年轻的西拉菲玛——家庭的祸害和考验。她是个聪明的姑娘，读过很多书。她研究哲学，喜爱诗歌。到了革命年代，在共同高涨的情绪、街头游行、广场上登台演说的影响下，精神失常了，陷入宗教的狂热中。姐姐们上班的时候把门锁上，可她从窗口跳出去，沿街挥手召集群众，宣传耶稣二次降世，世界到了末日。哎呀，我只顾说话，到站了，您下一站下，准备准备吧。"

等安菲姆·叶菲莫维奇下了火车，东妮娅说道：

"我不知道你怎么看，我觉得这个人是命运给我们派来的。他今后对我们生活是有益的。"

"这完全可能，东妮娅。但令我担心的是你跟你外祖父长得太像了，人家会认出你来，而这儿的人对他记忆犹新。就拿斯特列利尼科夫来说吧，我刚一提到瓦雷金诺，他马上不怀好意地插嘴道：'瓦雷金诺，克吕格尔的工厂。不是亲戚吧？不是继承人吧？'

"我担心我们在这儿比在莫斯科还显眼，我们从那儿跑出来就是为了躲避别人的注意。

"现在当然已经没有法子可想了。脑袋掉了，还会哭头发吗？但最好不要暴露自己的身份，隐藏起来，少抛头露面。总的说来，我有一种不祥的预感。叫醒咱们的人，收拾好东西，系紧皮带，准备下车吧。"

7

东妮娅站在托尔法纳亚车站的月台上，不知把人和东西数了多少遍，生怕车厢里还落下东西。她感到脚下踩的已是被人踩结实的月台沙地，但心情仍然紧张，担心坐过站，火车行驶的轰隆轰隆的响声仍在耳边鸣响，虽然她明明看见火车一动不动地停在她面前的月台旁边。这种感觉妨碍她的听觉和视觉，也使她不能集中思想。

不下车的旅客从上面，从暖货车上向她告别，但并没有引起她的注意。她没有注意到火车开走，直到她看见火车开走后露出的第二条铁轨、绿色的原野和湛蓝的天空时，才发觉火车不见了。

车站是用石头建筑的。入口的两边放着两条长凳。从西夫采夫来的莫斯科旅客是在托尔法纳亚车站下车的唯一旅客。他们放下行李，坐在一条长凳上。

寂静、洁净和阒无一人的车站使刚下车的人感到惊讶。他们感到不习惯，因为周围没有人拥挤，没有人吵架。生活仿佛凝聚在荒僻的地方，停滞在历史的长河中，落在时代的后面，与首善之区的野蛮气氛尚存有一段距离。

车站隐蔽在白桦林中。火车进站的时候，车厢里的光线变得暗淡。微微摇曳的树冠在人们的脸和手上，在清洁的灰黄色的月台沙地上，在屋顶和地上，投下移动的阴影。林中的鸟鸣与树林的清幽非常和谐。不掺杂别的音响的圆润的鸟鸣，响彻整个儿的树林，仿佛世界上除了鸟鸣便不存在其他声音了。树林被两条道路——铁路和土路割开。树林用自己低垂的枝叶，犹如一双低垂到地面的广袖，把两条道路同样遮盖。

东妮娅的眼睛和耳朵突然恢复了正常。她立刻感受到周围的一切，比如鸟的啼啭，林中的清幽，笼罩四周的寂静。她的心中涌出话语："我不敢相信我们能平安抵达。你知道吗，斯特列利尼科夫在你面前表现得宽宏大量，放了你，但可以往这儿拍一份电报，命令一下火车就把我们所有的人都抓起来。亲爱的，我不相信他们的高尚，一切都是做出来给人看的。"不过她说出来的却是另一番话："多美啊！"她看到周围的迷人风景脱口而出，别的话再也说不出来了。涌出的泪水使她窒息，她大哭起来。

听到她的哭声，车站站长，一个小老头，从屋里走出来。他小步跑到长凳前，很有礼貌地把手伸到红顶制服帽的帽檐前，问道：

"小姐，您要不要镇静剂？车站药箱里有。"

"不要紧。谢谢。一会儿就过去了。"

"旅途的劳顿和惊吓。这是常有的事儿。还有天气热得像非洲，在我们这条纬度线上是罕见的。再加上尤里亚金发生的事。"

"火车经过的时候我们在车厢里看到了火灾。"

"如果我没猜错的话，你们是从俄罗斯来的吧。"

"从白石城来的。"

"从莫斯科来的？那夫人神经经受不住就一点也不奇怪了。听说莫斯科全被毁了？"

"那是人们言过其实。不错，我们什么都见识过了。这是我女儿，这是女婿。这是他们的男孩子。这是我们年轻的保姆纽莎。"

"你们好，你们好。非常高兴见到你们。我多少听说了。安菲姆·叶菲莫维奇·萨姆杰维亚托夫从萨克玛会车站打过电话来，他说日瓦戈医生带着家眷从莫斯科来，请多加关照。您大概就是日瓦戈医生本人了？"

"不是我，日瓦戈医生是他，我的女婿，我在另一个部门，农业部门供职，我是农学家格罗梅科教授。"

"对不起，认错人了。请原谅。非常高兴认识您。"

"这么说您认识萨姆杰维亚托夫？"

"怎么会不认识他这位魔法师呢。我们的希望，我们的衣食父母。没有他我们早蹬腿了。不错，他说要我对你们多加关照。我说照办。答应他了。因此，如果你们需要马的话，或者需要别的什么东西的话，我愿效劳。你们打算到哪儿去？"

"我们要到瓦雷金诺去。那儿离这儿远吗？"

"上瓦雷金诺？怪不得我怎么也猜不出您女儿像谁呢？原来你们上瓦雷金诺去！一下子全明白了。这条路还是我们跟伊万·埃内斯托维奇一起修的呢。现在我去张罗一下，准备准备路上用的东西。找个带路的人，弄辆大车。多纳特！多纳特！先把东西拿到乘客大厅的候车室去，趁下人办事的时候先在那儿歇会儿。弄得着马吗？伙计，到茶馆里跑一趟，问问能不能借匹马？好像瓦克赫早上还在那儿呢。问问他走了没有？告诉他把四个人拉到瓦雷金诺，什么行李都没有。快点儿。夫人，我给您一个老年人的忠告。我故意没向您打听你们同伊万·埃内斯托维奇多近的亲戚关系，但对他您可要当心。不能对所有人都敞开心扉。现在是什么时候，您自己想想吧。"

一提到瓦克赫的名字，刚下车的旅客们惊讶得面面相觑。他们还记得去世的安娜·伊万诺夫娜讲过的神奇铁匠的故事，他给自己打了一副打不破的铁内脏，还有当地流传的其他荒诞不经的传说。

8

替他们赶车的是一个长着一双招风耳、一头雪白的乱发的老头，拉车的是匹刚下了马驹的牝马。由于种种不同的原因，他浑身上下都是白的。新草鞋还没穿黑，而裤子和上衣由于穿的时间过久全褪色变白了。

马驹乌黑得跟黑夜一样，像乌鸦似的在白牝马后面跑着，迈着骨头还没长硬的小腿；它的小脑袋上长着鬈曲的鬃毛，就像雕出来的玩具。

大车经过坑洼的地方摇晃起来，坐在车边上的旅客连忙抓住车上的木栏，以免从车上滚下来。他们心情安详。他们的理想正在实现，越来越接近旅途的终点。晴朗美妙日子最后的几小时，黄昏前最迷人的时刻，迟迟不肯降临。

马车一会儿穿过树林，一会儿经过林边的旷野。车轮撞着树根的时候，坐在车上的人便挤作一团，躬腰弯背，皱紧眉头，你紧靠着我，我紧贴着你。大车经过林间空地时，由于心灵充实而心旷神怡，仿佛有人替他们脱帽向周围致敬。旅客伸直腰，坐得松快些，甩了甩头。

这一带是山地。山地总有自己的面貌，自己的模样。从远处望去，它们像一条条雄伟傲慢的影子，一声不响地注视着赶路的人。玫瑰色的余晖欣慰地伴随着旅客越过田野，慰藉着他们的灵魂，赋予他们以希望。

一切都使他们高兴，一切都让他们惊奇，而最让他们高兴和惊奇的是这个古怪的赶车老头滔滔不绝的闲话。在他的话里，古俄罗斯语言的痕迹，鞑靼语言的特性，地方语言的特征，同他自己创造的难懂的用语混杂在一起。

马驹一落到后面，牝马便停下来等它。它便不慌不忙地、一蹿一蹦地跳过来。它那靠得很近的四条腿，迈着拙笨的步子，走到大车的旁边，把长脖子上的小脑袋伸进车辕里，嘬牝马的奶头。

"我还是不明白。"东妮娅颠簸得上牙碰下牙，一个字一个字对丈夫喊道，免得突然的颠簸咬破舌尖："这个瓦克赫就是母亲讲过的那个瓦克赫吗？还记得那些胡说八道的话吗？他是个铁匠，有一次打架的时候肠子打断了，他又做了一条新的。一句话，铁匠瓦克赫有条铁肠子。我明白这完全是编出来的故事。可难道这就是他的故事吗？难道这就是他本人？"

"当然不是。首先，正如你所说的，这是个故事，民间传说。其次，母亲说过，她听到的时候，这个民间传说已经流传一百多年了。可你干吗大声说话？老头听见会不高兴的。"

"他什么也听不见，耳朵背。就是听见也不会懂——他有点傻。"

"唉，费多尔·涅费德奇！"不知老头干吗用男性的名字和父称来吆喝牝马，他当然比乘客更知道它是牝马。"该死的热天！就像在波斯炉子里烤亚伯拉罕子孙！快走啊，该死的畜生！我是对你说的，浑蛋！"

他突然唱起从前这儿工厂里编的民间小调：

> 再见吧，总账房，
> 再见吧，隧道与矿场。
> 老板的面包我吃腻了，
> 池子里的水已经喝光。
> 一只天鹅飞过岸边，
> 身下划开一道水波。
> 我身子摇晃不是因为美酒，
> 而是要送万尼亚当兵吃粮。
> 可我，玛莎，不是傻瓜，

可我，玛莎，不会上当。

我要上谢利亚巴城，

给辛杰丘利哈把雇工当。

"哎，母马，上帝都忘啦！你们瞧，它这个死东西，它这个骗子！你抽它，可它给你停下。费加·涅费加，什么时候才能走到家？这座树林子，绰号就叫大莽林，一望无边。那里面藏着农民的队伍，嗨，嗨！'林中兄弟'就在那边。哎，费加·涅费加，又停下啦，你这不要脸的死鬼。"

他突然转过头来，眼睛紧盯着东妮娅说道：

"年轻的太太，你真以为我不知道您是打哪儿来的？我看你，太太，脑子太简单啦。我要认不出来还不羞得钻进地缝里去。认出来啦！我简直不相信自己的眼睛，活脱脱是格里戈夫（老头把克吕格尔说成格里戈夫）。你说不定是他孙女？我没有见过格里戈夫还是怎么着？我在他家干了一辈子，直到没了牙。没什么活儿没干过。打过矿坑柱，伐过木头，养过马。——我说，走啊！又停下啦，缺腿的东西！中国的天使啊，我跟你说呢，听不见还是怎么着？

"你刚才说这个瓦克赫是不是那个铁匠？夫人，你长着这么大的眼睛怎么这么没脑筋呢！你说的那个瓦克赫姓波斯坦诺戈夫，人称铁肠子波斯坦诺戈夫，半个世纪前就入土了，进棺材了。我姓梅霍宁。同名不同姓，不是一个人。"

老头一点一点地用自己的话又把他们从萨姆杰维亚托夫那儿听到的有关米库利钦的事说了一遍。他称他为米库利奇，称他妻子为米库利奇娜。他把管家的第二个老婆叫后老婆，而提到"第一个老婆，死了的那个"时，说她是个甜女人，白衣天使。他说起游击队的首领利韦里，知道他的大名还没有传到莫斯科，莫斯科没听说过"林中兄弟"，他觉得简直不可思议：

"没听说过？没听说过列斯内赫同志？中国的天使啊，那莫斯科的人长耳朵干什么用呢?"

天渐渐暗下来。旅客的影子变得越来越长,跟着他们跑。他们还要穿过一片空旷的林中空地。木质的滨藜、飞廉、柳兰的枝茎高高地挺立在路面上,上面开满一个样式的穗子般的花。它们被落日的余晖从下面,从地面上照亮,在虚幻中增大轮廓,仿佛骑手们为巡逻起见在原野上设置的间隔稀疏的不动的哨兵。

在很远的前方,道路的尽头,原野一直伸展到一道小山似的横坡脚下。横坡像一堵墙似的挡住去路,仿佛那一边必定有峡谷或溪流似的。那儿的天空就像被围墙围起来的城堡,而通向围墙大门的正是这条土道。

上面,山坡陡峭的地方,浮现出一幢孤零零的白色平房。

"看见山顶上的那座小楼吗?"瓦克赫问道,"那就是米库利奇和米库利奇娜住的地方。小楼下面有条峡谷,俗名叫舒契玛。"

从那个方向传来两声枪响,一声接一声,引起四周一阵回响。

"怎么回事?别是游击队吧,老爷爷?别是朝我们射击吧?"

"基督保佑你们!哪儿来的游击队。斯捷潘内奇在山沟里放枪吓唬狼呢。"

9

抵达的客人是在管家的院子里同主人见面的。这是一个令人难堪的场面,先是沉默不语,后来吵吵嚷嚷,乱成一团。

叶莲娜·普罗科洛夫娜傍晚刚从林中散步归来,走进院子。几乎同她金发颜色一样的落日余晖,紧随着她从这棵树跳到那棵树,一直穿过整个的树林。叶莲娜·普罗科洛夫娜穿着一身轻盈的夏装。她脸涨红了,用手绢擦走得发热的脸。她裸露的脖子上套着一条松紧带,松紧带上的草帽背在背后。

背着枪往家走的丈夫向她迎去。丈夫刚从峡谷爬上来,打算马上擦烟熏过的枪筒，因为退子弹的时候出了毛病。

突然间，瓦克赫不知道从哪儿，神气十足地赶着大车，载着不速之客，轰隆轰隆地赶进院子里的石板地上。

亚历山大·亚历山德罗维奇和其他人飞快地跳下大车，一会儿摘下帽子，一会儿又戴上帽子，先结结巴巴地解释来意。

不知所措的主人们惊呆了，不是装出来的，而是真的惊呆了，半晌说不出话来。而羞红脸的倒霉的客人们一个个张皇失措，也不是虚假的，而是真心的。情况再明白不过，不仅对当事人，就连瓦克赫、纽莎和舒罗奇卡心里也清楚，难堪的感觉甚至感染了牝马、马驹、金色的阳光和围着叶莲娜·普罗科洛夫娜飞转、不时落在她脸上和脖子上的蚊子。

"我不明白，"最终还是阿韦尔基·斯捷潘诺维奇打破沉默，"我不明白，一点都不明白，而且永远也不会明白。我们这儿是南方，是白军占领区，是粮食丰裕的省份？为什么偏偏选择我们这儿，何苦到我们这儿来呢？"

"真有意思，您想过没有，阿韦尔基·斯捷潘诺维奇要承担多大的责任啊？"

"叶莲娜，你别插嘴。说得不错，正是这样。她说得完全对。您想过没有，这对我该是多大的负担啊？"

"您怎么能这么说呢。您没有理解我们的来意。这说的是哪儿的话？我们的要求都是不值一提的小事。我们决不会侵害你们，打扰你们。我们只要倒塌的空房子里的一个角落。谁也不要的白白荒废的一小块土地种菜。别人看不见的时候，再从树林子里拉一车劈柴。难道这种要求过分吗？算得上侵害吗？"

"可世界如此之大，干吗非找我们不可？为什么偏偏是我们，而不是别人，能有这种荣幸？"

"我们知道你们，也希望你们听说过我们。我们对你们不是外人，所以我们投靠的也不是外人。"

　　"噢，原来因为克吕格尔，因为你们是他亲戚？现在是什么时候，您怎么张得开口来承认这种关系？"

　　阿韦尔基·斯捷潘诺维奇生得五官端正，头发向后梳着，走路迈大步子，夏天穿着一件斜领衬衫，腰里系着一条带穗的带子。古时候这种人走起路来就像水上强盗，现在他们老是做出一副幻想将来登上讲坛授课的大学生的样子。

　　阿韦尔基·斯捷潘诺维奇把自己的青春献给了解放运动，献给了革命，只担心他活不到革命到来的那一天，或者革命爆发得太温和，不能满足他激进的、渴望流血的热望。如今革命来到了，把他最大胆的设想都翻了个儿，而他，天生的和始终不渝的工人阶级的热爱者，第一批在"斯维亚托戈尔勇士"工厂建立工厂委员会并设立工人监督的人，却什么都没捞到，没有谋到职位，待在一个荒芜的村子里。工人们从这个村子里逃散，一部分还跟着孟什维克走了。而现在这件荒唐事，这些不请自来的克吕格尔的不肖子孙，不啻命运对他的嘲弄。命运有意的恶作剧，使他再也无法忍受了。"不，这太莫名其妙了，根本无法理解。您是否明白，您对我是何等危险，您使我陷于什么处境？看来我真疯了。我不明白，什么也不明白，而且永远也不会明白。"

　　"真有意思，您明白不明白，你们不来，我们就已经坐在火山口上了？"

　　"别急，叶莲娜。我内人说得完全对。你们不来，我们就已经很不好过了。过的是猪狗不如的生活，像关在疯人院里。两边挨打，没有出路。一边责备我，你儿子干吗当红军，当布尔什维克，成为人民爱戴的人；另一边也不满意，为什么把你选进立宪会议。两边不讨好，只好夹在中间挣扎。现在你们又来了。为了你们，被拉出去枪毙才愉快呢。"

　　"得了！您冷静点！上帝保佑您！"

　　过了一会儿，米库利钦的气消了点，说道：

"好啦，在院子里喊够了，行啦。进屋继续喊吧。不过，我看
不出有什么好结果，掉进墨水缸里洗也洗不清，可我们不是土耳其
大兵，不是异教徒，不会把你们赶到树林里喂狗熊。叶莲娜，先把
他们安顿在书房旁边那间放猎枪的屋子里。然后咱们再想想让他们
住在哪儿好。我想，咱们可以让他们住在花园里。请进屋里去。欢
迎光临。瓦克赫，把行李搬进来，帮帮他们的忙。"

瓦克赫照他的吩咐办了，只是连声叹气：

"圣母啊！他们的财产跟朝圣的人一样。只有几个小包裹，一
口箱子也没有。"

10

清凉的夜晚降临了。客人们洗了澡。女人们在指派给他们的房
间里整理床铺。舒罗奇卡以他惯用的儿童式的格言逗大人们发笑。
平时为逗大人们发笑，一胡说起来就没完，可今天他却闷闷不乐。
因为今天无论怎么卖劲也没引起大人们发笑，没有人理睬他。他对
没把黑马驹牵进家里也不满意。当大人呵斥他住嘴的时候，竟大哭
起来，害怕把他当作一个不合格的坏孩子退回婴儿商店。在他的观
念中，他一出世便从那儿送到父母家里来。他把内心中真正的恐怖
大声说给周围的人听，但他这些可爱的荒唐话并没有产生通常的效
果。大人们在别人家里显得拘束，动作比平时急促，不声不响地想
自己的心事，于是舒罗奇卡生气了，像保姆们常说的那样，发蔫
了。大人们照顾他吃了饭，好不容易才哄他睡下。后来他睡着了。
米库利钦家的女仆乌斯季妮娅把纽莎带到自己屋里用晚饭，并向她
诉说这一家的秘密。东妮娅和男人们被请去喝晚茶。

亚历山大·亚历山德罗维奇和日瓦戈请求允许他们离开一会儿，
到台阶上呼吸新鲜空气。

"满天繁星啊！"亚历山大·亚历山德罗维奇说。

外面很黑。岳父和女婿仅相隔两步，却彼此看不见。窗内的一道灯光从住宅的一个角落射入峡谷。在这道光柱中，沐浴在潮湿清凉空气中的树丛、树木及其他一切看不清的东西，变得朦朦胧胧。亮光没照着谈话的人，更加深了周围的黑暗。

"明天早上得看看他们打算让我们住的地方，如果能住人，我们马上动手修理。等我们把住的地方修理好，地也解冻了。那时，我们就要不失时机地翻畦。我听见他在谈话中好像答应给我们点马铃薯种。也许我听错了？"

"他答应了，答应了。还有别的种子。我亲耳听见的。他让我们住的地方，我们穿过花园时我就看见了。您知道在什么地方吗？正房后面被荨麻遮住的那几间房子。木头造的，可正房是石头盖的。我在大车上还指给您看来着，记得吗？在那儿开畦才好呢。那里曾经是花圃。我从远处觉得是那样。也许我看错了。还得修一条小路，旧花坛的土地一定上足了肥，腐殖质非常丰富。"

"我不知道，明天看看再说。地上准长满杂草，像石头一样硬。房子周围大概有个菜园。也许那块地方保留下来，空闲着。明天就全清楚了。早上还会有霜冻。夜里一定有寒气。我们已经抵达了，多大的福气啊。为此我们应该互相祝贺。这儿不错。我喜欢这儿。"

"这儿的人非常可爱。特别是他。女人有点装腔作势，对自己有什么地方不满意，不喜欢自己身上的什么东西。所以，她才喋喋不休地说那些过于殷勤的废话。她好像急于把你的注意力从她的外表上引开，免得产生不利于她的印象。就连她忘记摘掉帽子，把它背在背后，也不是出于粗心大意。这样确实对她很相称。"

"咱们进屋吧。咱们在这儿待的工夫太长，主人会见怪的。"

主人们和东妮娅正在灯火通明的餐厅里，坐在吊灯下的圆桌旁喝茶。翁婿穿过管家漆黑的账房，来到他们那里。

书房有扇同整面墙一样宽阔的窗户，是用一整块玻璃镶成的，正好耸立在一道峡谷的上边。从这扇窗口可以鸟瞰远方峡谷外的平原。瓦克赫拉着他们从这里经过的时候，天还没有黑，医生就注意到这个窗口。窗前摆着一张同墙一样宽大的桌子，不是供设计师便是供绘图员使用的。桌上横放着一支枪，枪的左右两边空出很大的地方，更显得桌子宽大。

现在，日瓦戈经过账房的时候，又注意到视野开阔的窗户、宽大的桌子和它放置的位置，以及房间的华丽陈设。当他和亚历山大·亚历山德罗维奇走到餐厅茶桌前的时候，不由自主地向主人惊叹道：

"你们这儿太好了。您有一个能促使人劳动、激励人工作的多么好的账房啊。"

"您愿意用玻璃杯还是茶杯？喜欢淡点还是浓点？"

"尤罗奇卡，你瞧阿韦尔基·斯捷潘诺维奇儿子小时候做的立体镜多好啊。"

"他到现在也没长大，还没成熟，尽管他为苏维埃政权从科木奇手里夺回一个又一个地区。"

"您说什么？"

"科木奇。"

"谁是科木奇？"

"是为恢复立宪会议权力而作战的西伯利亚政府的军队。"

"我们一整天不断听到对令郎的夸奖。也许您真能以他为骄傲。"

"这些是乌拉尔的风景照片，是双重的，立体的，也是他的作品，是他用自制的镜头拍摄的。"

"小饼里搁了糖精吧？真好吃。"

"噢，哪里，这么偏僻的地方，哪儿来的糖精？纯粹的白糖。我刚才还从糖罐里给您往茶里加了糖呢。您难道没看见？"

"对了，真没看见。我欣赏相片来着。茶好像是真的？"

"花茶，自然是真的了。"

"从哪儿弄来的？"

"有张魔术台布，一铺上它就什么都有了。一个熟人，当代活动家，信仰非常左倾，是省经委会的正式代表。从我们这儿往城里运木头，靠这点交情送给我们米、黄油和面粉。西韦尔卡（她这样称呼阿韦尔基），西韦尔卡，把糖罐推到我跟前来。现在请回答我一个问题：格里鲍耶陀夫是哪一年去世的？"

"他好像生于一七九五年，但哪一年遇害就记不清了。"

"再来点茶？"

"谢谢，不要了。"

"现在有这么个问题。告诉我，《奈梅亨和约》是哪一年和在哪几个国家之间签订的？"

"得啦，叶莲娜，别折磨人啦。让他们消除消除旅途疲劳吧。"

"现在我想知道放大镜一共有多少种，影像在什么情况下是真实的或变形的，又在什么情况下是正的或倒的？"

"您哪儿来的这么多的物理学知识？"

"尤里亚金有位杰出的数学家。他在两所中学——男校和我们那儿上课。他讲得多好啊，多好啊！像上帝一样！有时候嚼烂后才放进你嘴里。他姓安季波夫，同这儿的一位女教师结婚了。女孩子们为他着迷，全爱上他了。他自愿上了前线，从此再没回来，被打死了。有人说这儿的斯特列利尼科夫政委就是复活了的安季波夫，上帝的鞭子，上天的惩罚。当然是神话，不像真事。两人长得也不像。可谁又说得准呢？什么事都有可能发生。再来一杯吧。"

✤

Chapter 09

瓦雷金诺

1

到了冬天，日瓦戈空闲的时间多了，他开始记各种类型的札记。他在札记本上写道：

多么美的夏天，夏天多美丽！
这简直是魔术般的神奇。
试问，它何以呈现给我们，
这般没有理由没有原因？

从清晨到黄昏，为自己和全家工作，盖屋顶，为养活他们耕种土地，像鲁滨孙一样，模仿创造宇宙的上帝，跟随生养自己的母亲，使自己一次又一次获得新生，创造自己的世界。

当你的双手忙于令肌肉酸痛的体力活儿的时候，当你给自己规定将报以欢乐、成功和体力适度的任务的时候，当你在开阔的天空下，呼吸灼热的空气，一连六小时在开阔的天空下，用斧子锛木头或用铁锹挖土地的时候，多少念头闪过你的脑海，在你的心里又诞生多少新鲜的想法啊！而这些思绪、揣测、类比，没记在纸上，转眼就忘了，但这不是损失，而是收获。用黑色的浓咖啡和烟草刺激衰弱的神经和想象力的城市隐士，你不会知道最强大的麻醉剂存在于真正的需要里，存在于强健的体魄中。

我不会任意发挥，天马行空；我不想宣扬托尔斯泰的平民化和返璞归真的思想，我也不想在农业问题上修正社会主义。我只想弄清事实，而不把我们偶然的厄运视为常例。我们的例子是有争议的，不宜由此而做出结论。我们的经济完全属于另一类型。只有蔬菜和土豆，我们经济中的一小部分——是我们自己生产的。其余的一切另来源。

我们使用土地是不合法的。我们违背国家政权制订的规划，擅自使用土地。我们到林中砍伐木材，更是不可原谅的盗窃行为，因为我们是盗窃国家的——先前是克吕格尔的财产。米库利钦纵容并庇护我们，他们过着差不多同样方式的生活。远离城市的地理位置拯救了我们，幸运得很，城里对于我们干的勾当暂时还一无所知。

我放弃行医，对我是医生这件事讳莫如深，因为不想限制自己的自由。可总有住在老远地方的善良的人们，打听出瓦雷金诺来了位医生，赶上三十来俄里，到这儿找我看病。这个带着母鸡，那个带着鸡蛋，第三个带着黄油或者别的东西。我不管怎么对他们说不收报酬，可仍然无法拒绝他们的馈赠，因为他们不相信看病不要报酬。这样，行医也有些收入，但我们和米库利钦一家的主要生活支柱还是萨姆杰维亚托夫。

我简直猜不透，这个人身上包含多少相互矛盾的东西。他真心拥护革命，并且完全没辜负尤里亚金市苏维埃对他的信赖。他凭借手中强大的权力，可以轻而易举地征调瓦雷金诺的木材，把木材运走，甚至用不着同我们和米库利钦家打招呼，我们也奈何他不得。另一方面，要是他乐意盗窃国家资财，可以不费吹灰之力把口袋装满，也不会有人吭声。没有人可以同他分肥，他也用不着向任何人行贿。那他又为什么照顾我们，帮助米库利钦一家，支援区里所有的人，比如托尔法纳亚车站的站长呢？他整天东奔西跑，不断给我们送东西来；他谈论起陀思妥耶夫斯基的《群魔》和《共产党宣言》来同样津津有味；我甚至觉得，如果他不把生活毫无必要地弄得如此杂乱无章，他准会活活闷死。

2

几天后医生又写道：

我们搬进老宅子后面那两间木头房子。这两间房子在安娜·伊万诺夫娜小的时候是克吕格尔指派给特殊用人——家庭裁缝、女管家和已经无力干活的保姆居住的。

这个角落已经破旧不堪。我们很快就把它修葺好了。我们在行家里手的帮助下改动连接两间屋子的炉子。现在，已经修改过的烟道，散发出的热气多了一些。

在曾经是花园的地方，地面上先前的遗迹已经淹没在到处生长的新植物下面。现在是冬天，周围一片萧瑟，一切都已死亡，活的东西再也遮掩不住死的东西，被雪掩埋的过去的痕迹，清晰地显露出来。

我们的运气还算不错。今年秋天干燥、暖和。我们来得及在雨季和严寒到来之前把土豆挖出来。除还清欠米库利钦的外，我们还收获了二十袋土豆。所有的土豆都收藏在地窖中最大的粮囤里。上面，地面上，盖了一层干草和几条破被。东妮娅腌的两桶黄瓜也放进地窖里，还有两桶她泡的酸白菜。新鲜的卷心菜一对对地系在一起挂在房梁上。准备过冬的胡萝卜埋在干沙里。沙里还埋着收获得相当多的萝卜、甜菜、芜菁，而阁楼上还堆放着不少豌豆和青豆。草棚里存放的劈柴够烧到明年春天。我喜欢在清晨时分或冬日黄昏，手里举着一盏微弱得马上就要熄灭的灯，揭开地窖的小门。门刚一打开，一股根茎、泥土和雪的温暖气息便扑面而来。

当你走出草棚的时候天尚未破晓。门吱地响了一声，你不由得打个喷嚏，或者不过是雪在脚下发出的咯吱声，而从远处菜畦里，从竖立在积雪上的白菜茎下，突然跳出几只野兔，急忙四处奔逃，在周围的雪地上留下纵横交错的宽大的足迹。附近的狗一条接一条叫起来，狂吠了好半天。几只公鸡打过最后的一次鸣，现在不叫了。天已微微发白。

除野兔的足迹外，在一望无际的覆盖着白雪的平原上，还有山猫穿过的足迹，一个坑接着一个坑，像一条条穿起来的针线，印在雪地上。山猫走路跟猫一样，脚掌一个接着一个，并且像人们所说的那样，一夜能跑几十俄里。

人们为捕捉山猫挖掘陷阱，这儿管陷阱叫捕兽坑。可是掉进去的不是山猫而是灰兔，等到把它们从捕兽坑里取出来的时候，都冻得硬邦邦，快让雪埋住了。

刚来的时候，春天和夏天是很难熬的。我们累得一点劲儿也没有了。现在，冬天晚上，我们就可以休息了。还得感谢供给我们煤油的萨姆杰维亚托夫，使我们能够围坐在煤油灯前。女人们缝纫或者编织，我同亚历山大·亚历山德罗维奇朗读书。生着炉子，我作为公认的管炉子的好手，负责看管炉子。我要及时关上风门，以免放走热气。要是有块没烧透的木头压住火，我就把它取出来，夹起这块冒烟的木块跑出屋门，使劲朝雪地里一扔。木块像火星四射的火炬从空中划过，照亮沉睡的黑魆魆的花园及银白色的四边形的草地。木块发出吱吱声，落进雪堆里，熄灭了。

我们一遍遍地朗读《战争与和平》《叶甫盖尼·奥涅金》和其他史诗，我们朗读司汤达的《红与黑》和狄更斯的《双城记》，还有克莱斯特[1]短篇小说的俄译本。

3

春天临近的时候医生写道：

我觉得东妮娅怀孕了。我把我的想法告诉她。她不相信我的话，但我对此毫不怀疑。在不容置疑的征兆出现之前，不易察觉的先期征兆是骗不了我的。

女人的脸发生变化。不能说她变得难看了。但先前完全在她控制下的外表，现在脱离了她的监督。她受到她所孕育的未来的支配，已经不再是她本人了。这种摆脱她控制的女人的外表便显现出一种生理上怅然若失的形态。处在这种形态中，她的脸失去光泽，皮肤变得粗糙，眼睛并不像她所希望的那样放出异样的光彩，仿佛她管不了这一切，只好听其自然。

1　克莱斯特（1777—1811），德国戏剧家、小说家。

我同东妮娅从未疏远过。而这艰辛的一年使我们更加亲密。我注意到她何等麻利、强健和耐劳，又多么会安排活计呀，在两种活计变换的时候尽量不浪费时间。

我总觉得，每次受孕都是圣洁的，在这条同圣母有关的教义中，表达出母性的共同观念。

但是每个女人生产的时候，都会产生孤单、被遗弃和只剩下自己独自一人的感觉。在这紧要关头，男人如此无用，仿佛他从未存在过，一切都从天而降。

女人自己繁殖后代，自己退居到生存的次要地位，那儿比较安静，可以平安地放一只摇篮。她独自一人在默默的谦卑中哺育孩子，把他抚养大。

人们祈求圣母："为儿子和你的上帝用心祈祷。"人们向她的口中注入了圣诗的篇章："我心尊主为大，我灵以上帝为我的救主为乐。因为他顾念他的使女的卑微，从今以后，万代称我有福。"她这是说她的婴儿，婴儿将使她变得伟大（"那有权能的为我成就大事"），他是她的荣耀。每个女人都能这样说。她的上帝就在孩子身上。伟人的母亲们一定熟悉这种感觉。不过，所有的母亲无一例外都是伟大的母亲——以后生活欺骗了她们并不是她们的过错。

4

我们一遍又一遍地阅读《叶甫盖尼·奥涅金》和其他史诗。昨天萨姆杰维亚托夫来了，带来不少礼物。我们大饱口福，点亮煤油灯，没完没了地谈艺术。

我早就有过这样的看法，艺术不是范畴的称谓，也不是包罗无数概念及由此派生出的各种现象的领域的称谓，恰恰相反，它是狭隘而集中的事物。作为构成艺术作品原则的标志，艺术是作品中所运用的力量或者详尽分析过的真理的称谓。我从来不把艺术看作形式的对象或它的一个方面，而宁愿把它看成隐匿在内容中的神秘部分。这对我如同白天一样明确，我全身心都感到这一点，可如何用话语清晰地把自己的观点表达出来呢？

作品能以各种方式说话：题材啦，论点啦，情节啦，人物啦。但作品主要以存在于其中的艺术说话。存在于《罪与罚》书页上的艺术，比拉斯科尔尼科夫的罪行更能震撼人心。

原始艺术，埃及艺术，希腊艺术，还有我国的艺术，几千年来没有变化，仍是同样的艺术，唯一存在的艺术。这是某种思想，对生活的某种确认，一种由于无所不包而难以划分为个别词句的见解。如果这种见解有哪怕一丁点儿掺入某种更为复杂的混合体中，艺术的成分便会削弱其余部分的意义，成为被描绘对象的本质、灵魂和基础。

5

轻微感冒，咳嗽，大概还有低烧。喉头整天憋气，嗓子里堵着一块东西。我的情况糟糕透了。这是大动脉在作怪。从我可怜的妈妈那儿遗传来的最初征兆，她一生患有心脏病。难道这是真的吗？来得这么早？这么说，我将不久于人世了。

屋里有一股轻微的木炭味，还有熨衣服的味道。她们在熨东西，不时从烧得不旺的炉子里取出一块燃烧着的木炭，放入盖子像牙齿似的上下打战的烤熨斗里。这使我想起了什么？记不起来了。身体不好，太健忘啦。

为庆祝萨姆杰维亚托夫给我们带来的上等肥皂，我们来了个大扫除，舒罗奇卡两天无人看管。我写日记的时候，他钻到桌子底下，坐在两条桌腿之间的横档上，模仿每次来时都带他坐雪橇的萨姆杰维亚托夫，仿佛也带我坐雪橇。

等病好了一定到城里去一趟，读一读本地区民族志和历史方面的著作。别人都对我说，这里有几个相当不错的图书馆，接受过好几个人的慷慨捐赠。真想写东西。得抓紧啦。要不，一眨眼春天就到了。到那时候就没工夫读书和写东西了。

头疼得越来越厉害。睡不好觉。我做了一个杂乱的梦，那种一醒马上就忘的梦。梦忘得干干净净，潜意识里只留下惊醒的原因。一个女人的声音把我惊醒，我在梦中听到空中响彻她的声音。我记住了这个声音，并在记忆中不断复现。我挨个儿回想我所熟悉的女人，找出具有这种浑厚、低沉和圆润嗓音的人。她们当中谁也没有这种嗓音。我想，也许我对东妮娅太习惯了，听觉对她迟钝了。我尝试忘记她是我的妻子，把她的形象置于足以阐明真理的距离之内。不，这也不是她的声音。到底是怎么回事，仍无法解释。

顺便说说梦。通常都认为，白天什么给你印象最深夜里就会梦见。可是，我的观察恰恰相反。

我不止一次注意到，正是白天恍惚看到的东西，不清晰的思想，脱口而出而又不引人注意的话，夜间化为具体的形象返回脑海，变成梦的主题，仿佛特意前来偿还白天对它们的怠慢似的。

6

晴朗的寒夜。看到的东西显得特别真切而完整。大地、空气、月亮和星星都凝聚在一处，被严寒冻结在一起。林荫道上树影横斜，清晰可见，仿佛被雕成了凸形。觉得各处的黑影不停地从小路掠过。大颗的星星挂在树林枝叶当中，宛如一盏盏蓝色的云母灯笼。小的星星则如同点缀夏天草地的野菊，缀满整个天空。

每天晚上都谈论普希金。分析第一卷中皇村中学时代的诗。诗的韵律多么重要啊！

在长诗句的诗歌中，少年阿尔扎马斯[1]的虚荣心发展到顶点，想不落在成人之后，用神话故事、夸张的描写、故意装出的道德败坏、纵情欢乐和思维过早成熟来蒙骗叔叔。

几乎从模仿奥西安[2]或帕尔尼[3]起，或者从《皇村回忆》起，年轻人忽然找到像《小城》或《致姐妹》或晚期在基什尼奥夫写的《献给我的墨水瓶》中的短诗句，以及《致尤金》中的韵律，未来的普希金在这个少年身上苏醒了。

阳光和空气、生活的喧嚣、事物和本质冲进他的诗歌中，仿佛从街上穿越窗户冲进屋里。外部世界的物体、生活的日用品和名词挤压在一起，占据了诗行，把语言中语意含混的部分挤了出去。物体，物体，物体在诗的边缘排成押韵的行列。

---

1 阿尔扎马斯是 1815 年至 1918 年存在于彼得堡的文学小组。普希金是小组成员，当时只有十六七岁。
2 奥西安为传说中 3 世纪克尔特族武士兼诗人。
3 帕尔尼（1753—1814），法国诗人。

后来变为十分著名的普希金四步韵脚，仿佛成了俄国生活的测量单位和它的标尺，似乎四步韵脚是从整个俄罗斯上剥制下来的，就像画出脚样裁制皮靴的皮子，报出手套尺码寻找合适的手。

稍后，俄语的节奏，俄国人说话的语调，也表现在涅克拉索夫的三步韵脚诗歌和他的抑扬顿挫的韵律中。

7

我多想在履行职务的同时，即农业劳动或行医的同时，酝酿具有永恒价值的作品，写一部科学著作或艺术作品啊。

每个人生来都像浮士德一样，渴望拥抱一切、感受一切和表达一切。前人和今人的谬误促使浮士德成为学者。科学遵循摒弃的法则发展，推翻占统治地位的谬误和虚假的理论。

大师们富有感染力的榜样促使浮士德成为艺术家。艺术遵循吸引的法则发展，模仿和崇拜心爱的主题。

什么东西妨碍我任职、行医和写作呢？我想并非穷困和流浪，并非生活的动荡和变化无常，而是今日到处盛行的说空话和大话的风气，诸如这类的话：未来的黎明，建立新世界，人类的火炬。刚听到这些话的时候，你会觉得想象力多么开阔和丰富啊！可实际上却是由于缺乏才能而卖弄辞藻。

只有天才之手触及过的平凡事物才会变得神奇。在这方面，普希金是最好的例子。他是如何赞美诚实的劳动、职责和日常生活习俗呀！可是今天在我们这儿，"小市民"和"居民"都带有谴责的意味。《家谱》中的诗行已经预言过这种谴责了：

> 我是小市民，我是小市民。

在《奥涅金的旅行》中又写道：

> 如今我的理想是家庭主妇，
> 我的愿望是平静的生活，
> 还有一大砂锅汤。

在所有俄国人的气质中，我现在最喜欢普希金和契诃夫的天真无邪，他们对诸如人类的终极目标和自身拯救这类高谈阔论羞于过问。他们对这类话语自然理解：但他们怎能夸夸其谈——既没有那种兴致，也不属于那种官阶！果戈理、托尔斯泰、陀思妥耶夫斯基做好死的准备，他们劳心烦神，寻找人生的真谛，得出种种结论，然而他们都被艺术家的天职所留意的生活细节所引开。就在这些细节更迭的时候，生命仿佛同任何人无关的个人细节已经悄悄走到尽头，而现在这种细节变成公共事业，就像从树上摘下的青涩苹果，自己在后代人手中成熟，并且越来越甘甜，越来越有意义。

8

春天的最初信息是解冻。就像过谢肉节似的，空气中散发着薄油饼和伏特加酒味。太阳在树林里无精打采地眯缝着油光光的小眼睛，睡意蒙眬的树林半闭着睫毛似的松针，水洼在中午泛着油腻腻的光。大自然在打瞌睡，伸懒腰，翻个身又睡着了。

《叶甫盖尼·奥涅金》的第七章里——春天，奥涅金走后荒芜的宅邸，山麓水边连斯基的坟墓。

> 而夜莺，那春天的恋人，
> 彻夜啼啭。野玫瑰正在绽放。

为什么要用"恋人"这个词呢？说来这个修饰语还是自然和恰当的。自然是恋人。此外，也能和野玫瑰押韵[1]。但为了押韵，就不能用壮士歌中的"夜莺—强盗"了吗？[2] 在壮士歌中奥狄赫曼的儿子就叫"夜莺—强盗"。歌中把他刻画得多么生动！

> 一听到夜莺的啼叫，
> 一听到它野兽般的呼啸，
> 小草挤在一起，
> 蓝色的花朵纷纷坠落，
> 昏暗的树林垂向地面，
> 至于百姓们啊，都纷纷倒毙。

我们是初春来到瓦雷金诺的。不久草木便披上绿装，特别是米库利钦房子后面的那条叫作舒契玛的山谷，野樱、赤杨、胡桃更是一片碧绿。几夜之后夜莺开始歌唱。

我仿佛头一次听到夜莺的歌唱，我再一次惊奇地感到，夜莺的啼啭同其他的鸟鸣何等不同啊！它不是渐渐提

---

1 俄文中恋人同野玫瑰押韵。
2 俄文中强盗也同野玫瑰押韵。

高，而是突然拔起，大自然使它的啼啭如此丰润和独特。
每个音有多少变化，又多么嘹亮而有力呀！屠格涅夫不知
在什么地方描写过这种宛如魔笛的啼啭。在两个地方旋转
得特别悦耳。一处不厌其烦地重复华丽的"啾啾"，有时
一连三次，有时不计其数，唱得披着露水的草木抖掉身上
的露珠，更加精神抖擞，仿佛被搔着痒处，笑得颤抖起
来。另一处啼声化为两个音节，像饱含真情的召唤，像请
求或规劝："醒醒！醒醒！醒醒！"

9

春天到了。我们准备播种。没空写日记了。写这些
札记真是件愉快的事。现在只好搁笔，待到来年冬天再
说了。

这两天——正赶上谢肉节——一位生病的农夫，坐
雪橇穿过泥泞的道路，来到我们院子里。我当然拒绝替他
治病。"请别见怪，亲爱的，我已不行医了——没有真正
的药品，没有必要的器械。"可哪能摆脱得了。"救救我
吧。身上的皮越来越皱。发发慈悲吧。身体有病呀。"

有什么办法？我不是铁石心肠的人，只得替他看病。
"脱下衣服。"我检查了一下，"你得的是狼疮。"我替他检
查的时候，瞥了一眼窗户，看见窗台上放着一瓶石炭酸
（公正的上帝啊，不必问石炭酸还有其他必不可少的东西
是从哪儿来的！所有这一切都是萨姆杰维亚托夫拿来的）。
我往院子里一看，又停了一辆雪橇。最初我还以为又来了
个病人呢。叶夫格拉夫弟弟仿佛从天而降。全家人，东妮
娅、舒罗奇卡和亚历山大·亚历山德罗维奇，都忙着招待
他。等我完了事，也加入他们的谈话。我们七嘴八舌地问

他：怎么来的？从哪儿来的？他像往常那样支支吾吾，闪烁其词，没有说一句正面回答的话，只管微笑，说大家对他的到来感到奇怪吧，这是一个谜啊。

他住了将近两个星期，常到尤里亚金去，后又突然消失，仿佛钻进地底下去了。在这两星期，我发现他比萨姆杰维亚托夫更有影响力，他办的事和他的交往更加神鬼莫测。他从哪来？他哪儿来的那么大的权势？他是干什么的？他在消失之前答应减轻我们的家务劳动，好让东妮娅有时间教育舒拉，我有时间行医或从事文学事业。我们问他怎样才能做到他所允诺的事，他又笑而不答。但他并没骗我们，出现了真正改变我们生活条件的征兆。

真是怪事。他是我的异母兄弟，和我姓一个姓。可是说实在的，我比谁都不了解他。

这是他第二次以保护人和帮我排忧解难的救世主身份闯入我的生活。说不定，在每个人的一生中，除他所遇到的真实人物外，还会有一种冥冥中的神秘力量，一位不请自至的几乎象征性的援救人物。莫非在我生活中扮演这种神秘行善角色的人就是我弟弟叶夫格拉夫？

日瓦戈医生的札记就写到这里。他没再写下去。

10

日瓦戈医生在尤里亚金市图书馆阅览室里翻阅订购的书籍。能容纳一百人的阅览室里有许多窗户，摆了几排桌子，窄的那面靠着窗户。天一黑，阅览室就关闭。春季晚上城里没电。可日瓦戈从未坐到过黄昏，在城里也从未耽搁过午饭时间。他把米库利钦借给他的马拴在萨姆杰维亚托夫的旅店前，读一上午书，中午骑马返回瓦雷金诺。

日瓦戈上图书馆以前，很少到尤里亚金市去。他在城里没有一点私事。医生很不熟悉这座城市。可是当他看到阅览室大厅里渐渐坐满人，有的坐得离他远一点，有的就坐在他身旁的时候，他仿佛觉得自己站在行人往来的交叉路口观察城市，而汇集到阅览室的不是到这里阅读的尤里亚金居民，而是他们居住的房屋和街道。

而从阅览室窗口能够看到真实的而不是虚幻的尤里亚金。靠近室内最大的一扇窗户旁边放着一桶开水。阅读的人休息的时候就到楼道抽烟，围着水桶喝水，喝剩的水倒在洗杯盆里，挤在窗口欣赏城市的景色。

读书的人分为两类：当地的知识分子老住户——他们占大多数——和普通的人。

第一类人当中的大多数人衣衫褴褛，不修边幅。他们身体不好，拉长脸，皮肉松弛，原因各不相同——饥饿、黄疸病、水肿病等。他们是阅览室的常客，认识图书馆的职员，在这里如同在家里一样随便。

来阅读的普通百姓，身体健康，面色红润，穿着干净的服装，仿佛过节似的。他们就像上教堂一样腼腆地走进大厅，但是弄出的声音却违反阅览室的规则。这并非因为他们不懂得规则，而是因为他们想一点不出声，却没有管住自己雄健的脚步和响亮的嗓音。

窗户对面墙上有个凹处，在这个用高柜台同阅览室大厅隔开的神龛似的凹处里，阅览室的职员们，老管理员和他的两名女助手，在办自己的事。一位助手满脸怒气，披着一件羊毛披巾，不停地把夹鼻眼镜摘下又戴上，显然不是由于视力的需要，而是由于内心的激动。另一位助手穿着黑纱上衣，大概胸口疼，手绢几乎没离开过鼻子和嘴，说话和呼吸都对着手绢。

图书馆职员的脸也同大多数到阅览室来的人一样，同样浮肿，同样拉长，松弛的皮肤同样下垂，脸色灰中带绿，同腌黄瓜或灰尘的颜色一样。他们三人轮流做同样的事，那就是低声向初来的阅读者解释借书规则，讲解各种检索的用途，借书或还书的手续，还利用空隙时间编写年度总结。

怪事，面对窗外真实的城市和大厅里臆想出来的城市，甚至从大家普遍的浮肿所引起的某种相似，日瓦戈觉得仿佛所有人都患了扁桃体炎。他想起那天早上他们抵达时，尤里亚金铁轨上的那个满脸怒气的女扳道员，想起从远处看到的城市轮廓，想起坐在他身旁车厢地板上的萨姆杰维亚托夫，以及他所说的那番话。日瓦戈想把远在这一地区之外听到的话，同他抵达这一地区后看到的情景联系起来。但他没记住萨姆杰维亚托夫告诉他的话，所以什么道理也没悟出来。

11

日瓦戈坐在阅览室尽头，身旁堆满书。他面前放着几份当地地方自治会的统计簿和几本地方志。他还想借两本有关普加乔夫暴动史的著作，但穿黑纱上衣的女图书管理员用手绢紧捂住嘴唇低声对他说，一个人一次不能借这么多书，他要想借他感兴趣的著作，先得还一部分期刊资料。

于是，日瓦戈急忙翻阅那一大堆尚未翻阅过的书，从中拣出最必要的，把其他的书还掉，再去借他所感兴趣的历史著作。他聚精会神，目不旁顾，飞快翻阅各种集子，眼睛只瞟一下书目。阅览室里的人很多，但并不妨碍他，没分散他的注意力。邻座的人他早研究透了，不抬眼睛便知道他们坐在自己的左边还是右边，并能感觉到，他们的位置在他离开前不会改变，就像窗外的教堂和城里的建筑物不会移动一样。

然而太阳并没停止不动。它一直在移动，这时候已绕过图书馆东边的墙角，落在南墙的窗户上，晃得紧靠窗户的人睁不开眼，无法阅读。

患伤风的女管理员从围起来的高柜台后面走下来，走到窗口前。窗户上装着能使光线变得柔和的用白布料子做的带褶窗帘。她放下所有的窗帘，只留下阅览室尽头最暗的那扇窗户。她拉了一下线绳，把活动气窗拉开，自己不停地打喷嚏。

她打了十个或十二个喷嚏之后，日瓦戈便猜到，她是米库利钦的小姨，即萨姆杰维亚托夫所提到过的通采夫家的四姐妹之一。日瓦戈随着其他读者抬起头朝她那方向看了看。

他发现阅览室里发生了变化。对面的那一端多了一个女读者。日瓦戈立刻认出她是安季波娃。她转过身子，背对前面的桌子坐下。医生就坐在其中一张桌子前面。她低声同伤风的女管理员交谈。女管理员站着，向拉里莎俯下身去。看来，她们的谈话对女管理员产生了良好的疗效。她不仅立刻医好恼人的伤风，还使她精神松弛下来。她向安季波娃感激地瞥了一眼，把一直捂住嘴唇的手帕拿开，放进衣袋，脸上露出幸福的微笑，满怀信心地回到借书台后的座位上。

这个动人的小小的一幕，没能瞒过阅览室里几个读者。读者从阅览室的各个角落同情地望着安季波娃，并同样微笑着。日瓦戈根据这些细微的迹象断定，城里的人认识她，并且非常喜爱她。

12

日瓦戈想马上站起来走到拉里莎跟前。然而，一种与他本性格格不入的羞怯和在对她的态度上已形成的拘束和不自然阻止了他。他决定不去打扰她，继续看自己的书。为使自己免受向她方向张望的诱惑，他把椅子横对着桌子，几乎背对着阅览室的读者，把一本书举到面前，另一本打开的书放在膝盖上，埋头看书。

然而，他的心思早已离开研究对象，跑到九霄云外去了。同他研究对象毫无联系，他猛然醒悟，那个冬天夜里他在瓦雷金诺梦中所听到的声音正是安季波娃的声音。这个发现使他大为诧异，他急忙把椅子转回原处，以便从座位上端详安季波娃。他开始看她。他移动椅子的动作惊动周围的人。

他从背后，几乎侧身看她。她穿着一件浅格短衫，腰间系着一条宽带子，贪婪地阅读着，像小孩一样头微微偏向右肩。她时而仰望天花板沉思，时而眯起眼睛凝视前方，然后又一只手支案托腮，用铅笔飞速地往笔记本上摘录。

日瓦戈验证自己在梅留泽耶沃小镇的观察，并认定自己的观察是正确的。"她不想讨人喜欢，"他想，"不想成为迷人的美人。她蔑视女人本性中的这种天性，仿佛由于自己长得太美而惩戒自己。而这种骄傲的敌意使她更加妩媚动人，令人倾倒。

"不论她做什么事都做得那么好啊。她读书的样子，使人觉得这不是人类最高级的活动，而是再简单不过的，连动物也能做的事，就像她提水或削马铃薯一样。"

想到这里医生不再激动，心中产生一种罕有的平静。他的思绪不再从一个对象跳到另一个对象上。他情不自禁地笑了笑。安季波娃对他的影响就像对神经质的女图书管理员一样。

他不再管椅子怎么放，不再怕别人打扰或自己分心，比安季波娃进来之前更专心致志地工作了一个或一个半小时。他翻阅完像小山一样堆在他面前的一大堆书，选出最需要的，还一口气读完书中偶然发现的两篇重要文章。今天所做的事已心满意足，开始整理书，准备送到还书柜台去。任何败坏情绪的不相干的杂念都离开他。他心怀坦然，问心无愧地想，诚实地工作一上午，赢得会见一位好心肠老友的权利，可以合法地享受一下重逢的欢乐了。但当他站起来，环视了一下阅览室，却没看见安季波娃，她已经不在阅览室里了。

医生还书的高柜台上，还放着安季波娃还的书。她还的都是马克思主义的教科书。看来，作为一名旧教师，她在重登讲台之前，在家里竭尽全力进行政治补课。书中还夹着安季波娃的借书单。借书单的下端露在外面，上面写着她的住址，很容易看到。日瓦戈觉得地址古怪，抄了下来：商人街，带雕像房子对面。

　　日瓦戈向人打听了一下才知道，"带雕像房子"这种叫法在尤里亚金非常流行，就像在莫斯科以教区命名市区，在彼得堡人人都知道"五角地"街区一样。

　　一座石柱上雕塑着女神和手持铃鼓、竖琴和假面具的古代缪斯的铁青色住宅被人称为"带雕像房子"。这原是上世纪一位爱好戏剧的商人为自己建造的私人剧场。他的后人把住宅卖给了商会，因为这座住宅占据街道的一角，又把这条街叫作商人街。带雕像房子又泛指同这条街相连的地方。现在市党委会便设在带雕像房子里，地基倾斜下沉的那一面墙上，是过去张贴话剧和马戏海报的地方，现在张贴政府的法令和决议。

13

　　五月初乍暖还寒的一天，街上刮着一阵阵风。日瓦戈在城里办完事，到图书馆转了一下，突然改变原定的计划，去寻找安季波娃。

　　路上风卷起一团团细沙和尘土，挡住医生的去路，他不得不停下来。医生转过身子，眯起眼睛，低下头，等一阵风刮过，再向前走去。

　　安季波娃住在商人街角上诺沃斯瓦洛奇巷内，正对着昏暗发青的带雕像房子。医生现在看见这座住宅了。住宅确实同它的绰号吻合，令人产生一种诡异不安的感觉。

　　屋顶四周环绕着一圈比真人高一倍半的女神雕像。一阵遮住住宅正面的风沙过后，医生突然觉得，所有女人都从住宅里走到阳台上，弯过栏杆看他，看渐渐从风沙中显露出来的商人街。

有两条路通往安季波娃的住所：从商人街穿过正门，从小巷穿过院子。日瓦戈不知道前一条路，选择了第二条路。

他刚从小巷拐进大门，一阵风把院子里的尘土和垃圾刮到天上，遮住院子。在这扇黑色帷幕后面，从他脚下飞起一群被公鸡追赶得咯咯叫的母鸡。

沙尘落定后，医生看见安季波娃站在井旁。起风的时候她左肩刚刚挑起两只汲满水的水桶。她担心风把尘土刮进头发里，连忙披上头巾，在前额上打了一个"鸳鸯结"，用膝盖夹住被风吹开的长衫，免得被风掀起。她想担水往家里走，但被另一阵风挡住。这阵风刮掉她的头巾，吹乱她的头发，又把头巾刮到栅栏的另一头，刮到还在咯咯叫的母鸡那里。

日瓦戈跑去追头巾，把它捡起来，递给站在井边发呆的安季波娃。她像平时那样泰然自若，没有惊叫，没有显露出自己的惊讶和窘惑。只喊了一声：

"日瓦戈！"

"拉里莎·费奥多罗夫娜！"

"您怎么来的？什么风把您吹来的？"

"把水桶放下，我来挑。"

"我从不中途而废，有始无终。您要是来看我，咱们走吧。"

"我还能看谁呢？"

"那谁知道呢。"

"还是请您把扁担让给我吧，您干活儿的时候我不能空手闲着。"

"这算什么活儿呀。我不让您担，您会把楼梯溅湿的。您不如告诉我，哪阵风把您吹来的？您来这儿已经一年多了，一直抽不出工夫来？"

"您从哪儿知道的？"

"传闻到处有。何况我在图书馆里还见过您呢。"

"那您怎么不招呼我？"

"您用不着让我相信您没看见我。"

医生跟在安季波娃后面穿过低矮的拱门，颤动的水桶在她肩下微微摆动。这是一楼的昏暗过道。安季波娃迅速蹲下来，把水桶放在泥土地上，从肩膀上抽出扁担，伸直身子，用不知从什么地方掏出的一块小手绢擦手。

"走吧，我带您从楼里的小道进大门。那边敞亮。您在那边等我。我从小道把水提上楼，把屋里拾掇一下，换身干净衣服。您瞧我们这儿的楼梯。生铁梯阶中间铸出镂空花纹，从上面透过镂空花纹下面什么都看得见。房子老了。打炮的那几天受到轻微震动。大炮轰击嘛。您瞧石头都错缝了。砖上大窟窿套小窟窿。我和卡坚卡出门的时候把钥匙藏在这个窟窿里，用砖头压上。记住点。说不定您什么时候来我不在家，就请自己开门进去，在里面随便坐坐，等我回来。钥匙就在那儿。可我用不着，我从后面进去，从里面开门。唯一让人头痛的是耗子，多得对付不了，老在头上跳来跳去。建筑太老了，墙都酥了，到处是裂缝。能堵的地方我都堵上了，我同它们作战，可没有用。您什么时候空闲，能不能来帮帮忙？咱们一块儿把地板和墙角堵死。行吗？好吧，您在楼梯口等着，随便想点什么吧。我不会让您在这儿多受罪，马上就招呼您。"

日瓦戈等待安季波娃的招呼，目光在墙皮剥落的入口处和生铁梯阶上转来转去。他想："在阅览室里，我把她专注的读书神情同从事真正的事业和体力劳动的热忱相提并论。可以反过来比，她担水像读书那样轻松，一点不吃力。她干什么都从容不迫。仿佛她在很久以前，还在童年时代，便开始向生活起跳，现在干什么都一跃而起，自然而然，从小养成习惯，毫不吃力。这从她弯腰时脊背的曲线上、微笑时分开的嘴唇和变圆的下巴上，以及从谈吐和思维方式上都能看出来。"

"日瓦戈！"上面一层楼梯口的一扇门里有人喊了一声。医生爬上楼梯。

14

"把手给我，跟我走，不许乱动。这儿有两间堆东西的房间，东西顶到天花板，很暗。碰上就会撞伤的。"

"真像一座迷宫。我一个人准找不着路。怎么会这样？正在修理住宅？"

"不是，才不是呢。问题不在这儿。住宅是别人的。我连是谁的都不知道。我在中学有间房间，公家的。尤里亚金市苏维埃房管会占用学校后，便把我和女儿迁到这座别人遗弃的空房里。旧主人的全部家具都留在这里，家具多极啦。可我不需要别人的财富。我把他们的东西堆放在这两间屋子里，只把窗户刷成白色。别松开我的手，不然您要迷路的。就这样握着，向右拐。现在穿过密林了。这就是通向我房间的门。马上就会亮一些。门槛，别踩空。"

日瓦戈随女向导走进房间，看见对门的墙上有扇窗户。医生被窗外的情景吓了一跳。窗户开向住宅的院子，对着邻居的后院和河边的一块荒地。绵羊和山羊在荒地上吃草，长长的羊毛像敞开的皮袄大襟打扫地上的尘土。除绵羊和山羊外，两根柱子当中钉着的一块招牌正对着窗户，医生见过这块招牌："莫罗与韦钦金公司。出售播种机和打谷机。"

医生见到招牌触景生情，马上向安季波娃讲述他们一家人抵达乌拉尔的情形。他忘记人们把斯特列利尼科夫说成她丈夫的谣传，不假思索地讲述了他在车厢里同政委会面的经过。这给安季波娃留下深刻的印象。

"您见到斯特列利尼科夫了？！"她急切地问道。"我暂时还什么也不告诉您。可是这太重要了！命中注定你们一定会见面。我以后再向您解释，您一定惊叹不已。如果我对您的话理解得不错的话，他留给您的印象与其说是不良的，不如说是良好的。对吧？"

"对，一点不错。他本应不理睬我。我们经过他镇压和毁坏过的地盘。我原以为他是个粗野的讨伐者或者是革命的狂暴刽子手，可他两者都不是。当一个人同我们的想象不吻合的时候，同我们事先形成的概念不一致的时候，这是好现象。人一定性就算完了，必定受到谴责。如果不能把他归入哪一类，不能算作典型，那他身上便还有一半作为人而不可或缺的东西。他便解脱了自己，还具有一丁点永生的希望。"

"听说他不是党员。"

"是的，我也觉得他不是。他身上有什么吸引人的地方呢？那就是他注定灭亡。我觉得他不会有好下场。他将偿还欠下的孽债。革命的独裁者们之所以可怕，并非因为他们是恶棍，而是他们像失控的机器，像出轨的列车。斯特列利尼科夫同他们一样，是疯子，但他不是被书本弄疯的，而是被往昔的经历和痛苦逼疯的。我不知道他的秘密，但我相信他一定有秘密。他同布尔什维克的联盟是偶然的。他们需要他的时候，尚可容忍他，他同他们走同样的路，一旦他们不需要他了，便会无情地把他甩掉并踩死，就像在他之前甩掉并踩死许多军事专家一样。"

"您这样想？"

"绝对如此。"

"他就没救了吗？比如，逃跑。"

"往哪儿跑，拉里莎·费奥多罗夫娜？先前，沙皇时代，还能逃跑。现在您跑个试试。"

"真可怜。您的这番话引起我对他的同情。可您变了。先前您提到革命的时候没这么尖刻，没这么激动。"

"问题恰恰在这里，拉里莎·费奥多罗夫娜，凡事总该有个限度。经过一段日子总该见分晓了吧。但很清楚，混乱和变动是革命鼓动家们唯一向往的自发势力。可以不给他们面包吃，但不能不让他们做出世界规模的壮举。建设世界和过渡时期变成他们的终极目的。此外他们什么也没学会。您知道这些永无休止的准备为何徒劳无益吗？因为他们缺乏办事才能，对要做的事并未做好准备。人生下来是为了生活，而不是准备生活。而生活本身、生活现象和生活天赋绝对不是开玩笑的事！为什么让杜撰出来的幼稚闹剧代替生活，用契诃夫笔下逃往美国的中学生的荒唐故事倒换生活呢？够了。现在该我问您了。我们是在你们城里发生政变那天抵达的。交战的那天您在城里吗？"

"噢，那还用问！当然在城里。四处起火。我们差点被烧死。我对您说过了，房子震得厉害。院子门口至今还有一颗没爆炸的炮弹。抢劫，炮轰，什么可怕的事都有，像历次政权更迭一样。对那种时刻我们已经司空见惯，成专家了，不是头一次了。白军的时候什么事没发生过呀！杀人，报私仇，勒索敲诈，无法无天。对了，我忘记告诉你一件重要的事了。咱们的加利乌林在捷克人那儿成了大人物。总督之类的官。"

"我知道，听说过了。您见过他吗？"

"我们经常见面。多亏他，我不知救助了多少人！掩护过多少人！应当公正地对待他。他的表现无可厚非，像个骑士，与哥萨克大尉和警察那群卑鄙小人完全不同。但那时操纵局势的正是这帮卑鄙小人，而不是正派的人。加利乌林帮过我很多忙，真得感谢他。您知道我们是老熟人。我还是小姑娘的时候经常到他长大的院子里去玩。院子里住的是铁路工人。我小时候就看清什么是贫困和劳累。因此，我对革命的态度跟您不同。革命更贴近我。这里有许多我所亲近的东西。突然这个小男孩，扫院子人的儿子，当上上校，甚至白军将军。我是文职家庭出身，分不清军衔。我的职务是历史教师。是啊，就这么回事儿，日瓦戈。我帮助过很多人。我常去看他。我们时常提到您。我在政府所有部门都有关系和保护人，但不论在哪种体制下，都会招致烦恼和损失。只有在蹩脚的书里人才截然分为两个阵营，互不往来。可在现实中，一切都交织在一起。要想一生中只扮演一种角色，在社会中只占据一个位置，在现实中只有一种表现，自己先得变成一个卑鄙无耻的小人！啊，原来你在这儿！"

一个梳着两条小辫的八岁小女孩走进来。两只眼角上挑的细眼睛显得女孩很调皮。她笑的时候眼睛微微抬起。她进门前已经知道妈妈有客人，但跨过门槛时仍然认为有必要在脸上装出惊讶的神情，行了个屈膝礼，毫无畏惧地盯着医生，眼睛没眨一下。只有很早就学会沉思并在孤寂中成长的孩子才会这样大胆看人。

"我的女儿卡坚卡，请多关照。"

"您在梅留泽耶沃镇给我看过她的照片。长大啦，都认不出来了！"

"原来你在家？我还以为你出去玩了。你进来我都不知道。"

"我从窟窿里取钥匙，可那儿有那么大的一只大耗子。我叫起来，连忙跑开。我以为要吓死了。"

卡坚卡说，可爱的小脸做出怪样，瞪着两只调皮的小眼睛，小嘴噘着，就像一条从水里捞出的小鱼。

"得啦，上自己屋里去吧。我请叔叔留下吃午饭。我从烤炉里取粥的时候叫你。"

"谢谢，可我不得不谢绝。由于我常进城，我们改在六点吃饭。我已习惯不迟到了，可骑马得三个小时，有时还得四个小时，因此我才这么早来看您。对不起，我过一会儿就要走。"

"再坐半小时吧。"

"好吧。"

15

"既然您对我坦率，我也对您坦率，我告诉您，您刚才提到的斯特列利尼科夫就是我的丈夫帕沙,帕维尔·帕夫洛维奇·安季波夫,就是我到前线来寻找的那个人。都说他确实死了,可我不相信。"

"我并不惊奇,思想上早已做好准备。我听到他死的谣传就断定是虚假的。因此,我才无所顾忌地同您谈起他,就像根本没有过这种谣传似的。这种谣传荒谬绝伦。我见过这个人。怎能把您同他联系在一起?你们之间有什么共同之处?"

"可都是真的,尤里·安德烈耶维奇。斯特列利尼科夫就是安季波夫,我的丈夫。我赞同大家的看法。连卡坚卡都知道,并为自己的父亲感到骄傲。斯特列利尼科夫是他的化名,像所有革命活动家一样,都有化名。出于某种考虑,他必须用化名生活、活动。

"他攻打尤里亚金,向我们开炮,他知道我们在这里,为不泄露秘密,一次也没打听过我们是否还活着。这当然是他的职责。如果他问我们该怎么办,我们也会劝他这样做。您甚至可以说,我能平安无事、市苏维埃向我们提供的住房条件还算过得去及其他等——间接证明他对我们的暗中关照。可您怎么也不能说服我。人就在身边,竟然能抵挡得住见我们的诱惑!这我怎么也想不通,超出我的理解力。这是某种我不能理解的东西,不是生活,而是罗马公民的某种美德,是现今的一种深奥智慧。您看,我受到您的影响,开始同您唱一个调子。但我并不想这样做。咱们并非同道。我们对某种难以觉察的、非必然的东西理解得一致。但在具有广泛意义的问题上,在人生哲学上,我们还是作为论敌为好。还是再回到斯特列利尼科夫身上去吧。

"现在他在西伯利亚,而且您说得对,对他的责难也传到我的耳朵里,听了简直叫我不寒而栗。现在,他在西伯利亚,推进到我们最前沿的一块阵地,把可怜的加利乌林——同一个院子的朋友,以后又是同一条战线上的伙伴——打得一败涂地。他的名字及我们的夫妻关系对加利乌林并非秘密,但他出于入微的体贴从未让我感觉到这一点，尽管一提起斯特列利尼科夫的名字就气得浑身发抖。不错，他现在在西伯利亚。

"而他在这里的时候（他在这里驻扎了很久，住在铁路线上的车厢里，您在那儿见过他），我一直渴望什么时候能够意外地同他相遇。有时他到司令部去，司令部就设在科木奇军事指挥部（立宪会议的军队）的旧址。简直是命运的嘲弄。司令部入口处的厢房，正是先前我为别人的事求见加利乌林时他接见我的地方。比如，有一次士官学校闹事，士官生埋伏起来，向他们不喜欢的教官开枪，借口他们拥护布尔什维主义。还有迫害并殴打犹太人的时候。每次去都恰逢其时。如果我们算是城市居民并且是脑力劳动者的话，那么我的一半朋友都是犹太人。在屠犹的日子里，这些可怕而卑鄙的行动开始的时候，除愤怒、羞愧和怜悯外，还有一种感觉缠着我们不放，这就是难堪的骑墙感觉，仿佛我们的同情一半是装出来的，有一种令人不快的虚伪感觉。

"把人类从偶像崇拜的桎梏中解脱出来的人，现在又出现大批献身于把人类从社会恶行中解脱出来的人，但却不能把自己本身，从忠于过时的、失去意义的、古老的信仰中解脱出来，不能超越自己的思想意识，不能同其他人融为一体，而那些人的宗教基础原是他们所创建的。如果他们更好地理解那些人，那些人本应同他们非常亲近。

"大概压迫与迫害是产生这种无益的甚至是致命的姿态的原因，是产生这种只能带来灾难的、羞怯的、充满自我牺牲精神的孤立状态的原因，但这其中还有内在的衰颓，多少世纪所形成的历史性的倦怠。我不喜欢他们那种嘲讽式的自我鼓吹，平庸的概念，胆怯的想象力。这令人气恼，就像老年人谈衰老和病人谈疾病一样，您同意我的看法吗？"

"这些问题我没想过。我有位姓戈尔东的同学，他也有类似的看法。"

"因此我到这里来守候帕沙，希望在他进出的时候碰见他。厢房曾是总督办公室，现在门上挂着牌子：'申诉处'。您也许看见了？这是城里最美丽的地方。门前的广场是用条石铺成的。穿过广场便是市立公园。里面长着绣球花、枫树和山楂树。我站在人行道上，在求见的人群里求见他。当然，我没去敲接待室的门，说我是他妻子。我们不姓一个姓呀！况且良心又有什么用呢。他们则有另一套规则。比如，他的生身父亲，帕维尔·费拉蓬特维奇·安季波夫，工人出身，曾是政治流放犯，就在公路旁边的一家法院里工作。就是他流放时住的地方。那儿还有他的朋友季韦尔辛。都是革命法庭的成员。可您猜怎么着？儿子并没告诉父亲自己是谁，父亲也认为他完全应该这样做，并不见怪。既然儿子隐瞒身份，那就意味着不应当问。他们是燧石，不是人。除了原则就是纪律。

"就算我终于能证明我是他妻子，那又有什么用！谁还管妻子？这是什么时代？世界无产阶级，改造宇宙，完全是另外一码事儿，这点我懂。可像妻子那样的两条腿动物算什么，呸，不过是最蹩脚的跳蚤或虱子罢了。

"副官转了一圈，询问了许多人，放进了几个人。我没通报自己的姓名，回答询问时只说是私事。回答之前便应想到，事情肯定砸了——拒绝接见。副官耸了耸肩，怀疑地打量我。因此我一次也没见过他。

"您以为他厌恶我们，不爱我们了，把我们忘了。噢，才不是呢。我太了解他了！正因为他感情过于丰富才想出这种办法！他要把在战争中获得的所有桂冠放在我们脚下，不能空手而归呀，要以一个满载荣誉的胜利者的身份归来，要使我们永垂不朽，惊喜万状！多像孩子呀！"

卡坚卡又进来了。安季波娃抓住困惑的小女孩，抱起来转圈，胳肢她，吻她，把她紧紧抱在怀里。

16

日瓦戈从城里骑马返回瓦雷金诺。这些地方他经过不知多少次了。这条路他已经走熟，失去新鲜感觉。不留意它。

他走近林间小路的岔口，那儿从直通瓦雷金诺的路分出一条通往萨克玛河上瓦西里耶夫沃渔村的岔路。分岔口的地方矗立着这片地区的第三块路标，路标上挂着出售农业机器的招牌。同往常一样，医生总在落日时分抵达岔口。

自他那次进城后，已经过了两个多月。一天傍晚他没回家，留宿在安季波娃家里，可对家里说他因事耽搁在城里，在萨姆杰维亚托夫旅店住了一夜。他早已同安季波娃以"你"相称，管她叫拉拉，她管他叫尤拉。日瓦戈欺骗了东妮娅，向她隐瞒了更为严重的和不可饶恕的过错。这种事先前从未发生过。

他爱东妮娅爱到崇拜的地步。她的内心世界，她的平静，对他比世界上的一切更为重要。他比她的亲生父亲和她本人更加维护她的尊严。为维护她那受过刺激的尊严，他会亲手撕碎触犯她尊严的人。然而，他自己正是触犯她尊严的人。

在家里，亲人间，他觉得自己是尚未被揭发的罪犯。家里人毫无察觉，仍像往常那样亲热地对待他，这使他十分痛苦。大家谈得起劲的时候，他突然想起自己的罪行，一阵发呆，听不见周围人在说什么，也听不懂。

如果发生在饭桌上，一块食物便会卡在他的喉咙里。他把汤匙放在一边，推开碟子。眼泪窒息得他喘不过气来。"你怎么啦？"东妮娅莫名其妙地问道，"你大概在城里听到坏消息？又把谁关进监狱或者枪毙了？告诉我。不用怕我听了难受。那样你会好受些。"

他对东妮娅不忠实，是因为他更爱别人吗？不是，他没选择过任何人，没比较过。"自由爱情"的想法，"感情的权利及要求"这类话，对他格格不入。谈论或想到这类事他都觉得庸俗。他从未想过摘取"享受的花朵",不把自己列入半神或超人之列,不要求特殊的优待。良心的不安,心情的沉重,简直把他压垮了。

"这样下去如何是好?"有时他问自己,但找不到答案。他便把希望寄托在某种无法实现的干预上——某种无法预见但能解决矛盾的干预。

但现在他不这样想了。他决定用自己的毅力斩断绳结。他怀着这样的决心回家。他决定全部向东妮娅坦白,乞求她的宽恕,决不再同拉拉见面。

不错,并非一切都处理得妥帖。他现在觉得,还有一点不大明确,即他是否同拉拉永远断绝往来。他今天早上对她说想把一切都告诉东妮娅,他们以后不再见面,但他现在觉得,他对她说话的口气太柔和,不够果断。

安季波娃不想哭闹让日瓦戈伤心。她明白,没有这件事他已经够痛苦的了。她竭力平静地听完他的决定。他们是在安季波娃那间面对商人街的空屋子里谈的。泪珠从拉拉脸颊上滴下来,就像这时雨水从对面带雕像房子的石雕像上滚下来一样,但她没感觉到。她真挚地、毫无做作地表现出宽宏大量,轻声说道:"别管我,你觉得怎么好就怎么办吧。我什么都能忍受。"她不知道自己在哭,所以没擦眼泪。

一想到安季波娃可能误解他,怀有不现实的希望,他便想掉转马头返回城里去,把没有说透的话说透,而主要是分手应热烈些、温柔些,更像真正的诀别。他好不容易才克制住自己,继续向前赶路。

太阳已经西沉,天色渐暗,树林也渐渐充满寒气。树林中散发出一种仿佛刚一走进浴室便能闻到的潮湿的桦树枝味。空中悬挂着一层飞舞的蚊蚋,就像浮在水面上的浮标,齐声嗡嗡。日瓦戈在额头和脖子上拍打蚊子,不知拍打了多少次。手拍在出了一层汗的身体上发出的啪啪声,同马行走声非常协调:马鞍皮带的吱吱声,沉重的马蹄踏在泥泞里的吧唧吧唧声，以及马粪溅起的噼啪声。突然，从悬挂在天边的落日那边传来夜莺的啼啭。

"清醒吧！清醒吧！"夜莺呼唤并劝告道，听起来仿佛复活节前的召唤。"我的灵魂！我的灵魂！从睡梦中醒来吧！"

日瓦戈的脑子里突然闪过一个非常简单的念头。何必急着赶路呢？他并未违背自己的诺言。一定要说穿。可谁又说过非在今天不可呢？还未对东妮娅提过一个字呢。把解释推迟到下一次也不迟。这样他还可以进城一趟，同拉拉把话说透。谈的时候怀着深情挚意，消除所有的痛苦。噢，那样多好，多妙！真奇怪，先前怎么没想到呢！

一想到还能再见安季波娃一面，日瓦戈快活得不知如何是好，心急剧地跳动。他再次预先品尝相见的快乐。

城外的木屋小巷和木板人行道出现在眼前。他向那个方向走去，现在，走进诺沃斯瓦洛奇巷，穿过一块空地，木屋小巷走完，已经是石头屋子了。城郊的房子一闪而过，就像飞快地翻阅一本书，并且不是用食指翻，而是用拇指按着书脊翻，书页在拇指下噼啪滑过。他激动得快喘不过气来。她就住在那边，街的那一头，住在向晚放晴天上的一片亮光下。他多么爱通往她住处的那些熟悉的房屋啊！要是能把它们从地上抱起来使劲地亲吻一番该多好啊！这些横压在屋顶上的独眼阁楼啊！映照在水洼中的油灯和神灯的光影，宛如树丛中一颗颗浆果！天上一片白茫茫的阴霾笼罩着街道。他又将从造物主手中接受上帝所创造的白色神奇的礼物。一团黑色的身影打开门。而她那矜持而冰冷的亲密允诺，宛如北方皎洁的夜，不属于任何人，就像黑暗中冲向沙滩的头一个浪花。

日瓦戈扔下缰绳，身子从马鞍上欠起，抱住马颈，把脸埋在鬃毛里。马把这种温存的表示当成让它全力奔跑的指令，就飞驰起来。

马平稳地奔驰，马蹄几乎不触地，大地在马蹄下不断地向后飞去。日瓦戈除听到由于狂喜心怦怦地跳动外，还听到人的喊声，他觉得那是他的幻觉。

附近响起一声震耳欲聋的枪声。医生抬起头，猛地勒紧缰绳。马在急驰中猛地停下，前后脚撇开，向旁边跳了几下又向后倒退了几步，开始往下蹲，准备直立起来。

前面的道路分为两岔。晚霞照着路旁的招牌："莫罗与韦钦金公司。出售播种机和打谷机。"三个手持武器骑马的人横在路上，截住医生的去路。一个头戴制服帽、身穿腰部带褶上衣的中学生，身上挂着几条子弹带；另一个穿军官大衣，头戴长筒皮帽的骑兵，样子吓人，像化装舞会上的打扮；还有一个穿着纫过的棉裤和棉袄的胖子，一顶宽檐神甫帽低压在头上。

"不许动，医生同志。"戴长筒皮帽的骑兵平静地说，他是三个人中最年长的，"您只要服从我们，保证您平安无事。否则，请别见怪，我们就会开枪。我们游击队的医生被打死了。我们不得不征用您做医务工作。下马，把缰绳交给年轻的这位同志。我提醒您一句：如果您有逃跑的念头，我们对您决不客气。"

"您是米库利钦的儿子利韦里·列斯内赫同志？"

"不是，我是他的联络官卡缅诺德沃尔斯基。"

✦

Chapter 10

在大路上

1

　　一路经过城镇、乡村和驿站。圣十字镇、奥梅利奇诺车站、帕仁斯克、特夏茨科耶、亚格林斯科耶村、兹沃纳尔斯克镇、沃利诺耶、古尔托夫希基驿站、克梅姆斯克自然村、卡泽耶沃镇、库捷内镇和小叶尔莫莱村。

　　一条驿道穿过这些村镇，这是西伯利亚最古老的驿道。它穿过城镇主要街道，像切面包似的把这些城镇切成两半，至于村庄，它径直而过，把一排排农舍甩在后面，或者画出弧形，或者急转弯绕过它们。

　　在遥远的年代，铁路还未铺设到霍达斯克村，驾驶三匹马的邮车在驿道上往来奔驰。装载茶叶、粮食和铁器的大车朝一个方向行驶，卫兵押解的步行囚犯一站站地朝另一个方向走。他们齐步向前，每一迈步脚镣便一齐哗啦啦响。他们都是亡命之徒和绝望的人，像天上的闪电一样可怕。四周是无法穿越的阴森森的莽林。

　　驿道沿线的居民像一个大家庭。城市与城市，乡村与乡村，互相往来，结为亲戚。在霍达斯克村，驿道同铁路交叉的地方，有铁路附设的机车修配厂和机械厂，公棚里挤满不幸的人。他们忍饥挨饿，患病，死掉。有技术的政治犯服完苦役便留在这里当技师，算在这里定居了。

驿道沿线最初建立的苏维埃早已被推翻。西伯利亚临时政府存在过一段时间，而现在整个地区归最高统治者高尔察克政权管辖。

2

有段驿道要爬半天山坡。越往上爬远处看得越清楚。山坡好像永远爬不完，视野也越来越开阔。但等到人困马乏，停下来喘口气的时候，他们已经爬到山顶。前面的驿道跨越一座桥，湍急的克日姆河在桥下奔腾。

河对岸更为陡峭的一个山头上，现出圣十字修道院的砖墙。驿道环绕着修道院门前的斜坡转了几个弯，穿过城关的几户人家，直通城内。

驿道再次穿过修道院地界的边缘，通至中心广场，修道院染成绿色的铁门朝中心广场敞开。拱门入口处的圣像周围镶嵌着半环形金字："欢乐吧，具有生命力的十字架，不可征服的虔诚的胜利。"

冬季将尽。复活节前的一周，大斋的末尾。驿道上的雪已发黑，透露出解冻的信息，但屋檐仍蒙着皑皑白雪，悬挂着结实的高高的冰帽。爬上圣十字修道院钟楼找敲钟人的男孩们，觉得地上的房屋就像堆在一起的小匣子和小船。同逗点一般大小的小黑人向房屋走去。根据动作的姿势从钟楼上能辨认出几个人来。走近房屋的人，读贴在墙上的最高统治者颁发的"征召三种年龄的人入伍"的命令。

3

夜晚发生很多意想不到的事。天气转暖，此时转暖是罕见的。

天上飘着雨丝，雨丝如此轻盈，仿佛碰不到地面便化为湿雾，在空气中飘散。但这不过是一种错觉。一道道温暖的水流足以冲净地上的积雪。整个地面黑得发亮，仿佛出了一层汗。

低矮的苹果树长满新芽，奇迹般地把细枝穿过花园的篱笆伸到街上。雨水从树枝上滴滴答答地滴在木板人行道上。全城都能听到雨水的滴答声。

照相馆院里锁着的小狗托米克一直哀怨地叫到天明。也许加卢津家花园里的乌鸦被小狗的叫声激怒了，也呱呱叫起来，叫得全城都听得见。

市里地势低洼的那边住着商人柳别兹诺夫。别人给他运来三车货。他拒绝收货，说送错了，他从未订过这批货。赶大车的年轻人说天色已晚，请他收留一夜。商人同他们对骂起来，驱赶他们，不给他们开门。他们的对骂全镇都听得见。

凌晨一点，即修道院的六点多，从圣十字修道院最大的钟上发出一阵神秘、缓慢、甜蜜的钟声，同昏暗的细雨融合在一起。它从钟上飘出，仿佛被春汛冲化的泥块，离开河岸，沉入河中，融化在河里。

这是大斋前夜的安息日。在无边丝雨的深处，几盏刚刚能辨识的灯光缓缓移动、飘浮，照亮人的额头、鼻子和面孔。斋戒的信徒去做早祷。

一刻钟后，人行道的木板上响起从修道院走来的脚步声。这是店主加卢津的妻子回家，早祷才刚刚开始。她头上包着头巾，敞开皮袄，步履凌乱，时而跑几步，时而停下来。教堂里空气憋闷，她感到窒息，出来透透气，现在感到羞愧和遗憾，因为没能做完祷告，已经两年没斋戒了。但这还不是她悲伤的原因。白天，到处张贴的动员入伍的公告让她伤心，因为这涉及她可怜的傻儿子捷廖沙。她想把这念头从脑子里驱逐出去，但在昏暗中泛光的布告总提醒她这样的命令确实存在。

转过墙角就是她的家，走两步就到，但她在街上舒服些，宁愿待在街上，家里憋闷，不好受。

各种阴暗的念头在她心头翻滚。她想思考这些念头，把它们一一诉说出来，但却没有足够的词汇，也不可能天亮前说完。但在街上，这些向她袭来的一团团阴沉的思绪她在几分钟之内就能驱散，只要从修道院墙角到广场拐角走两三趟就行了。

复活节马上就到，可家里一个人也没有，都走散了，只剩下她一个人。难道真是一个人吗？当然是一个人。她收养的克秀莎不算。她又是什么人？知人知面不知心啊。她也许是朋友，也许是敌人，也许是潜在的情敌。她是符拉苏什卡前妻的女儿，他说是他的养女，可也许并非养女，而是私生女？也许根本不是养女，完全是另外一码事儿。男人的心谁能看得透？可也挑不出姑娘的毛病来。聪明，漂亮，无可指摘。比小傻瓜捷廖沙和养父机灵多了。

于是复活节前夕她一个人在家，被人遗弃。其他的人各去各的地方。

她的丈夫符拉苏什卡沿驿道向新兵发表演说，劝导他们在战场上立功。他这傻瓜要是能关心关心自己的亲生儿子，让他别去送死该多好！

儿子捷廖沙在家里也待不住，在大斋前夕跑了。他受够屈辱，跑到库捷内镇亲戚家散心去了。小伙子被实科学校开除。他年年留级，读到八年级学校不再可怜他，把他赶出学校。

唉，多悲伤啊！噢，主啊！怎么变得这么糟，一点希望也没有？什么都办不好，真不想活下去了！怎么会弄成这样呢？是革命造成的？不，啊，不是。都是因为战争。男人的精华全都在战争中被杀害，只剩下毫无用处的废物。

当承包商的父亲家里是否也如此呢？父亲不喝酒，是知书达理的人，家境富足。还有两个妹妹波利娅和奥莉娅。她们相处融洽，就像名字那样协调，一对美女。上父亲那儿去的木匠师傅都是仪表堂堂的男人。有一次，她们突然想编织六种毛色的围巾（并非家庭困难需要她们编织），变着法子玩耍。可结果呢，没想到她们竟成为编织能手，全县都称赞她们编织的围巾。她们做什么都端庄得体，比如浓密的头发、苗条的身材、祈祷、跳舞、接待客人、风度举止等，别看是普通人家，小市民，却是工农出身。俄罗斯也像一位待字闺中的姑娘，她有真正的追求者，真正的保护人，而不是现在这帮家伙。如今一切早已黯然失色，只剩下一群窝囊废律师和犹太佬，白天黑夜颠来倒去地说那几句话，早晚要被话噎死。符拉苏什卡和他的朋友们想凭借香槟酒和善良的愿望唤回先前的黄金时代！但怎样才能夺回失去的爱情呢？为此必须移山倒海！

4

加卢津娜已经几次走到圣十字市场。她的家就在市场左边。但每次她都改变主意向后转，又走进通向修道院的小巷。

市场大得像旷野。先前每逢赶集的日子，农民的大车挤满市场。市场的一头紧靠叶列宁街尾。另一头由不大的一层或两层的房子围成弧线形。房子被货仓、账房、商人的货栈和手艺人的作坊挤满。

太平岁月，憎恨女人的布留汗诺夫，穿着长礼服，戴着眼镜，坐在他家敞开铁门前的椅子上，装模作样地看小报。他是个粗俗不堪的人，做皮革、焦油、车轮、马具、燕麦和干草等生意。

这里，在昏暗的小窗上，摆着几只硬纸盒，盒上积满多年的尘土，盒里装着几对用缎带扎起来的花烛，绸带打成花结。在窗户后边的小空屋里，没有家具，几乎没有存放过商品的痕迹，如果不算一个个摞在一起的蜡圈的话。可就在这间屋里，那位拥有百万资财的蜡烛制造商的神秘代理人，做过成千卢布的地板蜡、蜡料和蜡烛交易的人，曾经住过，现在不知住在何处。

街上一排商店中央，是加卢津家开设的杂货铺。杂货铺有三间门脸，出售从殖民地运来的商品。老板和伙计们喝茶没节制，并把泡过的茶叶倒在地板上，每天都要用倒在地板上的茶叶擦洗三遍没上漆的干裂地板。年轻的老板娘经常得意扬扬地坐在钱柜后面。她心爱的颜色是淡紫色，这是教堂举行盛典的时候神甫教袍的颜色，丁香花苞的颜色，她华丽的天鹅绒服装的颜色，她那套维也纳器皿的颜色。这是幸福的颜色，回忆的颜色。她觉得革命前俄罗斯处女时代的颜色也是淡紫色。她喜欢坐在钱柜前，因为在玻璃罐散发出淀粉、糖和紫黑色醋栗水果糖香味的铺子里，黄昏时分淡紫色的光线正是她心爱的颜色。

这里，院子的一角，存放木材仓库的旁边，有座四面破裂的旧二层楼房，楼房是用旧木板盖成的，像一辆用旧的轿式马车。楼房里有四套房间，两个楼角都有出口，一边一扇门。楼下左首是扎尔金德药房，右首是公证人办事处。药房上面住着什穆列维奇裁缝一大家子，裁缝的对面，公证人的楼上，好几家住户挤在一起，门上贴满的招牌和门牌说明他们都是干什么的。这儿修表和补鞋。茹克和施特罗达克在那儿合伙开了一家照相馆，此外还有卡明斯基的刻字铺。

由于房间太挤，摄影师的两个助手，修版的谢尼亚·马吉德松和大学生布拉仁，在院子木仓库过道搭了一间洗印室。从红指示灯上可以看出他们正在干活，指示灯一闪，窗户也微微一亮。窗户下锁着一条叫托米克的小狗，叫起来整条叶列宁街都听得见。

"大家乱哄哄地挤在一起，"加卢津娜经过灰楼时想道，"贫困肮脏的狗窝。"但她马上得出符拉苏什卡排斥犹太人的做法是不对的结论。这些微不足道的人影响不了俄罗斯帝国的命运。不过，如果问什穆列维奇老头，为什么世道如此险恶，他一定会向你鞠个躬，做个怪相，龇着牙说："全是犹太佬捣的鬼。"

唉，可她想的是什么呀，脑子里塞的都是什么东西呀？难道问题出在这里？倒霉倒在这里？倒霉倒在城市里。可决定俄罗斯兴衰的不是城市。受到城市文化的诱惑，想追赶它们，可没追赶上。离开自己的岸，并没靠上别人的岸。

也许恰恰相反，倒霉就倒在无知上。学者看得远，未卜先知。可我们掉了脑袋才想起帽子。仿佛滞留在一片漆黑的密林里。可有文化的人现在日子也不好过啊。饥饿把他们从城市里赶出来。越想越糊涂。谁又弄得清楚。

可我们乡下人的情况呢。就拿谢利特温家、舍拉布林家、帕姆菲尔·帕雷赫家、莫德赫家的兄弟俩、涅斯托尔和潘克拉特来说吧。靠双手劳动，自己当家做主。驿道两旁盖了新房，看着叫人喜欢。每户耕种十五俄亩地，豢养马、羊、牛、猪。储备的粮食足够吃三年。农具齐全——令人赞叹不已。连收割机都有。高尔察克巴结他们，想把他们拉到自己一边，政委们想把他们诱入林中游击队。他们打完仗戴着乔治十字勋章回来，马上被抢去当教官，不管你戴不戴肩章。只要你在行，哪儿都需要你。绝不会没用。

可该回家了。一个女人闲逛这么久成何体统。要在自己的园子里就好了。可那里全是稀泥，脚站不住。心里仿佛松快一点。

加卢津娜一路上胡思乱想，终于不知道自己想的是什么，不觉走到家门。但在她迈进门槛之前，先在台阶前跺掉脚上的泥，跺泥的时候又想起很多事。

她想起眼下霍达斯克村的头头们，从首都来的政治流放犯季韦尔辛和安季波夫，无政府主义者"黑旗"伏多维钦科，当地的木匠格尔尼亚·别申内。这些家伙个个老奸巨猾。他们一生闯过多少乱子，大概又要策划什么了。不然他们便没法活。他们一生靠机器过活，自己也冷酷无情，同机器一样。他们在绒衣外面套一件短上衣，抽烟的时候把烟卷插在骨头烟嘴里。只喝开水，免得传染疾病。符拉苏什卡白费劲，哪儿是他们的对手。这些人想把一切都按自己的意志翻转过来，永远按照自己的主意办。

她也想到自己。她知道自己是个风韵犹存、与众不同的女人，
人聪明，心眼也不坏。但在这偏僻的地方，她那点长处也没人赏
识，也许哪儿都没人赏识。整个外乌拉尔都熟悉先杰秋利哈写的那
支嘲笑傻女人的下流小曲，只能引用开头的两行：

先杰秋利哈卖了大车，
用卖大车的钱买了一把三弦琴……

下面便是淫秽词儿了，她怀疑有人在圣十字市场上唱这支小曲
是影射她。

她伤心地叹了一口气，走进家门。

5

她没在前厅停留，穿着皮大衣径直走进卧室。卧室窗户对着
花园。此刻已是深夜，窗内和窗外各种影子重叠交错在一起。垂下
的窗帘的阴影，同院子里光裸漆黑树木模糊不清的阴影几乎一模一
样。冬天即将过去，花园沉浸在黑绸般的黑夜中，而即将来临的春
天给冬夜送来些许暗紫色的暖意。房间里两种近似的因素大约也这
样糅合在一起，即将临近的暗紫色的节日气息，把尚未拍掉尘土的
窗帘内的闷气变柔和了，冲淡了。

圣龛内的圣母两手从银衣饰上伸出，发黑的手掌向上举起。每
只手里似乎握着她的拜占庭名字最前和最后的两个希腊字母。放在
金灯托上的石榴石圣灯，宛如一只黑墨水瓶，仿佛把点点星光洒在
卧室的地毯上。

加卢津娜脱下披巾和皮大衣，笨拙地转了个身，肩胛骨一阵刺
痛，她惊叫了一声，害怕了，喃喃自语道：

"替悲伤的人解忧，圣洁的圣母，及时助人，保护世界。"她

不禁哭起来。等疼痛过去后，她开始脱衣服。衣领下面的和背上束胸的扣钩从她手里滑下来，落进烟色轻纱的皱褶里。她费劲地摸它们。

她进门的时候惊醒了养女克秀莎，克秀莎走进她屋里。

"您怎么没点灯呀，妈妈，要不要给您拿盏灯来？"

"不用。不点灯也看得见。"

"好妈妈，奥莉加·尼洛夫娜，我来帮您脱衣服。您别受罪了。"

"手指不听使唤，一点办法也没有。裁缝不长脑子，没把扣钩钉在该钉的地方，瞎眼的东西。我恨不得从上到下都扯下来，把整条扣钩甩在他那张丑脸上。"

"圣十字修道院的赞美诗唱得真好。夜深人静，空气把歌声传到这儿来。"

"唱得确实不错。可我，妈呀，一点都不舒服。浑身又疼起来，哪儿都疼。真造孽呀！不知道该怎么办才好。"

"顺势疗法医生斯特多勃斯基给您治过。"

"他提出的治疗方法总没法实行。这位顺势疗法的大夫原来是个兽医。啥也不懂。这是其一。其二是他走了。走了，走了，还不止他一个人。都在节前从城里走了。是不是他们预先知道这儿要发生地震？"

"可那个俘虏过来的匈牙利大夫给您治得蛮不错嘛。"

"又胡说八道了。我告诉你吧，谁都没留下，都各奔东西了。克列尼·劳什同其他的匈牙利人到分界线那边去了。他们强迫那家伙给人看病，后来被红军收编。"

"您太神经过敏了。神经官能症。民间的暗示疗法能创造奇迹。您还记得吗，那个巫婆，一个士兵的老婆，给您念咒治病，效果不是很好吗？真是手到病除。忘记那个士兵老婆叫什么名字了。"

"你呀，简直把我当成愚昧无知的傻瓜。你恐怕还背着我唱先杰秋利哈小调挖苦我呢。"

"您怎么不畏惧上帝呀！您不该说这种话，妈妈。您还是想想士兵老婆叫什么名字吧。名字就在嘴边上。想不起来我心里别扭。"

"可她的名字比裙子还多。我不知道你要哪一个。她叫库巴利希娜，又叫梅德维吉哈，还叫兹雷达里哈。此外还有十个以上外号。她也不住在附近。巡回演出一结束，上哪儿找观众？把上帝的仆人关进克日木监狱，因为她给人打胎，还制造什么药粉。可你瞧她，嫌牢房里闷气，从监狱里逃出来，跑到远东去了。我对你说吧，都逃散了。符拉苏什卡，捷廖沙，好心肠的波利娅姨妈。城里正派女人就剩咱们这两个傻瓜了，难道我是在开玩笑？哪儿也没人看病。要出了什么事，一个人也叫不来。听说在尤里亚金有个从莫斯科来的名医，教授，一个自杀的西伯利亚商人的儿子。我正打算请他的时候，红军在大路上设立了二十个哨卡，哪儿过得去啊？现在说别的吧。你睡觉去吧，我也躺会儿。大学生布拉仁把你迷住了。何必抵赖呢？你怎么也躲不开他，瞧你脸红得像虾米一样。你那倒霉的大学生在复活节晚上还得洗印我的相片，自己显影自己印。自己不睡觉也不让别人睡觉。他们那条狗叫得全城都听得见。该死的乌鸦在咱们苹果树上呱呱乱叫，我这一夜又甭睡觉了。可你生哪门子的气呀，怎么这么小性子，啊？大学生嘛，当然会讨姑娘们欢心了。"

6

"那边狗怎么叫得那么厉害？过去看看出了什么事儿。狗不会无缘无故叫唤的。等一下，利多奇卡，怎么一说起来就没完，停一下。得弄清情况。万一警察冲进来怎么办。你别走开，乌斯金。还有你，西沃布留伊，也留在这儿。其他人用不着。"

但中央代表利多奇卡没听见请他停一下的话，像演说家那样用疲惫的嗓子继续讲下去，并且越讲越快：

"西伯利亚的资产阶级军事政权推行掠夺、勒索、暴力、枪杀和拷打的政策，必然会使误入迷途的人睁开眼睛。它不仅同工人阶级为敌，实际上也同全体劳动人民为敌。西伯利亚和乌拉尔的劳动农民应当明白，只有同城市无产阶级和士兵结成联盟，只有同吉尔吉斯和布里亚特的贫农结成联盟，才能……"

他终于听见有人打断他的话，停下来，用手绢擦脸上的汗，疲惫不堪地垂下浮肿的眼皮，闭上眼睛。

站在他旁边的人低声对他说：

"喘口气吧，喝口水吧。"

有人对激动不安的游击队首领说：

"你干吗激动？什么事儿也没有。窗台上有信号灯。说得形象点，岗哨正盯着周围的空间呢。我认为可以继续做报告。讲吧，利多奇卡同志。"

大仓库里的木材搬空了。空出来的地方正在举行秘密会议。一堆顶到天花板的圆木，像一面屏风，把聚集在这里的人挡住，并把空着的那一半同照相室的出入口隔开。如果发生情况，开会的人便钻进地道，从修道院后面康斯坦丁死胡同的地道钻出来，躲进偏僻的地方。

报告人戴着黑棉布帽，遮住秃顶。一张橄榄形的脸苍白无神，黑络腮胡子一直长到耳根。他一激动就出汗，一直大汗淋漓。他抽烟对着桌上煤油灯对火，贪婪地抽没抽完的烟头，身子低垂在摊满文件的桌子上，用他那双近视眼急躁地在文件上面扫来扫去，仿佛在用鼻子嗅它们，然后用无精打采的声音继续讲下去：

"城市和农村贫苦人联盟只能通过苏维埃实现。西伯利亚的农民，不管他们愿意还是不愿意，所追求的目标，正是西伯利亚工人早已为之奋斗的目标。他们共同的目的是推翻海军将军们和哥萨克军事首领们所建立的仇视人民的专制政权，并通过全体人民武装起义建立农民士兵苏维埃。同时，在同武装到牙齿的资产阶级雇佣的哥萨克骑兵进行斗争的时候，起义军不得不进行顽强持久的正确的阵地战。"

他又停下来擦汗，闭上眼睛。有人违反会议议程，站起来，想举手插话。

游击队首领，说得更准确点，外乌拉尔克日木游击纵队指挥官，坐在报告人跟前，做出满不在乎的挑衅姿势，粗暴地打断他，不给他一点面子。难以置信，一个这么年轻的军人，差不多还是男孩子呢，居然指挥几个军和几支联合纵队，并深得部下的敬重、爱戴。他坐着，手脚都裹在骑兵大衣衣襟里。脱下的上半截大衣和袖口搭在椅背上，露出军装。军装上撕掉准尉肩章的地方留下两道黑印。

他两旁站着两个同他年龄相仿的一声不响的卫兵，身上穿的镶卷毛羊羔皮的白羊皮袄已经发灰。他们英俊的面容除表现出对长官的盲目忠诚和准备为他赴汤蹈火外，没有其他任何表情。他们对会议无动于衷，对会议所涉及的问题以及争论过程也麻木不仁，不说话，脸上也没有笑容。

除这几个人外，仓库里还有十到十五个人。有的站着，有的坐在地板上，伸长腿或把膝盖蜷起来，身子靠在墙上或堆放在墙边的圆木上。

为贵宾们摆了一排椅子。坐在椅子上的是三四个老工人，第一次革命的参加者。他们当中有脸色阴沉的季韦尔辛，他一点没变样，还有对他言听计从的老朋友安季波夫老头。他们被奉若神明，革命把自己的祭礼和牺牲奉献给他们。他们一声不响地坐在那里，像表情严峻的木偶，但他们政治上的优越感使他们同普通人的神态迥然不同。

仓库里还有值得注意的其他人物。比如，无政府主义的支柱、"黑旗"伏多维钦科。他一刻也不安宁，一会儿从地板上站起来，一会儿又坐在地板上，在仓库里走来走去，站在仓库当中。他是个胖子，身材高大，脑袋和嘴都很大，一头长发像狮鬣。他是俄土战争或者日俄战争硕果仅存的军官。他是个梦想家，整天沉湎于妄想中。

他由于天性过分忠厚，身躯特别巨大，注意不到同他不相应的、规模较小的事务。他对发生的一切都没给予足够的注意，对什么都误解，把相反的意见当成自己的看法，对什么都赞同。

坐在他旁边的是他的熟人，森林猎人，捕兽能手斯维利德。尽管斯维利德不务农，但从他黑呢衬衣的襟口里仍流露出农民的泥土气息。他把衬衣和领口下的十字架攥成一团，在身上擦来擦去，使劲挠胸脯。这是个有一半布里亚特人血统的农民，诚恳，没文化，头发梳成几根细辫，髭须稀疏，胡须更稀疏，总共不过几根。蒙古人的习性使他的脸显得苍老。他永远带着同情的笑容，笑容又给他脸上增添不少皱纹。

报告人带着中央委员会的军事指示走遍西伯利亚，他的思想已在他即将奔赴的广阔地区翱翔。他对大多数出席会议的人漠不关心。但作为一个从小就参加革命并热爱人民的人，他钟爱地望着坐在对面的年轻统帅。他不仅原谅这个男孩子粗鲁的态度，在老头看来这是具有乡土气息的真正革命性的表现，还很欣赏他那些放肆的举止，就像一个痴恋女子喜欢她的征服者的无耻和放肆一样。

游击队领袖是米库利钦的儿子利韦里，从中央来做报告的人便是劳动大军的合作主义者科斯托耶德－阿穆尔斯基。他先前追随过社会革命党人，近来改变立场，承认自己过去的立场是错误的，并在几次慷慨激昂的声明中表示忏悔，于是他不仅被吸收加入共产党，而且入党不久便被委以这样的重任。

把这项工作委托给他，一个从未打过仗的人，是出于对他的革命资历和牢狱生涯的尊敬，同时还考虑到他曾是一名合作主义者，熟悉西伯利亚西部起义地区农民群众的情绪。在这个问题上，熟悉农民情绪比军事知识更为重要。

政治信仰的改变使科斯托耶德有了极大的变化。他的外表、动作和作风都变了。谁也不记得他先前的秃顶和满脸胡须了。也许这都是伪装？党严禁他暴露身份。他的化名是贝伦杰和利多奇卡同志。

伏多维钦科声明赞同命令中的条款，他的声明引起一阵骚乱，等骚乱平息后，科斯托耶德继续说下去：

"为尽可能地利用不断高涨的农民运动，必须尽快地建立省委会管辖地区所有游击支队的联系。"

后来，科斯托耶德谈到设立接头点、暗号、密码和联络方法等问题。接着他又谈起有关细节。

"把白军机构和存放武器、装备和粮食仓库的地点以及他们储存大量金钱的地点和储存体系通知各游击队。

"必须详细分析游击队内部的组织问题，详细分析它们的指挥官、军事和作战纪律、秘密活动、游击队同外部世界的联系、对待当地居民的态度、战地革命军事法庭、在敌占区的破坏策略，如破坏桥梁、铁路、轮船、驳船、车站、修配厂及其技术设施、电话局、矿山、粮食等策略问题。"

利韦里已经忍了半天，终于忍不住了。他觉得科斯托耶德所说的一切都不切合实际，都是外行人的胡说八道。他说：

"十分美妙的演讲。我牢记心间。看来要想不失去红军的支持，必须接受这一切而不得反对吧。"

"当然如此。"

"我的美妙非凡的利多奇卡，你劈头盖脸地训斥我们的时候，我的队伍，三个团还包括炮兵和骑兵，早已出发狠狠打击敌人去了，叫我怎样对待你那些像学生小抄儿上的话呢？"

"说得多么妙！多么有力量！"科斯托耶德想道。

季韦尔辛打断了他们的争论。他不喜欢利韦里那种傲慢口气，说道：

"对不起，报告人同志。我有疑问。也许有一条指示我没记对。我念一下。我想核对一下是否记错了：'最好把革命时期在前线作战并加入士兵组织的老战士吸收进委员会。在委员会中最好有一两名下级军官和军事技术专家。'科斯托耶德同志，我记得对不对？"

"对。一字不差。记得对。"

"那么请允许我提出如下看法：有关军事专家这一条款让我感到不安。我们工人们，一九〇五年革命的参加者，信不过丘八长官。他们当中总有反革命分子。"

周围的人喊了起来：

"行啦！表决，表决！该散会了。时间不早了。"

"我赞成大多数人的意见。"伏多维钦科插话说，嗓音大得像打雷，"要想表达得有诗意一点，应当这样表达：民事指示应当出自下层，在民主的基础上生长，就像往地里压枝一样，而不像打桩子似的从上面打下去。雅各宾党专政的错误就在这里，因此国民会议才被热月政变推翻。"

"这再清楚不过了。"同他一起流浪的朋友斯维利德支持道，"这连吃奶的小孩都懂。早该想到，现在晚了。我们现在要干的是作战，勇敢地向前冲，不喘气地往前冲。指手画脚地说一通，再往后退，那算怎么回事儿？自己种下的苦果自己吃。自己跳进水里就别喊救命——淹死完蛋。"

"表决！表决！"大家一齐要求表决。人们又七嘴八舌地说起来，越说越离题，各有各的主张，黎明时宣布散会。大家散开，一个个警惕地走了。

7

路上有处风景如画的地方。陡坡上有两个几乎挨着的村子——库捷内镇和小叶尔莫莱村，被湍急的帕仁卡小河隔开。库捷内镇沿陡坡蜿蜒而下，而它下面的小叶尔莫莱村则一派斑斓绚丽。库捷内镇里正欢送征募来的新兵，而施特列泽上校领导的验收委员会在小叶尔莫莱村验收小叶尔莫莱村和邻近几个乡应征入伍的青年。这项工作由于过复活节停顿了一段时间。为保证征兵工作顺利进行，村里驻扎着骑兵民警和哥萨克兵。这年复活节来得特别晚，而春天又来得特别早。这天是节后的第三天，风和日丽。库捷内镇的街上，一张张款待新兵的桌子摆在露天野地里，从大路的顶端开始，免得妨碍车辆通行。桌子排成一行，弯弯曲曲，像一条弯曲的肠子。上面铺着垂到地面的白桌布。

大家合伙款待新兵。款待的主要食品是复活节剩下的，两只熏火腿，几个圆柱形大面包，两三个奶渣甜糕。沿桌摆满装着蘑菇、酸黄瓜和酸白菜的瓷盆，还有盛切成薄片的面包的碟子，这些面包都是农民自己烤的：一碟碟复活节彩蛋堆得像座小山。彩蛋上涂的主要是淡红色和浅蓝色。

外面淡红、浅蓝而里面淡白的空鸡蛋壳乱丢在桌子周围的草地上。从小伙子们上衣内露出的衬衫也是淡红色和浅蓝色。淡红和浅蓝也是姑娘们连衣裙的颜色。浅蓝色是天空，淡红色是彩云。彩云在天空中缓慢而整齐地飘动，仿佛天空同它一起飘动。

符拉斯·加卢津穿着粉红色衬衫，腰里系了一条宽丝腰带，两只脚一会儿往左伸，一会儿往右伸，从潘夫努金家高台阶上跑下来，皮靴的鞋跟嗒嗒嗒地敲着路面，跑到桌子跟前，潘夫努金的房子位于桌子上方的山坡上，他马上讲起话来：

"我用这杯老百姓自己酿的酒代替香槟酒为你们干杯，小伙子们。祝你们长寿！新兵先生们！我祝你们万事如意。请注意！你们即将踏上遥远的征途，挺起胸膛保卫祖国，打退让俄国人民自相残杀、血染大地的暴虐者们。人民盼望以不流血的方式获取革命成果，可布尔什维克党是外国资本的奴仆，把人民朝夕思慕的理想——立宪会议用刺刀驱散，无辜的人民血流成河。即将上战场的年轻人！俄国武装的荣誉受到玷污，把它洗刷干净，因为我们欠下我们诚实盟友的债，我们蒙受耻辱，我们注意到，德国和奥地利紧随红军，也无耻地抬起头。兄弟们，上帝与我们同在。"符拉斯·加卢津还想说下去，但被大家高喊乌拉声以及要把他抛起来的欢呼声打断。他把酒杯端到唇边，一口口慢慢喝着没过滤的白酒。这种饮料并不能让他满足。他喝惯美味的葡萄酒。但他意识到他在为社会牺牲，便心满意足。

"你老子是只雄鹰。这家伙真会骂人。杜马里的那个米留可夫[1]算什么东西。"人们喝醉了，在一片吵闹声中，格什卡·里亚贝赫对自己的朋友和坐在旁边的捷连季·加卢津夸奖他老子，"真的。真是只雄鹰。大概不会平白无故卖劲。他想用舌头免除你服兵役。"

"得了吧，格什卡！你真没良心。居然想得出'免除兵役'这样的话。咱们同一天收到入伍通知书，说什么免除兵役！咱们要去同一个部队，他们把我从中学里赶出去，这群混账东西。我妈伤心得要命。幸好没当志愿兵。说让我当士兵。爸爸自然会讲话，那不用说，能言善辩，他这种本领是从哪儿来的？天生的。没受过任何系统教育。"

"听说过桑卡·潘夫努金得病了？"

"听说过。传染得真那么厉害？"

"一辈子也治不好。痨病一烂到脊髓就完蛋。自作自受，警告过他别去。问题是同什么人鬼混。"

"他现在怎么办？"

"悲剧。想自杀。今天，从小叶尔莫莱村来的征兵委员会给他做体检，也许要他。他说要参加游击队。他要对社会上的流言蜚语予以还击。"

1　帕·尼·米留可夫（1859—1943），俄国立宪民主党党魁，二月革命后在临时政府中担任外交部长。

"你听我说，格什卡。你说他传染上了，可如果不上她们那儿去，也会害别的病。"

"我知道你指的是什么。看来你也干过这种事。这不是病，而是不可告人的隐疾。"

"格什卡，你说这种话真该给你一个嘴巴。你胆敢欺侮你的伙伴，你这个说谎的瘌痢头！"

"我说着玩呢，你别激动。你猜我想告诉你什么。我是在帕仁斯克过的复活节。一个过路的人在帕仁斯克发表了一篇'个性解放'的演说。精彩极了。我，妈的，要参加无政府主义。他说，力量在我们自身。他说性别和性格是动物电磁激发的产物。啊？妙吧！可我喝酒喝得太多了。周围喊的什么都听不见，耳朵都要震聋了。我受不住啦。闭嘴，捷廖什卡。我说，脓包，妈妈的心肝宝贝，堵住耳朵。"

"你告诉我点别的吧，格什卡。我对社会主义还不大清楚。比如，什么叫怠工者。什么意思？干什么的？"

"我尽管是这个问题的专家，可我告诉你，捷廖什卡，离我远点，我喝醉啦。怠工者就是拉帮结伙。一说怠工者，你就同他是一帮。明白啦，笨蛋？"

"我想也是一句骂人话。说到电磁力，你说得对。我为提高活动能力，按照广告，打定主意从彼得堡订购一条电磁腰带，用代收货款的办法支付。可突然发生了革命，顾不得腰带了。"

捷连季没说完……醉汉们的吵闹声被不远地方发出的一声爆炸声压住了。桌上的喧哗声停止了一下。一分钟之后又恢复了，并且吵闹得更厉害。一部分坐着的人站起来。清醒点的还能站住。另一些人两条腿摇摇晃晃，想走到一边去，但站不稳，倒在桌子底下，马上打起呼噜来。女人们尖叫起来。一片混乱。

符拉斯·加卢津两眼向四下打量，寻找响声的来源。起先他觉得，轰隆声就来自紧挨着的库捷内镇，也许就隔着几张桌子。他脖子上青筋暴起，脸涨得通红，扯着嗓子喊起来：

"这是哪个犹大钻进我们这伙人里来捣乱？哪个小子扔手榴弹玩？不管是谁，就是我亲生的儿子，我也要把这个恶棍掐死。公民们，我们不能允许开这种玩笑！我要求搜捕。咱们把库捷内镇包围起来。一定要抓住奸细！不让兔崽子逃走！"

起先大家还听他讲话，后来注意力被从小叶尔莫莱村村公所升起的烟柱吸引过去。大家都跑到悬崖上看出了什么事儿。

从着火的村公所里跑出几个没穿外衣的新兵，有的光着脚，有的只穿着一条紧身短裤，施特列泽上校和几个验收新兵的军人也从村公所跑出来。哥萨克和民警骑着马在村子里来回奔驰。他们挺直身子，挥舞马鞭，骑在身子像蛇一样东歪西扭的战马上。他们在搜寻某个人。一大群人沿着通往库捷内镇的大路跑过来。小叶尔莫莱村的钟楼敲起警钟，民警追赶往这边跑的人。

事情进展得极快。黄昏的时候，施特列泽带着哥萨克到紧挨着小叶尔莫莱村的库捷内镇搜寻。巡逻队包围了村子，挨家挨户搜查。

这时，一半参加庆祝的人还未离开，他们喝得烂醉如泥，头靠着桌边或者躺在桌下呼呼大睡。等到大家知道村子里来了民警，天已经黑了。

几个小伙子躲开民警，从村后的小道跑了，你推我蹑地从碰到的头一个货栈的栅栏门下面钻过。在黑暗中弄不清是谁家的货栈，但从鱼味和煤油味上判断，这是合作社的地窖。

躲藏起来的人并没干过亏心事。他们的过错便是躲藏起来。大多数人这么做是因为慌张，喝醉了，一时糊涂。有的人觉得自己结识的人不体面，他们也许会坑害自己。现在什么事都往政治上扯。淘气和耍流氓在苏维埃政权眼里便是加入黑帮的证据，而在白军那边则把爱惹是生非的人当成布尔什维克。

原来不少人比这几个小伙子先钻进地窖。地窖里挤满了人。躲在这里的有库捷内镇的人，也有小叶尔莫莱村的人。库捷内镇的人烂醉如泥，他们中的一部分人像呻吟似的打呼噜，咬牙，发出一阵阵呼啸声，另一部分人恶心呕吐。地窖里黑得要命，出不来气，臭气熏天。最后进来的一批人从里面把他们爬进来的通道用土和石块堵死，免得洞口把他们暴露出来。不久，醉汉们的鼾声和呻吟声完全停止了。地窖里一点声音也没有，都在安安静静地睡觉。只有被吓破了胆的捷季·加卢津和小叶尔莫莱村好打架的科西卡·涅赫瓦林内安静不下来，在一个角落里低声说话。

"小点声，兔崽子，你这好哭鼻子的鬼东西，别把大伙儿坑了。听见没有，施特列泽的人到处搜查呢？他们从村口回来了。到了集市，很快就会到这儿来。别动，别喘气，不然我就勒死你！——算你走运——他们走远了，走过咱们这儿了。你干吗上这儿来？瞧你这个笨蛋也躲到这儿来。谁会动你一根指头？"

"我听见格什卡喊'快躲起来'，就钻进来了。"

"格什卡是另一码事儿。里亚贝赫一家都是监视对象。他们在霍达斯克有亲戚。是耍手艺的，工人家庭出身。你别哆嗦，傻蛋，安安静静躺着吧。周围都是屎，吐了一地，你一动弹便粘一身，连我都得抹上。你闻不见多臭吗？施特列泽干吗沿村子跑？搜寻从帕仁斯克来的人。"

"科西卡，这是怎么一回事啊？怎么闹起来的？"

"全是桑卡闹的，就是那个桑卡·潘夫努金。我们脱光站在一排检查身体。该轮到桑卡了。他不脱衣服。桑卡喝了酒，到村公所的时候还没醒过来。文书提醒他，客气地叫他脱衣服。对桑卡称呼您。人家可是军队里的文书。可桑卡对他粗野极了：'我偏不脱。我身体的一部分不想让你们大家看见。'他仿佛害臊。他侧身靠近文书，抡起拳头照他腮帮子就是一拳。一点不假。你猜怎么着，一眨眼的工夫，桑卡弯腰抓住办公桌的腿，把桌上的墨水瓶和兵役名单都倒在地上！施特列泽从门后头喊道：'我决不允许在这儿胡闹。

我要让你们看看不流血的革命，叫你们胆敢在政府所在地践踏法律！谁是带头闹事的？'

"桑卡奔向窗口，喊道：'救命啊，各人拿好自己的衣服！我们的末日到了，伙伴们！'我抓起衣服，跟在桑卡后面，一边跑一边穿。桑卡一拳打碎了玻璃，一下子跳到街上。我跟在他后面。还有几个人跟在我们后面。我们撒腿就跑，追捕的人在后面追赶。你问我这是怎么回事儿？谁也弄不清楚。"

"炸弹呢？"

"什么炸弹？"

"谁扔了炸弹？也许不是炸弹，是手榴弹？"

"老天爷，这难道是我们干的？"

"那是谁干的？"

"我怎么知道。准是别人干的。他一看见乱了，便想在混乱中把整个乡炸掉。让他们怀疑是别人干的，他准这么想。准是政治犯。这儿到处都是帕仁斯克的政治犯。轻点，闭上嘴。有人说话，听见没有？施特列泽的人回来了。唉，完蛋啦。别出声。"

声音越来越近。皮靴吱吱声，马刺叮当声。

"您不用辩解，骗不了我。我可不是那种容易上当的人。这儿一定有人说话。"传来上校盛气凌人的彼得堡口音，地窖里听得越来越清楚。

"大人，也许是您的错觉。"小叶尔莫莱村村长奥特维亚日斯金老头想劝上校回去，村长是个渔夫，"既然是村子，自然有人说话，这有什么可奇怪的。这儿不是坟地呀。也许有人说话。屋子里住的不是不会说话的牲口。也许家神在梦里掐得人喘不过气来。"

"轻点！您要再装傻，装出一副可怜相，我就给您点颜色看！家神！您也太不像话了。自作聪明闹出世界革命就晚了。还他妈的什么家神呢！"

"哪儿能呢，大人，上校先生！哪儿来的世界革命！都是大字不识的文盲。连旧圣经书都看不懂。他们哪儿懂得革命。"

"没拿到证据之前你们都这么说。给我把合作社的房子从上到下搜查一遍。把所有箱子里的东西都抖搂出来，柜台底下也都看一遍。跟合作社挨着的房子统统搜查。"

"是，大人，照您的吩咐办。"

"潘夫努金、里亚贝赫、涅赫瓦林内几个人活的死的都要。从海底捞出来我也不管。还有加卢津那个小伙子。尽管他爸爸发表爱国演说，想把我们说糊涂了。正相反。我们可不会打盹儿。如果铺子老板发表演说，其中必有缘故。这让人起疑，不符合本性。我们的秘密情报说他们在圣十字镇的家里窝藏政治犯，举行秘密会议。我要捉住那小杂种。我还没打定主意怎么处置他，可如果发现什么，我就绞死他，杀一儆百嘛。"

搜查的人往前走了。等他们走远后，科西卡·涅赫瓦林内向吓得半死的捷廖什卡·加卢津问道：

"听见了没有？"

"听见了。"他低声回答，声音都变了，"如今咱们同桑卡和格什卡只有进树林这一条路了。我并不是说永远待在那儿。等他们明白过来再说。等他们清醒过来就知道该怎么办了。说不定还能回来。"

✥

Chapter 11

林中战士

1

日瓦戈已经在游击队里当了一年多俘虏。但这种囚禁的含义极其含混。囚禁日瓦戈的地方没有围墙。既没人看守他，也没人监视他。游击队一直在转移，日瓦戈同他们一起转移。这支部队并没同人民群众隔开，转移的时候经过居民点和居民区。它同居民混杂在一起，融入他们当中。

囚禁仿佛并不存在，医生是自由的，只不过不会利用自由罢了。医生的从属关系，他的囚禁生活，同生活当中其他的强迫形式没有任何区别，同样是看不见和摸不着的，似乎并不存在，只是一种空想和虚构。尽管医生没戴手铐脚镣，也没人看守他，但他不得不屈从并非真正意义上的囚禁。

他三次试图从游击队里逃走，但三次都被抓回来。三次逃走虽然没受到惩罚，但他在玩火，以后没敢再尝试。

游击队队长利韦里·米库利钦对他很宽容，让他住在自己的帐篷里，喜欢跟他在一起。但日瓦戈把这种亲热当成难以忍受的煎熬。

2

这是游击队几乎不停地向东方撤退的时期。有时，这种转移是把高尔察克驱逐出西西伯利亚攻势的一部分。有时，白军迂回到游击队的后方，企图把他们包围起来。这时候，游击队仍向同一个方向撤退。医生很久都弄不明白其中的奥秘。

游击队撤退时往往同大路两旁的城镇和乡村保持平行方向，有时还沿着大路撤退。这些城镇和乡村有时属于红军，有时属于白军，就看谁的军事运气好了。但从城镇外表上很难断定是谁的政权。

游击队经常穿过农民义勇军的村镇，在这支迤逦前进的队伍中，农民义勇军正是其中的主力。大路两旁的农舍仿佛缩进地里，踩着泥浆在路上行进的骑兵、马匹、大炮和背着大衣卷、挤在一处的高大步兵显得比房子还高。

一天，医生在这类村镇接收游击队缴获的战利品——一座英国药品库，这座药品库是卡比尔将军[1]的军官撤退时丢弃的。

这是一个漆黑的雨天，只有两种颜色：有光的地方是白色，没光的地方是黑色。医生的内心同样忽明忽暗，没有缓和的过渡，没有半明半暗。

军队的频繁调动把道路完全踩坏了，道路变成一条黑色的泥浆，而且不是所有地方都能蹚过。街道上只有几处相隔很远的地方可以通过，不管从街道哪一边，都得绕很大的弯才能走到另一头。医生便在这种情况下，在帕仁斯克遇见佩拉吉娅·佳古诺娃，认出她便是同车的旅伴。

她先认出他来。他没马上想起这个面熟的女人是谁。她站在大

---

[1] 符·奥·卡比尔（1883—1920），内战时反革命武装力量组织者之一，1919年指挥过高尔察克军队的远东战线。

路那边，像站在运河对岸，向他投来含有双重意义的目光，决定同他打招呼，如果他认出她来的话，不然便转身离开。

过了一分钟，他全都想起来了。在挤满人的货车厢、赶去服劳役的人群、押解他们的卫兵和辫子撩到胸脯上的女旅客这幅图画中，他看见自己家里的人。去年一家人乘车的情景历历在目。他刻骨思念的亲切的面容生动地浮现在眼前。

他用头向佳古诺娃指了指，让她往前走几步，走到踩着几块石头可以通过的地方。他也走到这个地方，向佳古诺娃那边走过去，同她打招呼。

她告诉他很多事。她提起被非法抓进劳工队却没受到不良影响的漂亮男孩瓦夏，瓦夏曾和医生同坐在一节暖货车车厢里，她还把自己住在韦列坚尼基镇瓦夏母亲家里的生活描述了一遍：

他们一家对她非常好，但村里人时常让她难堪，因为她不是本村人，是外来户。还责备她仿佛同瓦夏有私情，全是村里人编出来的。她不得不离开，免得被他们用各种难听话把她骂死。她到圣十字镇姐姐奥莉加·加卢津娜家来。传说有人在帕仁斯克镇见过普里图利耶夫，她便赶到这里来。但消息原来是假的，可她在这儿找到工作，无法离开了。

这段时间她的亲人们一个个遭了难。从韦列坚尼基镇传来消息，由于抗拒余粮征收制而全村遭到军事镇压。瓦夏·布雷金家的房子大概烧光了，家里有人烧死。在圣十字镇，加卢津的房子被强占，财产被剥夺。姐夫不是被关进监狱便是被枪毙了。外甥失踪。姐姐奥莉加最初挨饿受冻，后来在兹沃纳尔斯克镇给一家农村亲戚干活糊口。

佳古诺娃在帕仁斯克镇洗刷器皿的药店正是医生征用的财产。对所有靠药店生活的人，包括佳古诺娃在内，征用使他们陷入绝境。但日瓦戈医生无权取消征用的决定。药品运走的时候佳古诺娃在场。

日瓦戈的大车一直赶到药房后院仓库门前。一捆捆药品，一筐筐装着药瓶和药盒的柳条筐，从地下室里抬出来。

药房老板那匹长癣的瘦马同人们一起悲伤地从马厩里望着别人往大车上装货。阴雨的天气已近黄昏。天空稍稍放晴。被乌云紧裹着的太阳露了一下脸。太阳快要落山了。夕阳绛紫色的余晖洒进院子，把粪便坑染成金色，这大概是不祥之兆。风吹不动它们。粪浆稠得吹不起波纹。但大路上的积水被风吹得泛起涟漪，泛出朱红色斑点。部队绕过深水沟和坑洼，沿着大路边缘向前移动。在缴获的药品中发现一罐可卡因，游击队队长最近吸它吸上了瘾。

3

医生忙得要命。冬天是斑疹伤寒，夏天是痢疾。此外，战斗重新爆发，在战斗的日子里伤员不断增加。

尽管军事失利，队伍不停地撤退，但游击队的人数还是不断增加。有的来自军队经过地区当地的农民义勇军，有的来自敌军营垒的逃兵。医生在游击队度过的一年半的时间里，游击队员人数增加了十倍。利韦里在圣十字镇地下司令部的会议上提到过他部队的人数，那时他大概夸大了十倍。现在，游击队员已经达到利韦里所说的人数了。

日瓦戈医生有几个助手，几个具有一定医疗经验的新来的卫生兵。他的主要医疗助手是匈牙利共产党员、被俘的奥地利军医克列尼·劳什，在战俘营里大家管他叫狗叫[1]同志。还有个助手是医士安格利亚尔。医士是克罗地亚人，也是奥地利战俘。日瓦戈医生用德语同军医交谈，医士出生于斯拉夫人居住的巴尔干半岛，勉强能听懂俄语。

---

1 俄文发音同他的姓谐音。

4

根据国际红十字会公约，军医和部队医务人员不得参与作战双方的军事行动。但有一次日瓦戈医生被迫违背公约。战斗打响的时候他正好在野外，迫使他分享战斗人员的命运，向敌人射击。

游击队的散兵线布置在林子边上。游击队背后是大森林，前面是一片开阔的林中草地，四周毫无遮掩，白军从那里向游击队进攻。敌人一开炮，医生马上卧倒在游击队电话员旁边。

敌人越来越近，医生已经看清他们每个人的脸。这些人是出身于彼得堡社会非军事阶层的青少年或被动员起来的后备役中上年纪的人。但其中的主力是前一类人，青年，一年级的大学生和八年级的中学生，不久前才报名参加志愿军的。

他们当中医生一个也不认识，但他觉得一半脸孔是他熟悉的，曾经见过的。他们使他想起自己的中学同学。也许这些青少年是他们的小兄弟？另一部分人他仿佛曾在剧场里或街道人群中遇见过。他们一张张富于表情的、讨人喜欢的脸使他感到亲切，就像见到自己圈子里的人一样。

忠于职责，像他们所理解的那样，使他们热血沸腾，摆出挑衅的架势。他们排开一字形队列前进，挺直身子，英勇的姿势超过正规近卫军，做出藐视危险的样子，既不跳跃前进也不卧倒，尽管草地凹凸不平，有可供掩蔽的土丘和坑洼。游击队的子弹几乎把他们挨个扫倒。

白军前进的宽阔裸露的野地上有一棵烧死的枯树。它不是被雷电或篝火烧焦，便是被前几次战斗炸毁。每个前进的志愿兵射击的时候都要朝它望一眼，克制住躲在树干后较为安全也较容易瞄准的诱惑，继续前进。

每个游击队队员的子弹数目是有限的，必须珍惜子弹。下了死命令，只能在近距离，在看得见目标的情况下才准开枪。队员互相监督。

医生没有枪，卧在草地上观察战斗进程。他全部的同情都在英勇牺牲的孩子们一边。他全心祝愿他们胜利。这些孩子是在精神上、教养上、气质上和观念上同他接近的家庭的子弟。

他脑子里突然产生一个念头：朝他们那边草地跑去，向他们投降，以此脱身。但这一步太冒险了，有生命危险。

当他跑到草地中间，举起双手的时候，两边都可能把他撂倒，打中他的前胸或后背，自己人为惩罚他的背叛，白军则弄不清他真正的意图。他已经不止一次遇到这种情况，考虑过所有的可能性，最终确认这种脱身的办法是不可取的。医生在这种矛盾的心情下继续趴在地上，脸朝草地，没有武器，注视着草地上进行的战斗。

然而在周围进行殊死战斗的时候，一个人无所事事，冷眼旁观是不可思议的，也是办不到的。而且问题并不在于对剥夺他自由的阵营的忠诚，也不在于保护自己，而在于必须遵从现实的秩序，服从发生在眼前和周围的事件的规则。置之度外是违背规则的，必须做别人所做的事。战斗正在进行。他和同伴们遭到射击，必须还击。

他身旁的电话员抽搐起来，后来伸直身子不动了。这时医生解下他的子弹袋，拿过他的步枪，回到原来的位置上，一枪接一枪地射击起来。

但怜悯心不允许他瞄准他所欣赏并同情的年轻人。胡乱朝天射击又太愚蠢，他不愿意这样做。于是他选择在他和他的目标之间没有敌人的时刻，对准枯树开枪。这便是他的射击方法。

医生瞄准目标，越瞄越准，不知不觉地扣动扳机，但并未扣到底，仿佛没有射击的欲望。直到扳机扣下，子弹像走火一样射出为止。医生像通常一样，射击得很准，把枯树下面的枯枝打得纷纷落下。

可是，太可怕了。不管医生多么小心，多么不想射中人，但进攻的敌人，一会儿这个，一会儿那个，在关键的一刹那冲进他和枯树之间，在开枪的时刻穿过他的瞄准线。他打伤了两个，第三个倒霉鬼倒在离枯树不远的地方，大概也没命了。

白军司令终于确信进攻是无益的，下令撤退。

游击队人数不多。他们的主力一部分在行进，另一部分撤往一侧，同更为强大的敌军作战。支队为避免暴露人数不足，没去追赶退却的敌人。

医士安格利亚尔把两个抬担架的卫生兵带到树林边。医生命令他们救护伤员，自己走到躺着不动的电话员跟前。他暗暗希望，也许电话员还有口气，还能把他救活。可电话员已经一动不动。日瓦戈为证实他是否确实死亡，便解开他胸前衬衣趴上去听。心脏已经停止跳动。死者脖子上挂着一个护身香囊。日瓦戈把它解了下来。香囊的破布包着一张折叠得快要磨烂的纸片。医生打开一半已经磨烂的纸片，碎纸屑从他手指间散落。

纸上写的是第九十一篇《赞美诗》的摘录，但同原诗略有出入，这是人民在祈祷时自己加进去的。人民传诵时以讹传讹，所以出入越来越大。古斯拉夫文的片段在抄写时改为俄文。

《赞美诗》写道："愿得到全能者的荫庇。"俄文中这一句咒语的标题改为："荫庇。"《赞美诗》中"你不必再惧怕黑夜的恐怖或白昼的凶险"改为鼓励的话："你不必再惧怕战争的危险。"《赞美诗》说："因为他敬奉我的名，"俄文改为："知我名已晚。""在患难的时刻，我必与他同在。我将拯救他……"在俄文中变成"很快把他带入冬天"。

《赞美诗》被认为具有不受子弹伤害的神效。上次帝国主义战争时期，士兵便把它当作护身符带在身上。几十年过去了，或比《赞美诗》祷文晚得多的时候，囚犯把它缝在衣服里，每当夜间提审犯人的时候，他们便在心里背诵这些诗篇。

日瓦戈从电话员身旁走到林间草地被他打死的白军尸体前。少年俊秀的脸上现出纯洁无瑕和宽恕一切的痛苦表情。"我干吗要杀死他呢?"医生想道。

他解开死者的大衣,撩开衣襟。衬衣上工整地绣着死者的姓名:谢廖沙·兰采维奇。大概是疼爱他的母亲用温存的手精心绣上的。

从谢廖沙衬衣领口垂下挂在项链上的十字架、鸡心和一个扁平的小金匣或扁烟盒,损坏的盒盖仿佛用钉子钉上去的。小匣半开着。从里面掉下一张叠着的纸片来。医生打开纸片,简直不敢相信自己的眼睛。也是《赞美诗》的第九十一篇,不过是按照古斯拉夫体印刷的。

这时谢廖沙抽搐了一下,呻吟起来。他没死。后来发觉,他内脏受到轻微的震伤。子弹打在母亲的辟邪物上已经无力了,这挽救了他。但怎样处置这个躺在地上不省人事的白军呢?

这时作战双方都凶残到极点。俘虏不会活着押送到目的地,把受伤的敌人就地打死。

当时游击队的人员流动很大,一会儿新队员加入了,一会儿老队员离开并投到敌人一边,如果能严格保密的话,可以把兰采维奇说成不久前参加游击队的新队员。

日瓦戈从被打死的电话员身上脱下上衣,在安格利亚尔的帮助下(医生把秘密告诉他)给尚未恢复知觉的少年换上。

日瓦戈和医士一起护理这个男孩子。等到兰采维奇完全康复后,他们放了他,尽管他不向自己的救护者们隐瞒,他还要回到高尔察克部队去,继续同红军作战。

5

秋天,游击队在高山坡上一片小树林里扎营,这块地方叫狐湾,一条湍急的小河从三面环绕着它,并把河岸冲出一道道小沟。

游击队到达这里之前，卡比尔的部队曾在这里过冬。他们自己动手，并利用当地居民的劳动力，在树林里修筑工事，但春天他们从树林中撤走。游击队队员们现在便分散住在他们没烧毁的掩体、战壕和通道里。

利韦里·阿韦尔基耶维奇同医生合住一个窑洞。夜里他同医生谈话，医生已经两夜无法睡觉了。

"我真想知道，我那位最可敬的父亲大人，令人尊敬的老爷子，现在干什么呢。"

"天哪，我简直无法忍受这种小丑腔调，"医生心里叹息道，"跟他老子一模一样！"

"从我们过去的谈话中我得出结论，您相当熟悉阿韦尔基·斯捷潘诺维奇。我觉得您对他的看法相当不坏。是这样吧，阁下？"

"利韦里·阿韦尔基耶维奇，明天我们要到山坡上开预备会。此外，对几个酿私酒的卫生兵马上开审。我同劳什还没准备好这方面的材料。明天我们还要就这件事碰头。我已经两夜没睡觉了。以后再谈行不行？您行行好吧。"

"不行，"队长又把话题拉回到阿韦尔基·斯捷潘诺维奇身上，"您对老头儿有什么看法？"

"您父亲还相当年轻，利韦里·阿韦尔基耶维奇。您干吗管他叫老头儿呢？现在我就回答您。我时常对您说，品尝不出社会主义佳酿的优劣，看不出布尔什维克同其他社会党人之间的显著区别。您父亲属于最近几年造成俄国骚乱的那类人。您父亲的外表和性格都是革命的。他同您一样，是俄国发酵因素的代表。"

"这是夸奖还是责备？"

"我再次请您找个方便时候再同我辩论吧。此外，我还要提醒您，您又无节制地吸可卡因了。您擅自从我储备的药品中取走可卡因。它有别的用途，且不说这是毒药，我得为您的健康负责。"

"晚上您又没来上课。您的社会活动机能萎缩，跟不识字的老娘儿们或冥顽不化的凡夫俗子一样。可您是医生，读过很多书，好像自己还在写东西。请解释一下，这两件事如何联系在一起。"

"我也不知道如何联系在一起。也许根本无法联系，一点办法也没有。我值得怜悯。"

"谦虚胜于骄傲。与其恶毒嘲笑，不如熟悉一下我们讲习班的大纲，承认自己傲慢得不是地方。"

"天啊，随您怎么说好了，利韦里·阿韦尔基耶维奇！哪来的傲慢呢！我对您的教育工作崇拜得五体投地。简报上每天重复您对问题的概述。我都拜读过。我熟悉您对士兵教育的想法，并且钦佩不已。您所说的人民军队士兵对待同志、弱者、无法自卫的人、女人所应有的态度，以及对整洁和荣誉观念的看法，同宗教改革团体的主张几乎一模一样，这是托尔斯泰主义的一种，对崇高生活的一种理想，我少年时代满脑子都是这套东西。我怎能嘲笑它们呢？

"但是，首先，共同完善的观点，像十月革命后人们对它所理解的那样，已经不再打动我。其次，所有这一切都远远无法实现，可仅仅为这些议论，人们就血流成河，目的抵偿不了手段。最后，也是主要的，我一听到改造生活这类话，就无法控制自己，陷入绝望之中。

"改造生活！人们可以这样议论，也许还是颇有阅历的人，可他们从未真正认识生活，感受它的精神，它的心灵。对他们来说，生活是未经他们改良的一团粗糙的材料，需要他们动手加工。可生活从来都不是材料，不是物质。它本身，如果您想知道的话，不断更新，永远按着自我更新的规律发展，永远自我改进，自我变化，它本身比咱们的愚蠢理论高超得多。"

"我斗胆奉劝您一句，参加会议，同我们那些优秀的、出色的人接触，仍然能振奋您的情绪。您就不会那样忧郁了。我知道您的忧郁是从哪儿来的。我们挨打，您看不见一丝希望，所以感到压抑。可是朋友，任何时候都不要陷入恐慌。我知道的事，并且同我个人有关的事，要可怕得多（暂时不能公开），可我仍没惊慌失措。
我们的失败是暂时的。高尔察克的灭亡是注定的。记住我的话。您
会看到的。我们必胜。打起精神来吧。"

"这可真太妙了！"医生想，"如此幼稚！如此短见！我整天对
他说我们的观点相反，他把我抓来，强留在他身边，可他却觉得他
的失败必然会使我灰心丧气，而他的打算和期望一定能使我振奋
起来。竟如此盲目！在他看来，革命的利益和太阳系的存在是一回
事儿。"

日瓦戈哆嗦了一下。他什么也没回答，只耸了耸肩膀，并毫不
掩饰利韦里的天真超过他容忍的限度，他勉强克制自己。这并没逃
过利韦里的眼睛。

"朱庇特，你生气，因为你错了。"他说。

"您总该明白，这些话不必对我说。什么'朱庇特''不要陷入
恐慌''你说一，我就说二''摩尔人干完自己的事，摩尔人可以走
了'——这些陈词滥调用不着对我说。我说一，却不说二，您就是
有天大的本事也办不到。我假定你们是明灯，是俄国的解放者，没
有你们它必将陷入贫困和愚昧的深渊，可我对你们还是不感兴趣，
我瞧不起你们，不喜欢你们，让你们统统见鬼去吧。

"你们思想的主宰者爱说成语，但最流行的一句成语却忘记了：
强扭的瓜不甜。他们特别习惯解放并施恩于那些并不曾请求他们解
放和施恩的人。您也许认为，对我来说，世界上最好的地方莫过于
你们的营房以及跟您住在一起的房间了。我大概还应向您祝贺，为
我被囚禁向您道谢，因为您把我从我的家庭、我的儿子、我的住
宅、我的事业以及我所珍爱并赖以为生的一切当中解放出来。

"传说一支来历不明的外国军队袭击了瓦雷金诺。听说他们被
击溃，但村子遭到洗劫。卡缅诺德沃尔斯基并未否认这条消息。据
说我家里的人和您家里的人逃脱了。一群神奇的斜眼人，身穿短棉
袄，头戴羊皮高筒帽，冒着严寒从冰上越过雷尼瓦河，没说一句难

听的话，就把村里的生灵统统开枪打死，然后又不知去向，就像他们突然出现那样神秘。您难道没听说过？这是真的吗？”

"胡说八道。捏造。搬弄是非的人制造的谣言，未经证实的瞎话。"

"如果您真像对士兵进行道德教育那样仁慈宽大，那您就放了我吧。我去寻找亲人，连他们是死是活，流落何方，我都不知道。如果您不放我，就请住口，别再打扰我，因为我对其他的一切都不感兴趣，还会干出蠢事来。最后，活见鬼，我总还有睡觉的权利吧！"

日瓦戈往床上一扑，脸趴在枕头上。他竭力不听利韦里的辩解，对方还在宽慰他，到不了春天，白军一定被击退。内战必将结束，自由就会到来，天下太平，人民幸福。那时谁也不敢扣留医生。但需要耐心等待那个时刻的到来。已经忍受这么多的苦难，做出这么大的牺牲，再用不着等多久了。现在医生又能上哪儿去呢。即便为他自身的安全，也不能现在放他一个人到任何地方去！

"又是他那一套，魔鬼！说起来就没完！多少年反复唠叨这一套也不害臊？"日瓦戈气得唉声叹气，"他听自己的话听得入迷，这个好说漂亮话的人，倒霉的可卡因鬼。夜晚对他不是夜晚，跟他这个该死的家伙在一起没法睡觉，没法活。噢，我恨死他了！上帝做证，我总有一天宰了他。

"噢，东妮娅，我可怜的小姑娘！你还活着吗？你在哪儿？天哪，你早该分娩了！你分娩顺利吗？咱们又多了个男孩还是女孩？我的所有亲人们，你们怎么样了？东妮娅，我永远不能饶恕自己！拉拉，我不敢呼唤你的名字，怕把灵魂从胸膛中呼出来。天哪，天哪！可这位还在演说，停不下来，可恶的、感觉麻木的畜生！噢，我总有一天忍受不住把他宰了。"

6

晴和的初秋过去了。天高气爽的金色秋天来临。狐湾西端一座木塔矗立在白军修筑的地堡里。日瓦戈医生同他的助手劳什医生约好在这里会面，商量几件公事。日瓦戈按时来到那里。他等待劳什医生，无事可做，便在坍塌的战壕边上踱步，爬上木塔，走进瞭望塔，从机枪巢的空枪眼眺望河对岸一片伸向远方的树林。

秋天已经在针叶林和阔叶林之间画出一条明显的界线。针叶林像一堵黑墙竖立在树林深处，阔叶林则在针叶林之间闪烁出一个个葡萄色的光点，宛如在砍伐过的树林中，用树干修建的一座古城的金顶楼阁。

医生脚下的壕沟里，被晨寒冻硬的林间道的车辙里，积满枯干的柳叶，柳叶仿佛剪过似的蜷成一个个小圆卷。这些褐色树叶散发出秋天的苦涩气息，夹杂着其他树丛味和杂草味。日瓦戈贪婪地把霜打过的苹果、苦涩的干枝、发甜的潮湿和九月蓝色的雾霭混合而成的芳香吸进肺里。晨雾令人联想起被水浇过的篝火和刚刚扑灭的火灾冒出的蒸气。

日瓦戈没发觉劳什走到他背后。

"您好，同事。"他用德语说。他们商量起公事来。

"咱们要商量三件事。第一，如何处理酿造私酒的人；第二，改组野战医院和药房；第三，根据我的要求，研究如何在野外行军的条件下，对精神病患者进行门诊治疗。亲爱的劳什，也许您认为没有这种必要，可据我的观察，我们正在发疯，而现代类型的疯狂具有传染性。"

"这是个饶有兴趣的问题。我等会儿再谈它。现在先说别的。军营里出现躁动迹象。酿造私酒人的命运引起大家同情。不少人还担心从白军占领的村子里逃出来的家属的命运。一部分游击队员拒绝开拔，因为运载他们妻子、儿女和父母的大车队快到了。"

"是啊，应该等待他们。"

"可这一切都发生在选举统一指挥司令官的前夕，他将统一指挥原来不隶属于咱们的几支支队。我想利韦里同志是唯一的候选人。一伙青年人推举另一个人，伏多维钦科。有一帮人支持他，这帮人同我们不和，却同酿造私酒的人勾结在一起。他们都是富农和店主子弟，还有高尔察克的逃兵。他们闹得特别厉害。"

"依您看，对那些卖私酿白酒的卫生兵如何处置？"

"我看先判枪决，然后赦免，改为缓刑。"

"可咱们扯远啦，还是商量正经事儿吧。如何改组野战医院。这是我想跟您商量的头一件事儿。"

"好吧。不过我想告诉您，您的有关精神病预防的建议并不令我惊讶。我也有这种看法。现在出现并流行的精神病是最典型的精神病，具有特定的时代特征，是时代的特殊历史特征直接造成的。咱们这儿有个士兵，帕姆菲尔·帕雷赫，在沙皇军队里当过兵，觉悟很高，具有天生的阶级本能。他因为担心亲人遭殃发了疯，如果他被打死了，他们落到白军手里，将替他承担一切责任。极其复杂的心理。他的家属在逃难大车队中，正在追赶我们。我的蹩脚俄语使我没法详细询问他。您向安格利亚尔或卡缅诺德沃尔斯基打听吧。应该给他做一次检查。"

"我跟帕雷赫很熟，怎么会不知道他呢。有一段时期，我们在军人委员会里经常见面。一个黑脸膛、前额很低的残忍的人。我不明白您在他身上发现了什么好品德。他总赞成极端的措施，最严厉的措施，处决。我对他一直没好感。好吧，我替他做检查。"

7

这天天高气爽，阳光灿烂。同整个上星期一样，干爽无风。军营里传出一片嘈杂声，仿佛远处大海的波涛声。树林里的脚步声、说话声、斧子砍木头声、铁砧叮当声、马嘶声、狗叫声和公鸡打鸣声此起彼伏。一群皮肤黝黑、牙齿雪白的人在树林里笑着往前走。有的人认识医生，向他鞠躬，不认识他的人不打招呼便从他身边走过。

尽管游击队队员在追赶他们的家属赶上他们之前不肯撤离狐湾，但家属已经离营地不远了，所以树林里仍在做着开拔的准备，准备把宿营地再向东移。该修理的修理了，该洗干净的洗干净了，木箱钉好了，大车检查过了。

树林中有一大块踏出的空地，像土丘或城堡遗址，当地人管这块地叫高地。通常都到这里开会。今天要在这儿召开全体会议，宣布重要消息。

树林里还有许多尚未发黄的树叶。在林子深处它们还鲜嫩发绿。下午西沉的阳光从背后把树林穿透。树叶透过阳光，背面映出绿光，像透明的绿玻璃瓶。

联络官卡缅诺德沃尔斯基在一片开阔的草地上，一大捆档案的旁边，烧毁浏览过的没用的废纸，这是卡比尔军官团留下的文件，还有一堆游击队自己的报告。火苗正对着太阳。阳光穿过透明的火焰如同透过绿色的树林一样。火焰看不见，只能从云母般颤动的热气流上断定有什么东西正在燃烧，并且越烧越旺。

树林里挂满五颜六色的成熟浆果：碎米荠的漂亮的悬垂果、红砖色的发蔫的接骨木和颜色闪变的紫白色的绣球花串。带斑点的透明的蜻蜓，如同火焰或树林颜色一样，鼓动着玻璃般的薄翼，在空中慢慢滑行。

日瓦戈从童年起就喜欢夕阳残照下的树林。在这种时刻，他觉得自己仿佛也被光柱穿透。仿佛活精灵一般的灵感像溪流一样涌进他的胸膛，穿过他的全身，化为一双羽翼从他肩胛骨下飞出。每个人一生中不断塑造的童年时代的幻影，后来永远定格为他内心的面貌，他的个性，以其全部原始力量在他身上苏醒，迫使大自然、树

林、晚霞以及所有能看到的一切化为童年所憧憬的、概括一切美好
事物的小姑娘形象。"拉拉!"他闭上眼睛,半耳语或暗自在心里向
他全部的生活呼唤,向大地呼唤,向展现在他眼前的一切呼唤,向
阳光照亮的天地呼唤。但生活按照自身的规律继续进行,俄国发生
了十月革命,他是游击队的俘虏。他不知不觉走到卡缅诺德沃尔斯
基的火堆跟前。

"销毁文件?到现在还没烧完?"

"早着呢!这些东西还够烧半天的。"

医生用皮鞋尖踢了一下堆积的材料,从中扒出一堆文件。这是
白军司令部往来的电报。他心中闪过一种模糊的预感。说不定在这
堆文件中能碰到兰采维奇的名字,但预感欺骗了他。这是一堆枯燥
的去年密码汇总。简略得没人看得懂,如"鄂木斯克致复制件鄂木
斯克地图四十俄里叶尼塞未达"。他用脚扒开另外一堆。里面散开
的是游击队的旧会议记录。顶上面的一页纸上写道:"火速。释放
事宜。重新选举监察委员会。鉴于伊格纳托德沃尔察村女教师控诉
无根据,军人委员会认为……"

这时,卡缅诺德沃尔斯基从口袋里掏出一张纸片递给医生,
说道:

"这是你们医务部门撤离的安排。运载游击队家属的大车离这
儿已经不远。军营里的分歧今天便能解决。一两天内咱们就开拔。"

医生看了纸片一眼,哎呀了一声:

"这次比您上次给的车少。可又增加了多少伤员!能走的和缠
绷带的叫他们自己走。可他们人数很少。我用什么拉伤病员?还有
药品、病床和其他设备?"

"想办法压缩一下。人得适应环境呀。现在说另外一件事。我
代表大家向您提出一个请求。有个同志,他久经考验,忠于事业,
是位优秀的战士。他有点不对劲。"

"帕雷赫吧。劳什跟我说过了。"

"那好。您上他那儿去一趟，替他检查检查。"

"精神上有毛病？"

"大概是吧。他总觉得有人追踪他。大概是错觉。夜里失眠头疼。"

"好吧。我马上去看看。现在我有空儿。什么时候开会？"

"我想快了。可这跟您有什么关系？您瞧，我也没去。咱们去不去没关系。"

"那我就上帕雷赫那儿去了。尽管我快迈不开步，困得要命。利韦里·阿韦尔基耶维奇喜欢夜里高谈阔论，烦死我了。上帕雷赫那儿怎么走？他住在哪儿？"

"石头坑后面的小桦树林您认识吧？"

"我找得着。"

"林子空地上有几个指挥官的帐篷。我们拨给了帕雷赫一个，等候他的家属来。他老婆孩子的大车快到了。所以他就住在军官帐篷里，享受营长待遇。因为他对革命有功嘛。"

8

去找帕雷赫的路上，医生觉得再也走不动了。他困倦极了。他无法克制睡意，这是一连几夜没睡够觉的结果。他可以回地窖睡一会儿，可日瓦戈不敢去。利韦里随时可能回去，打搅他睡觉。

他倒在一块铺满金色落叶的小草地上，树叶都是从周围的树枝上飘落下来的。落叶像一个个方格似的交叉地落在草地上。阳光也照射在这块金色地毯上。这种重叠交叉的绚烂缤纷的光线照得医生眼睛发花。但它像读小号字印刷品或听一个人单调的喃喃自语那样催人入睡。

医生躺在沙沙作响的丝一般柔软的草地上，头枕着垫在青苔上的手臂，青苔覆盖着凹凸不平的树根，把树根变成枕头。他马上打起瞌睡来。催他入睡的绚烂的光点，在他挺直的身子上照出一个个方格。他融化在阳光和落叶的万花筒中，同周围的环境融为一体，像隐身人那样消逝在大自然里。

对睡眠的过分渴望和需要，很快又使他醒了过来。直接的原因只能在一定范围内发生作用，超越限度便会发生反作用。得不到休息的警惕意识毫无意义地、狂热地翻腾。思想的片段像旋风似的飞驰，像一只破汽车轮子擦着地面旋转。这种心灵的慌乱折磨着医生，使他气愤。"利韦里这个畜生，"他气愤地想，"现在世界上已有千百种理由让人发疯，可他还嫌不够。他把你俘虏过来，然后用友谊，用废话，毫无必要地把一个健康的人折磨成精神病患者。我非杀了他不可。"

一只带花点的褐色蝴蝶像一块彩色布片，翅膀一张一合地从太阳那边飞过。医生睡眼惺忪地注视着它。它落在跟它颜色极相似的、带花点的褐色鳞状的杉树皮上，并与杉树皮融为一体，分辨不出来了，如同日瓦戈在阳光和阴影的笼罩下，外人无法发现他一样。

日瓦戈又沉浸在通常的思绪中。这些思绪他曾在许多医学著作中读到过。想到意志和适应性作为逐步适应环境的结果，想到拟态，想到保护色，想到最适应生存的人活下来，想到自然淘汰的途径就是意识形成和诞生的途径。何谓主体？何谓客体？如何给它们两者一致下定义？在医生的思绪中，达尔文同德国哲学家谢林相遇了，而飞过的蝴蝶就像现代派的油画和印象派的艺术。他想到创造、生物、创作和伪装。

他又睡着了，但顷刻又醒了。附近有人压低声音说话，他们的说话声把他惊醒。传到日瓦戈医生耳朵里的几句话足以使他明白有几个人图谋不轨。密谋的人显然没发现他，没料到他就在旁边。如果他现在动一下，暴露自己，就可能送命。日瓦戈屏息不动听他们谈话。

有的声音他能听出是谁来。他们是游击队里的败类，混入游击

队的顽童桑卡·潘夫努金、格什卡·里亚贝赫、科西卡·涅赫瓦林
内以及追随他们的捷连季·加卢津，所有害人精和胡作非为的首领
都聚集在这里。扎哈尔·戈拉兹德赫也是他们的同伙。他是个更为
阴险的人，参与酿造私酒的勾当，但暂时还未受到惩处，因为他供
出为首的人。让日瓦戈感到吃惊的是，他们当中还有"银连"中的
游击队员西沃布留伊，他是游击队队长的贴身卫兵。利韦里继承拉
辛和普加乔夫的传统，极端信任自己的贴身侍卫，因此这位亲信被
称为首领的耳目。原来他也是阴谋的参与者。

阴谋分子们正同敌人前哨侦察队派来的人密谋。敌方代表的话
一句也听不清，他们同叛徒们商量时声音非常低。日瓦戈只在阴谋
分子耳语中断的时候猜到，现在说话的是敌方代表。说得最多的是
酒鬼扎哈尔·戈拉兹德赫。他声音沙哑，一边说一边骂街，看来是
主谋。

"你们大家仔细听着。最要紧的是不能走漏一点风声。谁要吱
声，告发，瞧见这把刀子没有？我把他肠子捅出来。明白啦？咱们
现在已经没有退路。咱们得将功赎罪，得大大地露一手。他们要求
捉活的，用绳子把他捆起来。听说他们的大头儿古列沃正向树林靠
近（有人纠正他，大头儿的姓名他说得不对，应当是加利乌林，但
他没听清，说成加列耶夫将军）。这可是千载难逢的好机会。这是
他们的代表。该干什么他们会告诉你们的。他们说一定要捆起来，
捉活的。你们自己问问伙伴们。大伙说说吧。伙计们，告诉他们该
怎么办。"

派来的几个陌生人开始说话了。日瓦戈一个字也听不清。不
过，从双方长时间的沉默中可以想象出谈话的内容。扎哈尔·戈拉
兹德赫又说话了：

"听见了吧，弟兄们？现在你们看清咱们落到什么宝贝手里了，
什么恶棍手里了。为这种人去卖命？难道他算人吗？他是中了邪的
傻瓜，就像不懂事的毛孩子或者隐修士。我叫你笑，捷廖什卡！你

干吗咧嘴，色鬼？没你说话的份儿。不错，他生来就是隐修士。你要听他的，他准会把你变成和尚，变成老公。他说的都是什么话？要去掉身上的毛病，不许骂人，同酗酒做斗争，别搞女人。这样活得下去吗？我最后决定了。今天晚上在河边渡口石堆旁边，我把他骗到野地里，咱们大家一起扑上去。对付他有什么难的？不费吹灰之力。麻烦的是他们要活的，要把他捆起来。要是捆不住他，我就亲手结果了他。他们会派人接应咱们的。"

说话的人继续解释密谋计划，但同其他人一起离去，医生听不见他们说话了。

"他们这是想活捉利韦里，这群恶棍！"日瓦戈惊恐而厌恶地想道，忘记他曾多少次诅咒过自己的折磨者，巴不得他死，"这伙坏蛋想把他出卖给白军或杀死他。怎样才能防止这件事呢？应当仿佛无意地走到火堆跟前，不提任何人的名字，让卡缅诺德沃尔斯基知道这件事。怎么也得提醒利韦里有危险。"

卡缅诺德沃尔斯基已经不在原处。火堆快要烧完。卡缅诺德沃尔斯基的助手看着火堆，以免火势蔓延。

但阴谋并未得逞。它被粉碎了。原来利韦里的人已经知道他们策划的阴谋。当天阴谋被彻底揭穿，参与阴谋的人统统被抓起来。西沃布留伊扮演了双重角色：密探和拉人下水者。医生对他更为反感。

9

已经清楚，游击队队员的家属离狐湾只剩下两昼夜的路程。游击队队员们准备同家属团聚，随后立即开拔。日瓦戈医生去找帕姆菲尔·帕雷赫。

医生看见他手持斧子站在帐篷门外。帐篷前堆着他砍下来的一大摞桦树嫩干。帕雷赫还没把树干上的细枝砍掉。有的还倒在原处，折断的枝杈插进湿土里。有的已经被他拖到旁边，摞起来。树干压着颤悠悠的有弹性的枝叶，碰不着地，互相也不挨着。它们仿佛用双手抵挡砍它们的帕雷赫，整堆绿枝挡住他帐篷的入口。

"为贵客准备的，"帕雷赫解释他为什么砍树干，"这顶帐篷老婆和孩子住太低了。我想再支几根桩子，就砍了几根树干。"

"帕姆菲尔，你以为他们会让你家属住帐篷，那你就想错了。怎么能让非军人——妇女和儿童住在军营里呢。他们会被安排在林边大车里。空闲时去看看他们，帮他们干点什么。未必放他们进军营帐篷。可我不是为这事来的。听说你一天比一天瘦，不吃饭，不喝水，不睡觉？可气色还不错嘛。只是长了一脸胡子。"

帕雷赫是个强壮的汉子，长了一头乱蓬蓬的黑头发，一脸大胡子，额头长满疙瘩，乍一看好像长了两个额头。额骨宽厚，像一只铁环或铜箍箍在太阳穴上，让人觉得帕雷赫凶狠，永远斜眼睛看人。

革命初期，人们担心这场革命像一九〇五年那场革命一样，不过是上层知识分子的短暂经历，深入不到底层，不能在他们当中扎根，便向人民竭尽全力宣传革命思想，把他们搅得惊恐不安，激起他们的满腔愤怒。

革命初期，像士兵帕姆菲尔·帕雷赫这样的人，不用宣传便刻骨仇恨知识分子、老爷和军官，成为狂热左派知识分子的无价之宝，身价百倍。他们的凶残被视为阶级意识的奇迹，他们的野蛮行为被视为无产阶级的坚毅和革命本能的典范。帕雷赫牢固地树立了这种名声。游击队的首领和党的领袖们都很看重他。日瓦戈觉得这个阴沉、孤僻的大力士是个不完全正常的怪物，因为他毫无心肝，单调乏味，什么都不能吸引他并让他感到亲近。

"咱们进帐篷吧。"帕雷赫邀请医生。

"不必了，再说我也钻不进去。外面更好。"

"行啊。听你的。真是个狗洞。咱们坐在树枝堆上聊吧。"

他们坐在晃来晃去的桦树枝堆上。

"都说故事一讲就完，可事情不能一下子办好。可我的故事一下子讲不完。三年也说不完。我不知道从哪儿说起。

"我试试。我跟女人一块过日子。我们都年轻。她管家，我下地干活，没什么可抱怨的。后来有了孩子。我被抓去当兵。送上前线。是啊，上了前线。那次战争我没什么可对你说的。你经历过，军医同志。革命了。我恍然大悟。士兵睁开了眼睛。敌人不是外来的德国人，而是本国人。我们是世界革命的士兵，刺刀朝下，从前线回家打资本家！等等。这你都知道，军医同志。内战打起来。我加入游击队。长话短说吧，要不永远也说不完。现在，不知过了多长时间，我这会儿看到什么？他，那个寄生虫，从俄国前线撤走斯塔夫罗波尔第一军团和第二军团，又撤走奥伦堡的哥萨克军团。难道我不明白？我又不是三岁的小孩子！难道我没在军队里干过？咱们的情况很不妙啊，军医同志，糟透了。这个畜生想干什么？他想让敌人朝咱们扑过来。他想把咱们包围起来。

"现在老婆孩子在我身边。万一他胜了，来了，老婆孩子往哪儿逃？他哪能明白，他们都是无辜的，跟我的事儿一点不沾边？他可不这么看。他会因为我把我的老婆捆绑起来，拷打她，因为我折磨老婆孩子，把他们的骨头折断。你还能睡觉吃饭？就算人是铁打的，也会得精神病。"

"帕姆菲尔，你可真是个怪人。我无法理解你。多少年不跟妻子孩子在一起也过来了，没有他们一点消息，也没难过过。现在一两天就要见着他们了，非但不高兴，反而哭起丧来。"

"那是先前，这是现在，大不相同。该死的白军杂种要打败咱们。我说的不是自己。我反正要进棺材了。那才是我该去的地方。可我不能把亲人也带到那个世界去呀。他们会落入恶棍的魔爪。他会把他们的血一滴滴放光。"

"鬼就是从这儿来的吧？听说你见过鬼。"

"得啦，医生。我没都告诉你，没告诉你主要的。那你就听听全部真相吧。你别刨根问底，我都亲口告诉你。

"我干掉过你们很多人，我手上沾满老爷、军官，还有不知道什么人的血。人数和姓名我记不清了。往事如烟嘛。有个孩子我老忘不了，我干掉过一个孩子，怎么也忘不了。我为什么要杀死这个小伙子呢？因为他逗得我笑破了肚皮。我一时发昏，笑着朝他开了枪，毫无缘由。

"那是二月革命的时候。克伦斯基还当政呢。我们叛乱过。事情发生在火车站。派来一个鼓动家，是个毛孩子，他用嘴皮子动员我们进攻，让我们战斗到最后胜利。那个士官生劝我们冷静。那么个屌头。他的口号是战斗到最后胜利。他喊着口号跳上消防水桶，消防水桶就在车站上。他跳上水桶是想站得高些，从那儿号召大家参加战斗，可脚底下的桶盖翻了，他脚踩空了，扑通一声掉进水里。哎呀，笑死人了。我笑得肚子疼。真要笑死了。哎呀，滑稽极了！我手里有枪。我笑个不停，一点办法也没有，好像他在胳肢我。我就瞄准他开了一枪，他当场完蛋。我自己也不明白这是怎么一回事儿，就像有人把我的手推了一下。

"这就是我白日见的鬼。夜里老梦见那个车站。当时觉得可笑，现在真可怜他。"

"到过梅留泽耶沃镇，比留奇车站吧？"

"我记不清了。"

"跟济布申诺村的居民一块儿叛乱的？"

"我记不清了。"

"在东线还是西线？在哪条战线，在西线吧？"

"仿佛是西线。可能是西线。记不清了。"

✦

Chapter 12

浸糖的花楸果

1

　　游击队家属带着孩子和家什乘坐大车，已经跟随游击队走了很久。他们后面跟着一大群牲畜，大部分是奶牛，大概有几千头。

　　游击队员们的妻子来到后，军营里出现一个新人，士兵妻子兹雷达里哈，又叫库巴里哈。她是兽医，暗地里还给人算命。

　　她总戴着一顶馅饼似的帽子，穿着苏格兰皇家射手浅绿色大衣，这是专供英国最高统治者的服装。她对别人说，这些东西是她用囚帽和囚服改成的，仿佛红军把她从克日木监狱里释放出来，而高尔察克不知为何把她关在那里。

　　这时游击队驻扎在新的地方。原以为在这里不过暂时驻扎，一旦查清附近的地形，找到适合长期居住的稳定地点，就转移到那里去过冬。但后来情况变了，游击队不得不在这里过冬。

　　这个新宿营地同他们不久前撤离的狐湾完全不同。这是一片无法穿越的原始森林。大路和营地的一侧是无边无际的森林。部队刚刚在树林里扎营的头几天，日瓦戈比较空闲。他从几个方向深入树林探察，确信树林里极易迷路。头一次探察有两个角落引起他的注意，他绕了一遍，暗暗记在心里。

现在，在宿营地和树林出口处，秋天的树叶都已脱落，像一扇打开的门，从树与树之间的空隙能眺望得很远。在出口处有一棵孤零零的美丽的花楸树，树林中唯一没脱落树叶的树，披满赤褐色的叶子。它长在低洼地里的一个土丘上，枝叶伸向天空，把一树坚硬发红、有如盾牌的浆果展现在阴暗的秋色中。冬天的小鸟，长了一身霜天黎明般明亮羽毛的山雀，落在花楸树上，挑剔地、慢慢地啄食硕大的浆果，然后仰起小脑袋，伸长脖子，费劲地把它们吞下去。

小鸟和花楸树之间有一种亲密的关系。仿佛花楸树什么都看见了，一再抗拒，终于可怜起小鸟来，向它们让步了，就像母亲解开胸衣，把乳头递给婴儿一样。"唉，拿你们有什么办法？好吧，吃我吧，吃我吧，我养活你们。"它自己也笑了。

树林中另一个地方景色更加迷人。这是一片尖顶似的高岗，一面是面临深渊的悬崖峭壁。悬崖下面仿佛同上面不同，别有一番景象——河流或峡谷，还有长满无人割过的杂草的草地。其实下面和上面完全一样，只不过是落在令人头晕的深渊里，脚下便是从深渊里长出来的树梢。大概是山崩的结果。

仿佛这片高耸入云的莽树林绊了一跤，坠落下来，本应粉身碎骨，坠入地下，但在关键的一刹那，奇迹般地降落在地上，看起来并未受到损伤，依然在下面喧嚣。但这还不是林中最迷人高坡。它的四边都被陡峭的花岗岩围住。这些石块很像史前时期凿成的砌石冢用的扁平石板。日瓦戈头一次登上这个高坡时，决然断定，这块四周堆积石块的地方决不是天然形成的，带有人工的痕迹。这儿可能是古代多神教教徒的神庙，他们祈祷和祭祀的地方。

十一名参与谋杀队长阴谋的首要分子和酿造私酒的卫生兵，便是在一个阴暗寒冷的清晨在这里被处决的。

以司令部特别卫队为核心的二十名对革命最为忠诚的游击队员把他们押到这里。卫队在判处死刑的人周围围成半圆形，在他们背后推推搡搡，很快把他们挤到峭壁的一个角落里，死囚们除了跳崖外别无退路。

他们在经受拷问、长期关押和种种凌辱之后已经不像人了。他们满脸胡须，脸色发青，憔悴枯槁，像幽灵一样可怕。

开始审讯他们的时候便解除了他们的武装。没人想在行刑前对他们再次搜身。因为那样做太卑鄙，是临死前对人的嘲弄。

同伏多维钦科并排走的是他的朋友勒扎尼茨基，同他一样，也是无政府主义的信徒，突然朝围着他们的卫队开了三枪，是对准西沃布留伊开的枪。勒扎尼茨基是出色的射手，但他激动得手发抖，没有射中。出于礼貌还是出于对先前同志的怜悯，卫队没向勒扎尼茨基扑过去，并没在接到命令前向他一齐开枪。勒扎尼茨基的左轮手枪里还有一颗子弹，但他激动得把子弹忘了，因自己没有打中目标懊恼不已，把勃朗宁手枪摔在石头上。手枪撞在石头上射出第四颗子弹，打在被判处死刑的帕契科利亚腿上。

卫生兵帕契科利亚抱住腿喊了一声，倒在地上，痛得不停地尖叫。离他最近的潘夫努金和戈拉兹德赫把他架起来，抓住他的双手拖着他走，免得慌乱中被别的同志踩死，因为大家除自己外什么都不记得了。帕契科利亚一瘸一拐地向石崖边上走去，死囚都被逼到那里。他简直迈不动受伤的腿，不停地喊叫。他的不像人声的哀号极具感染力。仿佛有人发出信号，大家无法再控制自己，出现料想不到的场面。有人咒骂，有人祈祷，有人哀求。

一直戴着黄边学生帽的少年加卢津，摘下帽子，跪在地上，在人群中跪着向可怕的石崖倒退。他向卫兵们鞠躬，头不停地碰地，哭得哽哽咽咽，已经半失去知觉，大声地哀求他们：

"我错了，弟兄们，饶了我吧，我再也不敢了。别把我毁了。别杀我。我的生活刚开始，死得太早。我还想活呢，还想见我妈一次。弟兄们，原谅我，饶了我吧。我愿意亲你们的脚，替你们挑水。哎呀，倒霉呀，真倒霉，我没命啦，妈呀！"

　　判处死刑的人当中有人哭着数落，但看不见是谁：

　　"好心的同志们，这是怎么回事儿？你们清醒清醒吧。咱们一块儿在两次战争中流过血，捍卫过共同的事业。可怜可怜我们，放了我们吧。我们一辈子也忘不了你们的恩德，我们用行动证明决不忘恩负义。你们怎么不搭腔呀，都哑巴了吗？你们丧尽天良啦！"

　　他们对西沃布留伊吼道：

　　"你这出卖耶稣的犹大！跟你比我们算什么叛徒？你这狗杂种才是双料叛徒呢。真该把你绞死！你效忠沙皇，却杀死合法的沙皇。你发誓对我们忠诚，又出卖我们。你在出卖林中魔鬼利韦里之前跟他亲嘴去吧，可你早晚会出卖他。"

　　伏多维钦科临死前仍面不改色。他扬起脑袋，灰白色的头发随风飘动，像公社社员对公社社员那样对勒扎尼茨基喊道，声音大得在场的人都听得见：

　　"不要作践自己，卜尼法斯八世[1]！你对他们抗议没用。这群新武士，这群刑讯室里的刽子手，不会理解你。别灰心丧气，历史会把一切弄清。后代将把政委统治下的野蛮人和他们的肮脏勾当钉在耻辱柱上。我们像殉道者那样死在世界革命的前夕。精神革命万岁。全世界的无政府主义万岁。"

　　只有射手们才能辨别的无声命令，二十支枪齐发，一半囚犯倒下，大部分立即毙命。剩下的被再次开枪击毙。男孩子捷连季·加卢津比别人抽搐的时间长，但最后也挺直身子不动了。

2

　　把宿营地转移到更向东的另一处地方并在那里过冬的主意，并非一下子就打消了。多次在维茨科河与克日姆斯克河分水岭公路的

1　卜尼法斯八世，1294 年起为罗马教皇。

一侧察看地形。利韦里时常把医生一个人留在帐篷里，自己离开营部到大森林里去察看。

但已无处可转移，为时已晚。这是游击队遭到惨败的时期。白军在覆灭之前决定对游击队进行一次打击，彻底消灭森林里的各支非正规部队。他们集结前线的一切力量，把游击队包围起来。他们从各个方向向游击队逼近。如果他们包围的半径小一点，游击队便会被歼灭。但白军的包围圈过大，这挽救了他们。冬天的来临，无法通行的森林，使敌人无力在无边无际的大森林里收缩包围圈，把这支农民队伍紧紧包围起来。

向任何地方转移都已经不可能。当然，如果他们能制订出具有军事优势的计划，还能突破包围圈，进入新阵地。

但是，并没有制订出深思熟虑的作战方案。人们都已精疲力竭。下级军官灰心丧气，在士兵中间失去威信。高级军官每天晚上开军事会议，提出互相矛盾的突围方案。

必须放弃寻找新的过冬地的打算，在树林深处修筑防御工事，准备过冬。冬天雪深，使缺乏雪橇的敌人无法进入森林。必须挖战壕，储备更多的粮食。

游击队的军需主任比休林报告，面粉和土豆奇缺。牲畜足够，比休林估计，到了冬天，主要的食品是肉和牛奶。

冬季服装短缺。一部分队员衣不蔽体。营地里的狗统统被绞死。会鞣皮子的人用狗皮替游击队队员缝制翻毛皮袄。

不准日瓦戈医生使用运输工具。大车现在有更重要的用途。最后的一次转移用担架把重伤员抬了四十俄里。

日瓦戈医生储存的药品只剩下奎宁、碘和芒硝了。手术和包扎用的碘是结晶体，使用时要在酒精中溶解。悔不该毁掉酿造私酒的设备，只得又让那次审讯中罪责最轻的酿造私酒的人修复酿酒装置，或者再修建一个新的，又恢复用于医疗目的的私酒生产。人们在营地里相互使眼色，摇头。酗酒现象再次出现，已经涣散的军心更加涣散。

蒸馏出来的酒精纯度几乎达到一百度。这样浓的液体很容易溶解结晶体。后来，初冬的时候，日瓦戈把金鸡纳树皮泡在私酿酒里，用它治疗随着严寒季节到来而复发的斑疹伤寒。

3

这些日子，医生常看到帕姆菲尔·帕雷赫和他的家属。整个夏天，他的妻子和小孩都在尘土飞扬的大道上奔波。他们被经历过的灾祸吓破了胆，正等待新的灾祸。流浪生活在他们身上留下不可磨灭的痕迹。帕雷赫的妻子和三个孩子（一个儿子和两个女儿）淡黄色头发晒成亚麻色，因风吹日晒而发黑的脸上长着齐整的白眉毛。孩子们还太小，在他们身上看不出惊恐的迹象，但惊恐把他们母亲脸上的生气驱赶得一干二净，只剩下枯干端正的脸庞，闭成一条缝的嘴唇，凝聚在脸上的惊恐和痛苦，仿佛时刻准备自卫。

帕雷赫爱他们大家，特别是孩子，爱得要命。他用锋利的斧尖把木头给孩子们刻出各种玩具，什么兔子呀，熊呀，公鸡呀，技术之娴熟令医生叹为观止。

他们来后，帕雷赫非常快活，精神为之一振，身体渐渐康复。后来传出消息，鉴于家属对军营的士气产生有害影响，必须把游击队员同他们的亲人分开，使军营除去非军事人员的累赘，把运载家属的大车护送到更远的地方，并在那里扎营过冬。对把家属同游击队员分开的决定议论很多，但实际的措施却很少。医生不相信这种措施行得通。但帕雷赫心里压了一块石头，先前的幻觉又出现了。

4

冬季来临之际，惶恐、茫然、凶险和混乱的形势，层出不穷的荒唐古怪现象，搅乱了整个军营。

白军按照预定计划包围游击队。指挥最后这场战役的是维岑、克瓦德里和巴萨雷格三位将军。他们都以行动坚决果断著称。游击队员的妻子们，尚未离开故土的平民百姓，以及留在敌人包围圈内的平民百姓，听到他们的名字便不寒而栗。

上面说过，白军找不到缩小包围圈的办法。在这点上游击队用不着担心。然而，也不能对敌人的包围置之不理。安于现状只会助长敌人的气焰。尽管在包围圈中也许没有危险，但总得冲破包围圈，哪怕算是向敌人示威呢。

为此分出游击队大部分力量，把他们集中起来攻击敌人西部弧线。经过几天苦战，游击队击溃白军，从这里打开缺口，进入敌人后方。

这个缺口成了游击队通往大森林的自由通道。大批新难民从这里投奔游击队。这批从农村逃出来的平民百姓并非都是游击队员的直系亲属。周围的农民惧怕白军惩治，离开自己的家园，自然而然地投向林中的农民军队，因为他们把游击队看成自己的保卫者。

但游击队正想摆脱吃闲饭的人。他们管不了新来的难民。他们到森林外去阻挡难民，把他们阻挡在大道上，领到森林旁边契里姆卡小河上一座磨坊附近的空地里。这块空地位于磨坊四周农舍中，人们管它叫院落，打算把难民安置在这里过冬，并在这里搭建储存他们粮食的仓库。

既然做出这样的决定，事情便自然而然地发展，连游击队司令部的措施也无法跟上。

对敌人的胜利反而使情况复杂化。白军把冲破包围圈的那股游击队员放进自己的后方后，又缩紧并封闭了突破口。冲出包围圈的那部分游击队员返回森林的道路被切断。

家属也出了问题。在无法通行的密林里人们很容易走岔路。派去接她们的人没找到她们，同她们走岔了，只好自己回来，可女人们进入大森林深处，一路上她们想方设法，创造出许多奇迹：把两旁的树木砍倒，架起木桥，开辟道路。

这一切都是违背游击队司令部意图的，把利韦里的计划和决定完全打乱。

5

因此，他同斯维利德一起站在离驿道不远的地方，大发脾气。驿道从离这儿不远的地方穿越大森林。他的军官们站在驿道上对是否割断沿驿道的电话线辩论起来。最后决定权属于利韦里，可他此刻正同流浪汉兼捕兽人谈得起劲，向他们摆手，表示他马上就到他们那儿去，请他们等他一下，先别走。

斯维利德对判处伏多维钦科死刑的事一直愤愤不平，他认为伏多维钦科根本无罪，只不过他的影响挑战了利韦里的威望，造成军营分裂。斯维利德想脱离游击队，去过先前那种自由自在的生活。但这当然不可能。他被游击队雇用了，把自己卖给了游击队，如果他现在离开林中弟兄，等待他的将是枪毙的下场。

天气坏得不能再坏了。一阵狂风吹散紧贴地面的一块块如同飞舞的煤烟片似的乌云。从乌云中突然降下雨雪，仿佛一个身穿白衣的怪物突然抽起风来。

刹那间，远处已是白茫茫一片，大地铺上一层白粉。但白粉马上又融化得一干二净。天地黑得像木炭，从远处刮来的暴雨从天上斜泼下来。地面再也吸收不了雨水。但过了一会儿乌云散开，仿佛要给天空通风，从上面打开泛着寒冷青光的玻璃窗户。土壤无法吸收的积水像回答天空似的，也打开泛着同样光泽的水洼和池塘的窗户。

阴雨像一团烟雾滑过针叶林灌满松脂的松针，但无法穿透它们，就像水流不进油布一样。雨水落在电话线上，仿佛穿了一串晶莹的珠子。它们一颗挨着一颗紧紧地挂在电话线上，落不下来。

斯维利德是派往大森林深处迎接游击队员家属的人员之一。他想告诉队长他所见到的一切，告诉队长根本无法执行的、相互矛盾的命令所造成的混乱，告诉队长妇女当中最软弱的、失去信心的那部分人所干出的残暴行径。年轻的母亲们背着包裹和吃奶的婴儿徒步跋涉，奶水没有了，迈不动步子，急得发疯，把孩子扔在路上，把口袋里的面粉倒掉，掉头向后转。快死比慢慢饿死好。落在敌人手里比喂森林里的野兽好。

另一些妇女，最坚强的妇女，表现出的坚忍和勇敢是男人所无法想象的。斯维利德还有许多情况要向利韦里报告。他想提醒队长预防军营里再次发生暴乱，比被镇压下去的那次更危险的暴乱，但不知道怎么开口，因为利韦里已经很不耐烦，急躁地催他快说，催得他失去说话的能力。利韦里不断打断他并非因为大路上有人等他，向他招手，喊他，而是因为最近两星期以来人们不断地向他提出同样的意见，利韦里对一切都了如指掌。

"你别催我，队长同志，我本来就笨嘴拙舌。话卡在嗓子眼里会把我憋死。我对你说什么来着？你到难民车队去一趟，叫那些西伯利亚娘儿们别胡闹。她们闹得太不像话了。我倒要问问你，咱们是'全力对抗高尔察克'还是跟娘儿们激战一场？"

"简单点，斯维利德。你瞧他们喊我呢。别绕弯子。"

"现在说说那个女妖精兹雷达里哈，鬼知道那个泼妇是什么东西。她说要给我当女牲口医……"

"是女兽医，斯维利德。"

"我说了什么？我说的就是女兽医，给牛治病。可她哪儿是给牲口治病啊，成了老虔婆，替牛做弥撒，迷惑刚逃来的难民。她说怪你们自己吧，谁叫你们撩起裙子跟小红旗跑？下次别跟他们跑啦。"

"我不明白你指的是什么难民，咱们游击队的，还是从旁的地方来的？"

"当然是从旁的地方来的。"

"可我已经命令把她们安顿在农舍村院里，就是契里姆卡河上的磨坊。她们怎么到这儿来啦？"

"还说农舍村院呢。你的农舍村院早烧成一堆灰了，连磨坊和树木都统统烧光。她们到契里姆卡河岸上一看，光秃秃的一片。一半人马上疯了，大哭大闹，又跑回白军那儿去了。另一半掉转车辕，赶着马车上这儿来了。"

"穿过密林，穿过泥塘？"

"锯子和斧子干什么用的？咱们已经派人去保护她们了——帮助她们。听说砍通了三十俄里，还架了桥，这群鬼东西。你还能说她们是娘儿们吗？这群坏东西一天干的活咱们三天也干不出来。"

"好家伙！你高兴什么，蠢东西，砍通了三十俄里道路。这正中维岑和克瓦德里的下怀。开通一条通向大森林的路，炮兵也能开进来。"

"挡住。挡住。派人挡住不就完了。"

"这一点用不着你提醒我也能想到。"

6

白天变短，五点钟天就黑了。快到黄昏的时候，日瓦戈从几天前利韦里同斯维利德说话的地方穿过大道。医生向军营走去。走到被视为军营标界的林中空地和生长着一棵花楸树的山丘附近，他听到库巴里哈逗乐的激昂的声音。日瓦戈把这位巫医戏称为自己的对手。他的竞争对手尖声唱着一首快活的、下流的曲子，大概是民间小曲。有人听她唱。她的歌声不时被一阵赞赏的笑声打断，有男人的笑声，也有女人的笑声。后来周围寂静下来。大概听她唱歌的人走散。

　　库巴里哈以为就剩下自己一个人的时候，又低声唱起另一支小曲。日瓦戈担心掉进沼泽里，在黑暗中沿着小径慢慢向前走去，绕过花楸树前泥泞的林间空地，停了下来。库巴里哈唱的是一支古老的俄罗斯民歌。日瓦戈没听过这支歌。也许是她即兴编出来的？

　　俄罗斯民歌像被拦河坝拦住的流水。它仿佛静止不动了，但在深处却并未停止流动，从闸门里流淌出来，它平静的表面是假象。

　　她想方设法，用重复和平行叙述的方法，限制住不断发展的情节。一段唱完马上又开始唱另一段，让人惊讶。克制自己并驾驭自己的悲伤的力量便这样迸发出来。这是用话语制止时间流动的狂妄的尝试。

　　库巴里哈边说边唱道：

> 一只野兔在大地上奔跑，
> 在大地和白雪上奔跑。
> 它在狭窄的树林里奔跑，从花楸树旁跑过，
> 它在狭窄的树林里奔跑，向花楸树哭诉。
> 我这兔儿是不是有一颗羞怯的心，
> 一颗羞怯的心，一颗缩紧的心。
> 我害怕，兔儿，野兽的踪迹，饿狼的饥肠。
> 可怜我吧，花楸树枝，美人儿花楸树。
> 你不要把自己的美丽献给凶狠的敌人，
> 凶狠的敌人，凶狠的大乌鸦。
> 你把美丽的浆果迎风抛撒，
> 抛撒在大地上，抛撒在白雪上，
> 把它们撒向故土，
> 撒向村里最后一间茅屋，
> 撒向茅屋最后一扇窗户，
> 那儿躲藏着一位女隐士，

我亲爱的，日夜思念的人儿。

你对我的妻子低声说句亲热的话。

我这个被人俘虏的士兵，备受熬煎，

在别国的土地上心里寂寞。

我要从痛苦的俘虏营里挣脱，

飞向我的心肝，我的美人怀抱。

7

　　士兵老婆库巴里哈给帕雷赫的女人阿加菲娅·福季耶夫娜的母牛念咒治病。但大家都管她叫法杰夫娜。母牛从牛群中牵进树丛，把它的一只角拴在树上。女主人坐在母牛前腿旁的树墩上，会念咒语的士兵老婆坐在后腿旁的挤奶凳上。

　　余下的数不清的牛群挤在一块不大的林中空地里。宝塔形的云杉像一堵高墙从四面八方把牛群围起来。云杉粗壮的树干仿佛蹲坐在地上，塔顶底下树枝横七竖八地叉开。

　　西伯利亚繁殖的牛都是瑞士良种牛，几乎都是黑白花的。它们没有草吃，长途跋涉，互相挤在一起，已经被折磨得奄奄一息。母牛所受的罪不比主人少。它们身子挨着身子挤昏了头，竟忘记自己的性别，像公牛似的吼叫着趴在别的母牛身上，大乳房奄拉下来。压在下面的母牛竖起尾巴，从它们身下挣脱出来，踩断矮树林冲进密林，看牛的人和他们的孩子一齐喊叫着追赶它们。

　　林中空地上空雨雪凝成的黑白交织云团，好像被云杉树梢锁在寒冬的空中。它们杂乱地挤压在一起，竖立起来，互相重叠，跟地上的母牛一样。

　　挤在一旁看热闹的人群妨碍巫婆念咒语；她用不怀好意的目光把他们从头到脚打量了一遍，但承认他们观看使她尴尬未免有失尊严。女演员的自尊心克制住自己。她做出一副没看见他们的样子。

医生从人群后面打量她，但她没看见医生。

医生头一次仔细看她。她戴着一成不变的英国船形帽，穿着干涉军的淡绿色军大衣，衣领随意歪向一边。然而，从她脸上傲慢的表情里流露出隐秘的情欲，从她为显得年轻而描黑的眼圈和眉毛上可以明显看出，这个徐娘半老的女人对穿什么和不穿什么都无所谓。

但帕雷赫妻子的样子令日瓦戈惊讶。他几乎认不出她来。几天来，她老得不像样子，两只鼓起的眼睛快要从眼眶里迸出来，瘦得像车辕的脖子上青筋暴起。心里恐惧竟使她变成这副模样。

"挤不出奶来，亲爱的。"阿加菲娅说，"我以为它怀崽了，早该有奶啦，可就是不下奶。"

"哪儿是怀崽了！你瞧奶头上有脓。我给你点草药膏抹一抹，当然，我还要念咒。"

"还有件不顺心的事是我丈夫。"

"我念咒让他别胡闹。这办得到。他会紧紧黏着你，分都分不开。说第三件不顺心的事吧。"

"哪儿是叫他别胡闹呀。要是胡闹倒好了。倒霉的是恰恰相反，他简直跟我和孩子们长在一块了，为我们操碎了心。我知道他操的是什么心。他想的是如果军营分成两半，他上一个地方，我们上另一个地方，又不能在一起了。我们可能落到巴萨雷格手下人的手里，他又不跟我们在一起，没人保护我们。他们会折磨我们，拿我们的痛苦取乐。我知道他的心思。可别对自己干出蠢事来。"

"让我想想。我们想法减轻你的痛苦。说第三件不顺心的事儿吧。"

"哪儿来的第三件呢！就这么两件，母牛和丈夫。"

"唉，你就这么一点烦心的事呀，亲爱的，上帝会宽恕你的。这样的人上哪儿找去！可怜的人儿有两件伤心事，而一件是疼爱你的丈夫。我给你治母牛，你给我什么？咱们开始治母牛啦。"

"你要什么呢?"

"一个大白面包外加你丈夫。"

周围的人哈哈大笑。

"你在开玩笑吧?"

"你要太心疼的话,那就除掉面包,光给我你丈夫,咱们保管成交。"

周围的人笑得更厉害了。

"它叫什么名字? 不是你丈夫,是母牛。"

"美人儿。"

"这儿一半的牛都叫美人儿。好吧,画十字吧。"

于是她开始对母牛念咒。起初她的咒语是针对牲口念的。后来她念得入迷,向阿加菲娅传授一整套巫术。日瓦戈仿佛着了魔,听她念念有词,就像他从莫斯科坐火车到西伯利亚来的时候听马车夫瓦克赫绘声绘色地闲扯一样。

士兵老婆念道:

"圣姑莫尔格西娅,请到我们家做客。星期二,星期三,除掉邪病和脓疮。脓疮快离开乳头。美人儿,别动弹,别碰翻凳子。站得稳如山,牛乳流成河。骇人的斯特拉菲拉,揭掉它身上的癞疤,把癞疤扔进荨麻。巫师的话将同圣旨一样灵验。

"阿加菲娅,你什么都得学会,辞谢,训示,逃避魔咒和保护魔咒。你瞧,你以为那是一片树林。其实那是妖怪在同天使开仗,互相砍杀,就像你们同巴萨雷格作战一样。

"我再举个例子,你朝我指的方向看。你看的方向不对,我亲爱的。用眼睛看,别用后脑勺看,朝我指的方向看。对啦,对啦。你看那是什么? 你以为风把桦树上的两根树枝卷在一起? 你以为鸟儿要筑巢? 可别那样想。那是玩的把戏。那是美人鱼在给女儿编花冠。它听见人从旁边走过,扔下花冠,吓跑了。夜里它准能编好,你瞧着吧。

"再说你们的红旗吧。你怎么想？你以为它是一面旗子？其实它才不是旗子呢，而是瘟疫姑娘诱惑人的紫手绢。我为什么说诱惑？她向年轻的小伙子们挥手绢，眨眼睛，诱惑他们去残杀，去送死，然后放出瘟疫。而你们却相信：全世界的无产者和穷人都聚集到旗子底下。

"现在什么都得知道，亲爱的阿加菲娅，一切都得知道。不管哪只鸟儿，哪块石头，哪株草。比如，哪只鸟儿是灰欧椋鸟，哪只野兽是獾。

"我再举个例子。你看上谁了尽管说，我准能让他迷上你。哪怕是你们的长官呢，不管是林子里的长官还是高尔察克，或者是伊凡王子。你以为我在吹牛？我才不吹牛呢。不信你就听着。到了冬天，刮起暴风雪，卷起雪柱，我拿刀子插进雪柱，一直插到刀柄，拔出来的时候刀子上全是鲜血。什么，你没听说过？啊？你以为我吹牛？雪柱里哪儿来的鲜血？这是风呀，空气呀，雪沫呀。妙就妙在这儿，大嫂，这雪柱不是风刮起来的，而是离了婚的女巫丢失的孩子。女巫正在野地里找他，哭号，但无法找到。我的刀子扎的就是她，所以才流血嘛。我还能用这把刀把任何男人的脚印割下来，用丝线缝在你的裙子上。你上哪儿，甭管是高尔察克，斯特列利尼科夫，还是新沙皇，都会跟在你屁股后头。你上哪儿他上哪儿。你以为我吹牛，也跟'全世界无产者和穷人都聚集到旗子底下'一样？

"再比如石头从天而降，像下雨似的。人一迈出家门，石头就落在他脑袋上。有人见过骑兵在天空奔驰，马蹄碰着屋顶。先前魔法师还发现：有的老婆身上藏着五谷或者蜜或者皮货。武士们便砍开她们的肩膀，像打开箱子一样，用剑从一个女人肩胛骨里挑出一斗麦子，或者一只松鼠，或者一个蜂房。"

人世间有时会遇到一种博大而强劲的感觉。这种感觉中往往掺杂着一丝怜悯。我们越爱我们所钟爱的对象，我们便越觉得她像牺牲品。有些男人对女人的爱达到不可思议的程度。他们的一颗爱心把她置于虚无缥缈的、人世间找不到的、只存在于想象中的位置上。他们忌妒她周围的空气，忌妒自然的规律以及她出生前的几千年。

日瓦戈的文化修养足以使他在巫婆最后的话里听出某部编年史，不是诺夫哥罗德编年史便是伊帕契耶夫编年史开头的几段，但已被歪曲得不像样子，变成伪书。多少世纪以来，这些编年史一代代口口相传，被巫师和说故事的人肆意歪曲。它们早先就弄乱了，又被抄录的人照抄下来。

为何残暴的传说竟如此打动日瓦戈呢？为何他竟把这种胡说八道，这种荒谬已极的话当成现实状况呢？

拉拉的左肩的衣服被砍破，就像把钥匙插进保险箱铁锁里一样，利剑转动了一下，她的肩胛骨就劈开了。隐藏在灵魂深处的秘密暴露无遗。她所到过的陌生城市，陌生街道，陌生住宅，陌生而辽阔的地方，像卷成一团的带子一下子抖开。

噢，他多么爱她！她多么美啊！她美得正是他梦寐以求的。但她哪点可爱呢？说得出来吗？噢，说不出来。那是造物主从上到下一气勾勒出来的无与伦比的单纯而流畅的线条，而她便在这绝妙的轮廓中把灵魂交给他，犹如浴后的婴儿紧紧裹在褓褓中一样。

可他现在身在何处？发生了什么事？森林，西伯利亚，游击队队员。他们被包围了，而他将同他们分享共同的厄运。多么荒谬。日瓦戈感到一阵眩晕。一切都从他眼前掠过。这时本应下雪，但却落起雨点来。仿佛一条横跨街道的巨幅标语，林间空地从这一边到那一边的空气中浮现出一个奇异的、令人肃然起敬的巨大的模糊头影。头影在哭泣，越来越大的雨点亲吻它，冲洗它。

"你走吧。"女巫对阿加菲娅说，"我已经替你的牛念过咒，它会好的。向圣母祈祷吧。全世界最辉煌的宫殿和一本兽语的书。"

8

森林西部边界发生战斗。但森林太大,在它看来,战斗仿佛发生在一个大国的遥远边界,而隐没在密林营地里的人如此之多,不管多少人出去参加战斗,总还有更多的人留在营地,营地永远不会空无一人。

战斗地方的枪炮声几乎传不到营地深处。近旁突然响起了几声枪响,接着枪声一声接一声,随即变成胡乱射击。他们听到枪声响起的地方发生骚乱,人们四散奔逃。后备队向大车跑去,引起一片惊慌。人人都做好作战的准备。

慌乱很快就平息了。原来是一场虚惊。人们又奔向射击的地方。人越来越多。新来的人不断地走到围起来的人群跟前。

人群围着一个被砍掉手脚的人。他躺在地上,浑身是血。他的右手和左腿被砍掉,但还没断气。简直不可思议,这倒霉的家伙竟用剩下的一只手和一条腿爬到营地。砍下来的血肉模糊的手和腿绑在他的背上,上面插了一块木牌子,木牌子上写着很长的一段话,都是最难听的骂街的话,有一句写道,这是对红军支队兽行的报复。但林中游击队同那支部队毫不相干。此外,木牌子上还写道,如果游击队员们不按照木牌子上规定的期限向维岑军团代表缴械投降,他们将这样对待所有的游击队员。

被砍掉手脚的人浑身冒血,含混不清地低声向大家讲述他在维岑将军后方军事侦察队和讨伐队里所受到的拷打和折磨。他几次失去知觉。原来判处他死刑,但没把他吊死,改为砍去手脚,以示宽大,然后把他放回营地,恐吓游击队员。他们把他抬到通往游击队营地前哨线的路上,然后放在地上,命令他自己爬,又追着在他后面朝天鸣枪。

被折磨得快要断气的人微微翕动嘴唇。周围的人弯下腰,把头垂到他嘴边,想听清他含混不清的话。他说:

"弟兄们，小心点。他冲破你们的防线了。"

"已经派出阻截队。那里正在激战。我们挡得住。"

"缺口，缺口！他想出其不意。我知道。哎呀，我不行啦，弟兄们。你们瞧我浑身冒血，咳血。我马上就完了。"

"你躺一会儿，喘口气。你别说话了。别让他说话了，没心肝的家伙们。这对他有害。"

"我身上一块好肉都没有了，吸血鬼，狗日的。他说，你要不说出你是谁，我叫你用你自己的血洗澡。我告诉他，我是一名真正的逃兵。我就是这么说的。我从他们那儿爬到你们这儿来了。"

"你老说'他'。审问你的人到底是谁呀？"

"哎呀，弟兄们，内脏都要流出来了，让我喘口气。现在我告诉你们。别克申头目。施特列泽上校。都是维岑的部下。你们在森林里什么都不知道。城里一片惨叫声。他们把人活活煮死，活剥皮，揪住你的衣领把你拖进死牢。一片漆黑，往四外一摸——原来是带栅栏的车厢。里面装着四十多个人，人人只穿一条裤衩。不知什么时候打开囚笼，把你拉出去。拉着谁算谁。都脸朝外站着，像宰小鸡似的，抓住哪只算哪只。真的。有的绞死，有的枪毙，有的审讯。把你打得浑身没有一块好肉，往伤口上撒盐，用开水浇。你呕吐或大小便，就叫你吃掉。至于孩子和妇女，噢，天啊！"

不幸的人只剩下最后一口气。他没说完，尖叫了一声，哽咽了一下，便断气了。大家马上就明白是怎么回事，摘下帽子，在胸前画十字。

傍晚，另一件比这桩惨无人道的事件更可怕的消息传遍整个营地。

帕姆菲尔·帕雷赫也在围着死者的人群当中。他看见了他，听到他讲的遭遇，读了木牌上充满恐吓的话。

他为他死后妻子儿女的命运担心害怕到极点。他在想象中看到他们受到缓慢的折磨，看到他们疼痛得变形的面孔，听到他们的呻吟和呼救声。为免除他们将受到的痛苦并减少自己内心的痛苦，他在一阵无法克制的悲伤中自己结果了他们。他用锋利得像剃刀似的斧子砍死妻子和三个孩子，而凶器正是几天前替女儿们和爱子费烈努什卡削木头做玩具的那把斧子。

令人不解的是他并没有马上自杀。他打的什么主意？他会干出什么事？有什么打算和意图？他显然疯了，是个无法挽救的废人。

利韦里、医生和士兵委员会成员开会讨论如何处置他的时候，他正把头低垂在胸前，在军营里游荡，两只浑浊发黄的眼睛发直。任何力量无法遏制的、非人的痛苦挤出的痴呆笑容一直挂在他脸上。

没人可怜他。人人躲避他。有人说应当对他动用私刑，但得不到支持。

世上再没他可做的事。第二天清晨，他从军营消失，他躲避自己就像躲避得了狂犬病的狗一样。

9

冬季来临，寒风彻骨。寒冷的雾气中，不时响起撕裂的声音并显现出同撕裂声并无联系的影像，它们凝滞，移动，消逝。太阳不是通常见到的太阳，而换成另一个，犹如一个红球悬挂在树林上空。蜜一样的琥珀色的光线，仿佛在梦中或童话里缓慢地向四外扩散，但扩散到一半的地方便凝滞在空气中，冻结在树枝上。

许多只看不见的穿着毡鞋的脚，擦着地面，向四面八方移动，踩在雪上的每一步都发出愤怒的吱吱声。那些戴着围巾帽、穿着短皮袄的身影飘浮在空中，仿佛宇宙中旋转的星体。

熟人们停下脚步，聊起天来。他们把头凑近，脸红得像刚洗过蒸气浴，胡须冻成一团。黏成一团的蒸气像云团似的从他们嘴里喷出，同他们仿佛冻僵的简短的话相比，显得大得不成比例。

利韦里在小路上碰见医生。

"啊，是您吗？多少日子没见面了！晚上请您到我窑洞来，住在我那里。咱们像过去那样聊聊天。我有消息。"

"信使回来啦？有瓦雷金诺的消息吗？"

"我们家的人和你们家的人在信使的报告里只字未提。可我正是从这里得出令人欣慰的结论。这意味着他们逃脱了危险。不然准会提到他们。其他的情况，晚上咱们见面时再谈。说好了，我等您。"

在窑洞里医生又重复了一遍白天问的问题：

"我只请您告诉我：您有我们家人的消息没有？"

"您还是只关心鼻子底下的那点事。您家里的人看来还活着，没危险。不过，问题不在他们身上。我有重要的新闻。要不要来点肉？冻小牛肉？"

"不，谢谢。别把话扯远了。"

"随您的便。我可要吃啦。营区里的人得了坏血病。大家都忘记面包和蔬菜是什么滋味了。早知道这样，秋天，趁逃难的妇女还在这里，应当组织更多人采胡桃和浆果。我告诉您，咱们的情况好得不能再好。我预言的一切都已实现。形势有了转机。高尔察克正从各条战线上败退。这是不可避免的全面败退。我说的您明白吗？可您却在唉声叹气。"

"我什么时候唉声叹气了？"

"时时刻刻。特别是维岑紧逼我们的时候。"

医生想起刚刚过去的秋天，枪毙叛乱分子，帕雷赫砍死妻子和儿女，没完没了地杀人，把人打得血肉模糊。白军和红军比赛残酷，你报复我，我报复你，使暴行成倍增加。鲜血使他呕吐，涌进他喉咙，溅到他头上，浸泡他眼睛。这完全不是唉声叹气，而是另外一回事儿。可怎样才能对利韦里讲清呢？

窑洞里有股呛人的焦炭味。焦炭味直冲上脸，呛得鼻子和喉咙发痒。劈碎的木头在三脚铁炉上燃烧，把窑洞照得透亮。木头烧完后，炭灰便落进下面的水盆里，利韦里又点燃一段插进三脚炉的铁圈里。

"您看我烧的是什么？油点完了。劈柴晒得太干，所以烧得快。是啊，营区发现了坏血病。您真的不吃点小牛肉吗？坏血病，您怎么看，医生？要不要召开队部会议，讲清形势，给领导上一堂坏血病的课，再提出同它斗争的方法？"

"天啊，别折磨我了。您都确切知道我的亲人们的哪些情况？"

"我已经对您说过，一点确切的消息都没有。可我还没告诉您从最新军事情报中看到的消息呢。内战结束了。高尔察克被打得落花流水。红军沿铁路线把他们往东面赶，一直把他们赶进海里。另一部分红军赶来同我们会合，共同消灭高尔察克分散在各地的残部。俄国南方的白军已经肃清。您怎么不高兴呢？这还不够吗？"

"不，我高兴。可我的亲人们在哪里？"

"他们不在瓦雷金诺，这是莫大的幸运。尽管卡缅诺德沃尔斯基夏天对您讲的那些话，就像我当时所估计的那样，没得到证实。您还记得有支神秘的部族进犯瓦雷金诺的荒谬传说吗？可镇子完全荒废了。看来那里还是有人来过，幸好两个家庭提前离开了。我们就相信他们得救了吧。据我的侦察员们报告，留下的少数人也是这样想的。"

"可尤里亚金呢？那边情况怎么样？在谁手里？"

"说法有点荒谬，肯定是错误的。"

"怎么说的？"

"好像城里还有白军。这完全是胡说八道，绝不可能。我现在用确凿的事实向您证明这一点。"

利韦里又在三脚炉里加了一根松明，把一张揉搓得破烂不堪的地图卷到露出这一地区的部分，其余的部分卷进去，用铅笔指着地图向医生解释道：

"您看。这些地区的白军都被赶跑了。这儿，这儿，整个儿圆周里。您注意看我指的地方了吗？"

"是的。"

"他们不可能沿尤里亚金方向撤退。换句话说，他们的交通线一旦被切断，必定陷入包围圈。不管他们的将军多么缺乏指挥才能，也不可能不明白这一点。您穿上皮袄啦？上哪儿去？"

"对不起，我出去一下。我马上就回来。屋里马合烟味加上木炭味太呛鼻子了。我不大舒服，到外面透透气。"

医生从窑洞里爬出来。用手套把窑洞前充当凳子的粗木墩上的雪掸掉，坐在上面，两手托腮撑在膝上，沉思起来。冬天的大森林，树林里的营地，在游击队里度过的十八个月，仿佛都不存在了。他都遗忘了。他的想象中只有自己的亲人。他对他们命运的猜测一个比一个更可怕。

东妮娅出现在眼前。她抱着舒罗奇卡在暴风雪肆虐的野地上行走。她把他裹在被子里，两只脚陷入积雪中，用尽全力从雪里拔出脚来。可暴风雪把她往后刮，风把她吹倒在雪地上，她跌倒又爬起来，两条发软的腿无力支撑身体。噢，他老是忘记，她已经有两个孩子了，小的还在吃奶。她一手抱一个，就像契里姆卡的难民，痛苦和超出忍耐力的紧张使他们丧失理智。

她两手抱着孩子，可周围没人帮助她。舒罗奇卡的爸爸不知到哪儿去了。他在远方，永远在远方，一辈子都不在他们身边。还算爸爸吗，真正的爸爸是这样的吗？而她自己的爸爸呢？亚历山大·亚历山德罗维奇在哪儿？纽莎在哪儿？其他人在哪儿？噢，最好别提这些问题，最好别想，最好别想弄清楚。

医生从木墩上站起来，打算回窑洞去。突然，他转了念头，改变了返回利韦里那里的念头。

雪橇、一袋面包干和逃跑所需要的一切他早已准备好。他把这些东西埋在营地警戒线外一株大冷杉下的雪地里，为便于寻找，他还在树上砍了一个特殊的标记。他沿着行人在雪地上踏出的小径向那里走去。这是一个明亮的夜晚。一轮圆月在天空中照耀。医生知道夜间岗哨的配置，顺利地绕开他们。但当他走到冻了一层冰的花楸树下的空地的时候，远处的哨兵对他喊了一声，挺直身子踩着滑雪板飞快地向他滑来。

"站住！我要开枪啦！你是谁？快说清楚。"

"我说老弟，你怎么糊涂啦？自己人。你不认识啦？你们的医生日瓦戈。"

"对不起。别生气，日瓦戈同志。没认出来。就是日瓦戈我也不放你过去。咱们得按规矩办事。"

"那好吧。口令是'红色西伯利亚'，回答是'打倒武装干涉者'。"

"那就没说的了。你愿意上哪儿就上哪儿好啦。夜里出来找鬼呀？有病人？"

"睡不着，渴得要命。想遛个弯儿，吞两口雪。看见花楸树上的冻浆果，想摘几个吃。"

"真是老爷们的糊涂念头，冬天摘浆果。三年来一直在清除你们的糊涂念头，可就是清除不掉。一点觉悟也没有。去摘你的浆果吧，脑筋不正常的人。我才不心疼呢。"

哨兵使劲一蹬滑雪板，踏着吱吱响的长滑雪板，像来时一样快，挺直着身子滑到旁边去，在没有人迹的雪地上越滑越远，滑到像稀稀拉拉的头发似的光裸的冬天树丛后面。而医生穿越雪中小径，来到刚才提到过的花楸树前。

树一半覆盖着雪，一半是上冻的树叶和浆果，两枝落满白雪的树枝伸向前方迎接他。他想起拉拉那两条滚圆的胳膊，便抓住树枝拉到自己跟前。花楸树仿佛有意识地回答他，把他从头到脚撒了一身白雪。他喃喃自语，自己也不明白说的是什么，完全把自己忘了：

"我将看见你，我画中的美人，我的花楸树公爵夫人，亲爱的小心肝。"

明亮的夜。月亮在天上照耀。他继续穿过树林向朝思暮想的冷杉走去，挖出自己埋藏的东西，离开游击队营地。

✦

Chapter 13

带雕像房子的对面

1

　　商人大街沿着通往小斯帕斯街和诺沃斯瓦洛奇巷的斜坡逶迤而下。城里地势高的房屋和教堂俯瞰这条街。

　　街道拐角有座带雕像的深灰色房子。在屋基倾斜的巨大四角形的石板上，刚刚贴上政府的报纸、法令和公告。几位过路行人已站在人行道上默默地看半天了。

　　解冻后的天气刚转暖又上冻，骤然变冷。不久前此刻天已昏黑，可现在却还很亮。冬天刚刚过去，留下的空间被阳光填满。阳光迟迟不肯离去，被黄昏留住。阳光令人激动，把人带往远方，恫吓他们，让他们提心吊胆。

　　不久前白军撤出城市，城市转入红军手中。射击、流血和战时的惊恐结束了。但这同样令人惊恐不安，如同冬天过去、春日变长一样。

　　街上过往的行人借着一天天变长的白天阳光，阅读墙上的通知。通知上写道：

　　居民须知：本市殷实居民可到尤里亚金苏维埃粮食

局去领取工作证，并缴纳五十卢布。地点在十月革命街，
即原总督街五号，一百三十七室。

　　凡无工作证者，或填写有误以及伪造工作证者，将
依据战时法律严惩不贷。工作证的细则和使用方法公布于
本年度尤里亚金执委会第八十六号（1013）通知中，该通
知张挂在尤里亚金苏维埃粮食局一百三十七室中。

另一张布告通知道，本市粮食储备充裕，但被资产者藏匿起
来，目的在于破坏分配制度，在粮食问题上制造混乱。通知用这样
一句话结尾：

　　囤积或藏匿粮食者一旦被发现就地枪决。

第三张公告说：

　　为确保粮食供应，不属于剥削分子者准许其参加消
费者公社。详情可向尤里亚金粮食局查询，地点在十月革
命街，即原总督街五号，一百三十七室。

另外一张对军人警告道：

　　凡未上缴武器或未经新制度许可携带武器者依法严
惩。持枪证可到尤里亚金革委会换领，地点在十月革命街
六号，六十三室。

<h1 style="text-align:center">2</h1>

一个赢弱不堪、久未梳洗因而脸色乌黑的流浪汉模样的人，肩

挎背包，手握木棍，走到看布告的人群前。他的头发长得长极了，
但没有一根白发，可他满脸深棕色的胡子已经灰白。这人便是尤
里·安德烈耶维奇·日瓦戈医生。他的皮袄大概在路上被人抢走了，
不然便是拿它换了食物。他穿着一件不能御寒的别人的短袖破旧
上衣。

他背包里还剩下一块没吃完的面包，这是他经过临近城市一个
村子时别人施舍的，还有一块腌猪油。一小时前他沿着铁路向尤里
亚金走去，从城门到十字路口竟走了一个小时。最近几天他已经走
得精疲力竭。他不时停下脚步，拼命克制倒在地上亲吻这座城市石
头的欲望。他没想到有一天还能见到尤里亚金，见到这座城市就像
见到亲人那样兴奋。

他走了很久，一半路是沿着铁路线走的。铁路完全废置不用，
被大雪覆盖。他经过一列列白军遗留的车厢，客车的和货车的，都
深陷雪中。由于高尔察克全线溃败和燃料耗尽，不得不丢弃火车。
这些深陷雪中、永远无法开动的火车像带子一样延伸几十俄里，成
为沿途劫匪的巢穴，刑事犯和政治难民——迫不得已流浪的人的避
难所，但更主要的是成为死于严寒和斑疹伤寒的人的公墓。铁路沿
线伤寒肆虐，整村整村的人死于斑疹伤寒。

这个时代应验了一句古谚：人比狼凶狠。行路人一见行路人就
躲藏；两人相遇，一个杀死另一个，仅为自己不被对方打死。个别
地方还出现了人吃人的现象。人类文明的法则失灵，兽性发作。人
们又回到史前的穴居时代。

时而，日瓦戈前面很远的地方，闪过几个孤单的身影，有时悄
悄躲在一旁，有时惊恐地跑过小道。医生尽量绕开这些身影，常常
觉得他们眼熟，在哪儿见过。他觉得他们也是从游击队营地逃出来
的。但他多半弄错了，可有一次眼睛并没欺骗他。一个少年从遮住
国际列车卧车车厢的雪堆里钻出来，解完手又钻回雪堆里。他确实
是林中兄弟中的一员。这便是大家都以为被枪毙了的捷连季·加卢

津。他没被打死，只受了伤。他躺在地上昏迷了很久，后来恢复了知觉。从行刑的地方爬走，躲进树林里，在那儿养好伤，现在改了姓，偷偷逃回圣十字镇自己家里，路上见到人便躲进大雪掩埋的车厢里。

这些画面和情景使他产生一种非人间的、先验的印象。它们仿佛是某种玄妙的、另一个星球上的生命的一小部分，被错误地移到地球上来。而只要自然仍然忠于历史，它显现在眼前的画面就如同现代派画家所表现出来的一样。

冬日的黄昏是寂静的，泛着浅灰色的和紫红色的光。晚霞的余晖映照出白桦树乌黑的树梢，仿佛写在天上的秀丽的书法。黑色的溪流覆盖着一层薄冰，冰下的溪水在灰雾笼罩下的银色峡谷中奔腾。峡谷上端的白雪有如连绵的群山，而下端则被深色的河水侵蚀。这便是尤里亚金的黄昏，它寒冷，灰得透明，富于怜悯心，宛如初春的柳絮，再过一两个小时便要降临到带雕像的房子的对面了。

医生想走到贴在房子石墙上的政府布告栏跟前，看看官方的通告。但他向上凝视的目光不时落在对面二层楼的几扇窗户上。这几扇沿街的窗户曾经刷过白灰。窗内的两间屋子里堆放着主人的家什。尽管窗框上结了一层晶莹的薄冰，但仍然能看出现在的窗户是透明的，白灰洗刷掉了。这种变化意味着什么？主人又回来了？或者拉拉搬走了，搬进新的房客，现在那儿一切都变了样？

情况不明让医生焦急。他控制不住自己的激动。他穿过街道，从大门走进过道，爬上对他如此亲切而熟悉的正门楼梯。他在林中营地不知多少次回想起铸铁阶梯的花纹空格，连花纹上的涡纹都回想起来。在某个向上转弯的地方，从脚下的花纹空格可以看到楼梯下面堆放的破桶、洗衣盆和断腿椅子。现在依然如此，毫无变化，一切都跟先前一样。医生几乎要感谢楼梯对过去如此忠心耿耿了。

那时门上有铃，但在医生被游击队俘虏之前就坏了。他想敲门，但发现门锁得跟先前不一样，一把沉重的挂锁穿在笨拙地拧进旧式柞木门的铁环里。门上的装饰有的地方完好无损，有的地方已经脱落。先前这种野蛮行为是不允许的。那时门装的是暗锁，锁得很牢，坏了钳工来修理。这件琐事也说明现在情况大不如前。

医生确信家里没有拉拉和卡坚卡，也许尤里亚金也没有她们，甚至她们已不在人世。他做了最坏的打算。只是为免得以后后悔，他还是伸手到他和卡坚卡都害怕的墙洞里摸一摸。他先用脚踹了踹墙，免得摸到墙洞里的老鼠。他并不抱在他们过去约定的地方摸到什么的希望。墙洞用一块砖堵住。日瓦戈掏出砖，把手伸进里面去。噢，奇迹！钥匙和一张便条。便条相当长，写在一大张纸上。医生走到楼梯台的窗口。更为神奇，更加不可思议！便条是写给他的！他马上读了：

> 上帝啊，多么幸福！听说你活着，并且出现了。有人在城郊看见你，便赶快跑来告诉我。我估计你必定先赶往瓦雷金诺，便带卡坚卡上那儿去了。但我把钥匙放在老地方，万一你先到这儿来呢。等我回来，哪儿也别去。对啦，你还不知道呢，我现在搬到前面的房子里，靠街的那一排。也许你能猜到。楼里空荡荡，荒废了，只好变卖房东的一部分家具。我留下一点吃的东西，主要是煮土豆。把熨斗或别的重东西压在锅盖上，像我那样，防备老鼠。我快活得不知如何是好。

便条正面上的话完了。医生没注意到背面也写满了字。他把打开的便条托到唇边，背面没看便叠起来，连同钥匙一起塞进口袋。刺骨的痛苦掺入无比的快活中。既然她毫不犹豫地、毅然地到瓦雷金诺去，他的家必然不在那里。除这个细节所引起的不安外，他还为亲人生死未卜而痛不欲生。她怎么一句话也没提到他们，说清他们在哪儿呢，仿佛他们根本不存在似的。

但已经没有考虑的时间。天色渐渐黑下来。趁着天没全黑还来
得及做很多事。到街上看法令并非无关紧要的事。现在可是非常时
期。由于无知而违犯某项行政命令可能送掉性命。于是他没打开房
门，也没放下把肩膀压得酸痛的背包，便走下楼，走到墙根前，墙
上各式各样的印刷品贴了一大片。

3

有报刊文章、审判记录、会议演说词和法令。日瓦戈扫了一下
标题：《对有产阶级征用与课税条例》《工人的监督作用》《建立工
厂委员会的决定》。这是开进城的新政权代替先前制度所公布的指
令。公告提醒居民必须绝对遵守新政权的法令，担心他们在白军暂
时统治期间忘记了这一点。但这些没完没了的千篇一律的言辞把日
瓦戈弄得头晕目眩。这些都是哪年的标题？头一次变革时期还是白
军几次暴动当中？这是哪年的指示？去年的？前年的？他生平只有
一次赞许过这种决断的言辞和这种率直的思想。难道仅为那一次不
慎的赞许，多年之内他就只能听到这些一成不变的狂妄的呐喊和要
求吗？就得付出再也听不到来自生活的任何声音的代价吗？况且这
些呐喊和要求是不合实际的，难于理解并无法实践的。难道他因为
一时过分心软便要永远充当奴隶吗？

不知从何处撕下来的一页工作报告落在他眼前。他读道：

> 有关饥饿的情报表明地方组织严重玩忽职守。滥用
权力的事实暴露无遗，投机倒把活动十分猖獗，可当地工
会委员会都干了什么？城市和边区的工厂委员会都干了什
么？如果我们不对尤里亚金至拉兹维利耶地区和拉兹维利
耶至雷巴尔克地区的商店仓库进行大规模的搜查，不采取

直至将投机倒把分子就地枪决的恐怖手段，便无法把城市
从饥饿中拯救出来。

"多么令人羡慕的自我陶醉啊！"医生想，"还谈什么粮食，如
果自然界里早已不长粮食的话？哪儿来的有产阶级，哪儿来的投机
倒把分子，如果他们早已被先前的法令消灭了的话？哪儿来的农
民，哪儿来的农村，如果他们已经不复存在的话？难道他们忘记自
己早先的决定和措施早已彻底完蛋了吗？什么人才能年复一年地对
根本不存在的、早已终止的话题侃侃而谈，而对周围的一切视而不
见，一无所知呢？"

医生一阵头晕，失去知觉，倒在人行道上。等他苏醒过来，旁
人把他从地上搀起来，要把他送到他要去的地方。他道了谢，谢绝
别人的好意，说他只要走到街对面就行了。

4

他又爬上楼，打开拉拉住所的门。楼梯口还很亮，一点不比他
头一次上楼时暗。他发现太阳并没催他，心里很高兴。

开门声引起屋里一阵骚动。没住人的空房间迎接他的是打翻罐
头盒的哐啷声。一只只老鼠整个身子扑通掉在地板上，四下逃窜。
医生很恼恨，竟无法对付这群可恶的东西。它们大概太多了。

要想在这里过夜，先得防备老鼠，躲进一间门能紧闭、容易躲
避老鼠的房间，再用碎玻璃、破铁片堵住所有的老鼠洞。

他从前厅向左拐，走进他所不熟悉的那一半房间。穿过一条黑
暗的走廊，他来到一间两扇窗户朝街的明亮的房间。窗户正对着街
那边那座带雕像的灰房子。灰房子墙下面贴满报纸。过路的人背对
窗户站着读报。

室内外的光线一样，都是清新明亮的早春薄暮的光线。室内外

的光线如此相似，仿佛房间没同街道隔开。只有一点微小的区别，日瓦戈所在的拉拉的房里比外面商人街上稍冷一点。

一两个钟头前，日瓦戈快走到尤里亚金的时候，忽然觉得体力骤减，仿佛马上就要病倒，自己吓了一跳。

现在，室内外光线一样，他不知为何高兴起来。街上和屋里同样寒气逼人，他觉得自己同傍晚街上的行人、城里的气氛、人世间的生活，融为一体。他的恐惧消失了。他已经不再觉得自己马上要病倒。他把春天傍晚穿透四周的光线视为遥远的梦想和大胆的奢望即将实现的保证。他相信一切都会变好，生活中他所渴求的都能得到，亲人都能找回来，都能和解，什么都能领悟并表达出来。他把等待同拉拉会面的快乐看作最近的好兆头。

极度的兴奋和遏止不住的忙碌代替了刚才的体力衰竭。这种兴奋取代了不久前的虚弱，是即将发病的更为准确的征兆。日瓦戈在屋里坐不住。他又想到街上去办事。

他在这里安顿下来之前，想先理个发，把胡子刮掉。他蓬头垢面地穿过城市，不住往先前理发店的橱窗张望。有的理发店空了，有的别作他用了。仍然营业的几家上了锁。没有地方理发刮胡子。日瓦戈自己没有剃须刀。要是能在拉拉屋里找到剪刀，也能使他摆脱困境。他在慌乱中翻遍拉拉的梳妆台，也没找到剪刀。

他想起小斯帕斯街上有家裁缝店。他想，如果裁缝店还存在并且工人还没下班，如果他能在她们关门之前赶到，便能向一位女裁缝借一把剪刀。于是他又上街去了。

5

他的记忆并没欺骗他。裁缝店还在老地方，女裁缝们还在里面干活。裁缝店总共一间门面，门面有扇朝街的大玻璃窗，一直垂到人行道。从窗口能看到店铺的内部，直到对面的墙。女裁缝们就在过往行人的眼皮底下缝纫。

屋里挤满人。除原来的女裁缝外，还有一些业余缝纫爱好者，尤里亚金缝纫协会上年纪的太太们，她们是为领取工作证才到这儿来的。张贴带雕像的房子墙上的法令里提到领取工作证的办法。

一眼便能看出，她们的动作同真正女裁缝的麻利动作大不同。裁缝店里缝制的都是军服、棉裤和棉上衣，还用各种毛色的狗皮缝制皮袄，这种皮袄日瓦戈在游击队营地里见过。业余缝纫爱好者用僵硬的手指把衣边折短，放在缝纫机下缝起来，对半熟制的毛皮活儿很不习惯，几乎难以胜任。

日瓦戈敲了敲窗户，做了个让她们放他进去的手势。里面同样做手势回答他，不接私人活计。日瓦戈不走，重复同样的手势，坚持让她们放他进去，他有话对她们说。她们向他做推辞的动作，让他明白，她们的活儿很急，他别来纠缠，别妨碍她们，赶快往前走。一个女裁缝脸上现出困惑不解的神情，手掌向上翻着，表示恼怒，用目光询问他究竟想干什么。他用食指和中指做出剪东西的动作。但她们没看懂他的动作。她们认为这是某种挑逗她们的下流动作。他那身破烂的服装和古怪的举止让她们觉得他不是病人便是疯子。女裁缝们哧哧笑起来，挥手叫他从橱窗前走开。他想到寻找通往后院的路，终于找到裁缝店的后门，敲起门来。

6

开门的是一个脸色黧黑的女裁缝，穿着黑连衣裙，神色严峻，大概是店里管事的。

"您这家伙怎么赖着不走！真该惩办。快点说您有什么事？我没空。"

"您别大惊小怪，我想借剪刀用一下。我就在这儿当您的面剪掉胡子，剪完就还您。我先向您表示感谢。"

女裁缝眼里露出诧异的目光。显然，她怀疑跟她说话的人精神不正常。

"我是从远处来的。刚到市里，头发长得太长，满脸胡须。我想理个发，可找不到一家理发店。所以我想自己动手，可是没有剪刀。劳驾借我用一下。"

"好吧。我给您理发。您可得放明白，如果您不怀好意，玩什么花样，或出于某种政治目的想改变相貌，那您可别怪我告发您。我们不想为您去送命。"

"天啊，您哪儿来的那么多顾虑呀！"

女裁缝把医生放进去，把他带到比贮藏室大不了多少的隔壁的房间。他马上像在理发店里似的坐在椅子上，脖子上围了一块不可缺少的白罩单，女裁缝把罩单两头扎紧，塞进衣领里。

女裁缝出去取工具，一会儿便拿着剪子、几把不同型号的梳子、推子、磨刀皮带和剃须刀回来了。

"我一生什么都干过。"她解释道，发现医生很惊讶，怎么她手头什么都有。"我当过理发师，上次战争时当过护士，学会了理发刮胡子。咱们先用剪刀把胡子剪短，然后再刮。"

"头发请剪短点。"

"我尽力而为吧。如今知识分子都装成大老粗。现在日子不按星期计算，而按旬计算。今天十七号，理发店逢七休息。您好像不知道似的。"

"我真不知道。我干吗要假装呢？我已经说过我从远处来，不是本地人。"

"坐稳了，别动弹。一动弹就会割破。这么说您是从外地来的了？坐什么车来的？"

"走着来的。"

"走的是公路？"

"一半是公路，一半沿铁路线。多少辆列车被雪掩埋！什么样的都有，豪华的啦，特快的啦，都有。"

"剪完这一点就完了。这儿再去一点，好啦。为家务事回来的？"

"哪儿来的家务事！为先前信用合作社联盟的事。我是外埠视察员，派我到各地视察。天晓得到过什么地方。困在东西伯利亚了。怎么也回不来。没有火车呀。只好徒步，别提多苦啦。走了一个半月。我一路上的见闻一辈子也讲不完。"

"也用不着讲。我教您长点心眼。等一下。给您镜子。把手从白罩单里伸出来，接住它。欣赏欣赏自己。喂，怎么样？"

"我觉得剪得太少，还可以剪短点。"

"那就梳不起来了。我告诉您，现在可什么话都别说。最好当哑巴。像信用合作社、埋在雪里的专列车厢、检查员和监察员这些话，统统忘掉。您说这些话是要倒霉的！这不合时宜。您最好说您是大夫或教师。先把胡子剪短，再刮干净。咱们擦上肥皂，喀嚓喀嚓一刮，年轻十岁。我去打开水，烧点水。"

"这女人是谁呀？"她出去的时候医生想，"我有一种感觉，仿佛我们之间有相通之处。我得弄清她是谁。是否见过或者听说过。也许她让我想起别人来。可真见鬼，到底是谁呢？"

女裁缝回来了。

"咱们现在刮胡子吧。对啦，永远别多说话。这是永恒的真理。说话是白银，沉默才是黄金呢。什么专列和信用合作社都别说。顶好另编一套，比如说您是大夫或教师。把您见过的一切都搁在心里。这年头您还想向谁炫耀？刮得疼不疼？"

"有点疼。"

"剃须刀不快，我知道。忍一忍，亲爱的。不这样不行。长得太长了，发硬了，皮肤已不习惯。是啊，这年头见过的场面没什么可炫耀的。人人都长心眼啦。我们也吃了不少苦。哥萨克匪帮什么没干过！抢劫、杀人、绑人、搜捕人。比如，有个小头目，伊斯兰教徒，不喜欢一位中尉。他让士兵埋伏在克拉普利斯基住宅对面的

树林里，解除了他的武装，把他押到拉兹维利耶去。拉兹维利耶
那时跟现在的省肃反委员会一样，是执行死刑的地方。您干吗摇头
呀？刮疼了？我知道，亲爱的，我知道。一点办法也没有。得一直
刮到头发根，可头发硬得像猪鬃。那儿是什么地方。妻子急得歇斯
底里大发作。我说的是那个中尉的妻子。'科利亚！我的科利亚！'
她喊着，要直接找最高长官。直接找最高长官不过说说罢了。谁
放她进去。她找人求情。隔壁那条街上住着一个女人，她能见最高
长官，替大家说情。只有一个人心肠好，富于同情心，同别人不一
样。他就是加利乌林将军。到处都是私刑、残暴和公报私仇的悲
剧，跟西班牙小说里写的一样。"

"她说的是拉拉。"医生猜想，但出于谨慎没作声，没详细询
问。"当她说'跟西班牙小说里写的一样'的时候，又非常像一个
人。特别是她所说的这句不相干的话。"

"现在当然完全不同了。不错，现在侦查、审讯、枪决也随处
可见。但观念完全不同。首先，政权是新的。他们刚刚上台，还没
入门。其次，不论怎么说，他们为的是老百姓，他们的力量也就在
这儿。算上我，我们一共姐妹四个，都是劳动者。我们自然倾向布
尔什维克。一个姐姐死了，她生前嫁给政治犯。她丈夫在当地一家
工厂里管事。他们的儿子，我的外甥，是当地农民起义军的首领，
可以说是个大名鼎鼎的人。"

"原来如此！"日瓦戈恍然大悟，"她是利韦里的姨妈，当地的
笑柄，米库利钦的小姨，理发师、裁缝、扳道工，遐迩闻名的多面
手。可我还是不吭声好，别让她认出我来。"

"外甥从小就向往人民。他在父亲那儿长大，在斯维亚托尔 -
勇士工厂的工人当中长大。您也许听到过瓦雷金诺的工厂吧？哎
呀，瞧咱们干了什么事，我真是个没记性的傻瓜。半边下巴刮光
了，半边没刮。都是说话走了神。您看什么呢，怎么不提醒我？脸
上的肥皂干了。水凉了，我去热水。"

通采娃回来后，日瓦戈问道：

"瓦雷金诺不是个偏僻安全的地方吗？到处是密林，任何骚乱都波及不到那里。"

"要说安全看怎么说了。这片密林也许比我们遭灾遭得还厉害。一伙带枪的人从瓦雷金诺经过，不知是哪边的人。说话口音不是当地口音。把一户户的人赶到街上，统统枪毙。走的时候也没说过一句难听的话。倒在雪地上的尸体没人收，现在还躺在那儿呢。是冬天发生的事。您怎么老抽搐？我差点割破了您的喉咙。"

"您刚才说过您的姐夫是瓦雷金诺的住户。他也没逃过这场惨祸吧？"

"不，怎么会呢，上帝是仁慈的。他同他妻子及时逃脱了，同他第二个妻子。不知他们逃到哪里，但确实脱险了。还有从莫斯科来的一家人。他们离开得更早。年纪轻的男人，医生，一家之主，失踪了。可什么叫失踪？说他失踪，只是免得家里人伤心罢了。实际上他必定死了，被打死了。找呀，找呀，可没找到。这时另一个男人，年纪大的那个，被召回莫斯科。他是农业教授。我听说是政府召回的。他们在白军再度占领尤里亚金之前经过这里。您又犯老毛病了，亲爱的同志。要是在剃须刀底下动弹、抽搐，顾客准会被割伤。您可真是一位难伺候的顾客呀。"

"这么说他们在莫斯科了！"他心里想。

7

"在莫斯科了！在莫斯科了！"他第三次沿着铸铁楼梯向上爬的时候，每迈一步都从心里踏出这样的回声。空住所迎接他的仍然是一群乱窜的老鼠。日瓦戈很清楚，不管他多么劳累，同这群肮脏东西一起别想合眼。过夜前先得把老鼠洞堵死。幸好卧室里老鼠洞比别的房间里少得多，就是地板和墙根坏得比较厉害。黑夜慢慢降临，得赶紧动手。厨房桌上放着一盏从墙上取下来的灯，灯里加了一半油，想必是等候他的到来。油灯旁边一只打开的火柴盒里放着几根火柴，日瓦戈数了一下，一共十根。但煤油和火柴还是省着用好。卧室里还发现另一盏油灯，里面只剩下灯芯和灯油的痕迹，油几乎被老鼠喝光。

有几个地方墙脚板同地板之间出现裂缝。日瓦戈往缝里塞进几层玻璃碎片，尖朝里面。卧室的门同门槛合得很严实。门合得严实，一上锁，便把这间堵上老鼠洞的房间同其他房间牢牢隔开。日瓦戈用了一个多小时把该堵的地方都堵好。

卧室的瓷砖壁炉把墙角挤斜，砌着瓷砖的飞檐几乎顶到天花板。厨房里储存着十几捆劈柴。日瓦戈打定主意烧拉拉两捆劈柴。他一条腿跪下，往左手里搂劈柴，把劈柴抱进卧室，摞在炉子旁边，匆忙查看了一下炉子是否能使用。他想把门锁上，但门锁坏了，便用硬纸把门塞紧，免得敞开。日瓦戈开始不慌不忙地生炉子。

他往炉子里添柴的时候，在一根方木条上看到一个标记。他惊奇地认出这个标记。这是旧商标的标记，开头的两个字母"Ж"和"д"印在尚未锯开前的木材上，表明它们属于哪座仓库。克吕格尔在世时从库拉贝舍夫斯克林场运到瓦雷金诺来的木材底端都打着这两个字母，那时木材过多，工厂把用不完的木材当燃料出售。

拉拉家里出现这类劈柴说明她认识萨姆杰维亚托夫，后者关心她，就像当年供应医生一家日常所需的一切一样。这个发现像一把刀子扎在医生心上。先前，他也曾为萨姆杰维亚托夫的帮助感到不安。现在，在不安中又掺入了别的感觉。

萨姆杰维亚托夫如此关照拉拉未必仅仅为她那双美丽的眼睛。日瓦戈回想起安菲姆·叶菲莫维奇的那种无拘束的举止和拉拉作为一个女人的轻佻。他们之间不可能完全清白。

炉子里的库拉贝舍夫斯克劈柴很快就噼噼啪啪着旺了，日瓦戈起初心里还只有一种由缺乏根据的猜测而引起的盲目的忌妒，但随着劈柴越烧越旺，已深信不疑了。

　　他的心受尽折磨，一种痛苦接着另一种痛苦。他无法驱散心头的疑惑。他控制不住自己的思绪，它们自己从这件事跳到另一件事。一阵对亲人的思念向他袭来，暂时压住忌妒的猜疑。

　　"原来你们在莫斯科，我的亲人？"他已经觉得通采娃的话证实了他们安全抵达莫斯科。"那就是说你们没有我的照料又重复了一次艰辛而漫长的旅行？你们是怎么抵达的？为什么召回亚历山大·亚历山德罗维奇？大概是学院请他重新执教？咱们的房子怎么样了？算了吧，有没有都很难说。噢，上帝啊，多么难受，多么痛苦啊！别想了，别想了。脑子乱极了！我怎么啦，东妮娅？我觉得病了。我和你们大家将会怎么样？东妮娅，亲爱的东妮娅，舒罗奇卡，亚历山大·亚历山德罗维奇？上帝为什么遗弃我？为什么永远把你们同我分开？为什么我们永远分开？让我们尽快结合在一起，团聚在一块儿，对吧？如果没有别的办法，我走也要走到你们身边。我们必定会相见的。一切都会称心如意，对吧？

　　"可世上怎能容得下我这坏东西，我竟连东妮娅该生产，或许已经生产了这件事都忘记了？我已经不是头一次健忘了。她是怎么分娩的？他们回莫斯科的时候经过尤里亚金。不错，尽管拉拉不认识他们，可同他们完全无关的女裁缝兼女理发师对他们的命运却并不陌生，可拉拉怎么在便条里对他们只字不提呢？一张多么奇怪、漠不关心的便条啊！如同她只字不提同萨姆杰维亚托夫的关系一样不可理喻。"

　　这时，日瓦戈换了一副挑剔的眼光打量卧室的墙壁。他知道摆在这里和挂在周围的东西没有一件是拉拉自己的，躲藏在不知何处的神秘主人的陈设不能说明拉拉的情趣。但尽管如此，医生在墙上这些放大相片上的男人和女人的注视下突然感到不大舒服。粗笨的家具似乎对他怀有敌意。他觉得自己在这间卧室里是个多余的陌生人。

可他这个傻瓜多少次回想起这座住宅，思念它，可他走进的并不是一间房间，而是陷入对拉拉的思念中。在旁人看来这种情感大概太可笑了。那些坚强的人，像萨姆杰维亚托夫那样的实干家、美男子，也像他这样生活，这样表现吗？拉拉为什么非看上性格软弱的他，以及他所崇拜的晦涩的、陈腐的语言不可？难道她的思维竟如此错乱？她心甘情愿成为他心目中的她吗？

正如他刚才想象的，她又是他的什么人呢？噢，这个问题他随时都可以回答。

院子里已是春日的黄昏。空气中充满各种声音。远处传来儿童的嬉戏声，仿佛表明整个空间都生气勃勃。而远方便是俄罗斯，他的无与伦比的、名扬四海的、名声显赫的母亲，她是殉难者，顽固的女人，癫狂的女人，这个女人精神失常却又被人盲目溺爱，身上带着永远无法预见的壮丽而致命的怪癖！噢，生存多么甜蜜！活在世上并热爱生活多么甜蜜！噢，多么想对生活本身，对生存本身说声"谢谢"呀！对它们当面说出这句话！

而这便是拉拉。同它们不能说话，而她是它们的代表，它们的表现形式，它们的耳朵和嘴巴，不会说话的生存原则因她而有了生命。

他猜疑的一刹那对她的种种指责完全不对，一千倍不对。她身上的一切多么完美无瑕啊！

欣喜和悔恨的眼泪遮住他的视线。他打开炉门，用火钩拨了拨火。他把烧得通红的柴火拨到炉子的顶里面，没烧着的木头拨到炉门口，那儿通风。他半晌没关上炉门。温暖的火光照射在手上和脸上对他是一种享受。微微跳动的火焰的反光终于使他清醒过来。噢，他现在多么需要她，他在这一刹那多么需要触及她所触及过的东西啊！

他从衣袋里掏出揉皱的便条。他把便条打开翻过来，不是他刚才读过的那一面。现在他才看清这一面也写满字。他把便条理平，

在跳跃的火光中读道:

"你想必知道你们家人的下落了。他们到了莫斯科。东妮娅生了个女儿。"下面的几行字画掉了。后面接着写道:"我画掉了,因为写在便条里太愚蠢。我们当面倾谈。我急着出门,跑去弄马。不知道弄不到马怎么办。带着卡坚卡太困难了……"句子的末尾磨得模糊,字迹模糊不清。

"她跑去向萨姆杰维亚托夫借马,大概借到了,因为她走了。"日瓦戈平静地想,"如果她的良心不绝对清白,她不会提到这个细节。"

8

炉子生着后,医生关上烟道,吃了些东西。吃完东西他已经困得支撑不住,和衣倒在沙发上睡着了。他没听见门后和墙那边老鼠放肆的、震耳的响声。他接连做了两个噩梦。

他在莫斯科一间玻璃门上锁的房间里,为保险起见他还使劲拉住把手。门外他的儿子舒罗奇卡要进来,哭着拉门。他穿着小外套,水手裤,戴着一顶小帽子,既可爱又可怜。他身后自来水哗啦哗啦从坏管道或下水道冲在他身上和门上,那个时代管道破裂是寻常的事,说不定正是这道门堵住从几世纪积蓄在寒冷和幽暗的峡谷中冲下来的山洪。发出轰鸣的飞瀑把小男孩吓得要死。听不见他的喊叫声,喊叫声淹没在轰鸣里。但日瓦戈从他嘴唇的嚅动上看出他在喊:"爸爸!爸爸!"

日瓦戈的心要碎了。他恨不得把小孩抱起来,贴在胸前,头也不回地往前跑,跑到哪儿算哪儿。

但他却泪流满面,拉住上锁的门把手,不放小男孩进来,为对另一个女人表示虚假的信义和责任牺牲了小男孩。那个女人并非小男孩的母亲,她随时可能从另一扇门进来。

日瓦戈醒了,惊出一身冷汗,眼里含着泪水。"我发烧。我生病了。"他马上想道，"但这不是伤寒。这是一种可怕的、危险的、类似疾病的疲劳，像所有传染病那样，问题在于什么占上风，生命还是死亡。可我多想睡觉呀！"于是他又睡着了。

他梦见昏暗的冬天早晨行走在莫斯科一条熙熙攘攘的大街上，路灯还未熄灭。从各种迹象上看，如清早街上拥挤的交通，头班电车的叮当声，街灯在石板路黎明前的白雪上投下的一个个黄圈，这是革命前莫斯科的冬天早晨。

他梦见一套拉长的住宅，许多窗户朝向一个方向，住宅比街道高不了多少，大概在二层楼上，窗帘一直垂到地板。房间里的人和衣而睡，睡姿各不相同，像火车车厢里的旅客。住宅也像车厢一样凌乱，油渍报纸上堆着吃剩的食物，啃得精光的鸡骨头、翅膀和爪子，旅客和无家可归的人，临时做客的亲友和熟人，过夜时脱掉的一双双鞋子。主妇拉拉穿着匆忙系好腰带的睡衣，在住宅里来回穿梭，忙个不停，而紧紧跟在她后面的是自己，不知趣地、笨嘴拙舌地想问她什么，可她没空解释，只向他扭过头去，投出让人猜不透的眼神，银铃般地笑起来，这是他和拉拉之间表示亲昵的唯一方式。为他献出一切的女人离他如此遥远，如此冷若冰霜，如此美丽绝伦，他愿为她抛弃一切，与她相比，他微不足道，分文不值。

9

不是他自己，而是冥冥中某种声音在他体内哭号，倾吐温存的、明亮的、在黑暗中像磷火一样闪光的话语。他自己也随同哭诉的灵魂一起哭诉。他真可怜自己。

"我生病了，病了。"他在清醒的时刻，在睡眠、发烧、说呓语和昏迷的间隙想道，"这也是一种伤寒，但没写在我们在大学医学院所学过的教材上。得弄点东西吃，不然我会饿死。"

他刚想从沙发上撑起来，马上明白已经动弹不了。他失去知觉，又昏睡过去。

"我穿着衣服在这儿躺了多久啦？"他在一次短暂恢复知觉的时候想道，"几个小时？几天？我病倒的时候春天刚刚来临。可现在窗上结了霜花。这么松散、肮脏，房间里变得昏暗了。"

厨房里的老鼠把碟子撞得哐啷哐啷响，往隔壁墙上爬，肥硕的身子摔在地板上，讨厌地尖叫起来，像女低音一样哭号。

他昏睡过去又醒过来，发现结满霜花的玻璃上映照出玫瑰色的霞光，霞光在霜花中发红，就像倒在水晶酒杯里的红葡萄酒。他不知道，便问自己：这是朝霞还是晚霞？

一次他觉得旁边有人说话，心里一怔，以为这是神经错乱的开始。他可怜自己，流出眼泪，用无声的耳语抱怨上苍，为何抛弃他不管。"你为何遗弃我，永不熄灭的阳光，并把我投入可诅咒的黑暗深渊！"

突然他明白，这并不是梦，而是千真万确的现实。他脱了衣服，擦洗干净，穿着干净的衬衫，没躺在沙发上，而躺在刚刚铺好的被子里，拉拉坐在床边，俯身向着他，头发碰着他的头发，泪水同他的泪水混在一起。他又幸福得失去了知觉。

10

不久前他还在呓语中责怪上天对他冷漠无情，可现在辽阔的天空降临到他的床榻上，还有女人的两只雪白丰腴的胳膊向他伸来。他快活得两眼发黑，仿佛失去知觉，坠入极乐的深渊。

他一生都在做事，永远忙碌，操持家务，看病，思考，研究，写作。现在他停止活动、追求和思考，把这类劳动暂时交还给大自然，自己变成它那双迷人的手里的一件东西、一种构思或一部作品，那该多好啊！而那双慈悲的手正散播着美呢。

日瓦戈康复得很快。拉拉用白天鹅般的妩媚护理他、照料他，用充满温润气息的喉音低声询问他或回答他的问题。

他们的低声细语，即便是最空泛的话语，也像柏拉图的对话一样，充满深意。

把他们结合在一起的是比心心相印更重要的与外界的隔绝。他们俩同样厌恶当代人身上不可或缺的典型特征：装出来的激情，耀武扬威的昂扬，还有数不清的科学和艺术工作者拼命宣传的极度的平庸，其目的仍然是使天才绝迹。

他们的爱情是伟大的。然而，所有相爱的人都未曾注意到爱情的非比寻常。

对于他们呢——这正是他们与众不同的地方——当一缕柔情从心中升起，宛如永恒的气息，飘进他们注定灭亡的尘世的时候，这些短暂的时刻便成为揭示并认识自己身上和生活中的更多新东西的时刻。

11

"你必须回到自己亲人身边去。我多一天也不留你。但你看见周围的形势了吧。咱们刚一并入苏维埃俄国，马上被它的崩溃所吞没。他们用西伯利亚和远东来堵它的窟窿。可你什么都不知道。你生病的时候城里发生多大变化！把我们仓库里储存的粮食运往中心，运往莫斯科。对莫斯科来说简直是沧海一粟，这批粮食在莫斯科立即消失，就像倒进无底洞，可我们便没有粮食了。邮政不通，客车停止运行，只剩下几条运粮食的道路了。城里又像盖伊达[1]暴动前夕那样怨声载道，肃反委员会又像对待任何不满表现那样猖獗肆虐起来。

1　盖伊达（1892—1948），捷克将领，1918年指挥高尔察克的军队向苏维埃政权进攻。

"可你瘦得像皮包骨，只剩下一口气了，往哪儿走呢？难道又步行吗？那你可走不到啦！养好身子，恢复元气，到时候再说吧。

"我不敢劝告你，可我要是处在你的地位，寻找亲人之前先找份差事。当然干自己的本行，他们很重视这一行，比如，就上我们的省卫生局。它就设在先前的医疗管理局里。

"你自己想想。一个自杀的西伯利亚百万富翁的儿子，妻子又是当地地主兼工厂主的女儿。在游击队里待过又逃跑了。不管你怎么说，这是脱离革命部队，是开小差。你绝对不能不干事，当个被褫夺公民权的人。我的处境也不妙。我也得工作，进省国民教育局。我正站在火山口上。"

"怎么站在火山口上呢？斯特列利尼科夫呢？"

"正是因为斯特列利尼科夫，我才站在火山口上呢。我曾对你说过，他树敌太多。红军胜利了。现在靠近上层的非党军人都被从军队里赶出来，因为他们知道的事情太多。要是仅仅从军队里赶出来，不杀人灭口，那还算好呢。帕沙在这批人中首当其冲。他的处境极端危险。他到过远东。我听说他逃跑了，躲藏起来。听说正在缉拿他。不说他了。我不喜欢哭，如果再多说他一句，我便要号啕大哭了。"

"你以前爱他，至今仍非常爱他？"

"我嫁给了他，他是我的丈夫呀，尤罗奇卡。他是个品格高尚的人。我很对不住他。可如果说我没做过一件伤害他的事，恐怕不是事实。但他是个了不起的人，非常非常爽直的人，可我是个无用的女人，同他比起来微不足道。这就是我的过错。行啦，不说这些啦。我答应你，以后有时间再对你说。你的那个东妮娅多迷人啊！波提切利[1]油画里的人物。她分娩的时候我在她身边。我同她非常

1　波提切利（1445—1510），意大利文艺复兴时期杰出画家，代表作有《春》《维纳斯的诞生》等。

要好。可这些以后再说吧，我求你。好啦，咱们一起做事吧。两个人都上班。每月能有几十亿卢布的收入。西伯利亚的票子前些日子咱们这儿还通用呢，刚刚废止。很长一段时间，你生病的全部期间，我们都没有钱。确实是这样。简直难以想象，可也熬过来了。现在往先前的国库运来一整列车纸币，四十车厢，不会少。票额很大，蓝红两种颜色，跟邮票一样，上面分了许多细格，蓝的有五百万个方格，红的每张一千万个方格。印得不好，褪色，颜色模糊。"

"我见过这种票子。我离开莫斯科前夕刚刚流通。"

12

"你怎么在瓦雷金诺待了这么久，都干什么了？那儿不是一个人都没有，荒废了吗？什么耽搁了你？"

"我跟卡坚卡打扫你们的住宅。我怕你先上那儿去。我不想让你看见住宅变成那副样子。"

"什么样子？房屋倒塌，杂乱不堪？"

"杂乱不堪。肮脏。我打扫过了。"

"你怎么吞吞吐吐，回答得这么简单？你没把话都说出来。随你的便，我不会追问你。给我讲讲东妮娅的事吧。给小女孩起了什么教名？"

"玛莎。纪念你的母亲。"

"给我讲讲他们的情况。"

"以后再讲吧。我对你说过了，我快要哭出来了。"

"借给你马的是那个讨人喜欢的人萨姆杰维亚托夫。你说呢？"

"非常讨人喜欢。"

"我很熟悉萨姆杰维亚托夫。他是我们一家人在新地方的朋友，帮助过我们。"

"我知道。他告诉我了。"

"你们大概很要好？他也尽量替你效劳吧？"

"他给我的恩惠实在太多了。没有他，我真不知如何是好。"

"这不难想象。你们之间的关系大概是亲密的、同志式的，交往很随便？他一定拼命追求你喽。"

"那还用说？死缠着不放。"

"可你呢？对不起，我说得太过分了。我有什么权利盘问你？对不起。这太放肆了。"

"噢，随你的便吧。你感兴趣的大概是另一个问题——我们关系的性质？你想知道，在我们良好的关系中是否掺入更多的私人因素？当然没有。我对萨姆杰维亚托夫感激不尽，欠了他不知多少情，但即使他给我一座金山，为我献出生命，也不会使我更接近他一步。我从小就对气质不同的人天生反感。在处理日常事务的时候，他们精明强悍，自信，发号施令，简直是无价之宝。可在爱情上，留小胡子男人的自鸣得意，叫人无法忍受。我们对男女间的私情和生活的理解完全不同。除此之外，萨姆杰维亚托夫对待道德的态度，使我想起另一个更为厌恶的人，我变成今天这样子是他一手造成的。"

"我不明白。可你是什么样的人呢？你指的是什么？给我解释解释。你是世上最完美的人。"

"唉，尤罗奇卡，你怎么能这样说呢？我认真跟你说话，可你却像在客厅里那样恭维起我来。你问我是什么样的人。我是心灵受过创伤的人，终生无法愈合。有人过早地把我变成女人，让我看到生活中最龌龊的一面，并用旧时代一个老寄生虫的虚假而庸俗的眼光看待生活。这个自以为是的家伙为所欲为，利用可以利用的一切。"

"我猜到了。我多少感觉到了。可等一下。那个时代你所经受的痛苦，由于缺乏经验而惊吓出来的恐怖，未成年少女初次遭受的凌辱，都是不难想象的。但这都是过去的事了。我想说的是，现在为此而悲伤的不应是你，而应是像我这样爱你的人。悲痛欲绝的应当是我，因为我知道得太迟，因为我当时没同你在一起，以便阻止事情的发生，如果它对你确实是痛苦的话。真是怪事。我觉得，我只会强烈地、极端地、发狂地忌妒下流的、与我毫无共同之处的人。同上流人竞争在我心中唤起的完全是另一类的情感。如果我所敬爱的并与我声息相通的人爱上我所爱的那个女人，我便会对他产生一种可悲的手足之情，而不是争吵或争讼。我当然决不会同他分享我所钟爱的对象，但我会怀着完全不同的痛苦的感情退让。这种感情不是忌妒，不那么火辣辣的和血淋淋的。我同艺术家接触的时候，只要他的作品比我的作品优越，他便征服了我，这时我也会产生同样的感觉。大概会放弃我的追求，因为这种追求重复的正是他征服我的尝试。

"可我离题了。我想，如果你没有什么可抱怨的或可遗憾的，我不会爱你爱得这样热烈。我不爱没有过失、未曾失足或跌过跤的人。她们的美德没有生气，分量不足。生活从未向她们展现过美。"

"我说的正是这种美。我觉得要看到它，必须具有未经触及的想象力和混沌初开的感受力。而这些正是我被剥夺的。如果我人生起始不用别人的庸俗眼光看待生活，也许会形成自己对生活的看法。但还不仅如此，由于一个不道德的、只图满足私欲的庸才干预我刚刚开始的生活，因而我同一个伟大而卓越的人的婚姻才不美满，尽管他热烈地爱我，我也以同样热烈的爱情回报他。"

"等一下。此后再告诉我你丈夫的事。我对你说过，通常引起我忌妒的是卑贱的人，而不是和我相等的人。我不忌妒你的丈夫。可那个人呢？"

"哪个'那个人'？"

"毁了你的那个放荡的人。他是什么人？"

"莫斯科赫赫有名的律师。他是我父亲的同事，爸爸去世后，我们贫困的时候他接济过母亲，独身汉，很富有。我这样说他反而使他显得不同寻常，增加了他的分量，其实他是很普通的人。如果你想知道，我可以说出他的姓名来。"

"不用。我知道他是谁。我见过他一次。"

"真的？"

"在你母亲服毒的那天的旅馆里，已经很晚了。我们那时还是孩子，中学生呢。"

"我记得那天晚上的情景。你们来了，站在漆黑的过道里。也许我自己永远也回想不起这一幕来，是你帮我回想起来的。你曾对我提起，我想是在梅留泽耶沃镇。"

"科马罗夫斯基到过那里。"

"真的？完全可能。很容易看见我同他在一起。我们经常在一起。"

"你怎么脸红了？"

"听见'科马罗夫斯基'从你嘴里说出来。由于突然和不习惯。"

"跟我一起去的还有一个中学生，我的同班同学。他在旅馆里对我说，他认出科马罗夫斯基来，科马罗夫斯基就是他在意外情况下偶然看见的那个人。米沙和我父亲同乘一趟火车。有一次在火车上，就是这个男孩子，中学生米沙·戈尔东，亲眼看见我父亲——一个百万富翁兼工业家自杀的场景。父亲从飞驰的火车上跳车自杀，摔死了。陪同父亲的是科马罗夫斯基，他的法律顾问。科马罗夫斯基常常把他灌醉，搅乱他的生意，弄得他倾家荡产，把他逼上绝路。他是父亲自杀和我成为孤儿的罪魁祸首。"

"简直不可思议！这个细节太重要了！居然是真的！这么说他也是你的丧门星了？这使我们更亲近了。真是命中注定！"

"这就是我疯狂地、义无反顾地忌妒的人。"

"你这是何苦？我不仅不爱他，还鄙视他。"

"你真完全理解你自己？人的秉性，特别是女人的秉性是不可理喻的，充满矛盾。你所厌恶的东西，也许正是你更愿意屈从他，超过你真心所爱的人的原因。"

"你说得多么可怕。并且，像你通常所说的那样尖锐，使我觉得这种反常现象是真的。那就太可怕了！"

"别激动。别相信我说的话。我想说我忌妒神秘的、无意识的东西，忌妒无法解释和无法猜测的东西。我忌妒你为他人梳妆打扮，忌妒你皮肤上的汗珠，忌妒弥漫在空气中的传染病菌，因为它们能够依附在你身上，毒害你的血液。我忌妒像科马罗夫斯基那样的传染病菌，他有朝一日会把你夺走，正像我的或你的死亡有一天会把我们分开一样。我知道，你准会觉得这是一大堆晦涩难懂的话。我无法说得更有条理、更好理解。我爱你爱到顶点，并永远永远爱你。"

13

"多给我讲讲你丈夫的事。'我们都是登录在命运册上同一行里的人'，就像莎士比亚所说的那样。"

"这是哪个剧本里的话？"

"《罗密欧与朱丽叶》里的话。"

"我寻找他的时候，在梅留泽耶沃镇已经对你讲过不少他的事了。后来在这儿，在尤里亚金，咱们刚相遇的时候，从你的话里我知道他曾想在专列车厢里逮捕。我也许告诉过你，也许并没告诉过你，只不过我觉得告诉过你罢了。有一次我远远地看见他上汽车，简直难以想象，多少人保卫他，我觉得他几乎没变样。他的脸仍然那样英俊、诚实、刚毅，是我所见过的所有人当中最诚实的脸。毫不做作，性格坚强，没有一丝装腔作势的痕迹。先前是那样，现在仍然那样。但我仍然发现一点变化，让我深感不安。

"仿佛某种抽象的东西注入他的面孔，使它失去光泽。一张活生生的脸变成思想的体现，原则的化身。我观察到这一点时心揪成一团。我明白这是某种力量作用的结果，他献身于这种力量。这是一种崇高的力量，但也是一种置人于死地的无情的力量，总有一天连他也不会放过。我觉得他太招摇了，而这就是他注定灭亡的原因。也许我没弄清楚。也许你向我描绘你们会面时说的那些话深深印在我心里。咱们除心心相印外，我还受了你多大的影响呀！"

"你还是给我讲讲革命前你们的生活吧。"

"我幼小的时候就向往纯洁。他就是纯洁的化身。我们是在一个院子里长大的。我和他，还有加利乌林。我是他童年迷恋的对象。他一见到我便发呆，手脚发冷。如果我说我看出来了，有点不大好。但我假装不知道，那就更坏。我是他童年时代爱慕的人，孩子的骄傲不允许他流露出那种人人都遮掩却又无法抗拒的爱情，但都写在脸上，每个人都看得见。我们很要好。我同他不同的程度就像我和你相像的程度一样。我那时真心选中他。我打定主意，一旦长大成人，便把自己的一生同这个绝妙的小男孩结合在一起，暗暗地以身相许了。

"真了不起，他多么有才能啊！非凡的才能！一个普通扳道工或铁路看守员的儿子，凭自己的天赋和顽强的努力达到当代两门大学专业课程（数学和人文科学）的——我差点说水平，不，我应当说——高峰。这可不是闹着玩的！"

"既然你们如此相爱，什么破坏了你们的家庭和睦呢？"

"唉，这可真难回答。我现在就讲给你听。真妙极了。像我这样的弱女子竟然向你，这样一个聪明人，解释在今天的现实生活中，在俄国人的生活中，发生了什么。为什么家庭，包括你的和我的家庭在内，会毁灭？唉，问题仿佛出在人们自己身上，性格相同或不同，有没有爱情。所有正常运转的、安排妥当的一切，所有同日常生活、人类家庭和社会秩序有关的一切，都随同整个社会的变革，随同它的改造，统统化为灰烬。日常的一切都翻了个个儿，被毁灭了。所剩下的只有已经被剥得赤裸裸的、一丝不挂的人的内心

及其日常生活中所无法预见的、无法利用的力量了。因为它一直
发冷、颤抖，渴望靠近离它最近的、同样赤裸与孤独的心。我和你
就像世上最初的两个人，亚当和夏娃，在创世的时候没有任何可遮
掩的，现在，我们在它的末日同样一丝不挂，无家可归。我和你是
几千年来在他们和我们之间，在世界上所创造的不可胜数的伟大业
绩中的最后的怀念，为了悼念这些已经消逝的奇迹，我们呼吸，相
爱，哭泣，互相依靠，互相紧贴。"

14

她停顿片刻，继续说下去，已经平静多了。

"我告诉你吧。如果斯特列利尼科夫变回帕沙·安季波夫，如
果他不再发狂，不再暴动，如果时光倒流，如果在某个远方，世界
的尽头，我们家窗口的灯奇迹般地亮了，照亮了帕沙书桌上的书，
我大概爬也要爬到那里去。我的身心都会耸然一振。我抵挡不住往
昔的召唤，抵挡不住忠诚的召唤。我会把一切统统牺牲掉，甚至你
和我的亲密关系，这么怡然自得、这么自然而然的亲密关系。噢，
原谅我。我说的不是这个意思。这不是真心话。"

她扑到他怀里放声大哭。但她很快便镇静下来，擦掉眼泪
说道：

"这便是把你赶回东妮娅那儿去的义务的呼声。上帝啊，咱们
多么可怜，咱们将会发生什么事？咱们该怎么办？"

等到她完全恢复常态，继续说下去：

"我还是没回答你，为什么我们的幸福遭到破坏。我后来完全
明白了。我讲给你听吧。这不只是我们俩的故事。这是很多人的
命运。"

"告诉我，我聪明的孩子。"

"我们是战前结婚的，战争爆发的两年前。我们刚刚按照我们

的理想生活，刚刚建立起自己的家便宣战了。我现在深信，所有的一切，随之而来的、至今仍笼罩在我们这一代头上的不幸，都应归咎于战争。我清晰地记得童年的生活。我还赶上了上世纪的太平景象。信赖理性的声音是愉快的。良心所提示的，被认为是理所当然的。一个人死在另一个人手里是罕见的，是极端例外的、不寻常的现象。拿杀戮来说吧，只在悲剧里、侦探小说里和报纸新闻里才能看到，而不是在日常生活里。

"可突然一下子从平静的、无辜的、安详的生活跃入血泊和哭号中，跃入每日每时的杀戮中，而这种杀戮是合法并受到赞扬的，致使大批人因发狂而变得野蛮凶狠。

"这一切绝不会不付出代价。你大概比我记得清楚，如何一下子通通崩溃。列车的运行、城市的粮食供应、家庭生活方式的基础以及意识的道德准则如何毁于一旦。"

"说下去。我知道你下面要说什么了。你分析得多么透彻啊，听你说话真痛快！"

"于是谎言降临到俄国大地上。这是主要的灾难，未来罪恶的根源，是丧失信赖个人见解的原因。人们感到，听从道德启示的时代一去不复返，现在应当随声附和，按照那些陌生的、强加给所有人的概念去生活。兴起辞藻的统治，先是君主的，后是革命的。

"这是一种笼罩一切、四外蔓延的社会迷雾。一切都置于它的影响之下。我们的家也无法抵挡它的危害。家庭中的某种东西动摇了。在一直充满我们家庭的无忧无虑的气氛中，渗入荒谬的宣言成分，甚至渗入我们的谈话中，还有那种对于非谈不可的世界性话题不得不故作聪明的风气。像帕沙那样感觉敏锐、严于律己的人，像他那样准确无误地区别本质与假象的人，怎能注意不到这种隐蔽的虚伪呢？

"这时他犯了一个致命的错误。他把时代的风气和社会的灾祸视为家庭现象。他把不自然的语气，把我们议论时生硬的官腔归咎于自己，归咎于他是干面包，庸才，套子里的人。你也许会觉得不可思议，这些琐事竟然对我们的共同生活产生影响。你简直难以想象，这件事多么重要，帕沙出于这种幼稚想法干了多少蠢事。

"他去打仗，可谁也没要求他去。他这样做是为把我们从他想象出来的压抑中解脱出来。他的疯狂就此开始。他少年好胜，盲目自尊，对生活中微不足道的小事恼火。接着他对事件的进程恼火，对历史恼火。于是他同历史争执。他至今还在同它较量。这便是他那些疯狂行为带有挑衅色彩的原因。由于这种愚蠢的自负，他必死无疑。唉，要是我能挽救他就好了！"

"你爱他爱得多么真挚，多么强烈！爱吧，爱他吧。我不忌妒你对他的感情，我不妨碍你！"

15

夏天匆匆来了又匆匆离去。医生恢复了健康。他有意到莫斯科去，同时在三个地方工作。物价飞涨，他不得不干几份差事。

医生每天天亮起床，出门上商人街，沿街往下走，经过巨人电影院来到原乌拉尔哥萨克军团印刷所，现在已改为红色排字工人印刷所。经过中心街拐角管理局时，他看见门上挂着一块"索赔局"的木牌子。他穿过广场，转入小布扬诺夫卡街。经过斯捷贡工厂，穿过医院后院，走进陆军医院门诊所。这是他主要的工作单位。

他行走的路程一半在从院子里伸向街道上空的树枝的浓荫下，沿途的木房子大多数奇形怪状，屋顶陡峭，方格栅栏，镂花大门，镶着饰框的护窗板。

门诊所隔壁，在女商人戈列格利亚多娃祖传的花园里，有座引人注意的楼房。楼房不高，具有古俄罗斯风格。房子外面砌了一层菱形着釉瓷砖。从对面看，各个边角都是锥形体，酷似古代莫斯科大贵族的宅邸。

　　日瓦戈医生每旬都要到旧米阿斯克街利格吉家住宅去三四次，参加设在那里的尤里亚金州卫生局会议。

　　在相反的一端，离陆军医院很远的地方，有一所萨姆杰维亚托夫父亲为悼念亡妻所捐献的房子，妻子生产安菲姆时死于难产。在这所房子里，萨姆杰维亚托夫开办了一所妇产科学校，现在改为以罗莎·卢森堡命名的外科医生速成班。日瓦戈在那里给他们上普通病理学课和几门选修课。

　　他办完所有的公务，回家已经是半夜了，又累又饿。拉拉总忙得不可开交，不是在炉灶前便是在洗衣盆前。她家常打扮，头发蓬乱，袖口卷起，下摆掖在腰里，她身上那股令人胆战的威严神气，比他突然看见她去参加舞会，穿着使身材增高的高跟鞋、大开领的连衣裙和引起轰动的宽裙子，更让他心荡神摇。

　　她做饭或者洗衣服，然后用洗过衣服的肥皂水擦地板。或者平心静气、不急不躁地缝补自己的、他的和卡坚卡的内衣。或者，做完饭、洗过衣服和打扫完房间之后，教卡坚卡读书认字。或者专心阅读教材，进行政治再教育，以便重新回到新改造过的学校当教师。

　　这个女人和小姑娘对他越亲近，他越不敢把她们当成一家人。他对亲人的责任感和他的不忠实行为对他造成的压力越来越大。拉拉和卡坚卡并未注意到他内心的这种压抑。相反，这种非家庭式的关系使他们相敬如宾，排除放肆和狎昵。

　　但这种双重人格永远折磨他，刺痛他的心，不过日瓦戈已经习惯这种双重人格，就像他习惯尚未长好并经常破裂的伤口一样。

16

　　这样过了两三个月。十月的一天，日瓦戈对拉拉说：

　　"你知道吗，看来我该辞职了。老一套又来了。开始的时候好得不得了。'我们永远欢迎诚实的劳动，特别欢迎新颖的观点'等等。怎么能不欢迎呢。欢迎欢迎。工作呀，奋斗呀，探索呀！

"实际上，原来他们所指的新颖观点无非是一种口实，颂扬革命和当局的陈词滥调。这太乏味了，令人厌恶。我不擅长干这种事。

"也许他们真是对的。我当然不会同他们站在一起。但我很难容忍这种看法：他们是英雄，光明磊落的人，而我是渺小的人，拥护黑暗和奴役的人。你听说过尼古拉·韦杰尼亚平这个名字吗？"

"当然听说过。认识你之前就听说过，后来你还经常提起他。西玛·通采娃也时常提到他。她是他的追随者。但他的书，说来惭愧，我没读过。我不喜欢纯哲学著作。照我看，哲学不过是对艺术和生活添加的少量作料而已。专攻它就像光吃姜一样古怪。算了，对不起，我的蠢话岔开了你的话。"

"不，恰恰相反。我同意你的观点。这同我的思维方式非常接近。好啦，还说我舅舅尼古拉·尼古拉耶维奇吧。也许我真受到他不良的影响。可他们异口同声喊道：天才的诊断医师，天才的诊断医师。不错，我很少误诊。可这正是他们凭直觉仇视我的原因，仿佛这是我的罪过，一下子便能获得完整的认识。

"我对保护色的问题着了迷，即一种机体外表适应环境颜色的能力。在对颜色的适应中隐藏着从内向外的奇妙过渡。

"我在讲义中大胆地触及了这个问题。立刻有人喊道：'唯心主义，神秘论。歌德的自然哲学，新谢林主义……'

"该离开了。我请求辞去州卫生局和速成班的职务，但尽量留在医院里，直到他们把我赶走为止。我不想吓唬你，但我有时感觉到，不是今天便是明天，他们就会把我抓起来。"

"上帝保佑，尤拉。幸好到这一步还远着呢。但你说得对，谨慎总不是坏事。就我所见到的，年轻的政权每次确立都要经历几个阶段。开始时是理智的胜利，批判的精神，与偏见进行斗争。

"以后进入第二个阶段。'混入革命'的黑暗势力占据上风。怀疑、告密、阴谋和仇恨与日俱增。你说得对，我们正处在第二阶段的开端。

"眼前就有个例子。两名工人出身的老政治犯季韦尔辛和安季波夫从霍达斯克调到这里的革命法庭里来。

"他们两人都非常了解我，其中的一个是我丈夫的父亲，我的公公。但他们调来后不久，我就开始为自己和卡坚卡的性命担忧了。他们什么事都干得出来。安季波夫向来不喜欢我。总有一天他们会以崇高的革命正义的名义把我甚至帕沙一起消灭。"

这次谈话很快就有了下文。这时，小布扬诺夫卡四十八号、门诊所旁边的戈列格利亚多娃寡妇家夜间被搜查。在寡妇家里搜出武器库，揭发出一个反革命组织。城里很多人被捕，搜捕继续进行。人们交头接耳，说一部分被怀疑的人逃到河对岸去了。还有人发表这样的议论："这能帮他们多大的忙？河跟河不一样。河多得是。海兰泡边上的黑龙江是一条河，岸这边是苏维埃政权，岸那边是中国。跳进河里游过去，再见啦，一去便无影无踪。那才算是河呢。这是另一码事儿。"

"气氛一天比一天紧张，"拉拉说，"咱们的安全时期过去了。我们，你和我，必然被逮捕。那时卡坚卡怎么办？我是母亲。我应当预防发生不幸，想出办法。对这一点我必须做好打算。一想到这儿，我就失去理智。"

"让咱们一块儿想想办法，能想出什么解救办法？我们能否躲过这次打击？我们是在劫难逃啊。"

"无法躲避，也无处逃脱。但可以躲到隐蔽的地方，不引人注意的地方。比如上瓦雷金诺。我仔细考虑过瓦雷金诺的房子。那是个非常偏僻的地方，一切都荒废了。我们在那儿不碍任何人的眼，不像在这儿。冬天快到了。我愿意上那儿过冬。在他们找到我们之前，我们又赢得一年的生命，这可是个胜利。萨姆杰维亚托夫可以帮助我们同市里联系，也许他收留咱们。啊？你说呢？不错，那儿现在一个人也没有，可怕，荒凉。至少我三月份在那儿的时候如此。听说有狼。可怕。可人呢，特别是像老流放犯安季波夫和季韦尔辛那样的人，现在比狼更可怕。"

"我不知道怎么对你说才好。可你一直往莫斯科赶我，劝说我赶快动身，不要拖延。现在容易走了。我到车站打听过。不再管投机倒把的人了。不能把没票的人通通赶下火车。枪毙人枪毙累了，枪毙的人也就少了。

"我寄到莫斯科的信都没有回音，这使我不安。得上那儿去一趟，弄清家里的情况。你一再这样对我说。现在又怎样理解你说的上瓦雷金诺去的话呢？难道没有我，你一个人能到那荒野的地方去？"

"不能，没有你当然不可能去。"

"可你又催我上莫斯科？"

"是的，必须如此。"

"你听我说。你知道吗，我有一个绝妙的主意。咱们一起上莫斯科。你带着卡坚卡跟我一起走。"

"上莫斯科？你疯啦。干什么去？不，我必须留下。我必须在附近某个地方做好准备。这里将决定帕沙的命运。我必须等待结果，以便他需要我的时候守候在他身边。"

"那咱们想想卡坚卡该怎么办。"

"西姆什卡，就是西玛·通采娃，时常上我这儿来。前两天我同你谈起过她。"

"谈起过。我在你这儿时见到过她。"

"你让我感到惊奇。男人们的眼睛长在哪儿了？我要是你准会爱上她。她多有魅力！多漂亮！个头，身材，头脑。读过很多书，心眼好，有主见。"

"我从游击队逃到这儿的那天，她姐姐，女裁缝格拉菲拉，给我理过发。"

"我知道。姐妹们都跟二姐叶夫多基娅，一个图书馆管理员，住在一起。一个诚实的劳动家庭。我想在最坏的情况下，如果咱们俩都被抓起来，请她们收养卡坚卡。我还没决定。"

"这确实是最坏的打算。上帝保佑，还远不至于糟到这一步。"

"听说西玛有点那个，情绪不正常。确实不能把她当成完全正常的女人。但这是因为她思想深刻，卓尔不群。她的学识确实罕见，但不是知识分子那种，而是民间的那种。你同她的观点十分相似。把卡佳交给她教育我完全放心。"

17

日瓦戈又到车站去了一趟，还是空手而归。什么都没定下来。他和拉拉前途未卜。天气寒冷、阴沉，像要下头场雪的样子。十字街头上的天空比街道上的天空更辽阔，显出一派冬天的景象。

日瓦戈回到家的时候，遇见拉拉的客人西玛。与其说她们在谈话，不如说客人在给主人上课。日瓦戈不想打搅她们。除此之外，他还想一个人待一会儿。女人们在隔壁房间说话。通往她们房间的门半开着。门框上的门帘一直垂到地板，隔着门帘，她们说的每一句话都听得清楚。

"我缝点东西，您别在意，西玛。我聚精会神地听您说呢。我上大学的时候听过历史课和哲学课。您的思想体系很合我的心意。此外，听您说话我心里痛快多了。老是操不完的心，我们最近一连几夜都没睡好。我是卡坚卡的母亲，一旦我们遭殃，我必须保证她的安全。应当冷静地想想如何安置她。但我并不擅长思考。想到这一点我很悲伤。也是因为疲倦和缺少睡眠。您的话使我感到宽慰。况且马上就要下雪了。下雪天听聪明人高谈阔论是种享受。下雪的时候向窗户瞥一眼，真的，仿佛有人穿过院子向门走来？您开始吧，西玛，我听着呢。"

"上次我们讲到哪儿啦?"

日瓦戈没听见拉拉是怎么回答的。他开始注意听西玛说话:

"可以使用'时代''文化'这类字眼。但人们对它们含义的理解迥然不同。由于它们含义混乱,咱们避免使用这类字眼,把它们换成别的词儿吧。

"我想说人是由两部分组成的。上帝和工作。人类精神在长期发展过程中分解成各种漫长的活动。这些活动由多少代人实践,一个接一个地实践。埃及如此,希腊也如此。《圣经》中先知的神学实践的也是这种活动。从时间上说,这种最后的活动,暂时任何别的行动都无法代替,当代全部灵感所实践的活动是基督教。

"为让您感到新颖,出乎意外,不像自己所熟悉并习以为常的那样,而是更简单明了、更直截了当向您介绍它所带来的、前所未有的、新的教益,咱们一起分析几段经文,极少的几段,并做了删节。

"大多数的颂歌都把《旧约》和《新约》中的概念相提并论。把《旧约》中的情节,如烧不成灰烬的荆棘、以色列人出埃及、火窑里的少年、鲸鱼腹中的约拿,等等,同《新约》中圣母受胎和耶稣复活等情节加以对比。

"在通常的对比中,《旧约》的陈腐和《新约》的新颖显而易见。

"在很多诗篇中,把玛利亚的贞洁的母性同犹太人过红海相对比。比如,在诗篇《红海就像处女新娘》中说:'红海在以色列人通过后无法穿越,就像童贞女怀孕生下基督一样不朽。'那就是说以色列人过后海水又无法通过,童贞女生了主后仍然贞洁,这是不是把性质不同的两件事并列在一起呢?两件事都是超自然的,两件事同样被认为是奇迹。各个时代,远古的原始时代和新近的罗马以后的时代,已经有了很大进步的时代,怎样看待这种奇迹呢?

"在前一个奇迹中,按照人民领袖、教祖摩西的命令,他的神杖一挥，海水便分开了，放过整个民族，数不清的、由数万人组成的人流，但等到最后一个以色列人过去后，海水又汇合在一起，淹没追赶他们的埃及人。这幅古代的情景，是魔术师声音控制下的自然力，像罗马军队行进时浩浩荡荡拥挤的人群，人民和领袖，看得到和听得见的奇迹，令人震惊的奇迹。

"在后一个奇迹中，一个普通的少女，古代世界对她毫不留意，但她悄悄地、隐秘地给婴儿以生命，在世界上创造生命，生命的奇迹，一切的生命，'生育大众的肚皮'，后来都这样称呼奇迹。不仅从书呆子观点看她的非婚生育是非法的，而且是违反自然规律的。少女生育并非出于必然，而是出于奇迹，凭借的是灵感。《圣经》中所说的这种灵感把特殊同普遍对立起来，把假日同非假日对立起来，想建立一种背离任何强制的生活。

"具有何等重大意义的转变啊！从古代的观点来看是微不足道的人的私生活，何以在上苍看来竟与整个民族的迁移等量齐观呢？因为必须用上苍的眼睛并在上苍面前评价一切，而这一切都是在唯一的盛况中完成的。

"世界有所进展。罗马统治结束了，数量的权力结束了，以武器确定全体人口、全体居民生活的义务废弃了。领袖和民族已成过去。

"取而代之的是对个性的呼唤和对自由的鼓吹。个人的生活变成上帝的纪事，充满宇宙空间。像报喜节的赞美歌中所说的那样，亚当想当上帝，但他想错了，没当上，可现在上帝变成人，以便把亚当变成上帝（'上帝成了人，上帝同亚当便相差无几'）。"

西玛继续说下去：

"关于这个话题，我还有很多话要对你说，不过暂时先岔开一下。在关心劳动人民、保护母亲和与榨取财产的政权斗争上，我们的革命时代是世间未曾有过的、永志不忘的时代，并取得永恒的成果。至于说到对生活的理解，如今向人们灌输的幸福哲学，如此严

肃地解释荒谬可笑的历史残余，简直令人难以置信。如果这些歌颂
领袖和人民的诗篇真能让我们返回《旧约》中所说的畜牧部族和族
长时代的话，如果它们真能让生活倒退，让历史倒转几千年的话，
值得庆幸的是这是做不到的。

"再谈几句耶稣和抹大拉的玛利亚。这不是出自《福音书》中
的故事，而是出自受难周的祈祷文，在大斋期星期二或星期三。这
些我不说您当然也清楚，拉里莎·费奥多罗夫娜。我不过想提醒您
一下，绝不是教训您。

"在斯拉夫语系里，您当然知道，情欲这个词首先表示受难，
基督的情欲意味着基督自愿受难。后来这个词在俄语中用来表示恶
习和色欲。'我的灵魂变成情欲的奴隶，我成了畜生。''我们已被
逐出天堂，让我们克制情欲以求重返天堂。'等等。也许我的道德
已经败坏，但我不喜欢斋戒前这段束缚肉欲和禁绝肉欲的祈祷文。
我总觉得这些粗俗的、平淡的祈祷文，缺乏其他经文所具有的诗
意，出自大腹便便、脑满肠肥的教士手笔。问题倒不在于他们自己
不遵守戒律并欺骗别人。就算他们生活得问心无愧吧。问题不在他
们身上，而在这几段经文里。这种悲痛过分强调人体的虚弱，不管
它是营养良好还是极度疲惫。这是很讨厌的。这儿把某种肮脏的、
无关紧要的次要东西抬到它所不应有的、并不属于它的高度。对不
起，我离题太远了。我现在就为自己东拉西扯酬劳您，给您讲点有
意思的。

"我对为什么在复活节的前一天，即耶稣在临近遇难和复活的
时候提到抹大拉的玛利亚，一直很感兴趣。我不知道是什么原因，
然而在同生命离别之际以及在生命复返的前夕提到什么是生命，却
是非常适时的。现在您听着，《圣经》中提到这一点时多么真诚坦
率啊。

"不错，这是抹大拉的玛利亚，或是埃及的玛利亚，或是另一
个玛利亚，一直有争论。不论如何，她乞求主道：'请解脱我的责

任，像解开我的头发一样。'意思是：'宽恕我的罪孽，就像我散开头发一样。'渴望宽恕和忏悔表达得多么具体！手都可以触到。

"在同一天的另一首祈祷歌中，有一段相近的祈祷文，更加详尽，确切无疑指的是抹大拉的玛利亚。

"这里她极为坦诚地哀痛过去，哀痛先前每夜欲火中烧，积习难改。'因为黑夜勾起我无法克制的性欲，昏暗无月光便是罪恶的话语。'她乞求耶稣接受她忏悔的眼泪，俯身倾听她内心的叹息，以便她能用头发擦干他最洁净的脚，而天堂里被惊呆并受到羞辱的夏娃便躲藏在她用头发擦脚的声音中。'让我吻你最洁净的脚，用眼泪冲洗它们，用头发把它们擦干。'突然，在头发后面迸出一句祈祷词：'我的罪孽深重，你的命运何其坎坷，又有谁能查询？'上帝和生命之间，上帝和个人之间，上帝和女人之间，多么接近，多么平等！"

18

日瓦戈从车站回来已筋疲力尽，这天是他每旬的休假日。这一天，他通常要补足十天没睡足的觉。他靠在沙发上，有时半躺着，或把身子完全伸直。尽管他听西玛说话时一阵阵犯困，但她的见解仍令他感到欣慰。"当然，她这一套话都是从科利亚舅舅那儿听来的。"他想道，"可这个女人多么有才华，多么聪明啊！"

他从沙发上跳起来走到窗口。窗户面对着院子，就像在隔壁的房间里一样，拉拉和西玛正在低声说话，他已经听不清她们说什么了。

天气变坏了。院子里黑了下来。两只喜鹊飞进来，在院子上空盘旋，想找个栖息的地方。风吹拂它们的羽毛，把羽毛吹得蓬松。喜鹊在垃圾箱盖上落了一下，飞过栅栏，落在地上，在院子里踱起步来。

"喜鹊一来就要下雪了。"医生想道。这时他听见门帘后面西玛对拉拉说：

"喜鹊报喜来了。不是有客人便是有信。"

过一会儿，日瓦戈不久前修好的门铃响了。拉拉从门帘后面走出来，急忙到前厅开门。从门口说话的声音上日瓦戈听出客人是西玛的姐姐格拉菲拉·谢韦里诺夫娜。

"您接妹妹来啦？"拉拉问道，"西玛在我们这儿。"

"不是，不是来接她的。当然，要是她想回家，我们就一起回去。我完全是为别的事。有您朋友的一封信。他得感谢我在邮局当过差。这封信经过很多人的手才转到我手里。从莫斯科寄来的，走了五个月，找不到收信人。可我知道他是谁。他在我那儿刮过脸。"

信很长，有好几张信纸，已经揉皱，弄污，信封拆开，磨烂了。这是东妮娅来的信。医生弄不明白，信怎么会转到他手里，也没注意到拉拉如何把信交给他。医生开始读信的时候还意识到他在哪座城市，在谁家里，但读下去渐渐失去这种意识。西玛从里屋出来，向他问好，告别，他机械而有礼貌地还礼，但并未注意到她。她的离去已从他的意识中消失。他渐渐完全忘记自己在哪里，也忘记周围的一切。

东妮娅写道：

尤拉，你知道咱们有个女儿了吗？给她取的教名叫玛莎，以示对你已故的妈妈玛丽亚·尼古拉耶夫娜的纪念。

现在谈另外一件事。立宪民主党和右翼社会党人中的著名社会活动家和教授梅利古诺夫、基泽维杰尔、库斯科娃以及其他人，包括伯父尼古拉·亚历山德罗维奇·格罗梅科，还有我们和爸爸作为他的家庭成员，即将被驱逐出境。

这真是不幸，特别是你不在我们身旁。但只得服从，并且还要感谢上帝在这恐怖时代只对我们采取了这种温和的驱逐方式，因为我们的遭遇可能坏得多。如果你出现了，也在这里，你会跟我们一起走的。可你现在在哪儿？我把这封信寄到安季波娃的地址。如果她遇到你，会把信转交给你。我不知道伯父的事是否会牵连你。以后，如果你出了，不知作为家庭成员的你是否也像我们一样允许出国，这使我非常痛苦。我相信你活着，并且一定会出现。这是我的爱心告诉我的，而我相信这个声音。也许你出现的时候，俄国生活环境已变得缓和，你能够弄到单独出国的护照，我们又能在另一个地方团聚了。但我写到这儿的时候并不相信这种幸福能够实现。

全部的不幸在于我爱你可你并不爱我。我竭力寻找这种惩罚的意义，解释它，为它辩解，自我反省，把我们整个的共同生活以及对自己的了解都逐一回忆了一遍，但仍找不到起因，回想不起我做了什么才招致这种不幸。你好像不能善意地看待我，曲解了我，就像从哈哈镜里看我一样。

可我爱你呀，唉，但愿你能想象出我是多么爱你！我爱你身上一切与众不同的东西，讨人喜欢的和不讨人喜欢的，你身上所有平凡的地方的不寻常的结合对我格外珍贵，由于内在的美而显得高尚的面容，如果没有这种内涵可能并不好看，你的才华和智慧，仿佛代替了你所完全缺乏的意志。所有这些对我都非常珍贵，我不知道还有比你更好的人了。

可你听着，你知道我要对你说什么吗？即便你对我不这样珍贵，即便我爱你还没爱到这种程度，我的冷漠的可悲的事实还没显露出来，我仍然认为我爱你。不爱是一种多么叫人难堪和无情的惩罚啊！仅仅出于对这一点的恐惧，我就不肯承认我不爱你。不论是我还是你，永远也不会明白这一点。我自己的心会向我隐瞒，因为不爱有如谋杀，我决不让任何人遭受这种打击。

尽管一切都没最后决定，但我们可能到巴黎去。我将要到你小时候到过和爸爸、伯伯受过教育的遥远的异乡去。爸爸向你致意。舒拉长高了，并不漂亮，但已经是个结实的大孩子，提起你时就伤心哭泣。我不能再写了，心都要哭碎了。好啦，再见啦。让我给你画个十字，为我们无穷尽的分离，为各种考验和渺茫的相见，为你将走过的十分漫长的黑暗旅途。我在任何事情上都不责备你。决不怪你，照你自己的心意安排生活吧，只要你满意就行了。

在离开这个可怕的、决定我们命运的乌拉尔前夕，我对拉拉已经相当了解。谢谢她，在我困难的时刻她一直守护在我身边，帮我度过分娩期。我坦诚地承认，她是个好人，但我不想说昧心话，她和我是完全相反的人。我来到人世是为使生活变得单纯并寻找正确的出路，而她却要使生活变得复杂而把人引入歧途。

再见啦，该收笔了。他们已经来取信，也该整理行装了。噢，尤拉，尤拉，亲爱的，我亲爱的丈夫，我孩子的父亲，这是怎么回事啊？我们永远、永远不会再相见。所以我写下这些话，你能明白其中的含意吗？你能明白吗？他们催我了。就像发出把我拖上刑场的信号。尤拉！尤拉！

日瓦戈从信上抬起茫然的、没有眼泪的眼睛。他什么也看不见，悲痛灼干泪水，痛苦熄灭眼睛的神采。他看不见周围的一切，什么都意识不到了。

窗外雪花飞舞。风把雪刮向一边，并越刮越快，刮起的雪越来越多，仿佛雪花在追逐失去的时光。日瓦戈望着眼前的窗户，仿佛窗外下的不是雪，而是在继续阅读东妮娅的信，在他眼前飞舞的不是晶莹的雪花，而是白信纸上小黑字母当中的小间隔，白间隔，无穷无尽的白间隔。

　　日瓦戈不由自主地呻吟起来，双手抓住自己的胸膛。他觉得要跌倒。他摇摇晃晃地走到沙发跟前，昏倒在沙发上。

✜

Chapter 14

重返瓦雷金诺

1

冬天到来。大雪纷飞。日瓦戈从医院回到家。

"科马罗夫斯基来了。"拉拉出来接他时声音嘶哑地低声说。他们站在前厅里。她神色惊慌,仿佛挨了一闷棍。

"他上哪儿去?找谁?在咱们家?"

"当然不在咱们家。他早上来过,晚上还要来。他很快就会来。他说有事要跟你谈。"

"他到这儿干什么来了?"

"他说的话我没完全听明白。他好像说经过这儿到远东去,特意拐了个弯儿到尤里亚金来看咱们。主要是为了你和帕沙。他谈了半天你们两个的事。他一再让我相信,咱们三个人,你、帕沙和我,处境极端危险,只有他能救咱们,但咱们要听从他的安排。"

"我出去。我不想见他。"

拉拉大哭起来,俯身跪倒在日瓦戈医生脚下,抱住他的腿,把头贴在腿上,他使劲把她搀扶起来。

"我求求你为我留下。我不论从哪方面都不怕同他单独在一起。可这太让人难以忍受了。别让我单独同他在一起。此外,这个人有阅历，办法多，也许真能给咱们出点主意。你讨厌他是很自然的。我请你克制自己，别走。"

"你怎么啦，我的天使？别激动。你干什么呀？别跪下，起来，高兴点。废除附在你身上的魔力。他让你一辈子胆战心惊。我陪着你。如果有必要，如果你命令我的话，我就杀死他。"

半小时后夜幕降临。天完全黑了。半年前地板上的窟窿都已堵死。日瓦戈一发现新窟窿就马上堵死。他们还养了一只长毛大猫，大猫一动不动，但神秘地凝视着周围的一切。老鼠并没离开屋子，但不像先前那样猖獗了。

拉拉把配给的黑面包切成薄片，桌上放了一盘煮的土豆，等待科马罗夫斯基的到来。他们准备在旧主人的餐厅里接待客人，这个餐厅至今仍当餐厅使用。餐厅里摆着几张大柞木餐桌，还有一个柞木制作的笨重的大黑酒柜。桌上放着一盏用药瓶罩着的蓖麻油灯，灯捻露在外面——这是医生平时携带的灯。

科马罗夫斯基从十二月的黑夜中走进来，身上落满雪。雪片从他的皮大衣、帽子和套鞋上散落下来，落了一地板，融化成一摊水洼。科马罗夫斯基先前不留胡子，现在却留起来。他的胡子上沾满雪，像小丑演出时戴的假胡子。他穿了一套保存得很好的西装，熨得笔挺的条纹裤子。他在同主人打招呼之前，先用小梳子梳了半天压皱打湿的头发，并用手绢把胡子擦干捋平，然后带着意味深长的表情默默地同时伸出两只手，左手伸给拉拉，右手伸给日瓦戈。

"我们可以说是老相识了。"他对日瓦戈说，"我同您的父亲很熟嘛，您大概也听说了，他死在我怀里。我一直在端详您，看您哪点像他。可看来您不像父亲。他是个胸襟豁达的人，好冲动，做事麻利。从外表上看，您更像母亲。她是个温柔的女人，幻想家。"

"拉拉请求我同您谈话，她说您有事找我。我只好答应她的请求。我们的谈话是迫不得已的。我本人并无结识您的愿望，并不认为我们是熟人。因此，有话快说吧。您有何贵干？"

"你们好，亲爱的朋友们。一切的一切我都料到了，我全都明白。请原谅我斗胆说一句，你们俩太般配了。天造地设的一对儿。"

"我不得不打断您。请不要管与您不相干的事。我们并没乞求您的同情。您别太放肆了。"

"您不要马上发火嘛，年轻人。看来，您还是像父亲，也是个爱冲动的人。好吧，如果您允许的话，我祝贺你们，我的孩子们。然而遗憾的是，不是我说你们是孩子，而是你们确实是孩子，什么也不知道，什么也不考虑。我在这儿只待了两天，就知道了你们的很多事，你们自己万万料想不到。你们想过没有，你们正站在悬崖边上。如果不预防危险，你们自由自在的日子，也可以说你们活着的日子，已经屈指可数了。

"世上存在着某种共产主义方式。很少人能适应这种方式，可任何人也不像您，日瓦戈先生，如此明目张胆地违抗这种生活和思维方式。我不明白您干吗要惹是生非。您嘲弄这个世界，侮辱这个世界。要是您把秘密存放在心里也好。莫斯科的重要人物来到这里，他们对您了解得一清二楚。你们俩很不合当地法官大人的心意。安季波夫同志和季韦尔辛同志对拉拉和您恨得咬牙切齿。

"您是男人，或者像这儿所说的，自由的哥萨克。如果您任性胡来，拿自己的生命当儿戏，那是您神圣的权利。可拉拉是个有牵挂的人。她是母亲，掌握着孩子的生命，孩子的命运。她不应异想天开，想入非非。

"我白白劝说她一个上午，劝她正视当前的形势。她根本不听我的话。请您运用您的威望影响拉拉。她没有权利拿卡坚卡的生命当儿戏，不应该不重视我的意见。"

"我一生中从未劝说过谁，也从未强迫过谁，特别是亲近的人。拉里莎·费奥多罗夫娜听不听您的劝告是她的自由。她自己的事。此外，我根本不知道您说的是什么。您所谓的意见我并不清楚。"

"确实，您越来越让我想起您的父亲，同样地固执己见。好吧，咱们谈主要的吧。这是个相当复杂的话题，您要有足够的耐心，我说话的时候请别打断我。

"上面正酝酿大的变革。不，不，我的消息来源极为可靠，您不用怀疑。我指的是向较为民主的轨道过渡，对普通法律制度的让步，这是最近就要采取的措施。

"但正因为如此，必当废除的惩罚机构在它即将完蛋的时候必定更为猖獗，更加急不可待地清算部分旧账。除掉您，日瓦戈先生，已成为当务之急。您的名字已经上了黑名单。我决不开玩笑，我亲眼看到的，您可以相信我。想想您如何逃命吧，不然就晚了。

"这些话不过是开场白。现在我要说到正题了。太平洋滨海地区，忠于被推翻的临时政府和被解散的立宪会议的政治力量，正在往那里聚集。国家杜马成员，社会活动家，先前地方自治会的著名人物，生意人，工业家，都向那里聚集。白军将领也把自己的残余部队集结在那里。

"苏维埃政权对远东共和国的出现睁一只眼闭一只眼。在它边陲地区组成这样一个政府对苏维埃政权有益也无害，可以充当红色西伯利亚与外部世界的一个缓冲国。远东共和国将组成联合政府。讲好一大半席位留给莫斯科的共产党人，以便借助他们的势力在机会成熟的时候发动政变，攫取共和国。这种意图相当明显，但问题在于如何利用剩余的时间。

"革命前我曾在海参崴担任过阿尔哈罗夫兄弟、梅尔库洛夫家族和其他几家商号和银行的律师。那里的人知道我。政府正在组建，一半秘密，一半受到苏维埃政权的默许。他们的密使给我送来一份聘书，邀请我担任远东共和国政府司法部部长。我答应了，现在就到那里赴任。所有这一切，我刚才说过，苏维埃政权都知道，并得到它的默许，但尚未公开，所以你们也不要声张。

"我可以把您和拉拉带走。从那儿您很容易走海路去找自己的家人。您当然知道他们已被驱逐出境了。整个莫斯科都在议论这轰动一时的事件。我答应拉拉搭救帕沙·安季波夫。我作为莫斯科承认的独立政府的成员，可以在东西伯利亚找到斯特列利尼科夫，并协助他进入我们的自治区。如果他无法逃脱，我建议用他交换莫斯科中央政权极为关注的某个被联军扣押的人质。"

拉拉费劲地捕捉他们谈话的内容，其中的意思常常从她耳边滑过。但科马罗夫斯基最后谈到斯特列利尼科夫和医生处境危险的话，使她从无动于衷的恍惚状态中惊醒过来。她的脸微微涨红，插话道：

"你听明白了吗，尤拉，这些想法对你和帕沙何等重要呀！"

"你太容易轻信人了，我的朋友。你不能把仅仅打算办的事当成已经办成的事。我并不是说科马罗夫斯基先生存心让我们上当。但这一切现在只是空中楼阁！现在，科马罗夫斯基先生，我代表自己说两句话。感谢您关心我的命运，难道您以为我会把自己的命运交给您安排？至于您对斯特列利尼科夫的关心，拉拉倒应当考虑考虑。"

"你说这话是什么意思？咱们是否考虑一下他的建议，跟他走或不跟他走。你很清楚，没有你我是不会走的。"

科马罗夫斯基一面不停地呷掺了水的酒精（那是医生从门诊部带回来放在桌子上的），一面嚼土豆，渐渐有了醉意。

2

夜已经很深。不时剪去灯花，火头噼噼啪啪地燃得更旺，把屋里照得亮堂堂的。火苗又渐渐缩小，屋里也变得昏暗。主人们想睡觉了，他们想单独谈谈。可科马罗夫斯基仍然不走。他待在屋里让他们感到压抑，就像笨重的酒柜或窗外十二月严寒的黑夜让他们感到压抑一样。

他并不望着他们，目光越过他们的头顶，一双呆滞的眼睛瞪着远处的一点，快要转不过弯的舌头半睡半醒地重复着他们早已听腻了的那一套。现在他的话题离不开远东。他翻来覆去地讲这一点，向拉拉和医生发表关于蒙古的政治意义的观点。

日瓦戈和拉拉没注意到他从哪儿把话题转到这个话题上。他们也没注意到他是怎么转到这个话题上的，说明这个与他们毫不相干的话题何等令人厌烦。

科马罗夫斯基说道：

"西伯利亚，正像人们所说的那样，是真正的新大陆，蕴藏着极为丰富的资源。这是俄国灿烂前景的摇篮，是我们走向民主、繁荣昌盛和政治健全的保障。蒙古的未来吸引人的东西更多。外蒙古是我们伟大的远东共和国的邻国。你们对它有何了解？你们打哈欠，心不在焉地眨眼睛，不觉得难为情吗？这可是一块一百五十万平方俄里的土地啊，是一个有史以来从未开发的国家，中国、日本和美国都想攫取它，侵犯所有竞争者所公认的、在地球这个遥远的角落历次划分势力范围的时候都划归为我们的利益。

"中国通过对喇嘛和活佛的影响从蒙古落后的封建神权政体中攫取利益，日本则依靠各旗的王爷。共产主义红色俄国同蒙古的平民，即牧民革命联盟，结成盟友。至于说到我本人，我愿看到一个在自由选举的全国代表大会管辖下真正安居乐业的蒙古。我想引起你们自身对下列情况的兴趣：一跨过蒙古边界，世界便在你们脚下，你们便成为自由飞翔的鸟儿。"

科马罗夫斯基滔滔不绝地谈论同他们毫不相干的讨厌的话题，终于激怒了拉拉。他拖的时间太长，让她疲惫不堪，厌烦得要命，于是拉拉果断地向科马罗夫斯基伸手告别，带着毫不掩饰的敌意说：

"太晚了。您该走了，我想睡觉了。"

"我希望您不至于不好客到这等地步，这时候把我赶出门外。黑夜里我未必能在这座陌生的城市找到回去的路。"

"您应该早点想到这一点，别坐得这么久，没人挽留您。"

"噢，您何必同我说话这么尖刻呢？您甚至没问我一声，我是否有住的地方。"

"我对此毫不感兴趣，反正您不会委屈自己。要是您非要在这里过夜不可，我不能把您安顿在我跟卡坚卡住的那间房间里，其他房间里老鼠会闹得您不得安宁。"

"我不怕老鼠。"

"那就随您的便好了。"

<h2 style="text-align:center">3</h2>

"你怎么啦，我的天使？你有几夜没睡觉了，桌上的食物碰都不碰，整天失魂落魄，走来走去。老是想呀，想呀！什么使你寝食不安？不能整天想着惶恐不安的事。"

"医院看门人伊佐特又来了。他跟楼里洗衣女工关系暧昧。他顺便偷偷地拐到我这儿，安慰我一番。他说有个绝密的消息：您的那位非坐牢不可。您就等着瞧吧，早晚得把他抓起来。然后轮到您，苦命的人儿。我问他：伊佐特，你是从哪儿知道的？您就放心吧，消息绝对可靠，他说。从实行委员会打听到的。他说的实行委员会，你大概能猜到，就是执行委员会。"

拉拉和日瓦戈医生哈哈大笑。

"他说得完全对。危险已经迫在眉睫。咱们得赶快逃走。问题只是往哪儿逃。到莫斯科根本不用想。那要做大量的准备，必定会引起他们的注意。要走得非常隐蔽，不让任何人察觉。你怎么想，亲爱的？咱们就照你说的办吧。咱们得失踪一段时期。就算到瓦雷金诺去也行。咱们到那儿躲藏两个礼拜或一个月。"

"谢谢，亲爱的，谢谢。噢，我真高兴。我知道你心里并不赞成这个决定。但我们要去住的并不是你们住过的房子。住在那里对你确实难以忍受。空荡的房间，内心的自责，触景生情，都让你受不了。难道我不明白？怎能把自己的幸福建立在别人的痛苦上，作践你心中珍贵而神圣的东西呢。我永远不会让你做出这种牺牲。但问题还不在这里。你们的住宅已经破损得难再住人。我首先想到的是米库利钦留下的房子。"

"你说得都对。谢谢你的体贴。等一下。有件事我一直想问却又老忘记问。科马罗夫斯基在哪儿？他仍然在这儿还是已经走了？自从我同他吵翻，把他送下楼后，再没听到他的消息。""我也没听到他的消息。管他呢。你打听他干什么？"

"我越来越觉得咱们俩对待他的提议应当采取不同的态度。咱们的处境不同。你得抚养女儿。即使你想和我同归于尽，你也无权这样做。

"躲到瓦雷金诺去就意味着冬天钻进荒山野岭，没有储备的食品，没有体力，没有希望，疯狂中的疯狂。如果生活中除疯狂外咱们一无所有的话，那就让咱们疯狂一次吧。咱们再忍受一次屈辱，央求萨姆杰维亚托夫借给咱们一匹马。跟他，甚至不是跟他，而是跟他手下那帮投机倒把的人借点面粉和土豆，这是他不应推卸的责任。我们还要说服他，不要因为对我们有恩惠就马上去看我们，而要等到我们快要离开的时候，他要用马的那天再去。让我们单独待几天。去吧，我的宝贝。咱们砍够劈柴，一个礼拜烧的劈柴够勤俭持家的主妇烧一年的。

"再次请你原谅我。原谅我脱口而出的杂乱无章的话。我多么希望跟你说话不带这种可笑的激昂腔调啊。不过我们确实别无选择。你怎么表述都行，死神确实在敲咱们的门。但所剩不多的日子还掌握在咱们自己手里。咱们可以按照自己的心愿安排这些日子，用在即将告别生命上，用在你我分手前最后的团聚上。咱们同所珍惜的一切告别，同习以为常的概念告别，同如何幻想生活、良心又如何教导我们的一切告别，同希望告别，你我互相告别。咱们再互相说一遍我们夜里说过的那些悄悄话，伟大而轻微的话，宛如太平洋名称的本意，伟大而平静的海洋[1]。在战争和起义的天空下，你并非平白无故地站在我生命的尽头，我隐蔽的、禁忌的天使，就像在你童年和平的天空下，同样站立在我生命的开端一样。

"那天夜里，你还是高年级的中学生呢，穿着咖啡色的校服，站在昏暗旅馆的隔板后面，神采竟同现在完全一样，同样美得令人窒息。

"此后在我的一生中，曾尝试确认你那时照亮我心中的迷人的光芒并准确说出它的名称，那种渐渐暗淡的光芒，渐渐消逝的音响，它们从那时起便扩散到我的全部生活中，并成为我洞察世间一切的钥匙。

"当你穿着学生校服像影子似的从旅馆尽头的黑暗中显露出来的时候，我，一个对你一无所知的男孩子，立即被你强烈的痛苦所感染，并且明白：这个娇小柔软的女孩像充了电一样，充满世界上可能有的一切女性美，真是美得无以复加。如果走近她，或用手指触碰她一下，火花就会照亮房间，或者当场被电死，或者一生带着爱慕的渴望和悲伤的电波。我心里充满迷茫的眼泪，内心在闪烁，在哭泣，我那时非常可怜自己，一个男孩子，更可怜你，一个女孩子。我的全部身心感到惊奇并且问道：如果爱并且消耗电流是如何痛苦，那么作为女人，充当电流并激发爱情必将更为痛苦。

"好了，我终于都说出来了。不说出来会发疯的。而我整天想的就是这些话。"

拉拉和衣躺在床边，她不大舒服。她蜷缩身子，蒙了一块头巾。日瓦戈坐在床边的椅子上，轻轻地说，常常停顿半晌。有时拉拉用手掌托着下巴，微微撑起身子，张大嘴望着日瓦戈。有时她紧紧靠在他肩膀上，不知不觉流出眼泪，轻轻地、幸福地哭泣。最后

1　俄语中的太平洋即伟大的海洋、平静的海洋之意。

她把身子探出床边，快活地低声说：

"尤拉！尤拉！你多聪明啊！你什么都明白，什么都能猜到。尤拉，你既是我的堡垒，又是我的避难所和支柱，让上帝原谅我的亵渎吧。噢，我多么幸福！咱们去吧，去吧，我亲爱的。到了那儿，我告诉你我担心的一件事。"

他估计她要向他暗示她可能怀孕了，但多半是错觉，于是说道：

"我知道了。"

4

一个灰暗的冬天早上，他们离开尤里亚金。这天不是休息日。人们各自上街办事。路上时常碰见熟人。在凹凸不平的十字路口配水站的周围，自家没有水井的妇女排起长队，把水桶和扁担放在一边，轮流打水。医生勒住向前冲的烟黄色的维亚特卡种马，这匹马是他们向萨姆杰维亚托夫借的。他小心翼翼地驾着马绕过围在一起等待打水的主妇们。雪橇飞驰起来，从挑水人溅出水又结成冰的陡峭的石板路上斜滑下去，冲到人行道上，雪橇的跨杠撞在路灯和石柱上，发出咚咚的声响。

他们飞速掠过在街上行走的萨姆杰维亚托夫，并未回头看他是否认出他们和自己的马，是否追着他们喊什么话。他们在另一处绕过科马罗夫斯基，也没同他打招呼，知道他还留在尤里亚金。

格拉菲拉·通采娃从人行道对面朝他们喊道：

"都说你们昨天走了。以后还能相信谁的话呢？拉土豆去啦？"她做手势表示听不见他们的答话，便向他们挥手告别。

为了同西玛见面，他们试着把雪橇停在小山坡上，但这是个很不容易停雪橇的地方。即便不能停在小山坡上，也得拉紧缰绳勒住飞驰的马。西玛从上到下裹了两三条披巾，看上去像一段僵硬的圆木头。她迈着两条冻得发僵的腿，走到停在石板路当中的雪橇跟前，同他们告别，祝他们平安抵达。

"您回来的时候，日瓦戈先生，咱们得好好谈谈。"

他们终于驶出了尤里亚金。尽管日瓦戈冬天骑马走过这条路，但他记得的多半是夏天的景色，现在已经辨认不出道路来了。

他们把装粮食的口袋和其他行李塞进雪橇前面的干草堆里，并用绳子系牢。日瓦戈驾驭雪橇，他一会儿像当地人那样跪在宽大的雪橇板上，一会儿侧身坐在雪橇帮上，把穿着萨姆杰维亚托夫的毡靴的腿垂在外面。

过了中午，离日落还早，但在冬天，人容易受骗，仿佛一天马上就过完了。这时，日瓦戈狠命地抽起马来。雪橇像箭似的向前飞驰。雪橇在一条起伏不平的道路上颠簸，犹如大海中的一叶扁舟。卡佳和拉拉穿着使她们动弹不得的皮袄。雪橇经过斜坡和坑洼时，她们惊叫，笑得肚子疼，从雪橇的这边滚到那边，像两只笨重的口袋跌进干草堆里。有时医生故意同她们开玩笑，把一侧的滑木拉到雪坡上，让雪橇侧翻转过来，把拉拉和卡佳翻到雪地里，对她们当然不会有丝毫伤害。等到雪橇冲出好几步后，他才勒住马，把雪橇端正过来，架在两根滑木上。拉拉和卡佳一齐骂他，抖掉身上的雪，又上了雪橇，又气又笑。

"我指给你们看游击队劫持我的地方。"等他们离开城市相当远后，医生对她们说。但他没能做到，因为冬天树木一片光秃，周围的死寂和空荡改变了原貌，当初的地点已认不出来。"就是那儿！"他很快地叫道，误把竖立在田野里的"莫罗与韦钦金公司"第一块广告牌当成他被抓进树林里的第二块了。当他们飞驰过仍然竖立在萨卡玛岔道口密林里的第二块广告牌的时候竟没认出来，因为栅栏上覆盖了一层耀眼的冰霜，仿佛一条银黑色的细丝带把道路与树林隔开。他们没有发现广告牌。

天黑前雪橇飞驰入瓦雷金诺，停在日瓦戈一家住过的房子前，因为它是大道上的第一所住宅，紧挨着米库利钦的住宅。他们像强盗似的冲进屋子，因为天马上就黑了。屋里已经很黑。日瓦戈匆忙中没看清住宅的一半已经坍毁，但一部分熟悉的家具还完好无损。在荒无人迹的瓦雷金诺，没有人能把破坏从头进行到底。家中日常用品他一件也没发现。家庭离开的时候他不在场，所以不知道他们带走了什么，留下了什么。这时拉拉说话了：

"赶快收拾吧。天马上就黑了。没时间遐想啦。如果我们在这儿住下，就得把马牵进仓库，粮食搬进过道，咱们住这间屋子。但我不赞成住在这儿。这一点我们已经谈得够多的了。不论是你，还是我，都会感到难堪。这是你们先前的卧室吧？噢，不是，是儿童间。你儿子的小床。卡佳嫌小了点。对面的窗户没坏，墙和顶棚都没裂开。此外，炉子好极了，我上次来的时候就非常赞赏。你要是坚持咱们仍然住在这儿，尽管我反对，那我就脱掉皮袄马上干活了。头一件事就是生炉子。烧呀，烧呀。头一个昼夜白天黑夜都得烧。你怎么啦，亲爱的，你怎么什么话也不说呀！"

"等一下。没什么。请原谅我。不住在这儿，你听我说。咱们还是去看看米库利钦的房子吧。"

于是，他们又向前驶去。

5

米库利钦的住宅上了挂锁，是从木门吊环里穿过去的。日瓦戈砸了半天，想把锁砸下来，最后还是连同木头上的螺丝钉一起拽出来。同刚才一样，他们又急忙闯进去，没脱外套，穿着大衣、毡靴，戴着帽子拥入内室。

他们立即发现住宅角落里的某些东西码放得井井有条，米库利钦的书房便如此。这里不久前有人住过。究竟是谁呢？如果是主人们或他们当中的一员，那大门为什么不上门锁而要安挂锁呢？此外，如果主人们经常住在这里，那整个住宅都应打扫干净，而不应只打扫几个地方。这些迹象表明，在这里住过的不是米库利钦家的人。那到底是谁呢？医生和拉拉并不为弄不清谁在这里住过而感到不安。他们不想为此而伤脑筋。现在有多少一半动产被盗走的遗弃的住宅啊？有多少隐藏的在逃犯？"某个被通缉的白军军官。"他们一致这样想，"他要是来了，就一块儿在这里住，一起商量个办法。"

像刚才一样，日瓦戈又站在书房门槛上发起呆来。宽敞的书房，窗前宽大的和使用方便的书桌，令他惊讶不已，竟欣赏起来。于是他想到，这种整齐舒适的环境将多么有利于坚韧而富有成效的创作啊。

在米库利钦的杂房中，紧靠仓库有间马厩。可马厩上了锁。日瓦戈不知马厩能否使用。为了不浪费时间，他决定头一夜把马牵进没上锁的仓库里。他卸下马，等它汗干了，用从井里打来的水饮它，并想从雪橇上取些干草喂它，可干草被乘客压成碎屑，已经无法喂马了。幸好仓库和马厩上面的草料棚的角落里还有相当多的干草。

他们没脱衣服，盖着皮袄睡了一夜，像孩子奔跑玩耍一整天后睡得那样香甜。

6

他们起床后，日瓦戈一清早便对那张诱人的书桌看个不够。他的手想写东西已经想得发痒了。但他得把这种享受推迟到晚上，拉拉和卡坚卡上床睡觉之后。在这之前，即便只收拾出两间房间，也有的是活干。

他幻想夜间写作，并没有固定的意图。支配他的只是对墨水和钢笔的向往和对写作的渴望。

　　他只想随便涂写点什么。开头他想,能把过去没写下来的回想起来,写下来就满足了。他想借此激发由于闲置而枯竭的才华,把它从长期中断的写作的沉睡中唤醒。然后,他希望能和拉拉在这儿待的时间长一些,有充裕的时间写出一些新的、有分量的东西。

　　"你忙吗?你干什么呢?"

　　"烧火呀,烧火呀。有什么事儿?"

　　"递给我洗衣盆。"

　　"如果这样烧的话,劈柴连烧三天都不够。应该上我们日瓦戈家先前的仓库去看看。也许那儿还有?要是那边剩得多,我用雪橇拉几次就拉回来了。明天去拉。你要洗衣盆。你瞧,我刚才在哪儿见过,可在哪儿,怎么也想不起来,真莫名其妙。"

　　"我也一样。在哪儿见过可想不起来。也许没放在该放的地方,所以记不起来。算了吧。你心里有个数,我烧了很久的水,想洗个澡。剩下的水洗洗我和卡佳的衣服。你把你的脏衣服也给我。晚上,咱们把该打扫的地方打扫干净之后,再考虑下一步该怎么办,不过睡觉前一定得洗个澡。"

　　"我马上把内衣找出来。谢谢。衣橱和笨重的家具统统按你说的从墙边移开了。"

　　"好啦。没木盆我就用洗碗碟的盆洗好了。就是太油腻了。得把盆边的油垢刷掉。"

　　"炉子一点着,我关上炉门就去翻看其他抽屉。书桌和五斗橱里都能找到东西。肥皂、火柴、铅笔、纸和文具。还有意想不到的东西。比如桌上的油灯里添满煤油。这不是米库利钦的油灯,我认识。一定另有来源。"

　　"真太幸运了!这都是神秘住客弄来的。仿佛凡尔纳作品里的人物。哎,你说是怎么回事。你瞧,咱们又聊起天来,可水桶烧开了。"

　　他们忙成一团,在屋子里团团转,两人跑着撞在一起,或者撞在卡坚卡身上。她挡住他们来去的路，在他们脚底下转来转去。小姑娘从这个屋角闪到那个屋角，妨碍他们收拾房间，还说她生气了。她冻坏了，一直喊冷。

"可怜的当代儿童，我们吉卜赛生活的牺牲品，小小年纪就乖乖地参加了我们的流浪生活。"医生想，但却对小姑娘说：

"得啦，亲爱的，哆嗦个什么劲儿。说谎淘气。炉子都快烧红了，还说冷。"

"炉子也许暖和，可我冷。"

"先忍一忍，卡坚卡。晚上我把炉子烧得旺旺的，再添一次劈柴，妈妈还说晚上要给你洗澡呢，你听见了没有？好了，现在你把这些拿去玩吧，接着！"他把从冰窖似的储藏室里抱出的米库利钦的旧玩具，堆成一堆，有的坏了，有的没坏。其中有积木和拼字方块，小火车，一块打了格、涂了彩、标明数字的马粪纸，是玩掷骰子和计算游戏的底盘。

"您怎么啦，尤里·安德烈耶维奇。"卡坚卡像大人似的感到委屈，"这都是别人的。再说是给小孩玩的，我已经长大了。"

可过一会儿卡坚卡就坐在地毯当中，手下的各种形状的玩具变成建筑材料，用它们替从城里带来的洋娃娃宁卡盖起住宅来。这座住宅盖得很合理，比她跟大人颠沛流离住过的地方好得多。

"这种爱家的本能真了不起，对家庭和秩序的渴望谁也消灭不了。"拉拉说，她从厨房望着女儿搭房子，"孩子们是真诚的，不会为说真话而感到羞愧，可我们怕变成落伍者，准备出卖最珍贵的东西，称赞令人厌恶的东西，附和无法理解的东西。"

"洗衣盆找着了。"医生打断她的话，从昏暗的过道拿着大盆走进来，"真没放在应该放的地方。它大概从秋天起就放在漏雨的天花板下面。"

7

拉拉用从城里带来的食物做了足够吃三天的饭菜。她端上从未见过的菜，土豆汤和羊肉炸土豆，卡坚卡吃了还想吃，没个够，一边吃一边咯咯地笑，不停地淘气，后来终于吃饱了。屋子里很热，她觉得浑身没劲儿，盖着妈妈的披肩倒在沙发上睡着了。

拉拉刚离开厨灶，满头的汗，像女儿一样，疲倦，昏昏欲睡，对大家称赞她做的饭菜非常满意，不忙着收拾盘碟，坐下来喘口气。她看见女儿已经睡熟，便趴在桌子上，一只手撑着头说道：

"假如我知道，我做的事没白做，能够达到一定的目的，我就会拼死拼活地干，并会从中找到幸福。你得时刻提醒我，我们到这儿来的目的就是为了在一起。给我打气，别让我清醒过来。因为坦率说，如果冷静地看我们在干什么，我们之间发生了什么，那会很可怕的。侵入旁人的住宅，破门而入，擅自当家做主，一进来就拼命收拾，以致看不见这不是生活，而是舞台演出；不是真正过日子，而是像小孩们常说的'过家家'，是木偶戏，荒唐极了。"

"可是，我的天使，是你坚持到这儿来的。你还记得吧，我一直反对，不赞成。"

"是这样。我不辩解。所以都是我的过错。你可以动摇，犹豫，可我的行为必须始终如一，合乎逻辑。我们一进家门，你便看见你儿子的小床，心里不舒服，痛苦得差点晕倒。你有这种权利，可我就不能。为卡坚卡的担心，对未来的忧虑，都让位给对你的爱了。"

"拉拉，我的天使，你清醒清醒。改变主意，放弃决定，永远来得及。是我头一个劝你要认真对待科马罗夫斯基的话。咱们有马，只要你愿意，咱们明天就赶回尤里亚金去。科马罗夫斯基还在那儿，还没走。我们穿过街的时候不是从雪橇上看见他了吗？而他，照我看，并没发现咱们。我们大概还能碰到他。"

"我还什么都没说呢，可你说话的声音里已经带着不满意的腔

调了。可你说，我的话不对吗？藏得这么不牢靠，这么欠考虑，同
待在尤里亚金有什么区别。如果要想解救自己，大概还得制订一个
深思熟虑的计划，而其最终的结果，还得采纳那个阅历丰富并且头
脑清醒，尽管令人厌恶的人所提出的建议。因为我们在这儿，我真
不知道比在其他任何地方更加危险多少倍。无边无际的原野，随时
可能被暴风雪掩埋。我们孤零零三个人，夜里被雪掩埋，早上从雪
堆里爬不出来。不然，光顾过咱们住宅的那位神秘的恩人突然出
现，原来却是个强盗，把咱们杀死。你有什么武器？你看没有吧。
你那种无忧无虑的态度让我害怕，却又感染了我。所以我的脑子里
很乱。"

"在这种情况下你想干什么？要我做什么？"

"我自己也不知道该怎么回答你。永远支配我吧。不停地提醒
我，我是永远盲目爱你、不会同你争辩的奴隶。噢，我告诉你，咱
们的亲人，你的东妮娅和我的帕沙，他们的处境比咱们好一千倍。
但问题在这里吗？爱的天赋同其他天赋一样。它也许是伟大的，但
没有祝福便无法显现。咱们好像在天堂上学会接吻，然后同时降临
到大地上，以便相互在对方身上检验这种本领。和谐的顶峰，无边
无际，没有等级，没有高尚，没有低贱，整个身心的对等。一切都
构成欢乐，一切都合乎心意。但在这种野性的、时刻迸发的柔情中
孕育着某种孩子般不驯服的、不允许的东西。这是一种任性的、毁
灭的本能，同家庭的和睦水火不相容。我的天职是惧怕它，不信
任它。"

她两只手搂住他的脖子，尽量不让自己哭出来，接着把话
说完：

"你明白吗，我们的处境不同。上帝赋予你翅膀，好让你在云
端翱翔，可我是个女人，只能紧贴地面，用翅膀护住雏雀，保护它
不受伤害。"

她所说的一切他都非常爱听，但他没表露出来，免得甜蜜得腻

人。他控制住自己的感情，说出自己的看法：

"咱们这种野营式的生活确实是虚假而刺激人的。你说得太对了。但这种生活并不是咱们想出来的。发疯似的东奔西跑是所有人的共同命运，很符合时代精神。

"我今天从早上起差不多也是这样想的。我想竭尽一切努力在这里待得时间长一些。我简直说不清我多么想干活。我指的不是农活。我们全家已经投身过农活一次，也干成功了。我没有精力再干一次。我想的已经不是农活了。

"生活从各方面逐渐就绪。说不定什么时候又能出版书了。

"我现在想的就是这件事。我们不妨同萨姆杰维亚托夫谈妥，给予他优厚的条件，请他供养我们半年，用我的劳动成果作抵押。我在这半年期间一定写出一本医学教材，或者，比方说，一本文艺作品，比如一本诗集吧。再不，翻译一本世界名著。我精通几国语言，不久前读到彼得堡一家专门出版翻译作品的大出版社的广告。这类工作具有交换价值，能变成钱。能干点这类事我是非常快活的。

"谢谢你提醒我。我今天也有类似的想法。但我没信心在这里坚持住下去。恰恰相反，我预感到我们很快就会被冲到更远的地方。但在我们居留在这里的时候，我对你有个请求。这两天晚上为我牺牲几个小时，把你在不同时期凭记忆给我朗读过的一切都写下来。有一半遗失了，而另一半没写出来，我担心你以后会统统遗忘的，它们便消失了，你自己说过，这类事以前经常发生。"

8

当晚他们用洗衣服剩下的热水痛痛快快地洗了个澡。拉拉也给卡坚卡洗了澡。日瓦戈浑身清爽，背朝屋里，舒适地坐在临窗书桌前。拉拉浑身散发出清香，披着浴衣，湿头发用一块毛茸茸的毛巾高高挽起来，把卡坚卡放在床上，替她盖好被子，自己也准备就寝。日瓦戈已经预感到即将聚精会神写作的愉快了。他动情地、恍惚地感受着周围发生的一切。

到深夜一点钟，一直装着睡着的拉拉真的睡着了。拉拉身上换的、卡坚卡身上换的，还有放在床上的内衣，光洁耀眼，清洁，平整，镶着花边。拉拉在这种年代仍然千方百计地浆洗内衣。

日瓦戈沉浸在一片充满幸福、散发甜蜜的生活气息的静谧中。灯光在白纸上投下一片悠闲的黄影，在墨水瓶口上洒了几滴金点。窗外是微微发蓝的冬天的寒夜。日瓦戈走进隔壁那间没点灯的冰冷的房间，从那儿看外面的景致更加清晰。他向窗外望去，满月的清辉紧裹着雪地，仿佛在雪地上涂了一层黏糊的蛋白或白色的乳漆。寒冬之夜的华美是无与伦比的。医生的心中异常平静。他又回到烧得暖和的亮着灯的房间，坐下写作。

他的字写得很大，行距也很宽，生怕字迹表现不出奋笔疾书的冲动，失去个性，变得呆滞无神。他回想起记得最清楚的和最难忘记的诗句，把它们写在纸上，并反复推敲，如《圣诞节的星星》和《冬天的夜晚》以及诸如此类的许多短诗。这些诗后来被人遗忘，失传了，以后也没再被发现。

然后，他又从脑海中早已构思好的并已经写好的作品转向刚开头又放下的诗篇，把握住它们的风格，继续写下去，并不抱立即补写完的希望。后来他写顺手，心驰神往，又开始写另一首。

轻松地写出两三节诗和他自己感到惊讶的比喻之后，他完全沉浸在写作中，感到所谓的灵感已经来临。支配创作的各种力量的对比仿佛倒置过来。占第一位的不是人和他寻求表达的心境，而是他想借以表达这种心境的语言。语言、祖国、美和含义的储藏所，自己开始替人思考和说话了。不是在音响的意义上，而是在其内在的湍急奔流的意义上，完全化为音乐。那时，有如湍流的河水以其自身的流动磨光河底的乱石，转动磨坊的水轮，从心中流出的语言，以其自身法则的魅力在它流经的途径上，顺便创造出诗格和韵律以及成千上万种形式和构成，但至今仍未被人们认识、留意和定名。

在这种时刻，日瓦戈觉得，主要的工作不是他自己在完成，而是那个在他之上并支配他的力量在替他完成，那就是：世界的思潮和诗歌的现状，还有诗歌未来所注定的，在其历史发展中所应做的下一步。于是，他觉得自己不过是使它进入这种运动的一个缘由和支点罢了。

他摆脱对自己的责备和不满，个人渺小的感觉也暂时消除。他回头张望，又四下环顾。

他看见枕着雪白枕头熟睡的拉拉和卡坚卡两个人的脑袋。洁净的床单，洁净的房间，她们两人洁净的轮廓，同洁净的冬夜、白雪、星星和月牙融合成一股意义相等的热浪。热浪穿过医生的心底，使他兴高采烈，并由于感到身心的欣悦和洁净而哭泣。

"主啊，主啊！"他想低声喊出来，"而这一切都属于我！为什么赏赐给我的这么多？你怎么会允许我接近你，怎么会允许我误入你的无限珍贵的领地，在你的星光照耀下，匍匐在这位轻率的、顺从的、薄命的和无比珍贵的女人脚下？"

日瓦戈从稿纸上抬起眼睛的时候已经是凌晨三点了。他从与世隔绝的凝思中苏醒过来，又回到自己身旁，回到现实。他是幸福的、强健的和平静的。突然间，他在窗外伸向远方的沉寂的辽阔空间中听到一声凄厉的哀号。

他走进隔壁没点灯的房间，从那里向窗外张望。在他写作的时候，玻璃上已结满窗花，外面什么也看不清了。日瓦戈抽出塞在大门下面挡风的地毯卷，披上皮袄，走到台阶上。

一片毫无遮掩的白雪在月光下晶莹耀眼，起初晃得他睁不开眼，什么也看不见。但过了一会儿，他听见从远处传来从胸腔里发出的、模糊的呜咽，并发现峡谷后面的雪地边上有四个看起来不比标点符号里的连字符号长多少的影子。

四只狼并排站着，嘴脸朝着房子，扬起头，对着月亮或米库利钦住宅窗户反射出的银光嗥叫。它们一动不动地站了几秒钟，但当日瓦戈明白它们是狼的时候，它们便像狗一样夹着尾巴小步从雪地边上跑开，仿佛它们猜到了医生的心思。医生没来得及看清它们是朝哪个方向逃走。

"不祥之兆！"他想道，"还有这种倒霉的事儿。难道它们栖息的地方就在附近？也许就在山谷里。多可怕呀！而萨姆杰维亚托夫的马就在马厩里。它们可能闻到马的气味了。"

他决定暂时什么也不对拉拉说，免得吓着她，便回到屋里，锁上大门，关上通向没生火的那一半房间过道的门，塞好门缝，走到桌子跟前。

灯还像先前一样明亮诱人。但他再也写不下去了。他的心平静不下来。脑子里除了狼和其他威胁人的情景外，什么也想不起来。再说他也疲倦了。这时拉拉醒了。

"你还点着灯写呢，我心中的明灯，"她用睡意蒙眬的沙哑嗓子低声说，"到我身边来，挨着我坐一会儿。我告诉你我做了一个什么样的梦。"

于是他熄灭灯。

9

第二天又在表面平静、内心狂躁中度过。住宅里找到一副小雪橇。卡坚卡穿着皮袄，脸冻得通红，大声笑着，从冰堆上沿花园里没扫过雪的小径滑下去。这个冰堆是医生替她做的，他先把雪拍实，再洒上水，于是冰堆便做成了。她脸上露出稚气的笑容，不停地爬上冰堆，再用绳子把雪橇拉上去。

天气骤冷，严寒凛冽，但院子里充满阳光。雪在中午的阳光照耀下变成金黄色，又在它蜂蜜般的金黄色中，注入黄昏过早降临的余晖，仿佛橙汁注入蜜中。

昨天拉拉在屋里洗衣服洗澡，弄得满屋潮气。窗上结出松软的窗花，从天花板到地板，被水蒸气熏潮的壁纸上显出一条条水珠流淌过的痕迹。屋里昏暗憋闷。日瓦戈一面打水劈柴，继续察看没有察看过的角落，不断发现新东西，一面帮助拉拉做事。拉拉从早晨起便一直忙家务，做完一件又做一件。

干活最紧张的时候，他们俩的手碰到一起，一只手放在另一只举起来搬重东西的手里，那只手没触到目标便把东西放下，一阵无法控制的、使他们头晕目眩的柔情解除了他们的武装。东西从他们手里滚落下来，他们把什么都忘了。几分钟过去了，几小时过去了，等他们猛地想起半天没管卡坚卡或者没喂马饮马的时候，天色已晚，于是怀着内疚的心情急忙去干该干的活。

医生由于睡眠不足而感到头疼。脑袋里充满甜蜜的迷糊，像喝醉了酒似的，浑身感到快活的虚弱。他急不可待地等待夜晚的降临，好重新恢复中断的写作。

他浑身的蒙眬倦意替他夜间写作做好准备。而周围的一切都迷离恍惚，弥漫在他的思绪中。准备工作使一切都变得或隐或显，这正是准确地把它表现出来的前一阶段。白天无所事事的慵倦，有如杂乱无章的初稿，正是夜晚写作必不可少的准备。

无所事事的慵倦并非对任何事物都无动于衷，毫无改变。一切都发生了变化，变成另一种样子。

日瓦戈感到，他在瓦雷金诺长期居住的幻想无法实现，同拉拉分手的时刻一天天迫近，他必将失去她，随之失去对生活的欲望，以及生命。痛苦啮噬着他的心。但更折磨他的还是等待夜晚的降临，把这种痛苦用文字倾吐出来的愿望，倾吐得任何人看了都潸然泪下。

他一整天都念念不忘的狼此刻已经不是月光下雪地上的狼了，而是变成有关狼的主题，变成敌对力量的代表，这种敌对力量一心想毁灭医生和拉拉，或把他们撵出瓦雷金诺。这种敌意的想法逐渐发展，到晚上已经达到如此强烈的程度，仿佛在舒契玛发现史前时代骇人怪物的踪迹，仿佛一条渴望吮吸医生的血并吞食拉拉的神话中的巨龙就卧在峡谷中。

夜幕降临。医生像昨天那样点亮桌上的油灯。拉拉和卡坚卡比昨天还早便躺下睡觉了。

昨天写的东西分成两部分。修改过的往昔的诗作，用工整的字体誊清。另一部分他新作的诗，潦草地写在纸上，其中有不少省略号，字体歪斜得难以辨认。

医生重读这些涂改得一塌糊涂的东西，往往感到失望。夜里，这些草稿片段使他激动得落泪，几段得意之作让他惊讶不已。现在，他又觉得这几段想象中的神来之笔十分生硬牵强，让他心灰意冷。

他一生都幻想写出独创的作品来，文字既流畅又含蓄，形式既新颖又通俗；他一生都幻想形成一种淡雅朴实的风格，读者和听众遇到他的作品时，不知不觉便领悟它们的含义，掌握它们的内容。他一生追求朴实无华的文风，常常发觉自己距离这种理想尚远而惶恐不安。

在昨天的草稿中，他本打算用简朴得像人们的随意闲谈、真挚得如摇篮曲的手法表现出萦绕心头的爱情与恐惧、痛苦与勇敢交织的心情，让它仿佛不需凭借语言而自然淌出。

现在浏览这些诗稿时，他发现缺乏把零散的诗篇融为一体的纽带。日瓦戈在修改写好的诗篇时，渐渐采用先前记述叶戈里勇士神话的那种抒情风格。他从开阔的、写起来无拘无束的五音步格开始。与内容无关的、诗格本身所具有的和谐，以其虚假形式主义的悦耳声音刺激他的神经。他抛弃夸张的不时停顿的诗格，把诗句压缩成四音步格，就像空灵的散文与鸿篇巨制搏斗一样。这样写更难，也更吸引人。写作进展得快多了，但仍然掺入过多的废话。他强迫自己尽量压缩诗句。在三音步格里词语显得紧凑了，萎靡的最后痕迹从他笔下消失。他清醒过来，热血沸腾，狭窄的诗行本身向他提示用什么字填充诗行。几乎难以用文字描绘出的事物开始老老实实地显现在他所涉及的背景之内。他听见马在诗歌中的奔驰声，宛如肖邦的一支叙事曲中骏马溜蹄的嗒嗒声。常胜将军格奥尔吉在无边无际的草原上纵马奔驰，日瓦戈从背后眺望他渐渐变小的身影。日瓦戈奋笔疾书，刚刚来得及把喷涌到恰当位置上的字句记下来。

他没注意到拉拉从床上爬起来走到桌子跟前。她穿着垂到脚踝的长睡衣显得苗条，比她本人高一些。当面色苍白、惊恐的拉拉站在日瓦戈身旁时，他吓了一跳。她伸出一只手，低声问道：

"你听见了没有？一只狗在嗥叫。也许是两只。唉，多可怕，多么不祥的兆头！咱们好歹忍到早上就走，一定走。我多一分钟也待不下去了。"

过了一小时，日瓦戈劝说她好久，她才平静下来，又睡着了。日瓦戈走出房间，走到台阶上。狼比昨夜离得更近，消失得也更快。日瓦戈仍然没来得及看清它们逃走的方向。它们挤在一起，他来不及数它们一共几只。但他觉得狼更多了。

10

他们在瓦雷金诺已经栖身十二天了，情况同头一两天没有什么差别。昨夜，消失几天的狼又像他们到达第二天夜里那样嗥叫。拉拉又把它们当成狗，再次被这种坏兆头吓坏了，决定第二天早上就离开。她的精神状态一会儿平稳，一会儿焦躁，这对一个劳动妇女是很自然的。她不习惯整天倾吐柔情，过着那种无所事事、整天沉浸在毫无节制的爱情中。

同样的情景一再出现，以致第二个星期的一天早上，拉拉像每次收拾行装准备返回尤里亚金一样，似乎根本没在这儿度过一个多星期似的。

屋里又潮湿又昏暗，这是因为天气阴沉的缘故。严寒没有前几天那么凛冽，乌云密布，阴暗低沉的天空马上就要下雪了。日瓦戈由于一连几个晚上睡眠不足，已经感到身心交瘁，心灰意懒了。他的思绪很乱，身体虚弱，冷得发抖，缩着脖子搓两只手，在没生火的房间里踱来踱去，不知道拉拉如何决定，以及自己该干什么。

她并没有明确的打算。现在她宁肯献出自己的一半生命，只要他们不这样束手待毙，而必须永远遵守一种严格的秩序，那时他们便能上班，便能诚实而理智地生活。

这一天同往常一样，她先铺好床，打扫房间，给医生和卡佳端早餐，然后整理行装，吩咐医生套雪橇。离开的决定是她做出的，坚决而不可更改。

日瓦戈不打算说服她改变主意。他们曾经突然消失，现今在大搜捕的高潮中返回城去简直是自投罗网。但在寒冬季节孤零零地躲在可怕的荒野里，没有武器，处境同样可怕，也未必明智。

此外，医生从邻近的几家仓库中弄出的干草已经不多了，而新的干草还不知道到哪儿去弄呢。当然，如果决定在这儿长期居住下去，医生会到周围去搜寻，想办法补充草料和粮食。如果只是短暂地、毫无指望地在这里过几天，便不值得到各处搜寻了。于是医生什么都不再想，出去套马。

他笨手笨脚地套马。这还是萨姆杰维亚托夫教给他的呢。日瓦戈忘记他的指点。他用自己那双毫无经验的手把要做的都做了。他用包着铁皮的皮带头把马轭系在车辕上，在车辕的一侧打了个结，并把结拉紧，剩下的皮带在车辕头上绕了几绕，然后用一条腿顶住马腹，拉轭上松开的曲杆，再把其余该做的事做完，把马赶到台阶前，拴好，进去对拉拉说可以动身了。

他发现她极度慌乱。她和卡坚卡都已穿好行装，东西都已捆好，但拉拉激动地搓手，尽量不让眼泪流出来，请日瓦戈坐一会儿，自己倒在椅子里又站起来，用悦耳的高音调断断续续地抱怨着，上句不接下句地飞快说道：

"我没有过错。我也不知道是怎么回事儿。可怎么能现在走呢？天马上要黑了。夜里我们在路上。正好穿过你被劫的那片可怕的树林。我说得不对吗？你怎么吩咐我就怎么办，我自己下不了决心。有什么东西阻止我走。我心里乱极了。随你的便吧。我说得不对吗？你怎么默不作声，一句话不说呢？我们忙乱了一上午，不知道把半天的工夫都浪费到什么上去了。这件事明天不会再发生，我们会慎重些，我说得不对吗？要不咱们再留一夜？明天早点起，天一亮，六七点钟的时候动身。你说呢？你生着炉子，在这儿多写一个晚上，咱们在这儿再住一夜。唉，多么难得，多么奇妙啊！你怎么一句话也不回答呀？我又做错了事，我是个多么不幸的女人啊！"

"你又夸大其词了。到黄昏还早着呢。天色尚早。随你的便吧。我们留下来就是啦。可你得平静点。瞧你多激动。是啊，打开行李，脱下皮袄。你瞧，卡坚卡说她饿了。咱们吃点东西吧。你说得对，今天动身准备得太仓促，太突然。可你千万别激动，别哭。我马上生火。幸好马还没卸，雪橇就在门口，我到日瓦戈旧房子仓库里去拉点劈柴，要不我们一根劈柴也没有了。你别哭。我马上就回来。"

11

仓库前的雪地上有几道日瓦戈前几次去和掉头的时候轧出的圆形雪橇痕迹。门槛旁边的雪已被他前天拉劈柴时踩脏了。

早上布满天空的云彩飘散。天空变得洁净。天又冷起来。从不同距离围绕这些地方的大园子一直伸展到仓库跟前，似乎为了看医生的脸一眼，向他提醒什么事。今年的积雪很深，高出仓库的门槛。它的门楣仿佛低了不少，仓库显得歪斜了。屋檐下悬挂着一块融雪凝聚而成的冰片，像一个硕大无朋的蘑菇，像一顶帽子似的顶在医生头上。就在屋顶凸出的地方，挂着一弯新月，像戳进雪里的一把利刃，沿着月牙的周边散发出灰暗的黄光。

现在尽管是白天，非常明亮，但医生却有一种薄暮时分置身于生命的黑暗密林中的感觉。他的心灵中就这样黑暗，因而感到悲伤。预示着分离的新月，象征着孤独的新月，几乎悬挂在他眼前，低垂到他脸旁，向他泛着黄光。

日瓦戈累得站不住了。他从仓库里往雪橇上扔劈柴，每次尽量抱少点，不像前几次那样。就连戴着手套搬粘雪上冻的木柴，也冻得两手生痛。他加快动作，但并没暖和过来。他身体内部有什么东西停顿了，扯断了。他用最恶毒的语言诅咒自己不幸的命运，祈祷上帝保护这位忧伤的、柔顺的、纯朴的、美貌如画的女人的生命。而新月仍然悬挂在仓库上，说发光又不那么发光，说照耀又不那么照耀。

马突然转向他们来的方向，扬起头，嘶鸣起来，开始时低声而胆怯，后来竟高声而自信。

"它这是怎么啦？"医生想道，"怎么这么兴奋？绝不可能是受到惊吓。马受了惊吓是不嘶鸣的，真胡闹。它不会傻到闻到狼的气味就嘶鸣起来给它们报信吧。瞧它是多么快活呀。看来是预感到家了，想回家了。等一下，马上就动身。"

日瓦戈又捡了不少碎木头片和几大块从桦树上撕下来的、像靴勒子似的卷起来的桦树皮，把它们扔到码好的雪橇上，准备回去引火用。他把劈柴用粗席包好，用绳子捆牢，跟在雪橇旁边，把劈柴运往米库利钦仓库。

马又嘶鸣起来，回答从远处迎面传来的明显的马的嘶鸣。"这是谁的马？"医生哆嗦了一下想道，"我们以为瓦雷金诺空无一人。原来我们想错了。"他万万没想到这是他们的客人，马嘶鸣来自米库利钦的庄园，他们住所的门前。他赶着雪橇绕到米库利钦庄园的杂物房，从遮住住宅的小山坡后面穿过，从那儿看不见住宅前面的房子。

他不慌不忙地（他何必着急呢？）把劈柴扔进仓库，卸下马，把雪橇放回仓库，然后把马牵进旁边冰冷的空马厩，拴在右墙角的柱子上，那儿比较背风，又从仓库里抱出几抱干草塞进歪斜的牲口槽里。

他满腹狐疑地走回家去。台阶旁边停着一辆套好的雪橇。这是一辆农民用的非常宽的雪橇，乘坐起来很舒服，上面套着一匹喂得滚肥的小黑公马。一个他不认识的小伙子，穿着漂亮的紧腰长外衣，围着马转来转去，拍拍它的两肋，看看马蹄上的距毛。马的毛色光滑，膘肥体壮，同小伙子一样。

屋里有争吵声。他不想偷听，也听不见里面说的是什么。日瓦戈不由得放慢脚步，停住了，一动不动地站在那儿。他听不清他们说的话，但听出科马罗夫斯基、拉拉和卡坚卡的声音。他们大概在靠门的头一间屋子里。科马罗夫斯基正在同拉拉争论，从她回答的声音里可以听出，她很激动，哭了，一会儿激烈地反驳他，一会儿又赞同他的话。从只言片语中，日瓦戈听出，科马罗夫斯基此刻正在谈论他，大概是说他是个不可靠的人（"脚踩两只船"——日瓦戈这样觉得），不知道谁对他更亲近，家庭还是拉拉，拉拉不能信赖他，因为如果信任医生，她就会两头落空，哪一个也得不到。这时日瓦戈走进屋子。

科马罗夫斯基果真站在头一间屋里，穿着一直拖到地的皮袄。拉拉抓住卡坚卡大衣的上端，正在给她扣领钩，可怎么也扣不上。她对女儿发火，喊叫，让她别乱动，别挣扎。可卡坚卡抱怨道："妈妈，轻点，你要勒死我了。"他们三人都穿好了衣服准备出发。日瓦戈一进门，拉拉和科马罗夫斯基都争着跑过去迎接他。

"你这半天上哪儿去啦？我们正等着你呢！"

"您好，日瓦戈先生！尽管上次我们互相说了不少蠢话，可您瞧，我不经邀请又来了。"

"您好，科马罗夫斯基先生。"

"你这半天上哪儿去了？听他说什么，赶快替自己和我做出决定吧。没有时间了。赶快决定吧。"

"咱们干吗站着？坐下吧，科马罗夫斯基先生。怎么半天没见我，上哪儿去了？拉拉，你不是知道吗！我去运劈柴，然后照料马。科马罗夫斯基先生，请您坐下。"

"你怎么一点都不感到惊奇？怎么没有一点惊讶的样子？咱们曾经懊悔过这个人走了，没接受他的建议，可他现在就在你面前，而你却不感到惊讶。他带来的新消息更吓人。请您把新消息告诉他，科马罗夫斯基先生。"

"我不知道拉里莎·费奥多罗夫娜指的是什么消息，我想说的是下面的几句话。我故意散布消息，说我已经走了，可我又留了几天，为了给您和拉里莎·费奥多罗夫娜时间重新考虑咱们谈过的问题，经过深思熟虑之后，也许不会做出过于轻率的决定。"

"但不能再迟疑了。现在是离开的最好时机。明天一早——还是让科马罗夫斯基先生自己对你说吧。"

"等一下，拉拉。对不起，科马罗夫斯基先生。干吗不脱皮袄呢！脱掉外衣，咱们坐一会儿。我们的谈话可是很严肃的，不能这样匆匆忙忙。对不起，科马罗夫斯基先生。咱们的争吵触及灵魂中某些敏感的地方。分析这些私事既可笑又不方便。我从未考虑过跟您走。拉里莎·费奥多罗夫娜的情况不同。我们在险峻的环境中所担心的并不是一回事儿，我们才醒悟到，我们并不是一个人，而是两个人，各有各的命运。我认为拉拉应当，特别是为了卡坚卡，更应认真地考虑您的计划。而她也正是一直这样做的，一次又一次地考虑是否接受您的建议。"

"但条件是你必须一起走。"

"我同你一样，难以想象你我分手，但也许要强迫自己做出牺牲。因此，根本不用谈我去留的问题。"

"可你还什么都不知道呢。你先听他讲完。明天清晨……科马罗夫斯基先生。"

"拉里莎·费奥多罗夫娜大概指的是我带来的消息，这些消息我已经告诉她了。尤里亚金的铁道线上停着生火待发的远东政府的专列。它昨天从莫斯科开来，明天继续向前开。这是我们交通部的火车。它的一半车厢是国际卧车。

"我必须乘这列火车走。他们为我邀请的工作助手留了座位。我们的旅行将会非常舒适。这种机会不会再有。我知道您说话算数，不会改变拒绝跟我们走的打算。您是个不轻易改变决定的人，这我知道。可您还得为拉里莎·费奥多罗夫娜改变您的决定吧。您听见了吧，没有您她不走。跟我们一起走吧，即使不去海参崴，到尤里亚金也行呀。到那儿再说。这样就得赶快动身。一分钟都不能耽搁。我带来一个人，我自己不会驾雪橇。我这辆无座雪橇装不下五个人。如果我没弄错的话，萨姆杰维亚托夫的马在您这儿，您刚才说用它拉过劈柴。马还没卸吧？"

"不是，我把马卸了。"

"那就赶快再套上。我的马车夫会帮您的忙。不过，算了。让您的雪橇见鬼去吧。咱们一起将就着坐我的雪橇。您可得快点。带上手头必不可少的东西。房子不用锁了。拯救孩子的生命要紧，而不是替房子配钥匙。"

"我不明白您的意思，科马罗夫斯基先生。您跟我说话的口气仿佛我答应跟您走了。如果拉拉这样想走的话，你们走你们的好啦。你们用不着担心房子。我留下，你们走后我把它打扫干净，安上锁。"

"你说的是什么呀，尤拉？你明摆着胡说八道。你自己也不相信你说的是什么。什么'如果拉里莎·费奥多罗夫娜已经决定了的话'？你心里明明非常清楚，你不一起走的话，拉里莎·费奥多罗夫娜不可能做出任何决定。那又何必说这种话呢：'我打扫房子，剩下的一切都归我管。'"

"这么说您毫不动摇了。那我对您有另外一个请求。如果拉里莎·费奥多罗夫娜不在意的话，我想单独同您说两句话。"

"可以。如果如此必要的话，请上厨房去吧。你不反对吧，拉里莎？"

12

"斯特列利尼科夫被捕了，判处极刑，判决已执行。"

"太可怕了。难道是真的吗？"

"我是听人说的，并且相信是真的。"

"别告诉拉拉。她听了会发疯的。"

"那当然。因此，我才把您叫到另一间屋里来。枪毙了斯特列利尼科夫之后，她和女儿的生命就危在旦夕了。帮助我拯救她们吧。您断然拒绝同我们一起走吗？"

"我已经对您说过了。肯定不走。"

"可是没有您她不走。我真不知道怎么办才好。那我要求您从另一个方面帮助我。您在话里假装准备让步，装出您可以被说服的样子。我无法想象你们分别的情景。不论在本地还是在尤里亚金车站，如果您真去送我们的话，必须让她相信您也走。如果不马上同我们一起走，那就过一段时间，等我再为您提供新的机会，您答应利用那次机会。您一定要向她发个假誓。但对我来说并不是空话。我以人格向您担保，只要您一表示离开的愿望，我在任何时候都能把您从这里弄到我们那儿去，然后再把您送到您想去的地方。拉里莎·费奥多罗夫娜必须相信您也同意走。您必须让她绝对相信这一点。比如您假装跑去套马，劝我们马上离开，不必等您套好马，然后您在路上赶上我们。"

"帕沙·安季波夫被枪决的消息令我震惊,我无法平静下来。我听您的话很吃力。但我同意您的看法。按照现今的逻辑,处决了斯特列利尼科夫之后,拉里莎·费奥多罗夫娜和卡佳便有生命危险。我们两人当中必定有人被捕,反正我们还得分开,倒不如让您把我们分开好。您把她带走,越远越好,带到天涯海角。现在,我对您说这些话的时候,决定一切都照您的吩咐办。我大概支撑不住了,不得不抛弃自己的骄傲和自尊,顺从地匍匐在您脚下,从您的手中乞求她、生命和通向家人的海路——自己的生路。但让我把所有的一切再考虑一下。您告诉我的消息使我太震惊了。我被痛苦所压倒,痛苦夺去我思考和分析的能力。如果屈从您,我会犯一个致命的无法挽回的错误,从而一生胆战心惊,但在痛苦使我的神智渐渐衰弱和模糊的时刻,我现在唯一能做的是机械地附和您,盲目而怯弱地顺从您。好吧,我做出准备走的样子,为她的幸福,向她宣称我去套马,追赶你们,可我会一个人留在这里。只剩下一点小事了。你们怎么走呢,天马上就黑了?道路穿越树林,到处都是狼,您当心点!"

"我知道。我带着猎枪和手枪呢。您不用担心。我还顺便带了点酒精,以备天太冷的时候喝。我带了不少,您要不要留一点?"

13

"我干了什么?我干了什么?我把她送走了,舍弃了,让步了。跑着去追他们,赶上他们,把她接回来。拉拉!拉拉!

"她听不见。风朝相反的方向吹。他们大概大声说话呢。她有一切理由快乐和平安。她受骗了,不知道自己处于何等迷惘中。

"这大概是她的想法。她这样想:一切都办得再好不过,完全合乎她的心意。她的尤拉,幻想家和固执的人,感谢造物主,终于软下来,答应同她一起到安全的地方去,到比他们聪明的人那儿去，生活在法律和秩序的保护下。万一他坚持自己的主张，并且坚持到底，明天固执地不肯上他们的火车，那科马罗夫斯基会派另一辆车来接他，不久就会开到他们那儿去。

"他现在当然已经在马厩里，紧张得双手发抖，笨手笨脚地套雪橇，马上在他们后面飞驰而来，在他们尚未进入树林之前的旷野里赶上他们。

"她大概正是这样想的。他们甚至没好好告别，日瓦戈只挥挥手便转过身去，拼命吞下卡住喉咙的悲伤，好像被一块苹果噎住。"

医生一只肩膀上披着皮袄站在台阶上。没披皮袄的那只手狠命攥住门廊下面的花纹柱颈，好像要把它掐死。他全神贯注于旷野远方的一个小黑点。那儿的道路上有一段山坡，在几株孤零零的白杨树中间显露出来。这一刻斜阳的余晖正落在这片开阔的土地上。刚刚隐没在凹地中的飞驰的雪橇马上就要出现在这片阳光照耀的空地上。

"永别了，永别了！"医生在雪橇出现前无声地、麻木地重复着，把这些微微颤抖的声音从胸中挤入傍晚严寒的空气中。"永别啦，我永远失去的唯一的爱人！"

"他们出现了！他们出现了！"当雪橇从凹地飞也似的驶出，绕过一棵棵白杨树，开始放慢速度，令人高兴地停在最后一棵白杨树旁的时候，他发白的嘴唇冷漠而急促地说。

噢，他的心跳得多厉害，跳得多厉害，两腿发软。他激动得要命，浑身软得像从肩上滑下来的毡面皮袄！"噢，上帝，你仿佛要把她送回我的身旁？那儿出了什么事？为何停在那遥远的夕阳西沉的地平线上？该当如何解释？他们干吗停在那儿？不，完了，他们又向前奔驰了。她大概请求停一下，再次向我们住过的房子看一眼，向它告别。也许她想弄清，日瓦戈是否已经出发，正飞快地追赶他们？走了，走了。

"如果他们走得快，如果太阳不比平时落山早（在黑暗中看不清他们），他们还会再闪现一次，也就是最后的一次了，在峡谷那一边的空地上，前天夜里狼出没的地方。"

而这一刻终于来到了，来到了。绛紫色的太阳又一次闪现在雪堆蓝色的镶边上。雪贪婪地吮吸太阳洒在它上面的凤梨色的光芒。瞧，他们出现了，飞驰而去。"永别了，拉拉，来世再相见吧，永别了，我的美人儿，永别了，我的无穷尽的永恒的欢乐。"现在他们消失了。"我这一生永远、永远、永远也见不到你啦。"

这时天色已黑。晚霞洒在雪地上的紫红色光点倏忽褪色，黯然消失。柔和的淡灰色旷野沉入紫色的暮霭中，颜色越来越淡。在淡紫色的、仿佛突然暗淡下来的天空中，犹如用手描绘出的大路上镶嵌花边的白杨树的清晰轮廓，同灰蒙蒙的薄雾融为一体。

心灵的悲伤使日瓦戈的感觉变得异常敏锐。他捕捉周围的一切比过去清晰百倍。周围的一切都具有罕见的独一无二的特征，连空气也包括在内。冬日的夜晚，像一位同情一切的见证人，充满前所未有的同情。仿佛至今从未有过这样的黄昏，而今天头一次出现，为了安慰陷入孤独的人才变黑了似的。环绕着山峦的背对着地平线的树林，仿佛不仅作为这一带的景致生长在那里，而是为了表示同情才从地里冒出来并安置在山峦上的。

医生几乎要挥手驱散这时刻的美景，仿佛驱散一群同情者的纠缠，想对照耀在他身上的晚霞说："谢谢。用不着照耀我。"

他继续站在台阶上，脸对着关上的门，仿佛与世界隔绝了。"我的明亮的太阳落山了。"他心里不停地重复这句话。他无力把这几个字按顺序吐出来，因为喉头抽搐，一阵阵发疼，使句子时刻中断。

他走进屋子，心中响起两种性质不同的独白：对自己的枯燥的、虚假的事务性的独白和对拉拉的倾吐不完的、漫无边际的独白。他这样想的："现在上莫斯科去。第一件事是活下去。不要失眠。不要躺下睡觉。夜里写作到头昏脑涨，直到疲倦得不省人事。

还有件事。马上生好卧室里的炉子，今夜别冻死在这里。"

可是，他又开始对自己独白起来："我永生永世忘不了的迷人的人儿。只要我的肘弯还记着你，只要你还留在我的怀中和我的唇上，我就同你在一起。我将在流传后世的诗篇中哭干思念你的眼泪。我要在温柔的、令人隐隐发疼的悲伤中记下对你的思念。我留在这儿直到把诗篇写完，飘然离去。我将把你的面容描绘在纸上，就像掀起狂涛巨浪的风暴过后，飞溅得比什么都有力、比什么都遥远的海浪留在沙滩上的痕迹。海浪弯曲的曲线把浮石、软木、贝壳、水草以及一切它能从海底卷起的最轻的和最无分量的东西抛到岸上。这是无穷尽地伸向远方的汹涌澎湃海浪的边际。生活的风暴就是这样把你冲到我身边，我的骄傲。我将这样描绘你。"

他走进屋里，锁上门，脱下皮袄。当他走进拉拉早上细心打扫过、匆忙离开时又弄乱的房间，看见翻乱的床铺、堆放在地板上和椅子上的东西的时候，他像小孩一样跪在床前，胸口紧贴着坚硬的床沿，把脸埋在垂下来的羽毛褥子里，像孩子般地尽情哭起来。但他哭的时间并不长。日瓦戈站起来，急忙擦掉眼泪，用惊奇的、心不在焉的疲惫眼光把周围打量了一遍，拿出科马罗夫斯基留下的酒瓶，打开瓶塞，倒了半杯酒精，掺了水，又加了点雪，就像他刚刚痛哭似的，流淌出无法慰藉的眼泪，开始急煎煎地，一小口一小口地喝起这种混合物来，并且喝得津津有味。

14

日瓦戈身上发生了古怪的变化。他渐渐丧失了理智。他还从未过过这种古怪的生活。他不打扫房间，不再关心自己的饮食，把黑夜变成白天。自从拉拉走后他已经忘记时间。

他喝掺水的酒精，写献给她的诗。但他的诗和札记中的拉拉，随着他的不断涂改和润饰，同真正的原型，同与卡佳一起正在旅途中颠簸的卡坚卡的活生生的妈妈，相去越来越远。

日瓦戈一再修改，力求表达得准确和有力，但它们也符合内心克制的暗示，这种暗示不允许他过分坦率地披露个人的感受，唯恐伤害或冒犯与他写出的或感受到的一切直接有关的人，并非臆造过去。这样，血肉相关的热气腾腾的和尚未冷却的东西便从诗中消失，而代替淌血和病痛的是平静之后的豁达，而这种豁达把个别的情形升华到大家都熟悉的空泛的感受上去。他并未追求过这个目的，但这种豁达不期而至，像行驶中的拉拉从路上向他致以慰问，向他遥致问候，像她在梦中的出现或用她的手触摸他的额头一样。他喜欢诗中的这种使人精神升华的印迹。

在哭泣拉拉的同时，他也将自己各个时期所写的各种题材的涂鸦之作整理完毕，比如关于自然、关于日常生活等诗篇。像往常一样，在他写作的时候，有关个人生活和社会生活的思绪一齐向他袭来。

他又想到，对历史，即所谓历史的进程，他与社会公认的看法完全不同。在他看来，历史有如植物王国的生活。冬天雪下的阔叶树林光裸的枝条干瘪可怜，仿佛老年人赘疣上的汗毛。春天，几天之间树林便完全改观，高耸入云，可以在枝叶茂密的密林中迷路或躲藏。这种变化是运动的结果，植物的运动比动物的运动急剧得多，因为动物不像植物生长得那样快，而我们永远不能窥视植物的生长。树林不能移动，我们不能罩住它，窥伺位置的移动。我们见到它的时候永远是静止不动的。而在这种静止不动中，我们却看到永远生长、永远变化而又察觉不到的社会生活，人类的历史。

托尔斯泰否定过拿破仑、统治者们和统帅们所起的创始者的作用，但他没有把这种看法贯彻始终。他想的正是这些，却未能清楚地说出来。谁也不能创造历史，历史是看不见的，就像谁也看不见青草生长一样。战争、革命、沙皇和罗伯斯比尔们是历史的目光短浅的鼓动者，它的酵母。革命是发挥积极作用的人、片面的狂热者和自我克制的天才所制造的。他们在几小时或者几天之内推翻旧制度。变革持续几周，最多几年，而以后几十年甚至几世纪都崇拜引起变革的局限的精神，像崇拜圣物一样。

他在痛哭拉拉的时候也为很久之前在梅留泽耶沃度过的夏天哭泣。那时革命是当时的上帝，那个夏天的上帝，从天而降，于是每个人都按照自己的方式疯狂，于是每个人的生活各不相干，但都一味肯定最高政治的正确，却又解释不清，缺乏例证。

他在删改各式各样旧作时，又重新检验了自己的观点，并指出，艺术永远是为美服务的，而美是掌握形式的一种幸福，形式则是生存的契机，一切有生命的东西为了存在就必须具有形式，因此艺术，其中包括悲剧艺术，都是一篇表现生存幸福的故事。这些想法和札记同样给他带来幸福，那种悲剧性的和充满泪水的幸福，他的头因而疲倦和疼痛。

萨姆杰维亚托夫来看过他。给他带来伏特加，并告诉他安季波娃带着女儿同科马罗夫斯基一起离开的情形。萨姆杰维亚托夫是乘铁路上检查车来的。他责骂医生没把马照料好，把马牵走了，尽管日瓦戈请求他再宽限三四天。他答应三四天之后再亲自来接医生，带他永远离开瓦雷金诺。

有时，日瓦戈沉浸在写作中的时候，会忽然极为清晰地想起那个已经远行的女人，心中涌起一股柔情，心如刀割，痛不欲生。就像童年时代，在夏天富饶的大自然中，在鸣禽的啼啭中他仿佛听到已故母亲的声音，与拉拉如此亲昵、听惯她声音的听觉现在有时竟会欺骗他。他有时产生幻觉，仿佛她在隔壁房间里叫"尤拉"。

这一星期他还产生过别的幻觉。周末的夜里，他梦见屋子下面有个龙穴，马上惊醒。他睁开眼睛。突然，谷底被火光照亮，啪地响了一声，有人放了一枪。奇怪的是，发生了这种离奇的事情之后。不到一分钟医生又睡着了。第二天早上，他认为这一切都是他做的梦。

15

这就是那夜后所发生的事。医生终于听从理智的规劝。他对自己说，如果决心弄死自己，他可以找到一种更为有效而痛苦更少的办法。他暗自发誓，只要萨姆杰维亚托夫一来接他，他马上离开这里。

黄昏前，天还很亮的时候，他听见踏雪的咯吱咯吱声。有人迈着轻快而坚定的步子朝住所走来。

奇怪。这能是谁呢？萨姆杰维亚托夫一定骑马来。荒芜的瓦雷金诺没有过路的人。"找我的。"日瓦戈暗自想到，"传唤我回城。要不就是来逮捕我。但他们用什么把我带走呢？他们必定是两个人。这必定是米库利钦。"他觉得他从脚步声辨认出来客是谁，便高兴起来。暂时还是谜的那个人，停在扯掉插销的门旁，因为没找到门上他所熟悉的锁，但马上又迈着自信的步子向前走来，用熟悉的动作，像主人一样打开路旁的大门，走了进来，又小心翼翼地带上门。

那人做这些古怪动作的时候，医生正背对着门坐在桌前。当他从桌前站起来，转过身去迎接陌生人的时候，那人已经站在门槛上，呆住了。

"您找谁？"医生下意识地脱口而出，没有任何意义，没有听到回答，日瓦戈并不感到惊奇。

进来的人身体健壮，体格匀称，面容英俊，身着皮上衣和皮裤子，脚上穿着一双暖和的羊皮靴，肩上背着一支来复枪。

让医生惊讶的只是他出现的那一刹那，而不是他的到来。屋里找到的东西和其他的迹象使日瓦戈做好这次邂逅的准备。显然，屋里储备的东西是属于这个人的。医生觉得他的外表很熟，在哪儿见过。来访者好像对屋子里有人心里也有准备。屋子里有人居住并不使他感到特别惊讶。也许他也认识医生。

"这是谁？这是谁？"日瓦戈拼命回想，"主啊，我究竟在哪儿见过他呢？这可能吗？记不清哪一年的一个炎热的五月早上。拉兹维利耶火车站。凶多吉少的政委车厢。明确的概念，直率的态度，严厉的原则，正确的化身。对了，他是斯特列利尼科夫！"

16

他们已经谈了很久，整整几个小时，只有身在俄国的俄国人才会这样长谈，特别是那些惊恐和悲伤的人，那些发疯和狂怒的人，而当时俄国所有的人都是这样的人。黄昏来临，天色渐渐黑了。

除同所有心神不安的人一样都有谈个没完的习惯外，斯特列利尼科夫之所以喋喋不休还有另外的、个人的原因。

他有说不完的话向医生倾吐，以免陷入孤独的苦闷。他惧怕良心的谴责还是惧怕追逐他的悲伤的回忆，还是被对自己的不满折磨得痛不欲生？他对自己的不满已经到了忍无可忍、痛恨自己、羞愧难当、准备自杀的地步。或者他已做出可怕的、不可更改的决定，因此他不愿意一个人孤零零的，如果可能的话，他借同医生谈话或待在一起的机会推迟决定的执行？

不管出于什么原因，斯特列利尼科夫隐藏了使他痛不欲生的重大秘密，只在其他话题上倾吐肺腑。

这是世纪病，时代的革命癫狂。心里想的是一回事儿，说的和表现出来的又是另一回事儿。谁的良心都不干净。每个人都有理由认定自己完全错了，自己是隐蔽的罪犯，尚未被戳穿的骗子。只要一有机会，想象中就会掀起自我谴责的狂涛。人们幻想，人们诽谤自己不仅是出于畏惧，而且也是对破坏性的病态的嗜好，自愿处于形而上学的恍惚状态和自我谴责的狂热中，而这种狂热如果任其发展，便永远无法遏止。

作为高级将领，有时还担任军事法庭成员的斯特列利尼科夫，曾经读过或听过多少次这类临死前的供词，书面的和口头的。现在他自己的自我揭发症也同样发作，对自己的一生重新做了评价，对自己参加的所有活动做出总结，认为一切都是狂热的、畸形的、荒诞的歪曲。

斯特列利尼科夫讲得语无伦次，从这件事跳到另一件事上。

"这发生在赤塔附近。我在这屋里橱柜和抽屉里塞满稀奇古怪的东西，这大概让您感到惊奇吧？这些都是红军占领东西伯利亚时我们征用的军用物资。当然不是我一个人拖到这里来的。生活对我厚爱，总有对我忠心耿耿的人。蜡烛、火柴、咖啡、茶、文具和其他的东西，一部分来自捷克军用物资，另一部分是日本货和英国货。非常奇怪吧，我说得不对吗？'我说得不对吗？'是我妻子的口头禅，您大概注意到了。我当时不知道是否立刻告诉您，可现在我要向您承认了。我是到这儿来看她和我女儿的。人们很晚才告诉我，仿佛她们在这儿，所以我来迟了。当我听到您同她关系亲昵的流言时，头一次听说'日瓦戈医生'这个名字。我从这些年在我眼前闪过的成千上万的人的姓名当中，不可思议地回想起一次带来让我审问的医生叫这个名字。"

"您是不是后悔当初没把他枪毙了？"

斯特列利尼科夫没理会这句话。也许他根本没发觉对方打断他的独白。他继续心不在焉地说下去：

"当然，我忌妒过她对您的感情，现在还忌妒。能不这样吗？我最近几个月才躲藏到这一带，因为东边更远地区我的几个藏身处都被人发觉了。我受到诬告，必须接受军事法庭审讯。其结果不难预测。但我并不知道自己犯了什么罪。我产生了等待将来环境改变之后再洗清罪名、证实自己无罪的希望。我决定先从他们的视野中消失，在被逮捕之前躲藏起来，到处流浪，过隐士生活。也许我终将得救。但是，一个骗取我的信任的年轻无赖坑害了我。

"我冬天步行穿过西伯利亚来到西方，忍饥挨饿，到处躲藏。

我躲藏在雪堆里，在被大雪覆盖的列车里过夜。西伯利亚铁路干线上停着数不清的空列车。

"我在流浪中碰见一个无家可归的男孩子，他被游击队判处死刑，同其他死囚排在一起等待处决，但没被打死。他仿佛从死人堆里爬出来，缓过气，恢复了体力，后来像我一样躲藏在野兽的洞穴中。起码他是这样对我说的。这个少年是个坏蛋，品行恶劣，留级生，由于功课太坏曾被学校开除。"

斯特列利尼科夫讲得越详细，医生越清楚地认出他说的男孩子。

"他姓加卢津，叫捷连季吧？"

"对了。"

"他说游击队要枪毙他们的事是真的，并没胡编。"

"这个男孩子唯一的长处就是爱母亲爱到极点。他父亲被人当作人质绑走后便杳无音信。他得知母亲被关进监狱，命运将同父亲一样，便决定不惜一切搭救母亲。他到县里的非常委员会自首，并愿意立功赎罪。他们答应赦免他的一切罪行，代价是必须供出重要的罪犯。他便指出我藏身的处所。幸亏我对他早有戒备，及时逃脱。

"历尽难以想象的艰辛和千百次的冒险，我终于穿过西伯利亚来到这里。这儿的人都非常熟悉我，最想不到会在这儿碰到我，料想我没那么大的胆量。确实，我在附近一家空房子里躲避的时候，他们还在赤塔附近搜寻了我很久。但现在完了。他们在这儿盯上我。您听着，天快黑了，我不喜欢的时刻临近，因为我失眠很久了。您知道这多么痛苦。要是您没点完我所有蜡烛的话——多好的硬脂蜡烛啊，难道我说得不对吗？——咱们再谈一会儿吧。咱们一直谈到您挺不住为止。咱们就奢侈一点，点着蜡烛谈一整夜吧。"

"蜡烛都在。我只打开了一盒。我点的是在这儿找到的煤油。"

"您有面包吗？"

"没有。"

"那你们是怎么过的？算啦，我问的是傻话。你们用土豆充饥。我知道。"

"是的。这儿土豆有的是。房东有经验，善于储备，知道怎样把土豆埋好。它们在地窖里都保存得很好。没烂也没冻坏。"

斯特列利尼科夫突然谈起革命来。

17

"这对您来说都是毫无意义的空话。您无法理解。您是在另一种环境中长大的。有一个城市郊区的世界，一个铁路和工人宿舍的世界。肮脏，拥挤，贫困，对劳动者的欺侮，对女人的凌辱，比比皆是。还有另一个世界。被母亲宠坏的儿子、大学生、阔少爷和商人子弟寻欢作乐，荒淫无耻，并不会受到惩罚。他们对被掠夺一空、被欺凌和被诱骗的人的诉怨和眼泪报以轻蔑的一笑。一群威风凛凛的寄生虫。让他们自以为是的仅仅是永远感觉不到生活的艰难。他们没有任何追求，不向世界贡献什么，也不留存下什么。

"可我们把生活当成征伐，为自己所爱的人移山倒海。尽管除痛苦外我们没给他们带来任何东西，我们丝毫没欺侮过他们。因为我们比他们忍受的痛苦和折磨更多。

"然而，我在继续说下去以前有责任奉告您。如果您还珍惜生命的话，赶快离开这里。搜捕我的圈子正在缩紧，不管结果如何，都会牵连到您，咱们谈话的这个事实已经把您牵进我的案子里了。此外，这儿狼很多，前两天我开枪把它们吓跑了。"

"啊，原来是您开的枪？"

"是我。您当然听见了？当时我上另一处躲藏的地方去，但没走到前，根据各种迹象察觉，那里已经暴露，那儿的人大概都被打死了。我在您这儿待不长，住一夜明天早上就离开。好了，如果您允许的话，我就继续讲下去。

"难道只有莫斯科，只有俄国才有特维尔大街和亚玛大街？才有带姑娘乘马车飞驰而过的歪戴帽子、裤腿系套带的花花公子？其实，街道，夜晚的街道，一个世纪以来夜晚的街道，骏马，花花公子，到处都有。什么构成时代？十九世纪按照什么标准划分为一个历史时期？社会主义思想的诞生。爆发了一次次的革命，热血沸腾的青年人爬上街垒。政论家们绞尽脑汁，如何遏制金钱的卑鄙无耻，提高并捍卫贫穷者的人的尊严。产生了马克思主义。它发现了罪恶的根源和治疗的方法。马克思主义成为这一世纪强大的力量。然而，一世纪以来特维尔大街和亚玛大街，肮脏和圣洁的光芒，纸醉金迷和工人棚户区，传单和街垒，依然存在。

"啊，她还是女中学生的时候多么可爱！您简直无法想象。她经常到她同学住的院子去，那儿住的都是布列斯特铁路职工。那条铁路先前就叫这个名字，后来更换了几次名字。我的父亲，现今尤里亚金军事法庭的成员，那时是车站地段的养路员工。我常到那个院子去，在那儿遇见过她。她那时还是小姑娘呢，但在她的脸上和眼睛里，已经能够看到警觉的神色，世纪的惊恐。它的全部主题，全部的眼泪和怨恨，它的任何觉醒和它所积蓄的全部仇恨和骄傲，都显现在她的脸上和她的举止中，显现在她那少女的羞涩与大胆的举止的交融上。可以用她的名字，用她的嘴向时代控诉。您同意吧，这并非区区小事。这是某种命运，这是某种标志。这本应是与生俱来的，并理应享受的权利。"

"您对她的描绘太妙了。我那时也见过她，正像您所描绘的那样。中学生的形象蕴含着某种非儿童的神秘的东西。她在墙上移动的身影是警觉自卫的身影。我见到她的时候她就是那样的。我记得她那时的样子。您形容得极为出色。"

"您见过并且还记得？可您为此做了什么？"

"那完全是另外一回事了。"

"所以您瞧，整个十九世纪连同在巴黎发生的几次革命，从赫尔岑算起几代俄国侨民，所有见诸行动或不见诸行动的企图谋杀沙皇的人，世界上所有的工人运动，欧洲议会和大学里的全部马克思主义，整个新的思想体系，新奇而迅速的推论和嘲弄，以怜悯的名义制定出来的残忍的辅助手段，所有这一切都被列宁吸收并概括地表现出来，以便对过去进行报复，为过去的一切罪恶向陈旧的东西进攻。

"俄国不可磨灭的巨大形象在全世界眼中同列宁并排站立起来。俄国突然为人类饱受的一切苦难燃起赎罪的蜡烛。可我干吗对您说这些呢？这一切对您来说不过是漂亮而空洞的辞藻，没有意义的音响而已。

"为这个女孩子我上了大学，又为她当了教师，到从未听说过的尤里亚金去任教。我贪婪地读了一大堆书，获得大量的知识，以便她一旦需要我帮助时，出现在她身边，能对她有所裨益。我去打仗，以便在三年夫妻生活后重新占据她的心。而后来，战后，我从俘房中逃回来后，利用人们认为我已阵亡的讹传，更名改姓，全身心投于革命中，以便为她所忍受的一切痛苦彻底复仇，洗涤那些悲伤的回忆。过去永远不复返，特维尔大街和亚玛大街不再存在。而她们，她和女儿就在这里，就在我身边！我需要付出多大的毅力才能克制奔到她们跟前，同她们相会的愿望啊！但我想把毕生的事业进行到底！现在只要能再见她们一面，我愿付出任何代价。当她走进房间，窗户仿佛打开，屋里立刻充满阳光和空气。"

"我知道她对您是何等珍贵。但恕我冒昧，您知道她爱您爱得多么深吗？"

"请原谅。您说什么？"

"我说：您是否知道您对她何等珍贵，您是世界上她最亲的人？"

"您根据什么这么说？"

"这是她亲口对我说的。"

"她？对您说的？"

"是的。"

"对不起。我知道这种请求是不可能答应的，但如果这个请求不过分失礼，还在允许的范围内，请您尽可能地把她的话原原本本告诉我。"

"非常愿意。她把您称为人间楷模，她，还未见过一个同您一样的人，唯一真诚到顶点的人。她说，如果在世界尽头再次闪现她和您共同居住过的房子，她不论从什么地方，哪怕从天边爬也要爬到房子跟前。"

"请原谅。如果这不涉及某些对您来说不可涉及的事的话，请您回想一下她是在什么情况下说的那些话？"

"她在打扫这间房子的时候，然后到院子里抖地毯的时候。"

"对不起，哪一张？这儿有两张。"

"那张大点的。"

"她一个人拿不动。您帮她拿了吧？"

"是的。"

"你们俩各抓住地毯的一头，她身子向后仰，两只手甩得高高的，像荡秋千一样，掉过脸躲避抖出来的灰尘，眯起眼睛哈哈大笑？我说得不对吗？我多么熟悉她的习惯啊！然后你们往一块靠拢，先把笨重的地毯叠成两折，再叠成四折，她还一边说笑话，做出各种怪样。我说得不对吗？说得不对吗？"

他们从座位上站起，走向不同的窗口，向不同的方向张望。沉默了一会儿后，斯特列利尼科夫走到日瓦戈跟前，抓住他的两只手，把手贴在自己胸上，继续像先前那样急促地说下去：

"对不起，我明白，我触到您隐藏在心中最珍贵的角落。但如果可能的话，我还要详细地问您呢。千万别走开。别把我一个人丢下。我自己很快就走。请您想想，六年的别离，六年难以想象的煎熬。但我觉得自己并未赢得全部自由。于是我想先赢得它，那时我便全部属于她们，我的双手便解开了。但是我的一切打算都落空了。明天他们就会把我抓住。您是她亲近的人。也许您有朝一日还能见到她。不，我在请求什么呢？这是发疯。他们将把我抓住，不让我分辩，马上朝我扑过来，又喊又骂地堵住我的嘴。我还不知道他们会怎样干吗？"

18

他终于睡了个好觉。许久以来日瓦戈头一次一躺下便睡着了。斯特列利尼科夫留在他那儿过夜。日瓦戈把他安顿在隔壁的房间里。日瓦戈夜里醒了，翻个身，把滑到地板上的被子拉好，在这短暂的时刻，他感到酣睡的舒畅，马上又香甜地睡着了。后半夜他开始做短梦，梦见的都是他童年时的事，一会儿梦见这个，一会儿又梦见那个，清晰，有很多细节，真不像做梦。

比如，梦见墙上挂着一幅他母亲画的意大利海滨水彩画，绳子突然断了，掉在地板上，摔碎玻璃的声音把日瓦戈惊醒。他睁开眼睛。不，不是那么回事儿。这大概是安季波夫，拉拉的丈夫帕维尔·帕夫洛维奇，姓斯特列利尼科夫，像酒神所说的，又在舒契玛吓唬狼了。不，别瞎说了。明明是画框从墙上掉下来。它掉在地板上，玻璃摔碎了。他确信不疑之后又回到梦中。

他醒后感到头疼，因为睡的时间太长了。他没马上明白他是谁，在什么地方，在哪一个世界。他突然想起来："斯特列利尼科夫在我这儿过夜呢。已经晚了。该穿衣服了。他大概已经起来，要是还没起来，就叫醒他，煮咖啡，一块喝咖啡。"

"帕维尔·帕夫洛维奇！"

没有人回答。"还睡呢。睡得可真香。"日瓦戈不慌不忙地穿好衣服，走进隔壁的房间，桌上放着斯特列利尼科夫的皮军帽，可他本人却不在屋里。"大概散步去了，"医生想道，"连帽子都不戴。

锻炼身体呢。今天应当结束在瓦雷金诺的生活，回城里去。可是晚
了。又睡过头了。天天早上如此。"

　　日瓦戈生好炉子，提起水桶到井边打水。离台阶几步远的地
方，斯特列利尼科夫横躺在路上，头埋在雪堆里。他开枪自杀了。
他左边太阳穴下的雪凝聚成红块，浸在血泊中。四外溅出的血滴同
雪花滚成红色的小球，像上冻的花楸果。

✦

Chapter 15

结局

1

只能讲述日瓦戈医生死前最后八年或十年相当简短的故事了。这段时间他越来越衰弱，越来越邋遢，逐渐丧失医生的知识和技能，也逐渐失掉写作的才能。有个短暂时期，他从抑郁和颓丧的心情中挣脱出来，重振精神，恢复先前的活力，但不久热情便消失，又陷入对自己和世界上的一切漠不关心的状态。这几年他原有的心脏病发展得更严重，其实先前他就诊断出自己有心脏病，但并不知道它的严重程度。

新经济政策开始的时候他回到莫斯科，这是苏联历史上最难以捉摸和假象丛生的时期之一。他比从游击队逃回到尤里亚金时还要瘦弱，还要孤僻，蓬首垢面，满脸胡须。路上，他渐渐把值钱的衣物脱下来换面包和破烂衣服，免得赤身露体。就这样他又吃完第二件皮袄和一套西装，当他出现在莫斯科街头的时候，只剩下一顶灰皮帽、一副裹腿和一件破士兵大衣，大衣所有纽扣都掉了，变成犯人穿的发臭的囚衣。他这身打扮同挤满首都广场、人行道和车站的数不清的红军士兵没有任何区别。

他不是一个人走到莫斯科的。一个英俊的年轻农民一直跟随他，同他一样，也穿着一身士兵服装。他们这副打扮出现在莫斯科幸存的几家客厅中。日瓦戈的童年便是在那里度过的，那里的人还记得他，让他们进门，委婉地打听回来后洗过澡没有——斑疹伤寒仍然很猖獗。日瓦戈刚到的那几天，那里的人便向他讲述了他的亲人们离开莫斯科到国外去的情形。

他们两人怕见人，由于极端羞怯，如果做客的时候无法沉默，还得参加谈话的话，他们便尽量避免单独做客。每当熟人聚会的时候，这两个又高又瘦的人，通常躲入某个不引人注意的角落，不参加别人谈话，默默地坐一个晚上。

这个衣衫褴褛、身材高大的瘦弱医生，在年轻的伙伴陪同下，很像民间传说中寻求真理的人，而那个形影不离的伴随者像一个顺从的、虔诚的信徒。可这年轻伙伴是谁呢？

2

快到莫斯科的最后一段路程，日瓦戈医生是乘火车抵达的，但前面的一大半路都是步行。

他沿途看到的农村景象，一点也不比他从游击队里逃出后在西伯利亚和乌拉尔看到的景象好。只是那时是冬天穿越俄国最遥远的地方，现在是夏末秋初，气候温暖干燥，走起来轻便得多。

他所经过的一半村庄荒无人烟，仿佛被敌人洗劫过，土地荒芜，庄稼无人收割，这确实是战争的后果，内战的后果。

九月末的两三天，他一直沿着陡峭的河岸走。迎面流过来的河水从日瓦戈右边淌过。他的左边，从大路一直伸展到堆聚着云彩的天边，是一片未曾收割的田野。田野时而被阔叶林隔断，其中大部分是柞树、榆树和槭树。树林沿着深谷一直延伸到河边，像峭壁或陡坡一样截断道路。

在没有收割的田野里，熟透的黑麦穗绽开，麦粒撒在地上。日瓦戈捧了几捧塞在嘴里，用牙齿费劲地磨碎，在最困难的情况下，不能用麦粒熬粥的时候，便生吞它们充饥。肠胃很难消化刚刚嚼碎的生麦粒。

日瓦戈从未见过暗褐色的、像发乌的金子颜色的黑麦，通常收割的时候，它的颜色要淡得多。

这是一片没有火光的火红色的田野，这是一片无声呼救的田野。已经进入冬季辽阔的天空，冷漠而平静地从天边把田野镶嵌起来，而在天上不停地飘浮着长条的、当中发黑两边泛白的雪云，仿佛从人脸上掠过的阴影。

而一切都在均匀地缓慢移动。河水在流动。大路迎面而来。大路上走着医生。云层沿着他行进的方向移动。就连田野也不是静止不动的。有什么东西沿着田野移动，碰得田野的庄稼也不停地微微蠕动，让人感到一阵厌恶。

自古以来，田野里从不曾有过这么多田鼠。医生还没走出田野，天便黑了，每当他不得不在某个地界旁过夜的时候，田鼠便从他身上和手上窜过，钻进他的裤子和衣袖。白天，它们成群结队地在脚底下窜来窜去，要是踩到它们，它们就变成一摊动弹、尖叫、滑溜的血酱。

村里的长毛看家狗变成可怕的野狗，彼此不时交换眼色，仿佛商量什么时候朝医生扑过去，把他撕成碎片。它们成群地跟在他后面，同他保持较远的距离。它们以尸体为食，但也不嫌弃田野里成堆的田鼠。它们从远处望着医生，信心十足地跟在他后面，一直在期待着什么。奇怪的是它们不进树林，医生接近树林的时候，它们便渐渐落在后面，向后转去，终于消失。

那时树林和田野形成强烈的对比。田野没有人照料变成孤儿，仿佛在无人的时候遭到诅咒。树林摆脱了人反而自由生长，显得更加繁茂，有如从监狱里放出的囚犯。

平时人们，特别是村里的孩子们，不等核桃长熟，青的时候就把它们打下来。现在，山坡上和山谷里的核桃树挂满没人触动过的参差不齐的金色叶子，经过风吹日晒，落满灰尘，变得粗糙。树叶中间挂满一串串撑开的、就像用绳结或飘带系在一起、三个或四个长在一起的核桃。核桃熟了，尽管还缀在树上，仿佛马上就会从树枝上落下来。日瓦戈一路上不停地咔吧咔吧地咬碎核桃。他的衣袋和背囊里都塞满核桃。一星期之内核桃是他的主要粮食。

医生觉得，他看到田野患了重病，在发烧说吃语，而树林正处于康复后的光鲜状态。上帝居住在树林中，而田野上掠过恶魔的狞笑声。

<h1 style="text-align:center">3</h1>

就在这几天，在这段路程中，医生走进一座被村民遗弃的、烧得精光的村庄。火灾之前，村子只在隔河的大路旁盖了一排房子。河的那一面没有人家。

村里只剩下几间外表熏黑、里面烧焦的房子。但房子是空的，没人居住。其他农舍化为灰烬，只有几只熏黑的烟囱向上翘着。

河对岸的峭壁上挖满坑，那是村民们挖磨盘石的时候留下的，先前他们靠挖磨盘石为生。三块尚未凿成的磨盘堆在残留下来的一排农舍最后的一家对面。这家农舍同其他农舍一样，也是空的。

日瓦戈走进这间农舍。傍晚寂静，但医生刚一跨进门，便像有一阵风刮进农舍。堆在地板上的干草屑和麻絮四处飞扬，耷拉下来的糊墙纸来回摇晃。农舍里的一切都动起来，沙沙作响。老鼠尖叫着四下逃窜，这里的老鼠同其他的地方一样，成群成堆。

医生走出农舍。田野尽头的太阳渐渐沉落。落日的余晖映照着对岸，岸上孤零零的几株树把暗淡下去的倒影一直伸展到河中心。日瓦戈跨过大路，在草地上的一个石磨盘上坐下休息。

从峭壁下面伸出一个长了一头淡黄头发的脑袋，然后是肩膀，

再后是两只手。有人从那里提了满满一桶水爬上来。那人一看见医
生便止住脚步，从峭壁上露出半个身子。

"好心人，你要喝水吗？你别碰我，我也不动你。"

"谢谢。让我喝个痛快。出来吧，别害怕。我干吗要碰你呢？"

从峭壁后面爬出来的提水人原来是个少年。他光着脚，头发乱
蓬蓬，穿着一身破烂的衣服。

尽管医生说话和蔼，但少年仍用犀利的目光惊恐地盯着医生。
出于一种无法解释的原因，男孩子忽然满怀希望地激动起来。他激
动地把桶放在地上，突然向医生扑过去，但跑了几步又停下来，喃
喃地说道：

"不可能，绝不可能，大概是做梦吧。对不起，可是同志，请
允许我问一声。我觉得您很面熟。对啦！是呀！医生叔叔！"

"可你是谁？"

"没认出来？"

"没有。"

"从莫斯科出发的时候，咱们坐的是同一趟军用列车，在同一
个车厢里。赶我们去做劳工。有人看押。"

这是瓦夏·布雷金。他扑倒在医生跟前，吻着医生的手哭起来。

遭水灾的地方原来是瓦夏的老家韦列坚尼基镇。他的母亲已
不在人世。村子被洗劫烧毁的时候，瓦夏藏在凿出的石洞里，可母
亲以为他被抓进城，急得发疯，跳进佩尔加河淹死了。现在，医生
和瓦夏正坐在这条河的堤岸上交谈。瓦夏的姐妹，阿莲卡和阿利什
卡，据说在另一个县的孤儿院里。医生带瓦夏一起上莫斯科。路上
他告诉日瓦戈许多可怕的事。

4

"地里撒的是去年秋天播种的种子。刚种完就遭了难。波利娅

姨妈刚走。您还记得那个帕拉莎姨妈吗？”

"不记得了。我根本不认识她。她是谁呀？"

"您怎么会不认识佩拉吉娅·尼洛夫娜呢！她跟咱们坐的是一趟火车。就是佳古诺娃呀。什么事儿都挂在脸上，长得又白又胖。"

"就是那个老是编辫子解辫子的女人？"

"辫子，辫子！对啦！一点不错。辫子！"

"噢，想起来啦。等等。后来，我在西伯利亚一座小城的街上遇见过她。"

"真有这回事儿！是帕拉莎姨妈吗？"

"你怎么啦，瓦夏？你干吗像发疯似的摇我的手？小心别摇断了。别像大姑娘似的满脸通红。"

"她在那儿怎么样？赶快告诉我，快点。"

"我见到她的时候她身体很好。她提起过你们。我记得她好像在你的家里住过或做过客。可也许我记错了。"

"那还用说，那还用说！在我们家，在我们家。妈妈像亲妹妹那样爱她。她不爱说话，爱干活，手很巧。她在我们那儿住的时候，家里充满欢乐。村里人把她从韦列坚尼基镇挤走了，说了她很多坏话，让她不得安宁。

"村里有个人叫长脓疮的哈尔拉姆，缠上波利娅。他没鼻子，专爱说人坏话。她瞧都不瞧他一眼。他为这件事恨上我，说了我和波利娅很多坏话。好了，她走啦。他把她折磨苦了。我们就从此开始倒霉。

"离这儿不远的地方出了件凶杀案。一个孤单的寡妇在靠近布伊斯科耶村的树林里被人杀死。她一个人住在树林里。她爱穿带松紧带的男式皮鞋。她家门口锁着一条凶狗，铁链够得着房子四周。那条狗叫'大嗓门'。家里地里的活都是她一个人干，不用帮手。好了，谁也没想到冬季突然降临。雪下得早。寡妇还没刨土豆呢。她上韦列坚尼基镇找人帮忙。'帮帮忙吧。'她说，'分一份土豆也

行，付钱也行。'

"我自告奋勇帮她刨土豆。我到她那儿的时候，哈尔拉姆已经在那儿了。他在我之前就非上她那儿去不可。她没告诉我。可也不能为这件事儿打架呀。于是就两人一块儿干活。在最坏的天气里刨土豆。又是雨又是雪，一片烂泥。刨呀，刨呀，点燃了土豆秧，用热烟烘干土豆。嗯，刨完土豆她同我们算清账。她打发哈尔拉姆回去，可对我使了个眼色。意思是还有事儿找我，让我待会儿再来，要不就留下别走。

"过几天我又上她那儿去了。'我不想，'她说，'多余的土豆让人没收，被国家征收。你是好小伙子，我知道你不会出卖我。你瞧，我什么都不瞒你。我本来可以自己挖个坑，把土豆埋起来，可你瞧外面什么天气。我明白过来已经晚了，冬天到了。一个人干不了。给我挖个坑，我不会亏待你。咱们把坑烘干了，倒进去。'

"我给她挖了个坑，为藏得严实，挖得下边宽，坑口窄，像个瓦罐。坑也用烟熏干、熏热。那天正刮着暴风雪。把土豆藏好，盖上土，该做的都做了。一点痕迹都没有。我当然没对任何人提起挖坑的事，对妈妈和妹妹们都没说。决不能干那种事呀！

"就这样，刚过一个月，她家就被人抢了。从布伊斯科耶村来的人经过那里说，大门敞开，全部东西被洗劫一空。寡妇不见了，那只名叫'大嗓门'的狗挣脱锁链，跑了。

"又过了些日子。新年前后，圣诞节前，冬天头一次融雪的日子，下起了暴雨，冲净土丘上的雪，露出地面。'大嗓门'跑来了，用爪子在露出的地面上扒起来。那儿便是埋土豆的坑。它扒开湿地，往上扒土，扒出穿系松紧带皮鞋的女主人的脚。你说可怕不可怕！

"韦列坚尼基镇的人都可怜寡妇，为她祈祷。谁也不怀疑是哈尔拉姆干的。又怎么会往他身上想呢？怎么可能呢？倘若是他干的，他哪儿来的胆子留在韦列坚尼基镇，在镇子里大摇大摆地走来走去呢？他早跑得离我们远远的了。

"村子里好闹事的富农对这件凶杀案拍手叫好。他们要把村子搅乱。瞧吧，他们说，城里人干的好事。这是对你们的教训，惩罚。叫你们藏面包，埋土豆。这群混蛋反复说，树林里有强盗，仿佛看见村子里来过强盗。实心眼的人们！你们别再听信城里人的话了。他们这是要给你们点厉害看呢，饿死你们。要是想村子里太平无事，就跟我们走。我们教你们长点脑子。他们把你们用血汗挣来的东西夺走，查封，你们呢，就把余粮藏起来，连一粒多余的麦子都没有。如果出事就拿起耙子跟他们拼命。谁反对村社小心脑袋。老家伙们吵吵开了，吹牛，聚会。好搬弄是非的哈尔拉姆要的就是这些。他把帽子往怀里一揣就进城了，到那儿一报告。你们知道村里在干什么吗？可你们却坐在这儿干看着？需要成立贫农委员会。发话吧，我马上就分清谁好谁坏。可他自己从我们村里跑了，再没露过面。

"后来的一切都是自然而然发生的。谁也没暗中使坏，谁都没有错儿。从城里派来红军战士。设立巡回法庭。头一个审问的便是我。哈尔拉姆散布了我很多坏话，说我逃跑过，逃避劳役，煽动村里人暴动，杀死寡妇。把我锁了起来。幸亏我撬开地板，溜走了，藏在地下的山洞里。村子是在我头顶上烧毁的——我没看见。就在我头上，我亲娘跳进冰窟窿里了，我当时并不知道。一切都是自然而然发生的。他们拨给红军战士一座单独住宅，招待他们喝酒，把他们灌得烂醉如泥。夜里不小心烧着房子，把临近的房子也引着了。村里的人，谁家房子着了火，都逃了出去。外来的人，虽然没人放火烧他们，却明摆着一个个活活烧死。谁也没把遭火灾的韦列坚尼基镇的人从烧焦的房子里赶走。他们害怕再出什么事，自己逃走了。黑心的富农们又散布谣言，十个人当中要枪毙一个。我爬出来的时候一个人也没碰见，都跑光了，还不知道在什么地方流浪呢。"

5

一九二二年春天，新经济政策出台的时候，医生和瓦夏走到莫斯科。天气晴朗温暖。照耀救世主大教堂的阳光，洒在铺着四角石块、石块缝隙长出杂草的广场上。

撤销禁止私人经营的法令，允许严加限制的自由贸易。在人群拥挤的旧货市场上进行旧物交易。贸易只在极小范围内进行，但这种极小规模的贸易助长投机活动，导致营私舞弊。生意人的这种小规模投机倒把并未产生积极效果，对缓和城市物资匮乏毫无益处。这种对民众毫无好处的多次倒买倒卖却使一些人发了财。

几个极为简陋的图书室的所有者，把书从书架上取下来，运到某个地方。他们向市苏维埃申请开设一家合作书店，并请求拨给他们开业的场地。他们获准使用革命最初几个月便关门大吉的空闲鞋店的仓库和花店的暖房，在它们宽阔的屋顶下出售他们所搜集到的薄薄的几本书。

教授夫人们先前在困难时期违抗禁令，偷偷出售自己烤的白圆面包，现在则在被征用的自行车修理铺公开出售。她们改变立场，接受革命，说话时用"有这么回事"代替"是的"或"好吧"。

日瓦戈到莫斯科后对瓦夏说：

"瓦夏，你该干点事儿。"

"我觉得我该念书。"

"那是自然的了。"

"我还有个理想，凭记忆把我母亲的模样画出来。"

"那太好了。可要画先得学会画画。"

"我在阿普拉克欣大院跟叔叔做学徒的时候，背着他用木炭画着玩过。"

"好吧。祝你成功。咱们试试看。"

瓦夏并没有了不起的绘画才能，天分中等，但进工艺美术学校绰绰有余。日瓦戈通过熟人把他安置到先前斯特罗甘诺夫斯基工艺美术学校的普通班，从那儿又转到印刷系。他在那儿学习石印术、印刷装订技术和封面设计。

医生和瓦夏同心协力干起来。医生撰写论述各种问题的一印张纸的小册子，瓦夏把它们当作业务考试成绩在学校印刷出来。书的印数很少，在朋友们新近合资开办的书店里出售。

小册子包括日瓦戈的哲学思想、医学见解、他对健康和不健康下的定义、对转变论和进化论的思考、对作为机体生理基础的个性思考、对历史和宗教的看法（这些看法接近舅舅和西玛的看法）、描述医生所到过的普加乔夫活动地区的随笔，还包括日瓦戈所写的小说和抒情诗。

作品是用通俗易懂的对话手法写的，但还远未达到通俗作者所提出的目标，因为书中包含引起争议的见解，这些见解是随意发挥的，未经充分的检验，但又永远是生动而独到的。小册子销路很好，颇受爱好者的赏识。

那时一切都成为专业，不论诗歌创作还是文学翻译，都写出理论著作，开设各式各样的研究班，出现形形色色的思想之家和艺术院校。日瓦戈在半数这类的名不副实的机构中担任医生。

医生和瓦夏住在一起，一直很要好。在这段时间内，他们一处接一处换了很多住房或半倒塌的屋角，由于各种原因，这些地方不是无法居住，就是居住不便。

一到莫斯科，日瓦戈便打听西夫采夫街的旧宅，据他所知，他的亲人路过莫斯科时没到那所住宅去过。他们被驱逐出境改变了一切。属于医生和他家人名下的房间人满为患，他自己的和亲人的东西荡然无存。他们见到日瓦戈仿佛见到一个可怕的陌生人，连忙躲开。

马克尔飞黄腾达，已经不住在西夫采夫街了。他到面粉镇去当房管员。按职务他应当住先前房管员住的房子，但他甘愿住在没有

地板但有自来水和一个大俄国炉子的旧下房里。市里所有楼房的自
来水和暖气管道冬天都冻裂了，只有下房暖和，水管没冻裂。

这期间医生和瓦夏的关系逐渐疏远。瓦夏有了长足的长进。他
说话和思考完全不像佩尔加河边韦列坚尼基镇上那个蓬头赤足的男
孩子了。革命所宣传的显而易见的真理越来越吸引他。医生所使用
的那些形象生动的语言，他不能完全听懂，并认为医生的话是错误
言论，应当受到谴责，何况医生说的时候底气不壮，因此显得模棱
两可。

医生到各部门奔走。他要办两件事：在政治上为自己的家庭平
反，并使他们获准回国；替自己申请出国护照，以便去巴黎迎接妻
子儿女。

使瓦夏感到惊奇的是，这两件事医生都办得毫不起劲。日瓦戈
过早断定自己的努力是徒劳的，他对自己的判断过于自信，几乎是
毫不介意地声称，自己今后的种种打算是不会有结果的。

瓦夏越来越经常指责医生。医生并没为他那些公正的指责生
气。但他同瓦夏的关系恶化了，终于翻脸分手。医生把他们合住的
房间让给瓦夏，自己搬到面粉镇去。本领高强的马克尔把斯文季茨
基先前住宅顶头的一角隔开，让日瓦戈住。居住面积包括：已经不
能使用的卫生间，只有一扇窗户的房间和歪斜的厨房，一条即将坍
塌的过道，还有一扇下陷的后门。日瓦戈搬到这儿来后便放弃行
医，变成一个邋遢的人，不再同熟人见面，过起穷苦的日子。

6

一个冬季阴沉的星期日。炉子冒黑烟，但烟柱没从屋顶上升
起，而从通风窗口溢出。尽管禁止使用铁炉子，可大家照旧在通风
窗上安装铁炉子，使用生铁烟囱。城市生活尚未走上正轨。面粉镇
的居民一个个蓬首垢面，肮脏不堪，身上长出疖子，冻得感冒。

每逢星期日，马克尔一家都团聚在家里。

在凭面包券配给面包时期，一清早他们便把本区所有住户的面包券在桌子上剪开，分类，点清，按等级卷进纸卷或纸包里，送往面包店，然后，从面包店领回面包，再把面包在桌子上切成碎块，一份份分给本区居民。如今这一切都已变成传说。粮食配给制被其他的分配办法所代替。现在，他们正坐在这张桌子前吃午饭。大家围着长桌子吃得津津有味，嚼得耳朵后面的筋不停地动弹，嘴吧嗒吧嗒响。

房间当中，宽大的俄国炉子占据下房的一半，高木板床上，绗过的被子的被角耷拉下来。入口处前墙上没上冻的自来水龙头竖在盥洗池上。下房两侧摆着两排凳子，凳子底下塞满装零碎用品的口袋和箱子。右边摆着一张厨桌，厨桌上方墙上钉着一个小橱柜。

炉子生着。下房里很热。马克尔的妻子阿加菲娅·吉洪诺夫娜站在炉前，袖口挽到胳膊肘，用一根长得够得着炉壁的炉叉倒动炉子里的罐子，一会儿放在一起，一会儿又分隔开，什么时候需要往哪儿放就往哪儿放。她的脸上出了一层汗，一会儿被炉子照亮，一会儿又被菜汤蒸汽蒙住。她把罐子挪到一边，从炉子深处夹出馅饼，放在一块铁板上，一下子把它翻了一个个儿，再放回去把另一面烤黄。日瓦戈提着两只桶走进门房。

"祝你们胃口好。"

"欢迎您。坐下跟我们一块吃吧。"

"谢谢。我吃过了。"

"我们知道你吃的是什么。坐下来吃点热乎的，别嫌弃。土豆是用陶罐烤的。馅饼加粥，肉馅的。"

"真不吃，谢谢。对不起，马克尔，我老来打水，把你们屋里的热气都放跑了。我想一下子多打点水。我把斯文季茨基家的锌浴盆擦得锃亮，想把水盛满，再把大桶盛满。我再进来五次，也许十次，以后便会很久不来打搅你们。对不起，我到你们这儿打水，除了你们这儿我没地方打水。"

"爱打多少打多少，我不心疼。糖浆没有，可水随你打。免费供应，不讨价还价。"

坐在桌子旁边的人哈哈大笑。

可日瓦戈医生进来第三次，打第五桶和第六桶的时候，马克尔的声调已经有些变了，说出另一番话来。

"女婿们问我那个人是谁。我说了，可他们不相信。你打你的水，别介意。可别把水洒在地上，笨家伙。你瞧门槛上都洒了水。一冻上，你可不会拿铁钎凿掉。把门关严点，蠢东西。从院子里往里灌风。不错，我告诉女婿们你是什么人，可他们不相信。在你身上花了多少钱！念书呀，念书呀，可有什么用？"

等到日瓦戈进来第五趟、第六趟的时候，马克尔皱起眉头：

"好啦，再打一趟就算了。老弟，你该懂点礼貌。要不是我小女儿马林娜护着你，我才不管你是什么高贵的共济会员呢，早把门锁上了。你还记得马林娜吗？那不是她吗，坐在桌子顶头那个，皮肤黑黑的。瞧，脸红了。'别欺侮他，'她说，'爸爸。'谁敢碰你呢？马林娜在电报总局当电报员，会说外国话。'他多可怜呀！'她说。她可怜你极啦，愿意为你赴汤蹈火。你没出人头地，难道怨我不行？不该在危难时刻抛下家庭跑到西伯利亚去。怪你们自己。你瞧，我们在这儿挨过了饥饿和白军封锁，没动摇，全家没事儿。自己怪自己吧。东妮娅没保护住，让她到国外流浪。关我什么事。你自己的事儿。我问一声，请别见怪：你要这么多水干什么？没雇你在院子里泼溜冰场吧？你呀，怎么能生你这么个不争气的少爷羔子的气呢。"

桌子旁边的人又哈哈大笑起来。马林娜气愤地扫了大家一眼，发火了，数落起家里人来。日瓦戈听见她的声音，感到声音异常，但没法弄清其中的奥妙。

"家里有很多东西要洗，马克尔。得打扫干净。擦地板。我还想洗点东西。”

桌子旁边的人惊讶不已。

“你说这种话不害臊吗？你开个中国洗衣店吧！”

“日瓦戈先生，请您允许我女儿上您那儿去。她上您那儿去，帮您洗衣服擦地。穿破的衣服也能帮您缝补。闺女，你别怕他。你不知道，像他这样好的人少有，连苍蝇都不敢欺侮。”

“不，您说什么呀，阿加菲娅·吉洪诺夫娜，不用。我决不允许马林娜为我弄得一身脏。她又不是我雇的女工。我自己能对付。”

“您能弄得一身脏，我怎么就不能呢？您可真不好说话，日瓦戈先生。您干吗拒绝呢？要是我非上您那儿去做客，您难道把我撵出来？”

马林娜能成为女歌唱家。她的嗓音纯正洪亮，声调很高。马林娜说话的声音不高，但她的嗓音比平时说话时响亮得多，嗓音仿佛不是她的，独立存在。仿佛从她背后另一间房间里传出来的。这声音是她的护身符，保护她的天使。谁也不想欺负具有这种声音的女人，伤她的心。

从打水的这个星期天后，医生同马林娜之间产生了友谊。她常到他那儿帮他做家务。有一天她留在他那儿，没回下房去。这样她成了日瓦戈第三任没在户籍登记处登记的妻子。因为日瓦戈并没同头一个妻子离婚。他们有了孩子。马林娜的父母不无骄傲地管女儿叫作医生太太。马克尔抱怨日瓦戈没同马林娜举行婚礼，没登记。“你发昏了吧？”妻子反驳他道，“这在东妮娅还活着的时候怎么办得到呢？重婚？”“你自己才是傻瓜呢。”马克尔回敬道，“提东妮娅干什么。东妮娅跟死了一样。他们的婚姻不受法律保护。”

日瓦戈开玩笑说，他们的浪漫史是二十桶水，同二十章或二十封信构成的小说里的浪漫情节一样。

马林娜容忍医生变得古怪的脾气和他的堕落，以及医生意识到自己堕落后的任性，也原谅他把屋里弄得又脏又乱。她忍受他的唠叨、刻薄话和爱发脾气的毛病。

她的自我牺牲还不止于此。等到他们由于他的过失而陷入困境时，马林娜不忍心在这种时刻把他一个人丢下不管，竟辞掉工作。电报局非常器重她，在她自愿离职后还愿意她回去。她屈从于日瓦戈的妄想，跟他一块儿挨家给人打零工。他们给住在各层楼的房客计件锯木头。某些人，特别是新经济政策初期发财的商人和靠近政府从事科学和艺术的人，开始自己盖房，置备家具。有一次马林娜和日瓦戈把锯剩的木头小心翼翼地抱进房屋主人的书房，生怕毡鞋把木屑带到地毯上。房屋主人对锯木头的男人和女人毫不理睬，傲慢地沉浸在阅读中。女主人跟他们讲干活条件，支付他们工钱。

"这头肥猪专心读的是本什么书？"医生动了好奇心，"他干吗这样拼命往书上做记号呢？"他抱着劈柴绕过他的写字台时，从看书人的肩膀上瞟了一眼。桌上摆着瓦夏先前在国立高等工艺美术学校印的日瓦戈的小册子。

7

马林娜和医生住在斯皮里东大街，戈尔东在临近的小布隆纳亚街租了一间房子。马林娜和医生有两个女儿，卡帕卡和克什卡。卡皮托林娜，即卡帕卡，六岁多，不久前诞生的克拉夫吉娅才六个月。

一九二九年初夏天气闷热。熟人穿过两三条街彼此做客，不戴帽子，不穿上衣。

戈尔东房间的结构十分古怪。它原先是一家时装店的作坊，分上下两个单间。一整扇玻璃橱窗从临街的那一面把两个房间连接在一起。橱窗玻璃上用斜体金字写出裁缝的姓名和他的业务。橱窗里面有一条从楼下通往楼上的螺旋楼梯。

如今这个作坊隔成三个房间。

在两层楼之间用木板隔出一道夹层，上面有扇对住客显得稀奇古怪的窗户。窗户一米高，直接地板，遮住裁缝姓名后面的几个金字母。从它们之间的空隙能看到房间里人的腿，一直看到膝盖。戈尔东住在这里。日瓦戈、杜多罗夫和马林娜带着孩子们坐在戈尔东的房间里。孩子们跟大人不同，从窗外看得见全身。马林娜坐了一会儿便带着小姑娘们走了。房间里只剩下三个男人。

他们正在闲谈，像炎炎夏日老同学们通常那样懒洋洋地闲谈，他们的友谊日久弥坚。他们平时闲谈什么呢？

谁有足够的词汇，谁就能讲得和想得自然连贯。只有日瓦戈具备这种天赋。

他的朋友们缺乏必要的表达手段。俩人都缺乏口才。他们能够使用的词汇过于贫乏，说话的时候在屋里走来走去，不停地使劲吸烟，挥动两只手，一连几次重复同一个意思（"老兄，这不诚实；就是说，不诚实；对了，对了，不诚实"）。

他们没意识到，交谈当中过分紧张的情绪并不表示性格的豪放与开朗，恰恰相反，反而暴露出性格的不完美，有缺陷。

戈尔东和杜多罗夫属于有教养的教授圈子。他们的一生都在好书、好思想家、好作曲家的陪伴下度过，听的都是昨天美好、今天美好、永远美好、只有美好的音乐。但他们不明白，缺乏中等趣味比缺乏庸俗趣味更糟。

戈尔东和杜多罗夫不明白，就连他们对日瓦戈的种种指责，也并非出于对朋友的忠诚或影响他的愿望，而不过由于不会自由思想、不会按照自己的意志驾驭谈话罢了。而谈话像一匹脱缰的野马，把他们带到他们完全不想去的地方。他们无法掉转马头，最后必将撞到什么东西上。他们用成套说教猛烈冲撞日瓦戈。

他看透他们兴奋的动机、他们靠不住的关切和他们刻板的见解。然而他却不能对他们说："亲爱的朋友们，噢，你们和你们所代表的圈子，还有你们所敬爱的姓名和权威的才华和艺术修养，平庸得不可救药。你们身上唯一生动闪光的东西是你们和我生活在同一个时代并且有幸认识我。"怎么能对朋友们坦率到这种程度呢！
为了不让他们尴尬，日瓦戈恭顺地听他们的说教。

杜多罗夫不久前服满第一次流放的刑期，恢复他暂时被褫夺的
权利，并获准到大学重新执教。

现在，他向朋友们倾吐他在流放期间的内心感受。他真诚地、
坦率地向他们倾诉，并非出于胆怯或其他考虑才说出自己的见解。

他说，起诉的缘由，监中和出狱后对待他的态度，特别是同侦
查员的单独谈话，使他恍然大悟，政治上受到再教育，擦亮眼睛，
作为一个人成熟了。

杜多罗夫的议论之所以投合戈尔东的心意，因为那正是他听得
烂熟的那些话。他同情地向杜多罗夫点头，赞同他的看法。打动戈
尔东的恰恰是杜多罗夫的话和感受中的教条。他把对千篇一律感觉
的模仿当成全人类的共性。

杜多罗夫高尚的言谈符合时代精神。但正是他们虚伪行为的规
律性和露骨的程度惹得日瓦戈恼火。不自由的人往往美化自己的奴
役生活。这种事发生在中世纪，耶稣会教徒往往利用这一点。日瓦
戈所无法忍受的正是苏维埃知识分子政治上的拜神主义，把它当成
最高成就或像当时所说的，当成"时代的精神天花板"。日瓦戈避
免同朋友们争吵，把自己的感觉隐藏在心里。

但吸引他的完全是另外的一件事，是杜多罗夫所讲的博尼法
季·奥尔列佐夫的故事。奥尔列佐夫是杜多罗夫的同监难友，一个
神甫，吉洪[1]分子。此人有个六岁女儿赫里斯京娜。父亲的被捕以
及他以后的命运对她是个打击。"宗教人士""被褫夺公民权的人"
这一类头衔对她来说是不光彩的标记。她也许在自己炽热的童心里
发誓，一定要洗刷慈父头上的污点。小姑娘这么早就立下这样的目
的，并充满不可动摇的决心，但她仍然成为共产主义的狂热追随

---

1 吉洪（1865—1925），全俄大牧首，因反苏活动被起诉。

者，并确信现实的一切都是绝对正确的。

"我要走了，"日瓦戈说，"别怪我，米沙。屋子里闷气，街上热。我有点透不过气来。"

"你瞧，地板上的通风窗敞开着。对不起，我们烟抽得太多了。我们老忘记你在的时候不该抽烟。房子盖得这么糟，我有什么办法。帮我换一间房子吧。"

"我走啦，戈尔多沙。咱们聊够了。谢谢你们对我的关心，亲爱的伙伴们。不是我故意扫你们的兴。这是一种病，心血管硬化症。心肌壁磨损得太厉害，磨薄了，总有一天会破裂。可我还不到四十岁呢。我不是酒鬼，也不是放荡的人。"

"你做临终忏悔还早呢。别说傻话了。你还有的活呢。"

"我们这个时代经常出现心脏细微溢血现象。它们并不都是致命的。有时病人能活过来。这是一种现代病。我想它发生的原因在于道德秩序。要求把我们大多数人纳入官方所提倡的违背良心的体系中。日复一日使自己表现得同自己感受的相反，不能不影响健康。大肆赞扬你所不喜欢的东西，为只会带来不幸的东西而兴高采烈。可我们的神经系统不是空话，并非杜撰出来的。它由人体的神经纤维构成。我们的灵魂占据一定的空间，它存在于我们身上，犹如牙齿存在于口腔中一样。对它不能无休止地施加压力而不受到惩罚。杜多罗夫，我听你讲流放期间你如何成长、如何受到再教育的时候感到非常难受。这就像一匹马说它如何在驯马场上自己训练自己一样。"

"我替杜多罗夫打抱不平。你不过不习惯人类的语言罢了。人们讲的话你已经无法领悟。"

"也许如此吧，米沙。可是对不起，你们还是放我走吧。我感到呼吸困难。真的，我不夸张。"

"等一下。这完全是托词。你不给我们一个干脆诚恳的答复，我们就不放你走。你同意不同意你应当转变，在改正自己的观点方面你打算做什么？你应当明确你同东妮娅的关系，同马林娜的关系。这可是活人，女人，她们有感觉，会痛苦，而不是你脑子里随意拼凑在一起的空灵观念。再说，像你这样的人白白糟蹋自己未免太可耻了。你必须从睡梦和懒散中振作起来，打起精神，改正毫无根据的狂妄态度。是的，是的，改正对周围的一切所持的不能允许的傲慢态度，担任职务，照旧行医。"

"好吧，我回答你们。最近我也常常这样想，因此可以毫不脸红地向你们做某些允诺。我觉得一切都将顺利解决，而且解决得相当快。你们会看到的，是的，真的，一切都会变好。我太想活了，而活着就意味着挣扎向前，追求完美，并达到目标。

"戈尔东，你护着马林娜，像你先前护着东妮娅一样，我很欣慰。可我跟她们并没有不和，跟谁都没吵过架。你起先责备我，她跟我说话用'您'，我跟她说话用'你'，她称呼我时带父称，好像我不觉得别扭似的。但这种不自然称呼中的深层次的紊乱早已消除，什么隔阂也没有，互相平等。

"我还可以告诉你们一个好消息。他们又从巴黎给我写信了。孩子们已长大，在法国同龄伙伴中非常快活。舒拉马上就要小学毕业，他上的是初级学校[1]，玛尼娅也要上这所学校。可我从未见过自己的女儿。我不知为何相信，尽管他们加入法国籍，但他们很快就要回来，一切都将以某种微妙的方式完满解决。

"从种种迹象上看，岳父和东妮娅知道马林娜和女孩子们。我自己没写信告诉他们。这些情况大概是间接地传到他们那里的。亚历山大·亚历山德罗维奇觉得受到侮辱，伤害了他做父亲的感情，他为东妮娅痛心。这可以解释为我们五年没通信的原因。我初回到莫斯科时同他们通过一段时期的信。后来他们突然不给我写信了。从此断绝往来。

---

1 原文为法语。

"不久前我又收到他们的来信，收到所有人甚至孩子的信。亲切而温暖的信。不知道他们的心怎么软下来。也许东妮娅发生什么变化，交了新朋友，愿上帝保佑她。我说不准。我有时也给他们写信。可说真的，我不能再待下去了。我走了，不然非憋死不可。再见。"

第二天清早，半死不活的马林娜跑到戈尔东家来。家里没人照看孩子，她把最小的克什卡用被子裹起来，一只手搂在胸前，另一只手拉着跟在她身后不肯进来的卡帕卡。

"尤拉在您这儿吗，米沙？"她问道，声音都变了。

"难道他昨天晚上没回家？"

"没有。"

"那准在杜多罗夫那儿。"

"我到那儿去过。杜多罗夫到学校上课去了。但邻居认识尤拉，说他没上那儿去过。"

"那他上哪儿去了？"

马林娜把裹在被子里的克什卡放在沙发上，歇斯底里地大哭起来。

8

戈尔东和杜多罗夫两天没离开马林娜。他们轮流看护她，不敢把她一个人留在家里。他们在看护马林娜的间隙还四处寻找医生。他们跑遍他可能去的地方，到过面粉镇和西夫采夫街住宅，到他曾任职的思想之家和研究室，找遍他们知道并有地址的他的所有老熟人，但仍然毫无结果。

他们没报告民警局，因为不想引起当局对他的注意，尽管他有户口，没受过审，但在当今的观念中仍远非模范公民。在万不得已的情况下才报告民警局寻人。

　　到第三天，马林娜、戈尔东和杜多罗夫在不同时间收到日瓦戈的信。信里对他们的惊恐不安深表遗憾。他请求他们原谅他，千万放心，并叮嘱他们不要再找他，因为反正找不到。

　　他告诉他们，为尽快彻底改变自己的命运，他想单独待一段时间，以便集中精力做点事。一旦在新的领域中站住脚，并确信转变之后不会故态复萌，便离开秘密隐蔽所，回到马林娜和孩子们身边。

　　他在信中通知戈尔东，把寄在他名下的钱转交给马林娜。他请戈尔东替孩子们雇个保姆，以便把马林娜从家务中解脱出来，让她有可能回到电报局工作。他解释道，没把钱直接寄给她，是担心汇单上的款额使她遭到抢劫。

　　钱不久汇到，款额超过医生的报酬和他朋友们的经济水平。替孩子们雇了保姆。马林娜重新回到电报局。她一直不放心，但已经习惯日瓦戈以往的怪癖，仍然容忍了他这次的古怪行为。尽管他请求并警告他们不要寻找他，但朋友们和这位他亲近的女人仍然继续寻找，但渐渐相信他的警告是不错的，不再找他。

<h1 style="text-align:center">9</h1>

　　其实他就住在离他们几步之遥的地方，就在他们鼻子底下显眼的地方，在他们寻找的最小的范围内。

　　他失踪那天，黄昏前，天还亮的时候，他走出戈尔东家，走到布隆纳亚街，向斯皮里东大街家里走去的时候，还没走出一百步，便撞上迎面走来的同父异母弟弟叶夫格拉夫·日瓦戈。日瓦戈医生已经三年多没见过他，没有一点儿他的消息。原来，叶夫格拉夫偶然来到莫斯科，刚到不久。他像往常那样从天而降，什么情况也问不出来，问他什么他都用默默的微笑或笑话岔开。但他绕过生活琐事，问了日瓦戈医生两三个问题，马上弄清他的心绪和麻烦，便在街道狭窄的拐角处，就在绕过他们或朝他们走来的拥挤的人群中，制订了一个如何帮助和挽救哥哥的计划。日瓦戈医生的失踪和隐藏便是他的主意，他的诡计。

弟弟在艺术剧院旁边一条那时还叫卡梅尔格尔斯基的街上替他租了一个房间。弟弟供给他钱花，为医生张罗具有广阔科学实践活动的差事，终有一天把他安置在医院里。他在日常生活各个方面保护哥哥。最后，他还向哥哥保证，他的一家在巴黎的流浪生活终将结束。或者日瓦戈医生到他们那儿去，或者让他们回到他这里来。叶夫格拉夫自告奋勇把这一切办好。弟弟的支持使日瓦戈医生备受鼓舞。像先前一样，弟弟的神通广大仍是一个不解之谜。日瓦戈医生也不想探索这个谜。

10

日瓦戈住的房间朝南。两扇窗户对着剧院屋顶，屋顶后面夏日的太阳高悬在奥霍特内街的上方，屋顶挡住阳光，照射不到街道的石板路。

对日瓦戈而言，房间不仅是工作室，也不仅是他的书房。在这个完全被创作吞没的时期，当堆在桌上的札记本容纳不下他的计划和构思的时候，他构思出来的和幻境产生的形象便悄悄飘荡在空中，仿佛画室中堆满刚刚动笔的一幅幅画稿。这时，医生住的房间便成为精神的宴会厅、狂想的贮藏室和灵感的仓库。

幸好叶夫格拉夫同医院领导的谈判拖了很长时间，上班的日子遥遥无期，正好利用这段时间写作。

日瓦戈开始整理先前写过的、现在还能记得的诗篇的片段，还有不知叶夫格拉夫通过什么渠道给他弄来的诗稿，一部分是自己抄的，另一部分不知是什么人翻印的。整理杂乱无章的材料使天生思想杂乱的日瓦戈不知所措，无法集中思想。很快他就扔下这项工作，从修改尚未完成的作品转向写新作品，并沉浸在新的创作中。

他先迅速地打出文章草稿，就像在瓦雷金诺那样，写出脑子里涌现出的诗篇片段，开头、结尾或中间，想到什么写什么。有时他的笔跟不上喷涌的文思，他用速记法记下开头的字母和缩写字，但手还是跟不上文思。

他急忙写下去。每当他文思枯竭写不下去的时候，便在稿纸边上画画，用图画鞭策想象力。于是稿纸边上出现了林间小道和城市十字路口，十字路口中央竖立着广告牌："莫罗与韦钦金公司。出售播种机和脱谷机。"

文章和诗写的都是同一题材——城市。

11

后来在他文稿中发现一则札记：

一九二二年我回到莫斯科的时候，发现它已变得荒芜萧索，一半即将变成废墟。它经历了革命最初年代的考验后变成为这副样子，至今仍是这副样子。人口减少，没有建筑新住宅，旧住宅不曾修葺。

即便这副样子，它仍然不失为现代化大城市，现代新艺术唯一真正的鼓舞者。

把看起来互不相容的事物和概念杂乱地排列在一起，仿佛出于作者的任性，如同象征主义者勃洛克、维尔哈伦[1]、惠特曼通常所做的那样。其实绝非修辞上的随心所欲。这是印象的新结构，来自生活，临摹于现实。

正如诗人们那样，在诗行中驱赶一系列形象，诗行

1　维尔哈伦（1855—1916），比利时象征派诗人、剧作家和文艺批评家。

自行散开，把人群从我们身边赶开，如同马车从十九世纪末繁忙的城市街道上驶过，而后来，又如二十世纪初的电气车厢和地铁车厢穿过城市一样。

在这种环境中，田园的淳朴焉能存在。它的虚假的淳朴是文学的赝品，不自然的装腔作势，书本里记述的情景，并非来自农村，而是从科学院书库的书架上搬来的。生动的、浑然天成并符合今天精神的语言是都市主义的语言。

我住在熙熙攘攘的十字路口。阳光照耀夏日的莫斯科，庭院间炽热的柏油路面，阳光洒在楼上窗框上的光点，天上滚滚乌云，林荫道上鲜花怒放。莫斯科在我周围旋转，使我头晕目眩，并想叫我赞美莫斯科从而使别人同样头晕目眩。为达到这个目的，莫斯科教育了我，并使我献身艺术。

墙外日夜喧嚣的街道同当代人的灵魂如此紧密相连，有如开始的序曲同充满黑暗和神秘、尚未升起却已经被脚灯照红的帷幕一样。门外和窗外不住声地骚动和喧嚣的城市，是我们每个人走向生活的响亮的前奏。我正想从这种角度描写城市。

在保存下来的日瓦戈的诗稿中没有见到这类诗。也许《哈姆雷特》属于这类诗？

12

八月末的一天早上，日瓦戈在加泽特内街拐角的电车站上了开往尼基塔街的电车，是从大学到库德林斯卡亚大街去的路线。他头一天到博特金医院就职，那时这所医院叫索尔达金科夫医院，几乎是他到莫斯科后第一次上班。

日瓦戈医生不走运，上了一辆有毛病的电车。这辆电车每天都出事故。不是前面马车轮子陷进电车轨道，阻挡电车行驶，便是电车底下或顶上的绝缘体出故障，发生短路，噼噼啪啪冒火花。

电车司机常常拿着扳钳从前座下来，围绕电车检查，跪下来钻进车底下修理车轮和后门之间的部件。

这辆倒霉的电车阻挡全线交通。街上挤满被它阻挡的电车，后面的电车还源源不断开来，都挤在一起。这条长龙的队尾已经延伸到练马场，并且还在不断增长。乘客从后面的车上下来，跑去上前面出事故的电车，仿佛换乘一辆车能占多大便宜似的。炎热的早晨挤满人的车厢又闷又热。从尼基塔门跑过石板路的一群乘客头上，一块绛紫色的乌云越升越高。快要下暴雨了。

日瓦戈坐在车厢左边的单人座位上，被挤得贴在窗户上。音乐学院所在的尼基塔街右侧的人行道一直伸展到他眼前。他观看这一侧步行的和乘车的人，一个也没放过，脑子却不由自主地、漫不经心地想着另一个人。

一个头戴缠亚麻布制成的雏菊花和矢车菊花的淡黄色草帽、身穿紫丁香色的老式紧身连衣裙的女人，在人行道上吃力走着，累得气喘吁吁，用手里提着的一个扁平小包不停地扇自己。她穿着紧身胸衣，热得浑身无力，满脸是汗，用花边手绢擦着被浸湿的眉毛和嘴唇。

她行走的路线和电车轨道平行。修好的电车一开动，便超过她。她有几次从日瓦戈的视线中消失。电车再次发生故障停下来的时候，女士赶过电车，又有几次映入医生的眼帘。

日瓦戈想起中学的算术题，计算在不同时间内以不同速度开动的火车的时间和顺序。他想回想起通常的演算方法，可什么也回想不起来。他没想出演算的方法，便从这些回忆跳到另外的回忆上，陷入更为复杂的沉思中。

他想到旁边几个正在发育成长的人，一个挨着一个以不同的速度向前走去，想到在生活中不知谁的命运超过另一个人的命运，谁比谁活得更长。他想起某种类似人生竞技场的相对原则，但因思绪紊乱，放弃了这种类比。

天空打了一个闪，响起一声闷雷。倒霉的电车从库德林斯卡亚大街开到动物园下坡又停下了。穿淡紫色连衣裙的女士过一会儿又出现在窗外，从电车旁边走过，渐渐走远了。头一阵大雨点落在人行道上、石板路上和那位女士身上，一阵夹带着尘土的风扫过人行道上的树木，刮得树叶翻滚，掀起女士的帽子，卷起她的衣裙，突然又骤然而止。

医生感到一阵头晕，四肢无力。他强撑着从座位上站起来，拼命上下拉车窗的带环，想打开窗户。但怎么也拉不开。

有人朝医生喊道，窗户钉死了，可他正拼命克制疼痛，恐惧笼罩身心，并没想到那是对他喊的，也没理解喊叫的意思。他继续开窗子，又上下拽了两三次带环，猛地往自己身上一拉，突然感到胸口一阵从未有过的剧痛。他马上便明白内脏什么地方破裂了，铸成致命的错误，一切都完了。这时电车开动了，但在普列斯纳街没走几步又停住了。

日瓦戈医生以超人的毅力摇摇晃晃地挤开站在两排凳子之间的乘客，挤到车后门口。人们不让他过去，大声责骂他。他觉得涌入的清新空气使他恢复了精神，也许一切尚未完结，他会好一些。

他从后门人群中往外挤，又引起一阵骂声、踢踹和狂怒。他不顾乘客的喊叫，挤出人群，从电车踏板迈到石板路上，走了一步、两步、三步，咕咚一声栽倒在石板上，从此再没起来。

响起一片喧哗声，乘客纷纷争着出主意。有几个乘客从后门下来，围住摔倒的人。他们很快便断定，他已不再呼吸，心脏停止跳动。人行道上的人也向围着尸体的人群走过来，有的人感到宽慰，有的人觉得失望，这个人不是被轧死的，他的死同电车毫不相干。

人越来越多。穿淡紫色连衣裙的女士也走到人群跟前，站了一会儿，看了看死者，听了一会儿旁人的议论，又向前走去。她是个外国人，但听明白有的人主张把尸体抬上电车，运到前面的医院去，另外一些人说应当叫民警。她没等到他们做出决定便向前走去。

穿紫色连衣裙的女士是从梅留泽耶沃来的瑞士籍的弗列里小姐。她已经非常衰老了。十二年来，她不断书面申请准许她返回祖国。不久前她的申请终于获得批准。她到莫斯科办理离境签证。那天她到本国大使馆领取护照，她当扇子扇的东西便是用绸带扎成一卷的证件。她向前走去，已经超过电车十次了，但一点都不知道她超过日瓦戈，而且比他活得长。

13

从通向房门走廊能看见屋子的一角，那儿斜放着一张桌子。正对房门的桌上放着一具棺材，它低狭的尾端像一只凿得粗糙的独木舟。死者的腿紧顶着棺壁。这张桌子便是日瓦戈医生先前的写字台。屋里没别的桌子。手稿放进抽屉里，桌上停放着棺材。枕头垫得很高，尸体躺在棺材里就像躺在小山坡上一样。

棺材周围摆满鲜花，在这个季节罕见的一簇簇丁香，插在瓦罐或花瓶里的仙客来和瓜叶菊。鲜花挡住窗外射入的光线。微弱的光线透过摆在桌旁的鲜花映照在死者蜡黄的脸上和手上，映照在棺材的木板上。美丽的花影落在桌子上，仿佛刚刚停止摇曳。

那时火葬已经很普遍了。为了孩子们能领取补贴，并保证他们今后能上中学和马林娜在电报局的工作不受影响，大家商定不做安魂弥撒，实行普通火葬。向有关当局申报。等待代表们的到来。

等待他们的时刻，屋里空荡荡，仿佛是旧房客已经迁出而新房客尚未搬入的空宅。只有向死者告别的人踮起脚小心翼翼的走路声和鞋子不小心蹭地的声音打破室内的寂静。来的人不多，但比预料的多得多。这位几乎没有姓名的人的死讯飞快地传遍熟悉他的圈子。聚集了很多人，他们在不同时期认识死者，又在不同时期同他失去联系或被他遗忘。他的学术思想和诗歌获得更多的不相识的知音，他们生前从未见过他，但被他所吸引，现在头一次见他，也是最后一次见他。

在这种没有任何仪式的共同沉默的时刻，在沉默以一种几乎可以感触到的损失压抑着每个人的心的时刻，只有鲜花代替房间里所缺少的歌声和仪式。

鲜花不仅怒放，散发芳香，仿佛所有的花一齐把香气散尽，以此加速自己的枯萎，把芳香的威力馈赠给所有的人，完成某种壮举。

很容易把植物王国想象成死亡王国的近邻。这里，在这绿色的大地中，在墓地的树木之间，在花畦中破土而出的花卉幼苗中，也许凝聚着我们竭力探索的巨变的奥秘和生命之谜。玛利亚起初没认出从棺材中走出的耶稣，误把他当成墓地的园丁。

14

死者从他最后的居住地运到卡梅尔格尔斯基大街寓所的时候，被他的死讯惊呆了的朋友们陪同被噩耗吓得精神失常的马林娜从大门冲入敞开的房间。她一直无法控制自己，在地板上痛哭打滚，用头撞带座位和靠背的长木柜。订购的棺材运到、零乱的房间整理干净之前，尸体便停放在木柜上。她哭得泪如雨下，一会儿低声说话，一会儿又喊又叫，泣不成声，而一半话是无意识地号叫出来的。她像农村中哭死人那样哭号，对什么人都不在乎，什么人都视而不见。马林娜抓住尸体不放，简直无法把她拉开，以便把尸体抬入另一间打扫过的、多余的东西都搬开的房间，做入殓前的净身。这都是昨天发生的事。今天，她悲痛的狂澜已经止住，变得麻木不仁，但仍然不能控制自己，一句话不说，神经尚未恢复正常。

她从昨天起在这儿坐了一整夜，一步也没离开过房间。克什卡抱到这儿来喂奶，卡帕卡和年幼的保姆也带到这儿来过，后来又把她们带走了。

伴随她的是亲近的人，同她一样悲痛的杜多罗夫和戈尔东。父亲马克尔在一条长凳上靠着她坐下，轻声啜泣，大声擤鼻涕。她母亲和姐妹也哭着到她这儿来过。

有两个人，一男一女。同所有吊丧的人迥然不同。他们并未显示自己同死者的关系比上述的人亲近。他们不想同马林娜、她的女儿们和死者的朋友竞争悲痛，把悲痛的优先权让给他们。这两个人没有任何过分的要求，但却有自己的、特殊的哀悼死者的权利。他们具有无法理喻的沉默的权利，也没有任何人触犯他们的权利，或对他们的权利提出异议。看来正是他们两个人在操办丧事，他们沉稳地料理各种事，仿佛料理这件事给他们带来某种乐趣。他们的崇高精神境界引起大家的注意，给大家留下奇异的印象。仿佛这两个人不仅同殡葬事宜有关，而且还同这次死亡有关，但又并非医生死亡的肇事者或同医生死亡有间接关系。他们仿佛是事情发生后自动承办丧事的人，甘心料理丧事。认识他们的人不多，有的人猜到他们是谁，但大部分人对他们一无所知。

但当那位长着一双好奇同时又引人好奇的吉尔吉斯人的细眼睛的男人，和这位并未精心打扮便已俊美异常的女人走进停放棺材的屋子时，所有坐着、站着或走动的人，包括马林娜在内，都顺从地让出地方，仿佛他们之间有某种默契，躲在一旁，从沿墙的一排椅子和凳子上站起来，互相簇拥着从房间走进走廊和前厅，只有这位男人和这位女人留在掩上门的房间里，仿佛两个鉴定人，在无人打扰的安静的环境中，被请来完成同殡葬直接有关的事，并且是极为紧要的事。现在的情形正是如此，只有他们两人留下来，坐在两把靠墙的凳子上，谈起正事来：

"办得怎么样了，叶夫格拉夫·安德烈耶维奇？"

"今天下午火葬。半小时后医务工作者工会派人来拉遗体，运到工会俱乐部。四点钟举行追悼会。缺少一份合格的证件。劳动手册过期了，旧的工会会员证没换过，几年没缴纳会费。这些事都得办，所以拖延了半天。把他抬出之前——顺便说一句，抬他的人马上就要到——还得做些准备，我遵照您的请求，把您一个人留在这儿。再见。您听见了吗？电话铃响了。我出去一下。"

叶夫格拉夫走进走廊。走廊里挤满医生的陌生的同事、中学同学、医院低级职员和书店店员，还有马林娜和孩子们。她搂着两个孩子，用披在肩上的大衣襟裹着她们（那天很冷，冷风从大门口吹进来），坐在凳子边上等待房门何时再打开，就像探监的女人，等待守卫把她放进探监室。走廊里光线昏暗，装不下所有吊丧的人，打开了通向楼梯的门。很多人站在前厅和楼道里抽烟，不时走来走去。其余的人站在楼梯下面的台阶上，越靠近大街，说话的声音越大，越随便。在一片压低声音的低语中，叶夫格拉夫费劲地听电话里的声音，尽量把声音压低到符合吊丧的气氛，用一只手遮住听筒，在电话里回答对方的问题，大概是有关安葬的程序和医生死亡情况的问题。他又回到房间，同那个女人继续谈下去。

"拉里莎·费奥多罗夫娜，火化之后请别离开。我对您有个过分的请求。我不知道您下榻的地方。告诉我在什么地方能找到您。我想在最近，明天或后天，便着手整理哥哥的手稿。我需要您的帮助。您知道他很多事。您刚才提到，刚从伊尔库茨克来，并不准备在莫斯科久留，不知道哥哥死前已经在这里住了几个月，更不知道他已去世。您说的某些话我不明白，但我并不要求您解释，可您不能离开，我不知道您的住址。在整理他手稿的日子里我们最好待在一间房间里，或两间房间，但不要隔得太远。这件事能办到，我认识房管会的人。"

"您说有些话您没听明白。这有什么不好明白的。我到莫斯科；寄存好行李，信步沿莫斯科街道走去，有一半不认识了——忘记了。走啊，走啊，穿过库兹涅茨基桥，拐进库兹涅茨基胡同，突然望见卡梅尔格尔斯基街上那所熟得不能再熟的住宅。被处决的安季波夫，即我死去的丈夫当大学生的时候租的住宅，正是我们现在坐在这里的这间房间。我想进去看看，也许旧主人侥幸还活着。至于他们早已不在了，这儿的一切都变了样，我以后才知道，第二天和今天，慢慢打听出来。您不是也在场吗，我何必说呢？我仿佛被雷击中，朝街的门敞着，屋里有人，还有一口棺材，棺材里躺着死人。死的人是谁呢？我进门走到棺材跟前，我想我真发疯了，在做梦吧，这一切您都看见了。我说得不对吗，何必还对您讲呢？"

"等等，拉里莎·费奥多罗夫娜，我打断您一下。我已对您说过，我哥哥并不知道这间房间有如此不寻常的历史。比如，安季波夫在这儿住过。您刚才无意间说的一句话更让我惊讶不已。我马上告诉您为什么惊讶，对不起，现在不说。说到安季波夫，他在革命初期改姓斯特列利尼科夫，有一个时期，内战初期吧，我经常听到他的名字，不知多少遍，几乎每天听到，还同他见过一两面，没料到由于家庭原因他竟与我有如此亲密的关系。请您原谅，也许我听错了，我觉得您无意中说'被处决的安季波夫'。难道您不知道他是自杀的吗？"

"有过这种说法，可我不相信。安季波夫绝不会自杀。"

"这是千真万确的事实。哥哥告诉我，安季波夫是在您去海参崴前住过的那间房间里自杀的，您离开后两三天。哥哥替他收尸，把他埋葬了。难道这些消息没传到您那里？"

"没有。我听到的是另外的消息。这么说他自杀是真的了？很多人都这么说，可我不相信。就在那座房子里？绝不可能！您告诉了我一个非常重要的细节！对不起，您是否知道他同日瓦戈见过面？说过话？"

"据哥哥说，他们有过一次长谈。"

"难道真有这种事？谢天谢地。这样更好（安季波娃慢慢地画了个十字）。这种巧合太妙了，简直是天意！您允许我以后再向您详细打听所有的细节吗？每个细节对我都非常珍贵。可我现在没有力气问。我说得不对吗？我太激动了。让我沉默一会儿，歇一下，集中思想。我说得不对吗？"

"噢。当然对。请便吧。"

"我说得不对吗？"

"自然对啦。"

"唉，我差点忘了。您让我火化后不要离开。好。我答应您。我不离开。我同您回到这幢房子里，留下来，您让我住哪儿我就住哪儿，让我待多久我就待多久。咱们一起整理尤拉的手稿。我帮助您。我也许真会对您有些用处。这对我将是莫大的慰藉！我的每一滴血液、每一根血管都能辨认出他的笔迹。然后我还有事求您，需要您的帮助，我说得不对吗？您好像是法学家，不管怎么说吧，您对现存的秩序，先前的和当前的，非常熟悉。此外，知道到哪类机关去打听哪一类的事，这可太重要了。并不是所有的人都说得清楚，我说得不对吗？我有一件极为棘手的、非常令人烦心的事要找您商量。我指的是一个孩子。可这火化后再说吧。我一生都在寻找人，我说得不对吗？告诉我，如果在某种假想的情况下必须打听一个儿童的下落，一个交给别人抚养的孩子的下落，有没有一份现存在保育院的总档案，全苏档案？全国是否有流浪儿童的统计数字或记录？我央求您现在别回答我，以后再说吧。噢，太可怕了，生活本身就是一件可怕的事，我说得不对吗？我不知道我女儿来了以后怎么办，但我暂时可以住在这所房子里。卡秋莎显露出卓越的才能，一部分是戏剧才华，另一部分是音乐才华。她能惟妙惟肖地模仿任何人，表演自己编的整场戏，此外，凭听觉便能唱歌剧中的大段唱词，真是了不起的孩子，我说得不对吗？我想让她上戏剧学院或音乐学院的预备班，初级班，看哪儿录取她，再把她安顿在寄宿学校里。我就是为办这件事来的，首先一个人把事情办好，然后再回去接她。难道能把所有的事一下子讲清，我说得不对吗？但这以后再说吧。现在让心情平静下来，沉默一会儿，集中思想，竭力驱逐心中的恐惧。此外，我们让尤拉的亲人在走廊里待的时间太长了。我觉得已经敲过两次门了。而那边乱哄哄的。大概殡仪馆的人来了。我坐在这儿思考的时候，您把门打开，放他们进来。到时候了，我说得不对吗？等一下，等一下。棺材下面得放一把小凳子，不然够不着尤拉。我踮起脚试过，很费劲。而马林娜·马尔克洛夫娜和孩子们也需要垫把椅子。此外，这也是礼仪所要求的。'请给我最后的一吻。'噢，我受不了啦，受不了啦。多痛心啊。我说得不对吗？"

"我马上让大家进来，先把这件事办好。您说了这么多难以理解的话，提出了这么多问题，看来这些问题一直在折磨您，可我不知道如何回答才好。我只希望您明白一点，我愿意竭尽全力帮助您解决让您操心的事。请您记住我的话：在任何情况下都不要绝望。怀抱希望并积极行动是我们在不幸中的义务。无所作为的绝望是对义务的遗忘和背弃。我现在让吊丧的人进来。垫凳子的事您说得对。我找一把垫上。"

但安季波娃已经听不见他说话了。她没听见叶夫格拉夫·日瓦戈打开房间的门，没听见走廊里的人群拥进屋里，没听见他同殡仪馆的负责人和主要送葬人的交涉，也没听见人们走动的脚步声、马林娜的哭号声、男人的咳嗽声和女人的啜泣声和叫喊声。

屋里旋涡般的单调说话声使她感到头晕。她尽量挺住，不让自己晕倒。她的心快要碎了，头疼得要命。她垂下头，陷入冥想、沉思和反省中，思想越走越远，仿佛几小时沉浸在未来的岁月中，虽然她不知道能否活到那个时候。那是几十年后了，她已经变成白发老妪。她坠入深渊，坠落到自己不幸的最底层。她想道：

"都不在了。一个死了，另一个自杀了。只有那个该杀死的人还活着。她曾想把那个人杀死，向他开枪，但没打中，那是她所最不需要的卑鄙小人，是他把她的一生变成连她自己也莫名其妙的一连串的罪行。而那平庸的怪物正在只有集邮者才知道的亚洲神话般的偏僻小巷逃窜，而她所需要的亲人却一个也不在了。

"啊，那是在圣诞节那天，在决定向那个庸俗而可怕的怪物开枪之前，在黑暗中同还是孩子的帕沙在这间屋里谈过话，而现在大家正在吊唁的尤拉那时还没在她的生活中出现呢。"

于是她拼命回忆，想回想起圣诞节那天同帕沙的谈话，但除窗台上的那支蜡烛，还有蜡烛周围玻璃上烤化的一圈霜花外，什么也回想不起来。

她可曾想到，躺在桌子上的死者驱车经过这所住宅时是否曾看见这个窗孔，注意到窗台上的蜡烛？从他在外面看到这烛光的时候起——"桌上点着蜡烛，蜡烛在燃烧"——便决定了他一生的命运？

她的思想紊乱了。她想道："不管怎么说，不举行安魂弥撒太遗憾了！出殡多么庄严，多么隆重！大多数死者不配举行这种仪式！可尤拉是当之无愧的！他值得举行任何仪式，他足以证明'下葬时痛哭的哈利路亚那首歌'是完全正确的。"

于是她感到心里涌起一股骄傲的松快的感觉，就像她每当想起尤拉或者同他一起度过短暂的时光时一样。他总那样轻松自如，无牵无挂，现在这种精神也感染了她。她不慌不忙地从板凳上站起来。她身上发生了一种无法完全理解的变化。她想借助他的力量，哪怕短暂时间，也要从囚禁中挣脱出来，从痛苦的泥潭中爬到新鲜的空气中，像先前一样体验解脱的幸福。她所梦想的同他告别的幸福正是这种幸福，有机会也有权利，毫无顾虑地痛哭一场的幸福。她怀着强烈的感情匆忙环顾屋里的人，但充满泪水的眼睛仿佛被眼科医生上了刺眼的眼药水，什么也看不见，于是人们开始移动，擤鼻涕，闪到一旁，走出房间，最后把她一个人留在半掩着门的房间里。而她迅速画了个十字，走到安放在桌子上的棺材跟前，踏上叶夫格拉夫搬来的凳子，慢慢地向尸体画了三个大十字，并用嘴唇去吻死者冰冷的前额和双手。她不理会变冷的前额仿佛缩小了，手掌仿佛握成拳头，她做到不去注意这些变化。她呆住了，好一会儿不说话，什么也不想，不哭泣，用整个身体，用头、胸、灵魂和像灵魂一样巨大的双手匍匐在棺材中，匍匐在鲜花和尸体上。

15

抑制号啕使她浑身颤抖。她强忍着眼泪，但突然控制不住，眼泪夺眶而出，流到腮上，洒在衣襟和手上，洒在她紧贴着的棺材上。

她什么也不说，不想。一连串的思想、共同熟悉的人和事，不由自主地在她胸中翻腾，从她身旁掠过，仿佛天上的浮云或往昔他们的夜间絮语。这些都曾经出现过，并带给他们幸福和解脱。一种自发的、心心相印的理解。本能的，发自内心的理解。

她心中曾充满这种领悟，而现在则是关于死亡的模糊的领悟，对死亡的心理准备，面对死亡而毫不惊慌失措。仿佛她在世上已经活了二十次，失掉尤里·日瓦戈不知多少次了，在这一点上心里积累了丰富的经验，因此她在棺材旁边所感受的和所做的都恰到好处，极为得体。

噢，多么美妙的爱情，自由的、人间罕见的、任何感情都不可比拟的爱情！他们心心相印，宛如吟唱的那样和谐自然。

他们彼此相爱并非出于必然，也不像通常虚假地描写的那样，"被情欲所灼伤"。他们彼此相爱是因为周围的一切都渴望他们相爱：脚下的大地，头上的青天，云彩和树木。他们的爱情比起他们本身也许更让周围的一切中意：街上的陌生人，地上休憩的旷野，他们居住并相会的房屋。

啊，这就是使他们亲近并结合在一起的主要原因。即便在他们最绚丽、最忘我的幸福时刻，最崇高又最扣人心弦的一切也从未背弃他们：享受共同塑造的景象，他们自身属于整幅画面的感觉，属于全部景象的美的感觉，属于整个宇宙的感觉。

他们呼吸的只有这种共同性。因此，把人看得高于自然界、对人的时髦的娇惯和膜拜从未吸引过他们。变为政策的虚假的社会原理在他们看来不过是可怜的家乡土产而已，因此他们无法理解。

16

她现在开始不拘礼节地用生动的日常话语向他告别。这些话打破现实的框子，并没有意义，就像合唱和悲剧独白一样，就像诗的语言、音乐和其他繁文缛节一样，没有意义，只表达出一种情绪。在这种情况下，可以为她勉强说出的没有意义的话语辩解的是她的眼泪，她的那些普通的沉痛的话淹没在泪水中，在泪水中浮游。

仿佛正是这些被泪水浸湿的话语同她温柔而飞快的低语融为一体，就像风儿伴着被暖雨冲打得光滑潮湿的树叶发出的一片沙沙声。

"我们又在一起了，尤拉。上帝再次让我们重逢。你想想，多么可怕呀！噢，我受不了！上帝啊！我放声痛哭！你想想啊！这又是我们的风格，我们的方式了。你的离开，我的结束。又有某种巨大的、无法取代的奥秘。生命的谜，死亡的谜，天才的魅力，质朴的魅力，这大概只有我们俩才懂。而像重新剪裁地球那样卑微的世界争吵，对不起，算了吧，同我们毫不相干。

"永别了，我亲爱的知心人；永别了，我的骄傲；永别了，我的湍急的小河；我多么爱你那昼夜不息的飞溅声，我多么想投入你那寒冷的波浪中。

"还记得我那时在那里，在雪地上同你告别的情景吗？你骗得我好苦啊！没有你我会走吗？噢，我知道，我知道你是昧心这样干的，为了我假想的幸福。但那时一切便都已完结。上帝啊，我尝尽苦难，受尽折磨！可你还什么都不知道呢。噢，我干了什么，尤拉，我干了什么！我罪孽深重，你一点也不知道。但并不是我的过错。我那时在医院里躺了三个月，其中一个月昏迷不醒。从那时起我过的是什么日子啊，尤拉。悔恨和痛苦使我的灵魂没有一天安宁。可我还没告诉你最重要的事。但我不能说出这件事来，没有这种力量。每当我想到生命中的这一部分，都吓得头发竖立。你知道，我不敢保证我的神经完全正常。可你知道，我不像很多人那样酗酒，我没走上那条路，因为女人一旦酗酒便完蛋了，这是不可思议的，我说得不对吗？”

她还说了些别的，接着放声大哭，痛不欲生。她突然惊讶地抬起了头，向四外打量了一下。屋里早已有人，他们忙碌，走动。她从凳子上下来，摇摇晃晃地离开棺材，用手掌抹眼睛，仿佛想挤出没哭干净的眼泪，把眼泪甩在地板上。

男人们走到棺材前，用三条麻巾把棺材抬起来。出殡开始了。

17

拉里莎·费奥多罗夫娜在卡梅尔格尔斯基街的房子里住了几天。她同叶夫格拉夫·安德烈耶维奇谈过整理文稿的事，在她的参与下，已经开始，但没整理完。她曾经请求同叶夫格拉夫·安德烈耶维奇谈一件事，这件事谈过了。他从她那儿知道了一件重要的情况。

一天，拉里莎·费奥多罗夫娜从家里出去没再回来。看来那几天她在街上被捕了。她已被人遗忘，成为后来下落不明的人的名单上的一个无姓名的号码，死在北方数不清的普通集中营或女子集中营中的某一个集中营里，或者不知去向。

✚

Chapter 16

尾声

1

一九四三年夏天，红军突破库尔斯克包围圈并解放奥廖尔：不久前晋升为少尉的戈尔东和杜多罗夫少校分头返回他们所属的同一部队。一个从莫斯科出差回来，另一个在那儿度完三天假返回部队。

他们在归途中不期而遇，一同在切尔尼小镇过夜。这座小镇像"沙漠地带"的大多数居民居住的城镇一样，尽管惨遭破坏，但尚未完全毁灭；敌人撤退时曾打算把它们从地球上抹掉。

在城内一块块烧焦的残砖碎瓦中，他们找到一个完好无损的干草棚，两人便在那里过夜。

他们睡不着觉，整整谈了一夜。凌晨三点，杜多罗夫刚刚打盹儿，便被戈尔东吵醒。他笨手笨脚地钻进松软的干草里翻腾，像在水里扑腾一样，把几件衣服打成一捆，又笨手笨脚地从干草堆顶爬下来，来到门口。

"你穿好衣服上哪儿？还早着呢。"

"我上河边去一趟。想洗几件衣服。"

"你真疯了。晚上到达部队后，洗衣员塔尼娅会替你洗的。你着什么急呀。"

"我不想拖了。汗浸透了，穿着太脏。上午太阳毒，涮一涮，把水拧干，在太阳底下一晒就干。洗个澡，换上干净衣裳。"

"可总不大雅观吧。你好歹是军官，我说得对吧？"

"天还早，周围的人都在睡觉。我找个树丛躲在后面。谁也看不见。你别说话了，睡吧，要不然困劲就过去了。"

"不说话我也睡不着了。我跟你一块去。"

他们穿过一堆堆石头废墟向小河走去。白石头已经被初升的太阳晒热。在先前的街道当中，人们躺在地上睡觉、打鼾，被太阳晒得满脸通红，浑身流汗。他们大多数是当地没地方住的老人、妇女和孩子，还有追赶自己部队的掉队的红军战士。戈尔东和杜多罗夫小心地看着脚下，从睡觉的人当中穿过，生怕踩着他们。

"说话声音低点，别把城里人吵醒，不然我就洗不成衣服了。"

他们低声地继续夜晚的谈话。

2

"这是条什么河？"

"我不知道。没打听过。大概是祖沙河。"

"这不是祖沙河，而是另一条河。"

"可一切都发生在祖沙河上。我说的是赫里斯京娜牺牲的事。"

"不错，但不在这一段。靠下游。听说教堂已经把她尊奉为圣女。"

"那里有座叫'马厩'的石建筑物。确实曾是国营农场的养马场，现在这个普通名词成为历史名词。旧式建筑，墙很厚。德国人又加固了，使它成为无法攻陷的堡垒。从那儿很容易射击整个地区，阻止住我军的进攻。非拿下'马厩'不可。赫里斯京娜凭着勇敢和机智，神出鬼没地潜入德国人的防线，把'马厩'炸掉，但被敌人活捉后绞死。"

"为什么叫赫里斯京娜·奥尔列佐娃，而不姓杜多罗娃呢？"

"我们还没结婚。一九四一年夏天我们互相发誓，战争不结束决不结婚。此后我便随部队各地转战。我们那个部队不停地调来调去。在调动中我同她失去联系。我再没见过她。她的英雄事迹和牺牲情形，我同大家知道得一样多，都是从报纸、团队命令里看到的。听说这儿要为她建立一座纪念碑。还听说日瓦戈将军，死去的尤拉的弟弟，正在这一带视察，搜集她的材料。"

"对不起，我不该跟你提起她。这对你太沉重了。"

"并不像你想象的那样。可我们一谈起来就没完。我不想妨碍你洗衣服。脱衣服下水吧，干你自己的事。我躺在岸上嚼草叶，想再打个盹儿。"

过几分钟他们又谈起来。

"你在哪儿学会洗衣服的？"

"逼出来的。我们不走运。我进了一个最可怕的惩罚劳改营。活着出来的人很少。从我们到的那天起就开始受罪。我们一群人被从火车上带下来。一片茫茫雪原。远处有树林。看押的人把来复枪口对着我们，还有狼狗。这时，先前的犯人也赶到这里。让我们在雪地里排成多角形，脸朝外，免得互相看见。命令我们跪下。我们怕被枪决，不敢向四外看。然后便开始侮辱性的点名，点名的时间拖得长极了。所有的人一直跪着。后来让大家站起来，有的分别被带走，可对我们宣布：'这里就是你们的劳改营。你们爱怎么办就怎么办好了。'晴空下一片雪地，雪地当中插着一根柱子，柱子上写着：古拉格 92 Я H90'，此外什么都没有。"

"我们要好一些。我们走运。我第二次进去是头一次牵连的。此外，我判的罪不同，条件也就不同。我出来后像头一次一样，再度恢复名誉，又准许我重登大学讲台。动员我参军的时候给了我个少校军衔，真正的少校，不是准备戴罪立功的惩罚营的劳改犯，像你似的。"

"是啊。一根写着'古拉格92яН90'的柱子，此外什么都没有。刚到的时候正值隆冬，空手撅树干搭窝棚。没什么，信不信由你，我们给自己盖了牢房，圈上栅栏，修了单身禁闭室和瞭望塔，都是我们自己修建的。我们伐树，拉木材。八个人拉一辆雪橇，雪陷到胸口。一直不知道爆发了战争。对我们隐瞒。突然来了通知。惩罚营里的人以志愿兵的身份上前线。几次战役如果没被打死，就恢复你的自由。以后便是一次次进攻，剪几千米的电网，埋地雷，发射追击炮，一连几个月处在隆隆的炮火声下。我们这些人在连里被称为敢死队。全都死光了。我怎么活下来？我究竟怎么活下来？可是，你想不到吧，这个血腥的地狱同集中营相比还是一种运气，并非条件恶劣，而是另有原因。"

"是啊，伙计，你可真吃了不少苦啊。"

"那儿别说洗衣服了，什么都能学会。"

"真不可思议。不仅同你的苦役生活相比，就同过去的三十年代的生活相比，同监狱以外的生活相比，同我在大学执教，有书读有钱花，过着宽裕舒适的生活相比，战争仍然是一场冲洗污垢的暴风雨，一股新鲜的空气，一阵解脱的轻风。

"我觉得，集体化是一个错误，一种不成功的措施，可又不承认错误。为了掩饰失败，就得采用一切恐吓手段让人们失去思考和议论的能力，强迫他们看到并不存在的东西，极力证明与事实相反的东西。由此而产生叶若夫[1]的前所未闻的残忍，由此而公布并不打算实行的宪法，进行违背选举原则的选举。

"但当战争爆发后，它的现实的恐怖、现实的危险和现实的死亡威胁同不人道的谎言统治相比，给人们带来轻松，因为它们束缚了僵化语言的魔力。

---

1 叶若夫（1895—1940），1936—1938年任苏联内务人民委员。

"不限于你那种处于苦役犯地位的人，而是所有的人，不论后方还是前线，都更自由地、舒畅地松了口气，满怀激情和真正的幸福感投入严酷的、殊死的、获救的洪炉。

"战争——是十几年革命链条中特殊的一个环节。作为直接变革本质的原因不再起作用。间接的结果，成果的成果，后果的后果开始显露出来。来自灾难的力量，性格的锻炼，不再有娇惯，英雄主义，面对巨大的、殊死的、前所未有的事业的准备。这是神话般的、令人震撼的品质，构成一代人的道德精髓。

"这些观察使我充满幸福感，尽管赫里斯京娜受尽折磨而死，尽管我多次负伤，尽管我国受到巨大损失，尽管经历了这场代价昂贵的流血战争。自我牺牲的光芒使我经受住赫里斯京娜死亡的创伤，这种光芒照亮她的死亡，也照亮我们每个人的生活。

"你这可怜的家伙经受无穷尽的折磨的时候，我获得了自由。奥尔列佐娃这时考入了历史系。她研究兴趣的范围使她成为我的门生。很早以前，我第一次从集中营里放出来后，便注意到这个出色的姑娘，不过那时她还是个小女孩呢。那时尤里还活着，你记得吗，我跟你们讲过她。后来呢，她竟成为我的学生。

"那时，学生教训教师刚刚成为一种时髦风气。奥尔列佐娃狂热地卷入这种风气中。她为什么疯狂地申斥我，只有上帝知道。她的攻击如此固执，如此气势汹汹，又如此不公正，以致系里的其他同学纷纷替我打抱不平。奥尔列佐娃是个了不起的幽默家。她在墙报上写文章，用假名代替我的真名把我嘲笑个够，而且谁都知道她指的就是我。突然，由于一个完全偶然的机会，我才明白这种根深蒂固的敌意原来是年轻姑娘爱情的伪装形式，一种牢固的、埋藏在心里多年的爱情。我一直以同样的态度对待她。

"一九四一年，战争爆发前夕以及刚刚宣战之后，我们度过了一个美妙的夏天。几个青年人，男女大学生们，她也在其中，住在莫斯科郊区的别墅区，我们的部队也驻扎在那里。我们产生了友谊。我们的友谊是在军训时期、民兵分队的组建过程中、赫里斯京娜跳伞训练期间，以及初次击退德国飞机夜袭莫斯科的时候发展起来的。我已经对你说过，我们就是在那时订婚的，但很快就由于我们部队的调动而分手。我再没见过她。

"战局好转，成千上万的德国人开始投降，我受过两次伤并两次住院治疗后，把我从高射炮部队调到司令部第七处，那里需要懂外语的人，在我犹如大海捞针似的找到你之后，就坚持把你也调到这里来。

"洗衣员塔尼娅非常了解奥尔列佐娃。她们是在前线认识的，成了好朋友。她讲了很多赫里斯京娜的事。塔尼娅一笑满脸开花，笑的样子跟尤里一样，不知你注意到没有？高颧骨和翘鼻子显得不那么明显的时候，脸就变得非常迷人可爱了。这是那种同一类型的人，这种人我们这儿非常多。"

"我知道你指的是什么。也许吧。我没留意。"

"塔尼娅·别佐切列多娃[1]这个绰号多不雅，多不像话。不管怎么说，这不是她的姓，而是胡编出来糟蹋她的。你说是不是？"

"她不是解释过吗。她是个无人照管的流浪儿，不知父母是谁。在俄国内地，语言粗俗生动，可能管她叫无父儿。她住的那条街上的人不懂得这个绰号的意思，叫着叫着就叫成她现在的姓了，这么叫同当地方言发音相近。"

3

戈尔东和杜多罗夫在切尔尼小镇彻夜长谈后不久，便来到夷为平地的卡恰列沃。在这里，两个朋友遇到追赶主力部队的后勤部队。

---

1 俄文"没有规矩"的音译。

秋天，炎热晴朗的天气已经持续半个多月。奥廖尔和布良斯克之间的伏林什内肥沃黑土地带在万里无云的蓝天下泛着咖啡色。

把城市切成两半的街道同公路会合在一起。街道一侧的房屋被地雷炸成一片瓦砾，把果园的树木烧焦、炸成碎片、连根拔起。街道的另一侧也是一片荒凉，不过受炸药的破坏较轻，因为先前房子盖得也不多，没有什么可毁坏的。

先前房子盖得多的那一侧，无家可归的居民还在冒烟的灰烬中翻腾、挖掘，把从离火堆较远地方搜寻到的东西堆在一起。另一些人忙着盖土房，把地上的草皮切成一块一块的，用它们盖屋顶。

街道房子盖得少的那一侧搭起一排白帐篷，挤满第二梯队的卡车和马拉的带篷大车、同营部失去联系的野战医院以及迷失道路、互相寻找的军需后勤部门。这里还有从补充连队来的男孩子，戴着灰船形帽，背着打成卷的大衣。他们非常瘦弱，面无血色，拉痢疾拉得虚弱不堪。他们放下行囊休息，解手，吃点东西，以便继续向西进发。

一半变为灰烬的城市仍在燃烧，远处迟缓引爆的地雷仍在不断爆炸。园子里挖东西的人不时停下手里的活儿，伸直身子，靠在铁锹把上休息一下，把头转向爆炸的地方。

从垃圾堆里冒出的烟，灰色的、黑色的、红砖色的和火红色的，蹿上天空，先像立柱或喷泉，后在空中懒洋洋扩散开，最后又像羽毛似的散落到地面上。挖东西的人继续干活。

荒地的这一边，有块四边围着树丛的林间空地，被参天古树的浓荫覆盖。古树和灌木丛把这片空地同周围世界隔开，仿佛把它变成一个单独的带篷的院子，阴凉而昏暗。

洗衣员塔尼娅同两三个要求同她一起搭车的同一连队的伙伴，还有戈尔东和杜多罗夫，从早上就在这块林间空地等候派来接塔尼娅的汽车。团部委托她顺便把一批东西带走。东西装在几个箱子里，箱子装得鼓鼓地放在地上。塔尼娅寸步不离地守着箱子。其余人也站在箱子旁边，唯恐失去上车的机会。

他们已经等了五个多小时。等车的人无事可干。这个见过世面的姑娘给他们讲述日瓦戈将军接见她的经过，一讲起来就没完没了。

"怎么不记得，就跟昨天发生的事一样。他们带我见将军本人，日瓦戈少将。他路过这里，了解赫里斯京娜的情况，寻找见过她的见证人。他们把我推荐给他，说我是她的好朋友。将军下令召见我。于是他们把我带去了。他一点都不可怕。跟大家一样。黑头发，眼睛有点斜。我知道的都说了。他听完说谢谢。他问我是哪里人。我当然支支吾吾。有什么可夸口的？一个流浪儿。你们都知道。感化院，四处流浪。可他让我别难为情，讲下去。起先我只说了一点，他直点头。我胆子大起来，越说越多。我确实有很多事可讲。你们听了准不相信，以为是我瞎编的。我想他也一样。可我讲完后他站起来，在屋里走来走去。他说：'你讲的可真不寻常，我现在没空，我还要找你，你放心，我还会召见你。我简直没想到会听到这些事。我一定会照顾你。还有些细节需要核实。说不定我还认你作佴女呢。我送你上学念书，你想上哪个学校就上哪个学校。真的，我说的是真话。'多会逗笑啊。"

这时，一辆高帮的空大车赶进空地。这是波兰和俄国西部运输干草的大车。两匹驾辕的马由一名运输队的士兵驾驭，这种人过去称作马车夫。他把大车赶进空地后勒住马，从车沿上跳下来，开始卸马。除塔尼娅和几名士兵外，其他人把马车围住，求他别卸马，把他们拉到指定的地方去，当然付钱。士兵拒绝了，因为他无权私自使用马和马车，他得执行任务。他把卸下的马牵走，以后再没露面。坐在地上的人都站起来，爬上他留在空地上的空马车。大车的出现和大家同马车夫的交涉打断塔尼娅的叙述，现在大家又让她继续讲下去。

"你对将军讲的，"戈尔东请求道，"能不能再给我们讲一遍？"

"怎么不能呢?"她给他们讲了自己可怕的一生。

<h1 style="text-align:center">4</h1>

"我真有不少可讲的。我好像并不是普通人家出身。是谁告诉我的还是我自己牢记在心的,就说不清了。我只听说我妈妈,赖萨·科马罗娃,是躲藏在白色蒙古的一位俄国部长科马罗夫同志的妻子。我猜这位科马罗夫不是我生父。好啦,我是个没念过书的姑娘,无父无母的孤儿。我说的你们也许觉得可笑,可我只说我所知道的,你们必须设身处地听我讲。

"是的。我下面讲的事发生在克鲁什茨那一边,西伯利亚另一头,哥萨克地区的那个方向,靠近中国边界的地方。当我们,我说的是红军,靠近白军首府的时候,这个科马罗夫便让妈妈和全家上了一列军用专车,下令把她们送走。妈妈早就吓破了胆,没有他的话一步也不敢动。

"科马罗夫根本不知道有我这个人。妈妈一直把我藏在别的地方,并唯恐有人说漏嘴。他特别恨小孩,又喊又跺脚,说小孩把家里弄得脏得要命,吵得他不得安宁。他常喊他受不了这些。

"大概就像我说的那样,红军接近的时候,妈妈派人把纳格尔纳亚会让站上巡守员的女人马尔法找来。会让站离城里三站地。我马上就给你们解释。头一站是尼佐瓦亚,其次是纳格尔纳亚会让站,下面便是萨姆松诺夫斯基山口。现在我明白我妈妈怎么认识马尔法的了。大概马尔法到城市卖蔬菜,送牛奶。

"看来有些事我现在还不清楚。她大概骗了妈妈,没对她说实话。契约上写的是带我一两天,等这阵混乱过去就送回来,并不是让我永远留在别人家。要是永远留在别人家,妈妈不会把亲生孩子送出去的。

"骗小孩还不容易?走到大婶跟前,大婶给块饼干,大婶好,别怕大婶。后来我哭得伤心极了，心都要碎了，最好还是别想。我想上吊，我很小的时候就差点发疯。我还太小呀。肯定给了马尔法大婶很多钱，我的赡养费。

"信号室的院子很阔气，有牛又有马，当然还有各种家禽，一个大园子。地想要多少就有多少。房子也是铁路上的，不用花钱。从我们住的地方火车好不容易才爬上来，费很大劲，可从你们俄罗斯这边，开得快极了，还得不时刹车。秋天，叶子落了以后，从下面看得见纳格尔纳亚车站，就像放在盘子里一样。

"巡守员瓦西里叔叔，我按照当地的习惯管他叫爹。他是个快活的人，心眼好，就是耳朵太软，特别是喝醉的时候。像俗话所说的，肚子里藏不住一个屁，见谁都掏心窝子。

"可我从来不管马尔法叫妈。不知是我忘不了妈妈还是由于别的原因。马尔法大婶可怕极了。真的，我只管她叫马尔法大婶。

"时间过去了，一年年过去了。过了多少年我记不清。我那时也上站上去摇旗子。我还能卸马，把牛牵回来。马尔法大婶教我纺线。家务活更不用说了。擦地，收拾屋子，做饭，样样都会。和面我也不当一回事，什么我都会干。对啦，我忘记说了，我还看彼坚卡。彼坚卡是个瘫子，三岁还不会走路，老躺着，我看着他。已经过了多少年，我一想起马尔法大婶斜眼看我，我的腿还吓得打哆嗦呢。她好像说为什么我的腿是好的，最好我是瘫子而不是彼坚卡，都是我害的，你们想想她这人心眼多黑，多愚昧。

"现在你们听着，还有更可怕的呢，你们听了准会哎呀一声叫起来。

"那时是新经济政策时期，一千卢布顶一个戈比使。瓦西里·阿法纳西耶维奇在山下卖了头牛，背回两袋子钱，是克伦斯基票子，对不起，说错了，叫柠檬票。他喝多了，便到纳格尔纳亚车站上对大家吹他有多少钱。

"记得那天刮大风，风快把屋顶掀下来，能把人刮倒，火车顶风，爬不上来。我看见山上有个朝圣的老太婆，风吹得她裙子和披巾在空中飞舞。

"老太婆走过来，抱着肚子直哼哼，求我放她进屋。我让她坐在凳子上，她喊着肚子疼得受不了，马上就要死了，让我看在上帝的分儿上把她送进医院，她给我钱，她不心疼钱。我套上爹的马，挽着老太婆上了马车，把她送进十五俄里以外的县医院。

"我和马尔法大婶刚躺下，便听见爹的马叫起来，我们的马车进了院子。爹回来得太早了点。马尔法大婶点着灯，披上衣服，没等爹敲门便去给他开门。

"开门一看，门槛上站着的哪是爹呀，是个陌生男人，黑得怕人。他说：'告诉我卖牛的钱在哪儿。我在树林里把你男人宰了，可我可怜你们老娘儿们，只要说出钱在哪儿就没你的事儿了。要是不说出来，你自己明白，别怪我了。别跟我泡，我没空跟你啰唆。'

"噢，老天爷呀，亲爱的同志们，你们要遇到这种事儿怎么办！我们吓得半死，浑身哆嗦，说不出话。第一，他自己说，用斧子把瓦西里・阿法纳西耶维奇劈死了；其次，强盗在家里，而家里就我们两个人。

"马尔法大婶大概一下子就吓掉魂。丈夫的死让她心碎。但得挺住，不能让他看出来。

"马尔法大婶先给他跪下。'发发慈悲吧，'她说，'别杀我。你说的钱我压根儿没听说过，头一次听你说。'可这个该杀的没那么傻，用话支不走他。她突然想出一个骗他的主意：'好吧，我告诉你，钱在地窖里，我给你掀开地窖的门，你钻进去找吧。'可那魔鬼一眼就看穿她的诡计。'不，'他说，'你钻进去，快点，我不管你下地窖还是上房顶，把钱给我就行。可你记着，你要耍弄我可不会有好果子吃。'那时她说：'上帝保佑你，你要那么多心我就下去，可我腿脚不方便。我从上面给你打灯行不行？你别害怕，为说话算数，我让女儿陪你下去。'她指的是我。

"噢，老天爷呀，亲爱的同志们，你们想想，我听见这些话当时是什么感觉！得了，我的末日到了。我眼睛发黑，腿发软，我觉得我要倒下了。

"可那个恶棍不上当。他斜着眼睛看了我们俩一眼，眯起眼睛，张开大嘴狞笑了一下，好像说：'跟我开玩笑，你骗不了我。'他看出她不心疼我，我可能不是她的亲骨肉。他一只手抓起彼坚卡，另一只手拉住地窖门的铁环，拉开门。'给我照着。'他说，便带着彼坚卡从梯子下到地窖里。

"我想，马尔法大婶那时精神已经错乱，什么都不明白了。恶棍和彼坚卡刚一下去，她便把地窖的门砰的一声关上，还上了锁。她还想把一只重箱子推到地窖门上，朝我使眼色，让我帮她推箱子，因为箱子太沉。压好箱子后，这个傻瓜便坐在箱子上笑。她刚坐下，强盗就在下面喊起来，使劲敲地板。恶棍喊道，赶快放他出来，不然他就要彼坚卡的命。地板太厚，里面的话听不清楚，可听不清楚也能明白他的意思。他吼叫得比野兽还可怕。他喊道，你的彼坚卡马上就没命了。可她还是不明白，只管坐在那儿傻笑，对我眨眼。好像说你爱怎么喊就怎么喊吧，反正钥匙在我手里。我想尽一切办法让她明白，对着她耳朵喊，想把她从箱子上推下来。得打开地窖，把彼坚卡救出来。可我哪里办得到呢！我怎么对付得了她？

"他一个劲地在下面敲打，时间一点点过去，她坐在箱子上眼珠乱转，什么也不听。

"过了很长的时间，噢，老天爷呀，老天爷，我这辈子受过很多苦，见过的事多了，可我永远忘不了这悲惨的一幕，不论我活多久，都能听见彼坚卡可怜的叫声——小天使彼坚卡在地窖里呻吟，叫喊。那该杀的恶棍把他掐死了。

"我该怎么办？我想。我拿这个半疯的老太婆和杀人的强盗怎么办？时间一点点过去了。我听见马在窗外叫，一直没从大车上卸下来。对了，马在叫，仿佛想对我说，塔纽莎，赶快去找好心人，找人帮忙吧。我一看天快亮了，心想：'就按你的意思办吧，谢谢，爹的好马，你指教了我，你的主意对，咱们走吧。'可我正这样想的时候，仿佛树林子里有个声音对我说：'等等，别急，塔纽莎，咱们还能想出别的办法。'树林里又不是我一个人了。公鸡仿佛向对自己同类那样对我喔喔啼，一辆熟悉的机车在下面用汽笛向我招呼。我从汽笛声听出它是纳格尔纳亚车站的机车，正在生火待发，他们管它叫推车，推货车上山；可这次是一列混合列车，每天夜里这时候都打这儿经过。我听见，我所熟悉的机车在下面叫我。我听见，我的心快跳出来了。我想：难道我和马尔法大婶精神都出了毛病，每个活物，每个不会说话的机器，都会跟我说人话？

"可是还想什么，火车已经很近，没工夫想了。我提起已经不怎么亮的提灯，拼命沿着铁轨跑去，站在两条铁轨当中，拼命摇提灯。

"还有什么好说的。我拦住火车，亏得风大，它开得很慢，慢速行进。我拦住火车，熟识的司机从司机室的窗口伸出身子来，因为风大我听不见他的问话。我对司机喊：'有人攻击铁路信号室，杀人抢劫，强盗就在家里，叔叔同志，保护保护我们吧，急需救援。'我说话的时候，从暖货车上下来几名红军战士，问我出了什么事，列车为什么夜间停在树林陡坡上。

"他们知道出了什么事后，便从地窖里把强盗拖出来。他用比彼坚卡还尖细的声音求他们饶了他。'好心的人，'他说，'别杀死我，我再也不敢了。'他们把他拖到路基上，手脚绑在铁轨上，火车从他肚子上轧过去——处以私刑。

"我没回去取衣服，那儿太可怕了。我请求叔叔们把我带上火车。他们便把我带走了。此后，我不吹牛，和其他流浪儿走遍半个俄国和半个外国，什么地方都到过。经过童年的痛苦，我才懂得什么是幸福和自由。当然也有过不少过错和灾难。那都是以后发生的事，我下次再讲给你们听吧。我刚才说的那天夜里，一个铁路职员走下火车，走进马尔法的院子，接收了政府的财产，做了安置马尔法大婶的指示。听说她后来在疯人院里发疯死了。也有人说她病好出院了。"

戈尔东和杜多罗夫听完塔尼娅讲的经历后，默默地在草地上徘徊了良久。后来卡车开来，笨拙地从大道上拐进林间空地。人们开始往卡车上装箱子。戈尔东说：

"你明白这个洗衣员塔尼娅是谁吗？"

"噢，当然明白。"

"叶夫格拉夫会照顾她的。"他沉默了一会儿又补充道，"历史上这类事屡见不鲜。高尚的、理想的、深沉的变得粗俗了，物质化了。希腊就这样变成罗马，俄国启蒙就这样变成俄国革命。你不妨对比一下布洛克的诗句：'我们是俄国恐怖年代的产儿'，马上便能分辨出两个时代的差别。布洛克的这句话应当从转意上、从形象意义上来理解。产儿并非儿童，而是祖国的儿女，时代的产物，知识分子，而可怕并非恐怖，不过是天意，具有启示录的性质而已，这是不同的事物。而现在，所有象征性的意义都变成字面上的意义了，产儿就是孩子，可怕就是恐怖，区别就在这里。"

5

又过了五年或十年，一个宁静的夏日傍晚，戈尔东和杜多罗夫又聚在一起，坐在高楼敞开的窗口前，俯视在暮色渐渐变浓中的辽阔无垠的莫斯科。他们正翻阅叶夫格拉夫编辑的尤里·日瓦戈医生的著作集。他们读过不止一遍了，其中的一半都能背诵。他们交换看法，陷入思考。读到一半的时候天色已黑，他们看不清字体，不得不点上灯。

莫斯科在他们脚下的远方，这座作者出生的城市，他的一半遭遇都发生在这里。现在，他们觉得莫斯科不是发生这类遭遇的地点，而是长篇故事中的一个主角。今晚，他们握着的著作已经走近故事的尾声。

尽管战后人们所期待的清醒和解放没有伴随胜利一起到来，但在战后这几年间，自由的征兆仍然闪烁在空气中，并构成这些年代唯一具有历史意义的内容。

已经变老的两位朋友坐在窗前还是觉得，心灵的这种自由来到了。正是在这天晚上，在他们脚下的街道已经能感触到未来了，而他们自己也步入未来，今后将永远处于未来之中。想到这座神圣的城市和整个地球，想到没有活到今晚的这个故事的参加者们和他们的孩子们，他们心中便充满幸福而温柔的平静，而这种平静正把幸福的无声的音符撒向周围。而他们手中的这本书仿佛知道这一切，支持并肯定他们的感觉。

✦

Chapter 17

日瓦戈的诗

谷羽 译

哈姆雷特

喧嚣平息。我登上舞台。
用身体轻轻倚着门框，
我的时代将发生什么，
我捕捉遥远音波的余响。

一千架观剧镜对准焦距，
夜色的幽暗围拢了我。
我的圣父啊，倘若允许，
这一杯苦酒别让我喝[1]。

我爱你不可动摇的旨意，
也同意扮演这个角色。
不过现在上演另一出戏，

1　这两行借用了圣经典故，参见新约《马可福音》第十四章第三十六节，耶稣在客
西马尼园祷告说："父啊！在你凡事都能，求你将这杯撤去。"

这次就让我暂且解脱。

但剧情顺序早有安排，
难以改变最终的结果。
我孤独，虚伪淹没一切。
人生一世绝非漫步原野。

三月

阳光照晒得汗如雨下，
壕沟里春水翻卷波澜。
早春的农活渐趋繁忙，
女饲养员忙得团团转。

残存的积雪病弱无力，
树枝显露纤细的筋脉。
畜栏里面弥漫着雾气，
翻飞的草叉彰显气派。

这些白天，这些夜晚！
房檐下冰凌又尖又细，
临近中午时水滴坠落，
失眠的小溪喧哗不已！

马厩和牛圈敞开大门，
鸽群在雪地啄食燕麦。
粪肥散发出新鲜气味，

　　　既能提神味道又古怪。

蒙难周[1]

　　四周依然是夜的幽暗，
　　依然这样早的时光，
　　空中仍然有无数星斗，
　　一颗颗白昼般明亮，
　　倘若大地有如此本领，
　　它会在复活节沉睡，
　　梦中聆听圣诗诵读声。

　　四周依然是夜的幽暗，
　　依然这样早的时间。
　　从十字街头到拐角处，
　　广场总是这样平展，
　　要感受黎明前的温暖，
　　必定还要等待千年。

　　大地依然是光秃赤裸，
　　每逢夜晚无可奈何，
　　难以摇晃沉睡的铜钟，
　　难让钟声回应圣歌。

　　从复活节前礼拜四，

1　指耶稣受难的日子。

直到礼拜六那一天，
流淌的河水打着漩涡，
不停地拍打河堤两岸。

在基督受难的日子，
森林光秃秃没有树叶，
松树成群肃然挺立，
仿佛是列队的祈祷者。

谁能想到大城市里，
聚会只有狭小的空间，
棵棵树木悄然凝望，
凝望教堂的雕花护栏。

它们的视线充满惊慌，
可以理解树木恐惧。
园林似乎想突破围墙，
大地也在簌簌震颤，
它们都想为上帝送葬。

王宫门前看得见灯光，
黑斗篷和成行的蜡烛，
有些人流着泪痛哭——
从小广场上迎面走来，
背负十字架的队伍，
王宫门外有两棵白桦，
表情肃穆似要让路。

沿着人行道边行走，
队伍绕庭院走了一圈，
把春天和春的话语，
一并带到了教堂门前，
忽然闻到圣饼的香味，
在春天空气中弥漫。

春天三月里雪花飞扬，
洒向阶前残疾人群，
忽然一个人走了出来，
把带来的箱子打开，
将珠宝悉数分送众人。

人们感动得放声哭泣，
赞美歌声唱到黎明，
只见荒原上闪烁灯光，
听得见有人诵读圣诗，
有人把圣徒传背诵。

午夜听到春的消息，
激情平息，欲望沉默，
只待东方曙光喷薄，
一旦出现复活的神迹，
惨败的死神亦将退却。

白夜

我回想起久远的往昔，
有座楼房耸立彼得堡。
你是草原地主的女儿，
从库尔斯克来上学校。

可爱的你不乏崇拜者。
那个白夜只有我和你，
相互依偎在你的窗口，
仿佛从云端朝下俯视。

晨风中路灯轻轻颤抖，
像一串蝴蝶翩翩飞舞。
我向你轻轻表白心曲，
恍惚向天涯诉说爱慕！

我们陶醉于爱的神秘，
心心相印又略感羞怯，
恰似彼得堡铺展开来，
依偎着长长的涅瓦河。

看远方苍茫森林如带，
无眠的白夜春情怡荡，
夜莺炫耀美妙的歌声，
在无边林海竞相鸣唱。

鸣声婉转，如痴如醉，

一只小鸟儿声音嘹亮，
在森林深处回旋萦绕，
让人兴奋，让人心慌。

白夜像个赤足流浪者，
悄悄地走到围墙旁边，
在窗台下面无声无息，
偷听我们俩私密交谈。

窃听的谈话余音袅袅，
飘过栅栏在果园流连，
苹果树枝和樱桃树枝，
穿上美丽的白色衣衫。

棵棵果树如白色幽灵，
目送白夜，站在路旁，
这就像是个告别仪式，
都知道白夜见多识广。

春天的泥泞

火红的晚霞行将燃尽。
有个人骑马走过松林，
艰难跋涉，路途遥远，
他想投奔乌拉尔山村。

胯下的马儿有些摇晃，

踏踏的马蹄踩着泥水，
一条条山泉打着漩涡，
匆匆流淌，一路伴随。

等到骑手撒开了缰绳，
那匹马开始缓步前行，
来到春水泛滥的地方，
四周的流水哗哗轰鸣。

好像有人笑也有人哭，
原来是砾石相互碰撞，
有些树桩被连根拔起，
随着水流在起伏漂荡。

晚霞依然闪耀着余晖，
远处的丛林沉郁苍茫，
一只夜莺疯狂地鸣叫，
像荒野钟声预报不祥。

沟边的柳树像个寡妇，
默默垂下自己的头巾，
又像古代的夜莺大盗[1]，
忽而吹响尖厉的哨音。

1　俄罗斯壮士歌《穆罗姆的伊里亚与夜莺大盗》中的人物，强盗南丁格尔常常吹着
　　尖厉的口哨截道打劫，因此得了个"夜莺大盗"的绰号。最后被勇士伊里亚捉拿
　　归案。

急切的叫声有何含义？
面临是福，还是灾祸？
颤抖的声音犹如枪弹，
究竟要朝哪个人发射？

他仿佛是个林中精灵，
匆匆逃离苦役犯营地，
迎面走向巡逻的马队，
朝着步行的哨兵走去。

苍天大地，森林原野，
听见了这少有的声音，
其中交织着深沉思索，
既有喜悦，也有苦闷。

表白

生活无端地返回原处，
像当年中断得那样蹊跷，
又是在夏天那个时刻，
我再次漫步古老的街道。

行人依旧，操劳依旧，
晚霞红似火依然在闪光，
就像那个致命的傍晚，
他的影子被钉在山墙上。

身穿廉价裙衫的女人，
到夜晚仍然徘徊在街头。
然后再返回小铁皮屋，
她们的藏身之处在顶楼。

看一个女人步态疲惫，
缓慢地走近了那条门槛，
从地下室里走了出来，
抄捷径斜穿过那个庭院。

我又想好了推托词句，
再次觉得反正都无所谓。
女邻居躲避去了后院，
留下我们俩可暂且幽会。

你不要哭，不要噘嘴，
看你双唇肿胀叫人伤心。
千万别碰青春的疮痂，
碰掉了疮痂会留下疤痕。

你的手别摸我的胸口，
我们俩都是带电的电线。
彼此接近，稍不留意，
那后果让我们苦不堪言。

再过几年，等你出嫁，
种种坎坷被你统统忘记。
成为妇人是重要一步，

疯狂的爱情也需要勇气。

面对女性奇妙的双手、
洁白颈背和圆润的双肩，
满怀虔诚我给予赞美，
一辈子都会深深地怀恋。

尽管黑夜铸就了铁环，
妄图用苦闷紧紧锁住我。
可一股激情渴望解脱，
对光明的向往无比强烈。

城市的夏天

压低声音悄悄叙谈，
伴随急促的热情，
一头秀发朝上梳理，
头发梢略显蓬松。

一个女人戴着头盔，
露出的发辫摇晃，
她抬起头仰望天空，
头盔像鸡冠一样。

昨天夜晚又闷又热，
预示着将有雷雨，
行人四散脚步匆匆，

忙不迭回家躲避。

霹雳轰鸣时断时续，
引起隆隆的回声，
一阵狂风猛扑过来，
窗帘子来回摆动。

四周陷入一片沉寂，
依然是那样闷热，
空中仍然连续打闪，
电光不停地闪烁。

夜间雷雨终于消停，
升起了火热朝阳，
街心花园里的水洼，
映射出灿烂霞光。

开花未败的老椴树，
显露出满面愁容，
虽然释放阵阵花香，
可苦于尚未睡醒。

风

我要死了，你还活着。
风一边抱怨一边哭诉，
摇晃别墅，摇晃森林，

而不是吹拂每棵松树，
倾力摇晃无边的林海，
来自天涯，跋涉长途，
俨然是无数樯橹征帆，
在辽阔海洋颠簸起伏。
这并非出于粗鲁莽撞，
或者发泄无名的愤怒，
而是因苦闷搜寻词句，
想唱摇篮曲把你安抚。

啤酒花

为避雨我们躲进柳丛，
那柳丛缠绕着常春藤。
舒展双臂让我拥抱你，
我们的肩膀遮着斗篷。

我错了。缠绕柳丛的
不是青藤而是啤酒花。
这倒更好，且把斗篷
整个铺展开垫在身下。

晴和的初秋

醋栗的叶子粗壮茂盛，
房间里笑得窗玻璃抖颤，

那里正忙着腌制咸菜，
还把丁香花穗泡在里面。

树林子天生爱开玩笑，
它把这笑声抛上了山坡，
山上核桃树头顶太阳，
像篝火烘烤，感到炎热。

有一条小路通向山沟，
泡过水的老树已经干枯，
斑斓的秋色惹人爱怜，
秋风的画笔点染着峡谷。

普天下万物原本单纯。
出乎聪明人的设想论断，
好比树林子被水淹没，
毕竟躲不过死亡的期限。

当目睹草木变得枯黄，
不由得心中有几分惆怅，
白茫茫一片凄凉萧瑟，
窗户上已经悬挂蜘蛛网。

穿过园子篱笆的小路，
通向桦树林却不见行人，
家里人忙碌笑声不断，
从远处传来同样的声音。

婚礼

新娘家的院落
挤满了贺喜的宾客，
手风琴响起来，
直到凌晨欢乐不绝。

主人家的房门
包裹着一层羊毛毡，
从一点到七点
嘈杂平息变得清闲。

黎明时很困倦，
多么想躺下睡一觉，
客人纷纷散去，
一路手风琴声缭绕。

琴手精神抖擞，
再一次按动了琴键，
手指上下飞舞，
欢声笑语越传越远。

一次次一回回，
歌谣声声连续不断，
宴席谈笑喧哗，
声音传到新人床边。

新娘洁白如雪，

伴随欢呼声与口哨，
再次翩翩起舞，
步态轻盈身姿窈窕。

频频点头微笑，
右臂轻扬曼妙柔和，
舞步踏着节拍，
恰似一只美丽孔雀。

环舞连续跺脚，
喧嚣激情达到高潮，
不料戛然而止，
舞者消失云散烟消。

庭院再次沸腾，
迎来送往喜庆喧闹，
客人相互攀谈，
不时爆发阵阵欢笑。

仰望高高天空，
浮现出瓦蓝色斑点，
原来是群信鸽，
在云霄欢快地盘旋。

有人放飞信鸽，
想为婚礼增添欢乐，
盼望新人美满，
匆匆忙忙飞来祝贺。

人生原本短暂，
只不过是日渐消融，
个人融入群体，
仿佛是给人的馈赠。

但愿只有婚礼，
只有窗外传来歌声，
但愿只有美梦，
只有鸽子飞在空中。

秋

我让家人都外出旅游，
好朋友早就散居各地，
长久的孤独笼罩心头，
犹如大自然充满孤寂。

这荒凉的守林人小屋，
只留下你我居住厮守。
像歌中唱的那些小路，
杂草丛生很少人行走。

此时此刻垒墙的圆木
凝视着我俩流露忧伤。
我们答应不超越樊篱，
即便死也要襟怀坦荡。

你我常坐到深更夜半，
我在读书，你在缝纫，
直到天亮竟没有觉察，
什么时候停止了亲吻。

树木繁茂，尽情喧哗，
时间一到会落叶纷纷，
昨天的苦酒尚未喝干，
今日情怀更平添愁云。

依依不舍，迷恋美景！
我们倾听九月的声音！
秋天的絮语沙沙作响，
一直到最后筋疲力尽！

像树林一样脱去落叶，
你竟然也脱掉了外衣，
就这样投入我的怀抱，
只一件绸衫遮住身体。

当生存陷入无限烦恼，
你大胆跨出致命一步，
美的根基，乃是勇气，
由此我们俩相互爱慕。

童话

在很久很久以前，
有片神奇土地，
勇士胯下骑骏马，
穿越草原奔驰。

他催马扬鞭赶路，
原野踏出烟尘，
看远方莽莽苍苍，
前面出现森林。

不由得一阵悲凉，
心中犹如刀绞：
不敢去溪流饮马，
紧紧抓住鞍鞒。

但勇士绝不退缩，
反倒全力飞奔，
他扬鞭催促骏马，
奔向山冈莽林。

从一道山冈转弯
冲进一条峡谷，
经过了林间空地，
山坡高低起伏。

来到了一片山洼，

发现林间小路，
跟踪野兽的足迹，
可到饮水之处。

像聋子不听呼唤，
全凭心思领会，
牵马走下了陡岸，
让马畅饮溪水。

看岸上有个山洞，
洞前有片沙滩，
洞口有火光闪烁，
冒出滚滚浓烟。

烟雾的颜色血红，
其中目光如电，
吼声从远处传来，
松林簌簌抖颤。

峡谷里嗡嗡回响，
勇士策马前行，
抖擞起精神迎战，
不怕吼声威猛。

勇士向前面打量，
手中握紧标枪，
他看见龙首龙尾，
鳞片闪闪发亮。

龙张口打个哈欠，
喷出一团火光，
龙身盘绕了三圈，
围着妙龄女郎。

仔细看还有毒蛇，
恰似一条长鞭，
扭动弯曲的脖颈，
缠绕少女双肩。

按照古老的风习，
凡是美丽女俘，
都是最好的贡品，
献给林中怪物。

少女的父老乡亲，
甘愿献出田庄，
搭救姑娘的性命，
为蛇提供报偿。

缠绕姑娘的手臂，
紧紧扼住喉咙，
毒蛇折磨着猎物，
让她无比疼痛。

看到少女在哀求，
勇士怎能忍受，

他执枪腾空而起，
誓与龙蛇搏斗。

几百年转眼流逝。
高山白云依旧。
溪涧江河水长流。
世代岁月悠悠。

勇士的头盔破损，
战斗异常惨烈。
骏马用它的马蹄
死死踏住毒蛇。

骏马与龙的尸体，
并列横陈沙滩，
勇士失去了知觉，
少女紧闭双眼。

中午时天空晴朗，
一派蔚蓝亮丽。
她是公主，郡主，
还是大地之女？

她忽而感到幸福，
流下行行热泪，
忽而又感到困倦，
依然昏昏欲睡。

他忽而振作精神，
忽而陷入昏迷，
大概因失血过多，
没有一丝气力。

他和她都还活着，
心儿仍在跳荡，
偶尔会清醒过来，
复又进入梦乡。

几百年转眼流逝。
高山白云依旧。
溪涧江河水长流。
世代岁月悠悠。

八月

恰似忠实地遵守诺言，
太阳早早在天边升起，
一束红里透黄的光线，
透过窗帘斜照着长椅。

这暖洋洋的旭日之光，
洒遍附近的森林村庄，
照射书架后那面墙壁、
潮湿的枕头和我的床。

我想起了是什么原因，
泪水沾湿了我的枕巾。
梦见了你们为我送行，
一个跟一个走过树林。

三五成群或结伴而行，
忽然有个人想起来说：
今天是旧历八月初六，
刚好就是基督变容节[1]。

温和的阳光并不炎热，
这一天显得格外慈祥，
秋日感受到视线柔和，
因而才显得特别晴朗。

你们刚刚走过的地方，
那片杨树林贫瘠光裸，
再看墓地上那些树叶，
却像糕饼呈姜黄颜色。

摇晃树冠的风已平静，
树林仰望肃穆的天空。
远方的雄鸡争相啼叫，
此起彼伏，歌唱黎明。

1　见新约《马太福音》第十七章第一、二节。"过了六天，耶稣带着彼得、雅各和
　　雅各的兄弟约翰，暗暗地上了高山，就在他们面前变了形象；脸面明亮如日头，
　　衣裳洁白如光。"《圣经·新约》中尚有多处类似记载。

这是一片官方的林地，
四周笼罩寂灭的宁静，
看着我已经僵硬的脸，
照我的身量挖掘坟茔。

人们似乎都亲耳听见，
平静的声音响在身边。
那是我已经预知天意，
说话的嗓音没有改变：

"永别了，基督变容节
和救主节金色的阳光，
请用女性的脉脉柔情，
为我抚平命运的创伤。

永别了，不幸的岁月！
挑战的女人，请原谅，
你不甘心沉沦于深渊，
我就是你厮杀的战场。

永别了，伸展的翅膀，
自由飞翔是你的向往，
伴送世间的创造之神，
还有神奇的锦绣诗章。"

冬夜

看原野上四面八方，
一片白茫茫。
点燃桌子上的蜡烛，
蜡烛亮堂堂。

像夏天成群的蚊虫，
都扑向灯光，
院子里飞舞的雪花，
扑打着门窗。

风雪把圆环与箭矢，
描绘在窗上。
点燃桌子上的蜡烛，
蜡烛亮堂堂。

看头顶的天花板上，
身影在摇晃，
四肢相拥命运重叠，
此刻永难忘。

两只鞋滑落在地板，
砰砰两声响。
夜晚的蜡烛也流泪，
滴落在衣裳。

一切沉浸在雪野里，
雪野灰蒙蒙。
点燃桌子上的蜡烛，
蜡烛亮堂堂。

一阵风吹得烛光摇，
诱发芳心荡，
舒展天使般的双翼，
振翅欲飞翔。

二月里到处白茫茫，
横竖都一样，
点燃桌子上的蜡烛，
蜡烛亮堂堂。

离别

他从门口向里张望，
认不出那就是家。
她的离去就像逃亡，
到处都凌乱如麻。

大小房间一片混乱。
他顿时陷入绝望，
刹那间他感到头疼，
止不住泪水流淌。

从早晨起耳朵轰鸣。
是回想还是幻觉？
头脑里总出现大海，
这究竟为了什么？

窗户上面凝结霜雪，
他难以见到天光，
无路可走忧心忡忡，
心像海洋般空旷。

回想她的眉目表情，
他感到无限依恋，
恰似大海潮水汹涌，
总渴望拥抱海岸。

仿佛经过浪涛冲击，
砾石被海水淹没，
她的面容以及形体，
沉入他心底角落。

日常生活令人迷茫，
痛苦中度过流年，
仿佛海底翻起浪花，
她甘心把他陪伴。

乘风破浪乘风破浪，
紧紧地把他追随，
克服了无数的障碍，

从来都不曾后悔。

她怎么会突然离开？
也许被强盗掠走？
被人拆散痛彻骨髓，
身陷无边的忧愁。

心茫然他四下张望，
确信她匆匆离去，
东西翻了个底朝天，
拉出了每个抽屉。

走来走去直到天黑，
他收拾那些箱子，
整理好扔乱的衣裳，
还有剪裁的样子。

俯下身看一件衣衫，
上面还带着针线，
情不自禁泪水流淌，
她又浮现在眼前。

邂逅

大路上雪花飞扬，
房顶上积雪很厚，
我刚想出门漫步，

发现你倚在门口。

夹大衣没戴帽子，
脚底下没穿套靴，
为抑制心头激动，
你在咀嚼一团雪。

看远方雾霭蒙蒙，
看不清树木栅栏。
你站在一个角落，
风雪中度过夜晚。

辫子上流落水滴，
袖口处湿了一片，
看你那满头秀发，
露珠儿亮光闪闪。

一缕缕金发闪光，
照亮了你的面庞，
看你的浑身上下，
衣裳都放射光芒。

眼睫毛被雪打湿，
目光中流露忧伤，
你那样端庄匀称，
俨然是一座雕像。

仿佛有一支铁笔，

蘸上了染发药水，
你突然用力一挥，
把印痕刻我心上。

这印痕留在我心，
至死也不会消失，
此事与冷酷人生，
不存在任何关系。

那一个风雪之夜，
因此会一再重现，
我和你两人之间，
难以画一条界线。

当我们不在人世，
经过了岁月流年，
任人去议论评说，
管什么碎语闲言？

圣诞之星[1]

那是一个冬天，
从草原刮来阵阵寒风。

---

1 这首诗描绘耶稣诞生的始末，包括"天使告知牧羊人"（参见《路加福音》第二章第八至十四节）"牧羊人赶去礼拜"（《路加福音》第二章第十五至二十节）"三博士之礼拜"（《马太福音》第二章第一至十二节）。

山坡上有个山洞，
洞里的婴儿感到寒冷。

牛用呼吸为他取暖，
还有很多家畜，
聚集在山洞里，
牲口槽散发团团热气。

牧羊人抖动皮袄，
抖掉草屑和谷粒，
午夜时分眺望远方，
睡眼惺忪背靠峭壁。

远方旷野、田园、墓地，
统统笼罩着积雪，
一座座墓碑成了雪堆，
夜空中星斗闪烁。

不远处打更人的茅屋，
窗台上点一盏小油灯，
星光照亮了道路，
道路通往伯利恒。

那颗星像草垛燃烧，
又像着了火的谷仓，
犹如烈焰的反光，
却远离上帝的天堂。

那颗星向上飞腾，
像一堆谷草熊熊燃烧，
似乎整个宇宙，
都受到这新星的惊扰。

烈火越烧越旺，
三颗小星星匆匆赶来，
仿佛听到了呼唤，
又像是听从天意安排。

驮着贡品的骆驼队，
还有带鞍子的小毛驴，
小碎步下山相互跟随。

遥远的地方浮现出，
未来岁月的奇异景象。
历代的思想和希望，
来世的博物馆与画廊，
顽皮仙女，奇幻法术，
圣诞树和孩童的梦想。

成行的烛光瑟瑟颤抖，
金银线交织灿烂辉煌……
……苹果都像黄金球……
……草原的风肆虐逞狂。

杨树梢遮蔽了池塘一角，
但越过树顶白嘴鸦窝巢，

仍然望得见大部分池水。
那些牧羊人能清晰眺望，
从湖边走过的驴子和驼队。
"一道走吧，去向神迹祈祷。"
牧羊人说着掩紧了羊皮袄。

踏雪疾行身体发热，
脚印儿通向一间小屋，
林间空地留下了足迹。
星光下羊群咩咩叫，
这足迹让它们感到恐惧。

寒冷的夜晚犹如神话，
有个人肩膀笼罩积雪，
悄悄混入驼队之间。
猎犬警觉地放慢脚步，
倚近主人，警惕祸患。

就在这里同一条路上，
同时行走着几个天使，
虽然不见他们的身影，
串串足迹却留在雪地。

人群在巨石旁边叫嚷，
曙光照亮了雪松树干。
"你们是谁？"玛利亚问。
"我们是上天派遣的牧人，
前来祝福你们母子平安。"

"多有不便，请到外面。"

黎明前一片昏黑灰暗，
赶骆驼的和牧羊人跺脚，
骑手和行人对骂嘲笑，
在挖掘的饮水槽前面，
骆驼打喷嚏，驴子鸣叫。

曙光初露，天色大亮，
最后的星斗已消失空中。
这时候玛利亚才允许
门外三个博士走进岩洞。

他浑身光辉睡在马槽，
像在树洞里被月光笼罩。
驴子的嘴唇，牛的呼吸，
代替了温暖的羊皮袄。

站立在阴影里的畜群，
交头接耳分辨人的声响。
马槽左边不知什么人，
伸手把博士拉到一旁，
他扭头一看：圣诞之星
正从门口朝少女凝望。

黎明

你曾主宰我的命运，
后来爆发战争，灾难。
你消失得杳无音信，
那么多年都把你思念。

岁月流逝几度春秋，
再次听到了你的声音。
我像从昏迷中醒来，
通宵达旦读你的书信。

我也渴望融入人群，
体验他们清晨的活力。
陪着人们一起下跪，
献出一切都在所不惜。

于是沿着楼梯奔跑，
我像头一次跨出大门。
奔向那积雪的街道，
沿着结冰的马路飞奔。

人们起床，吃早点，
追赶电车，脚步匆匆。
只不过短短几分钟，
城市面貌已完全变更。

鹅毛大雪纷纷扬扬，
帷幕一样把门口笼罩。
没有心思从容吃喝，
只想着千万可别迟到。

他们让我感同身受，
所有的人都让我担忧。
我像雪花开始融化，
我像这清晨紧锁眉头。

那些人和那些孩子，
我不知道他们的姓名。
我已经被他们征服，
我的胜利也就在其中。

圣迹显灵[1]

他从伯大尼走向耶路撒冷，
心中充满了预感的沉痛。

峭壁上的灌木丛已经烧光，
附近的茅屋笼罩着烟雾，
空气炽热，芦苇静止不动，

---

1 参见《圣经·新约·马太福音》第二十一章第十八至二十一节。耶稣回耶路撒冷途中，肚子饿了，看到路旁有一棵无花果树，走到跟前，发现唯有叶片，没有果实。他对树说："从今以后，你永不结果实。"那无花果树立刻就干枯了。

死海上也不见波澜起伏。

他吃的苦胜过海水的苦涩，
一朵云伴随他跋涉长途，
他风尘仆仆投奔一处客栈，
去耶路撒冷城聚集信徒。

他深深地沉入了内心思索，
原野荒凉散发苦艾的气息。
万籁无声。他独自屹立，
这一带顷刻间陷入了沉寂。
一切都在变化：干旱沙漠，
还有蜥蜴、泉水和小溪。

不远处有棵高大挺拔的树，
只有树枝树叶却没有果实。
他对树说："你生来何益？
我觉得光秃枝干了然无趣！
我又饥又渴，你无花无果，
和你相逢得不到任何欢愉。
你多么贫乏啊，实在平庸！
你将会这般模样度过余生。"

受到谴责的树木浑身震颤，
高大的树干似有电光闪现，
刹那间化为灰烬消失不见。

树叶、树枝、树根、树干，

寻找到自由在瞬息之间，
你从中可领悟自然的规律。
圣迹归圣迹，圣迹即上帝。
当我们遭遇凶险心慌意乱，
圣迹显灵往往会突然出现。

大地

春天来得匆匆忙忙，
闯进了莫斯科的住宅。
螟蛾从橱后飞出来，
在夏天的草帽上爬行，
人们把裘衣收进箱笼。

一个个陶瓷的花盆，
摆放于搭建的木板，
有桂竹香，有紫罗兰，
房间里面空气清新，
可阁楼上却灰尘弥漫。

积雪融化街道泥泞，
小小窗户睡眼蒙眬，
从此不放过河边晚霞，
不放过白夜奇妙风景。

走廊里面能够听见，
户外发生的各种动静，

四月正和雨滴交谈，
谈话的内容朦朦胧胧。

四月了解上千个故事，
说的都是人类悲痛，
霞光已在篱笆上凝结，
令人惆怅冷冷清清。

空旷原野或舒适厅堂，
依然觉得乍暖还寒，
四周的空气变得新鲜，
在窗前，在十字路口，
在作坊，或在街头，
看得见柳枝稀疏柔软，
白色的芽苞已经显现。

远方雾霭中怎有哭声？
腐殖土为何气味苦涩？
须知这就是我的使命，
克服阻隔不再寂寞，
要让城外的辽阔土地，
消除忧伤不再萧瑟。

因此在这早春季节，
朋友们前来和我见面，
我们的晚宴是为告别，
并且留下心中遗言，
无非想让痛苦的潜流，

给冷酷生活一丝温暖。

蒙难日

那是他最后的七天，
当他进入耶路撒冷城，
有人举橄榄枝追赶，
迎面传来一片颂扬声。

严酷时刻渐渐逼近，
慈爱已很难打动人心。
到处都是横眉怒目，
最后的日子即将来临。

乌云密布笼罩天空，
铅一样沉重压在头顶，
狐狸般狡猾走近他，
法利赛人在搜寻罪证。

邪恶势力涌进神殿，
把他交给了败类审判，
以前的赞美与颂扬，
此刻变成了诅咒语言。

外乡人聚集了一群，
在神殿门口朝里窥视，
人们都等待着结果，

推推搡搡地朝前拥挤。

交头接耳悄悄议论，
谣传流布到四面八方。
梦一样唤起儿时记忆，
仿佛是往埃及逃亡。

想起难民数不胜数，
翻山越岭，走过沙漠，
本想执掌强国权柄，
他是受了撒旦的蛊惑。

他还想起迦南婚宴[1]，
神迹曾经在席间显现，
想起雾气笼罩大海，
他步行上船如履平川[2]。

穷苦民众三五成群，
走进地下室捧着烛台，
蜡烛熄灭一片惊恐，
他已经复活站起身来……

1　参见《圣经·新约·约翰福音》第二章第一至十二节。耶稣显现神迹，使六口石
　　缸里的水变化为酒。
2　参见《圣经·新约·马太福音》第十四章第二十二节：耶稣履海。

玛格达蕾娜[1] (一)

天刚黑我的恶魔就出现，
这是我往日罪孽的报应。

回想过去的荒淫放荡，
恶魔们就咬啮我的心灵，
我曾是个愚蠢的傻瓜，
奴隶一样被男人们玩弄，
沉迷于街道酒绿灯红。

当坟墓的寂静即将到来，
只剩下短暂的几分钟。
趁最后的瞬间尚未来临，
走近边缘快结束生命，
我愿在你面前摔得粉碎，
就像盛着香料的玉瓶。

哪里有我的容身之地，
哦，为我指路的大救星，
每天夜晚都陪酒侍宴，
我又怎么能够奢望永恒，
新来的客人受我引诱，

---

1 一译有罪的女人或抹大拉的玛利亚，参见《圣经·新约·路加福音》第七章第
三十六至四十七节。有个法利赛人请耶稣吃饭，耶稣就到他家里去坐席。那城里
有一个女人，是个罪人，知道耶稣在法利赛人家里坐席，就拿着盛香膏的玉瓶，
站在耶稣背后，挨着他的脚哭，眼泪湿了耶稣的脚，就用自己的头发擦干，又用
嘴连连亲他的脚，抹上香膏。耶稣赦免了她的罪孽。

深深地陷入了罗网之中。

恳求你解释，何为罪孽？
死亡和地狱意味着什么？
在众人的眼里我和你，
就像树和树枝难以分离，
一生中我有无尽的悲戚。

我主耶稣，我跪倒在地，
紧紧贴近了你的足迹，
或许，我能学会拥抱
十字架，把它搂在怀里，
我愿意躺在你的身边，
失去知觉，陷入昏迷。

玛格达蕾娜（二）

节日[1]前人们都在清扫，
离开这嘈杂与喧闹，
我愿意打来一桶清水，
好为你洗干净双脚。

我找不到床下的软靴，
只因两眼泪水模糊。

1　此处指逾越节。逾越节为犹太人最重要的节日之一，犹太历尼散月（正月）十四
　　至二十一日为逾越节。耶稣被钉在十字架上的日子也是在逾越节的头一天。

披散的长发纷纷下垂，
掩蔽眼睛像块幕布。

耶稣，跪倒在你跟前，
我用泪水为你清洗，
用蓬松头发擦拭干净，
系上串珠表达敬意。

看到了未来清晰图景，
一切都像你的约定。
我已拥有预言的才能，
像女巫般本领出众。

教堂的帷幕即将落下，
我们都会遭到抛弃，
脚下的大地震颤抖动[1]，
也许我会得到怜惜。

押送的队伍纷纷散开，
骑马的人各奔回程。
骤然间头顶一股旋风，
十字架欲凌空飞行。

在你受难的十字架下，
昏迷的我咬紧双唇。
你双臂平伸钉着钉子，

---

1 耶稣断气时显现的神迹，参见《圣经·新约·马太福音》第二十七章第五十一节。

过去曾安抚多少人！

既然充斥痛苦与暴力，
世界何苦如此宽广？
是否真有灵魂与生命，
匹配山林河流与村庄？

需要等待三天又三夜，
一切都会沉入荒漠，
这一段间隔令人恐怖，
我定要熬到复活节[1]。

客西马尼园[2]

远方星斗淡漠的光，
把曲折蜿蜒的路照亮。
道路环绕着橄榄山，
汲沦溪水在山下流淌。

芳草地被拦腰截断，
银河路就从那里开始。
银灰色的橄榄树林，
幻想举步朝远方走去。

1　耶稣在世时曾说过，他死后三日会再复活。参见《圣经·新约·马太福音》第
　二十八章第一至十节。
2　客西马尼园为耶路撒冷城郊外的一处林园，《圣经·新约·马太福音》第二十八章
　记述了"犹大卖主""耶稣在客西马尼园祈祷"和"耶稣言其死后将复生"之事。

尽头处就是那沃土林园，
他让众门徒留在围墙外边：
他说道："我心痛苦欲绝，
你们要跟我一样精神振作。"

他从容声言会放弃抗争，
放弃借来的那些东西，
跟我们一样做凡夫俗子，
不好强争胜显示圣迹。

此刻夜色弥漫的远方，
呈现一派残忍肃杀之气，
天地宽广却无处立足，
只有这林园是栖身之地。

眼望着无始无终的荒漠，
眼望着黑压压的废墟，
他以血泪向圣父祈祷，
保佑他能渡过这次危机。

他再一次缓步走出林园，
祈祷减轻了困乏疲惫。
只见众门徒倒在路边，
困倦中一个个呼呼沉睡。

他唤醒门徒："圣父命你们
与我同在，你们却昏睡不醒。

人类之子的末日已经来临，
他将把自己交到罪犯手中。"

他的话音还没有落地，
忽然涌现出一群歹徒，
他们举着火把、利剑，
叛徒犹大[1]为他们带路。

彼得[2]拔剑跟歹徒搏斗，
有人的耳朵被砍落在地。
他听见："收起你的剑，
解决争端不能依仗武器。

倘若圣父有意搭救我，
难道不派遣无数的天兵？
那时候我将毫发无损，
仇敌四散逃奔不见踪影。

生命之书虽无比珍贵，
但其最后一页已经来临。
经书的文字逐一兑现，
一切预言皆成真。阿门！

你看，世世代代的变迁，

1 犹大，耶稣十二门徒之一，出卖耶稣得到了三十枚银币的奖赏，耶稣被定罪以
   后，他很后悔，把三十枚银币退还祭祀长和长老，然后上吊死了。参见《圣
   经·新约·马太福音》第二十七章第三节：犹大的结局。
2 彼得，耶稣十二门徒之一。

证实了箴言，如火如荼。
为印证可怕预言之灵验，
我甘心死亡愿忍受痛苦。

三日后我将死而复活。
像湍急的流水冲击堤岸，
像商队走出百年昏暗，
逐一前来接受我的审判。"

2010 年 10 月 30 日修订
2010 年 11 月 29 日修改加注

《日瓦戈医生》繁体字版

✚

译后记

蓝英年

　　一九五八年我在青岛李村镇劳动锻炼。劳动锻炼是一种思想改造措施，但不同于劳动教养和劳动改造，没有后两项严厉。比如行动自由，工资照常发，星期日照常休息。只是把参加劳动锻炼的教师下放到农村，叫他们与农民一起劳动，一边劳动一边改造思想。下放不是遣送，而是欢送。下放前召开欢送大会，给每位下放教师戴一朵大红花，我就是戴着大红花下放到李村镇的。十月下旬的一天，劳动间歇的时候我坐在山坡上休息，公社邮递员送来报纸。头版是郑振铎等先生遇难的消息。第三版刊登了苏联作家协会开除帕斯捷尔纳克会籍的报道，因为他写了反动小说《日瓦戈医生》。

　　说来惭愧，我这个人民大学俄语系毕业生竟不知道苏联有个叫帕斯捷尔纳克的作家。我学过俄国文学史，也学过苏联文学史。学了一年，都是苏联教师授课（那时叫苏联专家）。老师讲授法捷耶夫、西蒙诺夫和肖洛霍夫等作家，但从未提过帕斯捷尔纳克。后来才明白，苏联教师讲的都是苏联主流作家，而帕斯捷尔纳克则是非主流作家。主流作家遵循社会主义现实主义创作方法，讴歌苏联体制；而非主流作家坚持自己的创作原则，虽然为了生存也不得不歌颂斯大林和苏维埃政权，但仍不能赢得政权的欢心。

人们对不知道的事情往往好奇，我也如此。我想了解《日瓦戈医生》是本什么书，为何苏联对该书作者帕斯捷尔纳克大兴挞伐。我给在纽约的叔叔写信，请他给我寄一本俄文版的《日瓦戈医生》来。读者读到这里未免产生疑窦："大跃进"年代一个中国教师竟敢给身在美国纽约的叔叔写信，并请他给寄一本在苏联受到严厉批判的小说。就算我一时头脑发昏，可书能寄到吗？那时不像今天，大陆也不同于台湾，所以得解释两句。叔叔是上世纪二十年代赴法留学生，后滞留法国。一九四七年考入联合国秘书处任法语译员。叔叔不问政治，与国共两党素无瓜葛。一九四九年叔叔回国探望长兄时，某机关请他寄科技书。书寄到我名下，我收到后给他们打电话他们来取。叔叔痛快答应了，不断给我寄科技书。我收到后给某机关打电话，他们立即来取。叔叔收到我请他寄《日瓦戈医生》的信后，便在科技书里加了一本密歇根大学出版的原文版《日瓦戈医生》。封面是烈火焚烧一棵果实累累的苹果树。我翻阅了一下，觉得难懂，便放下了。那时我尚不知道诗人写的小说不好读，也不知道帕斯捷尔纳克是未来派的著名诗人。不久，中国报刊紧随苏联开始批判《日瓦戈医生》。《日瓦戈医生》在中国也成为一本反动的书。但我敢断定，那时中国没有人读过《日瓦戈医生》，包括写批判文章的人。苏联读过《日瓦戈医生》的人不过西蒙诺夫等寥寥数人，连党魁赫鲁晓夫也没读过，所以后来他才说：如果读过《日瓦戈医生》就不会发动批判帕斯捷尔纳克的运动了。

光阴荏苒，数年后我已调离青岛，在花样翻新的政治运动中沉浮。感谢命运的眷顾，在一次次运动中都侥幸漏网，但终于没逃过"文革"一劫，被红卫兵小将揪出来，关入牛棚。关入牛棚的人都有被抄家的危险。我家里没有"四旧"，藏书也不多，较为珍贵的是一套十九世纪俄文版的《果戈理选集》。抄就抄了吧，虽心疼，但不至于惹麻烦。可《日瓦戈医生》可能惹事。烧了吧，舍不得，留着吧，担心害怕。我和内子多次商量怎么处理这本书。我推断红卫兵未必听说过这本书，断然决定：把《日瓦戈医生》夹在俄文版的马列书籍当中，摆在最显眼的地方，红卫兵不会搜查。事实证明我的判断是正确的，红卫兵果然没搜查马列书籍，《日瓦戈医生》保住了。

上世纪八十年代初，我开始为人民文学出版社翻译俄国作家库普林的小说，常到出版社去，与编辑熟了。那时译者与编辑的关系是朋友关系，不是利害关系。没事也可以到编辑部喝杯茶，聊聊天。大概是一九八三年五月的一天，我又到编辑部喝茶，听见一位编辑正在高谈阔论。他说世界上根本没有俄文版的《日瓦戈医生》，只有意大利文版的。其他文字的版本都是从意大利文翻译的。他的武断口吻令我不快，我对他说："不见得吧！有俄文版本。"他反问我："你见过？"我说："不但见过，而且我还有俄文版的《日瓦戈医生》呢。"我的话一出口，编辑部的人都惊讶不已。著名翻译家蒋路说："你真有？"我说："你们不信，明天拿来给你们看。"第二天我把书带去，大家都看到了。蒋路当场拍板："你来翻译，我们出版。"其实我没动过翻译《日瓦戈医生》的念头。因为我已经粗粗翻阅过，觉得文字艰深，比屠格涅夫、契诃夫的文字难懂得多。我说："我一个人翻译不了，还得请人。"蒋路说："你自己找合作者吧。"我请人民教育出版社的老编辑张秉衡先生合译，张先生慨然允诺。没签合同，只有口头协议，我和张先生动手翻译《日瓦戈医生》。可以说翻译这本书是打赌打出来的。

一动手就尝到帕斯捷尔纳克的厉害了。这位先生写得太细腻，一片树叶，一滴露珠都要写出诗意。再加上独特的想象力，意识流，超越故事情节的抒怀，翻译起来十分困难。但既然答应了，已无退路，只好硬着头皮译下去。进度自然快不了，不觉到了一九八三年年底。出版社的一位室主任忽然把我叫到出版社。他没问翻译进度，开口就谈清除精神污染运动。什么人道主义呀，异化呀，我们大家都要好好学习呀。他的话我已经在报刊上读过。我问他《日瓦戈医生》还译不译。他没回答，又重复了刚才说过的话。我理解他如说不译就等于出版社毁约，毁约要支付相应补偿。他不说译，实际上就是不准备出版了。我把自己的想法告诉张先生，我们停笔了。

当时我并不了解清除精神污染运动，只把它当成一次运动，首先想到的是自己有没有"精神污染"。我觉得没有，如果有就是翻译这本反动小说。我还得介绍一下来去匆匆的清除精神污染运动，不然大陆以外的人不清楚是怎么回事。简单说是中共理论界两位顶尖人物甲乙的风头之争。一九八三年三月为纪念马克思诞辰一百周年，顶尖人物乙做了一个《人道主义与异化问题》的报告。第一次谈到政党的异化问题。这也是马克思的观点，在理论上没有问题。报告反映不错，引起顶尖人物甲的不满，因为报告不是他做的。甲把乙的"异化"与吉拉斯的《新阶级》联系在一起。吉拉斯是南斯拉夫共产党的领导人，铁托的副手。吉拉斯因提出民选政府的建议与铁托决裂，一九四七年写了《新阶级》，谈的也是异化问题。《新阶级》的主要论点是：共产党原来是无产阶级先锋队，但社会主义国家的共产党已经"异化"为官僚特权的"新阶级"。一九六三年世界知识出版社出版供批判用的《新阶级》的中译本。乙是否看过不得而知，但看这本书并不困难。连我都看过，像乙那样地位的人看这类书易如反掌。但乙的观点绝非吉拉斯的观点。如果说乙宣传吉拉斯的观点必定引起最高领导人的震怒。于是便有了无疾而终的清除精神污染运动。

出版社不催我们，我们就不译了。但十二月的一天，人民文学出版社的副总编辑带着三个编辑突然造访寒舍。副总编辑一进门就找挂历，在某月某日下画了个钩，对我说这天《日瓦戈医生》必须交稿，人民文学出版社要在全国第一个出版。我一听傻眼了，离他规定的时间仅有一个多月，我们能译完吗？副总编辑接着说，每天下午有人来取稿，我们采取流水作业，责编已经下印刷厂了。我和张先生像上了弦似的干起来，每天工作十几小时。下午五点左右编辑来取稿，总笑嘻嘻地说："我来取今天的译稿。"一个月后《日瓦戈医生》果然出版，创造了出版史上的奇迹。出版社为了奖励我们，付给我们最高稿酬：千字十四元人民币。后来各地出版社再版的都是这个本子。每次见到再版的《日瓦戈医生》我都有几分羞愧，因为译文是赶出来的，蓬首垢面就同读者见面了。我一直想重译，但哪个出版社愿意出呢？二○一二年北京十月文艺出版社愿意出《日瓦戈医生》，我决定趁此机会重译全书，不再用张先生的译文。张先生是老知识分子，国学基础深厚，但与我的文风不完全一致。这里不存在译文优劣问题，只想全书译文保持一致。第十七章日瓦戈诗作，我请谷羽先生翻译，谷羽先生是翻译俄苏诗歌的佼佼者。我每天以一千字左右的速度翻译，不能说新译文比旧译文强多少，但不是赶出来的，而是译出来的。台湾远流出版社愿意出版繁体字本，让我喜出望外。远流出版社提议把《日瓦戈医生》改译为《齐瓦格医生》。既然台湾读者已经习惯《齐瓦格医生》，我当然尊重，入乡随俗嘛。

帕斯捷尔纳克出身于知识分子家庭，父亲是画家，曾为文豪托尔斯泰的小说《复活》画过插图。母亲是钢琴家，深受鲁宾斯坦的喜爱。帕斯捷尔纳克不仅对文学艺术有精湛的理解，还精通英、德、法等三国语言。他与来自工农兵的作家自然格格不入。苏联内战结束后涌现出许多文学团体，如拉普、冶炼场、山隘派、列夫、谢拉皮翁兄弟等。帕斯捷尔纳克与这些团体从无往来，他们也看不起帕斯捷尔纳克。帕斯捷尔纳克自命清高，孤芳自赏。但他为人真诚，赢得不少人的信任。从高尔基算起，苏联作协领导人没有一个喜欢帕斯捷尔纳克的。高尔基不喜欢他，批评他的诗晦涩难懂，装腔作势，没有鲜活的内容，帕斯捷尔纳克也不喜欢高尔基。但高尔基对他仍然关心。关心俄国知识分子，帮他们解决实际困难，是高尔基的伟大功绩。

一九三四年八月苏联召开第一次作家代表大会。不知为何布尔什维克领导人布哈林竟把帕斯捷尔纳克树立为苏联诗人榜样，那时他只出过一本诗集《生活啊，我的姊妹》。树立帕斯捷尔纳克为诗人榜样，拉普等成员自然不服，但斯大林默认了。斯大林所以容忍帕斯捷尔纳克，是因为他从不拉帮结伙，不会对斯大林构成威胁。第二年帕斯捷尔纳克被死去的马雅可夫斯基代替了。

有两件事表明帕斯捷尔纳克狷介耿直的性格。一九三三年十一月诗人曼德尔施塔姆因写了一首讽刺斯大林的诗而被逮捕。女诗人阿赫玛托娃和帕斯捷尔纳克分头营救。帕斯捷尔纳克找到布哈林，布哈林立刻给斯大林写信，信中提到，"帕斯捷尔纳克也很着急！"那时帕斯捷尔纳克住在公共住宅，全住宅只有一部电话。一天帕斯捷尔纳克忽然接到斯大林从克里姆林宫打来的电话。斯大林告诉他将重审曼德尔施塔姆的案子。斯大林问他为什么不营救自己的朋友，为营救自己的朋友，他，斯大林，敢翻墙破门。帕斯捷尔纳克回答，如果他不营救，斯大林未必知道这个案子，尽管他同曼德尔施塔姆谈不上朋友。斯大林问他为什么不找作协，帕斯捷尔纳克说作协已经不起作用。帕斯捷尔纳克说他想和斯大林谈谈。斯大林问谈什么，帕斯捷尔纳克说谈生与死的问题，斯大林挂上电话。但这个电话使帕斯捷尔纳克身价倍增，公共住宅的邻居见他点头哈腰；出入作协，有人替他脱大衣穿大衣，在作协食堂请人吃饭，作协付款。另一件事是帕斯捷尔纳克拒绝在一份申请书上签名。一九三七年夏天，"大清洗"期间，某人奉命到作家协会书记处征集要求处决图哈切夫斯基、亚基尔和埃德曼等红军将帅的签名。帕斯捷尔纳克与这几位红军将领素无往来，但知道他们是内战时期闻名遐迩的英雄。图哈切夫斯基是苏联五大元帅之一，曾在南方、乌拉尔地区与白军作战。亚基尔和埃德曼是内战时期的传奇英雄，为布尔什维克最终夺取政权立下汗马功劳。现在要枪毙他们，征集作家的签名。作家们纷纷签名，帕斯捷尔纳克却拒绝签名。帕斯捷尔纳克说，他们的生命不是我给予的，我也无权剥夺他们的生命。作协书记斯塔夫斯基批评帕斯捷尔纳克固执，缺乏党性。但集体签名信《我们决不让苏联敌人活下去》发表后，上面竟有帕斯捷尔纳克的名字。帕斯捷尔纳克大怒，找斯塔夫斯基解释，斯塔夫斯基说可能登记时弄错了，但帕斯捷尔纳克不依不饶。事情最终不了了之。

帕斯捷尔纳克是多情种子，谈他的生平离不开女人。这里只能重点介绍一位他的与《日瓦戈医生》有关的红颜知己伊文斯卡娅。妻子季娜伊达是理家能手，但不理解帕斯捷尔纳克的文学创作，两人在文学创作上无法沟通。伊文斯卡娅出现了。一九四六年他们在西蒙诺夫主编的《新世界》编辑部邂逅。伊文斯卡娅是编辑还是西蒙诺夫的秘书说法不一。伊文斯卡娅是帕斯捷尔纳克的崇拜者，读过他所有的作品。帕斯捷尔纳克欣赏伊文斯卡娅的文学鉴赏力和她的容貌、体形、风度。两人相爱了。帕斯捷尔纳克的一切出版事宜由她代管，因为妻子季娜伊达没有这种能力。战后帕斯捷尔纳克的诗作再次受到作协批评，作协书记苏尔科夫批评他视野狭窄，诗作没有迎合战后国民经济恢复时期的主旋律。帕斯捷尔纳克的诗作无处发表，他就转而翻译莎士比亚和歌德的作品。战后他开始写《日瓦戈医生》。写好一章就读给丘科夫斯基等作家好友听，也在伊文斯卡娅寓所读给她的朋友们听。帕斯捷尔纳克写《日瓦戈医生》的事传到作协，作协为阻止他继续写《日瓦戈医生》，一九四九年十月把伊文斯卡娅投入监狱，罪名是伙同《星火》杂志副主编伪造委托书。帕斯捷尔纳克明知此事与伊文斯卡娅无关，但无力拯救她，便继续写《日瓦戈医生》以示抗议。伊文斯卡娅在监狱中受尽折磨，在繁重的劳动中流产了。这是她与帕斯捷尔纳克的孩子。伊文斯卡娅一九五三年被释放。帕斯捷尔纳克的一切出版事宜仍由她承担。一九五六年帕斯捷尔纳克完成《日瓦戈医生》，伊文斯卡娅把手稿送给《新世界》和文学出版社。《新世界》否定小说，由西蒙诺夫和费定写退稿信，严厉谴责小说的反苏和反人民的倾向。文学出版社也拒绝出版小说。一九五七年意大利出版商、意共党员费尔特里内利通过伊文斯卡娅读到手稿，非常欣赏。他把手稿带回意大利，准备翻译出版。费尔特里内利回国前与帕斯捷尔纳克洽商出版小说事宜，后者提出必须先在苏联国内出版才能在国外出版。伊文斯卡娅再次找苏联出版机构洽商，恳求出删节本，把碍眼的地方删去，但仍遭拒绝。苏联意识形态掌门人苏斯洛夫勒令帕斯捷尔纳克以修改小说为名要回手稿，帕斯捷尔纳克按苏斯洛夫的指示做了，但意大利出版商费尔特里内利拒绝退稿。费尔特里内利是意共党员，苏斯洛夫飞到罗马，请意共总书记陶里亚蒂助一臂之力，哪知费尔特里内利抢先一步退党，陶里亚蒂无能为力。费尔特里内利一九五七年出版了意大利文译本，接着欧洲又出版了英、德、法文译本，《日瓦戈医生》成为一九五八年西方的畅销书，但在苏联却是一片骂声。报刊骂他是因为苏斯洛夫丢了面子。群众骂是因为领导骂，但谁也没读过《日瓦戈医生》。帕斯捷尔纳克的作家同仁不同他打招呼。妻子季娜伊达胆战心惊，只有伊文斯卡娅坚决支持帕斯捷尔纳克，安慰他说小说迟早会被祖国人民接受，并把一切责任揽在自己身上。

苏斯洛夫把伊文斯卡娅招到苏共中央，追问她帕斯捷尔纳克与意大利出版商的关系。伊文斯卡娅一口咬定手稿是她交给意大利出版商看的，与帕斯捷尔纳克无关。意大利出版商曾与帕斯捷尔纳克洽商过出版事宜，帕斯捷尔纳克坚持必须先在苏联出版。苏斯洛夫召见伊文斯卡娅后，对帕斯捷尔纳克的批判升级。无知青年在帕斯捷尔纳克住宅周围骚扰，日夜不得安宁。伊文斯卡娅找到费定，请他转告中央，如果继续骚扰帕斯捷尔纳克，她和帕斯捷尔纳克便双双自杀。这一招很灵验，但只持续到一九五八年十月二十三日。十月二十三日这一天，瑞典文学院把一九五八年度诺贝尔文学奖授予帕斯捷尔纳克，以表彰他在"当代抒情诗和伟大的俄罗斯叙述文学

领域所取得的巨大成就"。只字未提《日瓦戈医生》。帕斯捷尔纳克
也向瑞典文学院发电报表示感谢："无比感激、激动、光荣、惶恐、
羞愧。"当晚帕斯捷尔纳克的两位作家邻居，丘科夫斯基和伊万诺
夫到帕斯捷尔纳克家祝贺。次日清晨第三位邻居、作协领导人费定
来找帕斯捷尔纳克，叫他立即声明拒绝诺贝尔奖，否则将被开除出
作家协会。费定叫帕斯捷尔纳克到他家去，宣传部文艺处处长卡尔
波夫正在那里等候他。帕斯捷尔纳克不肯到费定家去，晕倒在家
里。帕斯捷尔纳克醒过来后马上给作协写信："任何力量也无法迫
使我拒绝别人给予我的—— 一个生活在俄罗斯的当代作家的，即苏
联作家的荣誉。但诺贝尔奖金我将转赠苏联保卫和平委员会。我知
道在舆论压力下必定会提出开除我作家协会会籍的问题。我并未期
待你们会公正对待我。你们可以枪毙我，将我流放，你们什么事都
干得出来。我预先宽恕你们。"帕斯捷尔纳克态度坚决，决不拒绝
领奖。但他与伊文斯卡娅通过电话后，态度完全变了。他给瑞典文
学院拍了一份电报："鉴于我所归属的社会对这种荣誉的解释，我
必须拒绝接受授予我的、我本不配获得的奖金。勿因我自愿拒绝而
不快。"他同时给党中央发电报："恢复伊文斯卡娅的工作，我已拒
绝接受奖金。"但一切为时已晚矣。在团中央第一书记谢米恰斯内
的煽动下，一群人砸碎帕斯捷尔纳克住宅的玻璃窗，高呼把帕斯捷
尔纳克驱逐出境的口号。直到印度总理尼赫鲁给赫鲁晓夫打电话，
声称如果不停止迫害帕斯捷尔纳克，他将担任保卫帕斯捷尔纳克委
员会主席，迫害才终止。一九六〇年帕斯捷尔纳克与世长辞，他的
讣告上写的是"苏联文学基金会会员"，官方连他是诗人和作家都
不承认了。

　　《日瓦戈医生》的主题简单说是俄国知识分子在时代大潮中沉
浮、死亡。时间跨度：一九〇五年革命、第一次世界大战、十月革
命、内战、新经济政策。俄国知识分子命运不同，有的流亡国外，
有的留在国内，留在国内的遭遇都很悲惨。我只简单介绍日瓦戈、

拉拉等几位主要人物。尤里·日瓦戈父亲是大资本家，但到他已破产。日瓦戈借住在格罗梅科教授家。与教授女儿东妮娅一起长大，后两人结为夫妻。日瓦戈医学院毕业后到军队服役，参加了第一次世界大战。他看到俄军落后、野蛮、不堪一击。他支持二月革命，并不理解十月革命，却赞叹道："多么了不起的手术！巧妙的一刀就把多年发臭的溃疡切除了！""这是前所未有的事，这是历史的奇迹……"但十月革命后的形势使他难以忍受。首先是饥饿。布尔什维克不领导粮食生产，也不从国外进口粮食，而是掠夺农民的粮食。征粮队四处征粮，激起农民的反抗。其他产品也不是生产，而是强制再分配。其次是没有柴火，隆冬天气不生火难以过冬。一个精致的衣橱只能换回一捆劈柴。格罗梅科住宅大部分被强占。他们一家在莫斯科活不下去了。日瓦戈同父异母弟弟劝他们离开城市到农村去。他们迁往西伯利亚尤里亚金市附近东妮娅外祖父克吕格尔先前的领地瓦雷金诺，过起日出而作、日入而息的日子。日瓦戈被布尔什维克游击队劫持，给游击队当医生。日瓦戈医生看到游击队员野蛮凶残，队长吸食毒品，逃出游击队寻找拉拉。妻子一家被驱逐出境。他从西伯利亚千里跋涉重返莫斯科，一九二八年猝死在莫斯科街头。

拉拉是俄国传统妇女的典型，命蹇时乖，惨死在妇女劳改营中。她是缝纫店主的女儿，但与意志薄弱、水性杨花的母亲完全不同。拉拉追求完美，但上中学时被母亲的情人科马罗夫斯基诱奸，醒悟后决定杀死科马罗夫斯基。拉拉嫁给工人出身的安季波夫，两人一起离开莫斯科到西伯利亚中学执教。安季波夫知道拉拉的遭遇后，立志为天下被侮辱和被损害的人复仇。他抛开妻子女儿加入军队，后转为红军。安季波夫作战勇敢，很快升为高级军官，为布尔什维克打天下出生入死，战功赫赫。但随着红军的节节胜利，红军将领安季波夫反而陷入绝境。布尔什维克始终不相信他，又因为他知道的事太多，必须除掉他。安季波夫躲藏了一段时期，终于开

枪自杀。他死了拉拉已无活路。她被科马罗夫斯基诱骗到远东共
和国。

暴力革命毁坏了社会生活，使历史倒退，作者笔下内战后的情
景十分吓人："斑疹伤寒在铁路沿线和附近地区肆虐，整村整村的
人被夺去生命。现实证实了一句话：人不为己天诛地灭。行人遇见
行人互相躲避，一方必须杀死另一方，否则被对方杀死。个别地方
已经发生人吃人的现象。人类文明法则完全丧失作用。人们又做起
洪荒时代的梦。"在帕斯捷尔纳克看来，那场革命是一切不幸的根
源，内战使历史倒退，倒退到史无前例的地步。

"我的明亮的太阳落山了。"